De duivel dra

Van dezelfde auteur:

Gossip & Gucci

Lauren Weisberger

De duivel draagt Prada

2007 – De Boekerij – Amsterdam

Oorspronkelijke titel: The Devil Wears Prada (Doubleday)
Vertaling: Sabine Mutsaers
Omslagontwerp: MarliesVisser.nl

Achtentwintigste druk 2007

ISBN 978-90-225-4617-8

Dit boek is opgedragen aan de enige drie
mensen op aarde die oprecht van mening zijn
dat het zich kan meten met
Oorlog en Vrede:

mijn moeder, Cheryl, *de moeder*
'voor wie miljoenen meisjes een moord zouden doen';

mijn vader, Steve, *die knap, grappig,*
geniaal en getalenteerd is,
en die dit deel van de opdracht per se zelf wilde schrijven;

mijn fantastische zus, Dana, *hun lievelingetje*
(totdat ik een boek schreef).

Dankwoord

Ik bedank de vier mensen die het mogelijk hebben gemaakt:

Stacy Creamer – mijn redacteur. Als je niks aan dit boek vindt, is dat haar schuld... Zij heeft alle leuke dingen geschrapt.

Charles Salzberg – schrijver en leraar. Hij heeft me heel erg gestimuleerd om dit project door te zetten, dus als je er niks aan vindt, is het ook zijn schuld.

Deborah Schneider – literair agent extra-ordinaire. Ze verzekert me er voortdurend van dat ze minstens vijftien procent van alles wat ik doe, zeg en vooral schrijf fantastisch vindt.

Richard David Story – mijn voormalige baas. Het is heel gemakkelijk om hem aardig te vinden nu ik hem niet meer iedere dag vóór negen uur 's morgens hoef te zien.

En natuurlijk wil ik dankjewel zeggen tegen al die mensen die me helemaal nergens mee hebben geholpen maar die beloofd hebben een heleboel exemplaren van dit boek te kopen als ik hun naam vermeld:

David Baiada, Dan Barasch, Heather Bergida, Lynn Bernstein, Dan Braun, Beth Buschman-Kelly, Helen Coster, Audrey Diamond, Lydia Fakundiny, Wendy Finerman, Chris Fonzone, Kelly Gillespie, Simone Girner, Cathy Gleason, Jon Goldstein, Eliza Harris, Peter Hedges, Julie Hootkin, Bernie Kelberg, Alli Kirshner, John Knecht, Anna Weber Kneitel, Jaime Lewisohn, Bill McCarthy, Dana McMakin, Ricki Miller, Daryl Nierenberg, Wittney Rachlin, Drew Reed, Edgar Rosenberg, Brian Seitchik, Jonathan Seitchik, Marni Senofonte, Shalom Shoer, Josh Ufberg, Kyle White en Richard Willis.

En in het bijzonder Leah Jacobs, Jon Roth, Joan en Abe Lichtenstein en de Weisbergers: Shirley en Ed, Judy, David en Pam en tot slot Mike en Michele.

Hoed u voor iedere onderneming die nieuwe kleding vereist.
– HENRI DAVID THOREAU, *Walden*, 1854

1

Het stoplicht op het kruispunt van 17th Street en Broadway was nog niet eens officieel op groen gesprongen of een hele meute overmoedige gele taxi's raasde langs het piepkleine, levensgevaarlijke autootje dat ik door de stad probeerde te loodsen. *Koppeling in, gas geven, schakelen* (van z'n vrij naar z'n één? Of van z'n één naar z'n twee?), *koppeling loslaten*, herhaalde ik keer op keer in gedachten, maar die mantra bood weinig geestelijke steun en al helemaal geen praktische hulp in het luidruchtige middagverkeer. Het autootje schokte twee keer hevig voordat het met een ruk het kruispunt op stoof. Mijn hart maakte een achterwaartse salto in mijn borstkas. Zonder enige waarschuwing hield het gestotter op en begon ik snelheid te maken. Veel snelheid. Een vlugge blik omlaag bevestigde dat ik nog in de tweede versnelling reed, maar vóór me dook de achterkant van een taxi op, zo dichtbij dat ik niets anders kon doen dan zo hard op de rem trappen dat mijn hak afbrak. Shit! Weer een paar schoenen van zevenhonderd dollar ten prooi gevallen aan mijn volslagen gebrek aan elegantie in tijden van stress: dit was het derde soortgelijke schadegeval deze maand. Het was bijna een opluchting toen de motor afsloeg (kennelijk had ik vergeten de koppeling in te drukken toen ik probeerde te remmen voor mijn leven). Ik had een paar seconden de tijd – seconden van rust, als je geen acht zou slaan op het boze getoeter en de verschillende varianten van het woord 'fuck' die van alle kanten naar mijn hoofd geslingerd werden – om mijn nu deels hakloze Manolo Blahniks uit te trekken en op de passagiersstoel te gooien. Ik had niets om mijn zweethanden aan af te vegen, alleen de suède Gucci-broek die zo strak om mijn dijen en heupen zat dat die al begonnen te tintelen zodra ik het bovenste knoopje had dichtgemaakt. Mijn vingers lieten vochtige strepen achter op het soepele suède dat mijn inmiddels gevoelloze dijen omhulde. De poging om deze handgeschakelde cabriolet van 84.000 dollar rond lunchtijd langs alle obstakels van het drukke stadscentrum te manoeuvreren vereiste min of meer dat ik een sigaret opstak.

'Rij verdomme door, mens!' schreeuwde een donkere chauffeur wiens borsthaar zijn ordinaire onderhemd dreigde te overwoekeren. 'Wat denk je dat dit is, een rijschool of zo? Uit de weg!'

Ik stak een bibberige middelvinger naar hem op en richtte mijn aandacht op de taak die voor me lag: zo snel als menselijkerwijze mogelijk was nicotine in mijn aderen zien te krijgen. Mijn handen waren weer klam van het zweet, getuige de lucifers die steeds op de grond vielen. Het stoplicht sprong net op groen toen ik het voor elkaar had gekregen de sigaret aan te steken, dus moest ik hem wel tussen mijn lippen laten bungelen terwijl ik worstelde met de fijne kneepjes van het *koppeling in*, *gas geven*, *schakelen* (van z'n vrij naar z'n één? Of van z'n één naar z'n twee?), *koppeling loslaten*, en de rook werd bij iedere ademhaling mijn mond in gezogen en er weer uit geblazen. Pas drie straten verderop reed de auto soepel genoeg om de sigaret uit mijn mond te kunnen halen, maar toen was het al te laat: de gevaarlijk lange askegel had rechtstreeks zijn weg gevonden naar de zweetplek op mijn Gucci-broek. Heel fijn. Maar voordat ik de kans kreeg te bedenken dat ik, de Manolo's meegerekend, in minder dan drie minuten voor 3100 dollar handelswaar had verwoest, begon mijn mobiele telefoon keihard te blèren. En alsof het leven zelf op dat moment nog niet rampzalig genoeg was, bevestigde de nummermelder mijn grootste vrees: Zij was het. Miranda Priestly. Mijn bazin.

'Ahn-dre-ah! Ahn-dre-ah! Hoor je me, Ahn-dre-ah?' zei ze met hoge uithalen zodra ik mijn Motorola opengeklapt had – geen geringe prestatie, gezien het feit dat mijn handen en (blote) voeten al diverse andere taken hadden. Ik klemde de telefoon tussen mijn oor en mijn schouder en gooide de sigaret uit het raam, waar hij rakelings langs een fietskoerier vloog. Die schreeuwde een paar keer erg onorigineel *fuck you* voordat hij slingerend verderreed.

'Ja, Miranda, hallo. Ik hoor je prima.'

'Ahn-dre-ah, waar is mijn auto? Heb je hem al in de garage gezet?'

Het stoplicht voor me sprong gelukkig op rood, en het zag er naar uit dat het lang rood zou blijven. De auto bleef met een ruk stilstaan zonder iets of iemand te raken en ik slaakte een zucht van verlichting. 'Ik zit nu in de auto, Miranda, en ik verwacht over een paar minuten bij de garage te zijn.' Ik nam aan dat ze zich bezorgd afvroeg of het wel goed ging, dus verzekerde ik haar dat er absoluut geen problemen waren en dat we allebei in prima staat verkeerden.

'Ja, ja,' viel ze me bruusk in de rede. 'Je moet Mitzy nog ophalen en naar mijn appartement brengen voordat je terugkomt naar kantoor.' Klik. De verbinding werd verbroken. Ik staarde een paar tellen naar mijn telefoon voordat ik besefte dat ze bewust opgehangen had, omdat ze alle informatie die ik mocht hopen te ontvangen al had gegeven. *Mitzy*. Wie was in godsnaam Mitzy? Waar was ze nu? Wist ze dat ik haar kwam ophalen? Waarom ging ze naar het appartement van Miranda? En waarom moest ík daar in vredesnaam voor zorgen – in aanmerking genomen dat Miranda fulltime een chauffeur, een huishoudster en een kindermeisje had?

Omdat ik me herinnerde dat het verboden was om te telefoneren terwijl je door New York rijdt en omdat een aanvaring met een overijverige politieagent het laatste was wat ik kon gebruiken, reed ik de busbaan op en zette mijn knipperlichten aan. *Adem in, adem uit*, hield ik mezelf voor, en ik dacht er zelfs aan om de handrem aan te trekken voordat ik mijn voet van de rem haalde. Het was jaren geleden dat ik in een schakelauto had gereden – vijf jaar, om precies te zijn, toen een vriendje op de middelbare school zijn auto beschikbaar had gesteld voor een paar rijlessen, waarvoor ik onbetwistbaar was gezakt – maar daar had Miranda blijkbaar niet mee gezeten toen ze me anderhalf uur eerder bij zich had geroepen in haar kantoor.

'Ahn-dre-ah, mijn auto moet worden opgehaald en naar mijn parkeergarage gebracht. Zorg daar onmiddellijk voor, want we hebben hem vanavond nodig om naar de Hamptons te rijden. Je kunt gaan.' Ik bleef als aan de grond genageld op het vloerkleed voor haar kolossale bureau staan, maar ze had mijn aanwezigheid al volledig achter zich gelaten. Althans, dat dacht ik. 'Dat was alles, Ahndre-ah. Zorg er onmiddellijk voor,' voegde ze er nog aan toe, zonder op te kijken.

Natuurlijk Miranda, dacht ik toen ik wegliep, en ik probeerde de eerste stap te plannen van een opdracht die ongetwijfeld duizenden valkuilen zou bevatten. Om te beginnen moest ik uitzoeken waar de auto stond. Waarschijnlijk had ze hem bij de dealer laten repareren, maar hij kon net zo goed bij een van de duizenden andere garages ergens in de wijde omgeving van New York staan. Of misschien had ze hem uitgeleend aan een vriend of vriendin en stond hij nu ergens in een bewaakte parkeergarage op Park Avenue. Natuurlijk was er ook nog de mogelijkheid dat ze het over een nieuwe auto had – merk onbekend – die ze pas had gekocht en die nog bij de (onbekende) dealer stond. Ik had een hoop werk te verrichten.

Ik begon met een telefoontje naar Miranda's kindermeisje, maar ik kreeg de voicemail. De huishoudster was de volgende op de lijst, en ze kon me deze keer voor de verandering uitstekend helpen. Ze wist te vertellen dat het niet om een gloednieuwe auto ging, maar om een 'sportwagen cabriolet in Brits racegroen', die meestal in de parkeergarage bij Miranda in de straat stond, maar ze had geen idee wat voor merk het was of waar hij op dat moment kon zijn. De volgende op de lijst was de assistente van Miranda's echtgenoot, die me vertelde dat, voorzover zij wist, het echtpaar een chique, zwarte Lincoln Navigator bezat en een kleine, groene Porsche. Ja! Mijn eerste aanwijzing. Een snel telefoontje met de Porsche-dealer op 11th Avenue, tussen 27th en 28th Street, onthulde dat de lak net was bijgewerkt en er een nieuwe cd-wisselaar was ingebouwd in een groene Carrera 4 cabriolet, voor een zekere mevrouw Miranda Priestly. Bingo!

Ik bestelde een auto met chauffeur om me naar de dealer te brengen, waar ik een briefje liet zien met Miranda's vervalste handtekening en de instructie om de auto aan mij over te dragen. Het leek niemand ook maar iets te kunnen schelen dat een wildvreemde er met de Porsche van een ander vandoor ging. Ze wierpen me de sleutels toe en lachten alleen maar toen ik hun vroeg hem de garage uit te rijden omdat ik niet wist of ik wel met een schakelauto achteruit kon rijden.

Het had me een halfuur gekost om tien straten verder te komen en ik wist nog steeds niet waar en hoe ik moest keren, zodat ik eindelijk de goede richting in kon rijden, naar de parkeergarage die Miranda's huishoudster had beschreven. De kans dat ik de hoek van 76th Street en Fifth Avenue zou halen zonder mezelf, de auto, een fietser, voetganger of een ander voertuig ernstig letsel toe te brengen was nihil, en het volgende telefoontje bracht geen geruststelling.

Ik begon weer van voren af aan, maar deze keer nam het kindermeisje meteen op.

'Cara, met mij.'

'Hé, hoe is het? Ben je op straat? Het is zo'n lawaai.'

'Ja, dat kun je wel zeggen. Ik moest Miranda's Porsche ophalen bij de dealer en ik kan niet met een schakelauto overweg. Maar nu belde ze dat ik ene Mitzy moet ophalen en naar haar appartement brengen. Wie is in godsnaam Mitzy en waar zou ze kunnen uithangen?'

Cara lachte voor mijn gevoel wel tien minuten voordat ze zei: 'Mitzy is hun hondje, een Franse buldog, en ze is bij de dierenarts. Ze is net gesteriliseerd. Ik zou haar ophalen, maar Miranda heeft net gebeld om te zeggen dat ik de tweeling eerder uit school moet halen, zodat het gezin naar de Hamptons kan vertrekken.'

'Dat meen je niet. Ik moet een hónd ophalen met deze Porsche? Zonder te verongelukken? Dat lukt me nooit!'

'Ze is bij de East Side dierenkliniek op 52nd Street, tussen First en Second Avenue. Sorry Andy, ik moet de meisjes nu gaan halen, maar bel me maar als ik iets voor je kan doen, oké?'

De manoeuvres om het groene monster te keren tot ik in noordelijke richting reed kostten me mijn laatste beetje concentratie, en tegen de tijd dat ik op Second Avenue was aangekomen, zat ik stijf van de stress in de auto. Erger kon het niet worden, dacht ik, vlak voordat de volgende taxi een halve centimeter achter mijn bumper stopte. Een krasje of deukje zou me gegarandeerd mijn baan kosten, dat was duidelijk, maar het kon me ook nog mijn leven kosten. Aangezien er midden op de dag uiteraard geen parkeerplaats – legaal of anderszins – vrij was, belde ik voor de deur het nummer van de dierenarts en vroeg ik of iemand Mitzy kon brengen. Na een paar minuten (net genoeg om weer een telefoontje af te handelen van Miranda, die deze keer vroeg waarom ik nog niet terug op kantoor was) kwam er een vriendelijke vrouw naar buiten met een jankend, snotterend jong hondje. Ze liet me Mitzy's gehechte buik zien en vroeg me heel, heel voorzichtig te rijden, omdat de hond 'last van lichamelijk ongemak' had. Natuurlijk, mevrouw. Ik rijd heel, heel voorzichtig om mijn baan en misschien zelfs mijn leven te behouden, en als de hond daar van meeprofiteert, is dat alleen maar meegenomen.

Met Mitzy opgerold naast me op de passagiersstoel stak ik nog een sigaret op en wreef ik mijn ijskoude voeten over elkaar, zodat mijn tenen weer wat grip zouden krijgen op de koppeling en het gaspedaal. *Koppeling in, gas geven, schakelen, koppeling loslaten*, herhaalde ik terwijl ik probeerde de hond te negeren, die telkens begon te jammeren wanneer ik optrok. Ze jankte, piepte en snoof. Tegen de tijd dat we bij Miranda's appartementengebouw aankwamen, was het mormel bijna hysterisch. Ik probeerde haar te kalmeren, maar ze voelde dat ik het niet meende – bovendien had ik geen hand meer vrij om haar geruststellend een aai of een klopje te geven. Dus híérvoor had ik vier jaar grafieken gemaakt en boeken, toneelstukken, korte verhalen en gedichten geanalyseerd: de kans om een kleine, witte, vleermuisachtige buldog te troosten terwijl ik mijn best moest doen om de zeer, zeer dure auto van een ander niet te slopen. Precies waar ik altijd van had gedroomd.

Ik kreeg het voor elkaar om de auto en de hond zonder verdere problemen bij de portier van Miranda af te geven, maar mijn handen trilden nog steeds toen ik instapte bij de chauffeur van de zaak die me de hele stad door was gevolgd.

'Terug naar Elias-Clark,' zei ik met een langgerekte zucht toen hij de hoek om reed en Park Avenue in zuidelijke richting volgde. Aangezien ik deze route iedere dag reed – soms twee keer – wist ik dat ik precies zes minuten had om op adem te komen, mezelf weer onder controle te krijgen en misschien zelfs iets te bedenken om de as- en zweetvlekken te verbergen die blijvend het Gucci-leer besmeurden. Voor de schoenen was er geen hoop meer, althans niet voordat ze gerepareerd konden worden door de grote schare schoenmakers die *Runway* voor dergelijke noodgevallen achter de hand had. Het ritje duurde deze keer maar vierenhalve minuut, en ik had geen andere keus dan als een wankele giraf naar binnen te hobbelen op één platte schoen en één met een hak van tien centimeter. Een korte stop bij de Kast leverde een paar gloednieuwe, kniehoge, kastanjebruine Jimmy Choo-laarzen op die prachtig stonden bij de soepele leren rok die ik meegriste nadat ik de suède broek op de stapel 'Stomerij Couture' had gegooid (waar de basisprijzen begonnen bij vijfenzeventig dollar per kledingstuk). Nu alleen nog een bezoekje aan de Beautykast, waar een aanwezige redacteur na één blik op mijn doorgelopen zweetmake-up een koffer vol herstelmiddelen tevoorschijn haalde.

Niet slecht, dacht ik toen ik in een van de vele kamerhoge spiegels keek. Je zou niet zeggen dat ik een paar minuten geleden nog gevaarlijk dicht bij het randje van zelfmoord – en moord op iedereen in mijn omgeving – had verkeerd. Zelfverzekerd slenterde ik naar het assistentenvertrek voor het kantoor van Miranda, waar ik stilletjes ging zitten, me verheugend op drie vrije minuten voordat ze zou terugkeren van haar lunchpauze.

'Ahn-dre-ah,' riep ze vanuit haar kale, opzettelijk kil ingerichte kantoor. 'Waar zijn de auto en het hondje?'

Ik sprong uit mijn stoel en rende zo snel als het hoogpolige tapijt toeliet op hakken van acht centimeter naar haar bureau. 'Ik heb de auto afgegeven bij de parkeergarage en Mitzy bij je portier, Miranda,' zei ik, trots dat ik beide taken had volbracht zonder de auto, de hond of mezelf om zeep te helpen.

'Hoe kom je daar nou bij?' snauwde ze, en ze keek voor het eerst sinds mijn binnenkomst op van haar *Women's Wear Daily*. 'Ik heb je uitdrukkelijk verzocht ze allebei mee te brengen naar kantoor, want de meisjes kunnen ieder moment hier zijn en we moeten weg.'

'O, maar je zei dat ze...'

'Genoeg. De details van je onvermogen interesseren me bijzonder weinig. Haal de auto en de hond en breng ze hierheen. Ik verwacht dat we over een kwartier kunnen vertrekken, begrepen?'

Een kwartier? Hallucineerde dat mens of zo? Het zou me een minuut of twee kosten om naar beneden te gaan en in een auto met chauffeur te stappen, vier of zes minuten om naar haar appartement te rijden en dan een uur of drie om dat beest te vinden in een van haar achttien vertrekken, dat hobbelende schakelgeval uit de parkeergarage te halen en naar kantoor te rijden, zo'n twintig straten verder.

'Natuurlijk Miranda, een kwartier.'

Ik begon te trillen zodra ik haar kantoor uit liep en vroeg me af of mijn hart het zou kunnen begeven op de gezegende leeftijd van drieëntwintig jaar. De eerste sigaret die ik opstak belandde rechtstreeks op mijn nieuwe Jimmy's, en in plaats van door te rollen en op straat te vallen, bleef hij net lang genoeg liggen om er een klein, keurig gaatje in te branden. 'Geweldig,' mompelde ik, 'dat is verdomme weer geweldig.' Dat bracht het totaal op precies vierduizend dollar aan vernielde spullen – een nieuw persoonlijk record. Misschien zou ze wel doodgaan voordat ik terugkwam, dacht ik, want het werd tijd om de zaken positief te bekijken. Misschien, heel misschien, zou ze bezwijken aan een vreemde, zeldzame aandoening en werden we allemaal verlost van die bron van ellende. Ik genoot van mijn laatste trekje voordat ik de sigaret uittrapte en mezelf voorhield dat ik wel redelijk moest blijven. Je wilt niet dat ze doodgaat, dacht ik, en ik rekte me uit op de achterbank. Want als ze doodgaat, kun je haar niet meer vermoorden. En dat zou pas echt jammer zijn.

2

Ik wist helemaal niets toen ik voor mijn eerste sollicitatiegesprek in een van de beruchte liften van Elias-Clark stapte, die transporteurs van alles wat *en vogue* was. Ik had er geen idee van dat de best geïnformeerde roddelcolumnisten, de halve beau monde en alle belangrijke mediabonzen zich eindeloos druk maakten over de perfect opgemaakte en aangeklede, bijdetijdse gebruikers van die chique, geruisloze liften. Ik had nog nooit vrouwen gezien met zulk glanzend blond haar en wist niet dat het onderhoud van die highlights zesduizend dollar per jaar kostte, of dat andere ingewijden met één blik op het eindresultaat konden zien welke kleurspecialist ze had aangebracht. Ik had nog nooit zulke mooie mannen gezien. Ze waren volkomen strak – niet te gespierd, want 'dát is niet sexy' – en pronkten met hun levenslange toewijding aan de sportschool in fijne ribcoltruitjes en strakke leren broeken. Tassen en schoenen waarmee ik nog nooit echte mensen had zien lopen schreeuwden van alle kanten *Prada! Versace! Armani!* Ik had van een vriendin van een vriendin – redactieassistente bij *Chic* – gehoord dat de accessoires zelfs zo nu en dan hun ontwerpers mochten begroeten in diezelfde lift; een ontroerende hereniging waarbij Miuccia, Giorgio of Donatella hun naaldhakken van zomer 2002 of die druppelvormige tas uit de voorjaarscollectie persoonlijk konden bewonderen. Ik wist dat mijn leven zou veranderen, maar ik wist niet zeker of ik er op vooruit zou gaan.

Tot dat moment had ik drieëntwintig jaar lang een typisch Amerikaans provinciaals leventje geleid. Mijn hele bestaan was één cliché. Een jeugd in Avon, Connecticut betekende veel sporten op de middelbare school, jeugdverenigingen en 'drankfeestjes' in verbouwde boerderijen in keurige buitenwijken wanneer de ouders niet thuis waren. Op school droegen we joggingbroeken, zaterdagavond een spijkerbroek en op de min of meer chique dansavonden ruches en pofmouwen. En mijn studietijd! Nou, dat was een wereld van beschaving na de middelbare school. Op Brown had je eindeloos veel activiteiten, lessen en groepen voor iedere denkbare kunstenaar, elk onaangepast type en iedere computernerd. Waar mijn intellectuele of creatieve belangstelling ook naar uitging, hoe zweverig of impopulair die ook mocht zijn, op Brown was er een uitlaatklep voor te vinden. Haute couture was misschien wel de enige uitzondering op dit met zoveel trots verkondigde feit. Vier jaar in fleecetruien en wandelschoenen rondbanjeren in Providence, de colleges over de Franse impressionisten en het schrijven van irritant langdradige essays voor Engels hadden me niet – op geen enkele manier – voorbereid op mijn allereerste baan.

Ik wist het zo lang mogelijk uit te stellen. Voor de eerste vijf maanden na mijn afstuderen had ik zoveel mogelijk geld bijeengeschraapt voor een solotocht. Ik reisde een maand met de trein door Europa, waar ik meer tijd doorbracht op het strand dan in het museum en het contact met het thuisfront min of meer liet verwateren, behalve met Alex, sinds drie jaar mijn vriend. Hij wist dat ik me na een week of vijf eenzaam begon te voelen, en aangezien hij zijn Teach for America-opleiding net had afgerond en een paar maanden vrij was voordat hij een school toegewezen zou krijgen, verraste hij me in Amsterdam. Ik had tegen die tijd zo'n beetje heel Europa gezien en hij had de zomer daarvoor veel gereisd, dus na een niet al te heldere middag in een van de koffieshops hadden we al onze cheques geïncasseerd en twee enkeltjes Bangkok gekocht.

Samen reisden we al werkend door zo'n beetje heel Zuidoost-

Azië, waar we zelden meer dan tien dollar per dag uitgaven en als bezetenen over de toekomst praatten. Hij keek er ontzettend naar uit om Engelse les te gaan geven op een school met veel kansarme leerlingen. Hij zag het helemaal zitten om jonge mensen te vormen en de armste, meest verwaarloosde leerlingen te begeleiden. Hij was enthousiast zoals alleen Alex dat kon zijn. Zelf wilde ik hoe dan ook een baan vinden bij een tijdschrift. Hoewel ik wist dat de kans bijzonder klein was dat ik meteen na mijn opleiding aangenomen zou worden bij *The New Yorker* was ik vast van plan om er vóór de vijfde schoolreünie voor te schrijven. Ik had nooit iets anders gewild, het was de enige plek waar ik wilde werken. Ik had het blad voor het eerst gelezen nadat ik mijn ouders had horen praten over een artikel en ik mijn moeder had horen zeggen: 'Het is zo goed geschreven, zulke artikelen lees je haast niet meer.' Mijn vader had instemmend gezegd: 'Het is zonder twijfel het enige intelligente blad op dit moment.' En ik vond het geweldig. De scherpe recensies, de geestige strips en het gevoel dat je deel uitmaakte van een speciaal, besloten groepje lezers. Ik had de afgelopen zeven jaar ieder nummer gelezen en kende iedere rubriek, iedere redacteur en iedere schrijver vanbuiten.

Alex en ik praatten over de nieuwe levensfase waaraan we allebei zouden beginnen en we zeiden dat we het zo getroffen hadden dat we dat samen zouden doen. Maar we hadden geen haast om terug te gaan, want op de een of andere manier voelden we wel dat dit de laatste rustperiode was voordat de gekte begon, en we verlengden in Delhi onze visums om een paar weken extra te kunnen rondreizen door het exotische landschap van India.

Nou, niets zet je zo goed weer met beide benen terug in de werkelijkheid als een aanvalletje van amoebendysenterie. Ik heb een week in een smerig Indiaas hostel gelegen en Alex gesmeekt me niet voor dood in die hel achter te laten. Vier dagen later landden we op het vliegveld van Newark, waar mijn bezorgde moeder me instopte op de achterbank van haar auto en de hele weg naar huis over me moederde. In zekere zin was het de droom van de typische joodse mama: een gegronde reden om dokter na dokter na dokter te bezoeken en zich ervan te laten overtuigen dat iedere akelige parasiet het lichaam van haar dochter had verlaten. Het duurde vier weken voor ik me weer een beetje mens voelde, en daarna nog twee tot ik het niet meer uithield bij mijn ouders. Pa en ma waren fantastisch, maar het hing me al snel de keel uit om telkens wanneer ik de deur uit ging te moeten vertellen waar ik naartoe ging – of waar ik vandaan kwam zodra ik binnenkwam. Ik belde Lily en vroeg of ik bij haar op de bank mocht slapen, in haar piepkleine eenkamerflatje in Harlem. Vanuit de goedheid van haar hart stemde ze toe.

In dat flatje in New York werd ik badend in het zweet wakker. Mijn voorhoofd gloeide, mijn maag draaide zich om en iedere zenuw danste – een dansje dat absoluut niet sexy te noemen was. O, het is terug! dacht ik vol afschuw. De parasieten hadden mijn lichaam weer gevonden en nu zou ik eeuwig lijden. Of misschien was het nog erger. Misschien had ik wel een zeldzame vorm van knokkelkoorts met een heel lange incubatietijd. Malaria. Misschien zelfs ebola. Ik bleef zwijgend liggen en probeerde net mijn naderende dood te bevatten toen ik me flarden van de vorige avond herinnerde. Een rokerige bar ergens in de East Village. Muziek die ze trance noemden. Een felroze drankje in een martiniglas – o, laat de misselijkheid ophouden. Vrienden die langskwamen om me te verwelkomen. Een toost, een slok, nog een toost. O, goddank, het was geen zeldzame vorm van knokkelkoorts, het was gewoon een kater. Ik had er geen seconde aan gedacht dat ik niet bepaald veel drank meer kon hebben nadat ik kilo's was afgevallen door de dysenterie. Nog geen 52 kilo bij een lengte van 1,77 meter was niet genoeg voor een avondje zwaar stappen (maar achteraf bezien wel heel geschikt om aangenomen te worden bij een modetijdschrift).

Ik sleepte mezelf dapper van de kreupelmakende bank waar ik de afgelopen week op had geslapen en wendde al mijn energie aan om niet over te geven. De aanpassing aan Amerika – het eten, de manieren, die verrukkelijke douches – was me niet zo zwaar gevallen, maar dat logeren begon al snel te lang te duren. Ik had nog voor zo'n anderhalve week Thaise baht en Israëlische sjekels die ik kon inwisselen voordat ik helemaal blut zou zijn, en de enige manier om geld van mijn ouders los te krijgen was terugkeren naar hun niet-aflatende ongevraagde mening. Die ontnuchterende gedachte was genoeg om me te doen opstaan op die – achteraf noodlottige – novemberdag, de dag waarop ik binnen een uur verwacht werd voor mijn eerste sollicitatiegesprek. Ik had de afgelopen week bij Lily op de bank gehangen, nog zwak en doodmoe, tot ze eindelijk had geroepen dat ik iedere dag de deur uit moest, al was het maar voor een paar uur. Omdat ik niet wist wat ik anders moest doen, kocht ik een pasje voor de metro en ging ik lusteloos hier en daar een cv afgeven. Ik liet ze achter bij de portiers van alle grote tijdschriften, met een halfslachtig briefje erbij dat ik redactieassistente wilde worden en dat ik schrijfervaring wilde opdoen bij een tijdschrift. Ik was te zwak en te moe om me druk te maken over de vraag of iemand mijn briefje überhaupt zou lezen, en het laatste wat ik verwachtte was een sollicitatiegesprek. Maar de vorige dag was Lily's telefoon gegaan, en tot mijn stomme verbazing had iemand van Personeelszaken bij Elias-Clark gevraagd of ik eens wilde komen 'babbelen'! Ik wist niet zeker of ik dat als een officieel sollicitatiegesprek mocht beschouwen, maar 'babbelen' klonk een stuk minder bedreigend.

Ik spoelde een Advil weg met een middeltje tegen brandend maagzuur en diepte een jasje en een broek op die totaal niet bij elkaar pasten en samen in de verste verte geen broekpak vormden, maar ze bleven tenminste om mijn vermagerde lijf hangen. Een blauwe buttondown blouse, een niet al te parmantige paardenstaart en een paar enigszins versleten platte schoenen maakten het geheel compleet. Het was niet geweldig, of eigenlijk grensde het aan spuuglelijk, maar ik moest het er maar mee doen. Ik weet nog dat ik dacht dat ze me heus niet zouden aannemen of afwijzen op basis van mijn kleding. Ik was duidelijk niet helemaal goed bij mijn verstand.

Ik was mooi op tijd voor mijn gesprek van elf uur en raakte pas in paniek toen ik de rij superslanke types met ellenlange benen bij de liften zag staan. (Die liften!) Adem in, adem uit, hield ik mezelf voor. Je gaat niet overgeven. Je gaat niet overgeven. Je komt hier alleen maar praten over een baan als redactieassistente, en dan mag je weer rechtstreeks terug naar de bank. Je gaat niet overgeven. *O ja, ik zou dolgraag bij* Reaction *werken! O jawel,* The Buzz *is ook aanvaardbaar. Wat, mag ik kiezen? Nou, dan moet ik er nog een nachtje over slapen of ik niet voor* Maison Vous *kies. Schitterend!*

Een paar tellen later liep ik naar de liften, met een behoorlijk onflatteuze 'gast'-sticker op mijn behoorlijk onflatteuze pseudo-pak (ik kwam er te laat achter dat beter ingewijde gasten die dingen op hun tas plakken of, beter nog, meteen weggooien – alleen de meest onhandige sukkels drágen ze echt). En toen... stapte ik in de lift, omhoog, omhoog, omhoog en weg, door tijd en ruimte en die oneindig sexy wereld op weg naar... Personeelszaken.

Tijdens dat snelle, geruisloze ritje met de lift stond ik mezelf toe me even te ontspannen. Zware, zwoele parfums vermengd met de geur van vers leer veranderden de lift van puur functioneel in welhaast erotisch. We zoefden van verdieping naar verdieping en stopten om de schoonheden te laten uitstappen bij *Chic*, *Mantra*, *The Buzz* en *Coquette*. De deuren boden stil en eerbiedig toegang tot spierwitte ontvangstruimten. Chic meubilair met een strakke, eenvoudige belijning daagde mensen uit om te gaan zitten, klaar om vol afschuw te gaan gillen als iemand – o, ellende – het waagde om er iets op te morsen. De namen van de tijdschriften stonden in vette, zwarte letters in herkenbare, eigen lettertypen op de muren van iedere lobby. Dikke matglazen deuren beschermden de afdelingen. Het zijn namen die de gemiddelde Amerikaan kent, maar waarvan hij zich niet kan voorstellen dat ze zich in alle drukte en hectiek onder één heel hoog dak midden in de stad bevinden.

Hoewel ik moet toegeven dat ik zelf nooit een indrukwekkender baan had gehad dan yoghurtijsverkoopster, had ik van mijn pas ingewijde vrienden en vriendinnen genoeg verhalen gehoord om te weten dat het bedrijfsleven er zo niet uitzag. Het leek er in de verste verte niet op. Afwezig waren de misselijkmakende tl-verlichting en de gemêleerde vloerbedekking waar je geen vuil op zag. Daar waar slonzige secretaresses onderuitgezakt in hun stoel hadden moeten zitten, zaten opgepoetste jonge meiden met hoge jukbeenderen en snelle outfits. Kantoorartikelen bestonden hier niet! Basisbenodigdheden als agenda's, prullenbakken en boeken waren eenvoudigweg niet aanwezig. Ik had zes verdiepingen zien verdwijnen in een wolk van perfectie voordat ik het venijn voelde en de stem hoorde.

'Het. Is. Zo'n. Kreng! Ik kan er niet meer tegen. Wie doet nou zoiets? Echt, ik vraag het je. WIE DOET NOU ZOIETS?' fluisterde een meisje van in de twintig. Ze droeg een rokje in slangenprint en een ultrakort truitje, dat me geschikter leek voor een heftige avond stappen dan voor een (winterse!) dag op kantoor.

'Ik weet het. Ik wéééééét het. Wat denk je dat ik het afgelopen halfjaar te verduren heb gehad? Wat een trut. En totaal geen smaak,' zei haar vriendin instemmend, en ze schudde meelevend haar beeldige bobkapsel.

Gelukkig waren we aangekomen op de verdieping waar ik moest zijn en schoven de liftdeuren open. Interessant, dacht ik. Als je deze potentiële werkomgeving vergeleek met een doorsnee dag uit het leven van een kliekje meiden op de middelbare school, werd het nog interessanter. Stimulerend? Nee, misschien niet. Lief, aardig, warm? Nou, nee. Een plek waar je met een glimlach fantastisch werk wilde leveren? Nee, oké, dat ook niet! Maar voor wie op zoek was naar snel, slank, mondain, belachelijk hip en haast pijnlijk stijlvol was Elias-Clark het Mekka.

De schitterende sieraden en onberispelijke make-up van de receptioniste bij Personeelszaken verzachtten het gevoel dat ik verschrikkelijk tekortschoot geenszins. Ze zei dat ik moest gaan zitten en 'gerust wat tijdschriften mocht doorbladeren'. Maar ik probeerde verwoed de namen van de hoofdredacteuren van alle titels van Elias-Clark in mijn hoofd te stampen – alsof ik overhoord zou worden. Ha! Stephen Alexander kende ik natuurlijk al, van *Reaction*, en Tanner Michel van *The Buzz* was niet zo moeilijk te onthouden. En dat waren toch de enige interessante bladen die ze uitgaven, leek me. Ik zou het wel redden.

Een kleine, slanke vrouw stelde zich voor als Sharon. 'Zo liefje, dus jij wilt bij een tijdschrift werken?' vroeg ze toen ze me langs een reeks fotomodelachtige vrouwen met lange benen voorging naar haar kale, kille kantoor. 'Dat valt niet mee, meteen na je studie. Een heleboel concurrentie en maar een paar banen. En de banen die beschikbaar zijn... Het werk betaalt niet bepaald goed, als je begrijpt wat ik bedoel.'

Ik keek naar mijn goedkope, niet bij elkaar passende kleren en mijn foute schoenen en vroeg me af waarom ik zelfs maar de moeite nam om het te proberen. Ik kroop in gedachten al weer lekker op de bank, met genoeg kaasvlinders en sigaretten voor twee weken, en ik hoorde haar al bijna niet meer toen ze min of meer fluisterde: 'Maar ik moet zeggen dat we momenteel een unieke kans voor je hebben, en je moet er snel bij zijn.'

Hmm. Mijn voelsprieten schoten de lucht in en ik probeerde haar te dwingen me aan te kijken. Kans? Snel bij zijn? Mijn hersens kraakten. Wilde ze me helpen? Vond ze me aardig? Waarom? Ik had mijn mond nog niet opengedaan – hoe kon ze me dan aardig vinden? En waarom klonk ze opeens als een autoverkoper?

'Liefje, weet je hoe de hoofdredacteur van *Runway* heet?' vroeg ze, en voor het eerst sinds ik was gaan zitten keek ze me indringend aan.

Leeg. Mijn hoofd was helemaal leeg, ik wist niets meer. Niet te geloven, ze overhóórde me! Ik had nooit van mijn leven één *Runway* gelezen – daar mocht ze me geen vragen over stellen. Niemand was geïnteresseerd in *Runway*. Dat was verdorie een módeblad, een blad waar volgens mij niet eens tekst in te vinden was, alleen een hoop hongerig uitziende modellen en glanzende advertenties. Ik stamelde wat, terwijl de verschillende namen van de hoofdredacteuren die ik zojuist in mijn hoofd had gestampt door mijn gedachten dansten, twee aan twee, maar allemaal met de verkeerde partner. Ik wist zeker dat ik ergens diep in mijn achterhoofd haar naam wel wist – wie wist die nou niet? Maar mijn verwarde hersens kregen er geen vat op.

'Eh, ik geloof dat ik er even niet op kom. Maar ik weet dat ik het weet, natuurlijk weet ik het. Iedereen kent haar! Ik eh... kan er alleen even niet op komen.'

Ze tuurde even naar me, haar grote bruine ogen eindelijk op mijn inmiddels transpirerende gezicht gericht. 'Miranda Priestly,' zei ze bijna fluisterend, met een mengeling van ontzag en vrees. 'Ze heet Miranda Priestly.'

Er viel een stilte. Voor mijn gevoel wel een volle minuut lang zeiden we geen van beiden iets, maar toen moest Sharon besloten hebben me mijn cruciale misstap te vergeven. Toen wist ik nog niet dat ze wanhopig op zoek was naar een assistente voor Miranda; ik kon niet weten dat ze niets liever wilde dan ervoor zorgen dat dat mens ophield haar dag en nacht te bellen om haar aan een kruisverhoor te onderwerpen over mogelijke kandidaten. Ze was wanhopig op zoek naar iemand, wie dan ook, die Miranda niet zou afwijzen. En als ik – hoe onwaarschijnlijk dat ook was – maar het kleinste kansje maakte om aangenomen te worden en haar daarmee uit haar lijden te verlossen, moest ze nu goed opletten.

Sharon glimlachte gespannen en zei dat ik kennis zou gaan maken met een van de twee assistentes van Miranda. Twee assistentes?

'O, ja,' bevestigde ze met een geërgerde blik. 'Natuurlijk heeft Miranda twee assistentes nodig. Haar huidige eerste assistente, Allison, is gepromoveerd tot beautyredactrice en Emily, haar tweede assistente, neemt nu Allisons plaats in. Dus de positie van tweede assistente komt vrij! Andrea, ik weet dat je net van school komt en dat je waarschijnlijk nog niet precies weet hoe de tijdschriftenwereld in elkaar zit...' Ze zweeg theatraal, op zoek naar de juiste woorden. 'Maar ik zie het als mijn taak, mijn plícht, om je te vertellen dat dit een buitenkans is. Miranda Priestly...' Ze pauzeerde weer net zo theatraal, alsof ze mentaal een buiging maakte. 'Miranda Priestly is de meest invloedrijke vrouw in de mode-industrie, en beslist een van de prominentste hoofdredacteuren ter wereld. Ja, van de hele wereld! De kans om voor haar te werken, om haar aan het werk te zien en beroemde schrijvers en fotomodellen te ontmoeten, haar te helpen bereiken wat ze bereikt, *elke dag opnieuw*, nou ja, ik hoef je natuurlijk niet te vertellen dat dat een baan is waar miljoenen meisjes een moord voor zouden doen.'

'Eh, ja, dat klinkt inderdaad fantastisch,' zei ik, en ik vroeg me even af waarom Sharon me probeerde over te halen iets te doen waar miljoenen anderen een moord voor zouden plegen. Maar ik had geen tijd om erover na te denken. Ze pakte de telefoon en sprak kort in de hoorn, en binnen een paar minuten ging ze me voor naar de liften, op weg naar mijn gesprekken met de assistentes van Miranda.

Ik vond dat Sharon een beetje als een robot begon te klinken, maar toen had ik Emily nog niet ontmoet. Ik vond de weg naar de zeventiende verdieping en wachtte in de spierwitte receptie van *Runway*. Het duurde iets meer dan een halfuur voordat er een lange, dunne vrouw door de glazen deuren kwam. Een kuitlange leren rok hing rond haar heupen en haar warrige rode haar was opgestoken in zo'n slordig maar toch chic knotje. Haar huid was volkomen gaaf en bleek, nog geen sproetje of vlekje, en ze had de hoogste jukbeenderen die ik ooit had gezien. Ze glimlachte niet. Ze kwam naast me zitten en bekeek me, ernstig maar zo te zien met weinig belangstelling. Plichtmatig. En toen, zonder enige inleiding en zonder dat ze zich aan me had voorgesteld, begon de jonge vrouw van wie ik aannam dat het Emily was aan een omschrijving van de functie. De monotonie van haar verklaringen vertelde me meer dan al haar woorden bij elkaar: ze had dit duidelijk al tientallen keren verteld en had er weinig vertrouwen in dat ik anders dan alle anderen zou zijn, dus wilde ze niet te veel tijd aan me verspillen.

'Het is zwaar, zonder twijfel. Je zult dagen draaien van veertien uur – niet vaak, maar toch...' ratelde ze, nog steeds zonder me aan te kijken. 'En het is belangrijk dat je weet dat je geen redactioneel werk zult doen. Als tweede assistente van Miranda ben je uitsluitend verantwoordelijk voor het uitvoeren van haar wensen en het tegemoetkomen aan haar behoeften. Dat kan alles zijn, uiteenlopend van haar favoriete briefpapier bestellen tot haar vergezellen als ze gaat winkelen. Maar wat het ook is, het is altijd leuk. Ik bedoel, je mag dag na dag, week na week je tijd doorbrengen met die bijzondere vrouw. En bijzonder is ze zeker,' zei ze zachtjes, en voor het eerst sinds ze was begonnen met praten keek ze er enigszins enthousiast bij.

'Klinkt goed,' zei ik, en ik meende het. Mijn vriendinnen die meteen na school waren gaan werken hadden er al zes hele maanden van hun baantjes onder aan de carrièreladder op zitten, en ze vonden het allemaal vreselijk. Banken, reclamebureaus, uitgeverijen – het maakte niet uit, ze vonden het stuk voor stuk niks. Ze zeurden over lange dagen, hun collega's en de regeltjes op kantoor, maar boven alles klaagden ze bitter over de verveling. Vergeleken met school was het werk dat ze moesten doen geestdodend en overbodig; een chimpansee zou het ook kunnen. Ze vertelden over de vele, vele uren cijfertjes invoeren in databases en over het ongevraagd opbellen van mensen die niet opgebeld wilden worden. Over het rangschikken van vele jaren informatie op een computerscherm en maandenlang volkomen onbelangrijke onderwerpen uitpluizen om bij hun bazen de indruk te wekken dat ze productief waren. Ze zwoeren allemaal dat ze in die korte tijd sinds de diploma-uitreiking juist dómmer geworden waren, en er was geen ontsnapping in zicht. Ik mocht dan niet bijzonder dol op mode zijn, ik zou veel liever de hele dag iets 'leuks' doen dan wegkwijnen in zo'n saai baantje.

'Ja, het is fantastisch. Echt fantastisch. Ik bedoel écht helemaal fantastisch. Nou, het was leuk je te ontmoeten, ik ga nu Allison halen. Zij is ook fantastisch.' Bijna net zo snel als ze in een flits van leer en krullen achter het glas verdween, verscheen er een dartel type.

Dit prachtige zwarte meisje stelde zich voor als Allison, de eerste assistente van Miranda die zojuist promotie had gemaakt, en ik zag meteen dat ze onmogelijk slank was (noem het maar een uit de hand gelopen gecultiveerd instinct uit mijn studietijd). Maar ik kon me zelfs niet concentreren op haar holle buik of haar uitstekende heupbotten, want ik was te verbijsterd over het feit dat ze op haar wérk met ontblote buik rondliep. Ze droeg een zwartleren broek, even zacht als strak, en een donzig (of was het harig?) wit truitje zonder mouwen dat strak om haar borsten spande en vijf centimeter boven haar navel eindigde. Haar lange haar was inktzwart en hing als een dikke deken op haar rug. Haar vinger- en teennagels waren gelakt in een lichtgevende tint wit die van binnenuit leek te gloeien, en haar sandaaltjes met open neus voegden nog zeven of acht centimeter toe aan haar 1,80 meter. Ze zag er tegelijkertijd ongelooflijk sexy, halfnaakt en toch stijlvol uit, maar vooral koud. Letterlijk: het was per slot van rekening november.

'Hallo, ik ben Allison, zoals je waarschijnlijk al weet,' begon ze, en ze plukte een pluisje bont van haar nauwelijks bestaande, in leder gestoken dij. 'Ik ben pas bevorderd tot redactrice. Dat is het mooie aan Miranda. Ja, je maakt lange dagen en het werk is zwaar, maar miljoenen meisjes zouden er een moord voor doen. En Miranda is zo'n geweldige vrouw, redacteur... zo'n geweldig méns; ze doet echt iets voor haar meiden. Het scheelt je jaren en jaren carrière maken als je één jaar voor haar werkt; als je talent hebt, stuurt ze je zo door naar de top, en...' Ze ratelde maar door, zonder moeite te doen om een beetje passie voor haar eigen woorden te veinzen.

Hoewel ik niet de indruk kreeg dat ze dom was, had ze een glazige blik in haar ogen die ik alleen kende van sekteleden of mensen die op een andere manier gehersenspoeld waren. Ik had sterk de indruk dat ik in slaap zou kunnen vallen, in mijn neus kon peuteren of gewoonweg vertrekken zonder dat ze het zou merken.

Toen ze eindelijk haar verhaal afrondde en de volgende collega die me wilde spreken ging halen, plofte ik bijna languit op een van de chique banken in de receptie. Het ging allemaal zo snel dat ik het niet kon bijhouden, en toch was ik enthousiast. Wat maakte het uit dat ik die Miranda Priestly niet kende? Alle anderen waren behoorlijk van haar onder de indruk. Oké, het was een modeblad en geen interessanter tijdschrift, maar het was nog altijd stukken beter om bij *Runway* te werken dan bij een of ander vreselijk vakblad, of niet soms? Het prestige van *Runway* op mijn cv zou me meer geloofwaardigheid bezorgen wanneer ik uiteindelijk bij *The New Yorker* ging solliciteren dan, pakweg, een of ander blaadje voor doe-het-zelvers. Trouwens, er waren waarschijnlijk écht miljoenen meisjes die een moord zouden doen voor deze baan.

Na een halfuur van dat soort overpeinzingen kwam er weer een ander lang, onmogelijk dun meisje de receptie in gelopen. Ze noemde haar naam, maar ik kon me alleen maar op haar lichaam concentreren. Ze droeg een strak, rafelig spijkerrokje, een doorzichtige witte blouse en zilveren sandaaltjes met dunne bandjes. Ook zij was prachtig bruin en gemanicuurd en deels ontbloot, midden in de winter. Pas toen ze me gebaarde haar te volgen door de glazen deuren en ik wel moest opstaan, werd ik me bewust van mijn eigen afgrijselijk ongepaste 'pak', futloze haar en volledig gebrek aan accessoires, sieraden of uiterlijke verzorging. De gedachte aan hoe ik er toen bij liep – het idee dat ik rondliep met iets wat zelfs maar op een aktetas léék – achtervolgt me tot op de dag van vandaag. Ik voel mijn gezicht nog gloeien wanneer ik eraan terugdenk hoe ontzettend slonzig ik erbij liep tussen de meest strakke, stijlvolle vrouwen van New York. Ik hoorde pas later, toen ik al bijna een van hen was, hoe hard ze me uitgelachen hadden tussen de verschillende ronden van het sollicitatiegesprek in.

Na de verplichte keurende blik bracht Bloedmooi me naar het kantoor van Cheryl Kerston, eindredacteur bij *Runway* en in alle opzichten prettig gestoord. Ook zij praatte urenlang op me in, leek het wel, maar deze keer luisterde ik echt. Ik luisterde naar haar omdat ze de indruk wekte dat ze echt van haar werk hield en omdat ze vol vuur sprak over het 'tekst'-aspect van het tijdschrift, de prachtige artikelen die ze onder ogen kreeg, de auteurs die ze begeleidde en de redacteuren die ze aanstuurde.

'Ik heb helemaal niks te maken met de modekant van het blad,' verklaarde ze trots, 'dus vragen daarover kun je beter aan iemand anders stellen.'

Toen ik haar vertelde dat háár baan me wel aantrok en dat ik niet speciaal belangstelling voor of ervaring met mode had, veranderde haar glimlach in een oprechte grijns.

'In dat geval, Andrea, ben jij misschien wel precies wat we hier zoeken. En als ik je één goede raad mag geven: kijk haar recht in de ogen en verkoop jezelf. Verkoop jezelf vol overtuiging, dan krijgt ze respect voor je.'

Precies op dat moment kwam Miranda's assistente binnen om me naar haar kantoor te begeleiden. Het was een halve minuut lopen, maar ik voelde dat alle ogen op me gericht waren. Ze tuurden naar me van achter het matglas van het redactiekantoor en vanuit de kantoortuin van de assistenten. Een erg lekker ding achter het kopieerapparaat draaide zich om om me te bekijken, net als een ongelooflijk knappe man die duidelijk homo was en alleen mijn kleding beter wilde zien. Net toen ik de assistentenruimte voor Miranda's kantoor binnen wilde gaan, griste Emily mijn aktetas uit mijn handen en gooide hem onder haar bureau. Ik had maar een seconde nodig om te beseffen dat de boodschap luidde: 'Met dat ding verlies je al je geloofwaardigheid.' En toen stond ik in haar kantoor, een wijde, open ruimte met enorme ramen en volop helder daglicht. Geen enkel ander detail in haar kamer maakte die dag indruk op me; ik kon mijn ogen niet van haar afhouden.

Aangezien ik nooit zelfs maar een foto had gezien van Miranda Priestly, was ik geschokt toen ik zag hoe mager ze was. De hand die ze uitstak was fijn, vrouwelijk en zacht. Ze moest haar hoofd oprichten om me aan te kijken, hoewel ze niet opstond om me te begroeten. Ze droeg haar vakkundig geblondeerde haar in een chique knot, bewust losjes genoeg om nonchalant over te komen maar toch buitengewoon keurig, en hoewel ze niet glimlachte, kwam ze niet echt intimiderend over. Ze leek me heel vriendelijk, zoals ze daar een beetje ineengekrompen achter haar strenge, zwarte bureau zat, en hoewel ze me niet uitnodigde te gaan zitten, voelde ik me genoeg op mijn gemak om plaats te nemen op een van de ongemakkelijke zwarte stoelen tegenover haar. En toen viel me op dat ze me nauwlettend bekeek en geamuseerd mijn pogingen om bevallig en correct over te komen registreerde. Minzaam en onbeholpen, ja, maar niet echt kwaadwillend, besloot ik. Ze nam het woord.

'Hoe kom je bij *Runway* terecht, Ahn-dre-ah?' vroeg ze met haar chique Britse accent, zonder haar ogen van me af te wenden.

'Ik heb een gesprek gehad met Sharon en zij vertelde me dat u een assistente zoekt,' begon ik, met enigszins onvaste stem. Toen ze knikte, groeide mijn zelfvertrouwen een klein beetje. 'En nu, nadat ik Emily, Allison en Cheryl heb gesproken, heb ik het gevoel dat ik precies weet wat voor iemand u zoekt, en ik heb het volste vertrouwen dat ik zeer geschikt ben voor deze functie,' zei ik, denkend aan de woorden van Cheryl. Miranda keek me even geamuseerd aan, maar liet zich niet van de wijs brengen.

Op dat punt wilde ik de baan opeens per se hebben, zoals mensen altijd verlangen naar dingen die onbereikbaar lijken. Het was misschien geen rechtenstudie of de publicatie van een artikel in het studentenblad, maar het was – in mijn destijds naar succes snakkende geest – een echte uitdaging; een uitdaging omdat ik een bedriegster was, en niet eens een goede. Zodra ik bij *Runway* de lift uit stapte, had ik geweten dat ik daar niet thuishoorde. Mijn kleding en mijn haar klopten niet, maar mijn houding was nog veel misplaatster. Ik wist niets van mode en het interesséérde me niet. Totaal niet. En daarom moest ik die baan hebben. Bovendien waren er miljoenen meisjes die er een moord voor zouden doen.

Ik beantwoordde haar vragen over mezelf met zoveel openhartigheid en vertrouwen dat ik er zelf versteld van stond. Ik kreeg niet eens de tijd om me te laten intimideren. Ze leek me best aardig en ik wist, ongelooflijk genoeg, niets wat op het tegendeel wees. Het ging wat moeizamer toen ze vroeg welke vreemde talen ik beheerste. Toen ik zei dat ik Hebreeuws sprak, zweeg ze even, zette haar handen plat op haar bureau en zei ijzig: 'Hebreeuws? Ik had gehoopt op Frans, of in ieder geval iets núttigs.' Bijna verontschuldigde ik me, maar ik hield me in.

'Helaas spreek ik geen woord Frans, maar ik vertrouw erop dat dat geen probleem zal zijn.' Ze vouwde haar handen weer ineen.

'Hier staat dat je op Brown hebt gezeten.'

'Ja, eh, met als hoofdvak Engels, gericht op creatief schrijven. Schrijven is altijd een passie van me geweest.' *O, wat goedkoop!* zei ik in gedachten kwaad tegen mezelf. *Moest je nou echt het woord 'passie' gebruiken?*

'En wil die affiniteit met schrijven zeggen dat je weinig belangstelling hebt voor mode?' Ze nam een slok van haar bruisende drankje en zette het glas zachtjes neer. Een snelle blik op het glas leerde dat ze het type vrouw was dat kan drinken zonder zo'n afschuwelijke lippenstiftvlek achter te laten. Ze zou altijd volmaakt omlijnde en gestifte lippen hebben, op ieder willekeurig uur van de dag.

'O nee, natuurlijk niet. Ik ben gek op mode,' loog ik tamelijk vlot. 'Ik verheug me erop om er nog meer over te leren, want het lijkt me fantastisch om ooit over mode te schrijven.' Waar kwam dat in godsnaam vandaan? Het leek wel of ik uit mijn lichaam was getreden – ik gebruikte de woorden van anderen.

Het gesprek kabbelde verder met hetzelfde relatieve gemak, tot ze haar laatste vraag stelde: welke tijdschriften las ik regelmatig? Ik leunde gretig naar voren en begon: 'Ik ben alleen geabonneerd op *The New Yorker* en *Newsweek*, maar *The Buzz* lees ik ook vaak. En soms *Time*, maar dat is zo droog, en *U.S. News* is me veel te conservatief. Natuurlijk geniet ik wel eens stiekem van *Chic*, en aangezien ik net terug ben van een lange reis, lees ik alle reisbladen en...'

'En lees je *Runway* ook, Ahn-dre-ah?' viel ze me in de rede, en ze leunde over haar bureau naar voren en keek me nog indringender aan.

De vraag kwam zo onverwacht dat ik voor het eerst overrompeld werd. Ik loog niet en weidde niet uit. Ik probeerde het zelfs niet uit te leggen.

'Nee.'

Na misschien tien tellen ijzige stilte gebaarde ze Emily om me uit te laten. Ik wist dat ik de baan had.

3

'Het klinkt anders niet alsof je aangenomen bent,' zei Alex, mijn vriend, zachtjes, en hij speelde met mijn haar terwijl ik na die vreselijke dag mijn pijnlijke hoofd in zijn schoot liet rusten. Ik was na het sollicitatiegesprek rechtstreeks naar zijn flat in Brooklyn gegaan, omdat ik niet nog een nacht bij Lily op de bank wilde slapen en omdat ik hem móést vertellen over alles wat er was gebeurd. 'Ik snap ook eigenlijk niet dat je die baan wílt.' Na een korte stilte kwam hij daarop terug. 'Hoewel, het lijkt me een prachtkans. Ik bedoel, als die Allison is begonnen als Miranda's assistente en nu op de redactie werkt, is dat niet niks. Doe het maar gewoon.'

Hij deed zo zijn best om enthousiast te zijn. We hadden al verkering sinds het eerste jaar op Brown en ik kende iedere stembuiging, iedere blik en ieder signaal. Hij was een paar weken daarvoor begonnen op een school in The Bronx en was zo uitgeput dat hij maar amper kon praten. Ook al waren zijn leerlingen pas negen jaar, hij was teleurgesteld dat ze al zo ongeïnteresseerd en cynisch waren. Tot zijn grote afschuw spraken ze vrijelijk over pijpen, kenden ze tien verschillende woorden voor marihuana en vonden ze het geweldig om op te scheppen over de spullen die ze hadden gestolen of een neefje dat was overgeplaatst naar een strengere gevangenis. 'De bajeskenners,' noemde Alex hen. 'Ze zouden er een boek over kunnen schrijven, maar ze lezen geen woord fatsoenlijk Engels.' En nu probeerde hij een positieve invloed op hen uit te oefenen.

Ik liet mijn hand onder zijn T-shirt glijden en krabde op zijn rug. De arme jongen zag er zo ongelukkig uit dat ik me schuldig begon te voelen dat ik hem lastigviel met het verhaal over mijn sollicitatie, maar ik moest het kwijt. 'Ik weet het. Ik weet dat ik geen redactiewerk mag doen, maar na een paar maanden mag ik vast wel af en toe iets schrijven,' zei ik. 'Vind je het erg zwak van me als ik bij een modetijdschrift ga werken?'

Hij gaf een kneepje in mijn arm en kwam naast me liggen. 'Lieverd, je kunt hartstikke goed schrijven en ik weet zeker dat je het overal fantastisch zult doen. En natuurlijk is het niet zwak. Het is een soort investering. Jij zegt dat je jezelf met een jaar bij *Runway* drie jaar dom assistentenwerk bij een ander kunt besparen, toch?'

Ik knikte. 'Dat zeiden Emily en Allison; het is een soort automatische beloning. Als je een jaar voor Miranda werkt zonder ontslagen te worden, regelt zij met een paar telefoontjes een baan voor je, waar je maar wilt.'

'Hoe kun je dan weigeren? Nee, echt, Andy, als je daar een jaar hebt gewerkt, kun je naar *The New Yorker*. Dat heb je altijd gewild! En zo te horen gaat het een stuk sneller dan alle andere manieren.'

'Je hebt gelijk. Volkomen gelijk.'

'Trouwens, het garandeert meteen dat je in New York komt wonen, en ik moet zeggen dat ik dat een heel aantrekkelijk vooruitzicht vind.' Hij kuste me; een van die lange, trage zoenen die voelden alsof we ze persoonlijk hadden uitgevonden. 'Maar pieker toch niet zo. Zoals je zelf al zei, je weet niet eens of je die baan wel krijgt. Laten we eerst eens afwachten.'

We maakten iets eenvoudigs te eten en vielen in slaap tijdens Letterman. Ik droomde over kleine, vervelende kinderen van negen die seks hadden in de speeltuin terwijl ze whisky dronken uit de fles en naar mijn lieve schat van een vriendje schreeuwden, toen de telefoon ging.

Alex nam op een hield de hoorn bij zijn oor, maar hij deed zijn ogen niet open en zei niets. Hij gooide de hoorn al snel naar me toe. Ik wist niet of ik wel genoeg fut had om hem te pakken.

'Hallo?' mompelde ik, en toen ik op de klok keek, zag ik dat het kwart over zeven was. Wie belde er verdomme zo vroeg in de ochtend?

'Met mij,' snauwde Lily. Zo te horen was ze woest.

'Hé, er is toch niks aan de hand?'

'Dacht je dat ik zou bellen als er niks aan de hand was? Ik heb zo'n enorme kater dat ik het liefst dood zou willen, en toen ik eindelijk lang genoeg niet hoefde te kotsen om in slaap te vallen, werd ik wakker gebeld door een angstaanjagend fris mens van de personeelsafdeling van Elias-Clark. Ze moest jou hebben. Om kwart over zeven 's morgens! Bel haar terug en zeg dat ze mijn nummer weggooit.'

'Sorry, Lil. Ik heb jouw nummer gegeven omdat ik nog geen mobiel heb. Dat ze zo vroeg heeft gebeld! Zou dat goed of slecht nieuws zijn?' Ik sloop met de snoerloze telefoon de slaapkamer uit en deed zachtjes de deur achter me dicht.

'Geen idee. Succes ermee. Laat me maar weten hoe het afloopt, maar de komende vier uur nog niet, oké?'

'Doe ik. Bedankt. En het spijt me.'

Ik keek nog een keer op mijn horloge en kon niet geloven dat ik op het punt stond een zakelijk gesprek te voeren. Ik zette de koffie aan, en pas toen hij klaar was ging ik met een beker op de bank zitten. Tijd om te bellen, ik had geen keus.

'Hallo, met Andrea Sachs,' zei ik ferm, hoewel mijn zware, schorre, net-wakker-stem me verried.

'Andrea, goedemorgen! Ik hoop dat ik niet te vroeg heb gebeld,' zei Sharon opgewekt, haar stem een en al zonneschijn. 'Vast niet, want binnenkort hoor je zelf ook bij de vroege vogels! Ik heb heel goed nieuws voor je. Miranda was erg onder de indruk van je en ze verheugt zich erop met je samen te werken. Is het niet fantastisch? Gefeliciteerd, liefje. Hoe voelt het om de nieuwe assistente van Miranda Priestly te zijn? Ik kan me voorstellen dat je...'

Mijn hoofd tolde. Ik probeerde mezelf van de bank te hijsen om nog een kop koffie te halen, of water, iets waar mijn hoofd helder genoeg van zou worden om haar woorden om te zetten in Engels, maar ik zakte alleen maar dieper weg in de kussens. Vroeg ze nou of ik die baan wilde? Of deed ze me een officieel aanbod? Ik had er niks van begrepen, behalve dat Miranda Priestly van me onder de indruk was.

'... dolblij bent met dit nieuws. Wie zou dat niet zijn, hè? Eens kijken, je kunt maandag beginnen, toch? Kom eerst maar bij mij langs, dan kan ik je even wegwijs maken voordat we naar het kantoor van Miranda gaan. Ze is zelf in Parijs voor de shows, maar dat is een prima moment om te beginnen. Dan heb je even de tijd om de andere meiden te leren kennen. O, het zijn allemaal zulke schatten!' Wegwijs? Wat? Maandag beginnen? Schatten? Mijn versufte brein kon het niet bevatten. Ik haalde er één zin uit die ik had begrepen en reageerde daar maar op.

'Nou eh, ik geloof niet dat ik maandag kan beginnen,' zei ik zachtjes, in de stille hoop dat het eruit kwam als een begrijpelijke zin. De woorden schudden me min of meer wakker. Een dag eerder was ik voor het eerst van mijn leven bij Elias-Clark binnen geweest, en nu was ik gewekt uit een diepe slaap om te luisteren naar iemand die me vertelde dat ik er binnen drie dagen moest komen werken. Het was vrijdag – *zeven uur 's morgens, nota bene* – en ze wilden dat ik maandag zou beginnen? Ik kreeg het gevoel dat de zaak uit de hand begon te lopen. Vanwaar die idiote haast? Was dat mens zo belangrijk, dat ze me zo hard nodig had? En waarom klonk Sharon alsof ze zelf doodsbenauwd was voor Miranda?

Maandag beginnen was onmogelijk. Ik had geen huis. Mijn thuisbasis was bij mijn ouders in Avon, de plek waar ik na mijn afstuderen met tegenzin weer was gaan wonen en waar al mijn spullen waren achtergebleven toen ik die zomer op reis was. Mijn sollicitatiekleding lag op een hoop bij Lily op de bank. Ik had geprobeerd af te wassen, haar asbakken te legen en grote bekers Häagen-Dasz te kopen zodat ze geen al te grote hekel aan me kreeg, maar ik vond het wel zo netjes om haar af en toe een welverdiende periode zonder mijn aanwezigheid te gunnen, dus sliep ik in het weekend bij Alex. Daardoor lagen mijn uitgaanskleding en make-up bij Alex in Brooklyn, mijn laptop en semi-broekpakken bij Lily in Harlem en de rest van mijn leven bij mijn ouders in Avon. Ik had geen woonruimte in New York en ik begreep niet eens dat iedereen scheen te weten dat de huisnummers op Madison Avenue op- en die op Broadway afliepen – van waaruit gezien ook alweer? En dan wilde ze dat ik maandag begon?

'Eh, maandag lukt niet, want ik woon op het moment niet in New York,' legde ik snel uit, met de telefoon stevig in mijn hand geklemd. 'Ik heb een paar dagen nodig om een flat te zoeken, meubels te kopen en te verhuizen.'

'Nou, dan moeten we maar tot woensdag wachten,' zei ze minzaam.

Na een paar minuten onderhandelen kwamen we uit op maandag over een week, 17 november. Ik had dus minder dan acht dagen om een huis te vinden en in te richten, op een van de meest overspannen huizenmarkten ter wereld.

Toen ik had opgehangen, plofte ik weer op de bank. Mijn handen trilden en ik liet de telefoon vallen. Een week. Ik had een week voordat ik zou beginnen aan een baan als assistente van Miranda Priestly, een baan die ik zojuist had aangenomen. Maar wacht even! Dat was wat me dwarszat: Ik had de baan niet aangenomen, want hij was me niet officieel aangeboden. Sharon had niet eens hoeven zeggen: 'We wilden je het volgende voorstel doen...', omdat ze gewoon aannam dat iemand die ook maar een paar hersencellen bezat de baan natuurlijk zou accepteren. Ik lachte bijna hardop. Was dit soms een of andere oorlogstactiek die ze tot in de puntjes verfijnd hadden? Wacht tot het slachtoffer midden in haar REM-slaap is na een buitengewoon korte, rusteloze nacht en stort dan het grote nieuws over haar uit. Of was ze er gewoon van uitgegaan dat het verspilde tijd en moeite was om zoiets banaals te doen als me de baan officieel aanbieden, puur omdat het om *Runway* ging? Sharon had natuurlijk als vanzelfsprekend aangenomen dat ik dolblij zou zijn, zielsgelukkig met deze buitenkans. En zoals altijd het geval was bij Elias-Clark: ze had gelijk. Het was allemaal zo snel gegaan, zo hectisch, dat ik geen tijd had gehad om te wikken en te wegen zoals ik anders deed. Maar ik had het gevoel dat dit inderdaad een buitenkans was en dat ik wel gek zou zijn als ik die afsloeg, dat dit de eerste grote stap was in de richting van *The New Yorker*. Ik moest het proberen. Ik mocht blij zijn.

Met hernieuwde energie goot ik de rest van mijn koffie naar binnen, zette nieuwe voor Alex en nam een lange, warme douche. Toen ik terugkwam in zijn slaapkamer, ging hij net rechtop in bed zitten.

'Ben je al aangekleed?' vroeg hij, en hij tastte naar zijn brilletje met het stalen montuur; zonder bril was hij stekeblind. 'Belde er nou vanmorgen iemand of heb ik dat gedroomd?'

'Nee, het was geen droom,' zei ik, en ik kroop weer onder het dekbed, ook al had ik mijn spijkerbroek en een coltrui aan. Ik zorgde er wel voor dat mijn natte haar de kussens niet doorweekte. 'Dat was Lily. De vrouw van Personeelszaken van Elias-Clark had haar gebeld, want ik heb hun haar nummer gegeven. En wat denk je?'

'Heb je die baan gekregen?'

'Ja!'

'O, kom eens hier!' zei hij, en hij pakte me stevig vast. 'Ik ben zo trots op je. Dat is geweldig nieuws.'

'Dus jij vindt dat ik het moet doen? Ik weet dat we het erover hebben gehad, maar ik kreeg niet eens de kans om een beslissing te nemen. Ze ging er gewoon van uit dat ik de baan wilde.'

'Het is een prachtkans. Mode is heus niet het ergste wat er is, hoor. Misschien is het zelfs wel interessant.'

Ik sloeg mijn ogen ten hemel.

'Oké, dat gaat misschien een beetje ver. Maar met *Runway* op je cv en een brief van die Miranda, en misschien zelfs een paar artikeltjes tegen de tijd dat je daar weggaat, kun je verdorie alles bereiken. *The New Yorker* klopt straks vanzelf bij je aan.'

'Ik hoop dat je gelijk hebt. Echt, ik hoop het.' Ik sprong uit bed en gooide mijn spullen in mijn rugzak. 'Ik mocht je auto toch lenen, hè? Hoe eerder ik naar huis ga, hoe eerder ik weer terug ben. Niet dat het nu nog wat uitmaakt, want *ik ga in New York wonen!* Het is nu officieel!'

Omdat Alex twee keer per week in Westchester op zijn kleine broertje ging passen als zijn moeder tot laat moest werken, had hij van haar een oude auto gekregen. Maar die had hij pas dinsdag weer nodig, en dan zou ik alweer terug zijn. Ik ging dat weekend naar mijn ouders, en nu had ik goed nieuws voor hen.

'Ja, hoor. Prima. Hij staat hier halverwege de straat, richting Grand Street. De sleutels liggen op de keukentafel. Bel je me als je er bent?'

'Doe ik. Weet je zeker dat je niet meegaat? Het eten is altijd lekker – je weet dat mijn moeder alleen naar de beste afhaalrestaurants gaat.'

'Klinkt verleidelijk. Ik zou wel willen, maar ik heb met een paar van de jongere docenten afgesproken om morgen naar het *happy hour* te gaan. Misschien draagt dat bij aan de teamvorming. Ik moet er echt naartoe.'

'Wat ben je toch een wereldverbeteraar. Altijd goed werk verrichten en de stemming verbeteren. Ik zou de pest aan je hebben als ik niet zoveel van je hield.' Ik bukte en kuste hem.

'Ja ja, jij altijd met je grote mond. Veel plezier dit weekend.'

'Jij ook. Dag.'

Ik vond zijn groene Jetta vrijwel meteen, en het kostte me maar twintig minuten om de juiste snelweg te vinden, waar het lekker rustig was. Het was een ijskoude dag voor november; de temperatuur was iets boven het vriespunt en op de kleinere wegen waren nog flinke stukken bevroren. Maar de zon scheen en gaf van dat felle winterlicht waar je tranen van in je ogen krijgt als je er niet aan gewend bent, en de lucht voelde schoon en fris in mijn longen. Ik reed het hele eind met het raampje open en de soundtrack van *Almost Famous* op 'repeat'. Met één hand deed ik mijn nog natte haar in een paardenstaart om te voorkomen dat het in mijn ogen waaide en ik moest mijn handen warmblazen, of in ieder geval warm genoeg om het stuur te kunnen vasthouden. Pas zes maanden van de universiteit en mijn leven stond op het punt om helemaal los te barsten. Miranda Priestly, tot gisteren een volslagen vreemde maar beslist een sterke, invloedrijke vrouw, had mij eigenhandig uitgekozen om bij haar tijdschrift te komen werken. Nu had ik een concrete aanleiding om weg te gaan uit Connecticut en – helemaal alleen, als een echte volwassene – naar Manhattan te verhuizen, om er mijn thuis van te maken. Toen ik de oprit van mijn ouders op reed, maakte pure vreugde zich van me meester. Mijn wangen waren in de binnenspiegel rood van de wind en mijn haar piekte wild alle kanten op. Ik had geen make-up op en de pijpen van mijn spijkerbroek waren van onderen vies van de modder in de stad. Maar op dat moment voelde ik me mooi. Puur natuur, koud, schoon en fris zwaaide ik de voordeur open en riep ik mijn moeder. Het was de laatste keer in mijn leven dat ik me zo onbezorgd voelde.

'Een week? Lieverd, ik snap niet hoe je over een week al kunt beginnen,' zei mijn moeder, terwijl ze in haar thee roerde. We zaten aan de keukentafel op onze vaste plek, mijn moeder met haar gebruikelijke cafeïnevrije thee met zoetjes en ik met mijn kop English Breakfast met suiker. Ik mocht dan al vier jaar niet meer thuis wonen, door die grote mokken thee uit de magnetron en de chocola met pinda's leek het alsof ik nooit weg was geweest.

'Ik zal wel moeten, en eerlijk gezegd mag ik al blij zijn met die week. Je had moeten horen hoe star dat mens aan de telefoon was,' zei ik. Mijn moeder keek me uitdrukkingsloos aan. 'Maar ik kan me er niet druk om maken. Ik heb een baan gekregen bij een heel beroemd tijdschrift, bij een van de machtigste vrouwen in dat wereldje. Een baan waar miljoenen meisjes een moord voor zouden doen.'

We glimlachten naar elkaar, maar mijn moeders lach had iets droevigs. 'Ik ben blij voor je,' zei ze. 'Wat heb ik toch een mooie, volwassen dochter. Lieverd, ik weet zeker dat dit het begin is van een prachtige tijd. O, ik weet nog goed dat ik net van school kwam en in New York ging wonen. Helemaal alleen in die grote, doorgedraaide stad. Eng, maar ook zo verschrikkelijk spannend. Ik wil dat je van iedere minuut geniet, en van het theater en de films, de mensen, de winkels en de boeken. Dit wordt de mooiste tijd van je leven, zeker weten.' Ze legde haar hand op de mijne, iets wat ze niet gauw deed. 'Ik ben zo trots op je.'

'Dank je wel, mama. Betekent dat dat je trots genoeg op me bent om een flat, meubels en een compleet nieuwe garderobe voor me te kopen?'

'Ja, hoor,' zei ze sarcastisch, en ze sloeg me met een opgerold tijdschrift op mijn hoofd, op weg naar de magnetron om nog twee koppen water warm te maken. Ze had geen nee gezegd, maar ik zag haar ook niet bepaald met een cheque zwaaien.

De rest van de avond stuurde ik iedereen die ik kende een mailtje met de vraag of ze misschien een huisgenote zochten of iemand kenden die ruimte overhad. Ik plaatste on line een oproep en belde mensen die ik al maanden niet had gesproken. Helaas. Toen besloot ik dat ik geen andere keus had – behalve voorgoed bij Lily op de bank slapen en daarmee onvermijdelijk onze vriendschip verpesten, of bij Alex gaan wonen, terwijl we daar geen van beiden aan toe waren – dan tijdelijk een kamer te huren, totdat ik iets anders had gevonden. En dan het liefst een kamer die al gemeubileerd was, zodat ik me daar voorlopig niet druk om hoefde te maken.

Even na middernacht ging de telefoon, en ik dook er zo gretig op af dat ik bijna van het eenpersoons bedje viel. Een ingelijste, gesigneerde foto van Chris Evert, mijn jeugdidool, glimlachte naar me vanaf de muur, onder het prikbord waar nog altijd knipsels hingen van Kirk Cameron, die ik als kind het einde vond. Ik glimlachte in de hoorn.

'Hé kanjer, met Alex,' zei hij, en ik hoorde aan zijn stem dat er iets aan de hand was. Ik kon alleen absoluut niet zeggen of het goed of slecht nieuws was. 'Ik kreeg net e-mail van ene Tracy McMakin, die op zoek is naar een huisgenote. Ze studeert aan Princeton. Ik geloof dat ik haar wel eens heb gezien. Ze had toen iets met Andrew en ze is volkomen normaal. Lijkt het je wat?'

'Ja, waarom niet. Heb je haar nummer?'

'Nee, alleen haar e-mailadres, maar ik stuur het berichtje wel door, dan kun je contact met haar opnemen. Volgens mij is het wel wat.'

Ik mailde Tracy al terwijl ik het gesprek met Alex afrondde en ging toen eindelijk weer eens in mijn eigen bed slapen. Misschien, heel misschien zou dit wat worden.

Tracy McMakin: niet veel soeps. Haar flat was donker en somber en lag midden in Hell's Kitchen, en toen ik er aankwam, lag er een junkie in het portiek. De anderen waren niet veel beter. Er was een stel bij dat een kamer wilde verhuren en liet doorschemeren dat ik me niets moest aantrekken van hun drukke, luidruchtige seksleven; een kunstenares van begin vijftig met vier katten en de vurige wens om er nog meer in huis te nemen; een slaapkamer aan het einde van een lange, donkere gang, zonder ramen of kasten, en een homo van twintig die van zichzelf zei dat hij in zijn 'slettebakfase' zat. Ieder armzalig kamertje dat ik te zien kreeg zou me meer dan duizend dollar per maand kosten, en mijn salaris bedroeg maar liefst 32.500 dollar. En hoewel wiskunde nooit mijn sterkste kant is geweest, hoefde je geen genie te zijn om uit te rekenen dat de huur 12.000 dollar zou bedragen. O ja, en mijn ouders namen mijn creditcard-voor-noodgevallen in, omdat ik nu 'volwassen' was. Fijn.

Na drie dagen vol teleurstellingen vond Lily iets voor me. Aangezien zij er belang bij had me voorgoed van haar bank af te krijgen, had ze iedereen die ze kende gemaild. De baas van een vriendin van een jaargenote van haar van Columbia kende twee meisjes die een huisgenote zochten. Ik belde meteen, en een heel aardig meisje dat Shanti heette, vertelde me dat zij en haar vriendin Kendra een derde bewoner zochten voor hun flat in de Upper East Side. De kamer was piepklein maar had een raam, een kast en zelfs een onbewerkte bakstenen muur. Voor 800 dollar per maand. Ik vroeg of de flat een badkamer en keuken had. Dat was het geval (geen vaatwasser, ligbad of lift, uiteraard, maar je kunt moeilijk verwachten dat je de eerste keer meteen iets luxueus treft). Bingo. Shanti en Kendra bleken twee hele lieve en rustige Indiase meisjes te zijn die pas afgestudeerd waren aan Duke en gruwelijk lange dagen maakten bij een beleggingsmaatschappij. En vanaf die eerste dag en iedere dag daarna kon ik ze op geen enkele manier uit elkaar houden. Ik had mijn thuis gevonden.

4

Ik had al drie nachten in mijn kamer in East Village geslapen en voelde me nog steeds een vreemde op een volslagen vreemde plek. De kamer was miniem. Misschien ietsje groter dan het schuurtje in de tuin van ons huis in Avon, maar niet veel. En in tegenstelling tot de meeste andere vertrekken, die juist groter lijken met meubels erin, leek mijn kamer gehalveerd toen alles er eenmaal stond. Ik had het vierkante hokje heel naïef ingeschat als een kamer van normale omvang en dus kocht ik de gebruikelijke spullen: een bed, een ladekast en misschien een of twee nachtkastjes. Lily en ik waren met de auto van Alex naar Ikea gereden, het Mekka voor kamerbewoners, waar we een schitterende set van licht hout hadden uitgekozen, en een geweven vloerkleed in verschillende tinten lichtblauw, donkerblauw, nachtblauw en indigo. Interieurinrichting was, net als mode, niet mijn sterkste punt: ik dacht dat Ikea in de 'Blauwe Periode' was. We kochten een dekbedovertrek met blauwe spikkels en het dikste, zachtste dekbed dat ze hadden. Lily haalde me over om een lamp van rijstpapier te kopen voor op het nachtkastje en ik zocht een paar ingelijste zwartwitfoto's uit ter bekroning van de donkerrode, ruwe bakstenen muren, die nu hartstikke populair waren. Elegant en niet te stijf, en niet zo'n klein beetje Zen. Perfect voor mijn eerste volwassen kamer in de grote stad.

Perfect ja, tot de boel werd thuisbezorgd. Met het blote oog een kamer opmeten bleek toch wat anders dan met een meetlat. Niets paste. Alex zette het bed in elkaar, en zodra hij het tegen de bakstenen muur (de Manhattan-term voor 'onafgewerkt') schoof, stond de hele kamer vol. Ik moest de bezorgers terugsturen met de ladekast – zes laden –, twee leuke nachtkastjes en zelfs de grote spiegel. Ze tilden nog wel even samen met Alex het bed op, zodat ik het blauwe-met-blauwe kleed eronder kon schuiven, waarna er nog een paar centimeter blauw onder het houten gevaarte uit piepte. De lamp van rijstpapier had nu geen nachtkastje om op te staan, dus zette ik hem eenvoudigweg op de grond, op de strook van vijftien centimeter tussen het bed en de kast met de schuifdeuren. En wat ik ook probeerde, speciale tape, spijkers, schroeven, touw, secondelijm, dubbelzijdig plakband en een hoop gevloek, de ingelijste foto's bleven niet hangen op de bakstenen muur. Na bijna drie uur inspanning en rauwe, bloedende knokkels zette ik ze uiteindelijk op de vensterbank. Dat was maar beter ook, bedacht ik. Zo verminderden ze de inkijk van de vrouw aan de andere kant van de luchtschacht nog een beetje. Maar het gaf allemaal niet. Het gaf niet dat er een luchtschacht was op de plek waar een majestueuze skyline had moeten zijn, het gaf niet dat ik geen ladekast had en dat de kast die ik wél had te klein was voor een winterjas. De kamer was van mij – de allereerste die ik helemaal zelf mocht inrichten, zonder de invloed van ouders of kamergenootjes – en ik vond het geweldig.

Het was de zondagavond vóór mijn eerste werkdag, en ik deed niets anders dan me vreselijk druk maken over de vraag wat ik de volgende dag moest aantrekken. Kendra, de aardigste van mijn twee huisgenotes, stak steeds haar hoofd om de hoek van de deur om te vragen of ze ergens mee kon helpen. Aangezien ze allebei ultraconservatieve pakjes droegen naar hun werk, sloeg ik hulp op modegebied maar af. Ik ijsbeerde door de huiskamer, voorzover dat kon met een totale lengte van vijf passen, en ging op de futon voor de tv zitten. Wat draag je op je eerste werkdag bij de meest modieuze moderedactrice van het meest modieuze modetijdschrift ter wereld? Ik had wel gehoord van Prada (van de weinige Japanse meisjes op Brown die er rugzakken van hadden), Louis Vuitton (omdat allebei mijn oma's er tassen van hadden, zonder te weten hoe cool ze waren) en misschien zelfs Gucci (wie had er nou niet van Gucci gehoord?), maar ik had er niets van. Bovendien, al had de complete inhoud van alle drie de winkels in mijn minikast gehangen, dan had ik nog niet geweten wat ik ermee aan moest. Ik liep terug naar mijn kamer – of liever gezegd het kamerbrede matras dat ik een kamer noemde – en plofte op dat grote, mooie bed, waarbij ik mijn enkel stootte aan de rand. Shit. Wat nu?

Na veel hoofdbrekens en kwaad weggesmeten kleren koos ik uiteindelijk voor een lichtblauwe kasjmier trui en een zwarte rok tot op de knie, met mijn hoge laarzen eronder. Ik wist al dat een aktetas het daar niet goed deed, dus had ik geen andere keus dan mijn tasje van zwart canvas. Het laatste wat ik me van die avond herinner, is dat ik op laarzen met hoge hakken om mijn bed heen probeerde te navigeren in een rok en zonder blouse, en dat ik even ging zitten om bij te komen van de inspanning.

Ik moet van vermoeidheid in slaap gevallen zijn, want ik werd puur door de adrenaline de volgende ochtend om zes uur wakker. Ik vloog mijn bed uit. Mijn zenuwen waren de hele week tot het uiterste gespannen geweest en ik had het gevoel alsof mijn hoofd uit elkaar zou barsten. Ik had nog precies anderhalf uur om te douchen, me aan te kleden en van het studentenflat-achtige gebouw op de hoek van 96th Street en Third waar ik nu woonde met het openbaar vervoer naar het hart van de stad te reizen; voor mij nog een onheilspellende, bedreigende gedachte. Dat betekende dat ik een uur moest uittrekken voor de reis en een halfuur om mezelf mooi te maken.

De douche was verschrikkelijk. Hij maakte een hoog, snerpend geluid, zoals zo'n hondenfluitje, en het water bleef consequent lauw tot vlak voor het moment dat ik eronderuit stapte, de ijskoude badkamer in. Toen werd het gloeiend heet. Het duurde slechts drie dagen voordat ik recht uit bed naar de badkamer sprintte, de douche een kwartier te vroeg aanzette en terug onder de dekens kroop. Nadat de wekker nog drie keer was gegaan op de sluimerstand ging ik voor ronde twee terug naar de badkamer, waar de spiegel inmiddels beslagen was van het heerlijk hete – hoewel zachtjes sijpelende – water.

Binnen vijfentwintig minuten – een record! – had ik mijn benauwde, ongemakkelijke kleren aan en was ik de deur uit. En het kostte me slechts tien minuten om het dichtstbijzijnde metrostation te vinden. Dat had ik natuurlijk de avond ervoor moeten zoeken, maar toen had ik het te druk met het verwerpen van mijn moeders voorstel om vast te 'oefenen', zodat ik niet zou verdwalen. Voor het sollicitatiegesprek van de week daarvoor had ik een taxi genomen, en ik was er nu al van overtuigd dat het metro-experiment een ramp zou worden. Maar opmerkelijk genoeg zat er iemand achter de kassa die Engels sprak en me instrueerde lijn 6 naar 59th Street te nemen. Daar moest ik de rechteruitgang nemen, zei ze, en twee straten in westelijke richting lopen, naar Madison Avenue. Makkie. Ik zat zwijgend in het koude treinstel, als een van de weinige mensen die gek genoeg waren om niet alleen wakker maar ook al onderweg te zijn op dat ellendige tijdstip, en dat half november. Tot zover ging het goed – totdat ik omhoog ging, de straat op.

Ik nam de dichtstbijzijnde trap en kwam buiten in de ijzige kou, waar het enige licht dat ik zag uit 24-uurs bodega's kwam. Achter me was Bloomingdale's, maar verder kwam niets me bekend voor. Elias-Clark, Elias-Clark, Elias-Clark. Waar was dat gebouw nu? Ik draaide 180 graden rond tot ik een straatbordje zag: 60th Street en Lexington. Goed, 59th Street kon nooit ver van 60th zijn, maar welke kant moest ik op? En waar lag Madison ten opzichte van Lexington? Ik herkende niets van de week ervoor, omdat ik toen voor de deur was afgezet. Ik liep een beetje rond, blij dat ik genoeg tijd had om te verdwalen, en uiteindelijk ging ik een broodjeszaak binnen voor een beker koffie.

'Dag, meneer. Ik kan het gebouw van Elias-Clark niet vinden. Kunt u me misschien wijzen welke kant ik op moet?' vroeg ik aan de nerveus uitziende man achter de kassa. Ik deed mijn best om er niet vriendelijk bij te glimlachen, want iedereen had me voorgehouden dat ik niet meer in Avon was en dat de mensen hier niet zo dol waren op goede manieren. Hij keek me kwaad aan, en ik werd nerveus omdat ik dacht dat hij me onbeleefd vond. Ik glimlachte vriendelijk.

'Eén *dollah*,' zei hij met uitgestoken hand.

'Vraagt u geld om me de weg te wijzen?'

'Eén *dollah*, melk, suiker, zwart?'

Ik staarde hem even aan voordat het tot me doordrong dat hij net genoeg Engels beheerste om over koffie te praten. 'O, magere melk graag. Hartelijk bedankt.' Ik overhandigde hem een dollar en ging weer naar buiten, nu pas echt verloren. Ik vroeg het bij de kiosk, aan straatvegers en zelfs aan een man in zo'n rijdend ontbijtkraampje. Niemand verstond me goed genoeg om me zelfs maar in de richting van 58th Street of Madison te sturen, en even had ik een flashback van Delhi, depressie en dysenterie. Nee! Ik vind het wel.

Na nog een paar minuten doelloos rondgelopen te hebben in de ontwakende stad kwam ik zowaar bij de voordeur van Elias-Clark. Er kwam een warme gloed uit de lobby, achter de glazen deuren op die donkere, vroege winterochtend, en op dat moment leek het gebouw me te verwelkomen. Maar toen ik tegen de draaideur duwde, stribbelde die tegen. Ik duwde harder en harder, tot mijn lijf naar voren schoot en mijn gezicht bijna tegen het glas werd gedrukt, en pas toen gaf hij mee. Toen er beweging in kwam, draaide hij eerst heel langzaam, waardoor ik nog harder moest duwen. Maar zodra hij eenmaal vaart kreeg, zwiepte het glazen monster rond en raakte me van achteren, zodat ik over mijn eigen voeten struikelde en zichtbaar moest schuifelen om overeind te blijven. Een man in het bewakershokje lachte.

'Lastig, hè? Het is niet de eerste keer dat ik dat zie gebeuren en het zal ook wel niet de laatste keer zijn,' grinnikte hij enthousiast, en zijn vlezige wangen trilden. 'Ze nemen je hier goed te pakken.'

Ik bekeek hem even en besloot dat ik hem haatte en dat hij mij nooit aardig zou gaan vinden, wat ik ook zou doen of zeggen. Ik glimlachte evengoed.

'Ik ben Andrea,' zei ik, en ik deed een van mijn gebreide wanten uit om hem een hand te geven. 'Dit is mijn eerste werkdag bij *Runway*. Ik ben de nieuwe assistente van Miranda Priestly.'

'Ik heb medelijden met je!' bulderde hij, waarbij hij zijn dikke hoofd vrolijk in zijn nek wierp. 'Zielsveel medelijden! Ha ha ha! Hé, Eduardo, kijk eens. Hier heb je een van de nieuwe slaafjes van Miranda. Waar kom jij vandaan, meid, dat je zo vriendelijk doet? Uit een of ander gehucht in Kansas of zo? Ze vreet je met huid en haar op, ha ha ha!'

Maar voordat ik kon reageren, kwam een gezette man in hetzelfde uniform naar ons toe, die me niet bepaald subtiel van top tot teen bekeek. Ik zette me schrap voor nog meer spottende opmerkingen en bulderend gelach, maar die kwamen niet. Hij keek me vriendelijk aan.

'Ik ben Eduardo, en die idioot hier is Mickey,' zei hij, met een gebaar naar de eerste man, die geërgerd keek omdat Eduardo zich fatsoenlijk had durven gedragen en de pret had bedorven. 'Let maar niet op hem, hij maakt maar een grapje.' Hij sprak met een mengeling van een Spaans en een New Yorks accent, en hij pakte een dik boek. 'Als je dit invult, krijg je een tijdelijk pasje van me waarmee je naar boven mag. Daar moet je aan Personeelszaken doorgeven dat je een pas met foto nodig hebt.'

Ik moet hem dankbaar aangekeken hebben, want hij schoof opgelaten het boek over de balie. 'Vooruit maar, invullen. En veel succes vandaag, meid. Je zult het nodig hebben.'

Ik was inmiddels te zenuwachtig en moe om hem om uitleg te vragen, en bovendien was dat niet nodig. Zo'n beetje het enige waar ik tijd voor had gehad in de week tussen het aanvaarden van mijn nieuwe baan en mijn eerste werkdag was informatie verzamelen over mijn nieuwe bazin. Ik had haar op internet opgezocht en tot mijn verbazing gelezen dat Miranda Priestly in het East End in Londen was geboren als Miriam Princhek. Haar familie was net als al die andere orthodox-joodse families in de stad: verbluffend arm maar devoot. Haar vader had allerlei losse baantjes, maar het gezin was hoofdzakelijk aangewezen op de steun van de gemeenschap, aangezien hij het grootste deel van zijn tijd doorbracht met het bestuderen van joodse geschriften. Haar moeder was gestorven bij de geboorte van Miriam, en háár moeder was bij hen ingetrokken om voor de kinderen te zorgen. En kinderen waren er genoeg! Elf in totaal. Miriam was de jongste. De meesten van haar broers en zussen waren arbeider geworden, net als hun vader, en hadden weinig tijd voor iets anders dan bidden en werken; een paar van hen wisten het tot de universiteit te schoppen, maar daarna trouwden ze jong en kregen ze zelf een groot gezin. Miriam was de enige uitzondering op de familietraditie. Ze spaarde de kleine bedragen op die haar oudere broers en zussen haar toestopten wanneer ze het konden missen en ging van de middelbare school af zodra ze zeventien werd – slechts drie maanden voor het eindexamen – om te gaan werken als assistente voor een aanstormende Britse ontwerper, die ze hielp om ieder seizoen zijn of haar shows voor te bereiden. Nadat ze een paar jaar naam had gemaakt als lievelingetje van de snelgroeiende Londense modewereld terwijl ze 's avonds Frans studeerde, sleepte ze een baan in de wacht op de redactie van het Franse blad *Chic* in Parijs. Ze had inmiddels nauwelijks meer contact met haar familie, die niets begreep van haar leven of haar ambities, en ze schaamde zich voor hun ouderwetse vroomheid en hun enorme gebrek aan wereldwijsheid. De vervreemding van haar familie werd compleet toen Miriam Princhek op vierentwintigjarige leeftijd, vlak nadat ze bij *Chic* was gaan werken, Miranda Priestly werd en daarmee haar onmiskenbaar etnische naam inruilde voor een naam met wat meer panache. Haar stevige cockneyaccent maakte al snel plaats voor een zorgvuldig gecultiveerde tongval, en toen ze eind twintig was, was de transformatie van joods provinciaaltje tot wereldlijk lid van de beau monde compleet. Haar ster rees snel en meedogenloos binnen de tijdschriftenwereld.

Na tien jaar aan het roer bij de Franse *Runway* plaatste Elias haar over naar de belangrijkste positie bij de Amerikaanse tak, de ultieme prestatie. Met haar twee dochters en haar echtgenoot, een toenmalige rockster (die maar al te graag naar Amerika vertrok, waar hij meer publiciteit zou krijgen) trok ze in een penthouse op Fifth Avenue, ter hoogte van 76th Street, en bij *Runway* brak een nieuw tijdperk aan: de Priestly-jaren, waarvan het zesde naderde toen ik aan mijn eerste werkdag begon.

Door stom geluk zou ik al bijna een maand aan het werk zijn voordat Miranda terugkwam op kantoor. Ze nam ieder jaar vakantie van de week voor Thanksgiving tot vlak na nieuwjaar. Normaal gesproken bracht ze dan een paar weken door in de flat die ze in Londen had aangehouden, maar dit jaar, zo had ik me laten vertellen, had ze haar man en dochters voor twee weken meegesleept naar het landhuis van Oscar de la Renta in de Dominicaanse Republiek, waarna ze Kerstmis en nieuwjaar zouden vieren in het Ritz in Parijs. Ik was bovendien gewaarschuwd dat ze technisch gesproken wel 'met vakantie' was, maar dat ze altijd bereikbaar was en gewoon doorwerkte, dus dat werd ook van haar voltallige personeel verwacht. Ik zou op gepaste wijze voorbereid en getraind worden zonder dat hare majesteit aanwezig was. Op die manier had Miranda geen last van mijn onvermijdelijke fouten terwijl ik mijn werk leerde. Klonk goed. Dus stipt om zeven uur 's morgens zette ik mijn handtekening in het boek van Eduardo en werd het draaihekje voor de allereerste keer voor me geopend. '*Strike a pose!*' riep Eduardo me na, vlak voordat de liftdeuren dichtgleden.

Emily, die er opmerkelijk verwilderd en slonzig uitzag in een strak maar verkreukeld wit T-shirt en een olijfkleurige broek, wachtte me op in de receptie, waar ze met een beker koffie van Starbucks in het nieuwe decembernummer zat te bladeren. Haar hoge hakken rustten op de glazen salontafel en haar zwartkanten beha scheen overduidelijk door de volkomen transparante katoen van haar T-shirt. Haar ongekamde, golvende rode haar hing los over haar schouders, en doordat haar lippenstift een beetje uitgelopen was door de koffiebeker zag ze eruit alsof ze de afgelopen tweeënzeventig uur in bed had doorgebracht.

'Hé, welkom,' mompelde ze, en ze was na de bewaker aan de deur de eerste die me officieel van top tot teen kritisch bekeek. 'Leuke laarzen.'

Mijn hart maakte een sprongetje. Meende ze dat nou? Of was het sarcastisch bedoeld? Ik kon het onmogelijk uit haar toon opmaken. Mijn wreven deden nu al zeer en mijn tenen zaten helemaal tegen de neuzen gedrukt, maar als ik zojuist inderdaad een compliment had gekregen van een *Runway*'er was het de pijn misschien wel waard.

Emily bekeek me nog even en zwaaide toen met een theatrale zucht haar benen van de tafel. 'Laten we dan maar gaan.Je hebt écht geluk dat ze er niet is,' zei ze. 'Niet dat ze niet fantastisch is, natuurlijk, want dat is ze dus wel,' voegde ze eraan toe, in wat ik later de klassieke *Runway* Paranoia Ommezwaai zou noemen – die ik zelf ook ging toepassen. Zodra iemand per ongeluk iets negatiefs over Miranda over zijn lippen liet komen – hoe terecht dat ook mocht zijn – werd de spreker getroffen door het paranoïde gevoel dat Miranda het te horen zou krijgen en wijzigde hij of zij zijn of haar standpunt radicaal. Het zou mijn favoriete tijdverdrijf worden: kijken hoe mijn collega's terugkrabbelden om hun lasterlijke uitspraken ongedaan te maken.

Emily haalde haar kaart door de elektronische lezer en we liepen zij aan zij zwijgend door de doolhof van gangen naar het hart van de verdieping, waar het kantoor van Miranda was gevestigd. Ik keek toe hoe ze de openslaande deuren van het vertrek opendeed en haar jas en tas op een van de bureaus in de ruimte vóór het enorme kantoor van Miranda gooide. 'Dit is dus jouw werkplek,' zei ze, en ze gebaarde naar een L-vormig houten geval met een formica blad tegenover haar eigen bureau. Er stond een gloednieuwe turkooizen i-Mac op, een telefoon en een paar postbakjes, en er lagen al pennen, paperclips en notitieboekjes in de laden. 'Ik heb het grootste deel van mijn spullen maar voor je laten liggen. Het is handiger als ik voor mezelf alles nieuw bestel.'

Emily was pas bevorderd tot eerste assistente, waardoor de post van tweede assistente was vrijgekomen voor mij. Allison was al vertrokken naar haar nieuwe baan op de beautyafdeling, waar ze nieuwe make-up, crèmes en haarproducten ging testen en daar verslag van zou doen. Het was me niet helemaal duidelijk hoe het assistentschap van Miranda haar op die taak had voorbereid, maar ik was onder de indruk. De beloften werden waargemaakt: wie voor Miranda had gewerkt, bereikte iets.

De rest van het personeel druppelde vanaf tien uur binnen, in totaal zo'n vijftig redactiemedewerkers. De grootste afdeling was Mode, uiteraard, met bijna dertig mensen, inclusief accessoiresassistenten. Reportage, Beauty en Kunst maakten het geheel compleet. Bijna iedereen kwam langs Miranda's kantoor om met Emily te kletsen, naar roddels over haar bazin te luisteren en het nieuwe meisje te bekijken. Ik kreeg die eerste ochtend tientallen mensen te zien, die allemaal hun witte tanden bloot lachten en oprecht geïnteresseerd leken.

De mannen waren stuk voor stuk uitgesproken nichten, in leren broeken als een tweede huid en geribbelde T-shirts die strak om hun enorme bicepsen en perfecte borstkas spanden. De artdirector, een oudere man met champagnekleurig, dun haar die eruitzag alsof hij wilde wedijveren met Elton John, droeg instappers met konijnenbont en gebruikte eyeliner. Niemand keek ervan op. Wij hadden vroeger op de campus ook groepjes homo's, en een paar vrienden van me waren de afgelopen jaren uit de kast gekomen, maar ze zagen er geen van allen zó uit. Het was alsof ik omringd werd door de complete cast van *Rent* – uiteraard met betere kostuums.

De vrouwen, of liever gezegd de meisjes, waren individueel al prachtig, maar collectief waren ze verbijsterend mooi. De meesten waren zo rond de vijfentwintig, en er waren er niet veel bij die er ouder uitzagen dan dertig. Ze droegen bijna allemaal enorme, glinsterende diamanten aan hun ringvinger, maar het leek me onmogelijk dat ook maar één van hen een bevalling achter de rug had – of ooit een kind zou baren. Ze liepen in en uit, in en uit, bevallig op dunne hakken van tien centimeter, kwamen heupwiegend naar mijn bureau, staken hun melkwitte handen met lange, gemanicuurde vingers naar me uit en noemden zichzelf 'Jocelyn, die voor Hope werkt', 'Nicole van Mode' en 'Stef, hoofd Accessoires'. Slechts één van hen, Shayna, was kleiner dan 1,73 meter, maar ze was zo frêle dat ze onmogelijk een centimeter meer met zich mee had kunnen dragen. Ze wogen allemaal minder dan vijftig kilo.

Terwijl ik daar in mijn draaistoel mijn best deed om alle namen te onthouden, kwam het mooiste meisje binnen dat ik die dag had gezien. Ze droeg een zachtroze kasjmier trui die eruitzag alsof hij was gesponnen van roze wolken. Onvoorstelbaar wit haar golfde over haar rug. Haar ruim 1,80 meter lange lichaam zag eruit alsof er net genoeg vlees op zat om haar op de been te houden, maar ze bewoog zich met de verrassende souplesse van een danseres. Haar wangen gloeiden en de vierkaraats loepzuivere diamanten verlovingsring flonkerde en leek licht te geven. Ik dacht dat ze me ernaar had zien staren, want ze duwde meteen haar hand onder mijn neus.

'Mijn eigen creatie,' verkondigde ze, en ze glimlachte naar haar hand en keek me aan. Ik keek naar Emily voor een verklaring, een tipje van de sluier, maar ze zat weer te telefoneren. Ik nam aan dat het meisje het over de ring had, dat ze bedoelde dat ze die zelf had ontworpen, maar toen zei ze: 'Is het geen schitterende kleur? Het is een laagje Marshmallow met een laagje Ballet Slipper. Eerst Ballet Slipper, en dan een toplaag om het af te maken. Het is perfect – licht van kleur, zonder dat het eruitziet alsof je je nagels hebt gelakt met Tipp-Ex. Ik denk dat ik dit voortaan bij iedere manicurebeurt gebruik!' En ze draaide zich om en liep weg. Ja, insgelijks, aangenaam, straalde ik in gedachten naar haar rug toen ze wegtrippelde.

Ik had het heel leuk gevonden om al mijn collega's te leren kennen; ze leken me lief en aardig en, op die mooie gek met de nagellaktic na, allemaal in me geïnteresseerd. Emily was nog niet van mijn zijde geweken en had iedere gelegenheid om me iets te leren aangegrepen. Ze vertelde me wie echt belangrijk waren, met wie je geen ruzie moest krijgen en wie je maar beter te vriend kon houden omdat ze zulke goede feesten gaven. Toen ik over Miss Manicure vertelde, leefde Emily helemaal op.

'O!' riep ze ademloos uit, enthousiaster dan ik haar over wie dan ook had gehoord. 'Is ze niet geweldig?'

'Eh ja, ze leek me wel aardig. We hebben niet echt met elkaar kunnen praten; ze heeft me alleen, eh... haar nagellak laten zien.'

Emily grijnsde trots. 'Je weet toch wel wie ze is, hè?'

Ik pijnigde mijn hersens. Had ze eruitgezien als een filmster, zangeres of fotomodel? Ik kon haar niet plaatsen. Ze was dus beroemd! Misschien had ze zich daarom niet voorgesteld, omdat ze aannam dat ik haar wel zou herkennen. Niet dus. 'Nee, eigenlijk niet. Is ze beroemd?'

De blik waarmee ze daarop reageerde was er een van ongeloof vermengd met afkeer. 'Eh, jaaa,' zei ze nadrukkelijk, en ze kneep haar ogen tot spleetjes alsof ze wilde zeggen: *jij volslagen idioot.* 'Dat is Jessica Duchamps.' Ze wachtte af. Ik wachtte af. Niets. 'Je weet toch wie dat is, hè?' Ik nam in gedachten weer een lijstje door, in een poging iemand aan deze nieuwe informatie te verbinden, maar ik was er vrij zeker van dat ik nog nooit van haar had gehoord. Bovendien begon dit spelletje me te vervelen.

'Emily, ik heb haar nooit eerder gezien en haar naam komt me niet bekend voor. Wil je me alsjeblieft vertellen wie ze is?' vroeg ik, en ik moest mijn best doen om kalm te blijven. Het ironische was dat het me helemaal niet kon schelen wie ze was, maar Emily zou het duidelijk niet opgeven totdat ik overkwam als een complete mislukkeling.

Deze keer was haar glimlach neerbuigend. 'Natuurlijk. Zeg dat dan gewoon. Jessica Duchamps is... nou ja, een Duchamps! Je weet wel, van het succesvolste Franse restaurant in de stad. Dat is van haar ouders, is het niet te gek? Ze zijn onvoorstelbaar rijk.'

'O, ja?' zei ik, zogenaamd enthousiast vanwege dit superknappe meisje dat ik zou moeten willen kennen omdat haar ouders een restaurant hadden. 'Geweldig.'

Ik beantwoordde een paar telefoontjes met het voorgeschreven 'met het kantoor van Miranda Priestly', hoewel Emily en ik allebei bang waren dat Miranda zelf zou bellen en ik niet zou weten wat ik moest doen. De paniek sloeg toe toen een onbekende vrouw aan de telefoon iets onverstaanbaars blafte met een sterk Brits accent, en ik gooide de hoorn naar Emily zonder eraan te denken eerst op de wachtknop te drukken.

'Zij is het,' fluisterde ik. 'Neem jij hem.'

Emily wierp me haar eerste speciale blik toe. Ze had er geen moeite mee haar emoties te laten blijken en kon op zo'n manier haar wenkbrauwen optrekken en haar kin laten zakken dat ze gelijke delen afkeer en medelijden uitstraalde.

'Miranda? Met Emily,' zei ze, terwijl een opgewekte glimlach haar gezicht deed oplichten alsof Miranda door de telefoon kon kruipen en haar zou kunnen zien. 'O, Mimi, het spijt me! Het nieuwe meisje dacht dat je Miranda was! Ik weet het, ha ha. We moeten haar nog leren dat *niet ieder Brits accent wil zeggen dat het onze bazin is!*' Ze keek me veelzeggend aan en trok haar overdadig geëpileerde wenkbrauwen nog hoger op.

Ze kletste nog wat terwijl ik doorging met de telefoon opnemen en boodschappen voor Emily aannemen, die later iedereen terugbelde en me onafgebroken uitlegde hoe belangrijk – of onbelangrijk – de beller was in het leven van Miranda. Om een uur of twaalf, toen de honger net een beetje begon te knagen, nam ik de telefoon op en hoorde ik aan de andere kant van de lijn een Brits accent.

'Hallo? Allison, ben jij dat?' vroeg de ijzig maar vorstelijk klinkende stem. 'Ik heb een rok nodig.'

Ik legde mijn hand over de hoorn en voelde hoe ik grote ogen opzette. 'Emily, ze is het, ze is het echt,' fluisterde ik, en ik zwaaide met de hoorn om haar aandacht te trekken. 'Ze wil een rok!'

Toen Emily zich omdraaide en mijn paniekerige blik zag, hing ze meteen op, zonder de mededeling 'ik bel je terug' of zelfs maar 'dag'. Ze schakelde Miranda met een druk op een knop door naar haar eigen lijn en trok haar gezicht weer in een brede glimlach.

'Miranda? Met Emily. Wat kan ik voor je doen?' Ze pakte een pen en begon verwoed te schrijven, haar voorhoofd geconcentreerd gefronst. 'Ja, natuurlijk. Uiteraard.' En zo snel als het was begonnen, was het weer afgelopen. Ik keek haar verwachtingsvol aan. Ze rolde met haar ogen omdat ik zo gretig deed.

'Het ziet ernaar uit dat je je eerste klusje binnen hebt. Miranda heeft een rok nodig voor morgen, onder andere, dus die moet uiterlijk vanavond op het vliegtuig.'

'Oké, wat voor rok?' vroeg ik, terwijl ik nog moest bijkomen van de schok dat een rok met het vliegtuig naar de Dominicaanse Republiek vervoerd zou worden, alleen omdat Miranda dat zo wilde.

'Dat heeft ze niet gezegd,' mompelde Emily, en ze pakte haar telefoon.

'Hoi Jocelyn, met mij. Ze wil een rok, en die moet vanavond met het toestel van mevrouw de la Renta mee, want zij gaat naar Miranda toe. Nee, geen idee. Nee, dat heeft ze niet gezegd. Ik weet het echt niet. Oké, bedankt.' Toen zei ze tegen mij: 'Het is altijd moeilijk als ze niet specifiek zegt wat ze wil. Ze heeft het te druk om zich met dat soort details bezig te houden, dus heeft ze niet vermeld wat voor stof, model of merk ze wil. Maar dat geeft niet. Ik heb haar maat en ik ken haar smaak goed genoeg om te voorspellen wat ze mooi vindt. Dat was Jocelyn van de modeafdeling. Ze laten een paar rokken komen.' Ik zag Jerry Lewis al voor me met een enorm scorebord, tromgeroffel, *et voila*! Gucci en een spontaan applaus.

Maar nee. Rokken 'laten komen' was mijn eerste les in *Runway*-absurditeit, hoewel ik moet zeggen dat het proces zo efficiënt was als een militaire operatie. Emily of ik schakelde in zo'n geval alle modeassistenten in – een stuk of acht in totaal, die allemaal contacten onderhielden met een hele rits ontwerpers en winkels. De assistenten begonnen onmiddellijk al hun pr-contacten bij de diverse modehuizen en, indien van toepassing, alle betere warenhuizen in Manhattan te bellen met de mededeling dat Miranda Priestly – inderdaad, Miranda Priestly, en het was voor persóónlijk gebruik – op zoek was naar een bepaald kledingstuk. Binnen een paar minuten stuurde ieder pr-hoofd en iedere assistent bij Michael Kors, Gucci, Prada, Versace, Fendi, Armani, Chanel, Barney's, Chloe, Sonia Rykiel, Calvin Klein, Bergdorf, Roberto Cavalli en Saks een koerier (of in sommige gevallen kwamen ze persoonlijk) met iedere rok die Miranda heel misschien mooi zou kunnen vinden. Ik keek toe hoe het proces zich voltrok, als een ballet met een zeer strakke choreografie, waarin iedere deelnemer precies wist waar, wanneer en hoe hij zijn volgende stap ging zetten. Terwijl deze vrijwel dagelijkse activiteit plaatshad, stuurde Emily mij erop uit om wat andere spullen te halen die die avond met de rok mee moesten.

'De auto wacht op je in 58th Street,' zei ze terwijl ze met twee telefoonlijnen tegelijk bezig was en tussendoor instructies voor me op een velletje *Runway*-briefpapier krabbelde. Ze pauzeerde even om me een mobiele telefoon toe te werpen en zei: 'Hier, neem deze mee voor het geval ik je nodig heb of je iets wilt vragen. Nooit afzetten. Altijd opnemen.' Ik ging met de telefoon en het vel papier naar de uitgang aan 58th Street en vroeg me intussen af hoe ik 'mijn auto' ooit moest vinden. Of wat dat zelfs maar inhield. Maar ik stond nog maar net schichtig om me heen te kijken op het trottoir of er kwam al een gedrongen man met wit haar en een pijp in zijn mond op me af.

'Ben jij die nieuwe van Priestly?' vroeg hij schor, zonder de mahoniekleurige pijp uit zijn mond – die vol tabaksvlekken zat – te halen. Ik knikte. 'Ik ben Rich, de vervoerscoördinator. Als je een auto nodig hebt, moet je bij mij zijn. Duidelijk, Blondie?' Ik knikte weer en kroop op de achterbank van een zwarte Cadillac. Hij gooide het portier dicht en zwaaide.

'Waar wilt u naartoe?' vroeg de chauffeur, waardoor ik meteen terug was in de werkelijkheid. Ik besefte dat ik geen flauw idee had en haalde het vel papier uit mijn zak.

Eerste bestemming: studio van Tommy Hilfiger op West 57th Street 355, vijfde verdieping. Vragen naar Leanne. Zij geeft je alles wat we moeten hebben.

Ik gaf de chauffeur het adres en staarde naar buiten. Het was 13.00 uur op een ijskoude winterdag, ik was drieëntwintig en zat in een auto met chauffeur, op weg naar de studio van Tommy Hilfiger. En ik rammelde van de honger. De afstand van vijftien straten kostte rond lunchtijd bijna drie kwartier, mijn eerste kennismaking met het drukke stadsverkeer. De chauffeur zei dat hij rondjes zou rijden tot ik weer naar buiten kwam, en daar ging ik: naar de studio van Tommy. Toen ik bij de receptie op de vijfde verdieping naar Leanne vroeg, kwam er een schattig meisje dat geen dag ouder was dan achttien de trap af gesprongen.

'Hoi!' riep ze, en ze rekte de klank een paar tellen. 'Jij bent vast en zeker Andrea, de assistente van Miranda. We zijn hier allemaal dol op haar, dus welkom in het team.' Ze grijnsde. Ik grijnsde. Toen haalde ze een enorme plastic zak onder een tafel vandaan en gooide de inhoud op de grond. 'Hier hebben we Carolines lievelingsjeans in drie kleuren, en we hebben er wat korte, strakke T-shirtjes bij gedaan. Cassidy is dol op Tommy's kaki rokjes, dus die zitten erbij in olijfgroen en grijs.' Er kwamen spijkerrokjes en -jasjes en zelfs een paar sokken uit de zak, en ik kon er alleen maar naar staren. Hier lag genoeg kleding om minstens vier complete tienergarderobes mee samen te stellen. Wie zijn in godsnaam Cassidy en Caroline, vroeg ik me af terwijl ik naar de buit staarde. Welke zichzelf respecterende persoon draagt er nu spijkerbroeken van Tommy Hilfiger – en nog wel in drie verschillende kleuren?

Ik moet volkomen niet-begrijpend gekeken hebben, want Leanne ging met haar rug naar me toe zitten toen ze de kleren weer inpakte en zei: 'Ik weet zeker dat de dochters van Miranda dit spul geweldig vinden. We kleden ze al jaren, en Tommy staat erop alles persoonlijk voor ze uit te zoeken.' Ik wierp haar een dankbare blik toe en zwaaide de zak over mijn schouder.

'Succes!' riep ze toen de liftdeuren dichtgingen, met een oprechte glimlach die haar halve gezicht in beslag nam. 'Jij boft maar met zo'n superbaan!' Voordat ze het kon zeggen, maakte ik de zin in gedachten af: Er zijn miljoenen meisjes die er een moord voor zouden doen. En op dat moment, toen ik zojuist de studio van een beroemde ontwerper had gezien en ik voor duizenden dollars aan kleren bij me had, vond ik dat ze gelijk had.

Toen ik eenmaal doorhad hoe het werkte, vloog de dag voorbij. Ik overwoog even of er iemand kwaad zou worden als ik een minuutje de tijd nam om een sandwich te halen, maar ik moest wel. Ik had sinds mijn croissant om zeven uur 's morgens niets meer gegeten, en het was bijna twee uur. Ik vroeg de chauffeur te stoppen bij een broodjeszaak en besloot op het laatste moment om voor hem ook wat mee te nemen. Zijn mond viel open van verbazing toen ik hem een sandwich met kalkoen en honing-mosterdsaus gaf, en ik vroeg me af of hij zich er ongemakkelijk onder voelde.

'Ik dacht dat u ook wel trek zou hebben,' zei ik. 'U rijdt de hele dag rond en hebt waarschijnlijk ook weinig tijd om te lunchen.'

'Bedankt, dat stel ik echt op prijs. Ik rijd al zeventien jaar voor Elias-Clark en meestal zijn de dames niet zo aardig. U bent heel aardig,' zei hij met een zwaar, onbestendig accent, en hij keek me aan in de binnenspiegel. Ik glimlachte naar hem en kreeg even een akelig voorgevoel. Maar dat was al snel weer weg en we aten samen onze boterhammen op terwijl we in de file naar zijn lievelings-cd luisterden, die in mijn oren klonk als een vrouw die telkens opnieuw hetzelfde schreeuwde in een onbekende taal, opgeluisterd door sitarmuziek.

Volgens de volgende schriftelijke instructie van Emily moest ik een witte korte broek ophalen die Miranda dringend nodig had om te tennissen. Ik nam aan dat we naar Polo Ralph Lauren zouden gaan, maar op het briefje stond Chanel. Maakte Chanel witte tennisbroekjes? De chauffeur bracht me naar de privé-salon, waar een oudere verkoopster – die aan haar facelift een soort spleetogen had overgehouden – me een wit, kort broekje van lycra in een onmogelijk klein maatje overhandigde, vastgespeld aan een zijden hanger, in een fluwelen zakje gedrapeerd. Ik keek naar het broekje, dat zo te zien nog te klein was voor een kind van zes, en toen weer naar de vrouw.

'Eh, denkt u echt dat Miranda dit zal dragen?' vroeg ik aarzelend, ervan overtuigd dat de vrouw me met haar pitbullmond met huid en haar zou opeten. Ze keek me kwaad aan.

'Dat mag ik hopen, juffrouw, aangezien ze voor haar op maat gemaakt worden, naar haar specifieke wensen,' snauwde ze, en ze gaf me het minibroekje. 'Doet u haar de hartelijke groeten van meneer Kopelman.' Natuurlijk, mevrouw, wie dat ook mag zijn.

Mijn volgende bestemming was, zoals Emily had opgeschreven, 'hartstikke ver *downtown*': J & R Computer World, vlak bij City Hall. Kennelijk was dat de enige winkel in de hele stad waar ze *Warriors of the West* verkochten, een computerspel dat Miranda wilde kopen voor Moises, de zoon van Oscar en Annette de la Renta. Toen ik daar een uur later eindelijk in de buurt was, had ik inmiddels ontdekt dat ik met mijn mobiele telefoon ook buiten de stad kon bellen en toetste ik enthousiast het nummer van mijn ouders in om te vertellen hoe leuk mijn baan was.

'Eh, pap? Hoi, met Andy. Raad eens waar ik nu ben? Ja, natuurlijk op mijn werk, maar dat is op dit moment toevallig op de achterbank van een auto met chauffeur, die me heel Manhattan door rijdt. Ik ben al bij Tommy Hilfiger en Chanel geweest, maar nu moet ik eerst een computerspelletje kopen en dan ga ik naar het appartement van Oscar de la Renta op Park Avenue om alle spullen af te geven. Nee, het is niet voor hemzelf! Miranda zit in de DR en Annette vliegt er vanavond heen. In een privé-vliegtuig, ja. Pap! Dat staat natuurlijk voor de Dominicaanse Republiek!'

Hij klonk een beetje wantrouwend, maar wel blij dat ik zo tevreden was, en ik besloot dat ik was aangenomen als hoogopgeleide koerier. En dat vond ik prima. Nadat ik de tas met Tommy-kleding, het tennisbroekje en het computerspelletje had afgegeven bij een zeer gedistingeerde portier in de chique lobby van een appartementencomplex op Fifth Avenue (dus dit wordt er bedoeld als mensen het over Fifth Avenue hebben!) ging ik terug naar Elias-Clark. Toen ik ons kantoor binnenkwam, zat Emily in kleermakerszit op de grond pakjes in te pakken in wit papier met witte strikken eromheen. Ze werd omringd door bergen rode en witte dozen, identiek van vorm, honderden, misschien wel duizenden, tussen onze bureaus en zelfs tot in Miranda's kantoor. Emily merkte niet dat ik naar haar stond te kijken, en ik zag dat het haar maar twee minuten kostte om een doos onberispelijk in te pakken, en nog eens vijftien seconden om er een wit satijnen lint omheen te doen. Ze ging efficiënt te werk en stapelde de ingepakte witte dozen zonder een seconde te verspillen achter zich op. De berg groeide en groeide, maar de stapel oningepakte dozen werd niet kleiner. Ik schatte dat ze nog vier dagen door kon werken zonder dat het af kwam.

Ik riep haar naam boven de jaren-tachtigmuziek uit die ze via haar computer draaide. 'Eh... Emily? Hallo, ik ben er weer.'

Ze draaide zich naar me om en even leek ze niet te weten wie ik was. Geen flauw idee. Maar toen kwam mijn status van het nieuwe meisje weer naar boven. 'Hoe is het gegaan?' vroeg ze snel. 'Heb je alles van de lijst?'

Ik knikte.

'Ook het videospel? Toen ik belde, hadden ze er nog maar één. Was het er nog?'

Ik knikte weer.

'En heb je het afgegeven bij de portier van de familie de la Renta op Park Avenue? De kleren, het tennisbroekje, alles?'

'Ja, geen probleem. Het ging prima, en ik heb het een paar minuten geleden afgegeven. Wat ik me afvroeg: Draagt Miranda dat...'

'Luister, ik moet naar de wc en ik heb al die tijd gewacht. Ga jij even bij de telefoon zitten, oké?'

'Ben je niet naar de wc geweest toen ik weg was?' vroeg ik ongelovig. Ik was vijf uur weg geweest. 'Waarom niet?'

Emily deed een strik om de doos die ze zojuist had ingepakt en keek me koeltjes aan. 'Miranda tolereert niet dat iemand anders dan een van haar assistentes de telefoon aanneemt, en aangezien jij er niet was, kon ik niet weg. Ik had natuurlijk kunnen rennen, maar ze heeft vandaag een heel drukke dag en ik wilde beschikbaar blijven. Dus nee, we gaan niet naar de wc – of ergens anders naartoe – zonder dat goed met elkaar af te spreken. We moeten samenwerken en zo ons werk zo goed mogelijk doen, snap je?'

'Jawel,' zei ik. 'Ga maar, ik blijf wel hier.' Ze liep weg en ik moest me vasthouden aan mijn bureau. Niet naar de wc zonder een gecoördineerd strijdplan? Had ze de afgelopen vijf uur echt daar op kantoor gezeten in de hoop dat haar blaas niet opspeelde, uit angst dat een vrouw die aan de andere kant van de oceaan zat misschien zou bellen in de tweeënhalve minuut die ze nodig had om naar het toilet te gaan? Blijkbaar. Het leek me nogal dramatisch, maar ik ging ervan uit dat Emily gewoon erg enthousiast haar werk deed. Het kon toch niet zo zijn dat Miranda dat echt van haar personeel verlangde? Daar geloofde ik niets van. Nee, toch?

Ik pakte een paar vellen papier uit de printer en zag dat erboven stond: 'Ontvangen kerstcadeaus.' Een, twee, drie, vier, vijf, zes pagina's vol cadeaus, met op iedere regel de afzender en een omschrijving. In totaal tweehonderdzesenvijftig cadeaus. Het leek wel de huwelijkslijst van de koningin van Engeland, en ik las hem gretig door. Een doos Bobbi Brown-make-up van Bobbi Brown zelf, een unieke leren Kate Spade-handtas van Kate en Andy Spade, een bordeauxrode leren agenda van Smythson of Bond Street van Graydon Carter, een met nerts gevoerde slaapzak van Miuccia Prada, een kralenarmband van Verdura van Aerin Lauder, een met diamanten bezaaid horloge van Donatella Versace, een kist champagne van Cynthia Rowley, een truitje met kraaltjes en bijpassende handtas van Mark Badgley en James Mischka, een set Cartier-pennen van Irv Ravitz, Vera Wang had een sjaal met chinchillabont gestuurd, een jasje in zebraprint van Alberta Ferretti en een kasjmier Burberry-deken van Rosemarie Bravo. En dat was nog maar het begin. Er stonden handtassen bij in alle soorten en maten, van iedereen die je maar kon bedenken: Herb Ritts, Bruce Weber, Giselle Bundchen, Hillary Clinton, Tom Ford, Calvin Klein, Annie Leibovitz, Nicole Miller, Adrienne Vittadini, Kevin Aucoin, Michael Kors, Helmut Lang, Giorgio Armani, John Sahag, Bruno Magli, Mario Testino en Narcisco Rodriguez, om maar een paar namen te noemen. Er waren uit naam van Miranda tientallen giften overgemaakt aan diverse goede doelen en er stonden wel honderd flessen wijn en champagne op de lijst, acht of tien Fendi-tassen, een paar dozijn geurkaarsen, schitterend oosters aardewerk, zijden pyjama's, in leer gebonden boeken, badproducten, bonbons, armbanden, kaviaar, kasjmier truien, ingelijste foto's en genoeg bloemstukken en kamerplanten om zo'n bruiloft mee te versieren die ze in China wel eens houden, met vijfhonderd stellen tegelijk in een voetbalstadion. O mijn god! Was dit echt? Kon dit echt gebeuren? Ik werkte voor een vrouw die tweehonderdzesenvijftig kerstcadeaus kreeg van de beroemdste mensen ter wereld. Of waren ze niet zo beroemd? Ik wist het niet. Ik kende wel een paar namen van grote sterren en ontwerpers, maar destijds wist ik nog niet dat de anderen op de lijst veelgevraagde fotografen, visagisten, modellen en hooggeplaatste figuren binnen Elias-Clark waren. Net toen ik me afvroeg of Emily zou weten wie al die mensen waren, kwam ze binnen. Ik wilde doen alsof ik de lijst niet had gelezen, maar ze vond het helemaal niet erg.

'Idioot, hè? Ze is zo ontzettend cool,' ratelde ze, en ze griste de vellen papier van haar bureau en bekeek ze met een blik die ik niet anders dan gretig zou kunnen noemen. 'Heb je ooit zulke fantastische spullen gezien? Dat is het allerleukste aan deze baan: al haar pakjes openmaken.' Ik begreep het even niet. Maakten *wij* haar pakjes open? Waarom deed ze dat zelf niet? Ik vroeg het maar gewoon.

'Ben je gek? Miranda vindt negentig procent van die cadeaus helemaal niks. Sommige zijn gewoon beledigend, die laten we haar niet eens zien. Neem dit nu,' zei ze, en ze pakte een doosje op. Het was een mobiele telefoon van Bang & Olufsen, zo'n strak, zilverkleurig model met afgeronde hoeken en een glashelder bereik van een kilometer of drieduizend. Ik was een paar weken geleden nog met Alex in de winkel geweest, waar hij had staan kwijlen bij de stereo's, en ik wist dat zo'n telefoon meer dan vijfhonderd dollar kostte. Zo'n ding voerde nog net niet zelf de gesprekken voor je. 'Een telefoon? Kun je je voorstellen dat iemand het lef heeft om Miranda Priestly een *telefóón* te sturen?' Ze gooide hem naar me toe. 'Hou hem maar als je wilt, ik laat hem toch niet aan haar zien. Ze zou zich rot ergeren aan iemand die haar elektronica durft te sturen.' Ze sprak het woord 'elektronica' uit alsof het synoniem was aan 'druipend van het lichaamsvocht'.

Ik borg de telefoon op onder mijn bureau en probeerde niet te grijnzen. Beter kon het niet! Een mobiele telefoon stond op de lijst met dingen die ik nog wilde kopen (mijn kamer had geen telefoonaansluiting) en nu kreeg ik er zomaar een van vijfhonderd dollar.

'Weet je wat?' zei ze, en ze ging weer in kleermakerszit in Miranda's kantoor op de grond zitten. 'Laten we nog een paar uur flessen wijn inpakken, dan kun jij de pakjes openmaken die vandaag binnengekomen zijn. Ze staan daar.' Ze wees op een iets minder grote berg achter haar bureau, met dozen, zakken en manden in alle kleuren van de regenboog.

'Dus dit zijn de cadeaus die we namens Miranda versturen?' vroeg ik, en ik pakte een doos en wikkelde hem in dik, wit papier.

'Ja, ieder jaar hetzelfde verhaal. De belangrijkste relaties krijgen flessen Dom Pérignon. Dat zijn de directie van Elias en de grote ontwerpers die niet tot haar persoonlijke vriendenkring behoren. Haar advocaat en haar accountant. De middengroep krijgt Veuve Cliquot; dat is zo'n beetje iedereen: de onderwijzers van de tweeling, kappers, Uri, etcetera. En de Onbenullen krijgen een fles Ruffino chianti. Dat zijn hoofdzakelijk pr-mensen die kleine, algemene cadeautjes sturen. We sturen chianti naar de dierenarts, de meisjes die bij haar thuis oppassen als Cara niet kan, het personeel in winkels waar ze vaak komt en iedereen die in het zomerhuis in Connecticut werkt. Ik bestel begin november voor zo'n 25.000 dollar drank, Sherry-Lehman bezorgt het en het inpakken kost meestal bijna een week. Niet verkeerd, als je bedenkt dat Elias alles betaalt.'

'Het kost zeker twee keer zoveel om de dozen ook door Sherry-Lehman te laten inpakken, hè?' Ik probeerde nog inzicht te krijgen in de hiërarchie van het inpakken.

'Wat maakt dat nou uit?' zei ze minachtend. 'Je zult er snel genoeg achter komen dat geld hier echt geen rol speelt. Miranda vindt alleen het pakpapier van Sherry-Lehman niet mooi. Ik heb ze vorig jaar dit witte papier gegeven, maar het ziet er toch mooier uit als wij de dozen inpakken.' Ze keek er trots bij.

Zo zaten we samen tot een uur of zes in te pakken, en terwijl Emily me uitlegde hoe alles werkte, probeerde ik iets te begrijpen van deze vreemde, spannende wereld. Net toen ze beschreef hoe Miranda haar koffie graag dronk (een grote koffie verkeerd met twee klontjes rietsuiker) kwam een blond meisje buiten adem binnen met een rieten mand zo groot als een wieg. Ze bleef in de deuropening van Miranda's kantoor staan en keek alsof ze bang was dat de zachte, grijze vloerbedekking onder haar Jimmy Choo's in drijfzand zou veranderen als ze het zou wagen de drempel over te gaan.

'Hoi, Em. Ik heb hier de rokken. Sorry dat het zo lang duurde, maar er werkt bijna niemand op die rare dagen tussen Thanksgiving en Kerstmis. Maar goed, ik hoop dat er iets bij zit wat ze mooi vindt.' Ze wierp een blik op haar mand vol opgevouwen rokken.

Emily keek met nauwverholen minachting naar haar op. 'Zet maar op mijn bureau. Wat we niet gebruiken stuur ik wel terug. *Dat zal wel zo'n beetje alles zijn, gezien jouw smaak.'* Dat laatste zei ze heel zachtjes, zodat ik het net kon verstaan.

Het blonde meisje leek van haar stuk gebracht. Ze had duidelijk het buskruit niet uitgevonden, maar ze leek me best aardig. Ik vroeg me af waarom Emily zo'n hekel aan haar had. Maar het was een lange dag geweest, met al die uitleg en mijn ritjes door de hele stad, met honderden namen en gezichten om te onthouden, dus vroeg ik het maar niet.

Emily ging met haar handen in haar zij naar de grote mand op haar bureau staan kijken. Voorzover ik vanaf de grond kon zien, zaten er een stuk of vijfentwintig rokken in, in een ongelooflijk assortiment stoffen, kleuren en maten. Had Miranda echt helemaal niet uitgelegd wat ze zocht? Had ze niet de moeite genomen om Emily te vertellen of ze een rok nodig had voor een galadiner, een partijtje gemengd dubbel of voor over haar badpak? Wilde ze spijkerstof of was chiffon misschien geschikter? Hoe moesten wij nu voorspellen wat zij eventuéél mooi zou vinden?

Daar zou ik nog wel achter komen. Emily kwam met de rieten mand het kantoor van Miranda in gelopen en zette hem voorzichtig, bijna eerbiedig, op het hoogpolige tapijt naast me neer. Ze ging zitten en legde de kledingstukken een voor een in een cirkel om ons heen. Er zat een prachtige, knalroze gehaakte sjaal van Celine bij; een parelgrijze wikkelrok van Calvin Klein en een zwart suède rokje met kraaltjes langs de zoom van meneer de la Renta zelf. Er waren rode, gebroken witte en lavendelkleurige rokken bij, sommige met kant en andere van kasjmier. Enkele waren lang genoeg om gracieus langs de enkels te zwieren, en andere zo kort dat het eerder topjes leken. Ik pakte een prachtexemplaar van bruine zijde tot halverwege de kuit en hield hem bij mijn middel, maar de stof bedekte niet meer dan één been. De volgende kwam tot de grond, een wolk van tule en chiffon, en zag eruit alsof hij niet zou misstaan op een tuinfeest in charlestonstijl. Een van de spijkerrokken was gebleekt, met een enorme bruinleren riem door de lussen, en een andere was van gekreukelde zilveren stof met een matzilveren voering. Waar moest dit heen?

'Goh, zo te zien heeft Miranda een rokkentic,' zei ik, omdat ik niets beters kon bedenken.

'Nou, nee. Miranda is lichtelijk geobsedeerd door sjaals.' Emily weigerde me aan te kijken, alsof ze zojuist had onthuld dat zijzelf herpes had. 'Dat is een van de grappige dingetjes aan haar die je moet weten.'

'O?' vroeg ik, en ik deed mijn best om geamuseerd en niet ontsteld te kijken. Een obsessie voor sjaals? Ik hou net zoveel van kleding, tassen en schoenen als de meeste vrouwen, maar dat zou ik geen 'obsessie' noemen. En op de een of andere manier had Emily's opmerking niet bepaald nonchalant geklonken.

'Ja. In dit geval zal ze wel een rok nodig hebben voor een bepaalde gelegenheid, maar sjaals zijn echt belangrijk voor haar. Je kent haar bekende sjaaltjes toch wel?' Ze keek me aan, en mijn gezicht moet verraden hebben dat ik geen flauw idee had wat ze bedoelde. 'Je kunt je je ontmoeting met haar tijdens het sollicitatiegesprek toch wel herinneren?'

'Natuurlijk,' loog ik snel, want ik voelde wel aan dat het niet zo'n goed idee was om nu te laten merken dat ik me Miranda's nááms amper kon herinneren van die dag, laat staan haar kleding. 'Maar ik geloof niet dat haar sjaaltje me opgevallen is...'

'Ze draagt altijd, maar dan ook echt altijd, een witte Hermès-sjaal, ergens in haar kleding verwerkt. Meestal gewoon om haar hals, maar soms laat ze hem door haar kapper in een chignon verwerken of draagt ze er een als ceintuur. Het is haar handelsmerk. Miranda Priestly draagt een witte Hermès-sjaal, hoe dan ook. Is dat niet cool?'

Precies op dat moment viel me op dat Emily een limoengroene sjaal door de lussen van haar spijkerbroek droeg, die net onder haar witte T-shirt uit kwam.

'Soms wil ze eens wat anders, en ik denk dat dit zo'n moment is. Maar ja, die idioten op de modeafdeling weten nooit wat ze mooi vindt. Moet je deze nou zien, walgelijk!' Ze hield een schitterende, flinterdunne rok omhoog, net iets chiquer dan de rest, met gouden spikkeltjes die glinsterden op een heel donkerbruine achtergrond.

'Ja,' zei ik instemmend, en dat was de allereerste van duizenden, zo niet miljoenen keren dat ik gewoonweg ja zei om ervoor te zorgen dat ze haar mond hield. 'Wat een vreselijk ding.' Hij was zó mooi dat ik hem met alle plezier op mijn eigen bruiloft had willen dragen.

Emily ratelde maar door over dessins, stoffen en Miranda's wensen en behoeften, afgewisseld met zo nu en dan een vernietigende opmerking over een collega. Uiteindelijk koos ze voor drie radicaal verschillende rokken, die ze voor Miranda apart legde terwijl ze maar praatte, praatte en praatte. Ik probeerde te luisteren, maar het was bijna zeven uur en ik probeerde vast te stellen of ik nu uitgehongerd, kotsmisselijk of gewoon doodop was. Alle drie, denk ik. Ik merkte het eerst niet eens toen de allerlangste persoon die ik ooit had gezien het kantoor binnenstoof.

'JIJ DAAR!' hoorde ik ergens achter me. 'GA EENS STAAN, DAN KAN IK JE BEKIJKEN!'

Toen ik me omdraaide, stond er een man van minstens 2,10 meter met een olijfkleurige huid en zwart haar naar me te wijzen. Hij woog, met zijn lange lijf, zeker honderdtien kilo en was zo gespierd, zo volkomen strak, dat het leek alsof hij ieder moment uit zijn denim... catsuit? O, mijn god! Hij droeg een catsuit. Ja, echt, van spijkerstof, met een strakke broek, een riem om zijn middel en opgerolde mouwen. En een cape. Ik lieg het niet: hij had een cape zo groot als een deken twee keer om zijn brede nek geslagen en droeg glanzende legerkisten zo groot als tennisrackets aan zijn gigantische voeten. Zo te zien was hij een jaar of vijfendertig, hoewel al die spieren, zijn gebruinde huid en absoluut gebeeldhouwde kaken ook best tien jaar konden verbergen, of er juist vijf aan toevoegen. Hij wapperde met zijn handen naar me en gebaarde dat ik moest opstaan. Ik gehoorzaamde hem, maar ik kon mijn ogen niet van hem afhouden. Hij nam me meteen van top tot teen op.

'WAT HEBBEN WE HIER?' bulderde hij, zo goed en zo kwaad als dat ging met zijn hoge stem. 'JE BENT KNAP, MAAR VEEL TE DEGELIJK. EN DIE KLEREN DOEN NIETS VOOR JE!'

'Ik ben Andrea, de nieuwe assistente van Miranda.'

Hij liet zijn blik over mijn lichaam gaan en inspecteerde iedere centimeter. Emily bekeek het spektakel geringschattend. De stilte was ondraaglijk.

'KNIEHOGE LAARZEN? MET EEN ROK TOT OP DE KNIE? DAT MÉÉN JE NIET. KINDJE, VOOR HET GEVAL JE HET NOG NIET WEET, VOOR HET GEVAL JE DAT GROTE, ZWARTE BORD OP DE DEUR NIET HEBT GEZIEN: DIT IS *RUNWAY*, HET HIPSTE BLAD OP AARDE! OP AARDE! MAAR MAAK JE GEEN ZORGEN, SCHAT, NIGEL DOET BINNENKORT IETS AAN DAT BURGERTRUTTENUITERLIJK VAN JE.'

Hij legde zijn enorme handen op mijn heupen en draaide me rond. Ik voelde zijn ogen op mijn benen en billen.

'BINNENKORT, LIEFJE, DAT BELOOF IK JE, WANT JE BENT PRIMA BASISMATERIAAL. MOOIE BENEN, GOED HAAR EN NIET TE DIK. DAAR KAN IK WEL WAT MEE, MET NIET TE DIK.'

Ik wilde beledigd zijn en me losrukken uit zijn greep op mijn onderlichaam, om een paar minuten te laten bezinken dat een volslagen vreemde – nota bene een collega – zojuist ongevraagd en onverschrokken eerlijk mijn kleding en figuur had besproken. Maar ik was niet beledigd. Omdat zijn groene ogen eerder lachten dan kritisch keken, maar vooral omdat ik goedgekeurd was. Dit was Nigel – één naam, net als Madonna of Prince – de modegoeroe die ík zelfs kende van tv, tijdschriften en wat al niet meer, en hij had me knap genoemd. En gezegd dat ik mooie benen had! Die opmerking over dat burgertruttenuiterlijk vergat ik maar even. Ik vond hem leuk!

Ik hoorde Emily ergens op de achtergrond zeggen dat hij me met rust moest laten, maar ik wilde niet dat hij wegging. Te laat, hij liep al naar de deur, zijn met bont gevoerde cape wapperend achter hem aan. Ik wilde hem naroepen, zeggen dat ik het leuk vond dat ik hem had ontmoet, dat ik niet beledigd was en dat hij me zeker onder handen mocht nemen. Maar voordat ik iets kon zeggen, draaide Nigel zich om en legde de afstand tussen ons in twee passen af, iedere stap zo groot als een flinke sprong. Hij posteerde zich pal voor mijn neus, omsloot mijn hele lijf met zijn enorme, gespierde armen en drukte me tegen zich aan. Mijn hoofd kwam tot de onderkant van zijn borstkas, en ik rook de onmiskenbare lucht van Johnson's babylotion. Toen ik eindelijk de tegenwoordigheid van geest had om ook mijn armen om hem heen te slaan, zwaaide hij me naar achteren, pakte mijn handen en gilde: 'WELKOM IN HET POPPENHUIS, SCHAT!'

5

'Wát zei hij?' vroeg Lily, en ze nam nog een hap groene-thee-ijs. Ik had met haar afgesproken bij Sushi Samba om over mijn eerste dag te vertellen. Mijn ouders hadden me tandenknarsend de creditcard voor noodgevallen teruggegeven tot ik mijn eerste salaris binnen had. Pittige tonijnloempia's met een salade van zeewier leek me beslist een noodgeval, dus bedankte ik mijn vader en moeder in stilte omdat ze zo goed voor Lily en mij zorgden.

'Hij zei: "Welkom in het poppenhuis, schat." Ik zweer het je. Is het niet cool?'

Ze keek me met open mond aan, de lepel ergens in de lucht.

'Jij hebt verdomme de coolste baan die ik ken,' zei Lily, die altijd verkondigde dat ze een jaar had moeten gaan werken voordat ze aan haar studie begon.

'Ja, echt behoorlijk cool, hè? Volslagen idioot, maar ook cool.

Nou ja, weet ik veel,' zei ik, en ik viel aan op mijn verrukkelijke chocoladebrownie. 'Ik zou misschien ook wel liever studeren.'

'Ja hoor, jij zou veel liever parttime werken om je schandalig dure en volkomen nutteloze studie te bekostigen. Ja, toch? Je bent gewoon jaloers omdat ik achter de bar mag staan in een kroeg waar eerstejaars met pukkels me tot vier uur 's nachts proberen te versieren, waarna ik van acht tot zes college heb, of niet soms? En dat alles in de wetenschap dat ik als – áls! – ik binnen nu en zeventien jaar ooit afstudeer, nooit een baan zal vinden. Nergens.' Ze trok haar gezicht in een scheve grijns en nam een slok van haar Sapporo. Lily studeerde Russische literatuur aan Columbia en werkte daarnaast iedere vrije seconde in allerlei los-vaste baantjes. Haar oma had nauwelijks genoeg geld voor zichzelf en Lily wilde geen beurs aanvragen voordat ze de eerste fase had afgerond, dus het was al heel wat dat ze die avond had kunnen komen.

Ik hapte meteen, zoals altijd wanneer ze over haar leven klaagde. 'Waarom doe je het dan, Lil?' vroeg ik, ook al had ik het antwoord al duizenden keren gehoord.

Lily snoof en sloeg haar ogen ten hemel. 'Omdat ik het hartstikke leuk vind!' zei ze sarcastisch. En al zou ze het nooit toegeven, omdat het nu eenmaal leuker was om te klagen, ze vond het écht heel leuk. Ze had al 'iets' met Russische literatuur sinds een docent op de middelbare school tegen haar had gezegd dat ze eruitzag zoals hij zich Lolita altijd voorstelde, met haar ronde gezicht en zwarte krullende haar. Ze had thuis meteen Nabokovs meesterwerk der wellust gelezen en daarna, zonder zich iets aan te trekken van de hele verwijzing leraar-Lolita, al zijn andere werk. En Tolstoi. En Gogol. En Tsjechov. Na de middelbare school had ze zich aangemeld op Brown om samen te werken met een bepaalde professor in de Russische literatuur, die tijdens zijn gesprek met de zeventienjarige Lily had verklaard dat ze de meest belezen en hartstochtelijke studente Russische literatuur was die hij ooit had ontmoet, in welk studiejaar dan ook. Ze vond het nog altijd heel leuk, ze bestudeerde de Russische grammatica en kon alles in de originele versie lezen, maar ze klaagde er nog liever over.

'Oké, ik ben het met je eens dat ik de beste baan heb die er is. Ik bedoel, Tommy Hilfiger! Chanel. Het appartement van Oscar de la Renta. Wat een eerste werkdag. Ik moet wel zeggen dat ik nog niet precies begrijp hoe dit me dichter bij *The New Yorker* moet brengen, maar misschien kan ik daar nu nog niks van zeggen. Het is allemaal heel onwerkelijk, snap je?'

'Nou, mocht je weer contact zoeken met de werkelijkheid, dan weet je me te vinden,' zei Lily, en ze haalde haar metrokaart uit haar portemonnee. 'Als je naar een echt getto verlangt, naar het echte Harlem, dan ben je van harte welkom in mijn luxueuze flat van twintig vierkante meter.'

Ik betaalde de rekening en we namen afscheid, waarbij ze me probeerde uit te leggen hoe ik van de hoek van Seventh Avenue en Christopher Street naar mijn eigen kamertje helemaal boven Central Park kon komen. Ik hield bij hoog en bij laag vol dat ik precies wist hoe ik met de metro en daarna te voet thuis moest komen, maar zodra ze weg was, nam ik een taxi.

Voor deze ene keer, dacht ik bij mezelf toen ik me op de warme achterbank liet zakken en mijn best deed om de lijflucht van de chauffeur niet in te ademen. Ik ben nu een *Runway-girl.*

Tot mijn vreugde bleek de rest van de week niet veel anders te verlopen dan de eerste dag. Toen ik Emily vrijdagochtend weer precies om zeven uur trof in de spierwitte receptieruimte, overhandigde ze me mijn eigen identiteitskaart, compleet met een foto waarvan ik niet wist wanneer die was genomen.

'Van de beveiligingscamera,' zei ze toen ik ernaar staarde. 'Die hangen hier overal, het is maar dat je het weet. Er zijn grote problemen geweest met diefstal; kleding en sieraden voor fotosessies. Het schijnt dat koeriers en soms zelfs mensen op de redactie gewoon maar toetastten. Dus nu wordt iedereen gevolgd.' Ze haalde haar kaart door de lezer en de dikke glazen deur ging open.

'Hoe bedoel je, "gevolgd"?'

Ze liep snel de gang naar ons kantoor door, heupwiegend in haar strakke, bruine ribbroek van Seven. Ze had de vorige dag tegen me gezegd dat ik maar eens serieus moest overwegen om er daarvan een stuk of tien aan te schaffen, omdat het zo'n beetje de enige broeken waren die Miranda op kantoor tolereerde. MJ was ook goed, maar alleen op vrijdag, en dan met hoge hakken. MJ? 'Mark Jacobs,' had ze geïrriteerd uitgelegd.

'Dankzij de camera's en identiteitskaarten weten ze min of meer wat iedereen doet,' zei ze, terwijl ze haar Gucci-tas op haar bureau gooide. Ze maakte de knoopjes van haar zeer getailleerde leren blazer los, een jas die me totaal ongeschikt leek voor eind november. 'Ik denk dat ze de video-opnames alleen gebruiken wanneer er iets gestolen is, maar de identiteitskaarten zeggen genoeg. Zodra je je kaart beneden door de lezer haalt, of op je eigen verdieping om de deuren open te maken, weten ze waar je uithangt. Zo kunnen ze zien of iemand op het werk is, dus als je de deur uit moet – en dat gebeurt niet, alleen als er iets vreselijks aan de hand is – kun je mij je kaart geven, dan haal ik hem voor je door de lezer. Zo krijg je toch betaald voor de uren dat je er niet was. Jij doet hetzelfde voor mij, we doen het hier allemaal.'

Ik moest nog bijkomen van dat 'en dat gebeurt niet', maar ze ging door: 'In de Dining Room, het bedrijfsrestaurant, gebruik je hem om je eten te betalen. Het is een debetkaart: je kunt er geld op zetten, en bij de kassa wordt het bedrag eraf gehaald. En zo weten ze dus wat je eet,' zei ze, terwijl ze de deur van Miranda's kantoor van het slot draaide en op de grond neerplofte. Ze pakte meteen een doos wijn en begon hem in te pakken. 'Maakt het ze dan iets uit wat je eet?' vroeg ik, met het gevoel alsof ik in een scène van *Sliver* terechtgekomen was.

'Eh, dat weet ik eigenlijk niet. Misschien. Ik weet alleen dat ze het kunnen zien. Net als in de fitnesszaal. Daar gebruik je je kaart ook, en bij de kiosk, als je boeken en tijdschriften koopt. Zo blijft het overzichtelijk.'

Overzichtelijk? Dus ik werkte bij een bedrijf waar ze het 'overzichtelijk' noemden om bij te houden op welke verdiepingen personeelsleden kwamen, of ze tussen de middag liever uiensoep of een salade aten en hoe lang ze het uithielden op de crosstrainer? Goh, ik bofte toch maar.

Uitgeput als ik was na vier dagen om half zes te zijn opgestaan, kostte het me vijf volle minuten om de energie op te brengen om mijn jas uit te trekken en aan mijn bureau te gaan zitten. Ik overwoog om even mijn hoofd neer te leggen, maar Emily schraapte haar keel. Hard.

'Eh, kun je me helpen inpakken?' vroeg ze, hoewel het duidelijk geen vraag was. 'Hier, pak aan.' Ze gooide een stapel wit pakpapier naar me toe en hervatte haar taak. Jewel schalde uit de extra boxen die ze aan haar iMac had bevestigd.

Knippen, doos erop, vouwen, plakken; Emily en ik werkten de hele ochtend stevig door en stopten alleen na iedere vijfentwintig dozen om de koeriersdienst van beneden te bellen. Die zou de pakketten vasthouden tot wij half december groen licht gaven om ze over heel Manhattan te verspreiden. De dozen voor buiten de stad hadden we de eerste twee dagen al ingepakt; die stonden in De Kast opgestapeld op DHL te wachten. Ze zouden allemaal met de grootst mogelijke spoed worden verstuurd en moesten de dag na verzending zo vroeg mogelijk bezorgd worden. Ik begreep niet waar die haast goed voor was – het was pas eind november – maar ik had al geleerd dat het beter was om geen vragen te stellen. We zouden zo'n honderdvijftig dozen de hele wereld over sturen. De flessen drank van Priestly gingen naar Parijs, Cannes, Bordeaux, Milaan, Rome, Florence, Barcelona, Genève, Brugge, Stockholm, Amsterdam en Londen. Hele stapels naar Londen! Fed-Ex vloog dozen naar Beijing, Hongkong, Kaapstad, Tel Aviv en Dubai (Dubai!). Er zou op Miranda Priestly geproost worden in Los Angeles, Honolulu, New Orleans, Charleston, Houston, Bridgehampton en Nantucket. En dan kwamen pas de dozen voor New York – de stad waar al Miranda's vrienden, artsen, werksters, kappers, kinderjuffrouwen, visagisten, psychiaters, yogaleraren, fitnessbegeleiders, chauffeurs en *personal shoppers* woonden. Natuurlijk was hier ook zo'n beetje de hele modewereld te vinden: de ontwerpers, modellen, acteurs, redacteuren, adverteerders, pr-mensen en al die modefreaks die een op hun plaats in de hiërarchie afgestemde fles drank zouden ontvangen, liefdevol bezorgd door een koerier van Elias-Clark.

'Hoeveel denk je dat dit wel niet kost?' vroeg ik aan Emily, terwijl ik voor mijn gevoel het miljoenste vel dik, wit pakpapier bijknipte.

'Ik heb voor 25.000 dollar drank besteld, zei ik toch.'

'Nee, nee, ik bedoel alles bij elkaar. De spoedbezorging van die dozen over de hele wereld, nou... ik denk dat de verzendkosten in sommige gevallen hoger zijn dan de fles die je verstuurt, vooral als het om een Onbenul gaat.'

Ze keek me gefascineerd aan. Het was de eerste keer dat haar blik iets anders uitdrukte dan walging, ergernis of onverschilligheid. 'Eens kijken. Als we ervan uitgaan dat Fed-Ex binnen Amerika ruim twintig dollar kost en internationaal ongeveer zestig, dan kom je uit op 9000 dollar voor Fed-Ex. Ik heb ooit eens gehoord dat de koeriers 11 dollar per doos vragen, dus dat komt voor tweehonderdvijftig dozen op 2750 dollar. En dan onze uren. Het inpakken kost ons een week, dus dat is twee volle weken salaris voor ons allebei, ofwel nog eens 4000 dollar...'

Ik kromp ineen bij de gedachte dat het salaris van ons beiden voor een hele week werk veruit het kleinste deel van de kosten uitmaakte.

'Ja, dan komt het in totaal op zo'n 16.000 dollar. Idioot, hè? Maar ja, wat moet je anders? Ze is nu eenmaal Miranda Priestly.'

Om een uur of één verkondigde Emily dat ze honger had en dat ze naar beneden ging met een paar meiden van de accessoiresafdeling. Ik ging ervan uit dat ze iets te eten ging halen, zoals we de hele week hadden gedaan, dus ik wachtte tien minuten, een kwartier, twintig minuten, maar ze kwam niet terug. Sinds mijn eerste werkdag hadden we geen van beiden in de Dining Room gegeten, voor het geval Miranda zou bellen, maar dit was belachelijk. Het werd twee uur, half drie en drie uur, en ik kon alleen nog maar aan mijn honger denken. Ik probeerde Emily's mobiele telefoon, maar ik kreeg haar voicemail. Was ze misschien dood neergevallen in het restaurant? Gestikt in een blaadje sla, of in elkaar gezakt na een verse fruitshake? Ik overwoog om iemand te vragen iets voor me te gaan halen, maar het leek me nogal primadonna-achtig om een wildvreemde in te schakelen voor mijn lunch. Per slot van rekening was ík er om de lunch voor anderen te halen: *O ja, schat, ik ben véél te belangrijk om zomaar te stoppen met dozen inpakken. Kun jij misschien een croissant met kalkoen en brie voor me halen? Fijn.* Ik kon het gewoon niet. Dus toen Emily tegen vieren nog steeds niet terug was en Miranda niet had gebeld, deed ik het ondenkbare: Ik liet het kantoor onbemand achter.

Nadat ik op de gang had vastgesteld dat Emily er nog altijd niet aankwam, rende ik letterlijk naar de receptie en drukte ik twintig keer op het liftknopje. Sophy, de bloedmooie Aziatische receptioniste, trok haar wenkbrauwen op en wendde haar blik af, en ik weet niet of dat vanwege mijn ongeduld was of omdat ze wist dat ik Miranda's kantoor onbemand achterliet. Ik had geen tijd om me er druk om te maken. Toen de lift eindelijk kwam, kon ik er nog net in duiken voordat een heroïnemagere jongen met een spottende blik, stekelhaar en limoengroene Puma's op 'deur sluiten' drukte. Niemand ging opzij om plaats voor me te maken, hoewel er ruimte genoeg was. Normaal gesproken zou ik me rot geërgerd hebben, maar nu kon ik me alleen concentreren op mijn missie: eten halen en zo snel mogelijk terug.

De ingang van het van onder tot boven in glas en graniet uitgevoerde bedrijfsrestaurant werd geblokkeerd door een groep roddelaars in opleiding, die lachend en fluisterend ieder groepje mensen dat uit de lift kwam stonden te bekijken. Ik herkende hen onmiddellijk van Emily's beschrijving: vrienden van Elias-medewerkers, ongegeneerd opgewonden omdat ze hier zomaar in het middelpunt van alle drukte stonden. Lily had me ook al gesmeekt haar een keer mee te nemen naar de Dining Room, aangezien bijna iedere krant en ieder tijdschrift in Manhattan hadden geschreven over het fantastische eten en de enorme keuze – om maar te zwijgen van de hoeveelheid mooie mensen. Maar daar was ik nog niet aan toe. Bovendien had ik er zelf, dankzij het ingewikkelde kantoorbewakingsschema van Emily, nooit meer dan tweeënhalve minuut doorgebracht, en dat zou waarschijnlijk ook wel niet gebeuren.

Ik baande me een weg langs de meisjes en voelde hoe ze zich omdraaiden om te kijken of ik belangrijk was. Niet, dus. Snel en doelgericht liep ik langs de verrukkelijke lamskoteletjes en het kalfsvlees in marsalasaus en ik moest al mijn wilskracht aanwenden om de pizza van de dag – met zongedroogde tomaten en geitenkaas – links te laten liggen (op een tafeltje in wat iedereen liefkozend de 'zetmeelhoek' noemde). Het viel niet mee om het *pièce de résistance* van het restaurant, de saladebar (ook wel bekend als De Sla: 'Ik zie je bij De Sla') te omzeilen, want die had de omvang van een flinke landingsbaan en was van alle kanten toegankelijk. De hordes lieten me gelukkig passeren toen ik luidkeels verkondigde dat ik niet het laatste blokje tofu zou inpikken. Helemaal achterin, vlak achter de paninikraam – die eruitzag als een make-upbalie – was de verlaten, eenzame soepafdeling. Verlaten omdat de kok aldaar de enige in de hele Dining Room was die weigerde om zijn soepen vetarm, vetvrij, zoutarm of koolhydraatvrij te maken. Hij piekerde er gewoonweg niet over. Het gevolg was dat zijn deel van het buffet het enige in de hele zaal was waar geen rij stond, en ik sprintte iedere dag rechtstreeks naar hem toe. Aangezien ik blijkbaar de enige binnen het hele bedrijf was die soep nam – en ik werkte er pas een week – was zijn menu van hogerhand ingekrompen tot één soepsoort per dag. Ik hoopte vurig op tomatensoep met cheddar, maar nee, hij schepte een grote kom gebonden vissoep voor me op en zei er trots bij dat er extra room in zat. Drie mensen bij De Sla draaiden zich om en staarden me aan. Het enige obstakel was nu nog de drukte bij de Chef's Table, waar een volledig in het wit gestoken gastkok grote stukken sashimi uitstalde voor zijn kennelijk idolate fans. Ik las het naamplaatje op zijn gesteven witte kraag, Nobu Matsuhisha, en nam me voor hem op te zoeken zodra ik weer boven was, want blijkbaar was ik de enige die niet voor hem in zwijm viel. Wat was erger, nooit gehoord hebben van Nobu Matsuhisha of van Miranda Priestly?

De tengere caissière keek eerst naar de soep en vervolgens naar mijn heupen toen ze de kassa aansloeg. Dacht ik. Ik was inmiddels gewend geraakt aan die kritische blikken, maar ik zou zweren dat ze me bekeek met dezelfde gezichtsuitdrukking die ik gebruikt zou hebben voor iemand van 230 kilo die acht Big Macs voor zijn neus had liggen. Ze trok haar wenkbrauwen op alsof ze wilde vragen: 'Kun je het écht niet laten?' Maar ik zette mijn paranoia opzij en herinnerde mezelf eraan dat ze caissière in een bedrijfsrestaurant was, geen groepsleidster bij de Weight Watchers. En geen moderedactrice.

'Zo zo. Er zijn niet veel mensen die nog soep nemen,' zei ze zachtjes, terwijl ze het totaal aansloeg.

'Ik denk dat er weinig mensen zijn die van gebonden vissoep houden,' mompelde ik, en ik haalde mijn kaart door de lezer en spoorde haar in gedachten aan om op te schieten.

Ze stopte met intoetsen en keek me vanonder haar smalle wenkbrauwen recht in de ogen. 'Nee, omdat de kok erop staat van die moddervette soepen te maken. Heb je enig idee hoeveel calorieën daarin zitten? Heb je enig idee hoe dik je van dat kopje soep wordt? Ik wil alleen maar zeggen dat je wel vijf kilo kunt aankomen door er alleen maar naar te kijken.' *En jij kunt je die vijf kilo niet veroorloven*, impliceerde ze.

Au. Alsof het nog niet moeilijk genoeg was geweest om mezelf ervan te overtuigen dat ik een normaal gewicht had bij een normale lengte toen al die lange, dunne blondjes van *Runway* me openlijk van top tot teen hadden bekeken, ging nu de *caissière* – onmiskenbaar, overduidelijk – me vertellen dat ik dik was. Ik griste mijn warmhoudzakje mee, duwde iedereen opzij en liep naar de toiletten, die heel handig vlak bij de Dining Room waren, zodat iedereen zijn of haar zojuist naar binnen geschranste eten er meteen uit kon gooien. En al wist ik best dat de spiegel niets meer of minder zou onthullen dan die ochtend, toch keek ik erin. Een woedend gezicht staarde terug.

'Wat doe jij hier in godsnaam?' schreeuwde Emily zo'n beetje tegen mijn spiegelbeeld. Ik draaide me met een ruk om en zag nog net hoe ze haar leren blazer over haar Gucci-tas hing en haar zonnebril boven op haar hoofd schoof. Het begon me te dagen dat Emily ergens had geluncht. Ergens anders dan hier. Buiten de deur. Ze had me dus zonder enige waarschuwing drieënhalf uur alleen gelaten, min of meer aan de telefoon gekluisterd, zonder enige hoop op voedsel of toiletbezoek. Maar dat deed er allemaal niet toe, want ik wist dat ík in de fout was gegaan door weg te lopen, en nu zou iemand van mijn eigen leeftijd me om die reden gaan uitkafferen. Gelukkig zwaaide de deur net open en schreed de hoofdredacteur van *Coquette* binnen. Ze bekeek ons allebei van top tot teen, maar Emily pakte me bij mijn arm en sleurde me de toiletten uit, naar de lift toe. Daar stonden we dan, zij met mijn arm in een stevige greep en ik alsof ik zojuist in bed had geplast. Het leek wel zo'n scène waarin de ontvoerder op klaarlichte dag een pistool in de rug van een vrouw duwt en haar zachtjes bedreigt terwijl hij haar meeneemt naar zijn martelkelder.

'Hoe kon je me dit aandoen?' fluisterde ze woedend toen ze me door de deuren naar de receptie van *Runway* duwde en we samen terugrenden naar onze bureaus. 'Ik ben als eerste assistente verantwoordelijk voor ons kantoor. Ik weet dat je nieuw bent, maar ik heb je vanaf de eerste dag gezegd dat we Miranda nooit alleen laten.'

'Maar Miranda is er niet.' Het kwam er piepend uit.

'Ze had kunnen bellen terwijl jij weg was en dan was er verdomme niemand geweest om die klotetelefoon op te nemen!' schreeuwde ze, en ze smeet de tussendeur dicht. 'Onze allereerste prioriteit – onze enige prioriteit – is Miranda Priestly. Punt uit. Als het je niet bevalt, zijn er miljoenen meisjes die een moord zouden doen voor jouw baan. En luister nu je voicemail af. Als ze heeft gebeld, zijn we er geweest. Nee, dan ben jíj er geweest.'

Ik wilde het liefst in mijn iMac kruipen en sterven. Hoe had ik het zo gigantisch kunnen verprutsen, al in mijn eerste week? Miranda was nog niet eens op kantoor en ik had haar al laten vallen. Mijn honger had best kunnen wachten. Er waren hier mensen die écht belangrijk waren en die hun werk moesten doen, mensen die op mij vertrouwden, en ik had ze in de steek gelaten. Ik belde mijn voicemail.

'Hoi Andy, met mij.' Alex. 'Waar zit je? Ik heb nog nooit meegemaakt dat je niet opnam. Ik verheug me zo op ons etentje van vanavond – het gaat toch wel door, hè? Jij mag kiezen waar we heen gaan. Bel me even als je dit hoort, in de docentenkamer, na vier uur. Dag, lieverd.' Ik voelde me meteen schuldig, want na het hele lunchdebacle had ik me al voorgenomen om ons afspraakje te verzetten. Mijn eerste week was zo hectisch geweest dat we elkaar nauwelijks hadden gezien, en we zouden die avond feestelijk uit eten gaan, lekker met zijn tweetjes. Maar ik wist dat ik niet erg gezellig zou zijn en dat ik waarschijnlijk boven mijn wijn in slaap zou vallen, en eigenlijk wilde ik ook een avond alleen zijn. Ik moest niet vergeten hem te bellen en te vragen of we het konden verzetten naar de volgende dag.

Emily kwam pal naast me staan. Ze had haar eigen voicemail al afgeluisterd. Aan haar relatief kalme gezicht te zien, had Miranda haar niet met de dood bedreigd. Ik schudde mijn hoofd om aan te geven dat ik ook nog geen bericht van haar had.

'Hoi Andrea, met Cara.' Het kindermeisje van Miranda. 'Miranda belde net hierheen...' Mijn hart stond stil. '... en ze zei dat er op kantoor niet opgenomen werd. Ik dacht dat er vast wat aan de hand was, dus ik heb gezegd dat ik Emily en jou allebei net nog gesproken had. Ze wilde dat er een *Women's Wear Daily* naar het Ritz werd gefaxt, en ik had er hier nog een liggen. Ik heb de ontvangst al laten bevestigen, dus maak je niet druk. Ik wilde het je alleen even laten weten. Fijn weekend, ik spreek je nog. Dag.'

Mijn leven was gered. Die meid was echt een engel. Ik kon me haast niet voorstellen dat ik haar pas een week kende – en niet eens persoonlijk, alleen via de telefoon – maar ik geloof dat ik verliefd op haar was. Ze was in alle opzichten de tegenpool van Emily: rustig, met beide benen op de grond en wars van mode. Ze zag in hoe absurd het gedrag van Miranda was, maar misgunde het haar niet; ze had de zeldzame, prettige eigenschap dat ze om zichzelf en anderen kon lachen. Ik had een vriendin gevonden.

'Nee, Miranda is er niet bij,' zei ik met een triomfantelijke glimlach tegen Emily, en het was niet eens helemaal gelogen. 'Het is goed afgelopen.'

'Voor jou, ja, deze keer,' zei ze mat. 'Denk erom: we doen dit samen, maar ik ben verantwoordelijk. Jij dekt me als ik eens een keer wil gaan lunchen, daar heb ik recht op. Dit gebeurt nooit meer, begrepen?'

Ik slikte een rotopmerking in en zei: 'Oké.'

Die avond om zeven uur hadden we de rest van de flessen ingepakt en naar de koeriersdienst gebracht, en Emily had geen woord meer gezegd over het lunchincident. Om acht uur plofte ik eindelijk in een taxi (voor deze ene keer) en om tien uur lag ik languit, nog aangekleed, op mijn bed. Ik had nog niet gegeten, want ik moest er niet aan denken om de straat op te gaan en weer te verdwalen in mijn eigen buurt, zoals de vorige avonden. Met mijn gloednieuwe Bang & Olufsen-telefoon belde ik Lily om me te beklagen.

'Hé! Ik dacht dat jij met Alex uit eten ging.'

'Ja, dat hadden we afgesproken, maar ik ben doodop. Hij vindt het niet erg om morgen te gaan en ik denk dat ik maar iets laat bezorgen. Ik zie wel. Hoe was jouw dag?'

'Daar heb ik maar één woord voor: zwaar klote. Oké, dat waren er twee. Je raadt nooit wat er is gebeurd. Trouwens, natuurlijk raad je dat wel, want het gebeurt regel–'

'Schiet op, Lil, ik val zó in slaap.'

'Oké. Er kwam vandaag een ontzettend leuke jongen naar mijn lezing. Keek de hele tijd alsof hij het allemaal vreselijk interessant vond en na afloop wachtte hij me op. Daarna vroeg hij of ik iets met hem wilde gaan drinken, want hij wilde alles horen over mijn scriptie, die hij ook al had gelezen.'

'Klinkt goed. De cijfers?' Lily ging bijna iedere avond met een ander op stap, maar ze had de Ideale Man nog niet gevonden. Toen ze op een avond had gehoord hoe een paar vrienden van ons de vrouwen met wie ze uit geweest waren cijfers gaven, had ze haar eigen beoordelingssysteem bedacht. 'Ze krijgt een zes, acht, B-plus,' had Jake bijvoorbeeld gezegd over de pr-assistente van de avond daarvoor. Het eerste cijfer was voor het gezicht, het tweede voor het figuur en het karakter kwam natuurlijk als laatste aan bod, iets algemener aangeduid met een letter. Omdat er bij de beoordeling van mannen uiteraard veel meer factoren meetellen, had Lily haar eigen systeem opgezet, met tien onderdelen die allemaal een cijfer kregen. De Ideale Man had natuurlijk alle belangrijke punten: intelligentie, gevoel voor humor, een goed lijf, een leuke kop en een baan die in de ruimhartig gekozen categorie 'normaal' viel. Aangezien het vrijwel onmogelijk was om de Ideale Man te vinden, konden kandidaten hun score opschroeven met punten uit de vijf secundaire categorieën, waaronder de afwezigheid van gestoorde ex-vriendinnen of ouders en huisgenoten met verkrachtingsneigingen, en de aanwezigheid van andere interesses of hobby's dan sport of porno. Tot dusver was de hoogste score een negen geweest, maar die jongen had het uitgemaakt met Lily.

'In het begin ging het goed, een zeven. Hij studeert theaterwetenschappen aan Yale én is hetero, en bovendien kan hij een gesprek voeren over de politieke situatie in Israël zonder zich ervan af te maken met: "Platgooien die hap." Dus dat was mooi.'

'Klinkt goed. Ik ben benieuwd wat hem de das om heeft gedaan. Begon hij over zijn favoriete Nintendo-spelletje?'

'Erger.' Ze zuchtte.

'Is hij dunner dan jij?'

'Nog erger.'

'Heel gierig?'

'Erger.' Ze klonk verslagen.

'Wat kan er in godsnaam nog erger zijn?'

'Hij woont op Long Island...'

'Lily! Dus hij is geografisch ongeschikt. Dat wil niet zeggen dat het niks is. Je weet toch wel dat...'

'Bij zijn ouders,' viel ze me in de rede.

O.

'Al vier jaar.'

Oei.

'En hij vindt het heerlijk. Zegt dat hij nooit alleen in zo'n grote stad zou willen wonen terwijl zijn ouders zulk goed gezelschap vormen.'

'O, jee! Hou maar op. Ik geloof niet dat we dat ooit eerder hebben meegemaakt: van een zeven naar een nul in één afspraakje. Hij heeft een nieuw record gevestigd. Gefeliciteerd, jouw dag was officieel nog erger dan de mijne.' Ik schopte snel mijn slaapkamerdeur dicht toen ik Shanti en Kendra uit hun werk hoorde komen. Ik hoorde ook een mannenstem, en ik vroeg me af of ze eigenlijk een vriend hadden. Ik had hen de afgelopen anderhalve week in totaal misschien tien minuten gezien, want ze hadden kennelijk nog langere werkdagen dan ik.

'Is het zo erg? Hoe kun jij nou een rotdag gehad hebben? Je werkt in de móde,' zei ze.

Er werd zachtjes op de deur geklopt.

'Wacht even, er wordt geklopt. Binnen!' riep ik naar de deur, veel te hard voor dat kleine hokje. Ik wachtte tot een van mijn stille huisgenotes schuchter zou komen vragen of ik er nog aan had gedacht de huisbaas te bellen voor een aangepast huurcontract (nee), of ik nieuwe papieren borden had gekocht (nee) en of er nog voor hen was gebeld (nee), maar Alex stond voor de deur.

'Lily, kan ik je straks terugbellen? Alex komt net binnen.' Ik was hartstikke blij om hem te zien, en blij dat hij me had verrast, maar diep in mijn hart had ik me erop verheugd een douche te nemen en in bed te kruipen.

'Tuurlijk. Doe hem maar de groeten. En vergeet niet hoeveel mazzel je hebt met een man met tien punten, Andy. Hij is te gek. Je mag wel zuinig op hem zijn.'

'Alsof ik dat niet weet. Hij is verdorie bijna heilig,' zei ik met een lachje naar Alex.

'Nou, dag.'

'Hoi!' Ik dwong mezelf om rechtop te gaan zitten, op te staan en naar hem toe te lopen. 'Wat een verrassing!' Toen ik hem wilde omhelzen, deinsde hij achteruit, en hij hield zijn handen op zijn rug. 'Wat is er?'

'Niks. Ik weet dat je een zware week hebt gehad en ik dacht dat je vast nog niet had gegeten, dus heb ik iets meegebracht.' Hij haalde een enorme papieren zak achter zijn rug vandaan, zo'n ouderwetse bruine van de supermarkt, waar al vetvlekken op zaten die verrukkelijk roken. Ik was ineens uitgehongerd.

'Dat meen je niet! Hoe wist je dat ik mezelf hier moed in zat te praten om nog iets te eten te gaan halen? Ik had het al bijna opgegeven.'

'Kom hier dan, eten jij.' Hij deed met een blij gezicht de zak open, maar we pasten niet samen op de grond van mijn slaapkamer. Ik overwoog even om in de huiskamer te gaan eten, maar Kendra en Shanti hingen samen voor de tv, met hun onaangeroerde afhaalsalades nog in de plastic bakken voor hun neus. Ik dacht dat ze wachtten met eten tot *Real World* afgelopen was, maar toen zag ik dat ze allebei in slaap gevallen waren. Wat een fijn leven hadden wij toch.

'Wacht, ik heb een idee,' zei Alex, en hij sloop naar de keuken. Toen hij terugkwam, vouwde hij twee grote vuilniszakken uit op mijn blauwe sprei. Hij graaide in de vettige zak en haalde er twee supergrote hamburgers met alles erop en eraan en een flinke portie friet uit. Hij had zelfs gedacht aan zakjes ketchup en kilo's zout voor mij, en servetjes. Ik klapte enthousiast in mijn handen, hoewel ik even het teleurgestelde gezicht van Miranda voor me zag, die zei: 'Jij? Een hámburger?'

'Ik ben nog niet klaar. Hier, kijk maar.' En uit zijn rugzak kwamen een handvol piepkleine geurkaarsjes – vanille – een fles rode wijn met schroefdop en twee papieren bekertjes.

'Ongelooflijk,' zei ik zachtjes. Dat hij dat allemaal voor me overhad terwijl ik ons afspraakje had afgezegd.

Hij gaf me een bekertje wijn en toostte met het zijne. 'Je dacht toch niet dat ik die verhalen over de eerste dag van de rest van je leven wilde missen? Proost, op mijn meisje.'

'Dank je wel,' zei ik, en ik nam langzaam een slokje. 'Dank je, dank je, dank je.'

6

'O mijn god, hebben we daar de moderedactrice?' gilde Jill zogenaamd opgewonden toen ik de deur opendeed. 'Kom hier, zodat je grote zus een buiging voor je kan maken.'

'Moderedactrice?' snoof ik. 'Nou, nee. Eerder modemisser. Welkom terug in de beschaving.' Ik omhelsde haar wel tien minuten en wilde niet loslaten. Ik had het al erg gevonden toen ze naar Stanford was gegaan en me met onze ouders alleen gelaten had toen ik pas negen was, maar het was nog erger geweest toen ze met haar vriend – inmiddels haar man – naar Houston was vertrokken. Houston! Dat was voor mij één groot, ondraaglijk moeras vol muggen, en alsof het nog niet erg genoeg was, had mijn zus – mijn wereldwijze, mooie grote zus die van neoklassieke kunst hield en je hart deed smelten wanneer ze gedichten van Byron declameerde – tegenwoordig een zuidelijk accent. En niet zomaar een subtiel, charmant, zangerig accentje, maar van dat onmiskenbare cowboygeknauw dat je trommelvlies teisterde als een kettingzaag. Ik had Kyle nog niet vergeven dat hij haar had meegenomen naar die vervloekte plek, ook al was hij best een aardige zwager. En het hielp niet bepaald als hij zijn mond opendeed.

'Hé Andy, jij wordt ook met de dag knapper.' Die toon! Die uithalen! 'Doen ze soms iets in het eten daar bij *Runway*?'

Ik had het liefst een tennisbal in zijn mond gepropt om hem het zwijgen op te leggen, maar hij lachte heel lief naar me en ik sloeg mijn armen om hem heen. Hij mocht dan klinken als een boerenkinkel en een beetje te veel grijnzen, hij deed zijn best en het was duidelijk dat hij gek op mijn zus was. Ik nam me voor niet meer zichtbaar ineen te krimpen telkens wanneer hij zijn mond opendeed. 'Ze hebben het niet zo op eten bij *Runway*. Dus als ze ergens iets in hebben gedaan, is het in het water. Maar je ziet er zelf ook goed uit, Kyle. Hou je mijn zus een beetje bezig in die ellendige stad van je?'

'Andy, kom nou eens een keer langs. Neem Alex mee en dan maken we er een fijne vakantie van. Het valt best mee, dat zul je zien.' Hij glimlachte eerst naar mij en toen naar Jill, die teruglachte en met haar hand langs zijn wang streek. Ze waren walgelijk verliefd.

'Echt, Andy, het is een stad vol cultuur waar van alles te doen is. We zouden allebei willen dat je vaker kwam. Het is toch niet goed dat we elkaar alleen hier zien?' zei ze, en ze wapperde met haar handen om zich heen in de huiskamer van onze ouders. 'Ik bedoel maar, als je tegen Avon kunt, kun je Houston ook best verdragen.'

'Andy, je bent er al! Jay, de carrièrevrouw uit New York is er, kom eens gedag zeggen!' riep mijn moeder toen ze de keuken uit kwam. 'Je zou toch bellen als je op het station was?'

'Mevrouw Myers kwam Erica afhalen, die bij mij in de trein zat, en zij heeft me hier afgezet. Hoe laat eten we? Ik rammel.'

'Nu meteen. Of wil je je eerst opfrissen? We kunnen wel even wachten, je ziet er een beetje moe uit van die treinreis. Het is niet erg als...'

'Mam!' Ik wierp haar een waarschuwende blik toe.

'Andy! Wat zie je er goed uit. Kom eens bij je ouwe vader.' Mijn vader, lang en nog heel knap voor een man van begin vijftig, kwam glimlachend de gang uit. Hij had een doos Scrabble achter zijn rug, die hij me heel snel liet zien door hem achter zijn been uit te laten steken. Hij wachtte tot iedereen de andere kant op keek, wees op de doos en fluisterde: 'Ik laat niets van je heel. Wees gewaarschuwd.'

Ik knikte lachend. Tegen iedere logica in keek ik méér uit naar de komende achtenveertig uur met mijn familie dan ik in de vier jaar dat ik het huis uit was ooit had gedaan. Thanksgiving was mijn favoriete feestdag, en dit jaar hechtte ik er nog meer waarde aan dan anders.

We gingen allemaal in de eetkamer zitten en vielen aan op de overvloedige maaltijd die mijn moeder vakkundig had besteld. Het was haar traditioneel joodse versie van een feestdis op de avond voor Thanksgiving: bagels met gerookte zalm een roomkaas, vispasta en *latkes*, allemaal professioneel gerangschikt op hardplastic schalen, klaar om op papieren bordjes geschept te worden, en vervolgens opgegeten met plastic bestek. Mijn moeder glimlachte liefdevol toen haar kroost begon te eten, met een trots gezicht alsof ze een week in de keuken had gestaan om haar kindertjes te voeden.

Ik vertelde alles over mijn nieuwe baan en deed mijn best om te beschrijven wat ik zelf nog niet helemaal begreep. Heel even vroeg ik me af of het erg belachelijk zou klinken als ik vertelde dat we rokken voor Miranda hadden laten komen, en hoeveel uur we kerstpakketten hadden ingepakt en verstuurd, en dat we een elektronische identiteitskaart hadden die je gangen precies naging. Het was moeilijk uit te leggen hoe dringend al die dingen op het moment zelf hadden geleken, en hoe relevant – en zelfs belangrijk – mijn baan in mijn ogen was zodra ik dat gebouw binnenkwam. Ik praatte en praatte, maar ik kon het niet echt uitleggen, die wereld die hemelsbreed misschien een uur van ons verwijderd was maar eigenlijk in een ander zonnestelsel lag. Iedereen knikte, glimlachte en stelde vragen, zogenaamd geïnteresseerd, maar ik wist dat het allemaal te vreemd was, zo raar en zo ánders dat mensen die – net zoals ik een week eerder – nog nooit van Miranda Priestly hadden gehoord er nooit iets van zouden begrijpen. Ik had er zelf nog moeite mee. Het leek me soms allemaal overdreven theatraal en behoorlijk Big Brother-achtig, maar het was wel heel leuk. En cool. Het was absoluut, onmiskenbaar een supercoole baan. Toch?

'Andy, denk je dat je het daar een jaar lang naar je zin kunt hebben? Misschien wil je zelfs wel langer blijven,' zei mijn vader, terwijl hij vispasta op zijn gezouten bagel smeerde.

Door mijn contract bij Elias-Clark te tekenen had ik ermee ingestemd een jaar voor Miranda te blijven werken – als ik niet ontslagen werd, en dat was op dit moment nog maar de vraag. Als ik met klasse en enthousiasme en een zekere competentie mijn plicht nakwam – en dat gedeelte stond niet zwart op wit, maar het was me beloofd door een stuk of vijf mensen bij Personeelszaken en door Emily en Allison – dan was ik in de positie om te kiezen welke baan ik daarna wilde. Er werd natuurlijk van me verwacht dat ik iets bij *Runway* zou kiezen, of op zijn minst binnen Elias-Clark, maar ik mocht uitzoeken wat ik maar wilde, van boekrecensent tot tussenpersoon voor alle Hollywood-sterren die in *Runway* kwamen. Van de laatste tien assistentes die hun jaar bij Miranda volgemaakt hadden, had de volle honderd procent gekozen voor de modeafdeling van *Runway* of een ander tijdschrift van Elias-Clark. Een baan bij Miranda werd beschouwd als dé manier om drie tot vijf jaar nederige baantjes over te slaan en meteen door te stoten naar zinvol werk op een prestigieuze plek.

'Nou en of. Tot nu toe lijkt iedereen me heel aardig. Emily is een beetje, eh... te toegewijd, maar verder is het hartstikke leuk. Als ik dan Lily hoor praten over haar tentamens, of Alex over al die ellende bij hem op school, dan heb ik het toch maar getroffen. Wie wordt er nou op zijn eerste werkdag rondgereden in een auto met chauffeur? Dat bedoel ik maar. Dus inderdaad, ik denk dat het een prima jaar wordt en ik verheug me op Miranda's terugkomst. Ik ben er klaar voor, geloof ik.'

Jill rolde met haar ogen en keek me aan alsof ze wilde zeggen: 'Hou toch op met die flauwekul, Andy, we weten best dat je voor een gestoord kreng werkt en omringd wordt door modeslaafjes met anorexia. Je maakt er een rooskleurig verhaal van omdat je bang bent dat je tot over je oren in de problemen komt.' Maar ze zei: 'Klinkt goed, Andy, echt waar. Een buitenkans.'

Zij was de enige aan tafel die het misschien nog zou kunnen begrijpen, want voordat ze naar de derde wereld vertrok had ze een jaar voor een klein, particulier museum in Parijs gewerkt, en in die tijd had ze belangstelling gekregen voor haute couture. Niet dat ze ooit iets kocht; het was eerder een artistieke, esthetische hobby, maar zij had in ieder geval íéts van het modewereldje gezien. 'Wij hebben ook heel goed nieuws,' verkondigde ze, en ze stak haar hand uit naar Kyle, die zijn bagel had neergelegd en beide handen naar haar uitstrekte.

'O, goddank!' riep mijn moeder onmiddellijk uit, en ze zakte onderuit alsof iemand eindelijk de halter van honderd kilo die ze al twintig jaar met zich mee torste van haar schouders had gehaald. 'Het werd tijd.'

'Gefeliciteerd, jongens. Ik moet zeggen dat je moeder zich flink wat zorgen begon te maken. Jullie zijn niet bepaald een pasgetrouwd stel en we vroegen ons al af...' Mijn vader trok aan het hoofd van de tafel zijn wenkbrauwen op.

'Goh, wat goed. Het wordt eens tijd dat ik tante word. Wanneer komt de kleine?'

Ze leken allebei met stomheid geslagen, en even was ik bang dat ik het helemaal verkeerd begrepen had, en dat het 'goede' nieuws was dat ze een nieuw, nog groter huis gingen bouwen daar in dat moeras, of dat Kyle eindelijk had besloten om weg te gaan bij het advocatenkantoor van zijn vader om samen met mijn zus een galerie te openen, iets waar ze altijd van had gedroomd. Misschien waren we een beetje voorbarig geweest, omdat we zo graag wilden horen dat er een nichtje of een kleinzoon op komst was. Dat was de laatste tijd het enige waar mijn ouders over konden praten. Ze bleven zich maar afvragen waarom mijn zus en Kyle – allebei al in de dertig en vier jaar getrouwd – zich maar niet voortplantten. Het afgelopen halfjaar was het onderwerp uitgegroeid van een tijdrovende familieobsessie tot een ware crisis.

Mijn zus keek bezorgd. Kyle fronste zijn voorhoofd. Mijn ouders zagen eruit alsof ze ieder moment konden flauwvallen in deze stilte. De spanning was te snijden.

Jill stond op uit haar stoel, liep naar Kyle en plofte bij hem op schoot. Ze sloeg haar armen om zijn nek, bracht haar gezicht naar het zijne en fluisterde iets in zijn oor. Ik keek snel even naar mijn moeder, die nu bijna het bewustzijn verloor. De fijne lijntjes rond haar ogen werden diepe geulen van bezorgdheid.

Eindelijk, eindelijk wendden ze zich giechelend tot de rest van de tafel en verkondigden ze eenstemmig: 'We krijgen een baby.' En toen was er licht. En gegil. En omhelzingen. Mijn moeder vloog zo snel uit haar stoel dat ze hem omgooide, en daarna struikelde ze over een cactus die bij de glazen schuifpui stond. Mijn vader pakte Jill vast en kuste haar op haar wangen en haar voorhoofd, en voor het eerst sinds hun trouwdag kuste hij ook Kyle.

Ik tikte met een plastic vorkje op mijn blikje frisdrank en riep dat er getoost moest worden. 'Laten we het glas heffen, mensen, op de gloednieuwe Sachs die onze familie gaat versterken.' Kyle en Jill keken me doordringend aan. 'Oké, technisch gezien wordt het een Harrison, maar het blijft natuurlijk een Sachs. Op Kyle en Jill, de toekomstige volmaakte ouders van het allermooiste kind op aarde.' We klonken met blikjes en koffiebekers en proostten op het grijnzende stel, en op de taille van mijn zus, die nu nog zestig centimeter was. Ik ruimde af door alles wat op tafel stond rechtstreeks in een vuilniszak te kieperen terwijl mijn moeder Jill probeerde over te halen het kind naar verschillende dode familieleden te vernoemen. Kyle zat met een zelfingenomen gezicht koffie te drinken, en even voor middernacht slopen mijn vader en ik naar zijn studeerkamer voor een potje Scrabble.

Hij zette het witte-ruisapparaat aan dat hij gebruikte wanneer hij overdag patiënten had, om de geluiden van het huishouden buiten te houden en te voorkomen dat iemand in huis zou horen wat er in zijn spreekkamer werd gezegd. Zoals het een goede psychiater betaamt, had mijn vader een grijze leren sofa in de hoek staan, zo zacht dat ik altijd met mijn hoofd op de armleuning ging liggen, en een speciale stoel die naar voren helde en waarin je in een soort stoffen draagdoek hing. Net een baarmoeder, verzekerde hij me. Zijn bureau was strak, zwart, met een flatscreenmonitor erop, en de bijpassende zwartleren stoel had een hoge rug en was erg chic. Een wand vol psychologieboeken achter glas, een verzameling bamboestengels in een heel hoge kristallen vaas op de grond en een paar ingelijste gekleurde blokdrukken – de enige echte kleur in het vertrek – maakten het futuristische geheel af. Ik plofte op de grond tussen de bank en het bureau, en mijn vader deed hetzelfde.

'Vertel me nou eens hoe het echt zit, Andy,' zei hij toen hij me het houten latje voor de letters gaf. 'Je bent natuurlijk overdonderd door al die nieuwe indrukken.'

Ik pakte zeven letters en rangschikte ze zorgvuldig. 'Ja, de afgelopen weken zijn heel hectisch geweest. Eerst de verhuizing en daarna mijn eerste werkdagen. Het is daar zo vreemd, dat is heel moeilijk uit te leggen. Iedereen is er mooi en slank en draagt schitterende kleren. En ze lijken me allemaal best aardig, ze zijn heel vriendelijk. Bijna alsof ze zware peppillen slikken. Ik weet het niet...'

'Wat? Wat wilde je zeggen?'

'Ik krijg mijn vinger er niet achter. Ik heb gewoon het gevoel dat het één groot kaartenhuis is dat straks in elkaar dondert. Ik kan het gevoel maar niet van me afzetten dat het belachelijk is dat ik bij een modetijdschrift werk, snap je? Het werk was tot nu toe een beetje simpel, maar dat kan me niet eens zoveel schelen. Het is toch wel uitdagend, omdat het allemaal nieuw is. Kun je me een beetje volgen?'

Hij knikte.

'Ik weet dat het een heel "cool" baantje is, maar ik vraag me af hoe ik me zo kan voorbereiden op *The New Yorker*. Misschien zit ik wel te wachten tot het misgaat, omdat het allemaal te mooi is om waar te zijn. Hopelijk beeld ik me gewoon van alles in.'

'Dat denk ik niet, lieverd. Je bent gewoon erg gevoelig. Maar ik moet toegeven dat je ontzettend veel geluk hebt gehad. Sommige mensen maken hun leven lang niet mee wat jij in een jaar tijd meemaakt. Het idee! Je eerste echte baan en je werkt al voor de belangrijkste vrouw bij het winstgevendste tijdschrift binnen de grootste uitgeverij in de hele wereld. Je krijgt het allemaal te zien, vanaf de top naar onderen. Hou je ogen wijdopen en stel je eigen prioriteiten, dan leer je in een jaar tijd meer dan de meeste mensen in de modewereld in hun hele carrière zullen leren.' Hij legde zijn eerste woord op het bord: JACHT.

'Geen slechte openingszet,' zei ik, en ik telde de punten op – dubbele woordwaarde omdat het eerste woord altijd op de roze ster begint – en maakte een scorekaart. Papa: 23 punten, Andy: 0. Mijn letters waren niet erg veelbelovend, tot ik zag ik dat ik alleen nog een tweede M tekortkwam om 'Jimmy' te leggen, van Jimmy Choo. Maar dat mocht natuurlijk niet, want dat was een eigennaam. Dus legde ik een R en een M onder de A en incasseerde een schamele zes punten.

'Ik hoop gewoon echt dat je het een kans geeft,' zei hij, en hij verlegde de letters in zijn houdertje. 'Hoe langer ik erover nadenk, hoe meer ik ervan overtuigd ben dat dit iets heel goeds voor je gaat opleveren.'

'Ik hoop maar dat je gelijk hebt, want mijn vingers zitten vol met kleine sneetjes van dat inpakken. Ik moet er toch méér aan kunnen overhouden.'

'Dat gebeurt ook, dat weet ik zeker. Misschien lijkt het nu dom werk, maar dat verandert nog wel. Dit is het begin van iets heel moois, dat voel ik. En ik heb die bazin van je eens bestudeerd. Die Miranda lijkt me geen gemakkelijke vrouw, absoluut niet, maar ik denk dat je haar wel zult mogen. En zij jou ook.'

Hij legde het woord WARMTE om mijn M heen en trok een tevreden gezicht.

'Ik hoop maar dat je gelijk hebt, pap. Ik hoop het echt.'

'Ze is hoofdredacteur van *Runway*. Je weet wel, het modeblad,' fluisterde ik dringend in de telefoon, hard op weg om zwaar gefrustreerd te raken.

'O, ik weet het al!' zei Julia, de pr-assistente van Scholastic Books. 'Een geweldig tijdschrift. Ik vind die ingezonden brieven over allerlei gênante menstruatieprobleempjes zo leuk. Zijn die nou echt? Ik weet nog dat er een keer...'

'Nee, nee, niet dat tienerblad, het is een tijdschrift voor volwassenen.' Nou ja, in theorie dan. 'Heb je echt nog nooit een *Runway* gezien?' Was dat echt mogelijk, vroeg ik me af. 'Maar goed, ze heet is P-R-I-E-S-T-L-Y. Miranda, ja,' zei ik met oneindig geduld. Ik vroeg me af hoe Miranda zou reageren als ze wist dat ik iemand aan de lijn had die nog nooit van haar had gehoord. Niet zo best, waarschijnlijk.

'Ik zou het heel fijn vinden als je me zo snel mogelijk terug zou willen bellen,' zei ik tegen Julia. 'En mocht het hoofd van de pr-afdeling vandaag nog op kantoor komen, laat haar dan alsjeblíéft even bellen.'

Het was vrijdagochtend, half december, en ik was nog maar tien uur verwijderd van de verrukkelijke vrijheid van mijn weekend. Ik had geprobeerd Julia van Scholastic, die niets van mode wist, duidelijk te maken dat Miranda Priestly echt heel belangrijk was, iemand om de regels voor te overtreden en alle logica opzij te zetten. Dat bleek een stuk moeilijker dan ik had verwacht. Hoe had ik ook kunnen weten dat ik het belang van Miranda's positie in de strijd zou moeten gooien om invloed uit te oefenen op iemand die zelfs nog nooit had gehoord van het meest prestigieuze modetijdschrift op aarde – of de beroemde hoofdredacteur ervan? In mijn drie korte weken als assistente van Miranda was ik er al achter gekomen dat gewichtigdoenerij en verwoede pogingen om bij iemand in de gunst te komen nu eenmaal bij mijn werk hoorden, maar meestal ging degene die ik wilde overhalen, intimideren of anderszins onder druk zetten meteen voor de bijl wanneer ik de naam van mijn beruchte bazin noemde.

Helaas voor mij werkte Julia bij een academische uitgeverij waar mensen als Nora Ephron of Wendy Wasserstein meer kans maakten op een VIP-behandeling dan een vrouw die bekendstond om haar onberispelijke smaak op het gebied van bont. En dat begreep ik. Ik probeerde terug te gaan in de tijd, helemaal tot aan de periode waarin ik zelf nog nooit van Miranda Priestly had gehoord – vijf weken geleden – maar het lukte me niet. Toch wist ik dat die magische tijd had bestaan. Ik was jaloers op Julia's onverschilligheid, maar ik moest nu eenmaal mijn werk doen en daar hielp ze me niet bepaald bij.

Het vierde boek in die vervloekte Harry Potter-serie zou de volgende dag, zaterdag, verschijnen, en Miranda's tweelingdochters van tien wilden allebei een exemplaar. De boeken lagen niet voor maandag in de winkel, maar ik moest ervoor zorgen dat ik ze zaterdagochtend al had, een paar minuten nadat ze officieel werden vrijgegeven door het boekenmagazijn. Harry en zijn vriendjes moesten immers het vliegtuig naar Parijs halen.

Mijn gedachten werden verstoord door de telefoon. Ik nam op, zoals ik altijd deed nu Emily me de gesprekken met Miranda wel toevertrouwde. En gesprekken voerden we! Een keer of twintig per dag. Zelfs van grote afstand was het Miranda gelukt mijn leven binnen te sluipen en me volledig in beslag te nemen: ze snauwde bevelen, verzoeken en eisen met de snelheid van een machinegeweer, van zeven uur 's morgens tot negen uur 's avonds, wanneer ik eindelijk naar huis mocht.

'Ahn-dre-ah? Hallo, is daar iemand? Ahn-dre-ah!' Ik sprong op uit mijn stoel zodra ik mijn naam hoorde. Ik had even tijd nodig om mezelf eraan te herinneren dat ze niet op kantoor was, en zelfs niet in het land, zodat ik – in ieder geval voorlopig – veilig was. Emily had me verzekerd dat Miranda zich er totaal niet van bewust was dat Allison promotie had gemaakt of dat ik was aangenomen, dat waren onbelangrijke details voor haar. Zolang de telefoon maar werd opgenomen en zij kreeg wat ze nodig had, deed de identiteit van degene die daarvoor zorgde er niet toe.

'Ik begrijp niet waarom het zo lang duurt voordat je iets zegt nadat je hebt opgenomen,' verkondigde ze. Ieder ander zou klagerig hebben geklonken, maar uit Miranda's mond klonk het koel en vastberaden. Typisch Miranda. 'Mocht je daar nog niet lang genoeg werken om het door te hebben: wanneer ik bel, reageer jij. Heel eenvoudig eigenlijk. Begrijp je? Ik bel. Jij reageert. Denk je dat dat lukt, Ahn-dre-ah?'

Ik knikte als een kind van zes dat zojuist een standje had gekregen omdat ze spaghetti tegen het plafond had gegooid, terwijl ze me niet eens kon zien. Ik had al mijn aandacht nodig om geen 'mevrouw' tegen haar te zeggen, een fout die ik een week eerder had gemaakt en die me bijna mijn baan had gekost. 'Ja, Miranda, het spijt me,' zei ik zachtjes, met gebogen hoofd. En op dat moment speet het me ook echt; het speet me dat haar woorden niet dertiende seconde eerder tot me doorgedrongen waren en dat mijn opgewekte 'Met het kantoor van Miranda Priestly' een seconde langer op zich had laten wachten dan strikt noodzakelijk was. Haar tijd, zo werd me voortdurend ingewreven, was een stuk kostbaarder dan de mijne.

'Goed. Zullen we dan maar beginnen, na al die tijdverspilling? Heb je de reservering van meneer Tomlinson bevestigd?' vroeg ze.

'Ja, Miranda, er is voor meneer Tomlinson gereserveerd bij The Four Seasons, om één uur.'

Ik zag het van mijlenver aankomen. Nog geen tien minuten daarvoor had ze me opgedragen te reserveren bij The Four Seasons en meneer Tomlinson, haar chauffeur en haar kindermeisje daarvan op de hoogte te brengen. En nu wilde ze alles natuurlijk omgooien.

'Ik heb me bedacht. The Four Seasons is niet geschikt voor zijn lunch met Irv. Reserveer een tafeltje voor twee bij Le Cirque, en vergeet niet tegen de gastheer te zeggen dat ze áchterin willen zitten. Niet vooraan in het zicht, achterin. Dat was het.'

Ik had mezelf na mijn eerste telefoongesprekken met Miranda wijsgemaakt dat ze met 'dat was het' eigenlijk 'dank je wel' bedoelde. Maar de tweede week was ik daar al op teruggekomen.

'Natuurlijk Miranda, hartelijk bedankt,' zei ik met een glimlach. Ik voelde haar aarzelen, alsof ze niet wist hoe ze moest reageren. Besefte ze dat ik haar er min of meer op wees dat ze weigerde me te bedanken? Vond ze het niet vreemd dat ik haar bedankte voor haar bevelen? Ik bedankte haar de laatste tijd na iedere sarcastische opmerking en ieder bot bevel, een tactiek die me een prettig gevoel bezorgde. Ze wist dat ik op de een of andere manier de spot met haar dreef, maar wat kon ze ervan zeggen? *Ahn-dre-ah, ik wil niet dat je me nog één keer bedankt. Ik verbied je om je dankbaarheid te uiten!* Nu ik erover nadacht, hoorde ik het haar zó zeggen.

Le Cirque, Le Cirque, Le Cirque, herhaalde ik in gedachten, vastbesloten om zo snel mogelijk te reserveren, zodat ik verder kon met de aanzienlijk grotere Harry Potter-uitdaging. De telefoniste bij Le Cirque zei onmiddellijk dat er een tafeltje klaar zou staan voor Miranda en meneer Tomlinson zodra ze arriveerden.

Emily kwam terug van een blokje om en vroeg of Miranda had gebeld.

'Drie keer maar, en ze heeft me niet één keer met ontslag gedreigd,' zei ik trots. 'Ze liet het natuurlijk wel doorschemeren, maar daar bleef het bij. Dat is een vooruitgang, hè?'

Ze lachte zoals ze alleen lachte wanneer ik de spot met mezelf dreef, en vroeg wat Miranda, haar goeroe, wilde.

'Ik moest de reservering voor de lunch van B-DES verzetten. Geen idee waarom ík dat moet doen terwijl hij zelf een assistente heeft, maar aan vragen stellen doe ik allang niet meer.' Mr. Blind, Doof en Stom, B-DES, was onze bijnaam voor Miranda's derde echtgenoot. Hoewel hij in de ogen van het grote publiek niet blind, doof of stom overkwam, waren ingewijden ervan overtuigd dat hij dat wel degelijk was. Er was eenvoudigweg geen andere verklaring te bedenken voor het feit dat een aardige man als hij kon leven met háár.

Nu werd het tijd om B-DES zelf te bellen. Als ik daar te lang mee wachtte, zou hij misschien niet meer op tijd in het restaurant kunnen zijn. Hij was teruggevlogen van hun vakantieadres voor een paar vergaderingen, en deze lunch met Irv Ravitz – de president-directeur van Elias-Clark – was daar een van de belangrijkste van. Miranda wilde dat alle bijzonderheden perfect geregeld zouden zijn; alsof dat iets nieuws was. B-DES' echte naam was Hunter Tomlinson. Hij was met Miranda getrouwd in de zomer voordat ik bij haar kwam werken, na een tamelijk bijzondere verkeringstijd, zo had ik gehoord: zij had achter hem aan gezeten en hij had steeds zijn bedenkingen gehad. Volgens Emily had ze onvermoeibaar jacht op hem gemaakt tot hij van pure uitputting voor de bijl was gegaan. Ze was zonder enige waarschuwing weggegaan bij haar tweede man (de zanger van een van de beroemdste bands uit de jaren zestig en de vader van de tweeling) en had een advocaat de scheidingspapieren laten bezorgen. Precies twaalf dagen na de officiële echtscheiding was ze opnieuw getrouwd. Meneer Tomlinson had haar bevelen opgevolgd en was bij haar ingetrokken in het penthouse aan Fifth Avenue. Ik had Miranda alleen die ene keer gezien en haar nieuwe man nog nooit, maar ik had hen beiden lang genoeg aan de telefoon gehad om, helaas, het gevoel te krijgen dat ze allebei familie van me waren.

De telefoon ging drie keer over, vier keer, vijf keer... hmm, waar zou zijn assistente zijn? Ik hoopte vurig op een antwoordapparaat, want ik was niet in de stemming voor dat nietszeggende, vriendelijke gebabbel waar B-DES zo dol op was. Maar zijn secretaresse nam op.

'Met het kantoor van meneer Tomlinson,' zei ze met haar zangerige zuidelijke accent. 'Kan ik u helpen?'

'Hallo Martha, met Andrea. Ik hoef meneer Tomlinson zelf niet te spreken, hoor. Kun je iets voor me doorgeven? Ik heb voor hem gere...'

'Schat, je weet best dat Mr. T jou altíjd wil spreken. Ogenblikje.' En voordat ik kon protesteren, luisterde ik naar de liftversie van *Don't Worry, Be Happy* van Bobby McFerrin. Geweldig. Heel toepasselijk dat B-DES het meest irritant opgewekte deuntje dat ik kende had uitgekozen voor zijn wachtende bellers.

'Andy, ben jij dat, meisje?' vroeg hij met zijn zware, gedistingeerde stem. 'Meneer Tomlinson zou bijna gaan denken dat je hem ontweek. Het is al zo lang geleden dat ik je heb gesproken.' Anderhalve week, om precies te zijn. Behalve dat hij blind, doof en stom was, had meneer Tomlinson ook nog eens de irritante gewoonte voortdurend in de derde persoon over zichzelf te spreken.

Ik haalde diep adem. 'Hallo, meneer Tomlinson. Miranda heeft me gevraagd aan u door te geven dat de lunch vandaag om één uur bij Le Cirque is. Ze zei dat u...'

'Meisje,' zei hij traag en kalm. 'Wacht nu eens even met al die plannenmakerij. Gun een oude man een pleziertje en vertel meneer Tomlinson eens wat over jezelf. Wil je dat voor hem doen? Zeg eens, meisje, vind je het leuk om voor mijn vrouw te werken?' Of ik het leuk vond om voor zijn vrouw te werken? Hmm, eens kijken. Kraaien kleine zoogdiertjes van pret wanneer ze in één hap worden opgegeten door een roofdier? *Maar natuurlijk, zeikerd, ik vind het fantastisch om voor je vrouw te werken. Als we het niet druk hebben, smeren we maskertjes op elkaars gezicht en roddelen we over ons seksleven. Het is net een logeerpartijtje. We lachen wat af hier.*

'Meneer Tomlinson, ik doe mijn werk met plezier en ik werk heel graag voor Miranda.' Ik hield mijn adem in en hoopte dat hij het daarbij zou laten.

'Nou, dat doet Mr. T deugd.' *Fijn, eikel, maar doet het jou ook deugd?*

'Fijn, meneer Tomlinson. En voor straks een smakelijke lunch,' zei ik voordat hij onvermijdelijk naar mijn weekend zou informeren, en ik hing op.

Ik leunde achterover in mijn stoel en keek om me heen in ons kantoor. Emily worstelde met Miranda's zoveelste American Express-rekening van 20.000 dollar, haar volle maar keurig geëpileerde wenkbrauwen opgetrokken in opperste concentratie. Het Harry Potter-project lag dreigend voor me, en ik moest er nu echt aan beginnen als ik dit weekend nog een keer naar huis wilde.

Lily en ik hadden een filmmarathon gepland. Ik was doodop van mijn werk en zij had het helemaal gehad met haar colleges, dus hadden we afgesproken dat we het hele weekend bij haar op de bank zouden doorbrengen, met alleen maar bier en tortillachips. Geen gezonde hapjes, geen cola light. En absoluut geen zwarte broeken. Want hoewel we elkaar heel vaak spraken, hadden we niet meer écht iets samen gedaan sinds ik in de stad woonde.

We waren al hartsvriendinnen sinds het begin van de middelbare school, toen ik Lily helemaal alleen aan een tafeltje in de kantine had zien zitten. Ze woonde toen net bij haar oma en zat pas bij ons op school, sinds duidelijk was geworden dat haar ouders de eerstkomende tijd niet terug zouden komen. Ze waren een paar maanden eerder The Grateful Dead achterna gereisd (ze hadden haar gekregen toen ze allebei negentien waren en hielden meer van hippiemuziek dan van baby's) en hadden haar achtergelaten bij hun stonede vrienden in de commune in New Mexico (Lily sprak liever van 'het collectief'). Toen ze bijna een jaar later nog niet terug waren, had Lily's oma haar weggehaald uit de commune (die haar oma zelf liever 'de sekte' noemde) en meegenomen naar Avon. De dag dat ik haar alleen in de kantine aantrof, huilend, was de dag dat haar oma haar had gedwongen haar ongewassen dreadlocks af te knippen en een jurk aan te trekken, iets waar Lily niet blij mee was. Ik vond haar manier van praten leuk, met dingen als 'dat vind ik zó zen van je' en 'laten we even de spanning eraf halen', en we werden meteen vriendinnen. De rest van de middelbareschooltijd waren we onafscheidelijk, daarna deelden we voor de volle vier jaar op Brown een kamer en nu waren we op het nippertje niet gaan samenwonen in New York. Lily wist nog niet of ze meer van dure lippenstift of van hennepkettingen hield, en ze was nog altijd een beetje te eigenzinnig om met de grote massa mee te doen, maar we vulden elkaar goed aan. En ik miste haar. Nu zij in haar eerste nieuwe studiejaar zat en ik min of meer als slaaf werkte, hadden we elkaar nauwelijks gezien.

Ik verheugde me ontzettend op het weekend. Mijn veertienurige werkdagen waren in mijn voeten, bovenarmen en onderrug gaan zitten. Ik droeg een bril in plaats van de contactlenzen die ik al tien jaar had, omdat mijn ogen zo droog en moe waren dat ik ze niet meer verdroeg. Ik rookte een pakje per dag en leefde uitsluitend op Starbucks-koffie (op kosten van de zaak, uiteraard) en afhaalsushi (idem dito). Ik werd zelfs al dunner. Waarschijnlijk zat het bij Elias-Clark in de lucht, of misschien kwam het doordat iedereen op kantoor voedselschuw was. Ik had al een voorhoofdsholteontsteking het hoofd geboden en was zichtbaar bleker geworden, en ik werkte er pas drie weken. Ik was pas drieëntwintig! En Miranda was nog niet eens op kantoor geweest. Ze konden doodvallen, ik had een echt weekend verdiend.

En toen dook Harry Potter dus op, en daar was ik niet blij mee. Miranda had die ochtend gebeld en me binnen een paar tellen uitgelegd wat ze wilde, al kostte het een eeuwigheid voordat ik het begreep. Ik had wel geleerd dat je in Miranda's wereld beter iets verkeerd kon doen en er vervolgens een hoop tijd en geld tegenaan smijten om je fout te herstellen dan toe te geven dat je haar ingewikkelde, met een zwaar Brits accent uitgesproken instructies niet begreep. Dus toen ze iets mompelde over Harry Potter halen voor de tweeling en naar Parijs laten overvliegen, terwijl ze intussen een artikel zat te redigeren, hoorbaar haar leren rok gladstreek en zich niet duidelijk tegen een bepaalde persoon richtte, zei mijn intuïtie me meteen dat dit op de een of andere manier mijn weekend zou bederven. Nadat ze een paar minuten later abrupt had opgehangen, keek ik in paniek Emily aan.

'O, jee, wat zei ze nou?' kreunde ik, en ik kon het niet uitstaan dat ik Miranda niet had durven vragen het te herhalen. 'Waarom begrijp ik nooit een woord van wat dat mens zegt? Het ligt niet aan mij, Em. Ik spreek Engels, al mijn hele leven. Ik weet zeker dat ze het expres doet om mij knettergek te maken.'

Emily keek me aan met haar gebruikelijke mengeling van afkeer en medeleven. 'Omdat het boek morgen uitkomt en ze het hier niet zelf kunnen kopen, wil ze dat jij twee exemplaren haalt en naar Teterboro brengt. Dan worden ze naar Parijs gevlogen,' vatte ze koeltjes samen, en ik had het niet hoeven wágen op te merken hoe belachelijk die instructies waren. Ik werd er weer eens aan herinnerd dat Emily alles – echt alles – zou doen om het Miranda naar de zin te maken. Ik sloeg mijn ogen ten hemel en hield mijn mond.

Aangezien ik níét van plan was ook maar een milliseconde van mijn weekend aan haar wensen op te offeren en ik een oneindige hoeveelheid geld en macht (van haar) tot mijn beschikking had, besteedde ik de rest van de dag aan de voorbereidingen van Harry Potters vlucht per privé-vliegtuig naar Parijs. Eerst een woordje voor Julia van Scholastic:

Beste Julia,
Ik hoorde van mijn assistente Andrea dat jij die schat bent die ik uit de grond van mijn hart wil bedanken. Ze heeft me verteld dat jij als enige in staat bent morgen een paar exemplaren van dit fantastische boek voor me te regelen. Ik wil je even laten weten hoezeer ik je harde werk en je intelligentie waardeer. Je weet niet half hoe gelukkig je mijn lieve dochters daarmee maakt. En als ik ooit iets voor je kan doen, aarzel dan niet om het me te laten weten. Ik doe alles voor zo'n fantastische vrouw als jij.

xxx,
Miranda Priestly

Ik vervalste met een zwierig gebaar haar handtekening (urenlang oefenen, met Emily aan mijn zijde, die me opdroeg de laatste 'a' een grotere krul te geven, had eindelijk iets opgeleverd), bevestigde het briefje aan de nieuwste *Runway* – die nog niet te koop was – en bestelde een spoedkoerier om het pakje bij Scholastic te laten bezorgen. Als dat niet werkte, wist ik het ook niet meer. Miranda vond het niet erg dat we haar handtekening vervalsten – zo hoefde zij zich niet druk te maken om details – maar ze zou het vast niet leuk hebben gevonden dat ik zo'n beleefd, lief briefje had geschreven uit haar naam.

Drie korte weken eerder zou ik meteen mijn afspraken hebben afgezegd zodra Miranda belde dat ik in het weekend iets voor haar moest doen, maar ik was inmiddels ervaren – en uitgeput – genoeg om de regels een beetje naar mijn hand te zetten. Aangezien Miranda en haar dochtertjes niet zelf op het vliegveld in New Jersey zouden staan wanneer *Harry* de volgende ochtend aankwam, zag ik niet in waarom ik hem wel persoonlijk zou moeten afgeven. Ik ging er maar van uit dat Julia me de boeken zou leveren en regelde alle details. Bellen, bellen, bellen en binnen een uur was het plan rond.

Brian, een behulpzame redactieassistent bij Scholastic – die binnen een paar uur toestemming zou krijgen van Julia, daar was ik van overtuigd – zou 's avonds twee exemplaren van *Harry* mee naar huis nemen, zodat hij zaterdag niet terug hoefde naar kantoor. Brian zou de boeken achterlaten bij de portier van zijn appartementengebouw in de Upper West Side, waar ik ze de volgende ochtend om elf uur liet ophalen door Uri, Miranda's chauffeur. Vervolgens zou Uri me mobiel bellen om te bevestigen dat hij het pakje had ontvangen en op weg was naar het vliegveld Teterboro, waar de twee boeken op het privé-vliegtuig van meneer Tomlinson naar Parijs zouden worden gezet. Ik overwoog nog even om het geheel in code uit te voeren, zodat het nog meer op een KGB-operatie zou lijken, maar dat idee liet ik varen toen ik bedacht dat Uri al niet al te best gewoon Engels sprak. Ik had nog uitgezocht hoe snel de boeken door DHL in Parijs bezorgd konden worden, maar dat werd maandagochtend en dat was uiteraard onaanvaardbaar. Dus reisden ze per privé-vliegtuig. Als alles volgens plan verliep, zouden de kleine Cassidy en Caroline zondagochtend in hun eigen suite in Parijs tijdens hun ochtendmelk kunnen genieten van de avonturen van Harry Potter... *een hele dag eerder dan hun vriendjes.* Hartverwarmend, echt hartverwarmend.

Een paar minuten nadat de auto's gereserveerd waren en de juiste mensen waren ingeschakeld, belde Julia terug. Hoewel het een welhaast onmogelijke taak was en ze er ongetwijfeld problemen mee zou krijgen, zou ze Brian twee exemplaren meegeven voor mevrouw Priestly. Amen.

'Het is toch niet te geloven! Verlóófd!' zei Lily toen ze de band van *Ferris Bueller* terugspoelde die we net hadden gezien. 'Ik bedoel, we zijn verdorie drieëntwintig, vanwaar die haast?' Lily vloekte nooit. Dat was een van de weinige dingen die ik ontzettend irritant aan haar vond, samen met haar pas ontwikkelde obsessie voor haar ex. Hoewel dat laatste, gezien de omstandigheden, wel begrijpelijk was.

'Ik vind het ook wel gek, ja. Misschien is ze zwanger.'

'Ja, wie weet. Als hij hem omhoog kon krijgen, zou dat inderdaad kunnen,' zei ze grinnikend. 'Maar dat lijkt me erg onwaarschijnlijk, en jij weet net zo goed als ik dat ik hier uit ervaring spreek.'

'Inderdaad. Misschien mag Timmy van zijn pappie en mammie niet aan die enorme erfenis komen voordat hij een vaste relatie heeft? Dat is reden genoeg om een ring om haar vinger te schuiven. Of misschien is hij heel eenzaam.'

Lily keek me aan en begon te lachen. 'Hij kan natuurlijk niet gewoon verliefd op haar zijn en bereid zijn de rest van zijn leven met haar te delen, hè? Ik bedoel, we hebben vastgesteld dat dat uitgesloten is, nietwaar?'

'Klopt, dat is geen optie. Probeer eens wat anders.'

'Dan moet ik wel voor gordijn nummer drie kiezen. Hij is homo. Hij is er zelf eindelijk achter gekomen – terwijl ik het al tijden wist – en hij beseft dat pappie en mammie dat niet aankunnen, dus trouwt hij met de eerste de beste vrouw die hij kan krijgen. Wat denk je daarvan?'

Casablanca was de volgende film op het lijstje, en Lily spoelde de band door tot na de begintitels terwijl ik bekers chocolademelk opwarmde in de magnetron in het piepkleine keukentje van haar flatje in Morningside Heights. We hadden de hele vrijdagavond al verlummeld, met alleen pauzes om te roken en nog een keer naar de videotheek te gaan. Zaterdagmiddag waren we zeer gemotiveerd geweest en hadden we zowaar een paar uur door SoHo geslenterd. We hadden allebei een truitje gekocht voor het nieuwjaarsfeest van Lily en in een cafeetje samen één enorme beker glühwein gedronken. Tegen de tijd dat we zaterdag terugkwamen in haar flat waren we doodop en wilden we niets liever dan de rest van de avond doorbrengen met *When Harry Met Sally* en *Saturday Night Live*. Het was zo lekker ontspannen, zo anders dan de ellende die mijn dagelijkse leven was geworden, dat ik het hele Harry Potter-gedoe was vergeten… tot zondag de telefoon ging. O god, Zij was het! Ik hoorde Lily aan haar eigen telefoon met iemand Russisch praten, waarschijnlijk een studiegenoot. Bedankt, bedankt, bedankt, o heer, Zij was het niet. Maar dat wilde nog niet zeggen dat ik vrijuit ging. Het was al zondagochtend en ik had nog geen idee of die stomme boeken wel in Parijs aangekomen waren. Ik had zó van mijn weekend genoten – en me zowaar echt ontspannen – dat ik had vergeten het na te gaan. Natuurlijk stond mijn telefoon wel aan, op 'luid' nog wel, maar ik had nooit mogen wachten tot ik zelf werd gebeld dat er iets misgegaan was, want dan was het natuurlijk te laat. Ik had preventief actie moeten ondernemen en gisteren door alle betrokkenen moeten laten bevestigen dat ieder stapje in ons strak opgezette plan goed verlopen was.

Ik zocht verwoed in mijn weekendtas naar de telefoon die *Runway* me had verstrekt om ervoor te zorgen dat ik altijd slechts een paar toetsen van Miranda verwijderd was. Toen ik hem eindelijk had bevrijd uit een kluwen ondergoed op de bodem van de tas, liet ik me achterover op het bed vallen. Het schermpje verkondigde dat ik geen bereik had, en ik wist meteen, instinctief, dat ze gebeld had en mijn voicemail had ingesproken. Ik haatte die telefoon tot in mijn botten. Ik haatte mijn nieuwe Bang & Olufsen-telefoon thuis nu zelfs. Ik haatte Lily's telefoon, alle telefoonreclames en afbeeldingen van telefoons in tijdschriften. Ik haatte zelfs Alexander Graham Bell. Mijn werk voor Miranda Priestly had een aantal vervelende bijwerkingen die mijn dagelijks leven beïnvloedden, maar de meest onnatuurlijke daarvan was wel mijn intense, allesverterende afkeer van telefoons.

Voor de meeste mensen was het gerinkel van een telefoon een welkom geluid. Iemand probeerde hen te bereiken, gedag te zeggen, naar hun welzijn te informeren of iets af te spreken. Bij mij riep het onmiddellijk angst, intense bezorgdheid en adembenemende paniek op. Sommige mensen beschouwden de vele snufjes van een telefoon als een extraatje, zelfs iets leuks. Voor mij waren ze van levensbelang. Terwijl ik vóór Miranda zelfs nooit 'wisselgesprek' op mijn telefoon had gehad, had ik een paar dagen na mijn aanstelling bij *Runway* alles aangevraagd: wisselgesprek (zodat ze nooit een bezettoon zou krijgen), nummermelding (zodat ik haar telefoontjes kon ontlopen), wisselgesprek-met-nummermelding (zodat ik haar telefoontjes kon ontlopen wanneer ik in gesprek was) en voicemail (zodat ze niet zou merken dat ik haar telefoontjes ontliep, omdat ze een ingesproken bericht te horen kreeg). Vijftig dollar per maand voor extra diensten – en dan telde ik de interlokale gesprekken nog niet mee – leek me niet overdreven voor een beetje gemoedsrust. Of eigenlijk geen gemoedsrust, maar eerder tijdige waarschuwingen.

De mobiele telefoon bood me die barrières niet. Uiteraard zaten alle genoemde functies er ook op, maar wat Miranda betrof was er geen enkele reden om hem ooit uit te zetten. Er diende altijd opgenomen te worden. De paar redenen die ik Emily voor de voeten had gegooid toen ze me de telefoon voor het eerst had overhandigd – standaard kantooruitrusting bij *Runway* – en erbij had gezegd dat ik altijd moest opnemen, had ze al snel verworpen.

'En als ik nou slaap?' had ik heel dom gevraagd.

'Dan word je wakker en neem je op,' had ze geantwoord terwijl ze haar nagels vijlde.

'En tijdens een heel chic diner?'

'Dan doe je net als iedereen in New York en neem je gewoon op. Aan tafel.'

'Tijdens een inwendig onderzoek?'

'Die arts kijkt toch niet in je oren?' Oké, het was duidelijk.

Ik had een bloedhekel aan die stomme gsm, maar ik kon hem niet negeren. Hij verbond me met Miranda als een navelstreng, waardoor ik mijn bron van verstikking nooit kon ontgroeien of ontlopen. Ze belde me *aan één stuk door*, en als een gestoord pavlovhondje na een uit de hand gelopen experiment reageerde ik tegenwoordig instinctief wanneer hij rinkelde. Tring-trrrring: verhoogde hartslag. Trrriiiing: automatisch verkrampte vingers en gespannen schouders. Trrrriiiiing: *O, waarom laat ze me niet met rust, alsjeblieft, o, god, vergeet alsjeblieft dat ik besta* – het zweet breekt me uit. Dit hele, verrukkelijke weekend lang was het zelfs niet bij me opgekomen dat mijn telefoon misschien geen bereik had en had ik gewoonweg aangenomen dat hij wel zou gaan als er iets aan de hand was. Fout nummer één. Ik beende de flat door tot ik bereik had, hield mijn adem in en belde mijn voicemail.

Een grappig berichtje van mijn vader om me veel plezier te wensen met Lily. Een vriend uit San Francisco die die week voor zijn werk naar New York moest en iets wilde afspreken. Mijn zus, om me eraan te herinneren haar man een verjaardagskaart te sturen. En daar had je het, bijna onverwacht, maar niet helemaal: dat gevreesde Britse accent. 'Ahn-dre-ah, met Mi-rahn-da. Het is zondagochtend negen uur in Parijs en de meisjes hebben hun boeken nog niet ontvangen. Bel me in het Ritz om me te verzekeren dat het niet lang meer zal duren. Dat was het.' Klik.

Ik voelde de gal al in mijn keel. Zoals gewoonlijk ontbrak iedere vorm van vriendelijkheid of beleefdheid. Geen hallo, dag of bedankt. Uiteraard. Maar wat erger was: ze had het bericht bijna een halve dag geleden ingesproken en ik had haar nog niet teruggebeld. Een reden voor ontslag, wist ik, en ik kon er niets aan veranderen. Ik was er als een amateur van uitgegaan dat mijn plan prima zou werken en het was me niet eens opgevallen dat Uri niet had gebeld om te bevestigen dat hij het pakje had opgehaald en afgegeven. Ik zocht in het adressenboek van mijn telefoon Uri's nummer en belde zijn mobiele toestel, ook een aanschaf van Miranda, zodat ook hij vierentwintig uur per dag, zeven dagen per week beschikbaar was.

'Hallo Uri, met Andrea. Sorry dat ik je op zondag stoor, maar ik vroeg me af of jij die boeken gisteren nog hebt opgehaald op 87th Street, bij Amsterdam Avenue.'

'Hallo Andy, vat leuk dat je belt,' zei hij met het zwaar Russische accent dat me altijd zo op mijn gemak stelde. Hij noemde me al vanaf het begin Andy, als een oude lievelingsoom, en van hem – in tegenstelling tot B-DES – vond ik het niet erg. 'Natoerliek heb ik de boeken gehaald. Dacht je dat iek jou niet vilde helpen?'

'Nee, nee, dat bedoel ik niet, Uri. Maar ik kreeg net een berichtje van Miranda en zij heeft ze nog niet ontvangen. Ik vroeg me af wat er misgegaan kon zijn.'

Hij zweeg even en gaf me toen de naam en het telefoonnummer van de piloot van het privé-vliegtuig.

'O, dank je, dank je, dank je,' zei ik, terwijl ik het nummer snel op een papiertje krabbelde en vurig hoopte dat de piloot een beetje behulpzaam zou zijn. 'Ik moet nu ophangen. Sorry dat ik het zo kort moet houden, en nog een fijn weekend.'

'Jij ook, Andy. De piloot helpt je vast met de boeken. Veel geloek,' zei hij opgewekt, en hij hing op.

Ik hoorde dat Lily wafels aan het bakken was en wilde niets liever dan haar helpen, maar ik moest dit nu oplossen, anders was ik mijn baan kwijt. Of misschien was ik al ontslagen en had niemand de moeite genomen het me te vertellen. Dat zou zomaar kunnen bij *Runway*, besloot ik, en ik dacht aan de moderedactrice die ontslagen was tijdens haar huwelijksreis. Zelf was ze zich bewust geworden van haar nieuwe arbeidssituatie toen ze op Bali een *Women's Wear*

Daily doorbladerde. Ik belde snel het nummer dat Uri me had gegeven en ik dacht dat ik zou flauwvallen van frustratie toen ik een antwoordapparaat kreeg.

'Hallo, Jonathan? Je spreekt met Andrea Sachs van *Runway*. Ik ben de assistente van Miranda Priestly en ik wilde je iets vragen over de vlucht van gisteren. Ach, ik bedenk me net dat je natuurlijk nog in Parijs zit, of misschien ben je op de terugweg. Nou ja, ik vroeg me af of de boeken, en eh... jij natuurlijk ook, veilig in Parijs aangekomen zijn. Kun je me terugbellen? 917-555-5049. Zo snel mogelijk, als het kan. Bedankt. Dag.'

Ik overwoog om de conciërge van het Ritz te bellen om te vragen of hij zich nog kon herinneren of er boeken waren gebracht vanaf het particuliere vliegveld aan de rand van Parijs, maar ik realiseerde me al snel dat ik met mijn mobiele telefoon niet internationaal kon bellen. Dat was zo'n beetje het enige wat er niet mee kon, en natuurlijk het enige waar ik nu echt iets aan zou hebben. Op dat moment verkondigde Lily dat ze wafels en koffie voor me had. Ik liep de keuken in en pakte ze van haar aan. Ze dronk zelf een bloody mary. Jakkes. Het was zondagochtend, hoe kon ze nu alcohol drinken?

'Heb je een Miranda-moment?' vroeg ze met een meelevende blik.

Ik knikte. 'Ik geloof dat ik het deze keer goed heb verknald,' zei ik, met een dankbare blik op de wafels. 'Dit zou wel eens mijn ontslag kunnen worden.'

'Ach lieverd, dat zeg je altijd. Ze ontslaat je heus niet. Tenminste, dat hoop ik, want jij hebt de leukste baan ter wereld!'

Ik keek haar vragend aan en maande mezelf om kalm te blijven.

'Ja, echt,' zei ze. 'Zo te horen is ze niet snel tevreden en een beetje gek, maar wie is dat nou niet? Je krijgt gratis schoenen en complete metamorfoses met make-up en kapper, en kleding. Die kleren! Wie krijgt er nu zomaar gratis designerkleding op zijn werk? Andy, je werkt bij *Runway*, begrijp je het dan niet? Er zijn miljoenen meisjes die een moord zouden doen voor jouw baan.'

Ik begreep het. Ik begreep daar ter plekke dat Lily er, voor het eerst sinds ik haar negen jaar geleden had leren kennen, juist niets van begreep. Ze vond het hartstikke leuk, net als al mijn andere vrienden, om de idiote verhalen te horen over alles wat ik in de afgelopen weken had meegemaakt, de roddels en de glamour, maar ze begreep niet hoe zwaar het was. Ze begreep niet dat ik het niet dag in, dag uit volhield voor de gratis kleding, dat alle gratis kleding ter wereld nog niet genoeg zou zijn om dit werk draaglijk te maken. Het werd tijd dat ik een van mijn beste vriendinnen liet kennismaken met mijn wereld, zodat ze het – en dat wist ik zeker – wél zou begrijpen. Ze moest het weten. Ja! Het werd tijd dat ik eens iemand precies vertelde hoe het zat. Ik deed mijn mond open, blij met het vooruitzicht dat ik dadelijk een bondgenoot zou hebben, maar toen ging mijn telefoon.

Verdomme! Ik had hem het liefst tegen de muur gesmeten en de beller laten weten dat hij kon doodvallen, maar diep in mijn hart hoopte ik dat het Jonathan was met informatie. Lily zei glimlachend dat ik gerust de tijd mocht nemen. Ik knikte droevig en nam op.

'Spreek ik met Andrea?' vroeg een mannenstem.

'Ja. Jonathan?'

Ja, inderdaad. Ik heb net naar huis gebeld en hoorde je berichtje. Ik ben op de terugweg uit Parijs, ergens boven de Atlantische Oceaan om precies te zijn, maar je klonk zo bezorgd dat ik je maar meteen teruggebeld heb.'

'Dank je wel! Bedankt! Heel aardig van je. Ja, ik maakte me een beetje zorgen, want Miranda belde me om te zeggen dat ze het pakje nog niet ontvangen heeft. Je hebt het toch aan de chauffeur in Parijs gegeven?'

'Ja, hoor. Weet je, in mijn beroep moet je geen vragen stellen. Ik doe wat me wordt opgedragen en probeer iedereen veilig naar zijn bestemming te vliegen. Maar het komt niet vaak voor dat ik de oceaan over vlieg met alleen een pakje aan boord. Het zal wel iets heel belangrijks zijn geweest. Misschien een donororgaan of geheime documenten. Dus ik ben er heel voorzichtig mee geweest en heb het volgens afspraak aan de chauffeur overhandigd. Aardige vent, van het Ritz. Geen enkel probleem.'

Ik bedankte hem en hing op. De conciërge van het Ritz had een chauffeur naar het privé-vliegtuig van meneer Tomlinson gestuurd, op een particulier vliegveld even buiten Parijs, om *Harry* op te halen en naar het hotel te brengen. Als alles volgens plan was verlopen, moest Miranda de boeken om zeven uur 's morgens plaatselijke tijd gekregen hebben. Maar het liep in Parijs al tegen de avond en ik kon me niet voorstellen wat er fout was gegaan. Ik had geen keus, ik moest de conciërge bellen. En aangezien dat met mijn mobiele telefoon niet kon, moest ik een telefoon zien te vinden waarmee het wél kon.

Ik liep met de inmiddels koude wafels naar de keuken en gooide ze in de vuilnisbak. Lily lag al weer op de bank, half te slapen. Ik sloeg even mijn armen om haar heen, zei dat ik nog zou bellen en liep al naar de deur om een taxi aan te houden om naar kantoor te gaan.

'En de rest van de dag dan?' zei ze klaaglijk. 'Ik heb *The American President* al helemaal klaarstaan. Je kunt nog niet weg, ons weekendje is nog niet voorbij!'

'Ik weet het. Sorry, Lil, ik moet dit nu afhandelen. Ik zou niets liever willen dan hier blijven, maar zij trekt op dit moment aan het langste eind. Ik bel je straks wel, oké?'

Het kantoor was natuurlijk helemaal verlaten. Ze zaten ongetwijfeld allemaal te brunchen bij Pastis met hun vriendjes, de effectenhandelaars. Ik ging in mijn donkere hoekje zitten, haalde diep adem en belde. Tot mijn grote vreugde was Monsieur Renaud, de conciërge, aanwezig.

'Andrea, kindje, hoe gaat het met je? We zijn allemaal heel blij dat Miranda en de tweeling weer bij ons logeren,' loog hij.

'Ja, Monsieur Renaud, en ik weet dat zij het ook heel fijn vindt,' loog ik terug. Hoe die arme man zich ook voor haar uitsloofde, Miranda had overal iets op aan te merken. Het sierde hem dat hij zijn best bleef doen, en bovendien bleef hij beweren dat hij dol op haar was. 'Mag ik u iets vragen? Is de auto die u naar het vliegtuig van Miranda had gestuurd al terug?'

'Maar natuurlijk, kindje. Al uren. Hij was vanmorgen al voor acht uur weer hier. Ik heb onze beste chauffeur gestuurd,' zei hij trots. Hij moest eens weten waarvoor zijn beste chauffeur de hele stad door was gereden.

'Wat vreemd. Ik kreeg een berichtje van Miranda dat ze het pakketje dat ze verwachtte niet ontvangen heeft, maar de chauffeur heeft het afgegeven op het vliegveld, de piloot heeft het naar Parijs gevlogen en aan uw chauffeur gegeven en nu zegt u dat het in het hotel is aangekomen. Hoe kan het dan dat ze het niet gekregen heeft?'

'Ik denk dat we daar alleen achter kunnen komen door het mevrouw zelf te vragen,' zei hij gemaakt opgewekt. 'Zal ik u even doorverbinden?'

Ik had tegen beter weten in gehoopt dat het niet zover zou komen, dat ik het probleem zou kunnen achterhalen en oplossen zonder haar te hoeven spreken. Wat moest ik zeggen als ze bleef volhouden dat ze het pakje niet ontvangen had? Dat ze maar eens op het tafeltje in haar suite moest kijken, waar het ongetwijfeld al uren lag? Of moest ik het hele ritueel nog eens overdoen, compleet met privé-vliegtuig, zodat ze 's avonds nog eens twee boeken zou krijgen? Misschien moest ik de volgende keer een geheim agent inhuren om de boeken te vergezellen op hun reis, zodat een veilige aankomst verzekerd was. Dat was iets om in gedachten te houden.

'Graag, Monsieur Renaud. Bedankt voor uw hulp.'

Een paar klikjes en de telefoon ging over. Ik zweette een beetje van de spanning, dus veegde ik mijn handpalm af aan mijn joggingbroek en probeerde er niet over na te denken wat er zou gebeuren als Miranda me in haar kantoor in een joggingbroek zou zien. *Rustig en zelfverzekerd blijven*, hield ik mezelf voor. *Ze kan je niet villen door de telefoon.*

'Ja?' hoorde ik uit de verte, en ik schrok op uit mijn wijze raad. Het was Caroline die, in de prille leeftijd van tien jaar, het bruuske telefoongedrag van haar moeder al volledig onder de knie had.

'Hallo, liefje,' zei ik, en ik walgde er zelf van dat ik zo tegen dat kind slijmde. 'Met Andrea, van kantoor. Is je *mom* daar?'

'Mijn *mum*, bedoel je?' verbeterde ze me, zoals altijd wanneer ik de Amerikaanse uitspraak gebruikte. 'Ja, ik zal haar even roepen.'

Een paar tellen later kreeg ik Miranda aan de lijn.

'Ja, Ahn-dre-ah? Ik hoop voor jou dat dit belangrijk is, want je weet dat ik niet graag gestoord word als ik bij de meisjes ben,' zei ze kil en afgemeten. *Je wordt niet graag gestoord als je bij de meisjes bent?* had ik willen schreeuwen. *Dat meen je toch zeker niet, trut? Denk je dat ik verdomme voor mijn lol bel? Dat ik het geen weekend volhoud zonder die rotstem van jou? Dacht je dat ík niet liever 'bij de meisjes' was?* Ik viel bijna flauw van woede, maar ik haalde diep adem en viel maar meteen met de deur in huis.

'Miranda, sorry dat het zo ongelegen komt, maar ik bel over de Harry Potter-boeken. Ik hoorde je berichtje dat je ze niet ontvangen had, maar ik heb iedereen gebeld en...'

Ze onderbrak me midden in de zin en zei langzaam en zelfverzekerd: 'Ahn-dre-ah. Je zou echt beter moeten luisteren. Dat heb ik niet gezegd. We hebben dat pakje vanochtend vroeg ontvangen. Zelfs zo vroeg dat ze ons er verdorie voor wakker moesten maken.'

Ik geloofde mijn oren niet. Ik had dat hele berichtje toch zeker niet gedroomd? En ik was echt nog te jong voor zelfs de heel vroege versie van Alzheimer.

'Ik heb gezegd dat we ze niet allebéí ontvangen hebben, zoals ik had gevraagd. In het pakje zat maar één boek, en je kunt je vast wel voorstellen hoe teleurgesteld de meisjes zijn. Ze hadden zich er zo op verheugd dat ze ieder hun eigen exemplaar zouden krijgen, zoals ik had besteld. Je moet me toch eens uitleggen waarom je mijn orders niet hebt uitgevoerd.'

Dit was niet waar. Dit kon niet waar zijn. Ik moest dit dromen. Het was natuurlijk een soort parallelbestaan waarin alles wat maar enigszins op rationaliteit en logica leek voor onbepaalde tijd verdwenen was. Ik stond mezelf niet eens toe om na te denken over het absurde van wat zich hier afspeelde.

'Miranda, ik weet dat je er twee wilde, en ik heb er twee besteld,' stamelde ik, en weer haatte ik mezelf omdat ik zo zat te slijmen. 'Ik heb dat meisje bij Scholastic gesproken en ik ben ervan overtuigd dat ze begrepen heeft dat je twee boeken nodig had, dus ik begrijp niet...'

'Andrea, je weet hoe ik over uitvluchten denk. Ik ben er niet in geïnteresseerd. Ik reken erop dat zoiets nooit meer zal gebeuren, correct? Dat was het.' Ze hing op.

Ik moet daar wel vijf minuten naar het getuut-tuut-tuut van de telefoon hebben staan luisteren, met de hoorn tegen mijn oor geklemd. Zou ik haar kunnen vermoorden, vroeg ik me af, en ik ging mijn kansen om gepakt te worden na. Zouden ze automatisch aannemen dat ik het had gedaan? Natuurlijk niet, besloot ik, iedereen had een motief, alleen al bij *Runway*. Had ik het in me, emotioneel gezien, om toe te kijken hoe ze een langzame, uiterst pijnlijke dood stierf? Ja, dat zeker, maar... wat zou de lekkerste manier zijn om een eind aan dat verknipte leven van haar te maken?

Ik legde langzaam de hoorn op de haak. Kon ik haar berichtje echt zo verkeerd begrepen hebben? Ik pakte mijn mobiele telefoon en luisterde de boodschappen nog een keer af. *Ahn-dre-ah, met Miranda. Het is zondagochtend negen uur in Parijs en de meisjes hebben hun boeken nog niet ontvangen. Bel me in het Ritz om me te verzekeren dat het niet lang meer zal duren. Dat was het.*' Er was helemaal niets aan de hand. Ze mocht dan één in plaats van twee boeken gekregen hebben, maar ze had expres de indruk gewekt dat ik een vreselijke fout had gemaakt, een fout die me mijn carrière zou kosten. Ze had zich er niets van aangetrokken dat het bij mij drie uur 's nachts was toen ze me om negen uur 's ochtends Parijse tijd belde, in mijn allerfijnste weekend van het hele jaar. Ze had gebeld om me nog een beetje gekker te maken en me nog dichter tot het randje te drijven. Ze had me gebeld om me uit te dagen weerstand aan haar te bieden. Ze had me gebeld zodat ik haar nóg meer zou gaan haten.

7

Het nieuwjaarsfeest van Lily was leuk en lekker rustig, gewoon een heleboel papieren bekertjes champagne bij haar thuis met een hoop vrienden van school en de mensen die zij weer meegebracht hadden. Ik ben nooit zo'n liefhebber van de feestdagen geweest. Ik weet niet wie oudejaarsavond als eerste 'Amateur Night' heeft genoemd (ik geloof dat het Hugh Hefner was, de baas van *Playboy*), omdat híj de andere 364 dagen van het jaar op stap ging, maar ik ben het wel met hem eens. Al die verplichte drank en lol garanderen nog geen leuke avond. Daarom had Lily het initiatief genomen en een feestje gegeven, waarmee ze ons allemaal honderdvijftig dollar voor een of andere club bespaarde of, erger nog, bevroren ledematen wanneer we het in ons hoofd hadden gehaald om naar Times Square te gaan. Iedereen had een fles niet al te sterke drank gekocht en ze had toeters en kroontjes met glitters uitgedeeld, en we hadden behoorlijk dronken en helemaal gelukkig op haar dak, met uitzicht op Harlem, het nieuwe jaar ingeluid. We hadden allemáál te veel gedronken, maar tegen de tijd dat iedereen vertrok, was Lily zo'n beetje laveloos geweest. Ze had al twee keer overgegeven en ik durfde haar niet alleen te laten, dus hadden Alex en ik een tas voor haar ingepakt en haar meegesleurd in onze taxi. We hadden met zijn drieën bij mij geslapen – Lily op de futon in de huiskamer – en de volgende dag waren we uitgebreid gaan brunchen.

Ik was blij dat de feestdagen achter de rug waren. Het werd tijd dat ik verderging met mijn leven en een echte, frisse start maakte met mijn nieuwe baan. Ook al had ik het gevoel dat ik al tien jaar bij *Runway* werkte, technisch gezien begon ik pas. Ik had goede hoop dat het allemaal veel beter zou gaan zodra ik écht met Miranda samenwerkte, en niet van een afstand. Door de telefoon kon iedereen een harteloos monster zijn, vooral mensen die moeite hadden met vakantie, ver weg van kantoor. Maar ik was ervan overtuigd dat de ellende van die eerste maand plaats zou maken voor een compleet nieuwe situatie, en ik verheugde me er al op om te zien hoe het allemaal zou lopen.

En nu was het een koude, grijze ochtend, 3 januari, een paar minuten over tien, en ik vond het zowaar leuk om op mijn werk te zijn. Leuk! Emily ratelde maar door over de man die ze op een nieuwjaarsfeest in LA had ontmoet, een of andere 'superpopulaire, aanstormende songwriter' die had beloofd haar binnen een paar weken op te zoeken in New York. Ik zat te kletsen met een van de beautyassistenten die een eindje verderop werkten, een schat van een jongen die pas was afgestudeerd aan Vassar en wiens ouders nog niet wisten – ondanks zijn studiekeuze en het feit dat hij op de *beauty*afdeling van een *mode*tijdschrift werkte – dat hij, let op, het met mannen deed.

'O, ga alsjeblieft met me mee. Het wordt zó leuk, echt. Ik stel je voor aan de lekkerste mannen, Andy, let maar eens op. Ik heb een paar verrukkelijke heterovrienden. Trouwens, het is een feest van Marshall, dus het moet wel leuk worden,' zei James, die over mijn bureau geleund hing terwijl ik mijn e-mail aan het checken was. Emily ratelde vrolijk verder aan haar kant van het kantoor en gaf alle details over haar afspraakje met de langharige zanger.

'Ik zou best willen, dat weet je, maar ik heb vóór Kerstmis al voor vanavond afgesproken met mijn vriend,' zei ik. 'We zouden weken geleden een keer feestelijk uit eten gaan, maar de vorige keer heb ik afgebeld.'

'Dan spreek je na het feest met hem af! Kom op, je krijgt niet elke dag de kans om de allerbeste haarkleurspecialist van de beschaafde wereld te ontmoeten, of wel soms? En er komen een heleboel beroemdheden en iedereen ziet er altijd geweldig uit en... nou ja, het wordt gewoon het beste feest van de week! Harrison en Shriftman zijn ervoor ingehuurd, dat zegt toch genoeg? Zeg nou ja.' Hij trok een overdreven hoopvol jonge-hondjesgezicht en ik moest wel lachen, of ik wilde of niet.

'James, echt, ik zou het graag willen. Ik ben zelfs nog nooit in het Plaza geweest! Maar ik kan dit niet afzeggen. Alex heeft gereserveerd bij een Italiaans restaurantje vlak bij hem thuis. Ik kan hem nu niet meer bellen dat ik niet kom.' Ik kon het niet maken om af te zeggen en dat wilde ik ook niet; ik wilde een avond met Alex alleen zijn en horen hoe het nieuwe naschoolse programma vorderde, maar ik vond het wel jammer dat ons etentje uitgerekend op de avond van het feest viel. Ik had er de hele week al van alles over gelezen, en het leek wel of heel Manhattan in extase zat te wachten op het jaarlijkse post-nieuwjaarsfeest van Marshall Madden, kapper en kleurspecialist *extra-ordinaire*. Ze zeiden dat het dit jaar nog grootser zou zijn dan anders, want Marshall had pas een nieuw boek uitgebracht: *Color Me Marshall.* Maar ik ging mijn vriend niet afbellen om naar een sterrenparty te gaan.

'Nou, dan niet, maar dan moet je niet zeggen dat ik je nooit ergens mee naartoe neem. En kom niet bij me uithuilen als je morgen in *Page Six* leest dat ik gezien ben met Mariah of J-Lo. Oké?' En hij liep beledigd weg, half voor de grap, maar ook half serieus, aangezien hij zich altijd ontzettend druk maakte.

Tot dusverre was de week na nieuwjaar een makkie geweest. We waren nog steeds bezig kerstcadeaus uit te pakken en te catalogiseren – die ochtend had ik een adembenemend paar Jimmy Choo's met naaldhakken en Swarovski-kristalletjes uit de verpakking gehaald – maar we hoefden er zelf geen meer te versturen, en de telefoon zweeg grotendeels omdat veel mensen nog vakantie hadden. Miranda zou aan het eind van die week terugkomen uit Parijs, maar pas maandag weer naar kantoor komen. Emily had er alle vertrouwen in dat ik er klaar voor was, en ikzelf ook. We hadden alles doorgenomen en ik had bijna een heel notitieboek vol aantekeningen gemaakt. Ik keek er nog eens naar en hoopte dat ik het allemaal zou onthouden. Koffie: alleen van Starbucks, koffie verkeerd met twee klontjes rietsuiker, twee servetjes en een roerstaafje. Ontbijt: bezorgd door Mangia, 555-3948, een koffiebroodje met roomkaas, vier plakken bacon en twee worstjes. Kranten: kiosk in de lobby, *New York Times*, *Daily News*, *New York Post*, *The Financial Times*, *Washington Post*, *USA Today*, *Wall Street Journal*, *Women's Wear Daily* en op woensdag de *New York Observer*. Weekbladen, verkrijgbaar op maandag: *Time*, *Newsweek*, *U.S. News*, *The New Yorker* (!), *Time Out New York*, *New York Magazine* en *The Economist*. En zo ging het maar door; haar lievelingsbloemen en de bloemen waar ze een hekel aan had, de namen van haar artsen, met adres en privé-nummer, haar personeel thuis, haar geliefde hapjes voor tussendoor, favoriete merk drinkwater, en al haar maten, van lingerie tot skischoenen. Ik maakte lijstjes van mensen die ze wilde spreken: *Altijd*, en aparte lijstjes van mensen die ze niet wilde spreken: *Nooit*. Ik had me suf geschreven, telkens wanneer Emily in onze weken samen weer iets onthulde, en toen we klaar waren, had ik het gevoel dat er niets was wat ik niet wist over Miranda Priestly. Behalve natuurlijk wat haar zo belangrijk maakte dat ik een heel blok had volgeschreven met haar voor- en afkeuren. Waarom moest ik me daar eigenlijk zo druk om maken?

'Ja, hij is het einde,' zei Emily met een zucht, terwijl ze het telefoonsnoer om haar vinger wond. 'Ik denk dat dit wel het meest romantische weekend was dat ik ooit heb meegemaakt.'

Ping! *Er is e-mail van Alexander Fineman. Klik hier om het bericht te openen.* Ha, leuk! Elias-Clark had de rechtstreekse e-mailmelder geblokkeerd, maar op de een of andere manier kreeg ik nog steeds een mededeling als er een nieuw mailtje was. Even kijken.

Hoi schat, gaat het een beetje vandaag? Hier is het een gekkenhuis, zoals gewoonlijk.
Weet je nog dat ik je heb verteld dat Jeremiah alle kleine meisjes had bedreigd met een stanleymes, dat hij van thuis had meegebracht? Nou, blijkbaar was het menens, want hij heeft er vandaag weer een meegebracht en de armen van een meisje opengesneden en haar uitgescholden. Geen diepe snee, maar toen een van de leraren hem vroeg hoe hij het in zijn hoofd haalde, zei hij dat hij de vriend van zijn moeder hetzelfde had zien doen bij zijn moeder. Dat jochie is zes, Andy. Ongelooflijk, toch? Maar goed, de directeur heeft voor vanavond een spoedvergadering belegd, dus ik ben bang dat ons etentje niet door kan gaan. Het spijt me zo! Maar ik moet zeggen dat ik allang blij ben dat ze er nu iets aan gaan doen, dat is al heel wat. Je begrijpt het toch wel, hè? Wees alsjeblieft niet boos. Ik bel je nog wel, en ik beloof dat ik het zal goedmaken... Liefs, A.

Wees alsjeblieft niet boos? Ik hoop dat je het begrijpt? Een kind van zes had een klasgenootje met een més bewerkt en hij was bang dat ik het erg vond dat ons etentje niet doorging! Ik had de vorige keer afgebeld omdat ik moe was van mijn ritje in een auto met chauffeur en het inpakken van kerstpakketten. Ik kon wel janken. Ik wilde hem bellen om te zeggen dat het helemaal niet erg was, dat ik trots op hem was omdat hij zoveel om die kinderen gaf, en omdat hij zo'n baan had uitgekozen. Ik klikte op 'beantwoorden' en wilde het hem net gaan schrijven toen ik mijn naam hoorde.

'Andrea! Ze komt eraan. Ze is over een paar minuten hier,' verkondigde Emily luidkeels, en het kostte haar zichtbaar moeite om rustig te blijven.

'Hmm? Sorry, ik heb je niet ge...'

'Miranda is op dit moment onderweg hierheen. We moeten ons voorbereiden.'

'Op weg hierheen? Maar ik dacht dat ze pas zaterdag weer in het land...'

'Ze heeft zich kennelijk bedacht. Schiet op! Ga naar beneden, haal haar kranten en leg ze neer zoals ik je heb geleerd. En daarna maak je haar bureau schoon en zet je links een glas San Pellegrino neer, met ijs en een schijfje limoen. En zorg dat haar toilet is aangevuld, oké? Ze zit al in de auto, dus ze kan er binnen tien minuten zijn, afhankelijk van de drukte op de weg.'

Toen ik me het kantoor uit haastte, hoorde ik nog hoe Emily een voorgeprogrammeerd nummer intoetste en min of meer schreeuwde: 'Ze is onderweg, geef het door.' Het kostte me maar drie seconden om de gangen door te vliegen, langs de modeafdeling, maar ik hoorde al paniekerige kreten als: 'Emily zegt dat ze eraan komt,' 'Miranda komt!' en een bloedstollend: 'Ze is teruuuug!' Assistenten hingen zo snel ze konden de kleding in de rekken op de gangen recht en redacteuren raceten door hun kantoor. Zonder vaart te minderen zag ik hoe iemand haar schoenen met een klein hakje verwisselde voor een paar enorme naaldhakken en een ander haar lippen omlijnde, haar wenkbrauwen krulde en haar behabandje rechttrok. Toen een van de uitgevers de herentoiletten uit kwam, zag ik hoe James achter hem zijn zwarte kasjmier trui op pluisjes controleerde en intussen als een gek pepermuntjes naar binnen werkte. Ik vroeg me af hoe hij het al kon weten, tenzij er speciaal voor deze gelegenheid luidsprekers in de herentoiletten waren gehangen.

Ik zou dolgraag gebleven zijn om het hele spektakel te aanschouwen, maar ik had minder dan tien minuten de tijd om me voor te bereiden op mijn eerste ontmoeting met Miranda als haar assistente, en die wilde ik niet verpesten. Tot dat moment had ik nog mijn best gedaan om er niet uit te zien als iemand die echt rénde, maar nu ik het volledige gebrek aan waardigheid van alle anderen had gezien, zette ik een sprintje in.

'Andrea! Je weet toch dat Miranda onderweg is, hè?' riep Sophy van de receptie toen ik langsholde.

'Ja, dat weet ik, maar hoe weet jij dat nou?'

'Schat, ik weet alles. Schiet maar op. Eén ding is zeker: Miranda Priestly houdt niet van wachten.'

Ik dook de lift in en riep nog een bedankje. 'Ik ben over drie minuten terug met de kranten!'

De twee vrouwen in de lift staarden me vol afkeer aan en ik besefte dat ik had staan schreeuwen.

'Sorry, zei ik, terwijl ik probeerde op adem te komen. 'We hebben net te horen gekregen dat onze hoofdredacteur op weg is naar kantoor en we waren er niet op voorbereid, dus nu is iedereen een beetje gespannen.' *Waarom stond ik hier tekst en uitleg te geven?*

'O mijn god, dan werk jij voor Miranda! Wacht, laat me raden. Ben je haar nieuwe assistente? Andrea, was het niet?' De brunette met de lange benen lachte minstens vijftig spierwitte tanden bloot en kwam als een piranha op me af. Haar vriendin leefde meteen op.

'Eh, ja, Andrea,' herhaalde ik mijn eigen naam, alsof ik niet helemaal zeker wist of ik wel zo heette. 'Inderdaad, de nieuwe assistente van Miranda.'

Op dat moment had de lift de lobby bereikt en gingen de deuren naar het spierwitte marmer open. Ik ging snel voor de twee vrouwen staan en was de lift al uit voordat de deuren helemaal open waren. Ik hoorde een van de twee nog roepen: 'Jij boft maar, Andrea. Miranda is een geweldige vrouw, en er zijn miljoenen meisjes die een moord zouden doen voor jouw baan!'

Ik probeerde niet tegen een groepje ongelukkig kijkende advocaten op te botsen, die ongetwijfeld op weg waren naar een of andere grote zakenlunch, en ik liep bijna tegen de kiosk in de hoek van de lobby aan, waar Achmed, een klein mannetje uit Koeweit, waakte over een keurige uitstalling glanzende tijdschriften en een aanzienlijk kleiner assortiment voornamelijk suikervrij snoep en frisdrank. Emily had Achmed en mij voor Kerstmis aan elkaar voorgesteld, en ik hoopte dat hij me zou willen helpen.

'Ho, wacht!' riep hij toen ik een paar kranten uit het rek bij de kassa trok. 'Jij bent toch dat nieuwe meisje van Miranda? Kom hier.'

Toen ik me omdraaide, stond Achmed gebukt onder de toonbank te rommelen, en zijn gezicht liep een beetje te rood aan van inspanning. 'Aha!' riep hij toen, en hij sprong overeind, behendig als een oude man met twee gebroken benen. 'Voor jou. Zo hoef je mijn rek niet overhoop te halen. Ik hou ze iedere dag voor je apart, dan zijn ze ook nooit uitverkocht.' Hij knipoogde.

'Achmed, dank je wel. Je hebt geen idee hoe je me hiermee helpt. Denk je dat ik de tijdschriften ook moet meenemen?'

'Zeker weten. Het is al woensdag, en ze zijn maandag uitgekomen. Daar zal je bazin niet blij mee zijn,' zei hij veelbetekenend. En weer dook hij onder de toonbank, om boven te komen met een armvol tijdschriften. Alles wat ik moest hebben, zag ik met een snelle blik op mijn lijstje. Niet meer en niet minder.

Identiteitskaart, identiteitskaart… Waar was dat ding, verdomme? Ik graaide in mijn gesteven witte blouse en pakte het witte zijden sleutelkoord dat Emily voor me had gemaakt van een van Miranda's Hermès-sjaals. 'Je draagt de kaart nooit als ze in de buurt is, dat begrijp je,' had ze gezegd. 'Maar stel dat je vergeet om hem af te doen, dan loop je in ieder geval niet rond met die plastic ketting.' Die laatste woorden had ze vol minachting uitgespuugd.

'Alsjeblieft, Achmed. Hartelijk bedankt voor je hulp, maar ik heb heel veel haast. Ze is onderweg.'

Hij haalde mijn kaart door de lezer en hing de sleutelsjaal als een Hawaiiaanse bloemenslinger om mijn nek. 'Gauw, hollen!'

Ik griste de overvolle plastic tas mee, hield mijn kaart in de aanslag en rende naar het hekje bij de bewaking waar ik doorheen moest om bij de liften te komen. Ik haalde mijn kaart door de lezer en duwde tegen het hekje. Niks. Nog een keer, nu iets harder. Niks.

Eduardo, de ronde, enigszins bezwete beveiligingsman achter de balie begon met een hoog stemmetje de eerste regels van *Material Girl* te zingen. Shit. Ik hoefde niet naar hem te kijken om te weten dat hij met een brede, samenzweerderige grijns van me verlangde – zoals hij de afgelopen twee weken iedere dag had gedaan – dat ik het spelletje meespeelde. Hij had een schijnbaar onuitputtelijk repertoire aan irritante deuntjes die hij graag zong en liet me niet door het hekje voordat ik ze voor hem uitbeeldde. Gisteren was het *I'm Too Sexy*. Terwijl hij zong, moest ik door de lobby over een denkbeeldig plankier lopen. Soms was het best leuk, als ik in een redelijke bui was. Soms moest ik er zelfs om lachen. Maar dit was mijn eerste dag samen met Miranda en ik mocht niet te laat komen met haar kranten, absoluut niet. Ik had hem wel iets kunnen dóén toen hij me daar liet staan, terwijl aan beide kanten naast me iedereen vrolijk door de hekjes werd gelaten.

Ik mompelde een paar regels uit *Material Girl*, met een paar echte Madonna-uithalen.

Hij trok zijn wenkbrauwen op. 'Waar is het enthousiasme gebleven?'

Ik was bang dat ik geweld zou gaan gebruiken als hij nog één woord zei, dus zette ik mijn tas met kranten neer, stak mijn armen in de lucht, draaide met mijn heupen en tuitte theatraal mijn lippen. '*A material! A material! A material! A material...* GIRL!' gilde ik half, en hij kakelde, klapte in zijn handen en zoefff, het hekje ging open.

Onthouden: met Eduardo bespreken waar en wanneer het gepast was om mij totaal voor schut te zetten. Ik spurtte de lift weer in en rende boven langs Sophy, die zo vriendelijk was om ongevraagd de tussendeur voor me open te doen. Ik dacht er zelfs aan om in een van de keukentjes een groot glas van Baccarat-kristal met ijs te vullen. Dat ding stond in een speciaal kastje boven de magnetron, alleen voor Miranda. Met het glas in de ene hand en de tas met kranten in de andere vloog ik de hoek om, frontaal tegen Jessica, ofwel Miss Manicure, aan. Ze keek me geërgerd en paniekerig aan.

'Andrea, weet je wel dat Miranda onderweg is?' vroeg ze, en ze bekeek me van top tot teen.

'Jazeker. Ik heb hier haar kranten en haar water, en nu moet ik naar haar kantoor, dus als ik even...'

'Andrea!' riep ze me na toen ik wegrende en er een ijsblokje uit het glas op de grond viel. 'Vergeet niet om andere schoenen aan te doen!'

Ik bleef stokstijf staan en keek naar mijn voeten. Ik had hippe sportschoenen aan die helemaal niet bedoeld waren om te sporten, alleen maar om er flitsend uit te zien. De kledingvoorschriften – onuitgesproken – waren absoluut losjes zolang Miranda er niet was, en hoewel iedereen er even schitterend uitzag, droegen we allemaal iets waarvan we bij hoog en bij laag zwoeren dat we het nooit, maar dan ook nooit zouden dragen in Miranda's bijzijn. Mijn knalrode schoenen waren daar een heel goed voorbeeld van.

Het zweet stond op mijn rug toen ik terugkwam in ons kantoor. 'Hoi, ik heb hier alle kranten en voor de zekerheid ook maar de tijdschriften. Alleen denk ik niet dat ik deze schoenen kan aanhouden, hè?'

Emily rukte haar koptelefoon af en gooide hem op haar bureau. 'Nee, natuurlijk niet.' Ze pakte de telefoon, toetste een nummer in en riep: 'Jeff, breng me een paar Jimmy's in maat...' Ze keek me aan. 'Veertig. Nee, nu meteen. Jeff, ik meen het. Onmiddellijk. Andrea loopt verdorie op sportschoenen, róde sportschoenen, en Zij kan ieder moment hier zijn. Oké, bedankt.'

Toen pas viel me op dat Emily in de vier minuten dat ik beneden was geweest haar gebleekte spijkerbroek had verruild voor een leren broek en haar eigen hippe gympen voor schoentjes met een open neus en naaldhakken. Bovendien had ze ons kantoor helemaal opgeruimd, de spullen op onze bureaus in laden gegooid en alle binnengekomen cadeaus die nog niet naar Miranda's appartement waren gebracht in de kast gelegd. Ze had een vers laagje lipgloss aangebracht en haar wangen wat kleur gegeven, en nu gebaarde ze dat ik moest opschieten.

Ik pakte de tas met kranten en tijdschriften en legde de stapel in haar kantoor op de lichtbak, een soort van onderaf verlichte tafel waar Miranda volgens Emily urenlang filmmateriaal van fotosessies kon staan bekijken. Maar het was ook de plek waar haar kranten gerangschikt moesten worden, en ik keek maar weer eens in mijn notitieblok voor de juiste volgorde. Eerst de *New York Times*, gevolgd door de *Wall Street Journal* en dan de *Washington Post*. En zo ging het door, in een volgorde waar ik geen logica in kon ontdekken, allemaal een klein stukje over elkaar heen geschoven, uitgewaaierd over de lichtbak. *Women's Wear Daily* was de enige uitzondering: die moest midden op haar bureau liggen.

'Ze is er! Andrea, kom hier, ze is op weg naar boven,' hoorde ik Emily sissen. 'Uri belde me net om te zeggen dat hij haar heeft afgezet.'

Ik legde de *WWD* op haar bureau, zette het glas San Pellegrino in de hoek op een servet (welke kant? Ik wist niet meer aan welke kant het moest staan) en vloog het kantoor uit, met nog één laatste blik om me ervan te vergewissen dat alles in orde was. Jeff, een van de modeassistenten die de kledingkasten op orde hield, wierp me een schoenendoos met een elastiek eromheen toe en ging er meteen vandoor. Er zat een paar Jimmy Choo's in met hoge hakken en dunne bandjes van kamelenhaar dat alle kanten op piekte, en gespjes in het midden. Waarschijnlijk kostten ze zo'n achthonderd dollar. Shit! Ik moest ze nog aantrekken. Ik rukte mijn sportschoenen en – inmiddels – zweetsokken uit en gooide ze onder mijn bureau. Rechts ging vrij gemakkelijk, maar ik kreeg de korte nagel van mijn vinger niet onder de gesp van de linkerschoen, totdat... ja! Ik wurmde hem open en stak mijn linkervoet in de schoen. De bandjes sneden in mijn opgezwollen voeten. Nog een paar seconden om de gespjes vast te maken en ik zat weer rechtop, precies op het moment dat Miranda binnenkwam.

Verstijfd. Ik bleef volkomen verstijfd zitten. Mijn hersens werkten nog wel snel genoeg om te begrijpen hoe belachelijk ik eruit moest zien, maar niet zo snel dat ik iets déédd. Ze merkte me onmiddellijk op, waarschijnlijk omdat ze Emily nog aan haar oude bureau had verwacht, en ze kwam naar me toe. Ze leunde over het bureaublad, heel ver naar voren, tot ze me helemaal op mijn bureaustoel kon zien zitten, als verlamd. Haar felblauwe ogen gingen op en neer, heen en weer, over mijn witte buttondown blouse, mijn rode corduroy minirokje van de Gap en mijn zojuist vastgegespte kameelharen Jimmy Choo-schoenen. Ik voelde hoe ze me centimeter voor centimeter bestudeerde, huid en haar en kleding, en hoewel haar ogen heel snel bewogen, bleef haar gezicht uitdrukkingsloos. Ze kwam nog dichterbij, tot haar gezicht op dertig centimeter afstand van het mijne was en ik de verrukkelijke geur van kappersshampoo en duur parfum kon ruiken, zo dichtbij dat ik de heel fijne lijntjes rond haar mond en ogen kon zien, lijntjes die van een comfortabelere afstand niet zichtbaar waren. Maar ik kon niet te lang naar haar gezicht kijken, want ze bekeek het mijne intensief. Niets wees erop dat ze wist dat a) we elkaar al ooit ontmoet hadden, b) ik haar nieuwe assistente was of c) ik Emily niet was.

'Hallo, mevrouw Priestly,' piepte ik impulsief, hoewel ik ergens in mijn achterhoofd wist dat ze nog geen woord had gezegd. Maar de spanning was ondraaglijk en ik kon er niets aan doen, ik ratelde gewoon door. 'Ik vind het zo leuk om voor u te werken. Hartelijk bedankt voor de kans om...' *Hou je mond! Hou verdomme je kop dicht!* Over gebrek aan waardigheid gesproken.

Ze liep weg. Ze had haar inspectie afgerond, zette zich af tegen het bureaublad en liep gewoon weg terwijl ik nog halverwege mijn gestamel was. Ik voelde mijn gezicht gloeien, verbouwereerd, gekwetst en vernederd, allemaal tegelijk, en het werd er niet beter op toen ik Emily's woedende blik voelde. Ik hief mijn gloeiend hete gezicht op om te bevestigen dat Emily inderdaad kwaad naar me zat te kijken.

'Is het prikbord bijgewerkt?' vroeg Miranda aan niemand in het bijzonder toen ze haar kantoor in liep en, zo zag ik tot mijn tevredenheid, rechtstreeks op de lichtbak af ging waar ik haar kranten had gerangschikt.

'Ja, Miranda, hier is het,' zei Emily onderdanig, en ze rende achter haar aan met het bord waar we alle uitgetypte boodschappen voor Miranda ophingen zodra ze binnenkwamen.

Ik keek stilletjes toe hoe Miranda zich doelgericht door haar kantoor bewoog, in de ingelijste foto's aan de muur: als ik naar het glas keek en niet naar de afbeeldingen, kon ik haar daarin weerspiegeld zien. Emily ging meteen druk zitten doen aan haar bureau, en er viel een stilte. Mogen we niet met elkaar of met anderen praten als ze in haar kantoor is? vroeg ik me af. Ik stuurde snel een mailtje naar Emily om het haar te vragen, en ik zag dat ze het binnenkreeg en las. Haar antwoord kwam onmiddellijk: *Inderdaad. Als wij iets tegen elkaar moeten zeggen, dan fluisteren we. Meer niet. Spreek haar nóóit zomaar aan; wacht tot ze jou aanspreekt. En noem haar nóóit mevrouw Priestly! Het is Miranda, begrepen?* Ik kreeg weer het gevoel alsof ze me een klap in mijn gezicht had gegeven, maar ik keek op en knikte. En toen zag ik de jas. Daar lag hij, een enorme berg schitterend bont, helemaal in kreukels op mijn bureau, met één mouw over de rand. Ik keek Emily aan. Ze rolde met haar ogen, zwaaide naar de kast en zei geluidloos: 'Ophangen!' Hij was zo zwaar als een nat donzen dekbed dat rechtstreeks uit de wasmachine komt, en ik moest hem met twee handen van de grond houden, maar ik hing hem behoedzaam aan een van de zijden hangers en deed voorzichtig, zachtjes, de kastdeur dicht.

Ik zat nog niet toen Miranda weer naast me opdook, en deze keer kon ze uitgebreid mijn hele lijf bekijken. Het lijkt misschien onmogelijk, maar ik voelde ieder lichaamsdeel in brand vliegen zodra haar ogen erop gericht werden, en ik bleef stokstijf staan. Ik kreeg het niet voor elkaar om te gaan zitten. Net toen mijn haar op het punt stond vlam te vatten, bereikten die meedogenloze blauwe ogen de mijne.

'Mijn jas, graag,' zei ze zachtjes, terwijl ze me bleef aankijken, en ik vroeg me af of ze wist wie ik was, of het haar was opgevallen dat een betrekkelijk vreemde zich uitgaf voor haar assistente. Ik zag geen spoor van herkenning, ook al was mijn sollicitatiegesprek met haar pas een paar weken geleden.

'Natuurlijk,' wist ik uit te brengen voordat ik weer naar haar kast liep, hetgeen niet meeviel omdat ze er precies vóór stond. Ik deed een stapje opzij om niet tegen haar aan te lopen en probeerde langs haar heen te glippen, mijn arm uitgestrekt naar de deur die ik net dichtgedaan had. Ze ging geen centimeter opzij om me erdoor te laten, en ik voelde dat haar ogen nog steeds hun keurende werk deden. En toen eindelijk, godzijdank, sloten mijn handen zich om het bont en gaf ik haar jas voorzichtig zijn vrijheid terug. Ik had hem het liefst naar haar toe gegooid om te zien of ze hem zou vangen, maar kon me nog net inhouden en hield hem open zoals een echte heer dat voor een dame zou doen. Ze trok de jas met één vloeiend gebaar aan en pakte haar mobiele telefoon, het enige wat ze had meegebracht.

'Ik wil vanavond het Boek, Emily,' zei ze toen ze met geheven hoofd het kantoor uit liep, en waarschijnlijk zag ze niet eens dat de drie vrouwen die op een kluitje voor de deur hadden gestaan onmiddellijk uit elkaar stoven, de kin op de borst.

'Ja, Miranda. Ik laat Andrea het wel brengen.'

Dat was het dan. Ze was weg. Het bezoekje dat het hele kantoor in rep en roer had gebracht en had geleid tot verwoede voorbereidingen, verkleedpartijen en snel aangebrachte make-up had nog geen vier minuten geduurd en – voorzover ik dat als onervaren kracht kon beoordelen – geen enkel doel gehad.

8

'Niet meteen kijken,' zei James, zijn mond onbeweeglijk als die van een buikspreker. 'Ik zie Reese Witherspoon op drie uur.'

Ik draaide me meteen met een ruk om en hij kromp ineen van schaamte. Inderdaad, daar stond ze. Ze nipte aan haar glas champagne en wierp lachend haar hoofd in haar nek. Ik wilde niet onder de indruk zijn, maar ik kon het niet helpen; ze was een van mijn lievelingsactrices.

'James, schat, wat fijn dat je op mijn feestje kon komen,' zei een magere, mooie man die van achteren op ons af was gekomen. 'En wie hebben we hier?' Ze kusten elkaar.

'Marshall Madden, kleurgoeroe, dit is Andrea Sachs. Andrea is...'

'Miranda's nieuwe assistente,' maakte Marshall af. 'Ik heb veel over je gehoord, kleintje. Welkom bij de club. Ik hoop dat je een keer bij me langskomt, want ik beloof je dat we samen, eh... je uiterlijk een beetje kunnen oppeppen.' Hij liet liefdevol zijn hand over mijn schedel glijden en pakte de punten van mijn haar beet, die hij dicht bij mijn hoofdhuid hield. 'Ja, een vleugje honingblond en je bent bijna een topmodel. Vraag mijn nummer maar aan James, lieverd, en kom een keer langs als je tijd hebt. Maar dat is waarschijnlijk gemakkelijker gezegd dan gedaan!' zei hij zangerig, en hij fladderde naar Reese toe.

James zuchtte en keek hem smachtend na. 'Hij is zo goed,' zei hij met een zucht. 'De allerbeste. Het summum. Steekt met kop en schouders boven iedereen uit. En nog een lekker ding ook.' Met kop en schouders? Als ik dat hoorde, zag ik eerder Shaquille O'Neal voor me.

'Inderdaad een lekker ding, dat ben ik met je eens. Ben je wel eens met hem uit geweest of zo?' Het leek me een perfect stel: de beautyassistent van *Runway* met de populairste haarverfspecialist in de vrije wereld.

'Was het maar waar. Hij heeft al jaren dezelfde vriend. Dat is toch niet te geloven? Al vier jaar. Sinds wanneer mogen smakelijke homo's zomaar monogaam zijn? Het is niet eerlijk!'

'Hé, wacht eens even. Sinds wanneer mogen smakelijke hétero's monogaam zijn? Nou ja, tenzij ze monogaam zijn met mij natuurlijk.' Ik nam een lange trek van mijn sigaret en blies een bijna volmaakt kringetje rook uit.

'Geef het nou maar toe, Andy. Zeg dan dat je blij bent dat je toch meegegaan bent. Of is dit soms niet het leukste feestje aller tijden?' zei hij met een brede glimlach.

Ik had uiteindelijk maar besloten om met James mee te gaan, nadat Alex had afgezegd, vooral omdat James zo bleef zeuren. Het leek me volkomen uitgesloten dat er ook maar iets interessants zou gebeuren op een feestje ter ere van een boek over highlights, maar ik moest toegeven dat ik me daarin had vergist. Johnny Depp was James al komen begroeten, en tot mijn stomme verbazing leek hij niet alleen de Engelse taal volledig machtig te zijn, maar had hij ook nog eens een paar leuke grapjes verteld. En het was ontzettend bevredigend om te zien dat Gisele, hét fotomodel van het moment, ronduit klein was. Natuurlijk zou het fijner geweest zijn als ik had ontdekt dat ze ook nog eens aan de mollige kant was geweest, of onder de pukkels zat – die op al die prachtige foto's vakkundig digitaal weggewerkt waren – maar ik was al tevreden met klein. Tot dusverre waren de eerste anderhalf uur niet slecht geweest.

'Dat gaat wel erg ver, geloof ik,' zei ik tegen James, en ik leunde wat meer naar hem toe om Moby beter te kunnen zien, die in een hoekje bij de tafel met boeken stond te pruilen. 'Maar het is niet zo vreselijk als ik had gedacht. Bovendien ben ik na vandaag overal voor in.'

Na het tamelijk abrupte vertrek van Miranda, dat op haar tamelijk abrupte komst was gevolgd, had Emily me medegedeeld dat ik die avond voor het eerst 'het Boek' naar Miranda's appartement zou moeten brengen. 'Het Boek' was een soort ringband zo groot en zo dik als een telefoonboek, met daarin de complete lay-out van het eerstvolgende nummer van *Runway*. Emily had me uitgelegd dat er op kantoor pas echt gewerkt kon worden zodra Miranda vertrokken was, want alle vormgevers en redacteuren overlegden de hele dag met haar en ze veranderde ieder uur van gedachten. Dus zodra Miranda om een uur of vijf vertrok om zich bezig te houden met de tweeling, begon het echte dagelijkse werk pas. De vormgevers maakten een nieuwe lay-out met de nieuwe foto's die binnengekomen waren, en de redactie printte de artikelen uit die eindelijk, eindelijk waren goedgekeurd door Miranda, met een grote, krullende MP die ze over de hele voorpagina krabbelde. Iedere redacteur stuurde alle wijzigingen van die dag naar de assistent-vormgever, die, uren nadat alle anderen vertrokken waren, de plaatjes en teksten met een speciaal apparaatje op de juiste pagina van 'het Boek' plakte. Daarna was het mijn taak om het Boek naar Miranda's appartement te brengen zodra het af was – ergens tussen acht en elf uur 's avonds, afhankelijk van de fase waarin het productieproces zich bevond – waar ze het vervolgens corrigeerde. De volgende dag bracht ze het weer mee en kon de voltallige redactie hetzelfde proces weer opnieuw doorlopen.

Toen Emily me tegen James hoorde zeggen dat ik toch meeging naar het feest, sprong ze er meteen tussen. 'Eh, je weet toch dat je niet naar een feestje kunt voordat het Boek klaar is, hè?'

Ik staarde haar aan. James keek alsof hij haar zou aanvliegen.

'Ja. Ik moet zeggen dat dat een van de taken is waarvan ik blij ben dat jij ze van me overneemt. Het kan soms heel, heel laat worden, maar Miranda moet het Boek iedere avond zien. Ze werkt thuis. Goed, vanavond blijf ik wel hier om je te laten zien hoe het moet. Daarna moet je het zelf doen.'

'Oké, bedankt. Enig idee hoe laat het klaar is?'

'Nee. Dat is iedere avond verschillend. Je kunt het bij de vormgeving vragen.'

Het Boek was uiteindelijk aan de vroege kant af, om half negen, en toen ik het had opgehaald – bij een assistent die er doodmoe uitzag – liep ik met Emily over 59th Street. Emily had een armvol schone kleren van de stomerij bij zich, op hangers en in plastic, en ze legde me uit dat de stomerij altijd gecombineerd werd met het Boek. Miranda bracht haar vuile was mee naar kantoor, en ik was de geluksvogel die de stomerij mocht bellen om door te geven dat er iets opgehaald moest worden. Ze stuurden onmiddellijk iemand naar Elias-Clark om de kledingstukken op te halen, en een dag later werden ze keurig schoon teruggebracht. We hingen ze in de kast tot we ze aan Uri konden overhandigen of zelf konden meenemen naar haar appartement. Mijn werk werd met de minuut ingewikkelder en uitdagender!

'Hé, Rich!' riep Emily quasi-opgewekt naar de pijprokende vervoerscoördinator die ik op mijn eerste dag had leren kennen. 'Dit is Andrea. Zij brengt iedere avond het Boek weg, dus zorg dat ze een goede auto krijgt, oké?'

'Komt voor elkaar, Rooie.' Hij haalde zijn pijp uit zijn mond en wees naar me. 'Ik zal goed voor Blondie zorgen.'

'Fijn. O ja, kun je nog een auto achter ons aan naar Miranda sturen? Andrea en ik moeten allebei ergens anders heen als we het Boek afgegeven hebben.'

Op dat moment stopten er twee enorme limousines voor ons, en de grote, brede chauffeur van de voorste auto stoof naar buiten en hield het achterportier voor ons open. Emily stapte als eerste in, haalde meteen haar mobiele telefoon tevoorschijn en riep naar de chauffeur: 'Het appartement van Miranda Priestly, graag.' Hij knikte, zette de auto in de versnelling en weg waren we.

'Is het altijd dezelfde chauffeur?' vroeg ik, omdat hij kennelijk wist waar hij naartoe moest.

Ze gebaarde me stil te zijn omdat ze een boodschap aan het inspreken was voor haar huisgenote, en zei toen ze daarmee klaar was: 'Nee, maar er is maar een bepaald aantal chauffeurs dat voor ons werkt en ik heb ze allemaal minstens twintig keer gehad, dus ze weten inmiddels de weg wel.' En ze ging weer zitten bellen. Ik keek achter ons en zag hoe de tweede – lege – limousine ons op de voet volgde.

We stopten bij een typisch Fifth Avenue-appartementencomplex met portier: brandschone stoep, keurige balkons en zo te zien een schitterende, warm verlichte lobby. Een man in smoking met een hoed op kwam meteen naar de auto om het portier voor ons open te houden, en Emily stapte uit. Ik vroeg me af waarom we het Boek en de kleding niet gewoon aan hem afgaven. Voorzover ik het had begrepen – maar ik begreep er niet veel van, vooral niet in deze vreemde stad – waren portiers daar toch voor. Ik bedoel, dat was toch hun werk? Maar Emily haalde een sleutelkoord van Louis Vuitton uit haar Gucci-tas en gaf het aan mij.

'Ik wacht hier. Breng haar spullen naar boven, penthouse A. Gewoon de deur opendoen, het boek op de tafel in de hal leggen en de kleren op de haakjes bij de kast hangen. Niet ín de kast, bíj de kast. En dan ga je weer weg. Wat er ook gebeurt, nooit kloppen of aanbellen, ze wil niet gestoord worden. Maak met de sleutel de deur open en doe zachtjes!' Ze gaf me het kluwen kleerhangers in plastic hoezen en klapte haar mobiele telefoon weer open. Oké, dit kan ik. Zoveel ophef voor een boek en een paar broeken?

De man bij de lift lachte vriendelijk naar me en drukte zwijgend op het knopje PH voordat hij een sleuteltje omdraaide. Hij zag eruit als een mishandelde echtgenote, terneergeslagen en triest, alsof hij zich er niet langer tegen kon verzetten en zich maar bij zijn lot had neergelegd.

'Ik wacht hier,' zei hij zachtjes, zijn blik op de grond gericht. 'U bent met een minuutje terug.'

De vloerbedekking in de hal was donkerrood, en ik struikelde bijna toen mijn hakken in de lussen bleven haken. De muren waren behangen met dikke, gebroken witte stof met een piepklein, roomwit lengtestreepje, en er stond een crèmekleurige suède bank tegen de muur. Op de klapdeuren recht voor me stond PH B, maar toen ik mijn hoofd draaide, zag ik precies dezelfde deuren met PH A erop. Het kostte me grote moeite om niet aan te bellen, maar ik dacht aan Emily's waarschuwing en stak de sleutel in het slot. Het klikte meteen open, voordat ik mijn haar goed kon doen of me kon afvragen wat me achter de deur te wachten stond, en ik stapte in een grote, ruime hal waar het verrukkelijk naar lamskoteletjes rook. En daar zat ze. Ze bracht elegant haar vork naar haar mond terwijl twee identieke meisjes met zwart haar over de tafel heen naar elkaar gilden en een lange man met een getekend gezicht, zilverkleurig haar en een brede neus die zijn hele gezicht in beslag nam een krant zat te lezen.

'Mam, zeg eens dat ze niet zomaar mijn spijkerbroek uit mijn kamer mag pakken! Ze wil niet naar me luisteren,' zei de een tegen Miranda, die haar vork neerlegde en een slokje nam van wat San Pellegrino met limoen moest zijn. Het glas stond aan de línkerkant van de tafel.

'Caroline, Cassidy, zo is het genoeg. Ik wil er niets meer over horen. Gabriel, breng nog eens wat muntsaus,' riep ze. Een man van wie ik aannam dat het de kok was haastte zich de eetkamer in met een zilveren juskom op een zilveren dienblad.

En toen besefte ik dat ik daar al bijna dertig seconden stond te kijken hoe ze zaten te eten. Ze hadden me nog niet gezien, maar dat zou vanzelf gebeuren als ik naar de tafel in de hal liep. Ik deed heel zachtjes, maar ik voelde dat ze zich allemaal omdraaiden om naar me te kijken. Net toen ik hen op de een of andere manier wilde begroeten, herinnerde ik me hoe ik mezelf eerder die dag compleet voor schut had gezet met mijn gestamel en gestuntel, en ik hield mijn mond. Tafel, tafel, tafel. Daar! Boek erop leggen. En nu de kleren. Ik keek verwilderd om me heen naar de plek waar ik de kleding van de stomerij zou moeten ophangen, maar ik kon me niet concentreren. Het was doodstil aan tafel en ik voelde hoe ze allemaal naar me keken. Niemand zei hallo. De meisjes leken er niet mee te zitten dat er een volslagen vreemde in hun hal stond. Ik zag eindelijk een kleine klerenkast, verscholen achter de deur, en ik kreeg het voor elkaar om al die verbogen, gladde hangers erin te hangen.

'Niet in de kast, Emily,' hoorde ik Miranda roepen, langzaam en weloverwogen. 'Aan de haakjes die daar speciaal voor dat doel hangen.'

'O, eh... hallo.' Idioot! Hou je mond! Ze verlangt geen antwoord, doe gewoon wat ze zegt. Maar ik kon er niets aan doen. Het was zo stom dat niemand me begroette of zich afvroeg wie ik was, of zelfs maar liet merken zich ervan bewust te zijn dat er iemand in hun appartement was en rondsnuffelde. En 'Emily'? Dat meende ze niet. Was ze blind? Zag ze echt niet dat ik niet degene was die al meer dan een jaar voor haar werkte? 'Ik ben Andrea, Miranda. Je nieuwe assistente.'

Stilte. Allesvullende, ondraaglijke, oneindige, oorverdovende, slopende stilte.

Ik wist dat ik mijn mond moest houden, dat ik mijn eigen graf groef, maar ik kon het niet helpen. 'Eh, sorry voor het misverstand. Ik zal ze aan de haakjes hangen, zoals je net zei, en dan ben ik weg.' Hou je mond! Het interesseert haar geen donder wat je doet, doe het gewoon en maak dat je wegkomt. 'Oké, smakelijk eten nog. Leuk jullie allemaal ontmoet te hebben.' Ik draaide me om en besefte dat het niet alleen belachelijk was dat ik daar stond te praten, maar dat ik ook nog eens idiote dingen uitkraamde. Leuk jullie ontmoet te hebben? Ik was aan niemand voorgesteld.

'Emily!' hoorde ik, net toen ik de deurknop in mijn hand had. 'Emily, laat dit morgenavond niet gebeuren. We zitten hier niet op te wachten.' En de deurknop draaide vanzelf open in mijn hand en ik stond eindelijk op de gang. Het geheel had nog geen minuut geduurd, maar ik had het gevoel alsof ik een olympisch zwembad was overgezwommen zonder één keer boven te komen om adem te halen.

Ik liet me op het bankje vallen en haalde diep adem. Wat een trut! De eerste keer dat ze me Emily noemde, had het nog een vergissing kunnen zijn, maar de tweede keer deed ze het duidelijk expres. Dat is dé manier om iemand te kleineren en zich onbeduidend te laten voelen: expres de verkeerde naam gebruiken nadat je haar volkomen hebt genegeerd in je eigen huis. Ik was toch al het laagste van het laagste binnen de regionen van *Runway* – Emily had geen kans voorbij laten gaan om me daar op te wijzen –, maar moest zij me dat nu ook nog eens inwrijven?

Ik had daar gerust de hele nacht kunnen blijven zitten, in gedachten een machinegeweer afvurend op de deuren van PH A, maar ik hoorde dat iemand zijn keel schraapte, en toen ik opkeek, stond het trieste liftmannetje naar de grond te kijken en geduldig te wachten tot ik mee naar beneden ging.

'Sorry,' zei ik toen ik de lift in schuifelde.

'Geeft niet,' fluisterde hij bijna, terwijl hij de houten vloer bestudeerde. 'Het wordt vanzelf gemakkelijker.'

'Wat? Sorry, ik verstond niet wat...'

'Niets, niets. We zijn er, juffrouw. Nog een prettige avond verder.' De deur ging open en daar was de lobby, waar Emily hard in haar mobiele telefoon stond te tetteren. Ze klikte hem dicht toen ze me zag.

'Hoe ging het? Toch geen problemen?'

Ik overwoog om haar te vertellen wat er was gebeurd en wenste vurig dat ze een begripvolle collega was, dat we een team konden vormen, maar ik wist dat ik op de zoveelste uitbrander zou kunnen rekenen. En daar had ik even geen zin in.

'Het ging prima. Geen enkel probleem. Ze zaten te eten en ik heb alles precies achtergelaten zoals jij zei.'

'Mooi zo. Nou, zo doe je dat dus iedere avond. Daarna neem je een auto naar huis en dan ben je klaar. Veel plezier op het feestje van Marshall. Ik had ook willen gaan, maar ik heb een afspraak om mijn bikinilijn te laten harsen en die kan ik niet verzetten. Ze zitten de komende twee maanden vol, dat geloof je toch niet? En dat midden in de winter. Het zullen wel allemaal mensen zijn die op vakantie gaan. Ja, toch? Ik snap echt niet waarom iedere vrouw in New York nu ineens haar bikinilijn wil laten harsen. Heel vreemd, maar ja, wat doe je eraan?'

Mijn hoofd bonsde door het tempo waarin ze sprak, en het leek wel of het niet uitmaakte wat ik deed of hoe ik reageerde; ik zou hier eeuwig naar haar gebabbel over haar bikinilijn moeten luisteren. Ik had misschien nog liever gehad dat ze tegen me tekeerging omdat ik Miranda's avondeten had verstoord.

'Tja, wat doe je eraan? Nou, ik moest maar eens gaan. Ik heb om negen uur met James afgesproken en het is al tien over. Zie ik je morgen?'

'Ja, tot morgen. O, ja, dat je het even weet: nu jij zo'n beetje ingewerkt bent, kom ik voortaan om acht uur. Jij begint gewoon om zeven uur. Miranda weet ervan. De eerste assistente mag later komen, omdat ze nu eenmaal veel harder werkt.' Ik was haar bijna aangevlogen. 'Werk gewoon het ochtendprogramma af zoals ik je heb geleerd. Bel me maar als je me nodig hebt, maar je zult nu wel weten hoe het werkt. Doei!' Ze sprong in de tweede auto die voor de deur stond te wachten.

'Doei!' riep ik, met een enorme kunstmatige grijns op mijn gezicht. De chauffeur wilde uitstappen om het portier voor me open te houden, maar ik zei dat het niet hoefde en stapte zelf achterin. 'Het Plaza Hotel, alstublieft.'

James stond buiten op de trap op me te wachten, ook al was het steenkoud. Hij had zich thuis omgekleed en zag er heel, heel mager uit in een zwarte suède broek en een wit geribbeld strak truitje, waarin zijn zorgvuldig aangebrachte winterbruin uit een flesje goed uitkwam.

'Hé Andy, is het goed gegaan met het Boek?' We gingen in de rij bij de garderobe staan en ik zag meteen Brad Pitt lopen.

'O god, dat meen je niet. Is Brad Pitt er ook?'

'Ja, Marshall doet natúúrlijk Jennifers haar, dus hij is er ook. Andy, misschien kun je me de volgende keer maar beter gewoon geloven als ik zeg dat je het niet mag missen. Kom, we gaan wat drinken.'

Daarna had ik vlak achter elkaar Reese en Johnny gespot, en tegen één uur, na vier drankjes, stond ik vrolijk te kakelen met de modeassistent van *Vogue*. We spraken over het harsen van de bikinilijn. Vol vuur. En ik vond het niet eens vervelend. Jezus, dacht ik, toen ik door de menigte zigzagde op zoek naar James en in het voorbijgaan

Jennifer Aniston een enorme glimlach schonk, dit feest is helemaal niet verkeerd. Maar ik was aangeschoten, ik moest over minder dan zes uur weer aan het werk en ik was bijna een etmaal niet thuis geweest. Toen ik zag dat James hevig stond te vrijen met een van de haarverfspecialisten uit Marshalls salon, wilde ik er snel vandoor gaan, maar ik voelde een hand op mijn onderrug.

'Hé,' zei een van de knapste mannen die ik ooit had gezien. Ik wachtte tot hij door zou krijgen dat hij de verkeerde voor zich had, dat ik er van achteren kennelijk hetzelfde uitzag als zijn vriendin, maar zijn glimlach werd alleen maar breder. 'Niet erg spraakzaam, hè?'

'O, alsof jij zo welbespraakt bent, met je "hé".' *Andy! Hou toch eens je mond!* hield ik mezelf in stilte voor. Een prachtige man komt zomaar naar je toe op een feest vol beroemdheden en jij wijst hem meteen af? Maar zo te zien was hij niet beledigd, en al leek het onmogelijk, zijn glimlach werd nog breder en groeide uit tot een complete grijns.

'Sorry,' mompelde ik, en ik staarde in mijn bijna lege glas. 'Ik ben Andrea. Zo. Dat lijkt me een beter begin.' Ik stak mijn hand uit en vroeg me af wat hij kwam doen.

'Ik vond het juist wel leuk. Ik ben Christian. Leuk je te ontmoeten, Andrea.' Hij veegde een bruine, krullende lok uit zijn linkeroog en nam een slok uit zijn flesje Budweiser. Hij kwam me vaag bekend voor, maar ik wist niet waarvan.

'Budweiser?' zei ik, en ik wees naar zijn hand. 'Ik had niet gedacht dat ze zoiets ordinairs schonken op een feest als dit.'

Hij lachte; een volle, gulle lach waar ik niet meer dan wat gegrinnik had verwacht. 'Jij zegt wel precies wat je denkt, hè?' Waarschijnlijk keek ik alsof ik door de grond kon gaan, want hij glimlachte weer en zei: 'Nee, dat is juist mooi. Een zeldzame eigenschap, zeker in dit wereldje. Ik vond het echt te ver gaan om met een rietje champagne uit zo'n miniflesje te drinken. Dat vind ik iets verwijfds hebben. Daarom heeft de barkeeper een biertje voor me opgeduikeld, in de keuken van het personeel of zo.' Hij veegde weer een krul weg, die terugviel voor zijn oog zodra zijn hand weg was. Toen haalde hij een pakje sigaretten uit de zak van zijn zwarte colbertje en hield het me voor. Ik nam er een sigaret uit en liet die onmiddellijk vallen, waarna ik de kans aangreep om Christian eens goed te bekijken terwijl ik hem opraapte.

De sigaret lag een paar centimeter van zijn glanzende mocassins met rechte neuzen en onmiskenbare Gucci-kwastjes, en op weg naar boven zag ik dat zijn Diesel-spijkerbroek precies op de goede plekken gebleekt was, en lang, met wijde pijpen die een beetje achter zijn schoenen aan sleepten, waardoor de onderkant rafelig was. Een zwarte riem, waarschijnlijk Gucci maar gelukkig niet als zodanig herkenbaar, hield de broek precies op de goede plek, laag op zijn heupen, en hij had zijn effen witte katoenen T-shirt erin gestopt. Het had gemakkelijk een gewoon Hanes-T-shirt kunnen zijn, maar het was ongetwijfeld van Armani of Hugo Boss, en zijn prachtig gebruinde huid stak er mooi tegen af. Het zwarte colbertje was zo te zien al even duur en goed afgewerkt, misschien zelfs op maat gemaakt. Zijn niet overdreven brede of gespierde lijf was onverklaarbaar sexy, maar zijn groene ogen vroegen de meeste aandacht. Zeeschuim, dacht ik, blauwgroen of groenblauw. Zijn lengte, zijn bouw… Het totaalpakket leek wel een beetje op Alex, maar dan wat verfijnder, wat Europeser. Een beetje cooler, een beetje knapper. En beslist ouder, wel rond de dertig. Waarschijnlijk was het zo'n snel, glad type.

Hij toverde meteen een vuurtje tevoorschijn en leunde naar voren om mijn sigaret goed aan te steken. 'Wat doe jij op een feest als dit, Andrea? Ben je een van die gelukkige dames die altijd bij Marshall Madden terechtkunnen?'

'Nee, ik ben bang van niet. Althans, nog niet, maar hij heeft me er net niet al te subtiel op gewezen dat het hoog tijd wordt,' zei ik lachend, en heel even flitste door me heen dat ik wanhopig graag indruk wilde maken op deze vreemdeling. 'Ik werk bij *Runway* en ik ben hier met een van de andere assistenten.'

'Aha, bij *Runway*. Te gek, als je van SM en dat soort dingen houdt. Vind je het leuk?'

Ik wist niet of hij doelde op SM of mijn baan, maar ik overwoog de mogelijkheid dat hij het begreep, dat hij insider genoeg was om te weten dat het allemaal niet zo leuk was als buitenstaanders dachten. Misschien kon ik een goede beurt maken met het verhaal over mijn nachtmerrie van die avond: het afgeven van het Boek. Nee, ik had geen idee wie deze man was… Voor hetzelfde geld werkte hij zelf bij *Runway*, ergens op een afdeling die ik nog niet had gezien, of misschien voor een van de andere bladen van Elias-Clark. Misschien, heel misschien, was hij wel een van die geniepige verslaggevers van *Page Six* voor wie Emily me zo uitgebreid had gewaarschuwd. 'Ze duiken op uit het niets en proberen je sappige verhalen over Miranda of *Runway* te ontfutselen. Pas daar goed voor op.' En dat in combinatie met onze identiteitskaarten; daar kon de maffia nog wat van leren. De *Runway* Paranoia Ommezwaai had de kop weer opgestoken.

'Ja,' zei ik lachend, zo nonchalant en neutraal mogelijk. 'Het is best een vreemde plek om te werken. Ik ben niet zo'n modemens. Ik zou eigenlijk liever schrijven, maar dit is een begin. En wat doe jij?'

'Ik ben schrijver.'

'O, echt? Goh, wat leuk.' Ik hoopte dat het niet al te aanmatigend klonk, maar het werd zo langzamerhand erg irritant dat iedereen in New York zichzelf schrijver, acteur, dichter of kunstenaar noemde. Ik had vroeger ook in de schoolkrant geschreven. Er was zelfs ooit een verhaal van me in een tijdschrift geplaatst toen ik op de middelbare school zat, maar dat maakte me toch nog geen schrijver? 'Wat schrijf je zoal?'

'Tot nu toe voornamelijk literaire fictie, maar ik werk op dit moment aan mijn eerste historische roman.' Hij nam nog een slok en veegde weer een keer die lastige maar aanbiddelijke lok uit zijn gezicht.

'Eerste historische' impliceerde dat hij andere, niet-historische romans had geschreven. Interessant. 'Waar gaat hij over?'

Hij dacht even na en zei toen: 'Het is een verhaal dat wordt verteld vanuit het perspectief van een fictieve jonge vrouw, over het leven in de Tweede Wereldoorlog. Ik ben nog bezig met de research, interviews uitwerken en dat soort dingen, maar ik ben pas begonnen met schrijven en het gaat aardig. Ik denk...'

Hij praatte door, maar ik luisterde al niet meer. Holy shit. Ik herkende de omschrijving van het boek meteen uit een artikel dat ik pas in *The New Yorker* had gelezen. Zo'n beetje de hele literaire wereld zat ongeduldig te wachten op zijn nieuwe boek en iedereen was lyrisch over het realisme waarmee hij zijn vrouwelijke hoofdpersoon neerzette. Ik stond hier op een feestje nonchalant te babbelen met Christian Collinsworth, het jonge literaire genie dat zijn eerste boek had gepubliceerd op de rijpe leeftijd van twintig jaar, geschreven in een hoekje van de bibliotheek van Yale. De critici waren helemaal uit hun dak gegaan en hadden het een van de grootste literaire prestaties van de twintigste eeuw genoemd, en daarna had hij nog twee boeken geschreven, waarvan het tweede nog langer in de bestsellerlijst had gestaan dan het vorige. Bij het artikel in *The New Yorker* had ook een interview met Christian gestaan, waarin de auteur hem niet alleen 'de grote belofte' in de literaire wereld had genoemd, maar ook 'een ongelooflijk knappe man, bijzonder stijlvol, met een natuurlijke charme, die hem, in het onwaarschijnlijke geval dat zijn literaire succes niet levenslang mocht zijn, in ieder geval levenslang succes bij de vrouwen garandeert'.

'Wauw, fantastisch,' zei ik, plotseling te moe om gevat, grappig of geraffineerd te doen. Deze man was een belangrijk schrijver, wat wilde hij in godsnaam van me? Waarschijnlijk moest hij de tijd zien te doden tot zijn vriendin klaar was met haar modellenwerk van die dag, waar ze tienduizend dollar mee had verdiend. *En wat maakt het eigenlijk uit, Andrea?* vroeg ik mezelf streng. *Voor het geval je het voor het gemak vergeten was: je hebt een ongelooflijk aardige, knappe vriend, die je altijd steunt. Het is genoeg geweest!* Ik verzon snel een reden waarom ik zogenaamd onmiddellijk naar huis moest, en Christian keek me geamuseerd aan.

'Je bent bang voor me,' stelde hij nuchter vast, met een plagerig lachje.

'Bang voor jou? Waarom zou íк in vredesnaam bang voor jóú zijn? Tenzij je me een reden kunt geven...' Ik moest wel terugflirten, hij maakte het me zo gemakkelijk.

Hij pakte me bij mijn elleboog en draaide me om. 'Kom, dan zet ik je in een taxi.' En voordat ik kon weigeren, voordat ik kon zeggen dat ik zelf wel naar huis zou gaan, dat het leuk was hem ontmoet te hebben maar dat hij niet hoefde te denken dat hij met me mee naar huis mocht, stond ik samen met hem op de rode loper op de trappen van het Plaza.

'Een taxi, mensen?' vroeg de portier van het hotel.

'Ja, graag, voor mevrouw.'

'Nee, ik heb een auto... eh, daar,' zei ik, en ik wees op de limousines van Elias-Clark die achter elkaar in 58th Street stonden.

Ik keek niet naar hem, maar ik voelde Christian glimlachen. Die speciale glimlach. Hij liep met me mee naar de auto, deed het portier open en maakte galant een zwierig gebaar naar de achterbank.

'Dank je wel,' zei ik formeel, een beetje stijfjes, en ik stak mijn hand naar hem uit. 'Het was heel leuk je te ontmoeten, Christian.'

'Insgelijks, Andrea.' Hij pakte de hand die ik naar hem had uitgestoken en drukte zijn lippen erop, een fractie van een seconde langer dan nodig was. 'Ik hoop dat we elkaar gauw nog eens zien.' Inmiddels was het me gelukt om op de achterbank te gaan zitten zonder te struikelen of mezelf anderszins voor schut te zetten, en ik concentreerde me erop niet te gaan blozen, maar ik voelde dat het al te laat was. Hij sloeg het portier dicht en keek de auto na.

Deze keer vond ik het niet eens gek dat ik al zes uur lang een auto met chauffeur tot mijn beschikking had, ook al had ik twee maanden eerder nog nooit een limousine van binnen gezien; dat ik zojuist zij aan zij had gestaan met diverse Hollywood-sterren, ook al had ik nooit eerder iemand ontmoet die ook maar een beetje beroemd was; en dat mijn hand was besnuffeld – ja, dat was het, besnuffeld – door onbetwist de meest begeerde literaire vrijgezel van New York City. Nee, dat was allemaal niet belangrijk, hield ik mezelf voor. Het hoort allemaal bij die wereld, en die wereld is niets voor jou. Het lijkt misschien leuk van een afstandje, maar het zou je al snel te veel worden. Toch staarde ik naar mijn hand en probeerde ik me ieder detail te herinneren van de manier waarop hij hem had gekust. Vervolgens graaide ik met diezelfde hand in mijn tas en pakte mijn telefoon. Toen ik het nummer van Alex intoetste, vroeg ik me af wat ik hem zou vertellen, áls ik al iets zou vertellen.

9

Het duurde twaalf weken tot ik me liet overladen met de vrijwel eindeloze voorraad designerkleding die *Runway* me zo graag wilde geven. Twaalf onmogelijk lange weken, met veertienurige werkdagen en nooit meer dan vijf uur slaap per nacht. Twaalf ellendig lange weken waarin ik dag in, dag uit van mijn kapsel tot mijn schoenen kritisch was bekeken en nooit één compliment had gekregen; niemand had me zelfs maar de indruk gegeven dat ik ermee door kon. Twaalf afschuwelijk lange weken waarin ik me dom, incompetent en een enorme idioot had gevoeld. Dus besloot ik mijn vierde maand bij *Runway* (nog maar negen te gaan!) te beginnen met een schone lei én een nieuwe garderobe.

Voordat ik na de twaalfde week het licht zag, was mijn ochtendritueel elke dag een ware uitputtingsslag geweest: opstaan, aankleden en op tijd de deur uit zien te gaan. Zelfs ík moest toegeven dat het gemakkelijker zou zijn om een kast vol 'geschikte' kleding te hebben. Tot dat moment was het uitzoeken van mijn kleding voor die dag namelijk het stressvolste onderdeel van mijn toch al vreselijke ochtenden geweest. De wekker ging zo vroeg dat ik aan niemand wilde vertellen hoe laat ik uit bed moest, alsof alleen de woorden al fysieke pijn veroorzaakten. Om zeven uur beginnen was zo zwaar dat het bijna een grap was. O, ik was heus wel eens eerder in mijn leven om zeven uur op de been geweest – bijvoorbeeld op het vliegveld, als ik heel vroeg op vakantie ging, of om te studeren voor een examen later die dag. Maar de meeste keren dat ik bij het allereerste daglicht buiten was geweest, had ik er een nacht stappen op zitten en stond ik op het punt om naar bed te gaan. 'Zeven uur' klonk lang niet zo erg wanneer je nog een hele dag slaap vóór je had. Dit was anders. Dit was constant, onverminderd, onmenselijk slaapgebrek, en hoe vaak ik ook probeerde om voor middernacht naar bed te gaan, het lukte me nooit. De afgelopen twee weken waren extra zwaar geweest omdat we het lentenummer moesten afronden, dus had ik soms wel tot elf uur 's avonds op kantoor op het Boek moeten wachten. Tegen de tijd dat ik het had afgegeven en naar huis kon was het twaalf uur, en dan moest ik nog iets eten en mijn kleren uittrekken voordat ik in bed plofte.

Het keiharde geruis van mijn wekkerradio – het enige wat ik niet kon negeren – begon om 05.30 uur. Dan stak ik een blote voet onder mijn dekbed uit naar de wekker (die strategisch aan de andere kant van de kamer stond om me te dwingen me in ieder geval te verroeren) en schopte net zo lang tot ik hem raakte en het krijsende geluid ophield. Dat ging zo iedere zeven minuten door, regelmatig en voorspelbaar, tot 06.04 uur, wanneer ik onvermijdelijk in paniek uit bed sprong om te gaan douchen.

Daarna kwam het gevecht met mijn klerenkast, meestal tussen 06.31 en 06.37 uur. Lily, zelf niet bepaald modebewust in haar standaard studentenoutfit van spijkerbroek, vale oude sweater en kettinkje met hennepblad, zei telkens wanneer ze me zag: 'Ik snap nog steeds niet wat jij aantrekt naar je werk. Je werkt nota bene bij *Runway*! Er is niks mis met je kleding, hoor, maar het is niet echt geschikt voor *Runway*.'

Ik zei maar niet dat ik al drie maanden elke dag extra vroeg opstond, vastberaden om mijn voornamelijk van Banana Republic afkomstige garderobe een *Runway*-touch te geven. Iedere ochtend brak ik me bijna een halfuur – met een kop koffie uit de magnetron

– het hoofd over laarzen en riemen, wol en nylon. Ik trok vijf keer een andere panty aan tot ik eindelijk de goede kleur had, om tot de conclusie te komen dat panty's sowieso helemaal fout waren, in welke kleur dan ook. De hakken van mijn schoenen waren altijd te laag, te dik, te breed. Ik kon niets van kasjmier betalen. Ik had nog nooit van strings gehoord (!), dus maakte ik me vreselijk druk over de vraag of je mijn onderbroek kon zien, iets waar in de koffiepauzes volop kritiek op werd geleverd. En hoe vaak ik ze ook paste en probeerde, ik kon mezelf er niet toe zetten naar mijn werk te gaan in een strak, kort topje of een naveltruitje.

Na drie maanden gaf ik me dus gewonnen. Het was gewoon te vermoeiend. Mijn dagelijkse garderobebeproeving had me emotioneel, fysiek en mentaal van al mijn krachten beroofd. En zo kwam het dat ik overstag ging op de dag dat ik precies drie maanden bij *Runway* werkte. Het was een dag als alle andere, en ik stond daar met mijn gele 'I ❤ Providence' in de ene hand terwijl ik met de andere mijn lievelingskleren van Ambercrombie & Fitch bekeek. Waarom zou ik me nog verzetten? Dat ik hun kleding droeg, hoefde toch niet te betekenen dat ik mijn ziel aan hen verkocht, of wel? Bovendien kreeg ik steeds meer en steeds venijniger commentaar op mijn huidige garderobe en begon ik me al af te vragen of mijn baan misschien gevaar liep. Ik keek in de passpiegel en moest lachen: dat meisje in die Maidenform-beha (oei!) en dat katoenen Jockey-slipje (dubbel oei!) probeerde eruit te zien alsof ze bij *Runway* thuishoorde? Ha! Vergeet het maar. Ik werkte verdorie bij een modetijdschrift – het was niet meer genoeg om iets aan te trekken dat niet gescheurd, gerafeld, vies of te klein was. Ik schoof mijn merkloze blouses opzij en pakte de Prada-tweedrok, de zwarte Prada-coltrui en de halfhoge Prada-laarzen die Jeffy me een keer had gegeven toen ik op het Boek wachtte.

'Wat is dit?' had ik gevraagd terwijl ik de zak openritste.

'Dit, Andy, is wat je moet dragen als je niet ontslagen wilt worden.' Hij glimlachte, maar hij keek me niet aan.

'Pardon?'

'Moet je horen, ik vind dat je moet weten dat jouw, eh... *look* niet zo goed valt bij je collega's. Ik weet dat dit spul duur is, maar het kan ook anders. Ik heb zoveel in de Kast liggen dat niemand er iets van merkt als je af en toe iets... leent.' Hij maakte aanhalingstekens in de lucht bij het woord 'leent'. 'En je moet natuurlijk ook alle prmensen bellen voor een kortingskaart van hun ontwerpers. Ik krijg maar dertig procent, maar jij werkt voor Miranda. Het zou me verbazen als je überhaupt iets hoefde te betalen. Er is geen enkele reden om in die, eh, Gap-fase te blijven hangen.'

Ik legde niet uit dat het dragen van Nine West in plaats van Manolo Blahnik, of spijkerbroeken van Macy's jongerenafdeling en niet van Barney's couture-jeansparadijs, mijn manier was geweest om te laten zien dat ik me niet op álle fronten liet inpakken door *Runway*. In plaats daarvan knikte ik maar, en ik zag dat hij het erg vervelend vond om me te moeten vertellen dat ik mezelf iedere dag vernederde. Ik vroeg me af wie hem had gestuurd. Emily? Of Miranda zelf? Het maakte niet uit. Ik had het al drie hele maanden volgehouden; als ik met een coltrui van Prada in plaats van een van Urban Outfitters de volgende negen maanden gemakkelijker zou doorkomen, dan moest dat maar. Ik besloot onmiddellijk een nieuwe garderobe te gaan samenstellen.

Om tien voor zeven stond ik eindelijk buiten, en ik moet zeggen dat ik verdomd tevreden was over mijn voorkomen. De jongen van het ontbijtstalletje op de hoek floot zelfs naar me, en ik had nog geen tien stappen gezet of een vrouw hield me staande en zei dat ze al drie maanden op die laarzen aasde. Zoals inmiddels mijn gewoonte was, liep ik naar de hoek van Third Avenue, hield daar meteen een taxi aan en plofte op de warme achterbank, te moe om blij te zijn dat ik niet tussen de forenzen in de metro hoefde te zitten, en zei schor: 'Madison Avenue 640. Snel alstublieft.' De taxichauffeur keek me aan via de binnenspiegel – met iets van medeleven, ik zweer het je – en zei: 'O ja, Elias-Clark.' We sloegen met piepende banden linksaf 95th Street op, en daarna weer linksaf naar Lexington, zoef-zoef door de stoplichten tot aan 59th Street, waar we linksaf Madison op reden. Na exact zes minuten, omdat er geen verkeer was, stopten we met gierende remmen voor de hoge, smalle, chique monoliet die zo fijn als fysiek voorbeeld diende voor de vele mensen die er werkten. De meter gaf zes dollar veertig aan, net als iedere morgen, en net als iedere morgen gaf ik de chauffeur tien dollar. 'Laat de rest maar zitten,' zei ik luchtig, en zijn schrik en blijdschap bezorgden me net zoveel vreugde als al die andere dagen. '*Runway* betaalt.'

Dat was geen enkel probleem, dat moet gezegd worden. Het had me maar een week gekost om te ontdekken dat kostenbesparing niet echt het sterkste punt was bij Elias. Ze probeerden het niet eens. Het was geen enkel probleem om iedere dag een taxirit van tien dollar te declareren. Bij een ander bedrijf zouden ze zich misschien afvragen waar je het recht vandaan haalde om met een taxi naar je werk te komen, bij Elias-Clark vroegen ze zich af waarom je je verwaardigde een taxi te nemen terwijl het bedrijf ook auto's met chauffeur had. Op de een of andere manier vond ik het een lekker gevoel om Elias iedere dag die tien dollar afhandig te maken, ook al had ik niet de indruk dat er direct iemand onder mijn spilzucht leed. Sommige mensen zouden het misschien passief-agressieve rebellie noemen. Ik noemde het wraak.

Ik stapte uit de taxi, nog steeds blij dat ik iemands dag had goedgemaakt, en liep naar Madison Avenue 640 toe. Alles was er even strak en chic, net als de gebruikers van het pand. Hoewel het 'het Elias-Clark-gebouw' heette, was de helft in gebruik door JS Bergman, een van de meest prestigieuze banken van de stad (uiteraard). We hadden geen gezamenlijke ruimtes, zelfs geen liftschacht, maar dat weerhield hun rijke bankiers en onze beauty's van de beautyafdeling er niet van elkaar uitgebreid te bekijken in de lobby.

'Hé Andy, hoe is het met jou? Dat is lang geleden.' De stem achter me klonk schaapachtig en onwillig, en ik vroeg me af waarom hij me niet met rust liet, wie het ook mocht zijn. Ik was me net mentaal aan het voorbereiden op het ochtendritueel met Eduardo. Toen ik me omdraaide zag ik Benjamin, een van Lily's vele ex-vriendjes, met afhangende schouders naast de ingang zitten – hij leek niet eens te beseffen dat hij op de stoep zat. Hij mocht dan een van de velen zijn, hij was het eerste vriendje geweest om wie Lily echt heel veel had gegeven. Ik had Benji (hij vond het verschrikkelijk als je hem zo noemde) niet meer gesproken sinds Lily hem had betrapt met twee meisjes uit haar a-capellakoor. Ze was zijn flatje vlak bij de campus binnengekomen en daar lag hij, languit op de grond in de huiskamer, waar hij de pornoster speelde met een sopraan en een alt, twee timide meisjes die Lily daarna nooit meer hadden durven aankijken. Ik had nog geprobeerd haar ervan te overtuigen dat het een geintje moest zijn geweest, maar daar wilde ze niets van horen. Ze had dagen gehuild en me laten beloven het aan niemand te vertellen. Maar dat was niet nodig geweest, hij deed het zelf wel: hij pochte tegen iedereen die het wilde horen dat hij 'twee koortrutjes had geschept terwijl de derde toekeek'. Hij wist het zó te brengen dat het leek alsof Lily al die tijd op de bank had zitten toekijken hoe haar grote, sterke man de macho uithing. Lily had gezworen nooit meer verliefd te worden, en het zag ernaar uit dat ze zich aan die belofte hield. Ze ging met een hoop mannen naar bed, maar ze mochten nooit zo lang blijven dat Lily het risico liep iets leuks of aardigs aan hen te ontdekken.

Ik keek nog eens naar hem en probeerde iets van de oude Benji in zijn gezicht te ontdekken. Hij was atletisch en knap geweest. Gewoon een normale jongen, maar daar had Bergman weinig van overgelaten. Hij had een veel te groot, verkreukeld pak aan en rookte zijn Marlboro alsof hij hoopte dat er cocaïne uit zou komen. Het was zeven uur 's morgens en hij zag er al overwerkt uit. Ik voelde me meteen een stuk beter. Omdat hij Lily zo schandalig had behandeld en omdat ik blijkbaar niet de enige was die zichzelf op zo'n belachelijk tijdstip naar zijn werk sleepte. Waarschijnlijk kreeg hij er 150.000 dollar per jaar voor om zich zo ellendig te voelen, maar vooruit, ik stond in ieder geval niet alleen.

Benjamin begroette me met zijn brandende sigaret, die spookachtig gloeide in de nog donkere winterochtend, en wenkte me. Ik was bang om te laat te komen, maar Eduardo keek me aan met een 'wees maar niet bang, ze is er nog niet'-blik en ik liep naar Benjamin toe. Hij had een wazige, hopeloze blik in zijn ogen. Waarschijnlijk dacht hij dat zijn baas een tiran was. Ha ha, hij moest eens weten! Ik lachte bijna hardop.

'Het is me opgevallen dat jij de enige bent die 's morgens al zo vroeg hier is,' mompelde hij, terwijl ik in mijn tas naar lippenstift graaide voor in de lift. 'Hoe komt dat?'

Hij was groot en blond en zag er zo moe uit, zo verslagen, dat ik iets van medelijden en sympathie voelde. Maar toen voelde ik dat mijn eigen benen het bijna begaven van uitputting en herinnerde ik me het gezicht dat Lily had getrokken toen een van Benji's domme hockeyvriendjes had gevraagd of ze genoeg had gehad aan toekijken en of ze niet liever had meegedaan, en al mijn zelfbeheersing verdween.

'Hoe dat komt? Ik werk voor een veeleisend mens dat van me verlangt dat ik hier tweeënhalf uur eerder ben dan de rest van het bedrijf, zodat ik op alles voorbereid ben,' zei ik kwaad en sarcastisch.

'Ho ho, ik vraag het maar. Sorry, dat klinkt vervelend. Voor wie werk je?'

'Miranda Priestly,' zei ik, en ik hoopte dat het hem niets zou zeggen. De gedachte dat een goedopgeleide, succesvolle bankier geen idee had wie Miranda was maakte me op de een of andere manier heel, heel gelukkig. Bijna lyrisch. En hij stelde me niet teleur. Hij haalde zijn schouders op, nam nog een trek van zijn sigaret en keek me verwachtingsvol aan.

'De hoofdredacteur van *Runway*.' Ik dempte mijn stem en begon opgewekt: 'Het is zo'n beetje de grootste bitch die ik ooit heb gekend. Zo iemand heb ik nog nooit meegemaakt, ze is niet eens ménselijk.' Ik had nog graag een hele litanie klachten op Benjamin afgevuurd, maar de *Runway* Paranoia Ommezwaai sloeg in volle hevigheid toe. Ik werd meteen nerveus, bijna paranoïde, en was ervan overtuigd dat deze onwetende, niet-geïnteresseerde persoon een van de knechtjes van Miranda was, op me af gestuurd door *The Observer* of *Page Six*. Ik wist dat het onzin was, volkomen belachelijk. Ik kende Benjamin al jaren en ik wist vrijwel zeker dat hij niet voor Miranda werkte. Maar niet helemáál zeker. Hoe kon je zoiets echt zeker weten? Wie weet wie er op dat moment achter me stond en al mijn hatelijke opmerkingen kon horen. Ik moest onmiddellijk de schade zien te beperken.

'Maar ze is natuurlijk wel de meest invloedrijke vrouw in de mode- én de uitgeverswereld, en je bereikt nu eenmaal niet de top van twee belangrijke bedrijfstakken als je de hele dag snoepjes loopt uit te delen. Het is dus begrijpelijk dat ze soms niet de gemakkelijkste is om voor te werken. Dat zou ik ook niet zijn. Ja, eh... ik moet nu gaan. Leuk om je weer eens gezien te hebben.' En ik stoof weg, zoals ik de afgelopen dagen steeds had gedaan wanneer ik met iemand anders dan Lily, Alex of mijn ouders had gepraat en het niet had kunnen laten dat kreng af te branden.

'Het kan altijd erger,' riep hij me na toen ik naar de lift liep. 'Ik ben hier al sinds donderdagochtend.' En met die woorden gooide hij zijn smeulende peuk op de grond en trapte hem met weinig overgave uit op het beton.

'Goedemorgen, Eduardo,' zei ik, en ik wierp hem mijn beste vermoeide, trieste blik toe. 'Maandag, wat een rotdag.'

'Kop op. Je bent vandaag in ieder geval vroeger dan zij,' zei hij met een glimlach. Hij doelde op die ellendige dagen waarop Miranda om vijf uur 's morgens op kantoor kwam en naar boven begeleid moest worden, omdat ze weigerde een identiteitskaart te dragen. Op die ochtenden ijsbeerde ze door haar kantoor en belde ze Emily en mij net zo lang tot een van ons opstond en zich naar kantoor haastte alsof er een nationale ramp was gebeurd.

Ik duwde tegen het hekje en bad in stilte dat deze maandag de uitzondering zou zijn, dat hij me zonder zang of dans zou laten doorlopen. Niet, dus.

Met een brede grijns en zijn Spaanse accent zong hij *Wannabe*. En alle plezier van de fooi voor de taxichauffeur en het feit dat ik eerder was dan Miranda verdween. Daar stond ik weer, zoals iedere morgen, en ik had zin om over het hekje te klimmen en het vel van zijn gezicht te rukken. Maar omdat ik zo sportief was en omdat hij een van mijn weinige vrienden op het werk was, ging ik zwakjes overstag. Ik murmelde gedwee *Wannabe* mee, in een armzalig eerbetoon aan de jaren-negentighit van de Spice Girls. En ook vandaag drukte Eduardo grinnikend op de knop om het hekje te openen.

'Hé, denk erom: 16 juli!' riep hij me na.

'Ik weet het, 16 juli...' riep ik terug, een verwijzing naar onze gezamenlijke verjaardag. Ik weet niet meer hoe of waarom hij achter mijn geboortedatum was gekomen, maar hij vond het geweldig dat we op dezelfde dag jarig waren. En om de een of andere onverklaarbare reden was het onderdeel van ons ochtendritueel geworden. Iedere godvergeten dag opnieuw.

Er waren acht liften aan de kant van Elias-Clark, de helft voor de eerste negen verdiepingen en de helft voor de tiende en hoger. Alleen de eerste liften waren echt van belang, want de meeste grote namen zaten op de eerste negen verdiepingen; ze verkondigden hun aanwezigheid met verlichte panelen boven de liftdeuren. Op de eerste verdieping was een gratis ultramodern fitnesscentrum voor het personeel, compleet met een cardiocircuit en minstens honderd Stairmasters, loopbanden en crosstrainers. Bij de kleedkamers waren sauna's en stoomcabines en er liepen schoonmaaksters rond met schortjes voor. Bij de bijbehorende schoonheidssalon kon je terecht voor een dringende manicure, pedicure of gezichtsbehandeling. Er werden zelfs gratis handdoeken verstrekt, had ik gehoord – ik had er niet alleen geen tijd voor, het was er tussen zes uur 's morgens en tien uur 's avonds ook nog eens te druk om er zelfs maar rond te lopen. Schrijvers, redacteuren en assistenten reserveerden hun yoga- en kickbokslessen al drie dagen van tevoren, en dan nog waren ze hun plekje kwijt als ze niet een kwartier voor het begin van de les aanwezig waren. Zoals bijna alles bij Elias-Clark wat bedoeld was om het leven van het personeel te veraangenamen, bezorgde het mij alleen maar de zenuwen.

Ik had geruchten gehoord dat er in de kelder een crèche was, maar ik kende niemand die kinderen had, dus ik wist nog steeds niet zeker of het waar was. De echte actie begon op de tweede verdieping, bij de Dining Room, waar Miranda weigerde te eten omdat ze niet tussen de loonslaven wilde zitten, tenzij ze lunchte met Irv Ravitz, de president-directeur van Elias, die er juist graag at om te laten zien dat hij één was met zijn personeel.

Omhoog, omhoog, omhoog gingen we, langs al die beroemde namen. De meeste tijdschriften moesten hun verdieping delen, zodat er aan weerskanten van de receptie één zat, elk achter zijn eigen glazen deuren. Ik stapte uit op de zeventiende verdieping en keek even in de glazen deur naar mijn kont, want in een vlaag van medeleven en fantastisch inzicht had de architect geen spiegels aangebracht in de liften op Madison Avenue 640.

Ik had zoals gewoonlijk mijn elektronische identiteitskaart niet bij me – dat ding dat onze gangen, al onze aankopen en absenties naging – en moest inbreken op de verdieping. De receptioniste kwam pas om negen uur, dus ik kroop onder haar bureau, drukte op de knop om de glazen deuren te openen en sprintte naar het midden van de ruimte om de deuren open te rukken voordat ze weer in het slot zouden vallen. Soms moest ik het drie keer proberen voordat het eindelijk lukte, maar vandaag was het bij de tweede poging al raak.

Het was altijd donker als ik aankwam, en ik nam iedere ochtend dezelfde route naar mijn bureau. Als ik binnenkwam was links de advertentieafdeling, waar de meisjes werkten die het nog belangrijker vonden dan alle anderen om in T-shirtjes van Chole en op superhoge laarzen van Jimmy Choo rond te lopen en visitekaartjes uit te delen waar met koeienletters *Runway* op stond. Ze waren volledig afgesloten van alles, maar dan ook alles wat er aan de redactionele kant van de verdieping gebeurde: de redactie koos de kleding uit voor modereportages, legde de goede schrijvers in de watten, zocht de juiste accessoires bij de kleding, selecteerde fotomodellen, bewerkte kopij, verzorgde de lay-out en huurde fotografen in. De redactie reisde de hele wereld rond voor fotosessies, kreeg cadeaus en kortingen bij alle ontwerpers, jaagde op trends en ging naar feestjes bij Pastis en Float 'om te kijken wat de mensen dragen'.

De advertentieafdeling mocht alleen maar proberen adverteerders te strikken. Soms werden er wel promotiefeestjes gegeven, maar daar kwamen geen beroemdheden op af en dus was er niets aan voor de hippe New Yorkers (althans, dat had Emily spottend gezegd). Op de dag dat er zo'n feestje werd gegeven stond mijn telefoon roodgloeiend en vroegen mensen die ik amper kende om een uitnodiging. 'Eh... ik heb gehoord dat er vanavond een feest is bij *Runway*. Waarom ben ik niet uitgenodigd?' Ik hoorde altijd van buitenstaanders dat er die avond een feest was: de redactie werd nooit uitgenodigd, omdat er toch niemand zou gaan. Alsof de meiden bij

Runway er niet genoeg aan hadden om iedereen die niet bij hun eliteclubje hoorde belachelijk te maken, te terroriseren en buiten te sluiten, moesten ze dus ook nog interne klassenverschillen creëren.

De advertentieafdeling kwam uit op een lange, smalle gang waar geen einde aan leek te komen. Aan de linkerkant was een keukentje met een assortiment koffie en thee en een koelkast om je van huis meegebrachte lunch te bewaren – allemaal overbodig, aangezien Starbucks het koffiemonopolie voor het personeel had en elke maaltijd zorgvuldig werd geselecteerd in het bedrijfsrestaurant of werd bezorgd door een van de duizenden afhaalrestaurantjes in de omgeving. Maar het had wel iets schattigs, alsof ze wilden zeggen: *Hé, kijk ons eens, we hebben Lipton-thee en zoetjes, en zelfs een magnetron voor mensen die een prakje van gisteren willen opwarmen! We zijn net een gewoon bedrijf!*

Om vijf over zeven was ik eindelijk bij Miranda's enclave, bijna te moe om de ene voet voor de andere te zetten. Maar ook hier had ik een routineklus te klaren die ik nooit in twijfel trok of veranderde, dus begon ik er in alle ernst aan. Ik maakte de deur van haar kantoor open en deed alle lichten aan. Het was nog donker buiten, en ik vond het altijd heerlijk theatraal om daar in het onverlichte kantoor van die machtige vrouw naar het knipperende, rusteloze New York te kijken en te doen alsof ik een rol speelde in een film (kies maar uit, als het er maar een is waarin geliefden elkaar omhelzen op het uitgestrekte terras van zijn appartement van zes miljoen dollar, met uitzicht op de rivier). Ik had het gevoel alsof de wereld aan mijn voeten lag. En dan gingen de felle lichten aan en was mijn fantasie verdwenen. Het alles-is-mogelijkgevoel van New York in de vroege ochtend maakte plaats voor de identieke, grijnzende gezichten van Caroline en Cassidy.

Daarna maakte ik de kast in ons kantoor open, de kast waar ik haar jas altijd ophing (en de mijne op dagen dat ze geen bont droeg – Miranda wilde niet dat de gewone stofjes van Emily en mij naast haar vossenbont hingen) en waar van alles bewaard werd: afgedankte jassen en kleding ter waarde van duizenden dollars, kleren die door de stomerij waren bezorgd en die nog naar Miranda's appartement moesten en minstens tweehonderd van die beruchte witte Hermès-sjaals. Ik had gehoord dat men bij Hermès had besloten te stoppen met de productie van haar model sjaal: eenvoudig en elegant, vierkant, van witte zijde. Iemand bij het bedrijf had zich geroepen gevoeld Miranda te bellen om het haar te vertellen en zowaar zijn excuses aan te bieden. Het zal niemand verbazen dat ze koeltjes haar teleurstelling had geuit en prompt de volledige resterende voorraad had opgekocht. Een paar jaar voordat ik bij Elias kwam werken waren er een stuk of vijfhonderd van die sjaals op kantoor bezorgd, en daar was nu minder dan de helft van over. Miranda liet ze overal liggen: in restaurants, bioscopen, bij modeshows, vergaderingen en in taxi's. Ze liet ze achter in vliegtuigen, bij haar dochters op school en op de tennisbaan. Natuurlijk was er altijd één stijlvol in haar kleding verwerkt – ik had haar buiten haar eigen huis nog nooit zonder Hermès-sjaal gezien – maar dat verklaarde nog niet waar ze allemaal bleven. Dacht ze dat het zakdoeken waren? Of maakte ze haar aantekeningen liever op zijde dan op papier? Hoe dan ook, ze verkeerde kennelijk in de veronderstelling dat het wegwerpsjaals waren, en niemand van ons durfde te zeggen dat dat niet het geval was. Ze hadden Elias-Clark een paar honderd dollar *per stuk* gekost, maar dat deed er kennelijk niet toe: we deelden ze aan haar uit als papieren zakdoekjes. Als het zo doorging, zou Miranda binnen twee jaar door de voorraad heen zijn.

Ik zette de stijve oranje dozen op de klaar-om-uit-te-delenplank in de kast, waar ze nooit lang bleven staan. Om de drie of vier dagen zei ze vlak voor de lunch met een zucht: 'Ahn-dre-ah, geef me eens een sjaal.' Ik troostte mezelf met de gedachte dat ik allang weg zou zijn tegen de tijd dat ze er helemaal doorheen was. De pechvogel die op dat moment voor haar werkte zou haar moeten vertellen dat er geen witte Hermès-sjaals meer waren en dat ze niet konden worden gemaakt, verscheept, ontworpen, verstuurd, besteld of geëist. De gedachte alleen al was angstaanjagend.

Toen ik bij de kast stond, belde Uri.

'Andrea? Hallo, hallo, met Uri. Kun je alsjeblieft naar beneden komen? Ik sta op 58th Street, aan de kant van Park Avenue, pal voor de New York Sports Club. Ik heb spullen voor je.'

Dat telefoontje was een goede, maar niet helemaal volmaakte manier om me te laten weten dat Miranda binnen afzienbare tijd zou arriveren. Meestal stuurde ze Uri 's morgens vooruit met haar spullen: een assortiment vuile kleding die naar de stomerij moest, kopij die ze thuis had gelezen, tijdschriften, schoenen of tassen die gerepareerd moesten worden en het Boek. Ze liet mij naar de auto lopen om al die onaangename spullen vast naar boven te slepen voordat ze zelf naar kantoor kwam. Meestal volgde ze zelf een halfuur na haar spullen, want zodra Uri alles had afgegeven haalde hij haar op op de plek waar ze zich die ochtend bevond.

Dat kon overal zijn, aangezien ze volgens Emily nooit sliep. Dat geloofde ik eerst niet, tot het moment dat ik eerder moest beginnen dan Emily en ik als eerste de voicemail beluisterde. Miranda liet dagelijks, zonder uitzondering, tussen één uur 's nachts en zes uur 's morgens acht tot tien onduidelijke berichten voor ons achter. Instructies als: 'Cassidy wil zo'n nylon tas die nu alle kinderen van tien hebben. Bestel er een voor haar, middelgroot, in een kleur die ze mooi vindt.' Of: 'Ik moet het adres en telefoonnummer hebben van de antiekwinkel ergens tussen 70th en 80th Street waar ik die oude ladekast heb gezien.' Alsof wij wisten wat voor nylon tassen in waren bij meisjes van tien of in welke van de vierhonderd antiekwinkels in de buurt die ze had genoemd – en was het oost of west? – zij ergens in de afgelopen vijftien jaar toevallig iets had gezien wat haar aanstond. Maar ik luisterde iedere ochtend trouw naar de boodschappen en krabbelde ze op papier, waarbij ik ze steeds opnieuw afspeelde, haar accent probeerde te verstaan en de vage aanwijzingen ontrafelde om haar toch vooral niet rechtstreeks om meer informatie te hoeven vragen.

Eén keer had ik de fout gemaakt om dat voor te stellen, waarna Emily me vernietigend had aangekeken. Miranda vragen stellen was kennelijk uit den boze. Je kon maar beter aanmodderen en afwachten hoe ver je ernaast zat met het resultaat. Om de ladekast te vinden waarop Miranda haar oog had laten vallen had ik tweeënhalve dag in een limousine door Manhattan gereden – op kosten van Elias-Clark – en aan beide kanten van het park de straten tussen 70th en 80th Street afgeschuimd. Ik sloeg York Avenue over (te veel woonhuizen, te weinig winkels) en zigzagde over First, Second, Third en Lexington Avenue. Park Avenue sloeg ik weer over (zelfde reden) en na Madison herhaalde ik het hele proces aan de westelijke kant. Pen in de aanslag, ogen wijdopen, telefoonboek opengeslagen op schoot, klaar om uit de auto te springen bij de eerste aanblik van een winkel met antiek. Ik vereerde iedere antiekzaak – en heel wat gewone meubelwinkels – met een persoonlijk bezoek. Bij de vierde winkel had ik het helemaal onder de knie.

'Hallo, verkoopt u ook oude ladekasten?' gilde ik zo'n beetje zodra ze de deur voor me opengedaan hadden. Vanaf de zesde zaak nam ik niet eens meer de moeite om verder te lopen dan de drempel. Ik werd zonder uitzondering van top tot teen opgenomen door een hooghartige verkoper – zelfs hier ontkwam ik er niet aan! – die inschatte of ik wel de moeite waard was. De meesten zagen dan de wachtende limousine staan en antwoordden met lichte tegenzin met ja of nee, hoewel sommigen een uitgebreide beschrijving vroegen van de kast die ik zocht.

Als ze toegaven iets te verkopen wat ook maar enigszins in de categorie 'ladekast' viel, stelde ik onmiddellijk mijn tweede vraag: 'Is Miranda Priestly hier pasgeleden geweest?' Als ze nog niet dachten dat ik gek was, kwam op dat moment het punt waarop ze het liefst de beveiliging hadden gebeld. Een paar verkopers hadden nog nooit van haar gehoord, en dat was fantastisch. Niet alleen omdat het erg verfrissend was om met eigen ogen te zien dat er nog normaal functionerende mensen waren die hun leven niet door haar lieten domineren, maar ook omdat ik onmiddellijk zonder verdere discussie kon vertrekken. De zielige meerderheid die haar naam wél kende, werd meteen nieuwsgierig. Sommige verkopers vroegen bij welk roddelblad ik werkte. Maar wat voor verhaaltje ik ook verzon, niemand had haar in zijn of haar winkel gezien (met uitzondering van drie zaken waar men 'mevrouw Priestly al maanden niet meer gezien' had, maar 'o, we missen haar zo! Doet u haar alstublieft de groeten van Franck, Charlotte/Sarabeth!').

Toen ik de derde dag om twaalf uur 's middags de juiste winkel nog niet had gevonden, gaf Emily me eindelijk groen licht om naar kantoor te komen en Miranda om opheldering te vragen. Ik begon al te zweten toen de auto voor de deur stopte. Ik dreigde Eduardo over het hekje te klimmen als hij me niet liet doorlopen zonder 'optreden', en tegen de tijd dat ik op onze verdieping aankwam, sijpelde het zweet door mijn kleren heen. Mijn handen begonnen te trillen zodra ik het kantoor binnenliep, en het goed voorbereide gesprekje (*Hallo, Miranda. Ja hoor, prima, leuk dat je het vraagt. En met jou? Luister eens, ik heb ontzettend hard mijn best gedaan om de antiekwinkel te vinden die je had beschreven, maar zonder succes. Kun je me misschien vertellen of hij aan de oost- of westkant van Manhattan is? Of weet je misschien zelfs de naam?*) dat ik al tien keer had geoefend verdween ergens in de grillige regionen van mijn nerveuze hoofd. Geheel tegen het protocol hing ik mijn vraag niet op het prikbord, maar vroeg ik toestemming om naar haar bureau te lopen, en – waarschijnlijk van de schrik omdat ik ongevraagd tegen haar sprak – die gaf ze nog ook. Om een lang verhaal kort te maken: Miranda zuchtte en deed beledigend en neerbuigend zoals ze dat zo fantastisch kon, maar uiteindelijk sloeg ze haar zwartleren Hermès-agenda open (dichtgebonden met een witte Hermès-sjaal, handig en toch chic) en haalde er... een visitekaartje van de antiekwinkel uit.

'Ik heb deze informatie voor je ingesproken, Ahn-dre-ah. Het was natuurlijk te veel moeite om het even op te schrijven?' En ook al werd ik tot in het diepst van mijn ziel vervuld van het sterke verlangen om haar gezicht decoratief te bewerken met het scherpe randje van voornoemd visitekaartje, ik knikte alleen maar instemmend. Later keek ik op het kaartje en zag ik het adres: East 68th Street 244. Natuurlijk. Het maakte geen donder uit of het oost of west of First of Madison Avenue was, want de winkel waar ik drieëndertig werkuren naar had gezocht zat helemaal niet tussen 70th en 80th Street.

Daar dacht ik aan toen ik Miranda's laatste nachtelijke verzoek noteerde en naar beneden holde om Uri op de afgesproken plek te treffen. Hij beschreef iedere morgen uitgebreid waar hij stond, zodat ik in theorie zonder veel moeite naar de auto toe kon lopen. Maar iedere ochtend, hoe snel ik ook beneden was, had hij zelf alles al naar binnen gebracht, zodat ik niet op straat naar hem hoefde te zoeken. Tot mijn grote vreugde was vandaag geen uitzondering: hij stond tegen een draaihekje in de lobby geleund, met zijn armen vol tassen, kleding en boeken, als een goedmoedige, gulle grootvader.

'Je hoeft niet te rennen, meisje,' zei hij met zijn zware Russische accent. 'De hele dag maar rennen, rennen, rennen. Ze laat je zo hard werken. Daarom breng ik de spullen naar je toe.' Hij hielp me met de uitpuilende tassen en dozen en zei: 'Braaf zijn vandaag, en nog een fijne dag verder.'

Ik keek hem dankbaar aan, wierp Eduardo slechts half voor de grap een vernietigende blik toe – mijn manier om te zeggen: 'Ik maak je af als je het waagt een liedje of dansje van me te vragen' – en trok meteen een beetje bij toen hij me zonder commentaar doorliet. Wonder boven wonder dacht ik eraan om bij de kiosk in de lobby langs te gaan, waar Achmed, de eigenaar, alle ochtendkranten voor Miranda in mijn armen opstapelde. Hoewel de postkamer ze dagelijks om negen uur op Miranda's bureau legde, moest ik toch iedere ochtend een complete tweede stapel kopen om het risico dat ze één seconde zonder kranten zou zitten te beperken. Hetzelfde gold voor de weekbladen. Het kon blijkbaar niemand wat schelen dat we elke dag negen kranten en iedere week zeven tijdschriften declareerden voor iemand die alleen de roddel- en moderubrieken las.

Ik dumpte al haar spullen op de grond onder mijn bureau. Tijd voor de eerste bestelronde. Ik toetste uit mijn hoofd het nummer in van Mangia, een eersteklas afhaalrestaurant midden in Manhattan, en zoals altijd nam Jorge op.

'Hallo knapperd, met mij,' zei ik, met de telefoon tegen mijn schouder geklemd zodat ik kon inloggen bij Hotmail. 'Daar gaan we weer.' Jorge en ik waren vrienden. Heel gek, maar als je elkaar drie, vier of vijf keer op een ochtend spreekt, krijg je vrij snel een band.

'Hé scheetje, ik stuur meteen iemand. Is ze er al?' vroeg hij. Hij wist dat 'ze' mijn gestoorde baas was en dat ze bij *Runway* werkte, maar hij begreep niet helemaal voor wie het ontbijt was dat ik zojuist had besteld. Jorge was een van mijn ochtendmannen, zoals ik ze altijd noemde. Eduardo, Uri, Jorge en Achmed zorgden ervoor dat mijn dag nog een beetje redelijk begon. Ze hadden heerlijk weinig te maken met *Runway*, ook al speelden ze maar één rol in mijn leven: ze moesten me helpen het leven van de hoofdredacteur nóg aangenamer te maken. Ze begrepen geen van allen hoeveel macht en prestige Miranda had.

Ontbijt nummer één zou binnen een paar seconden onderweg zijn naar Madison Avenue 640, en de kans was groot dat ik het zou moeten weggooien. Miranda at 's morgens vier plakken vette, druipende bacon, twee worstjes en een koffiebroodje met roomkaas, weggespoeld met koffie verkeerd van Starbucks (twee klontjes rietsuiker!). Ik geloof dat de ene helft van het kantoor dacht dat ze permanent het Atkins-dieet volgde en de andere helft ervan overtuigd was dat ze gewoon een bovenmenselijke spijsvertering had, dankzij haar fantastische genen. Maar hoe het ook in elkaar zat, ze vond het de normaalste zaak van de wereld om baggervet, walgelijk ongezond eten naar binnen te werken – al was dezelfde luxe 'haar meisjes' niet bepaald gegund. Aangezien haar eten nooit langer dan tien minuten na bezorging warm bleef, bleef ik maar bestellen en weggooien tot ze er was. Ik kon het hele zaakje één keer opwarmen in de magnetron, maar dat scheelde me misschien vijf minuten en meestal proefde ze het meteen. ('Ahn-dre-ah, dit is smerig. Bestel onmiddellijk een vers ontbijt voor me.') Dus bestelde ik het ongeveer iedere twintig minuten opnieuw, totdat ze me mobiel belde met de opdracht haar ontbijt te bestellen. ('Ahn-dre-ah, ik ben er bijna. Bestel mijn ontbijt.') Natuurlijk kwam die waarschuwing meestal slechts een of twee minuten voor haar aankomst, dus bestelde ik het al eerder, ook omdat ze vaak genoeg helemaal niet belde. Als ik mijn werk had gedaan, waren er al twee of drie ontbijtjes bezorgd voordat ze belde.

De telefoon ging. Dat moest zij zijn; zo vroeg belde er niemand anders.

'Met het kantoor van Miranda Priestly,' zei ik opgewekt, en ik zette me schrap voor haar kille woorden.

'Emily, ik ben er over tien minuten en dan wil ik dat mijn ontbijt klaarstaat.'

Ze noemde Emily en mij allebei 'Emily' omdat ze, min of meer terecht, vond dat we niet van elkaar te onderscheiden en onderling volledig inwisselbaar waren. Ergens in mijn achterhoofd vond ik dat wel een belediging, maar ik was er inmiddels aan gewend. Bovendien was ik te moe om me druk te maken om zoiets onbenulligs als mijn naam.

'Jazeker Miranda, het komt eraan.' Maar ze had al opgehangen. De echte Emily kwam binnen.

'Is ze er al?' fluisterde ze, en ze keek zoals altijd steels naar Miranda's kantoor zonder hallo of goedemorgen te zeggen, precies zoals haar mentor.

'Nee, maar ze heeft net gebeld dat ze over tien minuten komt. Ik ben zo terug.'

Ik stopte snel mijn mobiele telefoon en sigaretten in mijn jaszak en begon te hollen. Ik had tien minuten om naar beneden te gaan, Madison over te steken en voor te dringen bij Starbucks – en intussen mijn innig gekoesterde eerste sigaret van de dag te roken. Voor de deur van het Starbucks-filiaal op 57th Street, bij Fifth Avenue, trapte ik mijn peuk uit en bekeek de rij. Als er minder dan acht mensen stonden, wachtte ik liever gewoon. Maar vandaag stonden er, zoals bijna iedere dag, minstens twintig arme kantoorslaven lusteloos te wachten op hun dure shot cafeïne, dus moest ik voordringen. Ik deed het niet graag, maar Miranda wilde maar niet begrijpen dat de koffie verkeerd die ik haar iedere ochtend voorzette niet alleen níét bezorgd kon worden, maar dat het op piekuren ook best eens een halfuur kon kosten om hem te halen. Na een paar weken haar schelle, kwade stem te hebben aangehoord op mijn mobieltje ('Ahn-dre-ah, ik begrijp het gewoonweg niet. Ik heb je ruim vijfentwintig minuten geleden gebeld dat ik onderweg was en mijn ontbijt staat nog niet klaar. Dit is onaanvaardbaar.') was ik naar de bedrijfsleidster gegaan.

'Eh, hallo. Fijn dat u even tijd voor me hebt,' had ik tegen de frêle zwarte vrouw gezegd. 'Ik weet dat het volkomen belachelijk klinkt, maar ik vroeg me af of we niet konden regelen dat ik niet in de rij hoef te staan.' Ik begon uit te leggen, zo goed en zo kwaad als het ging, dat ik voor een belangrijke, onredelijke vrouw werkte die 's ochtends niet op haar koffie wenste te wachten, en ik vroeg of ik niet even vóór mocht gaan, onopvallend uiteraard, zodat iemand me meteen mijn bestelling kon meegeven. Ik had ongelooflijk veel geluk: Marion, de bedrijfsleidster, bleek een avondopleiding aan de modeacademie te volgen.

'O mijn god, meen je dat nou? Werk je echt voor Miranda Priestly? En drinkt ze koffie verkeerd van ons? Met rietsuiker? Iedere ochtend? Ongelooflijk! O, ja, ja natuurlijk mag dat! Ik zal tegen de anderen zeggen dat ze je meteen moeten helpen. Maak je maar geen zorgen. Ze is de machtigste vrouw in de modewereld,' ratelde Marion, en ik dwong mezelf om enthousiast te knikken.

En zo kwam het dat ik desgewenst een lange rij vermoeide, agressieve, zelfingenomen New Yorkers achter me liet en mijn bestelling eerder plaatste dan degenen die daar al minutenlang stonden te wachten. Op zulke momenten voelde ik me niet belangrijk of zelfs maar cool; ik zag er altijd tegen op. Wanneer de rij zo afschuwelijk lang was als vandaag – langs de hele toonbank, helemaal tot buiten – voelde ik me nog schuldiger en wist ik dat het een flinke bestelling zou worden. Op dat punt bonsde mijn hoofd en voelden mijn ogen al zwaar en droog aan. Ik probeerde te vergeten dat dit mijn leven was, dat ik hiervoor jarenlang gedichten uit mijn hoofd had geleerd en proza had geanalyseerd, dat dit het resultaat was van mijn goede cijfers en een hoop geslijm. Ik bestelde Miranda's koffie verkeerd bij een van de nieuwe medewerkers en nam er het een en ander voor mezelf bij. Een grote amaretto-cappuccino, een mokkafrappuccino en een gewone koffie met karamelsmaak belandden in mijn houdertje, samen met een stuk of vijf muffins en croissants. Het totaal kwam op 28,83 dollar, en ik stopte het bonnetje zorgvuldig in het toch al uitpuilende, speciaal daarvoor gereserveerde vak van mijn portemonnee. Alles werd terugbetaald door het immer betrouwbare Elias-Clark.

Ik moest nu opschieten, want Miranda had al twaalf minuten geleden gebeld en ik wist dat ze zich waarschijnlijk ziedend zat af te vragen waar ik toch iedere morgen naartoe ging – het logo van Starbucks op haar koffiebeker bracht haar nooit op een idee. Maar voordat ik alles van de toonbank kon pakken, ging mijn telefoon. Zoals gewoonlijk sloeg mijn hart over. Ik wist dat zij het was, honderd procent zeker, maar toch schrok ik me iedere keer rot. De naam op het schermpje bevestigde mijn vermoeden, maar tot mijn verbazing kreeg ik Emily aan de lijn, die met Miranda's telefoon belde.

'Ze is hier en ze is pissig,' fluisterde Emily. 'Je moet meteen komen.'

'Ik doe mijn uiterste best,' zei ik nors, terwijl ik probeerde met de ene hand de houder met koffie en de zak muffins en croissants vast te houden en met de andere mijn telefoon.

Daar lag de basis van de haat en nijd tussen Emily en mij. Omdat zij tegenwoordig 'eerste' assistente was, was ik zo'n beetje Miranda's persoonlijke assistente en moest ik koffie en eten halen, de kinderen helpen met hun huiswerk en de hele stad door rennen om de juiste schotels voor haar etentjes te halen. Emily regelde de onkostenvergoeding, boekte haar reizen en – het zwaarste werk van allemaal – bestelde om de paar maanden haar kleding voor privé-gebruik. Dus wanneer ik iedere morgen koffie aan het halen was, bleef Emily alleen achter met de rinkelende telefoons en een zeer alerte, veeleisende Miranda. Ik kon het niet uitstaan dat zij truitjes zonder mouwen aan kon naar haar werk omdat ze niet zes keer per dag ons lekker warme kantoor uit hoefde om heel New York door te racen en van alles te zoeken, halen en brengen. En zij kon het niet uitstaan dat ik altijd wel een reden had om de deur uit te gaan, want ze wist dat ik telkens wat extra tijd nam om te bellen en te roken.

De terugweg vanaf Starbucks duurde meestal langer dan de heenweg, omdat ik mijn koffie, muffins en croissants moest uitdelen. Ik gaf ze het liefst aan de daklozen, een vast clubje dat meestal op de stoep zat en in de portieken van 57th Street sliep, ondanks de pogingen van de gemeente om de boel 'op te ruimen'. De politie joeg ze altijd weg voordat het spitsuur losbarstte, maar tijdens mijn eerste koffieronde hingen ze er nog wel rond. Het had iets geweldigs – zelfs verkwikkends – om ervoor te zorgen dat die peperdure, door Elias-Clark gesponsorde koffie terechtkwam bij de meest ongewenste inwoners van de hele stad.

De man met de urinevlekken die voor de deur van Banana Republic sliep kreeg iedere ochtend de mokka-frappuccino. Hij werd er nooit voor wakker, maar ik zette de beker (met rietje, uiteraard) altijd bij zijn elleboog, en meestal was hij weg – net als de man zelf – wanneer ik een paar uur later terugkwam voor de volgende koffieronde.

De oude dame die altijd op haar karretje leunde en een kartonnen bordje bij zich had waarop stond: 'Geen huis / kan schoonmaken / heb honger' kreeg de gewone koffie met karamelsmaak. Ik was er al snel achter gekomen dat ze Theresa heette, en in het begin nam ik altijd koffie verkeerd voor haar, net als voor Miranda. Ze bedankte me netjes, maar ze dronk nooit van haar koffie. Toen ik haar na een hele tijd vroeg of ik misschien beter niets meer kon brengen, schudde ze haar hoofd en mompelde ze dat ze niet kieskeurig wilde zijn, maar dat ze liever iets zoeters had, dat de koffie te sterk was. De volgende dag had ik koffie verkeerd met vanillesmaak en slagroom voor haar meegenomen. Was dat beter? O, ja, een stuk beter, maar nu was hij misschien een tikkeltje te zoet. De volgende dag was het eindelijk goed: Theresa had het liefst gewone koffie met slagroom en een beetje karamelsiroop. Ze schonk me een vrijwel tandeloze glimlach en begon voortaan iedere dag meteen te drinken zodra ik haar de koffie overhandigde.

De derde koffie ging naar Rio, de Nigeriaan die op een deken cd's stond te verkopen voor Trump Tower. Hij zag er niet uit alsof hij dakloos was, maar toen ik op een ochtend Theresa haar dagelijkse dosis cafeïne gaf, kwam hij naar me toe en zei – of eigenlijk zóng – hij: 'Yo, yo, yo, het lijkt hier wel iedere dag feest. Krijg ik niks?' Ik had hem de volgende dag een grote amaretto-cappuccino gebracht, en sindsdien waren we dikke vrienden.

Zo besteedde ik iedere dag vierentwintig dollar aan overbodige koffie (Miranda's koffie verkeerd kostte slechts vier dollar) en haalde ik op mijn manier weer passief-agressief uit naar Elias, als een soort persoonlijke straf voor het feit dat ze Miranda Priestly haar gang lieten gaan. Ik deelde de koffie uit aan smerige, stinkende en gestoorde types omdat Elias-Clark dat pas écht erg zou vinden – veel erger dan de geldverspilling.

Toen ik terugkwam in de lobby stond Pedro, de Mexicaanse bezorger van Mangia met het Spaanse accent, bij de liften in het Spaans met Eduardo te kletsen.

'Ha, daar hebben we ons meisje,' zei Pedro, en er keken een paar kantoorklerken onze kant uit. 'De vaste bestelling: bacon, worstjes en een of ander ongezond ding met roomkaas. Je hebt vandaag maar één keer besteld! Ik begrijp niet hoe jij zo slank kunt blijven als je die troep eet.' Hij grinnikte. Ik bedwong de neiging om te zeggen dat hij geen idee had wat slank was. Pedro wist verdomd goed dat ik zijn ontbijtjes niet zelf opat, maar net als de andere mensen die ik vóór acht uur 's morgens sprak wist hij niet precies hoe het dan wel zat. Ik gaf hem, zoals iedere dag, tien dollar voor het ontbijt van 3,99 en ging naar boven.

Ze was aan het telefoneren toen ik haar kantoor binnenkwam, en haar slangenleren Gucci-jas was over mijn bureau gedrapeerd. Mijn bloeddruk vertienvoudigde. Zou ze er nou echt van doodgaan als ze twee stappen extra naar de kast liep, hem opendeed en haar eigen jas ophing? Waarom moest ze hem zo nodig op mijn bureau smijten? Ik zette de koffie verkeerd neer en keek naar Emily, maar die had het te druk met het beantwoorden van drie telefoons tegelijk. Ik hing het slangenleren geval op, trok mijn eigen jas uit en bukte om hem onder mijn bureau te gooien, aangezien hij in de kast de hare maar zou besmetten.

Ik pakte twee klontjes rietsuiker, een roerstaafje en een servet uit het voorraadje in mijn bureau en vouwde het geheel in een papiertje. Even dacht ik erover om in haar koffie te spugen, maar ik hield me in. Ik haalde een porseleinen bord uit het kastje boven mijn bureau en kieperde het vette vlees en het kleverige koffiebroodje erop, waarna ik mijn handen afveegde aan Miranda's kleren voor de stomerij die onder mijn bureau lagen, zodat ze niet zou zien dat ze nog niet opgehaald waren. Theoretisch gezien moest ik het bord iedere dag afwassen in ons minikeukentje, maar ik kon mezelf er niet toe zetten. Ik vond het zo vernederend om haar afwas te doen waar iedereen bij was dat ik het bord gewoon iedere morgen schoonveegde met een paar tissues en de aangekoekte roomkaas of bacon er met mijn nagels vanaf pulkte. Als het erg vies was of al te lang had gestaan, maakte ik een fles San Pellegrino open – waar we hele kratten van hadden staan – en goot ik er een beetje overheen. Ik was er vrij zeker van dat ik hiermee een nieuw moreel dieptepunt had bereikt, en het meest verontrustende vond ik nog wel dat het er zo vanzelfsprekend ingeslopen was.

'Denk erom, mijn meisjes moeten lachen,' zei ze in de telefoon. Ik hoorde aan haar stem dat ze Lucia van de modeafdeling aan de lijn had, die de komende fotosessie in Brazilië leidde. Het gesprek ging over de fotomodellen. 'Vrolijk, een brede glimlach, frisse, gezonde meiden. Geen sombere blikken, geen boze gezichten, geen donkere make-up. Ze moeten stralen. Ik meen het, Lucia. Met minder neem ik geen genoegen.'

Ik zette het bord op de hoek van haar bureau en de koffie ernaast, met alle benodigdheden erbij. Ze keek niet naar me. Ik wachtte even af of ze me een stapel papieren zou geven om te faxen of op te bergen in het dossier, maar ze negeerde me en ik liep weg. Half negen. Ik was nu drie volle uren wakker, maar ik had het gevoel dat ik al twaalf uur aan het werk was, en voor het eerst die ochtend kon ik even gaan zitten. Ik klikte Hotmail aan in de hoop dat er een paar leuke mailtjes zouden zijn van mensen van buitenaf, maar ze kwam haar kantoor uit gelopen. Het tweedjasje met ceintuur snoerde haar toch al supersmalle taille nog verder in en stond mooi bij de perfect passende kokerrok die ze eronder droeg. Ze zag er schitterend uit.

'Ahn-dre-ah, deze koffie is koud. Ik begrijp niet waarom, want je bent lang genoeg weggebleven! Breng een nieuwe.'

Ik haalde diep adem en deed mijn uiterste best om de haat die ik voelde niet op mijn gezicht te laten verschijnen. Miranda zette de gewraakte koffie op mijn bureau en bladerde in de nieuwe *Vanity Fair* die iemand van het personeel voor haar op tafel had gelegd. Ik voelde Emily naar me kijken en wist dat ze dat deed met een mengeling van medeleven en kwaadheid: ze vond het vervelend voor me dat ik die ellendige tocht opnieuw moest afleggen, maar ze was kwaad omdat ik het waagde me daar druk om te maken. Er waren immers miljoenen meisjes die een moord zouden doen voor mijn baan.

Dus met een hoorbare zucht – iets wat ik de laatste tijd vervolmaakt had: niet zo zacht dat Miranda het niet kon horen, maar ook niet zo hard dat ze me erop kon aanspreken – trok ik mijn jas weer aan en dwong mijn benen om me naar de liften te brengen. Dit werd een lange, lange dag.

De tweede koffieronde in twintig minuten verliep soepeler. De rij bij Starbucks was niet meer zo lang en Marion stond achter de toonbank. Ze begon zelf koffie verkeerd klaar te maken zodra ik binnenkwam. Ik gaf deze keer geen bakken met geld uit aan een grotere bestelling, want ik wilde veel te graag terug – eindelijk zitten. Ik nam wel twee middelgrote cappuccino's mee voor Emily en mij. Toen ik de koffie afrekende, ging mijn telefoon. Godverdomme, dat mens was echt onmogelijk. Onverzadigbaar, ontevreden en onmogelijk. Ik was nog geen vier minuten weg, ze kon nu toch nog niet uit haar dak gaan? Weer hield ik de houder met één hand vast om met de andere mijn telefoon uit mijn zak te halen. Ik had al besloten dat zulk gedrag van haar kant me het recht op een sigaret gaf – al was het maar om haar een paar minuten langer op haar koffie te laten wachten – toen ik zag dat het Lily was, die vanaf thuis belde.

'Hoi. Komt het ongelegen?' vroeg ze. Ze klonk opgewonden. Ik keek op mijn horloge en zag dat ze op de universiteit hoorde te zijn.

'Eh... een beetje. Ik ben voor de tweede keer koffie aan het halen, heel fijn. Ik heb het geweldig naar mijn zin, mocht je je dat afvragen. Wat is er? Heb jij geen college?'

'Ja, maar ik ben gisteravond weer op stap geweest met Roze Overhemd en we hebben allebei een beetje te veel margarita's gedronken. Een stuk of acht te veel. Hij ligt hier nog voor pampus, dus ik kan niet weg. Maar daar bel ik niet voor.'

'Ja?' Ik luisterde maar half, want een van de cappuccino's begon te lekken en ik had de telefoon tussen mijn kin en schouder geklemd terwijl ik met mijn vrije hand probeerde een sigaret uit het pakje te halen en op te steken.

'Mijn huisbaas had het lef om vanmorgen om acht uur op mijn deur te bonzen en me te vertellen dat ik uit mijn flat word gezet,' zei ze tamelijk opgewekt.

'Uit je flat gezet? Lily, hoezo? Wat ga je nu doen?'

'Blijkbaar zijn ze er eindelijk achter gekomen dat ik Sandra Gers niet ben en dat ze hier al een halfjaar niet meer woont. En omdat ze officieel geen familie van me is, had ze haar flat niet aan mij mogen doorverhuren. Dat wist ik natuurlijk ook wel, dus heb ik me steeds voor haar uitgegeven. Maar goed, dat doet er allemaal niet toe, want nu kunnen wij gaan samenwonen! Jij hebt toch een opzegtermijn van een maand bij Shanti en Kendra? Je woont daar omdat je niks anders kon vinden, toch?'

'Ja...'

'Nou dan! We kunnen samen ergens anders gaan wonen, waar we maar willen!'

'Geweldig.' Ik vond het zelf ook erg mat klinken, ook al vond ik het wel degelijk geweldig.

'Nou, vind je het wat?' vroeg ze. Haar enthousiasme was een beetje getemperd.

'Absoluut, Lil. Echt waar, het is een superidee. Ik wil niet negatief overkomen, maar het regent en sneeuwt tegelijk en ik sta buiten met gloeiend hete koffie die over mijn linkerarm sijpelt...' Piep-piep. Wisselgesprek. Ik brandde bijna een gat in mijn hals met het uiteinde van de sigaret toen ik de telefoon bij mijn oor vandaan hield, maar ik kon nog net zien dat het Emily was die belde.

'Shit Lil, dat is Miranda. Ik moet ophangen. Maar gefeliciteerd dat je uit je flat wordt gezet! We gaan lekker samenwonen. Ik bel je straks, oké?'

'Oké, dan neem ik contact...'

Ik had haar al weggedrukt en bereidde me mentaal voor op het spervuur.

'Weer met mij,' zei Emily kortaf. 'Waar blijf je, verdomme? Jezus, je hoeft alleen maar koffie te halen! Vergeet niet dat ik jouw werk ook heb gedaan en ik weet dat het heus niet...'

'Wat?' riep ik hard, met twee vingers op het microfoontje in de hoorn. 'Wat zeg je? Ik hoor je niet! Als je mij wel hoort: Ik bel je zo terug.' En ik klapte mijn telefoon dicht en stopte hem diep in mijn zak. En hoewel mijn Marlboro nog niet half opgerookt was, gooide ik hem op de stoep en rende ik terug.

Miranda verwaardigde zich om de iets warmere koffie te aanvaarden en gunde ons tussen tien en elf zowaar een beetje rust terwijl ze in haar kantoor, met de deur dicht, als een kersvers bruidje tegen B-DES zat te kirren. Ik had hem een week eerder officieel ontmoet, toen ik op woensdagavond om een uur of negen het Boek ging afgeven. Hij had net zijn jas uit de kast in de hal gepakt en sprak tien minuten lang in de derde persoon over zichzelf. Sinds die ontmoeting had hij me extra veel aandacht gegeven en altijd een paar minuten de tijd genomen om te informeren of ik een fijne dag had of me te complimenteren met mijn werk. Vanzelfsprekend liet zijn vrouw zich niet door zijn vriendelijkheid inspireren, maar híj was in ieder geval aardig tegen me.

Net toen ik een paar pr-mensen wilde gaan bellen om fatsoenlijke werkkleding voor mezelf te regelen, werd ik opgeschrikt door de stem van Miranda. 'Emily, bestel mijn lunch.' Ze riep het vanuit haar kantoor, tegen niemand in het bijzonder, want 'Emily' kon voor ons allebei bedoeld zijn. De echte Emily keek me aan en knikte, en ik wist dat ik aan de slag mocht. Het nummer van Smith and Wollensky was voorgeprogrammeerd in de telefoon op mijn bureau en ik herkende de stem die opnam meteen: het nieuwe meisje.

'Hoi Kim, met Andrea, de assistente van Miranda Priestly. Is Sebastian er ook?'

'O, hallo, eh... wat was je naam, zei je?' Het maakte niet uit dat ik twee keer per week op exact dezelfde tijd belde en me al aan haar had voorgesteld, ze deed altijd alsof we elkaar nog nooit hadden gesproken.

'Ik bel namens Miranda Priestly, van *Runway*. Ik wil niet vervelend doen,' – of eigenlijk wel – 'maar ik heb een beetje haast. Mag ik Sebastian alsjeblieft even?' Als er iemand anders had opgenomen, had ik gewoon de vaste bestelling voor Miranda kunnen vragen, maar aangezien dit kind te dom was, vroeg ik voortaan naar de bedrijfsleider.

'Eh, oké, even kijken of hij tijd heeft.' Geloof me maar, Kim, hij heeft tijd. Hij lééft voor Miranda Priestly.

'Andy, liefje, hoe gaat het?' hijgde Sebastian in de telefoon. 'Ik hoop dat je belt omdat onze lieve moderedacteur graag haar lunch wil bestellen.'

Ik vroeg me af hoe hij zou reageren als ik voor één keer zou zeggen dat ik iets wilde bestellen voor mezelf. Ik bedoel, dit was niet bepaald een zaak waar ze eten thuisbezorgden, maar voor de koningin in hoogsteigen persoon maakten ze graag een uitzondering.

'Ja, inderdaad. Ze zei net nog dat ze zo'n zin had in jullie verrukkelijke eten en ik moest je de hartelijke groeten doen.' Zelfs onder bedreiging van dood of verminking zou Miranda de naam niet hebben kunnen noemen van het restaurant dat een paar keer per week haar lunch verzorgde, laat staan de naam van de bedrijfsleider, maar hij reageerde altijd zo blij wanneer ik dit soort dingen zei. Vandaag was hij zo gelukkig dat hij begon te giechelen.

'Top! O, dat is helemaal top! Ik zal ervoor zorgen dat het klaarstaat,' riep hij met hernieuwd enthousiasme. 'Ik kan niet wachten! En de hartelijke groeten terug, uiteraard!'

'Natuurlijk. Tot zo.' Het was dodelijk vermoeiend om zijn ego zo te moeten strelen, maar hij maakte mijn werk zoveel gemakkelijker dat ik het er wel voor overhad. Op dagen dat Miranda niet buiten de deur lunchte serveerde ik haar aan haar bureau dezelfde maaltijd, die ze op haar gemak achter gesloten deuren verorberde. Ik had speciaal voor dat doel een stapeltje porseleinen borden in het kastje boven mijn bureau staan. De meeste daarvan waren gestuurd door ontwerpers van wie de nieuwe 'servieslijn' pas verschenen was, maar er waren ook borden bij die ik rechtstreeks bij de Dining Room had meegenomen. Het zou te lastig worden om ook juskommen, steakmessen en linnen servetten op voorraad te hebben, dus die leverde Sebastian altijd bij het eten.

Ik trok voor de zoveelste keer mijn zwarte wollen jas aan, propte mijn sigaretten en telefoon in mijn zak en ging naar buiten, waar het februariweer alleen maar grijzer leek te worden. Hoewel het maar een kwartiertje lopen was naar het restaurant in 49th Street, vlak bij Third Avenue, overwoog ik even om een taxi te nemen, maar ik bedacht me toen ik de frisse lucht in mijn longen voelde. Ik stak een sigaret op, inhaleerde en blies een grote wolk uit – ik wist niet of het rook, koude lucht of ergernis was, maar het voelde verdomd goed.

Ik had intussen geleerd om de gapende toeristen te vermijden. En vroeger keek ik altijd vol afkeer naar mensen die op straat liepen te bellen, maar sinds ik zulk hectisch werk had, deed ik het zelf ook. Ik haalde mijn telefoon uit mijn zak en belde de school van Alex, die, als mijn slechte geheugen me niet in de steek liet, nu waarschijnlijk zat te eten in de lerarenkamer.

De telefoon ging twee keer over voordat een vrouw met een hoge, schelle stem opnam. 'Hallo, met mevrouw Whitmore. Kan ik u helpen?'

'Is Alex Fineman daar?'

'Pardon, met wie spreek ik?'

'Met Andrea Sachs, de vriendin van Alex.'

'O, Andrea! We hebben zoveel over je gehoord.' Ze slikte haar woorden half in, zo erg dat ik bang was dat ze erin zou stikken.

'O, ja? Goh, dat is... leuk. Ik heb natuurlijk ook veel over u gehoord. Alex is heel enthousiast over iedereen op school.'

'Wat aardig van hem. Maar even serieus, Andrea. Volgens mij heb je een fantastische baan! Het lijkt me zo interessant om voor een vrouw met zoveel talent te werken. Jij boft maar.'

Inderdaad, mevrouw Whitmore, ik bof maar. U hebt er geen idee van hoe blij ik was toen ik gisteren tampons mocht gaan kopen voor mijn bazin en bij terugkomst te horen kreeg dat ik de verkeerde had gekozen en dat ik nooit iets goed kan doen. En het is inderdaad boffen dat ik iedere ochtend vóór acht uur de kleding van een ander, vol vetvlekken en etensresten, mag sorteren voor de stomerij. En wacht even! Ik zou het allerfijnste bijna vergeten: ik mag al drie weken met fokkers uit de wijde omtrek bespreken wat de ideale cockerspaniël is voor twee ongelooflijk verwende, onaardige kinderen. Ja, ik bof maar!

'O ja, het is een buitenkans,' zei ik op de automatische piloot. 'Een baan waar miljoenen meisjes een moord voor zouden doen.'

'Zeg dat wel, kindje! Hé, kijk nou eens, Alex komt net binnen. Hier komt hij.'

'Hoi Andy, hoe is het? Heb je een zware dag?'

'Dat wil je niet weten. Ik ben nu onderweg om haar lunch te halen. Hoe is jouw dag?'

'Goed, tot nu toe. Mijn klas heeft na de pauze muziekles, dus ben ik lekker anderhalf uur vrij. En we gaan meer luisteroefeningen doen!' zei hij een tikkeltje verslagen. 'Terwijl ik de indruk heb dat ze nooit fatsoenlijk leren lezen.'

'Is er vandaag niemand met een mes bewerkt?'

'Nee.'

'Nou, wat wil je nog meer? Dit is een relatief pijnloze dag zonder bloedvergieten. Geniet er maar van en laat dat luistergedoe tot morgen wachten. Ik heb nieuws: Lily belde vanmorgen; ze wordt uit haar flatje in Harlem gezet en we gaan samenwonen. Lachen, hè?'

'Hé, wat leuk! Dat komt goed uit. Jullie krijgen het vast heel leuk samen. Hoewel, het is best een angstaanjagend idee, constant in één huis met Lily... en haar vriendjes. Beloof je dat je vaak bij mij langskomt?'

'Natuurlijk. Maar je voelt je vast snel thuis, want het is natuurlijk net of je weer in een studentenhuis woont.'

'Jammer dat ze die goedkope flat kwijtraakt, maar verder is het goed nieuws.'

'Ja, ik zie het helemaal zitten. Shanti en Kendra zijn best aardig, maar ik heb het een beetje gehad om met wildvreemden in één huis te wonen.' En ik was de currylucht die in al mijn kleren en spullen was getrokken ook beu, ook al was ik nog zo dol op Indiaas eten. 'Ik wil met Lily afspreken om vanavond ergens iets te gaan drinken om het te vieren. Heb je zin om mee te gaan? Dan spreken we af in de East Village, als dat niet te ver voor je is.'

'Nee, prima, lijkt me leuk. Ik ga vanavond eerst naar Larchmont om op Joey te passen, maar ik ben om een uur of acht wel terug. Dan ben jij nog niet eens klaar met werken, dus ga ik eerst naar Max en dan zie ik je daarna. Trouwens, heeft Lily op het moment een vriendje? Max heeft wel zin in een...'

'Waarin?' zei ik lachend. 'Nou, zeg het dan! Denk je soms dat mijn vriendin een hoer is? Ze heeft gewoon erg vrije opvattingen. En of ze een vriendje heeft? Wat is dat nou voor vraag? Er is vannacht iemand bij haar blijven slapen die ze Roze Overhemd noemt. Zijn echte naam weet ik niet.'

'Ja, oké. De zoemer gaat. Bel je me als je het Boek afgegeven hebt?'

'Goed, doe ik. Dag.'

Ik wilde de telefoon net wegstoppen toen hij weer ging. Het nummer kwam me niet bekend voor en ik nam op uit pure opluchting dat het Miranda of Emily niet was.

'Met het kan... Hallo?' Ik nam de laatste tijd automatisch mijn eigen telefoon, ook thuis, op met de woorden 'met het kantoor van Miranda Priestly'; ontzettend gênant wanneer het iemand anders was dan mijn ouders of Lily. Daar moest ik echt aan gaan werken.

'Spreek ik met de mooie Andrea Sachs die ik per ongeluk de stuipen op het lijf heb gejaagd op het feest van Marshall?' vroeg een enigszins hese en erg sexy stem. Christian! Ik was bijna opgelucht geweest toen ik hem nergens meer had gezien nadat hij mijn hand met zijn lippen had gemasseerd, maar nu kwam onmiddellijk de behoefte terug om indruk op hem te maken met mijn geestige, charmante opmerkingen. Ik nam me snel voor een beetje afstandelijk te doen.

'Inderdaad. Mag ik vragen met wie ik spreek? Er zijn zoveel mannen die me die avond om uiteenlopende redenen de stuipen op het lijf hebben gejaagd.' Oké, dat ging goed. Diep inademen, rustig blijven.

'Ik wist niet dat ik zoveel concurrentie had,' zei hij zonder haperen. 'Maar het zou me natuurlijk niet moeten verbazen. Hoe is het met je, Andrea?'

'Prima. Uitstekend, zelfs,' loog ik snel, met in mijn achterhoofd een artikel in de *Cosmo* waarin dringend werd aangeraden om het 'licht, luchtig en opgewekt' te houden wanneer je met een nieuwe man praatte, want de meeste 'normale' mannen hielden niet van verbeten cynisme. 'Op het werk gaat het prima. Ik ben dol op mijn baan! Het is de laatste tijd erg interessant, ik leer een heleboel en er gebeurt van alles. Ja, echt heel leuk. En met jou?' *Praat niet te veel over jezelf, domineer het gesprek niet, zorg ervoor dat hij zich zó op zijn gemak voelt dat hij over zijn absolute lievelingsonderwerp durft te praten: zichzelf!*

'Wat kun jij goed liegen, Andrea. De ongeoefende luisteraar zou je bijna geloven, maar je weet wat ze zeggen, hè? Wie zelf de boel belazert, laat zich niet zo gemakkelijk belazeren. Maar wees maar niet bang, ik zal het deze keer door de vingers zien.' Ik deed mijn mond open om de beschuldiging te ontkennen, maar ik begon te lachen. Een opmerkzaam type.

'Ik val meteen met de deur in huis, want ik sta op het punt om het vliegtuig naar Washington te nemen en ze zijn hier niet blij dat ik al bellend door de metaaldetector loop. Heb je zaterdagavond iets te doen?'

Daar had ik zo'n hekel aan, aan die formulering: eerst vragen of je iets te doen had en dan pas zeggen wat ze zelf in gedachten hadden. Wilde zijn buurmeisje stage lopen bij *Runway* en moest ik haar cv doorgeven? Had hij iemand nodig om zijn hond uit te laten wanneer hij weer een acht uur durend interview gaf aan de *New York Times*? Ik vroeg me af hoe ik zo neutraal mogelijk kon antwoorden, maar hij zei: 'Ik heb voor zaterdagavond gereserveerd bij Babbo. Negen uur. Er komt een groepje vrienden van me, voornamelijk redacteuren en andere interessante figuren. Een vrouw van *The Buzz* en een paar mensen van *The New Yorker*. Leuk clubje. Heb je zin om mee te gaan?' Precies op dat moment raasde er een ambulance voorbij, met gillende sirenes en zwaailicht, in een vruchteloze poging om door het hopeloos vastgelopen verkeer heen te komen. Zoals gewoonlijk deden de automobilisten alsof ze de ambulance niet zagen en moest hij net als iedereen voor het rode stoplicht wachten.

Had Christian me nou zojuist mee uit gevraagd? Ja, ik geloof dat dat het geval was. Hij vroeg of ik met hem uit wilde! Christian Collinsworth wilde met me uit, op zaterdagavond nog wel, naar Babbo, waar hij op het drukste tijdstip van de week een reservering had, samen met een groepje intelligente, interessante mensen, mensen zoals hij. Om maar te zwijgen van *The New Yorker*! Ik pijnigde mijn hersens: had ik op het feest tegen hem gezegd dat Babbo hét restaurant was waar ik graag een keer zou willen eten? Ik was gek op Italiaans en ik wist hoe graag Miranda er kwam, dus het leek me geweldig. Ik had er zelfs een weeksalaris tegenaan willen gooien toen ik een tijdje geleden had gebeld om voor Alex en mij een tafel te reserveren, maar ze zaten de komende vijf maanden helemaal vol. En ik was in geen tweeënhalf jaar mee uit gevraagd door een andere man dan Alex.

'Eh, Christian, jeetje, dat lijkt me hartstikke leuk,' begon ik, en ik probeerde meteen te vergeten dat ik 'jeetje' had gezegd. *Jeetje!* Wie zei zoiets nou? Ik moest denken aan de scène in *Dirty Dancing* waarin Baby trots tegen Johnny zegt dat ze een watermeloen heeft gedragen, maar ik stopte de gedachte weg en dwong mezelf om door te praten, ondanks de vernedering. 'Het lijkt me hartstikke leuk...' Ja, idioot, dat heb je al gezegd. Probeer een beetje vooruitgang te boeken. '... maar ik kan niet. Ik eh... heb al andere plannen.' Op zich een goede reactie, vond ik. Ik moest boven het lawaai van de ambulance uit schreeuwen, maar volgens mij klonk ik toch best waardig. Het was nergens voor nodig om beschikbaar te zijn voor een afspraakje binnen twee dagen, maar ik hoefde ook niet te laten weten dat ik een vriend had... Dat ging hem toch zeker niks aan?

'Heb je echt andere plannen, Andrea, of denk je dat je vriendje het niet goedvindt als je met een andere man op stap gaat?' Hij zat gewoon te vissen, dat hoorde ik zo.

'Daar heb je niets mee te maken,' zei ik nuffig. Ik leek de vrouw bij Alex op school wel die net de telefoon had aangenomen. Echt waar, ik rolde met mijn ogen van ergernis om mezelf. Ik stak Third Avenue over zonder naar het stoplicht te kijken en werd bijna overhoop gereden door een bestelbus.

'Nou vooruit, deze keer laat ik je met rust. Maar ik vraag je binnenkort weer een keer, en ik denk dat je dan wel ja zegt.'

'O ja? Hoe kom je daarbij?' Het zelfvertrouwen dat ik eerst zo sexy had gevonden begon nu verdacht veel op arrogantie te lijken. Het probleem was dat het hem extra sexy maakte.

'Zomaar een vermoeden, Andrea, zomaar een vermoeden. Breek je mooie hoofdje er maar niet over – of dat van je vriendje – want het was gewoon een vriendschappelijke uitnodiging voor een etentje en goed gezelschap. Misschien wil hij wel mee. Je vriend, bedoel ik.

Het is ongetwijfeld een leuke vent, ik zou hem graag ontmoeten.'

'Nee!' schreeuwde ik haast, vol afschuw bij de gedachte hoe ze tegenover elkaar aan een tafel zouden zitten, allebei zo fantastisch maar zo radicaal verschillend. Ik zou me tegenover Christian schamen voor Alex, de nuchtere wereldverbeteraar. In zijn ogen was Alex waarschijnlijk een naïef provinciaaltje. En ik zou me tegenover Alex nog veel meer schamen voor Christian: zijn manier van doen, zijn verwaandheid; hij was zo zelfverzekerd dat hij onmogelijk te beledigen leek.

'Nee,' zei ik met een lachje – een behoorlijk geforceerd lachje – in de hoop dat het nonchalant zou klinken. 'Ik denk niet dat dat een goed idee zou zijn. Hoewel ik zeker weet dat hij jou ook graag zou leren kennen.'

Hij lachte ook, maar het klonk spottend, minzaam. 'Ik maakte maar een grapje, Andrea. Je vriend is vast heel aardig, maar ik hoef hem nou niet direct te ontmoeten.'

'Nee, natuurlijk niet. Ik wist best dat je...'

'Sorry, ik moet opschieten. Bel me gerust als je van gedachten verandert... of als je "andere plannen" niet doorgaan, oké? Het aanbod blijft geldig. O ja, nog een fijne dag verder. Tot ziens.' En voordat ik nog iets kon zeggen, hing hij op.

Wat was hier aan de hand? Ik nam het nog eens door: Populaire Slimme Schrijver had mijn mobiele-telefoonnummer opgespoord, me gebeld en me ronduit gevraagd om op zaterdagavond met hem naar een Populair Trendy Restaurant te gaan. Ik wist niet of hij van tevoren had geweten dat ik een vriend had, maar hij had zich er in ieder geval niet door laten afschrikken toen hij het hoorde. Het enige wat ik zeker wist, was dat ik veel te lang aan de telefoon had gehangen, iets wat een snelle blik op mijn horloge bevestigde. Ik was al tweeëntwintig minuten weg van kantoor, langer dan ik normaal gesproken in totaal nodig had.

Ik stopte de telefoon weg en zag toen pas dat ik al bij het restaurant was. Ik duwde de grote, dikke houten deur open en liep de stille, halfdonkere eetzaal in. Hoewel alle tafels vol zaten met bankiers en advocaten die op de biefstuk van hun voorkeur zaten te kauwen, was er bijna geen geluid te horen, alsof iedere tafel vakkundig geïsoleerd was en het hoogpolige tapijt en de mannelijke kleuren van het interieur alle klanken absorbeerden.

'Andrea!' hoorde ik Sebastian al roepen. Hij kwam op me af gesneld alsof ik de laatste dosis van een levensreddend medicijn bij me had. 'We zijn allemaal zo blij dat je er bent!' Twee jonge meisjes in keurige grijze mantelpakjes achter hem knikten ernstig.

'O ja? Waarom?' Ik kon het nooit nalaten om Sebastian een beetje te plagen. Het was zo'n ongelooflijke kontlikker.

Toen hij zich samenzweerderig naar me toe boog was zijn opwinding voelbaar. 'Ach, je weet toch wat het voltallige personeel hier bij Smith and Wollensky van mevrouw Priestly vindt? *Runway* is een fantastisch tijdschrift, met al die mooie modereportages, die schitterende stijl en natuurlijk de fascinerende verhaaltjes. We zijn er hier allemaal dól op!'

'Verhaaltjes, zei je?' Ik onderdrukte een enorme grijns. Hij knikte trots en draaide zich om toen een van de hulpjes op zijn schouder tikte en hem een grote draagtas overhandigde.

Hij kraaide letterlijk van vreugde. 'Aha! Daar is de perfect bereide lunch voor onze perfecte hoofdredacteur... en haar perfecte assistente,' voegde hij er met een knipoog aan toe.

'Dank je wel, Sebastian. Namens ons allebei.' Ik deed de tas open – hij was van ongebleekte katoen, zo'n mega-cool exemplaar dat zo'n beetje alle studenten in New York over hun schouder droegen, maar dan zonder logo – en controleerde of alles klopte. Een ribeye van ruim een pond, zo rauw dat de hele doos rood zag en het wel leek of hij helemaal niet gebakken was: oké. Twee gepofte aardappelen zo groot als jonge katjes, dampend heet: oké. Een bakje aardappelpuree, smeuïg gemaakt met een hoop room en boter: oké. Precies acht volmaakte asperges met dikke, sappige koppen, prachtig geschild: oké. Er zat een metalen juskom vol gewelde boter bij, een overvol bakje met grof, koosjer zout, een steakmes met houten heft en een spierwit servet dat vandaag in de vorm van een plissérokje was gevouwen. Schattig, hoor. Sebastian wachtte af of het me beviel.

'Heel goed, Sebastian,' zei ik, alsof ik een jong hondje prees dat buiten een grote boodschap had gedaan. 'Je hebt jezelf vandaag overtroffen.'

Hij straalde eerst en keek toen met geoefende bescheidenheid naar de grond. 'Dank je wel. Je weet hoe ik over mevrouw Priestly denk en... eh... het is een eer om... eh...'

'Haar lunch te bereiden?' zei ik behulpzaam.

'Ja, precies. Je weet wat ik bedoel.'

'Natuurlijk, Sebastian. Ze vindt het vast fantastisch.' Ik had het hart niet om hem te vertellen dat ik al zijn creaties onmiddellijk uitvouwde, want de mevrouw Priestly op wie hij zo dol was zou hysterisch worden als ze werd geconfronteerd met een servet in de vorm van iets anders dan een servet – laat staan een bowlingbal of een schoen met naaldhak. Ik klemde de tas onder mijn arm en draaide me om om te vertrekken toen mijn telefoon ging.

Sebastian keek me verwachtingsvol aan, in de vurige hoop dat de stem aan de andere kant van de lijn zou toebehoren aan zijn grote liefde, het middelpunt van zijn bestaan. Hij werd niet teleurgesteld.

'Ben jij dat, Emily? Emily, ben je daar, ik hoor je niet!' Miranda's stem klonk schel, kwaad en afgemeten.

'Hallo Miranda, ja, je spreekt met Andrea,' verklaarde ik rustig, terwijl Sebastian stond te zwijmelen bij het horen van haar naam.

'Ben je mijn lunch zelf aan het klaarmaken, Andrea? Want volgens mijn klok heb ik je er vijfendertig minuten geleden om gevraagd. Ik kan geen enkele reden bedenken waarom je – als je je werk fatsoenlijk zou doen – nog niet met mijn lunch aan mijn bureau staat. Jij wel?'

Ze had mijn eigen naam gebruikt. Een kleine overwinning, maar er viel nog niets te vieren.

'Eh... eh, sorry dat het zo lang duurt, maar er was een kleine probleempje...'

'Je weet hoe weinig belangstelling ik voor dat soort details heb, of niet soms?'

'Ja, natuurlijk, en het duurt nu niet lang meer...'

'Ik bel je om te zeggen dat ik wil lunchen, en wel nu meteen. Er is erg weinig ruimte voor nuances, Emily. Ik. Wil. Mijn. Lunch. Nu!' En met die woorden hing ze op. Mijn handen trilden zo erg dat ik mijn telefoon liet vallen, alsof hij bedekt was met arsenicumzuur.

Sebastian, die eruitzag alsof hij ieder moment kon flauwvallen door al die actie, bukte om de telefoon op te rapen en gaf hem aan me terug.

'Is ze boos op ons, Andrea? Ik hoop dat ze niet teleurgesteld in ons is! Nee, toch? Is ze teleurgesteld in ons?' Hij kneep zijn mond samen tot een strak ovaaltje en de toch al dikke aderen op zijn voorhoofd klopten. Ik wilde hem net zo intens haten als ik haar haatte, maar ik had alleen maar medelijden met hem. Waarom vond deze man, die slechts opviel in zijn onopvallendheid, Miranda Priestly zo vreselijk belangrijk? Waarom zette hij alles op alles om het haar naar de zin te maken, indruk op haar te maken en voor haar te zorgen? Misschien moest hij mijn baantje maar overnemen, dacht ik, want ik zou ontslag nemen. Ja, dat ging ik doen. Rechtsomkeert naar kantoor en ontslag nemen. Ik had genoeg van haar gezeik. Wat gaf haar het recht om zo tegen me te praten – of tegen wie dan ook? Haar positie? Haar macht? Haar prestige? Dat verdomde Prada-spul? Bestond er in een fatsoenlijke wereld een plek waar dit gedrag acceptabel was?

Het bonnetje dat ik moest tekenen voor de gebruikelijke lunch van 95 dollar lag klaar, en ik zette er snel een onleesbare handtekening onder. Ik wist zelf niet of hij van mij, van Miranda, Emily of Mahatma Ghandi was, maar dat deed er ook niet toe. Ik pakte de tas met het eten dat een nieuwe betekenis gaf aan het woord 'afhaallunch' en beende naar buiten, een kwetsbare Sebastian alleen achterlatend. Zodra ik buiten stond stortte ik me op een taxi, waarbij ik bijna een oudere heer omverliep. Geen tijd om me er druk om te maken, ik was op weg naar mijn ontslag. Zelfs in het middagverkeer waren we er binnen vijf minuten, en ik gaf de chauffeur twintig dollar. Ik had hem het liefst een briefje van vijftig gegeven – ik zou wel een manier bedacht hebben om Elias ervoor op te laten draaien – maar dat had ik niet bij me. Hij begon meteen het wisselgeld uit te tellen, maar ik gooide het portier dicht en holde weg. Besteed die twintig dollar maar aan je dochtertje of een nieuwe boiler, dacht ik. Of voor mijn part aan een paar biertjes na het werk met de andere chauffeurs in Queens – het was algauw beter dan de zoveelste kop koffie van Starbucks.

Hevig verontwaardigd stormde ik het gebouw binnen, en ik negeerde de afkeurende blikken van het groepje kantoorklerken in de hoek. Ik zag Benjamin uit een van de liften van Bergman komen, maar ik draaide me snel om om niet nog meer tijd te verliezen. Ik haalde mijn kaart door de lezer, ramde met mijn heup tegen het hekje en... shit! Het metaal klapte tegen mijn bekken en ik wist dat ik binnen een paar minuten een enorme blauwe plek zou hebben. Toen ik opkeek, zag ik twee rijen glinsterend witte tanden en het dikke, zweterige gezicht dat erbij hoorde. Eduardo. Dit kon hij niet menen. Echt niet.

Ik wierp hem snel een van mijn beste woedende blikken toe, een blik die eenvoudigweg zei: 'Sterf!' Maar het werkte vandaag niet. Ik bleef hem recht aankijken, schreed soepeltjes door naar het volgende draaihekje, haalde bliksemsnel mijn kaart door de lezer en ramde tegen de stang. Eduardo blokkeerde het hekje net op tijd, en daar stond ik dan, terwijl hij de kantoorklerken een voor een door het eerste hekje liet. Zes in totaal, en ik stond daar zo gefrustreerd te kijken dat ik wel had kunnen janken. Eduardo had geen medelijden met me.

'Kom op meid, niet zo somber. Het is geen straf, het is leuk.

Nou, let op, want... *I Think We're Alone Now...*'

'Eduardo! Hoe kan ik dat nou uitbeelden? Ik heb nu geen tijd voor die flauwekul!'

'Oké, oké, je hoeft alleen maar te zingen. Ik begin, jij maakt het af.'

Ik bedacht dat ik geen ontslag meer hoefde te nemen als ik nog ooit boven zou komen; ik zou vanzelf ontslagen worden. Dus kon ik hem net zo goed een plezier doen. Zonder een seconde te aarzelen zong ik een paar regels uit het liedje.

Ik ging wat dichterbij staan toen ik zag dat die lul van mijn eerste werkdag, Mickey, meeluisterde, en Eduardo maakte het af: '*I Think We're Alone Now...*' Hij stak bulderend van het lachen zijn handen in de lucht. Ik gaf hem een *high five* en hoorde de metalen stang openklikken.

'Smakelijke lunch, Andy!' riep hij, nog altijd grinnikend.

'Jij ook, Eduardo. Jij ook.'

Het ritje met de lift was heerlijk rustig, en pas toen ik pal voor de deur van ons kantoor stond, besloot ik dat ik geen ontslag kon nemen. Los van de meest voor de hand liggende reden – dat het veel te eng was om zomaar onvoorbereid te doen; waarschijnlijk zou ze me aankijken en zeggen: 'Nee, dat gebeurt niet,' en wat moest ik dan? – mocht ik niet vergeten dat het maar een jaar van mijn leven was. Eén jaar, 365 dagen ellende, en dan kon ik gaan doen wat ik wilde. Dat was toch niet zoveel gevraagd? Bovendien was ik te moe om ander werk te gaan zoeken. Veel te moe.

Emily bekeek me van top tot teen toen ik binnenkwam. 'Ze is zo terug, ze kreeg net een telefoontje dat ze naar meneer Ravitz moest. Even serieus, Andrea, waar bleef je nou? Je weet dat ze tegen mij begint als jij lang wegblijft, en wat moet ik dan zeggen? Dat jij staat te roken wanneer je koffie voor haar moet halen en met je vriendje belt in plaats van haar lunch te halen? Het is niet eerlijk, echt niet.' Ze richtte haar aandacht weer op haar computer, met een gelaten uitdrukking op haar gezicht.

Ze had natuurlijk gelijk. Het was oneerlijk. Voor mij, voor haar, voor iedereen met een beetje beschaving. En ik voelde me schuldig omdat ik het haar nog moeilijker maakte, want dat deed ik wanneer ik een paar minuutjes langer wegbleef om me heel even te kunnen ontspannen. Want iedere seconde dat ik weg was, was een seconde waarin Miranda haar meedogenloze aandacht op Emily richtte. Ik nam me heilig voor om beter mijn best te doen.

'Je hebt helemaal gelijk, Em. Ik zal beter mijn best doen.'

Ze keek totaal verrast en ook een beetje tevreden op. 'Dat zou ik erg fijn vinden, Andrea. Ik bedoel, ik heb jouw werk zelf gedaan en ik wéét dat het klote is. Geloof me maar, er zijn dagen geweest waarop ik in de sneeuw en motregen vijf, zes, zeven keer op een dag koffie voor haar moest halen. Ik was zo moe dat ik geen voet meer kon verzetten, ik weet hoe dat voelt! Soms belde ze me om te vragen waar iets bleef – haar koffie verkeerd, haar lunch of de speciale tandpasta voor gevoelige tanden die ik moest gaan halen; ik vond het een hele geruststelling dat haar tánden in ieder geval nog een beetje gevoel hebben – en dan was ik nog niet eens buiten. Ik was nog niet bij de deur! Zo is ze nu eenmaal, Andrea, zo gaat het. Je kunt je er niet tegen blijven verzetten, want dan red je het niet. Ze bedoelt het niet kwaad, echt niet. Zo is ze nu eenmaal.'

Ik knikte en ik begreep het, maar ik kon het niet accepteren. Ik had nog nooit ergens anders gewerkt, maar ik kon me niet voorstellen dat alle bazen zich zo gedroegen. Of toch wel?

Ik liep met de zak met haar lunch naar mijn bureau en begon met de voorbereiding van het serveren. Met mijn blote hand haalde ik het eten uit de speciale warmhouddozen en schikte het (stijlvol, hoopte ik) op een van de porseleinen borden uit het kastje boven mijn bureau. Ik pauzeerde alleen even om mijn vette handen af te vegen aan haar vieze Versace-spijkerbroek die ik nog niet naar de stomerij had gestuurd en zette het bord op het teakhouten betegelde dienblad dat ik onder mijn bureau bewaarde. Naast het bord kwamen de juskom vol boter, het zout en het bestek, in een voormalig-plissé-rokjesservet gewikkeld. Een snelle blik op mijn artistieke creatie en ik zag dat de San Pellegrino ontbrak. Opschieten, ze kwam zo terug! Ik rende naar een van de minikeukentjes en griste een handvol ijsklontjes mee, waar ik op blies om te voorkomen dat ze aan mijn hand zouden vastvriezen. Blazen was net een tikkeltje minder erg dan eraan likken, toch? Zou ik het doen? Nee! Daar moet je boven staan, kom op, je staat erboven. Spuug niet in haar eten en lik niet aan haar ijsklontjes, zo ben je niet!

Haar kantoor was nog verlaten toen ik terugkwam, en ik hoefde alleen nog water voor haar in te schenken en het zorgvuldig opgemaakte dienblad op haar bureau te zetten. Zodra ze terugkwam zou ze aan haar enorme bureau gaan zitten en roepen dat iemand de deur dicht moest doen. Dat was een van de zeldzame keren dat ik blij en enthousiast opsprong, want het betekende niet alleen dat ze een dik halfuur achter gesloten deuren tegen B-DES zou zitten kirren, maar tevens dat wij zelf ook eindelijk konden eten. We konden om beurten naar de Dining Room hollen, het eerste het beste wat we zagen mee grissen en terugrennen, zodat de ander kon gaan, en dan proberen het eten onder ons bureau of achter onze monitor te verstoppen voor het geval ze onverwacht haar kantoor uit zou komen. Als er één onuitgesproken maar onherroepelijke regel gold, dan was het wel dat personeel van *Runway* niet at waar Miranda bij was. Punt uit.

Volgens mijn horloge was het kwart over twee, maar mijn maag voelde aan alsof het laat op de avond was. Het was zeven uur geleden dat ik een chocoladebroodje naar binnen had gepropt op de terugweg van Starbucks, en ik had zo'n enorme honger dat ik zo aan haar ribeye had kunnen knagen.

'Em, ik val flauw van de honger. Ik denk dat ik even wat te eten ga halen. Zal ik iets voor je meebrengen?'

'Ben je gek? Je hebt haar lunch nog niet geserveerd. Ze kan ieder moment terugkomen.'

'Ik meen het, ik voel me niet goed. Ik geloof niet dat ik nog langer kan wachten.' Ik was duizelig door de combinatie van slaapgebrek en een lage bloedsuikerspiegel, en als ze niet heel snel terugkwam, zou ik het dienblad niet eens meer naar haar bureau kunnen dragen.

'Andrea, denk nou eens na! Stel je voor dat je haar in de lift of bij de receptie tegenkomt. Dan weet ze dat je niet in je kantoor bent. Ze gaat uit haar dak! Dat wil je toch niet riskeren? Wacht even, ik haal wel wat voor je.' Ze pakte haar portemonneetje met kleingeld en liep het kantoor uit. Nog geen vier tellen later zag ik Miranda door de gang op me af komen. Iedere gedachte aan duizeligheid, honger of uitputting verdween zodra ik haar kwade, fronsende gezicht zag, en ik vloog overeind om het dienblad op haar bureau te zetten voordat ze het zelf zou pakken.

Ik landde net in mijn stoel, met een tollend hoofd en een droge mond, totaal gedesoriënteerd, toen haar eerste Jimmy Choo de drempel over kwam. Ze keek niet eens in mijn richting en leek gelukkig niet op te merken dat de echte Emily niet aan haar bureau zat. Ik had zo'n gevoel dat haar bespreking met meneer Ravitz niet al te best verlopen was, maar het kon ook komen doordat ze er een hekel aan had haar kantoor te moeten verlaten en naar dat van iemand anders te gaan. Ravitz was tot dusver de enige in het hele gebouw voor wie Miranda het vuur uit haar sloffen liep.

'Ahn-dre-ah! Wat is dit? Vertel me eens wat dit in vredesnaam moet voorstellen.'

Ik rende haar kantoor in en ging voor haar bureau staan, waar we samen keken naar wat overduidelijk dezelfde lunch was die ze altijd at wanneer ze niet de deur uit ging. Een snelle mentale checklist bevestigde dat er niets ontbrak, aan de verkeerde kant lag of te hard gebakken was. Wat was haar probleem?

'Dat, eh... is je lunch,' zei ik zachtjes, en ik deed echt mijn best om het niet sarcastisch te laten klinken. Dat viel niet mee, aangezien mijn mededeling wel erg voor de hand liggend was. 'Is er iets niet goed?'

Als ik heel eerlijk ben, denk ik dat ze gewoon haar lippen van elkaar deed, maar ik was nu bijna buiten zinnen, en in mijn ogen was het alsof ze een paar scherpe hoektanden ontblootte.

'Is er iets niet goed?' Ze deed me na met een hoog stemmetje dat totaal niet op mijn stem leek. Het klonk niet eens menselijk. Ze kneep haar ogen tot spleetjes en weigerde, zoals altijd, om haar stem te verheffen. 'Ja, er is iets niet goed. Helemaal niet goed. Waarom moet ik dít aantreffen op mijn bureau?'

Het was alsof ik zo'n idioot raadseltje moest oplossen. Waarom moest ze dat aantreffen op haar bureau, vroeg ik me af. Het feit dat ze het een uur daarvoor had besteld was duidelijk niet het juiste antwoord, maar ik kon geen ander bedenken. Beviel het dienblad haar niet? Nee, onmogelijk, dat had ze al duizenden keren gezien en ze had er nooit over geklaagd. Hadden ze haar misschien per ongeluk het verkeerde vlees gegeven? Nee, dat was het ook niet. Het restaurant had ooit de fout gemaakt me op pad te sturen met een ossenhaas die er verrukkelijk uitzag, in de veronderstelling dat ze die lekkerder zou vinden dan zo'n taaie ribeye, maar ze had bijna een hartaanval gehad. Ik had de chef-kok persoonlijk moeten bellen en door de telefoon tegen hem tekeer moeten gaan terwijl ze naast me stond en me mijn teksten influisterde.

'Het spijt me zo, juffrouw, echt waar,' had hij zachtjes gezegd, en hij klonk zo verschrikkelijk aardig. 'Ik dacht echt: mevrouw Priestly is zo'n goede klant, die wil natuurlijk het allerbeste. We hebben er geen cent extra voor gerekend, maar maakt u zich geen zorgen, het zal nooit meer gebeuren, dat beloof ik u.' Ik kon wel janken toen ze me opdroeg tegen hem te zeggen dat hij nooit meer ergens anders aan de bak zou komen, hooguit in een derderangs steakhouse, maar ik deed het wel. En hij had zijn excuus aangeboden en me gelijk gegeven, en vanaf die dag had ze altijd haar bloederige ribeye gekregen. Dus dat was ook het probleem niet. Ik had geen idee wat ik moest zeggen of doen.

'Ahn-dre-ah, heeft de assistente van meneer Ravitz je niet verteld dat we zojuist samen geluncht hebben in die vreselijke Dining Room?' vroeg ze langzaam, alsof ze vreselijk haar best moest doen om niet helemaal door te draaien.

Wat? Na al dat gehaast en het belachelijke gedoe met Sebastian, de kwade telefoontjes en een lunch van 95 dollar, het liedje van Tiffany; nadat ik het eten zo mooi op haar dienblad had gelegd en duizelig van de honger had gewacht met eten tot ze terug was, kwam ze me vertellen dat ze al had gegeten?

'Eh, nee, ze heeft helemaal niet gebeld. Dus, eh... je hoeft dit niet?' vroeg ik, en ik wees op het dienblad.

Ze keek me aan alsof ik haar zojuist had gevraagd haar eerstgeboren kind op te eten. 'Wat dénk je, Emily?' Shit, ze had het zo goed gedaan met mijn eigen naam!

'Ik denk, eh, dat je het niet meer hoeft.'

'Dat is heel scherp opgemerkt, Emily. Ik bof maar dat jij zo snel leert. Haal het weg. En zorg ervoor dat dit nooit meer gebeurt. Dat was het.'

Er flitste een fantasie door mijn hoofd, met beelden waarin ik net als in de film met gestrekte arm het complete dienblad van haar bureau maaide en het kantoor door liet vliegen. Ze zou het aanzien en vervolgens, berouwvol en geschrokken, uitgebreid haar excuses aanbieden voor de manier waarop ze tegen me had gesproken. Maar het getik van haar nagels op haar bureau bracht me terug in de werkelijkheid, en ik pakte snel het dienblad en liep haar kantoor uit.

'Ahn-dre-ah, doe de deur dicht! Ik heb een moment voor mezelf nodig,' riep ze. Het was natuurlijk ook zwaar voor haar geweest, het moment waarop er een dure, exquise lunch op haar bureau was verschenen terwijl ze er geen trek in had.

Emily was net terug met een blikje cola light en een pakje rozijnen. Dat was dus het tussendoortje waarmee ik mijn honger tot de lunch had moeten stillen, en vanzelfsprekend zat er geen calorie, geen grammetje vet en geen korreltje suiker in. Toen ze het op mijn bureau zette, hoorde ze Miranda telefoneren en deed ze snel de tussendeuren dicht.

'Wat is er gebeurd?' fluisterde ze, met een blik op het onaangeroerde dienblad waarmee ik als aan de grond genageld vlak bij mijn bureau stond.

'O, onze charmante bazin bleek al geluncht te hebben,' zei ik met opeengeklemde kaken. 'En ik kreeg vreselijk op mijn donder omdat ik dat niet had voorzien, omdat ik geen waarzegster ben, omdat ik niet rechtstreeks in haar maag kan kijken om te zien dat ze geen trek meer heeft.'

'Dat meen je niet,' zei ze. 'Heeft ze je op je kop gegeven omdat je haar lunch bent gaan halen – zoals ze had gevraagd – terwijl ze al ergens anders had gegeten, iets wat jij absoluut niet kon weten? Wat een bitch!'

Ik knikte. Het was een geheel nieuwe ervaring voor me dat Emily een keer partij voor me trok en me niet de les las over de dingen die ik maar niet begreep. Maar wacht! Het was te mooi om waar te zijn. Als een zon die uit de hemel viel en alleen roze en blauwe strepen achterliet op de plek waar hij een paar tellen eerder nog had geschenen, veranderde Emily's gezicht in één keer van kwaad in schuldbewust. De *Runway* Paranoia Ommezwaai!

'Vergeet niet waar we het al eerder over hebben gehad, Andrea.' O ja, daar gaan we. RPO, twaalf uur. 'Ze doet het niet om je te kwetsen, ze bedoelt er niets mee. Ze is gewoon veel te belangrijk om zich te laten ophouden door kleine dingetjes. Verzet je er niet tegen. Gooi het eten gewoon weg en we gaan door.' Emily trok een vastberaden gezicht en ging achter haar computer zitten. Ik wist dat ze zich ter plekke zat af te vragen of Miranda misschien microfoontjes had opgehangen en alles had gehoord. Ze was vuurrood en had het zichtbaar moeilijk met haar gebrek aan zelfbeheersing. Ik vroeg me af hoe ze het al die tijd had volgehouden.

Ik liep met het dienblad naar de keuken en hield het schuin boven de vuilnisbak, zodat alles er rechtstreeks in kieperde: al dat verrukkelijk bereide en gekruide eten, het porseleinen bord, de metalen juskom, het zoutbakje, het servet, zilveren bestek, steakmes en het glas van Baccarat-kristal. Weg. Alles. Wat deed het ertoe? De volgende dag zou ik het weer gaan halen, of de eerstvolgende keer dat ze zin had in haar vaste lunch.

Toen ik eindelijk bij Drinkland aankwam, keek Alex me geërgerd aan en was Lily zo te zien al behoorlijk dronken. Ik vroeg me meteen af of Alex op de een of andere manier wist dat ik vandaag was gevraagd voor een afspraakje, door een man die niet alleen beroemd was, maar ook ouder dan ik en een ontzettende eikel. Kon hij het zien? Voelde hij het aan? Moest ik het hem vertellen? Nee, dat was nergens voor nodig, het was totaal onbelangrijk. Het zou wat anders zijn als ik echt geïnteresseerd was in een andere man, als ik van plan was iets met hem te doen. Het had dus geen zin om zelfs maar over het hele gesprek te beginnen.

'Hé, modekoningin,' zei Lily met dubbele tong. Ze zwaaide ter begroeting met haar gin-tonic. Er kwam een hele plens op haar vest terecht, maar ze leek het niet te merken. 'Of moet ik zeggen toekomstige huisgenote? Neem wat te drinken, we moeten proosten!' Het kwam eruit als 'proosjtuh'.

Ik kuste Alex en ging naast hem zitten.

'Zo, wat zie jij er vandaag flitsend uit,' zei hij, met een goedkeurende blik op mijn Prada-outfit. 'Sinds wanneer draag je zoiets?'

'O, sinds vandaag. Ze hebben me in vrij duidelijke bewoordingen laten weten dat ik wel eens ontslagen zou kunnen worden als ik niets aan mijn uiterlijk doe. Behoorlijk beledigend, maar ik moet zeggen... Als je toch iedere dag iets moet aantrekken, is dit zo slecht nog niet. Trouwens, het spijt me echt dat ik zo laat ben. Het Boek duurde vandaag een eeuwigheid, en toen ik het ging afgeven, stuurde Miranda me naar de delicatessenzaak op de hoek om basilicum te halen.'

'Ik dacht dat ze een kok had,' zei Alex. 'Kon hij het niet doen?'

'Ze heeft inderdaad een kok. En een huishoudster, een kindermeisje en twee kinderen. Ik heb dus geen idee waarom ik op pad werd gestuurd als kruidenmeisje. Het was vooral vervelend omdat er helemaal geen delicatessenzaak op de hoek zat, ook niet op Madison en Park, dus moest ik helemaal naar Lexington Avenue. Daar hadden ze natuurlijk geen basilicum, dus heb ik negen straten gelopen tot ik een supermarkt had gevonden die open was. Het heeft me drie kwartier gekost. Ik zou verdomme op kosten van de zaak een kruidenrekje moeten kopen en overal mee naar toe moeten nemen. Maar vooruit, die drie kwartier waren wel de moeite waard! Ik bedoel, vergeet niet hoeveel ik heb geleerd van de zoektocht naar basilicum. Ik ben nu beter voorbereid op mijn toekomst bij een ander tijdschrift. De stap naar mijn redacteurschap is een stuk kleiner geworden.' Ik glimlachte trots.

'Op jouw toekomst!' riep Lily uit. Het sarcasme van mijn smalende redevoering was haar volledig ontgaan.

'Ze is zo ver heen,' waarschuwde Alex zachtjes, en hij keek naar Lily met de blik van iemand die een ziek familielid in een ziekenhuisbed bekijkt. 'Ik was hier al vroeg met Max, die al weer weg is, maar ze moet er al uren gezeten hebben, óf ze drinkt heel snel.'

Lily was altijd een stevige drinker geweest, maar dat was niet gek, want ze deed alles intensiever dan anderen. Ze was op de middelbare school de eerste die wiet rookte, de eerste die ontmaagd werd en de eerste die ging parachutespringen. Ze hield van alles en iedereen, meestal niet wederzijds, zolang ze maar het gevoel had dat ze lééfde.

'Ik snap niet dat je met hem naar bed gaat terwijl je weet dat hij het nooit zal uitmaken met zijn vriendin,' had ik ooit gezegd over haar geheime vriendje toen we net studeerden.

'En ik snap niet dat jij je aan allerlei regeltjes houdt,' had ze onmiddellijk teruggekaatst. 'Jouw leven is zo gepland, uitgestippeld en aan regels gebonden, dat is toch niet leuk? Lééf een beetje, Andy! Voel iets! Het is heerlijk om te leven.'

Misschien was ze de laatste tijd wat meer gaan drinken, maar ik wist dat het eerste jaar van haar studie heel zwaar was, zelfs voor haar, en dat haar professoren aan Columbia veeleisender en minder begripvol waren dan de docenten die ze op Brown om haar vinger had gewonden. Misschien was het niet eens zo'n slecht idee, dacht ik, en ik wenkte een serveerster. Misschien was drinken wel dé manier om het beter aan te kunnen. Ik bestelde een vanillewodka met Sprite een nam een grote slok. Ik werd er vooral misselijk van, want ik had nog steeds niets anders gegeten dan de rozijntjes die Emily samen met het blikje cola light voor me had gehaald.

'Ze zal het de afgelopen weken wel zwaar hebben gehad op de universiteit,' zei ik tegen Alex, alsof Lily er niet bij zat. Ze had niet door dat we het over haar hadden, omdat ze het te druk had met een of andere yuppie aan de bar, die ze zwoele blikken toewierp. Alex sloeg zijn arm om me heen en ik kroop dichter tegen hem aan op de bank. Het was zo fijn om weer bij hem te zijn – het leek weken geleden.

'Ik wil geen spelbreker zijn, maar ik moet echt naar huis,' zei Alex, terwijl hij een pluk haar achter mijn oor deed. 'Red je het wel alleen met haar?'

'Moet je weg? Nu al?'

'Nu al? Andy, ik zit hier al twee uur toe te kijken hoe jouw beste vriendin zich bezat. Ik kwam voor jou, maar jij was er niet. En nu is het bijna twaalf uur en ik moet nog opstellen nakijken.' Hij zei het heel rustig, maar ik zag dat hij kwaad was.

'Ik weet het, en het spijt me. Echt. Je weet dat ik ook liever op tijd was geweest. Je weet dat ik...'

'Ja, dat weet ik allemaal. Ik zeg ook niet dat je iets verkeerd hebt gedaan. Ik begrijp het best. Maar probeer mij dan ook te begrijpen, oké?'

Ik knikte en kuste hem, maar ik voelde me zo schuldig. Ik nam me voor om het goed te maken, om een avond te prikken waarop ik iets heel bijzonders zou bedenken voor ons tweetjes. Hij pikte zoveel van me.

'Dus je blijft vannacht niet slapen?' vroeg ik hoopvol.

'Nee, tenzij je hulp nodig hebt met Lily. Ik moet echt naar huis om die opstellen na te kijken.' Hij omhelsde me, gaf Lily een kus op haar wang en liep naar de uitgang. 'Bel me maar als je me nodig hebt,' zei hij.

'Hé, waarom is Alex weg?' vroeg Lily, al had ze de hele tijd bij ons gesprek gezeten. 'Is hij kwaad op je?'

'Misschien wel,' zei ik met een zucht, en ik trok mijn canvas koerierstas stevig tegen mijn borst. 'Ik heb hem de laatste tijd waardeloos behandeld.' Ik liep naar de bar om de kaart met de hapjes te halen, en toen ik terugkwam zat de yup naast Lily op de bank. Hij was waarschijnlijk achter in de twintig, maar door zijn kalende voorhoofd was zijn leeftijd moeilijk te schatten.

Ik pakte haar jas en gooide hem naar haar toe. 'Lily, trek aan. We gaan,' zei ik terwijl ik hem aankeek. Hij was aan de kleine kant, en zijn lichte bandplooibroek maakte hem er niet slanker op. Bovendien bevond zijn tong zich op vijf centimeter afstand van het oor van mijn beste vriendin, en dat deed bij mij weinig goeds voor zijn populariteit.

'Vanwaar die haast?' vroeg hij met een zeurderige, nasale stem. 'Je vriendin en ik hebben het net gezellig.' Lily knikte grinnikend. Ze probeerde een flinke slok te nemen en had niet in de gaten dat haar glas al leeg was.

'Dat is heel fijn, maar wij moeten gaan. Hoe heet je?'

'Stuart.'

'Het was leuk je te ontmoeten, Stuart. Geef Lily je telefoonnummer maar, dan belt ze je zodra ze zich wat beter voelt... of niet. Wat zeg je daarvan?' Ik schonk hem mijn innemendste glimlach.

'Eh... mij best. Geen punt. Ik zie jullie nog wel.' Hij was zo snel opgestaan en naar de bar gelopen dat Lily niet eens had gemerkt dat hij weg was.

'Stuart en ik willen elkaar beter leren kennen, hè Stu?' Ze draaide zich om naar de plek waar hij had gezeten en keek me verbaasd aan.

'Stuart moest gaan, Lil. Kom, we zijn hier weg.'

Ik trok haar vaalgroene duffel aan over haar trui en hees haar overeind. Lily wankelde vervaarlijk tot ze haar evenwicht had gevonden. Buiten was de lucht schraal en droog, en ik hoopte maar dat dat ontnuchterend zou werken.

'Ik voel me niet zo lekker,' zei ze met dubbele tong.

'Dat weet ik, lieverd. Kom, we nemen een taxi naar jouw flat, oké? Denk je dat dat lukt?'

Ze knikte, ging volkomen terloops voorover hangen en begon over te geven. Helemaal over haar bruine laarzen heen, met een paar spetters op de zijkant van haar wijde legerbroek. De meiden van *Runway* zouden mijn beste vriendin zo eens moeten zien, kon ik niet nalaten te denken.

Ik zette haar neer op de vensterbank van een etalage waarvan ik vrij zeker was dat er geen alarm op zat en zei dat ze moest blijven zitten tot ik terug was. Aan de overkant van de straat was een bar die dag en nacht open was en Lily had absoluut water nodig. Toen ik terugkwam, had ze weer overgegeven – deze keer frontaal over zichzelf heen – en haar ogen stonden lodderig. Ik had twee flessen bronwater gekocht, eentje die ze kon opdrinken en een om haar schoon te maken, maar ze was nu te smerig. Ik goot een fles leeg over haar voeten om het braaksel weg te spoelen en de helft van de tweede fles over haar jas. Ze kon beter drijfnat zijn dan onder de kots zitten. Ze was zo dronken dat ze het niet eens merkte.

Er was wat overredingskracht voor nodig om een taxichauffeur zover te krijgen dat hij ons liet instappen nu Lily er zo beroerd aan toe was, maar ik beloofde hem een vette fooi boven op de ongetwijfeld stevige ritprijs. We moesten zo'n beetje heel Manhattan door en ik probeerde al een manier te bedenken om het bedrag van minstens twintig dollar te declareren bij Elias-Clark. Ik kon er misschien van maken dat ik met de taxi op zoek was geweest naar iets wat Miranda wilde hebben. Ja, dat zou wel lukken.

De trap naar haar flatje op de derde verdieping was nog minder prettig dan de taxirit, maar na twintig minuten in de auto werkte ze wel wat beter mee, en het lukte haar zelfs om zich in de douchecel te wassen nadat ik haar had uitgekleed. Ik wees haar haar bed en keek toe hoe ze op haar buik neerplofte zodra haar knieën de rand van de boxspring raakten. Toen ik haar daar zo buiten westen zag liggen kreeg ik even heimwee naar onze studietijd en alles wat we samen hadden gedaan. Het was nu ook leuk, zeker weten, maar we zouden ons nooit meer zo zorgeloos voelen als toen.

Ik vroeg me even af of Lily misschien te veel dronk de laatste tijd. Ze was tenslotte behoorlijk vaak dronken. Maar toen Alex er de week ervoor over was begonnen, had ik hem verzekerd dat het kwam doordat ze nog studeerde en dus niet in de echte wereld leefde, met echte, volwassen verantwoordelijkheden (zoals de volmaakte San Pellegrino schenken!). Ik bedoel maar, we hadden samen ook wel eens te veel tequila gedronken bij Señor Frog of iets te ijverig drie flessen rode wijn leeggedronken om te vieren dat we elkaar weer een jaar langer kenden. Lily had mijn haar vastgehouden terwijl ik op mijn knieën voor de wc zat na een zuippartij toen de laatste tentamens achter de rug waren, en ze was ooit vier keer gestopt toen we terugreden naar mijn kamer na een avond met onder andere acht glazen rum-cola en een vreselijke karaoke-uitvoering van *Every Rose Has it's Thorn*. In de nacht dat ze eenentwintig was geworden had ik haar mee naar mijn flat gesleurd, in bed gelegd en elke tien minuten gekeken of ze nog wel ademde, tot ik uiteindelijk naast haar op de grond in slaap was gevallen toen ik vrij zeker wist dat ze de ochtend wel zou halen. Ze was die nacht twee keer wakker geworden: één keer om over te geven over de rand van het bed – en ze had echt haar best gedaan om het in de prullenbak te doen die ik had klaargezet, maar toch per ongeluk tegen mijn muur aan gebraakt – en nog een keer om oprecht haar verontschuldigingen aan te bieden en te zeggen dat ze van me hield en dat ik de beste vriendin was die ze zich maar kon wensen. Zo ging dat als je vriendinnen was: je werd samen dronken, deed domme dingen en zorgde voor elkaar. Ja, toch? Of was dat studentenlol, een overgangsritueel dat bij die tijd hoorde? Alex had volgehouden dat dit anders was, dat zíj anders was, maar zo zag ik het niet.

Ik wist dat ik bij haar zou moeten blijven, maar het was bijna twee uur en ik moest over vijf uur op mijn werk zijn. Mijn kleren roken naar kots en het was uitgesloten dat ik in Lily's kast ook maar één geschikt kledingstuk zou vinden dat ik aan kon naar *Runway*, zelfs met mijn nieuwe ingetogen, eenvoudige *look*. Ik trok zuchtend een deken over haar heen en zette haar wekker op zeven uur, voor het geval haar kater niet al te erg zou zijn en ze toch nog naar college zou willen.

'Dag Lil, ik ga. Red je het wel?' Ik legde de draadloze telefoon op het kussen naast haar hoofd.

Ze deed haar ogen open, keek me recht aan en glimlachte. 'Bedankt,' mompelde ze, en haar ogen vielen al weer dicht. Ze zou niet in staat zijn een marathon te lopen – of zelfs maar een gemotoriseerde grasmaaier te besturen – maar ze kon best alleen haar roes uitslapen.

'Graag gedaan,' wist ik uit te brengen, ook al was dit de eerste keer in eenentwintig uur dat ik niet hoefde te rennen, vliegen, herschikken, lopen, schoonmaken of anderszins assisteren. 'Ik bel je morgen wel,' zei ik, terwijl ik met moeite op de been bleef. 'Als we dan allebei nog leven.' En toen ging ik eindelijk, eindelijk naar huis.

10

'Hé, ik ben blij dat ik je tref,' hoorde ik Cara aan de andere kant zeggen. Waarom was ze 's morgens om kwart voor acht buiten adem?

'O, jee, jij belt nooit zo vroeg. Wat is er?' In de korte tijd die het me kostte om dat te vragen, schoten er een stuk of vijf dingen door mijn hoofd die Miranda van me zou kunnen verlangen.

'Nee, nee, niks aan de hand. Ik wilde je alleen waarschuwen dat B-DES naar je onderweg is en dat hij vandaag in een bijzonder praatgrage stemming is.'

'Goh, dat is goed nieuws. Het is toch zeker al een week geleden dat hij me heeft uitgehoord over ieder aspect van mijn leven. Ik vroeg me al af waar mijn grootste fan gebleven was.' Ik maakte mijn memo af en klikte op 'printen'.

'Jij boft maar, dat moet gezegd worden. Voor mij heeft hij totaal geen belangstelling meer,' zei ze overdreven dramatisch. 'Hij heeft alleen nog oog voor jou. Ik hoorde hem zeggen dat hij de bijzonderheden van het feest in het Metropolitan met je wilde doornemen.'

'Geweldig, heel fijn. Ik kan haast niet wachten om zijn broer te leren kennen. Tot nu toe heb ik hem alleen door de telefoon gesproken, maar het lijkt me een ontzettende lul. Weet je zeker dat B-DES onderweg is, of bestaat er een kans dat er daar boven in de hemel toch iemand is die me die ellende vandaag bespaart?'

'Nee, helaas. Hij is absoluut onderweg. Miranda heeft om half negen een afspraak met de chiropodist, dus ik denk niet dat ze meekomt.'

Ik keek in het afsprakenboek op Emily's bureau en zag dat er inderdaad een Miranda-vrije ochtend op het rooster stond. 'Dat is mooi. Ik kan me niets heerlijkers voorstellen dan een intiem gesprek met B-DES zelf. Waarom praat hij toch zoveel?'

'Ik kan alleen het meest voor de hand liggende antwoord bedenken: hij is met háár getrouwd, dus hij heeft ze duidelijk niet alle vijf op een rijtje. Bel me als hij iets extra belachelijks zegt wat het vertellen waard is. Ik moet nu ophangen, Caroline heeft zojuist zonder enige aanleiding een van Miranda's peperdure lippenstiften tegen de spiegel in de badkamer gesmeten.'

'Wat hebben wij een heerlijk leven, hè? We zijn zo cool. Maar in ieder geval bedankt voor de waarschuwing. Ik spreek je nog.'

'Oké, dag.'

Ik keek nog een keer naar de memo terwijl ik op B-DES wachtte. Het was een verzoek van Miranda aan de raad van commissarissen van het Metropolitan Museum of Art. Ze vroeg toestemming om in maart in een van de museumzalen een diner te geven voor haar zwager, een man van wie ik zeker wist dat ze hem niet kon uitstaan maar die nu eenmaal familie van haar was. Jack Tomlinson was de jongere, ruigere broer van B-DES, die pas had aangekondigd dat hij wegging bij zijn vrouw en drie kinderen en ging trouwen met zijn masseuse. Hoewel B-DES en hij typische kostschoolaristocraten waren, had Jack zijn Harvard-imago de rug toegekeerd toen hij achter in de twintig was en was hij naar Dallas verhuisd, waar hij onmiddellijk fortuin had gemaakt in onroerend goed. Volgens de verhalen die Emily me had verteld, was hij een eersteklas Texaan geworden, een strootjes kauwende, tabak spugende cowboy, iets waar Miranda, het toonbeeld van klasse en beschaving, natuurlijk van gruwde. B-DES had haar gevraagd om een verlovingsfeest te organiseren voor zijn jongste broertje, en Miranda moest er wel mee akkoord gaan; liefde maakt immers blind. En als ze iets deed, dan deed ze het goed. 'Goed' was in dit geval het Metropolitan.

'Hooggeachte leden van de raad, bla, bla, bla... uw toestemming voor een fantastische soiree, bla, bla, bla... alleen de beste cateraars, bloemist en band, vanzelfsprekend, bla, bla, bla... uw ideeën zijn welkom, bla bla...' Ik verzekerde mezelf er voor de laatste keer van dat er geen vreselijke fouten in zaten, vervalste snel haar handtekening en belde een koerier om het briefje op te halen.

Het klopje op de deur van ons kantoor – die ik zo vroeg op de ochtend altijd dichtdeed omdat er verder toch niemand was – volgde vrijwel onmiddellijk en ik bewonderde de snelheid van de koerier, maar toen de deur openzwaaide, stond B-DEs daar, met een veel te enthousiaste grijns voor acht uur 's ochtends.

'Andrea,' jubelde hij onmiddellijk, en toen hij naar mijn bureau liep, glimlachte hij zo welgemeend dat ik me meteen schuldig voelde dat ik hem niet mocht.

'Goedemorgen, meneer Tomlinson. Wat bent u vroeg op de been. Het spijt me, maar Miranda is er nog niet.'

Hij grinnikte en trok zijn neus op als een knaagdier. 'Ja, ja, ze komt pas na de lunch, geloof ik. Andy, het is veel te lang geleden dat we eens fijn gekletst hebben. Vertel Mr. T eens hoe het met je gaat.'

'Geeft u die maar hier,' zei ik, en ik nam de van een monogram voorziene plunjezak met vuile was van hem aan die hij van Miranda aan mij moest gegeven. Ik pakte meteen de Fendi-tas met kraaltjes aan die de laatste tijd steeds weer opdook. Het was een uniek exemplaar waar de kraaltjes met de hand op genaaid waren, in een ingewikkeld patroon, speciaal voor Miranda van Silvia Venturini Fendi, om haar te bedanken voor haar steun. Een modeassistent had de waarde geschat op een kleine tienduizend dollar. Nu zag ik dat een van de dunne leren hengsels weer losgeraakt was, ook al had de accessoiresafdeling de tas al zo'n twintig keer teruggestuurd naar Fendi om het met de hand te laten vastzetten. De tas was bedoeld voor een lichte damesportefeuille, eventueel een zonnebril en heel misschien, als het echt niet anders kon, een kleine mobiele telefoon. Miranda trok zich daar niets van aan. Ze had er pas weer een extra grote fles Bulgari-parfum in gepropt, een sandaaltje waar de hak van afgebroken was – en dat ik waarschijnlijk moest laten repareren –, een reusachtige agenda die meer woog dan een complete laptop, een flinke hondenhalsband met scherpe pinnen (waarvan ik me nog altijd afvroeg of hij bedoeld was voor haar hond of voor een toekomstige fotosessie) en het Boek dat ik haar de avond ervoor had bezorgd. Als ik een tas van tienduizend dollar had, zou ik hem naar de lommerd brengen en van het geld een jaar mijn huur betalen, maar Miranda gebruikte hem liever als vuilniszak.

'Bedankt, Andy, jij bent een enorme hulp voor iedereen. En nu wil Mr. T graag wat meer horen over je leven. Wat maak je allemaal mee?'

Wat maak je mee? Wat ik meemaak? Hm, eens kijken. Eigenlijk niet zoveel. Het grootste deel van mijn tijd doe ik mijn best om de contractueel vastgelegde termijn van dwangarbeid voor uw sadistische vrouw vol te maken. Als er gedurende de werkdag een paar vrije minuutjes voorkomen waarin ze niet een of ander kleinerend verzoek indient, probeer ik me af te sluiten voor het hersenspoelende geklets dat me door haar eerste assistente wordt opgedrongen. Op de steeds zeldzamer wordende momenten dat ik niet binnen deze vier muren zit, probeer ik mezelf er meestal van te overtuigen dat het geen ramp is om meer dan 800 calorieën per dag te eten – of ik wijs mezelf erop dat ik met maat 36 niet noodzakelijkerwijs in de categorie 'grote maten' val. Dus het korte antwoordt luidt: niet zoveel.

'Ach, meneer Tomlinson, niet zoveel. Ik werk veel. En wanneer ik vrij ben, ben ik meestal bij mijn beste vriendin of bij mijn vriend. Of ik probeer mijn familie te bezoeken.' Vroeger las ik veel, had ik willen zeggen, maar daar ben ik nu te moe voor. En ik had altijd veel getennist, maar daar had ik geen tijd meer voor.

'Dus je bent vijfentwintig?' vroeg hij retorisch. Ik had geen idee waar dit naartoe ging.

'Eh, nee, drieëntwintig. Ik ben in mei pas afgestudeerd.'

'Aha! Drieëntwintig, dus?' Hij trok een gezicht alsof hij niet wist of hij nog meer zou gaan zeggen. Ik zette me schrap. 'Vertel Mr. T eens wat iemand van drieëntwintig in deze stad voor leuke dingen doet? Restaurants? Clubs? Dat soort dingen?' Hij glimlachte weer en ik vroeg me af of hij echt zoveel behoefte aan aandacht had als ik dacht. Er zat niets kwaads achter zijn belangstelling; kennelijk had hij gewoon een zeer dringende behoefte om te praten.

'Eh... eigenlijk van alles. Ik ga niet vaak naar clubs, maar wel naar bars en lounges en zo. Of ergens eten en naar de film.'

'Dat klinkt hartstikke leuk. Dat deed ik ook toen ik zo oud was als jij. Nu heb ik alleen maar feestjes van mijn werk en liefdadigheidsinstellingen. Geniet er maar van, Andy.' Hij knipoogde als een oubollige vader.

'Ja, ik doe mijn best,' wist ik uit te brengen. Ga weg, ga alsjeblieft weg, weg, weg, weg, dacht ik, met een verlangende blik op de bagel die naar me lag te lonken. Ik had drie minuten rust per dag en deze man nam ze alledrie in beslag.

Hij deed zijn mond open om iets te zeggen, maar de deur zwaaide open en Emily kwam binnengestampt. Ze had haar koptelefoon op en swingde volop mee met de muziek. Ik zag haar mond openvallen toen ze hem daar zag staan.

'Meneer Tomlinson!' riep ze uit, en ze rukte haar koptelefoon af en gooide haar iPod in haar Gucci-tas. 'Is alles goed? Er is toch niets met Miranda?' Ze keek en klonk oprecht bezorgd. Eersteklas acteerwerk: de oneindig attente, onfeilbaar beleefde assistente.

'Hallo, Emily. Nee hoor, er is niets aan de hand, Miranda komt zo. Mr. T kwam alleen haar spullen afgeven. Hoe is het met jou?'

Emily straalde. Ik vroeg me af of ze het misschien echt leuk vond dat hij er was. 'Prima, dank u wel. En met u? Heeft Andrea u geholpen?'

'O, nou en of,' zei hij, en hij wierp me glimlach nummer zesduizend toe. 'Ik wilde nog het een en ander doornemen voor de verloving van mijn broer, maar daar is het misschien een beetje te vroeg voor, nietwaar?'

Heel even dacht ik dat hij te vroeg in de ochtend bedoelde, en ik had al bijna 'Ja!' geschreeuwd, maar toen besefte ik dat hij erop doelde dat de plannen nog niet ver genoeg gevorderd waren.

Hij wendde zich weer tot Emily en zei: 'Je hebt een fantastische tweede assistente naast je, vind je ook niet?'

'Jazeker,' wist Emily met opeengeklemde kaken uit te brengen. 'Fantastisch.' Ze grijnsde.

Ik grijnsde.

Mr. Tomlinson grijnsde met extra voltage en ik vroeg me af of er soms een bepaalde stof ontbrak in zijn hersenen. Misschien was hij wel chronisch manisch of zo.

'Mr. T moest maar eens gaan. Het was me weer een genoegen om met jullie te babbelen. Nog een prettige ochtend verder. Tot ziens.'

'Dag, meneer Tomlinson!' riep Emily hem na toen hij de hoek van de gang om liep, op weg naar de receptie. Ik vroeg me af of hij Sophy nog bij haar billen zou grijpen voordat hij de lift in dook.

'Waarom deed je zo bot tegen hem?' vroeg Emily toen ze haar flinterdunne blazer uittrok. Er kwam een nog dunner chiffon truitje met laag uitgesneden ronde hals uit, dat aan de voorkant dichtgeregen was als een korset.

'Bot? Ik heb hem geholpen met haar spullen en met hem gepraat voordat jij kwam. Wat is daar bot aan?'

'Nou, om te beginnen heb je geen afscheid genomen. En je hebt die blik in je ogen.'

'Welke blik?'

'Die blik van jou. Die blik waarmee je laat zien dat je overal ver boven staat, dat je het hier vreselijk vindt. Bij mij kun je dat misschien maken, maar niet bij meneer Tomlinson. Hij is de mán van Miranda! Je kunt hem zo echt niet behandelen.'

'Em, vind jij hem ook niet een beetje... raar? Hij praat maar door. Hoe kan hij zo aardig zijn terwijl zij... niet zo aardig is?' Ik zag haar naar het kantoor van Miranda kijken om te controleren of ik de kranten wel op de juiste manier had neergelegd.

'Raar? Nou, nee, Andrea. Hij is een van de belangrijkste belastingadviseurs in Manhattan.'

Het had geen zin. 'Laat maar, ik zeg ook maar wat. Hoe is het met jou? Hoe was het gisteravond?'

'O, prima. Ik ben met Jessica cadeaus gaan uitzoeken voor haar bruidsmeisjes. We zijn overal geweest: Scoop, Bergdorf, Infinity, overal. En ik heb een heleboel kleren gepast om vast ideeën op te doen voor Parijs, maar eigenlijk is het daar nog te vroeg voor.'

'Parijs? Ga je naar Parijs? Betekent dat dat je mij met haar alleen laat?' Dat laatste had ik niet hardop willen zeggen, maar het glipte er zo uit.

Weer die blik alsof ik achterlijk was. 'Ja, ik ga in oktober met Miranda naar Parijs en Milaan, voor de prêt-à-porter lenteshows. Ze neemt ieder jaar haar eerste assistente mee om haar te laten zien hoe het er nu echt aan toe gaat. Ik bedoel, ik heb duizenden modeshows gezien in Bryant Park, maar in Europa is het toch anders.'

Ik rekende het snel uit. 'In oktober? Dat is over zeven maanden. Heb je kleren gepast voor een reis die over zeven maanden plaatsvindt?' Het kwam er scherper uit dan ik had bedoeld, en Emily ging meteen in de verdediging.

'Eh, ja. Ik was natuurlijk niet van plan om al iets te kopen, want tegen die tijd is de mode alweer grotendeels veranderd. Maar ik wilde er gewoon vast over nadenken. Het is heel wat, hoor. We vliegen business class, slapen in vijfsterrenhotels en gaan naar de wildste feesten. En mijn god, je bezoekt daar de meest exclusieve modeshows op aarde.'

Emily had me al verteld dat Miranda drie of vier keer per jaar naar Europa ging voor de modeshows. Londen sloeg ze altijd over, zoals iedereen, maar ze ging in oktober naar Milaan voor de prêt-à-porter voor de lente, in juli voor de wintercouture en in maart voor de prêt-à-porter voor de herfst. Soms pikte ze de strand- en zomermode nog mee, maar niet altijd. We hadden als gekken gewerkt om Miranda voor te bereiden op de shows aan het eind van deze maand. Ik vroeg me af waarom ze dan geen assistente meenam.

'Waarom neemt ze je niet altíjd mee?' Ik besloot het er gewoon op te wagen, ook al zou het antwoord ongetwijfeld een langdradige uitleg bevatten. Ik was allang blij dat Miranda twee hele weken niet op kantoor zou zijn, en ik werd helemaal licht in mijn hoofd bij de gedachte dat Emily ook zo lang weg zou gaan. Visioenen van cheeseburgers met bacon, spijkerbroeken met scheuren die niet professioneel waren aangebracht en platte schoenen – ach, kom op, misschien zelfs gympen – vulden mijn hoofd. 'Waarom alleen in oktober?'

'Nou, het is heus niet zo dat ze daar geen hulp heeft. De Italiaanse en Franse *Runway* sturen altijd hun assistentes voor Miranda en meestal helpen de redacteurs haar zelf ook. Maar tijdens de prêt-à-porter voor de lente geeft ze een gigantisch feest, de jaarlijkse openingsparty; iedereen zegt dat dat het grootste en beste feest van alle shows van het hele jaar is. Dus uiteraard vertrouwt ze het alleen míj toe om haar daarbij te helpen.' Uiteraard.

'Hmm, dat klinkt leuk. En het betekent dat ik hier dus de boel draaiende houd?'

'Ja, min of meer. Maar denk niet dat het niks voorstelt. Het zullen waarschijnlijk je allerzwaarste weken worden, want ze heeft veel assistentie nodig wanneer ze daar is. Ze zal je vaak bellen.'

'Ach, help!' zei ik cynisch. Ze keek geërgerd naar het plafond.

Ik ging met open ogen zitten slapen en staarde naar een lege monitor tot het kantoor langzaam vol begon te lopen en er te veel mensen waren die me konden zien. Om tien uur kwamen de eerste modeminnaars, die in stilte aan hun koffie verkeerd met magere melk nipten en wachtten tot hun kater van de champagne van de vorige avond over zou gaan. James kwam naar mijn bureau toe, zoals altijd wanneer hij zag dat Miranda er niet was. Hij verkondigde dat hij de avond ervoor zijn toekomstige echtgenoot had ontmoet bij Balthazar.

'Hij zat zomaar aan de bar en droeg het mooiste roodleren colbert dat ik ooit heb gezien – en ik moet zeggen dat hij het kon hebben. Je had moeten zien hoe hij die oesters over zijn tong liet glijden...' Hij kreunde hoorbaar. 'O, het was echt prachtig.'

'Heb je zijn telefoonnummer?' vroeg ik.

'Zijn telefoonnummer? Om elf uur lag hij spiernaakt bij me op de bank, en ik kan je vertellen...'

'Fijn, James, heel fijn. Jij bent niet het koele, afstandelijke type, hè? Ik vind het eerlijk gezegd een beetje sletterig klinken. We leven in het aidstijdperk, hoor.'

'Lieve schat, zelfs jij, juffertje mijn-vriend-is-de-laatste-engel-op-aarde, jij zou meteen door de knieën gaan als je hem zag. Hij is echt het einde. Het einde!'

Tegen elf uur had iedereen elkaar bekeken en gesproken en genoteerd wie er een nieuwe, op de juiste plaatsen vaal gemaakte spijkerbroek van Michael Kors had gescoord, of een truitje met v-hals van Celine waar ábsoluut niet aan te komen was. Om twaalf uur was het tijd voor een pauze, meestal bij de kledingrekken langs de wanden, waar het gesprek voornamelijk over bepaalde kledingstukken ging. Iedere ochtend haalde Jeffy, een van de assistenten die de Kast beheerden, alle rekken met jurken, badpakken, broeken, blouses, jassen, schoenen en alles wat er verder eventueel gebruikt zou worden voor een van de fotosessies. Hij zette ieder rek tegen de muur, over de hele verdieping verspreid, zodat de redacteuren konden vinden wat ze nodig hadden zonder de hele Kast te hoeven doorzoeken.

De Kast was eigenlijk geen kast, het was eerder een kleine aula. De wanden waren bedekt met schoenen in alle kleuren, maten en modellen, als Sjakies chocoladefabriek voor modefreaks, met vele tientallen muiltjes, naaldhakken, ballerina's, laarzen met hoge hakken, sandaaltjes met open tenen en schoenen met hoge hakken en kraaltjes. Propvolle ladekasten, sommige ingebouwd en andere gewoon in een hoek geschoven, waren gevuld met alle mogelijke panty's, sokken, beha's, slipjes, onderrokken, hemdjes en korsetten. Heb je op het laatste moment nog een push-upbeha van La Perla met luipaardprint nodig? Kijk maar in de Kast. Of wat dacht je van huidkleurige netkousen of een pilotenbril van Dior? In de Kast. De planken en laden met accessoires namen de achterste twee muren in beslag, en alleen al de hoeveelheid was duizelingwekkend. Vulpennen. Sieraden. Beddengoed. Sjaals, handschoenen en skimutsen. Pyjama's. Capes. Briefpapier. Zijden bloemen. Hoeden, heel veel hoeden. En tassen. Al die tassen! Schoudertassen en bowlingtassen, rugzakken en draagtassen, minitasjes, extra grote modellen, avondtasjes, enveloptassen en koerierstassen, stuk voor stuk met een exclusief label en een hoger prijskaartje dan de gemiddelde maandelijkse hypotheekaflossing in Amerika. En dan waren er nog de vele rekken vol kleding, zo dicht tegen elkaar geschoven dat je er onmogelijk tussendoor kon lopen, die iedere resterende centimeter in beslag namen.

Dus overdag probeerde Jeffy van de Kast een min of meer bruikbare ruimte te maken waar modellen (en assistentes zoals ik) kleding konden passen en zich een weg konden banen naar de schoenen helemaal achterin door alle rekken de gang op te duwen. Ik had nog nooit iemand gezien die onze verdieping bezocht – of het nu een vriendje, koerier of stilist was – die niet abrupt stil bleef staan om naar de gangen vol couture te staren. Soms waren de rekken gerangschikt per fotosessie (Sydney, Santa Barbara) of op soort (bikini's, mantelpakjes), maar meestal leek het gewoon een lukraak allegaartje van *ontzettend dure spullen.* En hoewel iedereen ernaar gaapte en aan het zijdezachte kasjmier en de met vele kraaltjes bezette avondjurken voelde, waren de modeminnaars van kantoor degenen die voortdurend bezitterig in de buurt van 'hun' kleding rondhingen en onafgebroken ieder kledingstuk van commentaar voorzagen.

'Maggie Rizer is de enige vrouw ter wéreld die deze capribroek kan hebben,' verkondigde Hope, een van de modeassistentes – die maar liefst 52 kilo woog, bij een lengte van 1,83 meter – luidkeels voor de deur van ons kantoor, terwijl ze zuchtend de broek voor haar benen hield. 'Mijn kont zou er nog dikker in lijken dan hij al is.'

'Andrea,' riep haar vriendin, een meisje dat ik niet zo goed kende en dat op de accessoiresafdeling werkte. 'Zeg eens tegen Hope dat ze niet dik is.'

'Je bent niet dik,' zei ik, mijn mond op de automatische piloot. Het zou me vele, vele uren bespaard hebben als ik de tekst op een T-shirt had laten printen of hem misschien maar meteen op mijn voorhoofd had laten tatoeëren. Ik werd er constant bij geroepen om verschillende *Runway*-mensen ervan te verzekeren dat ze niet dik waren.

'Ach mens, heb je mijn pens de laatste tijd niet gezien? Ik lijk wel een Michelin-mannetje. Ik ben moddervet!' Het vet zat hier bij iedereen tussen de oren, niet op de heupen. Emily bezwoer me dat haar bovenbenen 'een grotere omtrek dan een sequoiaboom' hadden en Jessica vond zichzelf met haar 'zwabberende bovenarmen' net Roseanne Barr. Zelfs James klaagde dat zijn kont die ochtend onder de douche zo dik had geleken dat hij had overwogen 'zich vet te melden' en niet te komen werken.

In het begin had ik buitengewoon rationeel geantwoord op die ontelbare ben-ik-dikvragen, vond ik zelf: 'Als jij dik bent, Hope, wat ben ik dan? Ik ben zes centimeter kleiner dan jij en ik weeg meer.'

'O, Andy, even serieus. *Ik* ben dik, jij bent prachtig slank.'

Natuurlijk dacht ik dat ze loog, maar ik kwam er al snel achter dat Hope – net als alle andere anorectisch magere vrouwen op de afdeling, en de meeste mannen – alleen het gewicht van anderen accuraat kon beoordelen. Wanneer deze mensen in de spiegel keken, zagen ze in alle ernst een monster voor zich staan.

En natuurlijk, ook al had ik nog zo mijn best gedaan om het te voorkomen en had ik mezelf steeds weer voorgehouden dat ik normaal was en zij niet, toch hadden de voortdurende opmerkingen over vet wel indruk gemaakt. Ik werkte pas vier maanden bij *Runway*, maar ik was inmiddels verknipt – om niet te zeggen paranoïde – genoeg om soms te denken dat het commentaar eigenlijk op mij was gericht. Dat ze bedoelden: 'Ik, de lange, bloedmooie modeassistente, doe net alsof ik mezelf dik vind, zodat jij, de kleine, mollige persoonlijke assistente, eindelijk inziet dat jíj hier de dikke bent.' Ik had mezelf met mijn 1,77 meter en 57 kilo (de kilo's die ik was kwijtgeraakt met mijn dysenterie waren gelukkig terug, hoewel ze hier weer leken te verdwijnen door mijn slechts-één-kopje-soep-maar-wel-vele-sigaretten-per-dag) altijd aan de dunne kant gevonden, vergeleken met andere vrouwen van mijn leeftijd. Bovendien had ik me altijd langer gevoeld dan negentig procent van de vrouwen en minstens de helft van de mannen die ik tegenkwam. Voordat ik op dit kantoor vol waanbeelden kwam werken had ik nooit geweten hoe het voelde om je klein en dik te voelen, de hele dag door, dag in, dag uit. Ik was met gemak de trol van het gezelschap, de korte brede, en ik had maat 36. En mocht ik dat even vergeten, dan werd ik er wel aan herinnerd door het geklets en geroddel om me heen.

'Volgens dokter Eisenberg werkt het Zone-dieet alleen als je ook al het fruit afzweert, wist je dat?' zei Jessica, die zich in het gesprek mengde terwijl ze een rok van Narcisco Rodriguez uit het rek plukte. Jessica was pas verloofd met een van de jongste adjunct-directeuren van Goldman Sachs en de druk van haar ophanden zijnde societybruiloft rustte zwaar op haar schouders. 'En ze heeft gelijk: ik ben weer vijf kilo afgevallen sinds ik mijn jurk de laatste keer heb gepast.' Ik kon haar nog vergeven dat ze zichzelf uithongerde terwijl ze nauwelijks genoeg lichaamsvet had om te overleven, maar ik kon het niet uitstaan dat ze er constant over práátte. Hoe indrukwekkend de namen van al die artsen ook waren en hoeveel succesverhalen ze ook opdiste, ik kon er geen interesse voor opbrengen.

Om een uur of een werd het onrustig op kantoor: iedereen maakte zich klaar voor de lunchpauze. Niet dat er dan daadwerkelijk gegeten werd, maar het was de ideale tijd voor gasten. Ik keek loom toe hoe de gebruikelijke reeks stilisten, vaste medewerkers, freelancers, vrienden en geliefden langskwamen om zich te vergapen aan de glamour die van nature gepaard ging met al die kleding ter waarde van honderdduizenden dollars, tientallen prachtige gezichten en een bijna oneindige hoeveelheid heel, heel lange benen.

Jeffy kwam naar me toe zodra hij zeker wist dat Miranda en Emily allebei aan het lunchen waren, en hij overhandigde me twee enorme boodschappentassen.

'Hier, kijk maar even. Dit lijkt me een mooi begin.'

Ik kieperde een van de zakken leeg op de grond naast mijn bureau en sorteerde de inhoud. Er zaten twee Joseph-broeken in, in camel en antraciet, allebei lang en smal met een lage taille, gemaakt van ongelooflijk zachte wol. Er zat een bruine suède broek van Gucci bij die eruitzag alsof hij van een zwerver nog een topmodel zou maken, en twee spijkerbroeken van Marc Jacobs die speciaal voor mij gemaakt leken. En acht of negen topjes, variërend van een heel strak geribbeld coltruitje van Calvin Klein tot een piepklein, volkomen doorschijnend bloesje van Donna Karan. Een schitterende overslagjurk van Diane Von Furstenberg met grafische patronen lag keurig opgevouwen op een donkerblauw fluwelen broekpak van Tahari. Ik werd meteen verliefd op een denim plooirok van Habitual, die tot net boven de knie kwam en prachtig zou staan onder de absoluut kekke bloemetjesblazer van Katyone Adelie.

'Die kleren... zijn die allemaal voor mij?' vroeg ik, en ik hoopte dat het enthousiast en niet beledigd klonk.

'Ja, het stelt niks voor. Gewoon wat dingetjes die al eeuwen in de Kast liggen. Misschien zijn ze ooit gebruikt voor een fotosessie, maar ze zijn geen van alle teruggestuurd. Om de zoveel maanden ruim ik de Kast op en dan geef ik die spullen weg, en ik dacht dat jij misschien wel... interesse zou hebben. Je hebt toch maat 36?'

Ik knikte, nog altijd met stomheid geslagen.

'Ja, dat had ik al gezien. Bijna iedereen hier heeft maat 34 of kleiner, dus je mag het allemaal hebben.'

Au. 'Geweldig. Hartstikke fijn, Jeffy, ik weet niet hoe ik je moet bedanken. Het is allemaal prachtig!'

'Kijk maar eens in de tweede zak,' zei hij, met een gebaar naar de zak op de grond. 'Je denkt toch niet dat je in dat fluwelen pak met die ordinaire koerierstas van je kunt gaan zeulen, hè?'

Uit de tweede, nog vollere tas kwam een onvoorstelbare verzameling schoenen, tassen en een paar jassen. Er zaten twee paar Jimmy Choo-laarzen met hoge hakken in – een enkelhoog en een tot de knie –, twee paar sandaaltjes van Manolo Blahnik met open teen en naaldhakken, klassieke zwarte Prada-pumps en een paar mocassins van Tod's, waarvan Jeffy onmiddellijk zei dat ik ze nooit naar kantoor mocht dragen. Ik hing een dunne, slappe tas van rood suède over mijn schouder en zag onmiddellijk de twee in elkaar gehaakte c's op de voorkant, maar hij was lang niet zo mooi als het donkere, chocoladebruine leer van de grote tas van Celine die ik over mijn andere arm hing. Een lange, legerachtige trenchcoat met die typische, overdreven grote knopen van Marc Jacobs maakte het geheel compleet.

'Dat meen je niet,' zei ik zachtjes, terwijl ik met mijn vingers over de Dior-zonnebril streek die hij er kennelijk op het laatste moment nog bij had gedaan. 'Dat kun je niet menen.'

Hij leek blij met mijn reactie en boog zijn hoofd. 'Doe me één plezier en draag het ook echt, oké? En tegen niemand zeggen dat ik jou de eerste keus heb gegeven, want ze zitten hier allemaal te wachten tot de Kast wordt opgeruimd.' Hij stoof weg toen we Emily op de gang iets tegen iemand hoorden roepen, en ik schoof al mijn nieuwe kleren onder mijn bureau.

Emily kwam terug van de Dining Room met haar vaste lunch: een fruitshake, puur natuur en zonder toevoegingen, en een meeneembakje met ijsbergsla en broccoli met een beetje balsamicoazijn. Geen vinaigrette. Azijn. Miranda kon ieder moment komen – Uri had net gebeld om te zeggen dat hij haar moest afzetten – dus had ik niet de gebruikelijke luxueuze zeven minuten om naar de soephoek te rennen en de beker achter mijn bureau leeg te schrokken. De klok tikte door en ik rammelde, maar ik had niet de energie om tussen de modeminnaars door te zigzaggen, me van top tot teen door de caissière te laten bekijken en me af te vragen of ik mijn slokdarm niet blijvend zou beschadigen met die gloeiend hete (en dikmakende!) soep die ik zo snel naar binnen moest gieten dat ik hem voelde branden. Het was de moeite niet waard. Een keer een maaltijd overslaan, daar ga je niet dood van, hield ik mezelf voor. Integendeel: je geestelijk gezonde, stabiele collega's beweren zelfs dat je er sterker van wordt. En trouwens, zo'n broek van tweeduizend dollar staat iemand die zich volpropt toch niet, dacht ik rationeel. Ik zakte onderuit in mijn stoel en bedacht hoe goed ik *Runway* zojuist had vertegenwoordigd.

11

De mobiele telefoon snerpte ergens diep in mijn dromen, maar mijn bewustzijn nam het lang genoeg over om me af te vragen of zij het was. Na een verbijsterend snel oriëntatieproces – Waar ben ik? Wie is 'zij'? Welke dag is het vandaag? – besefte ik dat het geen goed teken was dat de telefoon ging op zaterdagochtend om acht uur. Mijn vrienden zouden de eerste uren geen van allen wakker zijn en mijn ouders hadden, na jarenlang vergeefs proberen, tandenknarsend aanvaard dat hun dochter niet voor twaalf uur opnam. In de zeven seconden die het me kostte om dat alles te bedenken, nam ik ook de redenen door om eventueel op te nemen. Ik dacht aan de motieven die Emily de eerste dag had opgesomd, dus tastte ik met mijn arm op de grond naar de telefoon terwijl ik lekker in bed bleef liggen. Ik kon hem nog net openklikken voordat hij ophield met rinkelen.

'Hallo?' Ik was er trots op dat mijn stem zo luid en duidelijk klonk, alsof ik al een paar uur druk bezig was met iets respectabelers dan slapen – ik sliep zo ontzettend vast dat het onmogelijk gezond kon zijn.

'Goedemorgen, lieverd! Ik ben blij dat je wakker bent. Ik wilde alleen even zeggen dat ik op Third Avenue rijd en dat ik er over een minuutje of tien ben, oké?' De stem van mijn vader galmde door de lijn. Verhuizen! Ik ging vandaag verhuizen! Ik was glad vergeten dat mijn vader vandaag naar de stad zou komen om me te helpen mijn spullen in te pakken en naar de nieuwe flat te brengen die Lily en ik hadden gehuurd. Wij zouden de dozen met kleding, cd's en fotoalbums verslepen terwijl de echte verhuizers mijn enorme bed te lijf gingen.

'O, hoi pap,' mompelde ik, nu weer met mijn gewone, vermoeide stem. 'Ik dacht dat zij het was.'

'Nee, vandaag even niet. Waar kan ik mijn auto het beste neerzetten? Is er hier ergens een parkeergarage?'

'Ja, onder het gebouw waar ik woon. De ingang zit op Third. Als je het nummer van mijn flat geeft, krijg je korting. Ik ga me snel aankleden, pap, tot zo.'

'Oké, lieverd. Ik hoop dat je hard wilt werken vandaag!'

Ik liet me terugvallen op mijn kussen en vroeg me af of er een kansje was om nog even te slapen. Niet echt, want mijn vader was helemaal uit Connecticut gekomen om me te helpen. Precies op dat moment begin het oorverdovende geruis van mijn wekkerradio. Aha! Ik was dus niet vergeten dat ik vandaag ging verhuizen. Het was een kleine troost dat ik nog niet helemaal gek aan het worden was.

Opstaan was, indien mogelijk, nog moeilijker dan andere dagen, ook al was het nu een paar uur later. Mijn lichaam had zich even laten misleiden en dacht nu dat het slaap mocht inhalen; het had erop gerekend dat ik die beruchte slaapachterstand waarover ik bij psychologie had geleerd ging verkleinen, maar nu sleepte ik mezelf uit bed. Ik had naast mijn bed een stapeltje opgevouwen kleren klaargelegd; op mijn tandenborstel na het enige wat ik nog niet had ingepakt. Ik trok de blauwe Adidas-broek en het sweatshirt met capuchon van Brown aan, met een paar vieze grijze sportschoenen van New Balance die al de halve wereld hadden gezien. Ik had mijn Listerine nog niet uitgespuugd of de zoemer ging.

'Hoi, pap. Ik maak de deur voor je open. Ogenblikje.'

Twee minuten later werd er geklopt, en in plaats van mijn vader stond daar een verkreukelde Alex. Hij zag er fantastisch uit, zoals altijd. Zijn vale spijkerbroek hing laag om zijn niet-bestaande heupen en het grijze T-shirt met lange mouwen zat precies strak genoeg. Zijn rode ogen gingen schuil achter het piepkleine stalen brilletje dat hij alleen droeg wanneer hij last had van zijn contactlenzen, en zijn haar piekte alle kanten uit. Ik kon het niet laten hem stevig te omhelzen. Ik had hem niet meer gezien sinds de zondag ervoor, toen we 's middags even snel samen koffie hadden gedronken. Het was de bedoeling geweest dat we de hele dag en nacht samen zouden doorbrengen, maar Miranda had onverwacht een oppas voor Cassidy nodig gehad omdat ze met Caroline naar de dokter moest, en ik was de pineut geweest. Ik kwam doordeweeks te laat thuis om nog echt tijd met hem te kunnen doorbrengen, en hij ging niet meer in mijn bed liggen wachten tot hij een glimp van me kon opvangen. Dat begreep ik wel. Hij had eigenlijk de vorige avond bij me willen komen slapen, maar ik zat nog in de fase waarin ik mijn ouders voor de gek wilde houden: hoewel alle betrokkenen wisten dat Alex en ik met elkaar naar bed gingen, mocht er niets gedaan, gezegd of gesuggereerd worden om dat te bevestigen. Dus wilde ik niet dat hij er zou zijn wanneer mijn vader kwam.

'Hallo, mijn lief. Ik dacht dat jullie vandaag wel wat hulp konden gebruiken.' Hij hield een zak van de bakker omhoog waarvan ik wist dat er mijn lievelingsbagels – met zout – en grote bekers koffie in zouden zitten. 'Is je vader er al? Ik heb voor hem ook koffie meegebracht.'

'Ik dacht dat jij vandaag bijles moest geven,' zei ik. Shanti kwam haar slaapkamer uit in een zwarte pyjama. Ze liep met gebogen hoofd voorbij, mompelde iets over de hele dag werken en verdween weer. We praatten zelden met elkaar, en ik vroeg me af of ze besefte dat dit mijn laatste dag in de flat was.

'Klopt, maar ik heb de ouders van beide meisjes gebeld en ze vonden het prima als ik morgenochtend kwam, dus ik kom je helpen!'

'Andy! Alex!' Mijn vader stond achter Alex in de deuropening, en hij straalde alsof het de mooiste ochtend van zijn leven was. Ik nam de situatie snel in ogenschouw en stelde vast dat mijn vader terecht zou aannemen dat Alex net aangekomen was, want hij had schoenen aan en een zak duidelijk net gekocht eten in zijn handen. Bovendien stond de deur nog open. Pff.

'Andy zei dat je vandaag niet kon,' zei mijn vader tegen Alex, en hij zette een zak neer waar vast en zeker ook bagels met zout en koffie in zaten. Hij ontweek ieder oogcontact toen hij zei: 'Of wilde je net weggaan?'

Ik keek glimlachend naar Alex en hoopte dat hij er nog geen spijt van had dat hij zo vroeg was gekomen.

'O nee, ik kom net aan, dokter Sachs,' zei Alex dapper. 'Ik heb mijn bijlessen verzet, want ik dacht dat jullie wel wat extra hulp konden gebruiken.'

'Heel fijn. Daar hebben we zeker wat aan. Hier, neem een bagel. Alex, ik heb helaas te weinig koffie, want ik wist niet dat jij er ook zou zijn.' Mijn vader vond het zo te zien echt vervelend, en dat vond ik wel lief van hem. Ik wist dat hij er moeite mee had dat zijn jongste dochter een vriend had, maar hij deed zijn best om het niet te laten blijken.

'Niks aan de hand, dokter S. Ik heb ook wat meegebracht, dus we hebben genoeg.' En toen gingen mijn vader en mijn vriendje, volkomen op hun gemak, samen op de futon zitten ontbijten.

Ik pakte uit allebei de zakken een zoute bagel en bedacht hoe leuk het zou zijn om weer met Lily in één huis te gaan wonen. Het was nu bijna een jaar geleden dat we samen hadden gestudeerd. We probeerden elkaar minstens één keer per dag te spreken, maar we hadden het gevoel dat we elkaar nooit meer zagen. Nu zouden we iedere dag bij het thuiskomen kunnen klagen over onze vreselijke dag, net als vroeger. Alex en mijn vader praatten over sport (basketbal, denk ik) terwijl ik de dozen in mijn kamer van een etiket voorzag. Helaas was het niet veel: wat beddengoed en kussens, fotoalbums en wat spulletjes voor op mijn bureau (ook al had ik niet eens een bureau), make-up en toiletartikelen en een heleboel kledingzakken met kleren die niet geschikt waren voor *Runway*. Etiketten waren dus niet bepaald noodzakelijk, maar ik denk dat de assistente in mij hier even de kop opstak.

'Vooruit, aan de slag,' riep mijn vader vanuit de huiskamer.

'Sst! Dadelijk wordt Kendra wakker,' fluisterde ik hardop terug. 'Het is zaterdagochtend negen uur, hoor.'

Alex schudde zijn hoofd. 'Heb je haar niet zien weggaan, samen met Shanti? Althans, volgens mij was zij het. Ze waren in ieder geval met zijn tweeën, ze droegen allebei een mantelpakje en keken ongelukkig. Kijk maar even in hun slaapkamer.'

De deur naar hun kamer – die ze samen deelden, met een stapelbed – stond op een kier. De bedden waren allebei overdreven netjes opgemaakt, de kussens opgeschud, en er stonden twee precies dezelfde knuffelhondjes op. Pas op dat moment besefte ik dat ik nog nooit in hun kamer was geweest. In de paar maanden dat ik met hen in één flat had gewoond, hadden we nooit een gesprek gevoerd dat langer duurde dan een halve minuut. Ik wist niet precies wat ze deden, waar ze naartoe gingen en of ze behalve elkaar nog vrienden hadden. Ik was blij dat ik hier wegging.

Alex en mijn vader ruimden de resten van het ontbijt op en probeerden een plan op te stellen. 'Je hebt gelijk, ze zijn allebei weg. Ik denk dat ze niet eens in de gaten hebben dat ik vertrek.'

'Misschien moet je een briefje neerleggen,' stelde mijn vader voor. 'Of leg iets op je Scrabble-bord.' Ik had mijn Scrabble-verslaving van mijn vader, en hij was aanhanger van de theorie dat ieder nieuw huis een nieuw bord vereiste.

Ik gebruikte de laatste vijf minuten in de flat om met de blokjes de volgende tekst te leggen: 'Bedankt voor alles en tot ziens. x, Andy.' 118 punten, niet slecht.

Het kostte ons een uur om beide auto's in te laden, waarbij ik zelf weinig méér deed dan het portier aan de straatkant openhouden en de boel in de gaten houden wanneer Alex en mijn vader boven waren. De verhuizers van het bed – die nog meer kostten dan dat hele rotbed had gekost – waren laat, dus gingen mijn vader en Alex vast. Lily had ons nieuwe appartement gevonden via een advertentie in de *Village Voice*, en ik had het nog niet eens gezien. Ze had me midden op de dag op mijn werk gebeld en gegild: 'Ik heb het gevonden! Het is precies goed! Er is een badkamer met stromend water, de houten vloer is maar een klein beetje kromgetrokken en in de volle vier minuten dat ik hier ben heb ik nog niet één muis of kakkerlak gezien. Kun je nu meteen komen kijken?'

'Lily, ben je high of zo?' fluisterde ik. 'Zíj is er, ik kan echt niet weg.'

'Je moet nu meteen komen. Je weet hoe die dingen gaan.'

'Lily, denk nou eens na. Als ik nu zou vertrekken voor een noodzakelijke harttransplantatie zou ik nog ontslagen worden. Hoe kan ik dan naar een appartement komen kijken?'

'Nou, over een halve minuut is het weg. Het is kijkdag en er zijn nog minstens vijfentwintig anderen, die allemaal hun formulier invullen. Het moet echt nu meteen.'

In de dolgedraaide onroerend-goedwereld van Manhattan waren semi-bewoonbare appartementen zeldzamer – en gewilder – dan semi-normale, heteroseksuele mannen. Wanneer ze dan ook nog eens semi-betaalbaar waren, waren ze net zo moeilijk te vinden als een privé-eiland ergens voor de zuidkust van Afrika. Misschien nog wel moeilijker. Het maakte niet uit dat de meeste flats bestonden uit minder dan dertig vierkante meter stoffig, verrot hout, muren vol gaten en prehistorische keukenapparatuur. Geen kakkerlakken? Geen muizen? Niet meer laten gaan!

'Lily, ik vertrouw op jou, doe het maar. Kun je me mailen hoe het eruitziet?' Ik wilde zo snel mogelijk ophangen, want Miranda kon ieder moment terugkomen van de vormgeving. Als ze zag dat ik privé zat te telefoneren, kon ik inpakken.

'Tja... Ik heb hier kopieën van je loonstrookje, dat overigens belabberd is, en onze bankafschriften en jouw werkgeversverklaring. Er moet alleen nog iemand garant staan. Iemand die niet te ver weg woont en meer dan veertig keer onze maandhuur verdient, en ik weet wel dat mijn oma geen honderdduizend dollar per jaar verdient! Kunnen jouw ouders dat niet doen?'

'Jezus, Lil, dat weet ik niet. Ik heb het ze niet gevraagd en ik kan ze nu moeilijk bellen. Bel jij maar.'

'Oké. Ze verdienen toch meer dan een ton per jaar, hè?'

Dat wist ik niet helemaal zeker, maar wie konden we het anders vragen? 'Bel ze maar gewoon,' zei ik. 'Leg het maar uit, zeg dat Miranda hier is en dat het me spijt dat ik zelf niet kan bellen.'

'Doe ik,' zei ze. 'Maar ik kijk eerst even of we de flat wel kunnen krijgen. Ik bel je nog terug.' Ze hing op. Toen de telefoon twintig seconden later weer ging, zag ik op de nummermelder haar mobiele nummer. Emily trok op haar eigen speciale manier haar wenkbrauwen op omdat ik weer eens met een vriendin zat te bellen. Ik pakte de hoorn, maar ik richtte me tot Emily.

'Het is dringend,' fluisterde ik. 'Mijn beste vriendin probeert een appartement voor ons te huren en ik kan hier verdomme niet eens...'

Ik werd belaagd door drie stemmen tegelijk. Emily klonk kalm, afgemeten en enigszins waarschuwend. 'Andrea, alsjeblieft,' begon ze, precies tegelijk met Lily, die gilde: 'Ze doen het, Andy! Ze doen het! Luister je wel?' Maar hoewel ze het allebei duidelijk tegen mij hadden, kon ik hen geen van beiden echt horen. De enige stem die luid en duidelijk overkwam, was die van Miranda.

'Is er een probleem, Ahn-dre-ah?' Wat een schrik: ze had mijn naam goed. Ze torende boven me uit, kennelijk klaar om toe te slaan.

Ik hing meteen op, in de hoop dat Lily het zou begrijpen, en zette me schrap. 'Nee, Miranda, er is geen probleem.'

'Goed zo. Dan wil ik nu een ijsje met chocoladesaus, en ik zou het graag opeten voordat het smelt. Vanille. Denk erom, geen yoghurtijs of bevroren melk, niet suikervrij of vetarm, en graag met echte slagroom. Niet dat spul uit een spuitbus, begrepen? Echte slagroom. Dat was het.' Ze liep resoluut terug naar de afdeling Vormgeving en ik bleef achter met het sterke vermoeden dat ze alleen maar was komen kijken of ik wel aan het werk was. Emily lachte zelfgenoegzaam. De telefoon ging: Lily weer. Verdomme, kon ze niet gewoon een mailtje sturen? Ik hield de hoorn bij mijn oor maar zei niets.

'Oké, je kunt niks zeggen, dan doe ik het woord wel. Je ouders staan borg, dus dat is heel fijn. Het appartement heeft één grote slaapkamer, maar als we in de huiskamer een muurtje bouwen voor een extra slaapkamer, houden we ruimte over voor een tweepersoons bank én een stoel. Er is geen bad, maar de douche ziet er best goed uit. Geen vaatwasser, geen airconditioning, maar die kunnen we altijd nog nemen. Wasmachine en droger in de gezamenlijke kelder, parttime portier, één straat verderop is de metro. En nu komt het: we hebben een balkon!'

Waarschijnlijk hapte ik hoorbaar naar adem, want ze werd nog enthousiaster van mijn enthousiasme. 'Ik weet het! Te gek, hè? Het balkon ziet eruit alsof het ieder moment naar beneden kan storten, maar het ís een balkon. We passen er allebei op, dus daar kunnen we lekker roken. O, het is echt perfect!'

'Hoeveel?' bracht ik schor uit, vastbesloten om het daar echt bij te laten.

'Het is helemaal van ons voor een totaalbedrag van 2280 dollar per maand. Niet te geloven, hè, voor elfhonderd dollar per persoon hebben we een balkon! Dit is echt de vondst van de eeuw. Dus ik neem het maar, hè?'

Ik zweeg. Ik wilde iets zeggen, maar Miranda kwam langzaam dichterbij, terwijl ze ondertussen de pr-coördinator de mantel uitveegde waar iedereen bij was. Ze had een verschrikkelijke bui en ik had wel genoeg gehad voor één dag. Het meisje dat ze uit liep te schelden boog beschaamd haar hoofd, vuurrood, en ik hoopte voor haar dat ze niet zou gaan huilen.

'Andy, dit is belachelijk! Zeg gewoon ja of nee! Het is al erg genoeg dat ik vandaag niet naar college kan terwijl jij niet eens even komt kijken, maar je kunt toch wel ja of nee zeggen? Wat sta ik hier...' Lily's grens was bereikt en dat kon ik heel goed begrijpen, maar ik kon niets anders doen dan ophangen. Ze schreeuwde zo hard in de telefoon dat het door het hele kantoor galmde, en Miranda stond op nog geen anderhalve meter afstand. Ik had het liefst uit pure frustratie de pr-coördinator meegesleurd naar de toiletten om samen met haar een potje te janken. Of misschien konden we samen Miranda in een wc-hokje duwen en het Hermès-sjaaltje dat zo los om haar magere nekje hing strak aantrekken. Zou ik haar vasthouden of de sjaal aantrekken? Of misschien was het effectiever om dat ding gewoon in haar strot te duwen en te kijken hoe ze naar adem...

'Ahn-dre-ah!' Haar stem klonk afgemeten en staalhard. 'Wat heb ik je amper vijf minuten geleden gevraagd?' Shit! Het ijsje. Ik was dat hele ijsje vergeten. 'Is er een speciale reden waarom je daar nog zit in plaats van je werk te doen? Vind je dit soms grappig? Of heb ik misschien iets gezegd waardoor ik de indruk wekte dat ik het niet meende? Nou? Nou?' Haar bruine ogen puilden uit, en hoewel ze natuurlijk nog niet echt haar stem verhief, kwam het akelig dicht in de buurt. Toen ik mijn mond opendeed om iets te zeggen, hoorde ik dat Emily me voor was.

'Miranda, sorry, het is mijn schuld. Ik heb Andrea gevraagd de telefoon op te nemen omdat ik dacht dat het Caroline of Cassidy zou zijn, en zelf was ik aan de andere lijn die Prada-blouse voor je aan het bestellen. Andrea wilde net gaan. Het spijt me, het zal niet meer gebeuren.'

Een wonder! De Volmaakte had gesproken, en nog wel om mij te verdedigen.

Miranda leek tijdelijk bedaard te zijn. 'Goed. Ga dan nu mijn ijsje halen, Andrea.' En met die woorden liep ze haar kantoor in, waar ze prompt de telefoon pakte om tegen B-DES te gaan zitten koeren.

Ik keek naar Emily, maar die deed alsof ze druk zat te werken. Ik stuurde haar een e-mail van één woord: *Waarom?*

Omdat ik bang was dat ze je zou ontslaan en ik geen zin heb om iemand anders in te werken, stuurde ze terug. Ik vertrok om het volmaakte ijsje te gaan zoeken en belde Lily mobiel zodra de lift in de lobby was.

'Lil, het spijt me, echt waar. Het kwam...'

'Hoor eens, ik heb hier geen tijd voor,' zei Lily mat. 'Volgens mij overdrijf je een beetje, denk je ook niet? Ik bedoel, je kunt toch wel ja of nee zeggen?'

'Het is moeilijk uit te leggen, Lil. Het kwam...'

'Laat maar, ik moet opschieten. Ik bel je wel als we het appartement hebben. Niet dat het je interesseert, maar ja.'

Ik wilde protesteren, maar ze had al opgehangen. Verdomme! Het was niet fair van me om van Lily te verwachten dat ze het begreep terwijl ik het zelf een halfjaartje eerder ook belachelijk gevonden zou hebben. En het was al helemaal niet fair om haar heel Manhattan door te sturen op zoek naar een flat voor ons samen en dan niet eens haar telefoontjes te beantwoorden, maar wat moest ik anders?

Toen ze pas na middernacht eindelijk opnam, vertelde ze me dat we het appartement hadden gekregen.

'Geweldig, Lil. Ik kan je niet genoeg bedanken. Ik zweer je dat ik het goedmaak, dat beloof ik!' Toen bedacht ik iets. Doe eens spontaan! Bel een auto van Elias, rijd naar Harlem en ga je beste vriendin persoonlijk bedanken. Ja, dat was het! 'Lil, ben je thuis? Ik kom naar je toe om het te vieren, oké?'

Ik had gedacht dat ze dolenthousiast zou zijn; maar het bleef stil. Toen zei ze zachtjes: 'Doe geen moeite. Ik heb een fles Southern Comfort en Tongpiercing is hier. Meer heb ik niet nodig.'

Het deed pijn, maar ik begreep het wel. Lily werd zelden kwaad, maar áls ze kwaad werd, viel er niet met haar te praten totdat zij er klaar voor was. Ik hoorde vloeistof in een glas stromen en het geluid van ijsklontjes, en ze nam een grote slok.

'Oké, maar bel je me als er iets is?'

'Hoezo? Zodat jij aan de andere kant kunt gaan zitten zwijgen? Nee, dank je.'

'Lil...'

'Maak je om mij vooral geen zorgen. Ik red me prima.' Weer een slok. 'Ik spreek je nog wel. En nog gefeliciteerd met onze flat.'

'Ja, gefeliciteerd,' herhaalde ik, maar ze had al opgehangen.

Ik had Alex gebeld om te vragen of het goed was dat ik naar hem toe zou komen, maar hij reageerde niet zo enthousiast als ik had gehoopt.

'Andy, je weet dat ik het leuk zou vinden om je te zien, maar eh... ik ga op stap met Max en de rest. Jij bent er doordeweeks nooit meer, dus heb ik met mijn vrienden afgesproken.'

'O... Gaan jullie in Brooklyn uit of ergens hier in de buurt? Zal ik daar ook naartoe komen?' vroeg ik, want ik wist dat ze natuurlijk naar de Upper East Side gingen, waarschijnlijk ergens vlak bij mij, want daar woonden de anderen ook.

'Sorry, een andere keer graag, maar vanavond wordt het jongens onder elkaar.'

'O. Oké. Ik had eigenlijk naar Lily willen gaan om te vieren dat we een flat hebben, maar we hebben... een beetje ruzie. Ze begrijpt niet dat ik op mijn werk niets kan zeggen als ze belt.'

'Nou Andy, ik moet zeggen dat ik dat soms ook niet begrijp. Ik weet best dat je bazin niet makkelijk is, maar ik krijg soms de indruk dat je het allemaal wel erg serieus neemt.' Het klonk alsof hij vreselijk zijn best deed om het inschikkelijk en niet verwijtend te laten klinken.

'Dat is ook zo!' zei ik kwaad terug, pissig omdat hij me niet wilde zien, omdat hij me niet smééкte ook mee te gaan en omdat hij partij trok voor Lily, ook al had ze wel een beetje gelijk en hij ook. 'Het is wel mijn léven, hoor. Mijn carrière, mijn toekomst. Wat moet ik dán verdomme doen? Moet ik net doen alsof het allemaal een grap is?'

'Andy, nu verdraai je mijn woorden. Je weet best dat ik dat niet bedoel.'

Maar ik zat al te schreeuwen, ik kon er niets aan doen. Eerst Lily en nu Alex? Na een hele dag Miranda, elke dag opnieuw? Het werd me te veel. Ik had het liefst een potje willen janken, maar ik kon alleen maar schreeuwen.

'Eén grote grap, hè? Dat is mijn baan voor jullie! O Andy, jij werkt in de mode, zo zwaar kan dat toch niet zijn?' deed ik hen na, en ik kreeg met de seconde een grotere hekel aan mezelf. 'Nou, sorry dat we niet allemaal van die wereldverbeteraars of superstudenten kunnen zijn. Sorry dat ik...'

'Bel me maar terug als je gekalmeerd bent,' zei hij. 'Hier luister ik niet naar.' En hij hing op. Hing op! Ik wachtte tot hij terug zou bellen, maar dat deed hij niet, en toen ik om een uur of drie 's nachts eindelijk in slaap viel, had ik niets meer van Alex of Lily gehoord.

En nu – een volle week later – ging ik dus verhuizen, en hoewel we geen van drieën nog zichtbaar kwaad waren, was er toch iets veranderd tussen ons. Ik had geen tijd gehad om het persoonlijk goed te gaan maken, want we zaten midden in de afronding van het nieuwe nummer van *Runway*, maar ik nam aan dat het wel goed zou komen zodra Lily en ik in onze nieuwe flat woonden. Onze gezamenlijke flat, waar alles net zo zou worden zoals in onze studietijd, toen het leven zoveel makkelijker was.

Om elf uur kwamen de verhuizers eindelijk, en het kostte hun negen hele minuten om mijn geliefde bed uit elkaar te halen en de onderdelen achter in hun wagen te gooien. Ze gaven me een lift naar mijn nieuwe flat, waar mijn vader en Alex stonden te kletsen met de portier, die bizar genoeg sprekend op John Galliano leek. Mijn dozen stonden opgestapeld tegen de muur van de lobby.

'Andy, goed dat je er bent. Meneer Fisher wil de flat pas openmaken als een van de huurders erbij is,' zei mijn vader met een enorme grijns. 'En dat is heel verstandig van hem,' voegde hij er met een knipoog naar de portier aan toe.

'O, is Lily er dan nog niet? Ze zou om tien uur, half elf hier zijn.'

'Nee, ik heb haar niet gezien. Zal ik even bellen?' zei Alex.

'Ja, doe maar. Dan ga ik naar boven met eh... meneer Fisher en dan nemen we de spullen mee. Vraag maar of ze hulp nodig heeft.'

Meneer Fisher glimlachte, en ik kon zijn lachje niet anders dan wellustig noemen. 'Kom op meid, we zijn nu praktisch familie,' zei hij met een blik op mijn borsten. 'Zeg maar John.'

Ik verslikte me bijna in de inmiddels koude koffie die ik bij me had en vroeg me af of de man die zoveel ontzag genoot omdat hij Dior nieuw leven ingeblazen had misschien zonder dat ik het wist was gestorven en was gereïncarneerd als mijn portier.

Alex knikte en veegde zijn bril schoon aan zijn T-shirt. Ik vond het zo leuk als hij dat deed. 'Ga jij maar met je vader naar boven. Ik bel Lily wel.'

Toen iedereen aan elkaar was voorgesteld vroeg ik me af of het een goede of slechte zaak was dat mijn vader inmiddels dikke vrienden was met mijn portier (alias modeontwerper), de man die straks onvermijdelijk ieder detail over mijn leven zou kennen. De lobby zag er aardig uit, hooguit een beetje retro. Hij was uitgevoerd in een of andere lichte steensoort, met een paar ongemakkelijk uitziende bankjes voor de liften en achter de brievenbussen. Wij hadden appartement 8c, op het zuidwesten; ik had gehoord dat dat gunstig was. John maakte de deur open met zijn loper en deed als een trotse papa een stapje terug.

'Dat is ze dan,' verkondigde hij gewichtig.

Ik ging als eerste naar binnen. Ik had een indringende zwavellucht of misschien een paar vleermuizen aan het plafond verwacht, maar de flat was verrassend schoon en licht. De keuken was rechts: een smal, eenpersoons pijpenlaatje met een witte tegelvloer en tamelijk witte formica kastjes. Er was natuurlijk geen vaatwasser, maar het aanrecht was van een soort gespikkeld imitatiegraniet en boven het fornuis hing een inbouwmagnetron.

'Hartstikke goed,' zei mijn vader, en hij trok de koelkast open. 'Er zitten al ijslaatjes in.'

Achter de keuken was de huiskamer, die al in tweeën was verdeeld met een provisorisch muurtje, zodat er een tweede slaapkamer was gecreëerd. Dat betekende natuurlijk wel dat er in de huiskamer geen enkel raam meer was, maar dat gaf niet. De slaapkamer was van redelijk formaat – in ieder geval groter dan mijn vorige kamer – en de glazen schuifdeur naar het balkon nam een hele wand in beslag. De badkamer lag tussen de huiskamer en de echte slaapkamer en was in een zoete kleur roze betegeld en geschilderd. Ach, ja. Dat had wel iets kitscherigs. Ik liep de echte slaapkamer in, die aanzienlijk groter was dan het afgescheiden stuk huiskamer, en keek om me heen. Een piepkleine kast, een plafondventilator en een vies raampje waardoor je rechtstreeks het appartement van de buren in keek. Lily wilde deze kamer graag, had ze gezegd, en ik had maar al te graag ingestemd. Ze wilde wat extra ruimte omdat ze zoveel thuis was om te studeren, maar ik was blij met het licht en de deur naar het balkon. 'Bedankt, Lil,' fluisterde ik, hoewel ik wist dat ze het niet kon horen.

'Wat zeg je, lieverd?' vroeg mijn vader, die achter me kwam staan.

'O, niks. Lily heeft het heel goed gedaan. Ik had geen idee wat ik kon verwachten, maar dit is prachtig, vind je niet?'

Hij keek me aan alsof hij niet wist hoe hij het tactisch moest zeggen. 'Ja, voor New York is dit een mooie flat. Het is alleen moeilijk voor te stellen dat je zoveel geld betaalt voor zo'n kleine ruimte. Je zus en Kyle betalen in totaal 1400 dollar per maand voor hun huis en daarvoor hebben ze centrale verwarming en airco, twee marmeren badkamers, een gloednieuwe vaatwasser, een was-droogcombinatie en drie slaapkamers, wist je dat?' Hij bracht het alsof niemand hier ooit eerder aan had gedacht. Voor 2280 dollar had je een huis aan het strand in LA, een herenhuis van drie verdiepingen in een laan met bomen in Chicago, een flat met vier slaapkamers in Miami of een compleet kasteel met slotgracht in Cleveland. Ja ja, dat wisten we nu wel.

'En twee parkeerplaatsen, vrije toegang tot de golfbaan, het fitnesscentrum en het zwembad,' voegde ik er behulpzaam aan toe. 'Ja, ik weet het. Maar geloof het of niet, dit is helemaal niet slecht. Ik denk dat we hier heel gelukkig zullen worden.'

Hij sloeg zijn armen om me heen. 'Dat denk ik ook. Als je maar niet te hard werkt om ervan te genieten,' zei hij luchtig. Toen deed hij de grote tas open die hij al de hele ochtend met zich meesleepte, waarvan ik had aangenomen dat zijn squashkleren voor die middag erin zaten. Maar hij haalde er een kastanjebruine doos uit waar met grote letters *Limited Edition!* op stond. Scrabble. De speciale editie voor verzamelaars, met een draairekje voor onder het bord en opstaande randjes, zodat de letters niet wegschoven. We hadden er samen tien jaar lang regelmatig naar gekeken in speciale spellenwinkels, maar er had zich nooit een gelegenheid voorgedaan die de aanschaf ervan rechtvaardigde.

'O, pap, dat had je toch niet hoeven doen!' Ik wist dat het spel meer dan tweehonderd dollar kostte. 'Wat geweldig!'

'Dat je er maar in goede gezondheid van mag genieten,' zei hij. 'Of in goede gezondheid je oude vader mag verslaan, want dat zal toch wel gebeuren. Ik weet nog dat ik je vroeger liet winnen. Ik moest wel, anders liep je stampvoetend de hele avond te mokken. En nu...! Nu zijn mijn oude hersencellen helemaal verschrompeld en kan ik nog niet van je winnen al zou ik het willen. Maar denk maar niet dat ik het niet zal proberen.'

Ik wilde net zeggen dat ik het van de allerbeste had geleerd, toen Alex binnenkwam. Hij keek niet vrolijk.

'Wat is er?' vroeg ik meteen toen ik hem daar zag staan schuifelen op zijn gympen.

'O, niets,' loog hij, en hij keek naar mijn vader. Hij wierp me een 'wacht even'-blik toe en zei: 'Ik heb een van de dozen meegebracht.'

'Ik ga er nog een paar halen,' zei mijn vader. Hij liep naar de deur. 'Misschien heeft meneer Fisher wel een kar of iets dergelijks. Dan kunnen we er een paar tegelijk naar boven brengen. Ik ben zo terug.'

Ik keek Alex aan en we wachtten samen tot we de liftdeuren hoorden.

'Ik heb Lily net gesproken,' zei hij langzaam.

'Ze is toch niet meer kwaad op me? Ze deed de hele week al zo raar.'

'Nee, dat is het niet, denk ik.'

'Wat dan wel?'

'Ze was niet huis...'

'Waar is ze dan? Bij een of ander vriendje? Niet te geloven ze komt te laat op de dag van haar eigen verhuizing!' Ik rukte een van de ramen in de kersverse slaapkamer open en de koude lucht vermengde zich met de geur van nieuwe verf.

'Nee, ze belde vanaf het politiebureau.' Hij keek naar zijn schoenen.

'Wat! Is alles goed met haar? O, god, ze is toch niet beroofd of verkracht of zo? Ik moet meteen naar haar toe.'

'Andy, er is niets met haar aan de hand. Ze is alleen gearresteerd.' Hij zei het zachtjes, alsof hij een ouderpaar vertelde dat hun kind niet overging naar de vierde klas.

'Gearresteerd? Is ze gearresteerd?' Ik probeerde rustig te blijven, maar ik besefte te laat dat ik stond te gillen. Mijn vader kwam binnen met een enorme kar die eruitzag alsof hij ieder moment kon omkieperen, want de dozen waren helemaal ongelijk geladen.

'Wie is er gearresteerd?' vroeg hij nonchalant.

Ik probeerde snel een leugen te bedenken, maar Alex begon al te praten voordat ik iets had kunnen bedenken dat ook maar enigszins plausibel zou klinken. 'O, ik vertelde net tegen Andy dat ik gisteren op tv heb gezien dat een van de meiden van TLC is gearresteerd wegens drugsbezit. En zij leek me altijd de netste van de groep...'

Mijn vader schudde zijn hoofd en keek om zich heen. Hij luisterde maar half en vroeg zich waarschijnlijk af sinds wanneer Alex en ik zo geïnteresseerd waren in vrouwelijke rappers dat we het er tijdens de verhuizing over hadden. 'Ik denk dat je bed eigenlijk alleen maar met het hoofdeinde tegen de achterwand kan staan,' riep hij vanuit mijn nieuwe kamer. 'Ik zal trouwens maar eens naar die verhuizers gaan kijken. Ik snap niet waarom ze zo lang wegblijven.'

Ik stortte me letterlijk op Alex zodra de deur dichtging.

'Snel! Wat is er gebeurd? Wat is er gebeurd?'

'Andy, gil niet zo. Het valt wel mee. Eigenlijk is het best grappig.' Hij kreeg lachrimpeltjes rond zijn ogen, en heel even leek hij op Eduardo. Jakkes.

'Alex Fineman, vertel me verdomme onmiddellijk wat er met mijn beste vriendin...'

'Oké, oké, rustig maar.' Hij genoot hier duidelijk van. 'Ze is gisteravond op stap geweest met iemand die ze Tongpiercing noemt – kennen wij die?'

Ik staarde hem aan.

'Maar goed, ze zijn ergens gaan eten en Tongpiercing bracht haar naar huis. Het leek haar wel leuk om potloodventer voor hem te spelen, midden op straat, voor de deur van het restaurant. "Sexy," zei ze, om zijn belangstelling te wekken.'

Ik zag al voor me hoe Lily na een romantisch dineetje over straat slenterde, een pepermuntje uit het papiertje haalde en opeens haar blouse omhoogtrok, en dat voor een jongen die iemand had betááld om een enorme pin door zijn tong te laten rammen. Jezus!

'O nee, echt?'

Alex knikte somber en probeerde zijn lach in te houden.

'Wou je me nu echt vertellen dat mijn vriendin is gearresteerd omdat ze haar borsten heeft laten zien? Dat slaat toch nergens op! Dit is New York. Ik zie dagelijks vrouwen die praktisch topless rondlopen – en dat is dan nog op mijn werk!' Ik gilde weer, maar ik kon er niets aan doen.

'De onderkant.' Hij keek weer naar zijn schoenen, en zijn gezicht was zo rood dat ik niet kon zien of het van gêne of van het lachen was.

'Wat?'

'Niet haar borsten, haar onderkant. Onderlijf. Helemaal, zeg maar. Voor- en achterkant.' Hij grijnsde nu eindelijk van oor tot oor en keek zo verrukt dat ik bang was dat hij het in zijn broek zou doen.

'O, zeg dat het niet waar is,' kreunde ik. Wat had mijn beste vriendin zich nu weer op de hals gehaald? 'Heeft de politie het gezien en haar opgepakt?'

'Nee, blijkbaar hebben twee kleine kinderen het gezien en hun moeder erop gewezen...'

'O, god.'

'De moeder verzocht haar haar broek op te trekken, en Lily verkondigde luidkeels wat ze met haar verzoek kon doen, waarna de vrouw verderop in de straat een politieagent is gaan halen.'

'O, hou op. Hou alsjeblieft op.'

'Het wordt nog leuker. Toen de vrouw terugkwam met de agent, waren Lily en Tongpiercing met elkaar bezig op straat, en niet zo'n klein beetje ook, heb ik begrepen.'

'Over wie hebben we het hier? Over mijn vriendin Lily Goodwin? Mijn lieve, schattige vriendin van school die nu naakt rondloopt en het op straat doet? Met een vent met een tongpiercing?'

'Andy, rustig nou. Echt, het gaat prima met haar. De agent heeft haar alleen gearresteerd omdat ze haar middelvinger naar hem opstak toen hij vroeg of ze inderdaad haar broek naar beneden had gedaan...'

'Mijn god! Ik wil het niet meer horen. Nu weet ik hoe een moeder zich moet voelen.'

'Maar ze hebben haar met een waarschuwing laten gaan en ze gaat nu terug naar haar oude flat om een beetje bij te komen. Zo te horen was ze behoorlijk dronken. Ik bedoel, wie steekt er anders een middelvinger op naar de politie? Dus maak je maar geen zorgen. We zetten jouw spullen hier neer en dan gaan we naar haar toe, als je wilt.' Hij liep naar de kar die mijn vader midden in de huiskamer had neergezet en laadde de dozen eraf.

Ik kon niet zo lang wachten, ik moest weten wat er was gebeurd. Ze nam bij de vierde rinkel op, net voordat de voicemail ingeschakeld zou worden, alsof ze had getwijfeld of ze mijn telefoontje zou beantwoorden.

'Is alles goed met je?' vroeg ik zodra ik haar stem hoorde.

'Hé, Andy. Ik hoop dat ik de verhuizing nu niet in het honderd laat lopen. Je hebt mijn hulp toch niet nodig, hè? Sorry voor dit hele gedoe.'

'Nee, dat kan me niet schelen, het gaat me om jou. Gaat het een beetje?' Ik had net bedacht dat Lily misschien wel de hele nacht op het bureau had gezeten, want het was nu zaterdagochtend en ze ging net weg. 'Heb je daar vannacht gezeten? In de cél?'

'Ja, dat kun je wel zeggen. Het viel best mee, hoor. Het is niet zoals op tv of zo. Ik heb in een kamertje geslapen met één volkomen ongevaarlijk meisje dat ook voor iets idioots was opgepakt. De bewakers waren oké, niks aan de hand. En geen tralies of zo.' Ze lachte, maar niet van harte.

Ik liet het even bezinken en probeerde me voor te stellen hoe die lieve, kleine hippie-Lily door een buitengewoon boosaardige, bezitterige lesbienne in de hoek van een cel vol plassen urine werd gedreven. 'En waar was Tongpiercing verdomme in dit hele verhaal? Heeft hij je gewoon in de gevangenis laten wegkwijnen?' Maar voordat ze antwoord kon geven, bedacht ik: Waar was ik zelf? Waarom had Lily mij niet gebeld?

'Hij was juist heel aardig. Hij...'

'Lily, waarom...?'

'... bood aan om bij me te blijven en hij heeft zelfs de advocaat van zijn ouders gebeld...'

'Lily, Lily, wacht even! Waarom heb je mij niet gebeld? Je weet dat ik meteen gekomen zou zijn en dat ik niet zonder jou weggegaan was. Waarom heb je niet gebeld? Je had me moeten bellen.'

'O, Andy, het doet er nu niet meer toe. Het viel echt best mee. Het was ongelooflijk stom van me, en geloof me maar, zo dronken zal ik nooit meer worden. Dat is het niet waard.'

'Waarom? Waarom heb je me niet gebeld? Ik was de hele avond thuis en ik zou binnen twee tellen bij je zijn geweest.'

'Het doet er niet toe, echt niet. Ik heb je niet gebeld omdat ik ervan uitging dat je óf aan het werk óf doodmoe zou zijn en ik wilde je er niet mee lastigvallen. Vooral niet op zaterdagavond.'

Ik dacht terug aan de vorige avond, wat ik had gedaan, en het enige wat me te binnen schoot, was dat ik voor de achtenzestigste keer naar *Dirty Dancing* had gekeken op tv. En van al die keren was dit de eerste geweest dat ik in slaap was gevallen voordat Johnny verkondigde dat 'Baby op de voorgrond hoort' en hij haar meetrok, en dr. Houseman toegaf dat hij wist dat Johnny niet degene was die Penny zwanger had gemaakt en hij hem op zijn rug mepte en Baby kuste, die zichzelf sinds kort weer Frances noemde. Ik beschouwde die scène als een bepalende factor voor mijn identiteit.

'Aan het werk? Dacht je dat ik aan het werk was? En dat ik moe ben, wil toch niet zeggen dat ik jou niet zou helpen? Lil, ik begrijp het niet.'

'Andy, laten we erover ophouden, oké? Jij werkt altijd. Dag en nacht, en heel vaak ook in het weekend. En als je niet werkt, klaag je over je werk. Niet dat ik het niet begrijp... Ik weet best hoe zwaar je baan is en dat je bazin gestoord is. Maar ik wilde niet degene zijn die je stoorde op zaterdagavond, terwijl je misschien eindelijk een keer iets leuks deed of bij Alex was. Ik bedoel, hij zegt dat hij je nooit ziet en dit wilde ik hem niet afnemen. Als ik je écht nodig had gehad, had ik wel gebeld, en ik weet dat je dan meteen gekomen zou zijn. Maar heus, het viel best mee. Kunnen we er alsjeblieft over ophouden? Ik ben doodop en ik wil nu douchen en mijn eigen bed in.'

Ik was met stomheid geslagen, maar Lily vatte mijn stilzwijgen op als instemming.

'Ben je er nog?' vroeg ze na bijna dertig seconden, waarin ik wanhopig zocht naar de juiste woorden om me te verontschuldigen of het uit te leggen of iets dergelijks. 'Sorry, maar ik ben net thuis. Ik moet slapen. Kan ik je een andere keer terugbellen?'

'Eh... tuurlijk,' wist ik uit te brengen. 'Lil, het spijt me zo. Als ik jou de indruk heb gegeven dat je niet op me...'

'Andy, niet doen. Er is niets aan de hand. Niet met mij en niet tussen ons. We praten er nog wel over.'

'Oké. Welterusten. Bel me als ik iets voor je kan doen.'

'Doe ik. O ja, wat vind je van de nieuwe flat?'

'Geweldig, Lily, echt waar. Je hebt het fantastisch gedaan, hij is mooier dan ik had durven dromen. We krijgen het hier vast heel leuk.' Ik hoorde zelf hoe leeg het klonk en het was duidelijk dat ik alleen maar praatte om de stilte te vullen, om haar aan de telefoon te houden en mezelf ervan te overtuigen dat onze vriendschap niet op onverklaarbare wijze blijvend was veranderd.

'Mooi zo. Ik ben blij dat je hem mooi vindt. Hopelijk vindt Tongpiercing het ook wat,' zei ze voor de grap, maar ook dat klonk hol en leeg.

Toen we ophingen, bleef ik in de huiskamer naar de telefoon staan staren totdat mijn vader binnenkwam en verkondigde dat hij Alex en mij mee uit lunchen wilde nemen.

'Wat is er, Andy? Waar is Lily? Ik had erop gerekend dat zij ook hulp nodig zou hebben met haar spullen, maar na drieën wil ik toch wel zo'n beetje gaan. Is ze onderweg?'

'Eh, nee, ze is gisteravond ziek geworden. Ze voelde het eigenlijk al een paar dagen aankomen, dus ik denk niet dat ze vandaag nog kan verhuizen. Ik had haar net aan de lijn.'

'Redt ze het wel? Moeten we niet naar haar toe? Ik heb altijd zo met die meid te doen. Geen ouders, alleen die norse oude oma van haar...' Hij legde zijn hand op mijn schouder, alsof hij zo de pijn op me wilde overbrengen. 'Ze mag van geluk spreken dat ze jou als vriendin heeft. Anders was ze helemaal alleen op de wereld geweest.'

Mijn stem stokte in mijn keel, maar na een paar seconden kon ik een paar woorden uitbrengen. 'Ja, misschien wel. Maar ze redt het wel, echt. Ze wilde liever slapen. Laten we wat gaan eten, goed? De portier zegt dat er een paar straten verderop een heel goede broodjeszaak is.'

'Met het kantoor van Miranda Priestly,' zei ik op de inmiddels gebruikelijk verveelde toon waarvan ik hoopte dat hij mijn misère duidelijk overbracht aan degene die het waagde me in mijn e-mailtijd te storen.

'Hallo, spreek ik met Em-Em-Emily?' vroeg een lispelende, stotterende stem aan de andere kant.

'Nee, met Andrea, de nieuwe assistente van Miranda,' zei ik, ook al had ik me al aan zeker duizend nieuwsgierige bellers voorgesteld.

'Aha, de nieuwe assistente van Miranda,' bulderde de vreemde vrouwenstem. 'Jij b-boft maar! Hoe b-bevalt het werk voor het k-kwaadaardige opperwezen tot nu toe?'

Ik veerde op. Dit was iets nieuws. In al mijn dagen bij *Runway* had ik nog nooit iemand gesproken die Miranda zo openlijk zwart durfde te maken. Meende ze het? Probeerde ze me uit mijn tent te lokken?

'Eh... ik heb heel veel geleerd en vele nieuwe ervaringen opgedaan bij *Runway*,' hoorde ik mezelf stamelen. 'Het is natuurlijk toch een baan waar miljoenen meisjes een moord voor zouden doen.' Zei ik dat echt?

Het was even stil, en toen barstte er een hyena-achtige, gierende lach los. 'O, dat is verdomme helemáál g-geweldig!' gilde ze, en ze lachte zo hard dat ze er bijna in bleef. 'S-s-sluit ze je op in je flatje in de West Village en k-k-krijg je niets van G-G-Gucci totdat je zo g-g-gehersenspoeld bent dat je die onzin uitkraamt? G-g-geweldig!

Dat mens k-k-kan er wat van! Nou, juffrouw Vele Nieuwe Ervaringen, ik heb horen f-f-fluisteren dat Miranda deze k-k-keer een s-slaafje heeft gevonden dat k-k-kan nádenken, maar k-k-kennelijk hebben ze het mis. Hou je van t-t-twinsets van Michael K-Kors en b-b-bontjassen van J. Mendel? Dan zul je het p-p-prima doen. Geef me nu die uitgemergelde b-b-bazin van je maar eens.'

Ik stond in tweestrijd. Mijn eerste impuls was om te zeggen dat ze dood kon vallen, dat ze me helemaal niet kende en dat het overduidelijk was dat ze haar gestotter probeerde te compenseren met een grote mond. Maar ik wilde nog liever de hoorn tegen mijn lippen drukken en fluisteren: 'Ik word hier gevangengehouden, je hebt geen idee hoe erg het is, alsjeblieft, kom me redden van deze hersenspoelingshel. Je hebt gelijk, het is precies zoals je zegt, maar ik ben anders!' Ik kreeg voor geen van beide opties de kans, want het drong eindelijk tot me door dat ik geen idee had bij wie de zware, stotterende stem aan de andere kant van de lijn hoorde.

Ik hield mijn adem in en besloot puntsgewijs te reageren – op alle onderwerpen behalve Miranda. 'Ik ben natuurlijk dol op Michael Kors, maar beslist niet vanwege de twinsets. Bontjassen van J. Mendel zijn aanvaardbaar, maar een echte *Runway*-vrouw, dus iemand met een uitgesproken, uitstekende smaak, zou eerder kiezen voor iets handgemaakts van George Polegeorgis op Madison. En ik zou het op prijs stellen als u in het vervolg het wat algemenere woord "personeel" gebruikte in plaats van dat harde en meedogenloze "slaafje". Uiteraard wil ik met alle plezier nog meer vooroordelen uit de weg ruimen, maar mag ik u eerst vragen met wie ik spreek?'

'Die z-z-zit, nieuwe assistente van M-Miranda. Die z-z-zit! M-misschien kunnen we toch wel vriendinnen worden. Ik ben niet z-zo dol op de robotten die ze m-m-meestal in dienst heeft, maar dat is logisch, want ik ben ook niet z-z-zo dol op háár. Mijn naam is Judith M-Mason, en m-m-mocht je het niet weten: ik schrijf iedere m-m-maand jullie reisartikelen. Z-z-zeg op, want je bent nog t-tamelijk nieuw: z-z-zijn de wittebroodsweken v-v-voorbij?'

Ik zei niets. Wat bedoelde ze hiermee? Ik had een tijdbom aan de lijn.

'Nou? Je z-z-zit in die f-f-fascinerende f-fase waarin iedereen inmiddels weet hoe je heet, m-m-maar z-z-ze kennen je z-z-zwakheden nog niet goed genoeg om er optimaal m-m-misbruik v-van te kunnen m-maken. D-dat wordt nog leuk, geloof me m-maar. Je hebt een heel b-b-bijzondere baan.'

Voordat ik iets terug kon zeggen, zei ze: 'G-genoeg geflirt, nieuwe v-vriendin. Z-z-zeg maar niet dat ik aan de t-telefoon b-b-ben, want ze wil me t-toch niet sp-spreken. Z-ze kan niet tegen st-stotteren, denk ik. Schrijf mijn naam maar op het p-prikbord, dan k-k-kan ze iemand anders laten b-bellen. Bedankt.' Klik.

Ik hing verbijsterd op en begon toen te lachen. Emily keek op van Miranda's declaratieformulieren en vroeg wie het was. Toen ik zei dat ik Judith aan de lijn had gehad, rolde ze zo heftig met haar ogen dat ik bang was dat ze eruit zouden vallen, en ze zei klaaglijk: 'Dat is zo'n ontzettende trut. Ik heb geen idee hoe Miranda ooit iets met haar bespreekt, want ze beantwoordt haar telefoontjes nooit. Je hoeft dus niet te zeggen dat ze heeft gebeld. Zet het maar op het prikbord, dan laat Miranda haar door iemand anders terugbellen.' Kennelijk wist Judith nog beter dan ik hoe het er bij ons op kantoor aan toe ging.

Ik dubbelklikte op het 'prikbord'-icoontje op mijn gestroomlijnde turkooizen iMac en keek wat er tot nu toe op stond. Het prikbord was het *pièce de résistance* van Miranda Priestly's kantoor, en volgens mij lééfde ze ervoor. Het was vele jaren geleden opgezet door een nerveuze, dwangneurotische assistente en was eigenlijk niets meer dan een Word-document waartoe Emily en ik allebei toegang hadden. We konden het niet tegelijkertijd openen en moesten er dus om beurten onze nieuwe berichten, ideeën of vragen aan toevoegen. De nieuwste versie werd vervolgens uitgeprint en op een prikbord boven mijn bureau gehangen, waarbij de verouderde versie werd verwijderd. Miranda bekeek het prikbord de hele dag door om de paar minuten en Emily en ik deden ons uiterste best om meteen aan het typen, printen en prikken te slaan zodra er een telefoontje was binnengekomen. Vaak sisten we tegen de ander dat ze het document moest afsluiten, zodat we het zelf konden openen en er iets aan toe konden voegen. Dan printten we het met onze eigen printer uit en doken op het prikbord boven mijn bureau af, en pas als we daar allebei stonden, zagen we wie de meest recente versie had.

'Bij mij is het laatste bericht van Donatella,' zei ik, uitgeput van de pogingen om het prikbord bij te werken voordat Miranda binnenkwam. Eduardo had van beneden gebeld om ons te waarschuwen dat ze op weg was naar boven. We hadden nog niet van Sophy gehoord dat ze boven was, maar we wisten dat dat een kwestie van seconden was.

'Ik heb de conciërge van het Ritz in Parijs nog na Donatella,' zei

Emily triomfantelijk – ze schreeuwde nog net niet – terwijl ze haar vel papier op het prikbord hing. Ik nam mijn vier seconden verouderde versie mee terug naar mijn bureau en keek ernaar. Streepjes in telefoonnummers waren niet toegestaan, alleen punten. In de tijdsvermelding mocht geen dubbele punt staan. Tijden moesten worden afgerond op het kwartier. Telefoonnummers van mensen die teruggebeld dienden te worden moesten op een nieuwe regel, dat was overzichtelijker. De vermelde tijd gaf aan hoe laat iemand had gebeld. De aanduiding 'let op' stond voor iets wat Emily of ik Miranda moest vertellen (maar we mochten haar niet ongevraagd aanspreken, dus kwam alle belangrijke informatie op het prikbord terecht). 'Niet vergeten' stond meestal voor iets wat Miranda tussen één en vijf uur 's nachts had ingesproken op onze voicemail; ze wist dat als ze het eenmaal had laten registreren, het zo goed als geregeld was. We moesten naar onszelf verwijzen in de derde persoon enkelvoud – als het per se nodig was om überhaupt naar onszelf te verwijzen.

Ze vroeg vaak wanneer en op welk nummer ze iemand kon terugbellen, en in zulke gevallen was het altijd de vraag of de vruchten van onze speurtocht onder 'let op' of 'niet vergeten' vielen. Ik weet nog dat ik het prikbord in het begin als een soort *Who's Who* van de Prada-gelederen beschouwde, maar de namen van de supermegarijken, de supermodemensen en de algemeen superindrukwekkenden waren in mijn inmiddels ongevoelige hoofd allang niets bijzonders meer. In de nieuwe *Runway*-realiteit was de minister van Sociale Zaken van het Witte Huis nauwelijks belangrijker dan de dierenarts die Miranda wilde spreken over het voer voor haar hondje (hij kon het wel vergeten dat ze zou terugbellen!).

Donderdag 8 april

7.30: Simone heeft gebeld uit Parijs. Heeft met Mr. Testino data uitgekozen voor de fotosessie in Rio en deze vastgelegd bij de agent van Giselle, maar ze moet de kleding nog met je doornemen. Graag terugbellen.
011.33.1.55.91.30.80

8.15: Meneer Tomlinson heeft gebeld. Mobiel. Graag terugbellen.

Let op: Andrea heeft Bruce gesproken. Hij zegt dat er een stukje sierpleister van de grote spiegel in je hal afgebroken is, linksboven. Hij heeft precies zo'n spiegel gezien in een antiekwinkel in Bordeaux. Zal hij die voor je bestellen?

8.30: Jonathan Cole heeft gebeld. Hij vertrekt zaterdag naar Melbourne en wil de opdracht graag van tevoren doornemen. Graag terugbellen.
555.6960

Niet vergeten: Karl Lagerfeld bellen over 'Model of the Year'-feest. Hij is vanavond te bereiken in zijn huis in Biarritz, tussen acht en half negen onze tijd.
011.33.1.55.22.06.85: thuis
011.33.1.55.22.58.85: studio thuis
011.33.1.55.22.92.01: chauffeur
011.33.1.55.66.76.49: assistente in Parijs, mocht je hem toch niet kunnen bereiken.

9.00: Natalie van Glorious Foods heeft gebeld om te informeren of je de Vacherin liever gevuld met bessenmousse of met warme rabarbercompote wilt. Graag bellen.
555.7089

9.00: Ingrid Sischy heeft gebeld om je te feliciteren met het aprilnummer. Vond de cover 'spectaculair als altijd' en wil weten wie de styling van de beautyspecial heeft gedaan. Graag terugbellen.
555.9473: kantoor
555.9382: thuis

Let op: Miho Kosudo heeft gebeld om door te geven dat ze tot zijn spijt het bloemstuk voor Damien Hirst niet hebben kunnen bezorgen. Hij laat nadrukkelijk vermelden dat ze uren voor zijn deur hebben gewacht, maar uiteindelijk moesten vertrekken, want meneer Hirst heeft geen portier. Morgen proberen ze het nog een keer.

9.15: Meneer Samuels heeft gebeld. Hij is tot na de lunch niet bereikbaar, maar hij wilde je herinneren aan de ouderavond vanavond bij Horace Mann. Zou graag van tevoren het geschiedeniswerkstuk van Caroline met je bespreken. Graag terugbellen na 14.00 uur maar voor 16.00 uur.

555.5932

9.15: Meneer Tomlinson heeft weer gebeld. Heeft Andrea gevraagd te reserveren voor het avondeten, voor na de ouderavond. Graag bellen. Mobiel.

Let op: Andrea heeft voor 20.00 uur vanavond gereserveerd bij La Caravelle. Rita Jammet kijkt uit naar jullie komst en is zeer vereerd dat jullie weer voor haar restaurant hebben gekozen.

9.30: Donatella Versace heeft gebeld. Alles is geregeld voor je bezoek. Heb je nog personeel nodig behalve een chauffeur, kok, fitnesstrainer, kapper en visagist, persoonlijk assistent, drie dienstmeisjes en een kapitein op het jacht? Laat het dan even weten voordat ze naar Milaan vertrekt. Ze zorgt ook voor mobiele telefoons, maar ze zal zelf niet aanwezig zijn omdat ze bezig is met de voorbereiding voor de shows.
011.3901.55.27.55.61

9.45: Judith Mason heeft gebeld. Graag terugbellen.
555.6834

Ik verfrommelde het papier en gooide het in de prullenbak onder mijn bureau, waar het onmiddellijk de resten van Miranda's derde koffie verkeerd van die ochtend absorbeerde. Tot dusver was het een vrij normale dag wat het prikbord betreft. Ik wilde net bij Hotmail op 'inbox' klikken om te kijken of er e-mail voor me was, toen ze het kantoor binnenkwam. Aan Sophy had je ook niks! Ze was weer eens vergeten me te waarschuwen.

'Ik neem aan dat het prikbord is bijgewerkt,' zei Miranda kil, zonder oogcontact te maken of op een andere manier onze aanwezigheid te erkennen.

'Ja, inderdaad, Miranda,' antwoordde ik, en ik hield het vel papier voor haar omhoog, zodat ze het niet eens hoefde te pakken. Mijn eerste drie woorden van vandaag tegen Miranda, dacht ik bij mezelf, en ik voorspelde – en hoopte vurig – dat ik het vandaag bij vijfenzeventig woorden zou kunnen houden. Ze trok haar korte nertsjas uit, die zo zacht was dat ik me echt moest inhouden om niet ter plekke mijn gezicht erin te begraven, en gooide hem op mijn bureau. Toen ik dat schitterende dode beest in de kast ging hangen en onderweg probeerde er discreet mee over mijn wang te aaien, voelde ik tot mijn schrik iets kouds en nats: er zaten stukjes nog bevroren sneeuw en ijs aan de vacht gekoekt. Wat verrukkelijk gepast.

Ik haalde het deksel van de lauwe koffie verkeerd en rangschikte zorgvuldig de vette berg bacon met worst en het kleffe broodje op het smerige bord. Toen liep ik op mijn tenen haar kantoor in en zette alles zo onopvallend mogelijk op een hoek van haar bureau. Ze zat geconcentreerd te schrijven op haar crèmekleurige briefpapier van Dempsey and Caroll, en ze begon zo zachtjes te praten dat ik het amper hoorde.

'Ahn-dre-ah, ik moet het verlovingsfeest met je doornemen. Pak een notitieboek.'

Ik knikte, in het besef dat knikken niet telde als een woord. Dat verlovingsfeest was nu al een nagel aan mijn doodskist en het was pas over een maand, maar Miranda vertrok binnenkort voor de Europese shows en zou twee weken wegblijven. De organisatie van het feest slokte de laatste tijd het grootse deel van onze werkdagen op. Ik ging met pen en papier terug naar haar kantoor en bereidde me er vast op voor dat ik weer geen woord zou begrijpen van wat ze zei. Heel even overwoog ik om te gaan zitten, zodat ik een stuk gemakkelijker zou kunnen opschrijven wat ze dicteerde, maar ik was zo verstandig om het niet te doen.

Ze zuchtte alsof dit zoveel van haar vergde dat ze betwijfelde of ze het wel zou volhouden en plukte aan de witte Hermès-sjaal die ze als een soort armband om haar pols had gevlochten. 'Bel Natalie van Glorious Foods en zeg dat ik voor de rabarbercompote kies. Laat je niet wijsmaken dat ze mij per se zelf moet spreken, want dat is niet nodig. Maak Miho mijn bestelling van de bloemen nog eens duidelijk. Bel voor de lunch Robert Isabell om de tafelkleden, naamkaartjes en dienbladen door te nemen. En vraag aan dat meisje van het Metropolitan wanneer ik kan langskomen om te controleren of alles goed geregeld is en zeg dat ze de opstelling van de tafels doorfaxt, zodat ik kan bepalen waar iedereen moet zitten. Dat was het.'

Ze had haar lijstje opgesomd zonder ook maar een moment te stoppen met schrijven, en toen ze klaar was, overhandigde ze me de kersverse brief, die ik moest posten. Ik stopte met mijn gekrabbel en hoopte dat ik alles goed had begrepen, hetgeen niet altijd meeviel met dat accent en haar snelle geratel.

'Goed,' mompelde ik, en ik draaide me om. Mijn totale aantal

Woorden Aan Miranda Gericht kwam hiermee voor vandaag op vier. Misschien kon ik wel onder de vijftig blijven. Ik voelde hoe ze kritisch naar mijn kont keek toen ik terugliep naar mijn bureau en overwoog om voortaan achteruit weg te lopen, zoals devote joden doen wanneer ze de Klaagmuur verlaten. Ik probeerde naar mijn eigen, veilige bureau te schrijden terwijl ik in gedachten vele duizenden *Hasadim* in Prada-zwart voor me zag die in grote kringen achteruit bij Miranda Priestly vandaan liepen.

12

De verrukkelijke dag waarop ik zo lang had gewacht, waarvan ik had gedroomd, was eindelijk, eindelijk aangebroken. Miranda had niet alleen het kantoor verlaten, ze was zelfs het land uit. Nog geen uur geleden was ze in het vliegtuig gestapt en had mij daarmee onbetwist het gelukkigste meisje op deze planeet gemaakt. Emily drukte me telkens op het hart dat Miranda in het buitenland extra veeleisend was, maar ik geloofde er niks van. Ik was net aan het plannen hoe ik ieder verrukkelijk moment van de komende twee weken zou doorbrengen toen er een mailtje van Alex binnenkwam.

Hoi lieverd, alles goed? Ik hoop dat het vandaag op zijn minst een beetje meevalt.
Het is zeker heerlijk dat ze er niet is, hè? Geniet er maar van. Ik wilde alleen even vragen of je me misschien om een uur of half

vier zou kunnen bellen. Ik heb een vrij uur voordat het nieuwe leesprogramma begint en ik moet je spreken. Het is niet vreselijk belangrijk, maar ik wil graag met je praten. Liefs, A.

Waarop ik me meteen zorgen begon te maken en een berichtje terugstuurde om te vragen of alles goed was, maar waarschijnlijk had hij meteen uitgelogd, want hij reageerde niet. Ik knoopte in mijn oren dat ik hem precies om half vier moest bellen en genoot van het bevrijde gevoel dat Zij er niet was om daar een stokje voor te steken. Maar ik pakte voor de zekerheid een velletje *Runway*-papier van de stapel, schreef er A BELLEN, 15.30 UUR op en plakte het op de zijkant van mijn monitor. Net toen ik een oude schoolvriendin wilde bellen die een week geleden mijn antwoordapparaat thuis had ingesproken, ging de telefoon.

'Met het kantoor van Miranda Priestly,' zei ik, nog net niet zuchtend, want er was niemand die ik op dat moment wilde spreken.

'Emily? Ben jij dat? Emily?' De stem die ik uit duizenden zou herkennen vulde de telefoonlijn en leek het kantoor binnen te sijpelen. Ook al kon ze het onmogelijk hebben gehoord aan de andere kant van ons kantoor, Emily keek naar me op.

'Hallo Miranda, met Andrea. Kan ik je ergens mee helpen?' Hoe kon dat mens me in godsnaam bellen? Ik keek snel op het reisschema van Miranda dat Emily voor iedereen had uitgetypt en zag dat haar vliegtuig pas zes minuten geleden was vertrokken. Ze belde dus nu al vanuit het vliegtuig!

'Dat mag ik hopen, ja. Ik heb net op het werkschema gekeken en ik zag dat de haar-en-make-upman voor het diner van donderdag nog niet bevestigd is.'

'Eh, dat komt doordat Monsieur Renaud nog geen bevestiging heeft ontvangen, maar hij zegt dat het voor negenennegentig procent zeker is dat ze...'

'Ahn-dre-ah, geef eens antwoord: is negenennegentig procent hetzelfde als honderd? Is het hetzelfde als bevéstigd?' Maar voordat ik antwoord kon geven, hoorde ik haar tegen iemand zeggen, waarschijnlijk iemand van het cabinepersoneel, dat ze 'niet geïnteresseerd was in de regeltjes rond het gebruik van elektronische apparaten aan boord; ga er maar iemand anders mee lastigvallen'.

'Maar mevrouw, het is verboden. Ik moet u echt vragen uw gesprek te beëindigen tot we op kruishoogte zijn. Het is voor de veiligheid,' zei ze dringend.

'Ahn-dre-ah, hoor je me? Luister je wel naar...'

'Mevrouw, u moet nu écht ophangen!' Mijn mond begon pijn te doen van het grijnzen. Ik zag helemaal voor me hoe vreselijk Miranda het vond dat ze werd aangesproken met 'mevrouw', het synoniem voor 'oud mens', zoals iedereen weet.

'Ahn-dre-ah, dat stewardessje hier zegt dat ik moet ophangen. Ik bel je terug zodra dat van het stewardéssje mag. Intussen wil ik dat je de kapper bevestigt en dat je begint met de sollicitatiegesprekken voor een nieuw kindermeisje. Dat was het.' De verbinding werd verbroken, maar niet voordat ik de stewardess nog een keer 'mevrouw' had horen zeggen.

'Wat wilde ze?' vroeg Emily, haar voorhoofd gefronst van intense bezorgdheid.

'Ze heeft drie keer achter elkaar mijn eigen naam gebruikt,' zei ik handenwrijvend, om de spanning op te voeren. 'Drie keer, ongelooflijk, hè? Dat betekent dat we nu hartsvriendinnen zijn, vind je ook niet? Wie had dat nou gedacht, Andrea Sachs en Miranda Priestly, beste vriendinnen.'

'Andrea, wat zei ze?'

'Ze wil dat de haar-en-make-upman voor donderdag bevestigd wordt, want negenennegentig procent zekerheid is uiteraard niet genoeg. O, en ze zei iets over sollicitatiegesprekken met kindermeisjes. Dat zal ik wel verkeerd begrepen hebben. Geeft niet, ze belt natuurlijk binnen een halve minuut terug.'

Emily haalde diep adem en dwong zichzelf om gracieus en stijlvol op mijn stommiteit te reageren. Het ging haar duidelijk niet gemakkelijk af. 'Nee, ik denk niet dat je het verkeerd hebt begrepen. Cara werkt niet meer bij Miranda, dus natuurlijk heeft ze een nieuw kindermeisje nodig.'

'Wat? Hoe bedoel je "werkt niet meer bij Miranda"? Waar werkt ze dan wél?' Ik kon me niet voorstellen dat Cara me niets verteld zou hebben over een eventueel abrupt vertrek.

'Miranda dacht dat Cara gelukkiger zou worden als ze ergens anders ging werken,' zei Emily, een heel stuk diplomatieker dan Miranda het zelf ongetwijfeld verwoord had. Alsof Miranda zich ooit druk maakte om het geluk van anderen!

'Emily, kom op, vertel me nu eens wat er echt is gebeurd.'

'Ik heb van Caroline begrepen dat Cara de meisjes voor straf naar hun kamer had gestuurd nadat ze haar een grote mond hadden gegeven. Miranda vond het niet goed dat Cara een dergelijke beslissing had genomen, en dat ben ik wel met haar eens. Ik bedoel, Cara is hun moeder niet, hè?'

Dus Cara was ontslagen omdat ze twee meisjes naar hun kamer had gestuurd nadat ze ongetwijfeld ontzettend brutaal tegen haar hadden gedaan? 'Ja, ik begrijp wat je bedoelt. Het is beslist niet de taak van een kindermeisje om zich om het welzijn van de kinderen te bekommeren,' zei ik met een ernstig knikje. 'Cara is veel te ver gegaan.'

Emily ging niet in op mijn druipende sarcasme; sterker nog, het leek volkomen langs haar heen te gaan. 'Precies. Bovendien stond het Miranda toch al niet aan dat Cara geen woord Frans sprak. Hoe moeten de meisjes zo ooit accentloos leren spreken?'

Tja, geen idee. Misschien kon hun privé-school van 15.000 dollar per jaar iets doen, de school waar Frans een verplicht vak was en alledrie de docenten Frans die taal als moedertaal hadden? Of misschien konden ze het leren van hun vloeiend Frans sprekende moeder, die in Frankrijk had gewoond en er nog steeds vier keer per jaar naartoe ging, die de taal kon lezen, schrijven en spreken, met een perfect zangerig accent? Maar ik zei: 'Je hebt gelijk. Geen Frans, geen kindermeisje. Ik snap wat je bedoelt.'

'Nou ja, hoe dan ook, het is jouw taak om een nieuw kindermeisje te vinden. Hier is het nummer van het bureau,' zei ze, en ze verstuurde het per e-mail. 'Ze weten daar hoe kieskeurig Miranda is – en terecht, natuurlijk – dus sturen ze meestal hun beste mensen.'

Ik keek naar haar en vroeg me somber af hoe haar leven eruit had gezien vóór Miranda Priestly. De telefoon ging, en godzijdank nam Emily op.

'Hallo Miranda. Ja, ja, ik hoor je. Nee, geen enkel probleem. Ja, ik heb de kapper voor die donderdag bevestigd. En ja, Andrea is al begonnen met de selectie van een nieuw kindermeisje. Zodra je terug bent, hebben we drie goede kandidaten met wie je zelf een sollicitatiegesprek kunt houden.' Ze hield haar hoofd schuin en drukte haar pen tegen haar lippen. 'Hmm, ja. Ja, het is bevestigd, absoluut. Nee, niet voor negenennegentig procent maar voor honderd procent. Zeker weten. Ja, Miranda. Ja, ik heb het persoonlijk bevestigd en ik weet het heel zeker. Ze kijken er al naar uit. Oké. Nog een prettige vlucht. Ja, het is bevestigd. Ik fax het meteen door. Oké, tot ziens.' Ze hing op, en volgens mij zat ze te trillen.

'Waarom begrijpt dat mens het nou niet? Ik heb gezegd dat de kapper bevestigd is, en daarna heb ik het nóg een keer gezegd. Waarom moet ik het daarna nog vijftig keer herhalen? En weet je wat ze zei?'

Ik schudde mijn hoofd.

'Weet je wat ze zei? Omdat het allemaal zo vervelend is gelopen, moet ik het werkschema nog een keer opnieuw maken en erin zetten dat de haar-en-make-upman nu definitief is. Dat moet ik naar het Ritz faxen, zodat het voor haar klaarligt als ze aankomt. Ik doe alles voor die vrouw – ik offer mijn hele léven voor haar op! – en dan slaat ze zo'n toon tegen me aan.' Ze zag eruit alsof ze in huilen zou uitbarsten. Ik genoot van de zeldzame gelegenheid om Emily haar hart te horen luchten over Miranda, maar ik wist dat de *Runway* Paranoia Ommezwaai ieder moment kon toeslaan, dus moest ik voorzichtig zijn. Precies de juiste toon zien te vinden, begripvol maar ook onpartijdig.

'Het ligt niet aan jou, Em, echt niet. Ze weet hoe hard je werkt – je bent een fantastische assistente voor haar. Als ze niet zou vinden dat je je werk heel goed doet, had ze je allang ontslagen. Daar is ze niet bepaald terughoudend in, weet je nog?'

Emily zag er niet meer uit alsof ze in huilen zou uitbarsten en naderde die opstandige fase waarin ze Miranda zou verdedigen zodra ik iets zei wat ze te ver vond gaan, ook al was ze het met me eens. Ik had bij psychologie voor beginners geleerd over het Stockholmsyndroom, waarbij slachtoffers zich identificeren met hun overmeesteraars, maar ik had nooit precies begrepen hoe dat in zijn werk ging. Misschien moest ik zo'n gesprekje als dit tussen Emily en mij op video vastleggen voor de eerstejaarsstudenten, zodat ze het met eigen ogen konden zien gebeuren. Al mijn pogingen om het voorzichtig aan te pakken kwamen me nu bovenmenselijk voor, dus haalde ik diep adem en stortte me er maar gewoon in.

'Ze is knettergek, Emily,' zei ik zachtjes, en ik probeerde haar met mijn woorden te dwingen me gelijk te geven. 'Het ligt niet aan jou, het ligt aan haar. Het is een leeg, oppervlakkig, verbitterd mens dat bergen en bergen prachtige kleren heeft, maar verder heeft ze vrijwel niets.'

Emily's gezicht verstrakte zichtbaar, de huid van haar hals en wangen spande zich en haar handen hielden op met trillen. Ik wist dat ze ieder moment over me heen kon walsen, maar ik kon niet meer ophouden.

'Is het je nooit opgevallen dat ze geen vrienden heeft, Emily? Nou? O ja, ze wordt dag en nacht gebeld door de coolste types, maar ze bellen haar nooit om over hun kinderen, werk of huwelijk te praten, of wel soms? Ze bellen omdat ze iets van haar willen. Van buitenaf lijkt het allemaal het einde, maar stel je voor dat jij alleen werd gebeld door mensen die iets van je...'

'Hou op!' gilde ze, en de tranen liepen over haar wangen. 'Hou verdomme je kop! Jij komt hier binnenlopen en na een paar maanden denk je al dat je alles begrijpt. Mevrouw O-ik-ben-zo-sarcastisch-en-ik-sta-overal-boven. Nou, je begrijpt er helemaal niks van! Niks!'

'Em...'

'Niks te Emmen, Andy, ik ben nog niet uitgepraat. Ik weet dat Miranda niet makkelijk is. Ik weet dat ze soms wel gek lijkt. Ik weet hoe het voelt om nooit te slapen en altijd bang te zijn dat ze belt, en ik weet hoe het is als je vrienden er niks van snappen. Dat weet ik allemaal! Maar als je het zo verschrikkelijk vindt en er alleen maar over kunt klagen, over haar en alle anderen, waarom ga je dan niet gewoon weg? Jouw houding is pas echt een probleem. Zomaar beweren dat Miranda knettergek is... Nou, ik denk dat er heel wat meer mensen zijn die haar begaafd en prachtig en getalenteerd vinden en die jóú knettergek noemen omdat je niet eens je best doet om zo'n fantastische vrouw te helpen. Want ze ís fantastisch, Andy, dat is ze zeker!'

Ik dacht er even diep over na en besloot dat er wel wat in zat. Miranda was, voorzover ik het kon beoordelen, echt een fantastische hoofdredacteur. Er kwam geen woord in het blad zonder haar expliciete goedkeuring, waar ze erg zuinig mee was, en ze was nooit bang om iets te schrappen en opnieuw te beginnen, hoe slecht dat ook uitkwam en hoe vervelend alle anderen het ook mochten vinden. En hoewel de moderedactie de kleding voor fotosessies bestelde, selecteerde Miranda de te gebruiken stukken in haar eentje, net als de modellen die ze moesten dragen. De redacteuren mochten dan degenen zijn die aanwezig waren op locatie, ze deden niets anders dan Miranda's uitdrukkelijke en onvoorstelbaar gedetailleerde instructies uitvoeren. Zij had het laatste – en vaak ook het allereerste – woord over ieder armbandje, iedere tas, schoen, outfit, ieder kapsel, verhaal, interview, iedere schrijver, foto, ieder model, iedere locatie en fotograaf voor elk nummer, waardoor het in mijn ogen voornamelijk aan Miranda te danken was dat het blad iedere maand zo'n enorm succes was. *Runway* zou *Runway* niet zijn – zou helemaal níks zijn – zonder Miranda Priestly. Dat wist ik, dat wist iedereen. Maar voor mij wilde dat nog niet zeggen dat ze het recht had mensen zó te behandelen. Waarom maakte het vermogen om een avondjurk van Balmain te combineren met een broeierig kijkend Aziatisch meisje met ellenlange benen in een zijstraatje in San Sebastian dat iedereen zó in zwijm viel dat Miranda's gedrag haar niet meer werd aangerekend? Ik snapte het nog altijd niet, maar wat wist ik er ook van? Emily begreep het kennelijk wél.

'Em, ik wil alleen zeggen dat jij een heel goede assistente voor haar bent, dat ze boft dat ze iemand heeft die zo hard werkt en zo toegewijd is. Ik zou willen dat je inzag dat het niet aan jou ligt als ze ergens ontevreden over is. Ze is gewoon ontevreden van aard. Je hebt gedaan wat je kon.'

'Dat weet ik ook wel. Echt. Maar jij weet haar niet op waarde te schatten, Andy. Denk er maar eens over na. Echt nadenken, bedoel ik. Ze is ongelooflijk talentvol. Ze heeft veel opgeofferd om dit te bereiken, maar dat geldt toch voor alle supersuccesvolle mensen in iedere bedrijfstak? Hoeveel president-directeuren van grote bedrijven of filmregisseurs of wat dan ook moeten niet op zijn tijd keihard zijn? Dat hoort bij hun werk.'

Het was duidelijk dat we het hier nooit over eens zouden worden. Emily was helemaal bezeten van Miranda, van *Runway* en alles eromheen, ik begreep alleen niet waarom. Ze verschilde niet van de honderden andere persoonlijk en redactieassistenten, eind-, hoofd- en gewone redacteuren van modetijdschriften, maar ik begreep er niks van. Voorzover ik het had kunnen zien, werden ze allemaal vernederd, neergehaald en uitgescholden door hun baas, en zodra ze promotie maakten, deden ze precies hetzelfde met degene die onder hen kwam werken. En dat alles alleen maar om eenmaal boven aan die lange, dodelijk vermoeiende carrièreladder te kunnen zeggen dat ze op de eerste rij hadden gezeten bij de shows van Yves Saint-Laurent en onderweg een paar gratis Prada-tassen hadden gescoord?

Tijd om gewoon mee te praten. 'Ik weet het,' gaf ik me met een zucht gewonnen. 'Ik hoop alleen dat je weet dat je haar een plezier doet door alles van haar te pikken, en niet andersom.'

Ik verwachtte een snelle tegenaanval, maar Emily grinnikte. 'Ik zei toch net een keer of honderd tegen haar dat de kapper voor donderdag bevestigd is?'

Ik knikte. Ze kreeg nu bijna de slappe lach.

'Dat was een complete leugen. Ik heb helemaal niemand gebeld en niks bevestigd!' Dat laatste kwam er zangerig uit.

'Emily! Meen je dat nou? En wat nu? Je hebt net bij hoog en bij laag gezworen dat je hem persoonlijk hebt bevestigd.' Voor het eerst sinds ik daar werkte, had ik haar wel kunnen zoenen.

'Andy, wees nou even serieus. Denk je echt dat er ook maar íémand is die haar haar en make-up niet wil doen? Het is de beste zet die een kapper of visagist kan doen voor zijn carrière, dus hij zal haar heus niet weigeren. Waarschijnlijk heeft hij nog geen ja gezegd omdat zijn vlucht nog niet was geboekt of zoiets. Ik heb geen bevestiging nodig, want ik weet zeker dat hij het toch wel doet. Hoe kan hij het níét doen? Het gaat hier om Miranda Priestly!'

Nu dacht ik dat ik zelf zou gaan huilen, maar ik zei alleen maar: 'Wat moet ik weten over de sollicitatie van dat kindermeisje? Ik moet maar meteen beginnen, denk ik.'

'Ja,' zei ze, zo te zien nog nagenietend van haar eigen slimheid. 'Dat lijkt me een goed idee.'

Het eerste meisje dat solliciteerde naar de baan als kindermeisje was compleet in shock.

'O god!' gilde ze toen ik haar door de telefoon vroeg of ze naar kantoor kon komen voor een gesprek. 'O, mijn god! Meen je dat nou? O, mijn god!'

'Eh, is dat ja of nee?'

'God, ja. Ja, ja, ja! Bij *Runway?* O, mijn god. Als mijn vriendinnen dat horen... Ze besterven het. Ze besterven het gewoon! Zeg maar waar ik moet zijn, en wanneer.'

'Je weet toch dat Miranda er zelf niet is en dat je haar niet zult spreken, hè?'

'Ja. Absoluut.'

'En je begrijpt dat het om een baan als kindermeisje voor haar twee dochters gaat? Dat je helemaal niets met *Runway* te maken zult hebben?'

Ze zuchtte alsof ze zich nog moest verzoenen met dat trieste, onontkoombare feit. 'Ja, natuurlijk. Kindermeisje, ik snap het helemaal.'

Nou, ze bleek het dus niet begrepen te hebben, want ook al zag ze er precies goed uit (lang, onberispelijk verzorgd, tamelijk goed gekleed en ernstig ondervoed), ze bleef maar vragen hoe vaak ze op kantoor zou komen.

Ik wierp haar een van mijn speciale vernietigende blikken toe, maar ze leek het niet op te merken. 'Eh, nooit. Daar hebben we het toch over gehad? Ik doe de eerste selectie voor Miranda en dat gebeurt toevallig hier op kantoor, maar daar blijft het bij. Haar tweeling woont hier namelijk niet, begrijp je?'

'Juist, juist,' zei ze, maar ik had haar in gedachten al geschrapt.

De volgende drie waren niet veel beter. Fysiek voldeden ze allemaal aan Miranda's profiel – het bureau begreep echt precies wat ze wilde – maar niet een van hen had wat ik zocht in een kindermeisje dat ik ook op mijn toekomstige neefje of nichtje zou laten passen, de maatstaf die ik had gesteld. Een van hen was afgestudeerd in kinderpsychologie aan Columbia maar kreeg een glazige blik in haar ogen toen ik subtiel probeerde uit te leggen dat deze baan anders was dan ze misschien gewend was. Een andere had een tijdje iets gehad met een beroemde basketballer en beweerde daardoor 'begrip voor beroemdheden' te hebben. Maar toen ik haar vroeg of ze ooit met de kinderen van beroemdheden had gewerkt, haalde ze instinctief haar neus op en zei ze dat die 'altijd, zeg maar, allerlei complexen' hadden. Geschrapt. De derde en veelbelovendste kandidate was opgegroeid in Manhattan, pas afgestudeerd aan Middlebury en wilde een jaar als kindermeisje werken om te sparen voor een reis naar Parijs. Toen ik vroeg of dat betekende dat ze Frans sprak, knikte ze bevestigend. Het enige probleem was dat ze een echt stadskind was en geen rijbewijs had. Ik vroeg of ze bereid was dat te halen. Nee. Ze vond het niet nodig dat er nog een auto bij kwam om de straten te verstoppen. Nummer drie werd geschrapt. De rest van de dag probeerde ik te bedenken hoe ik Miranda tactvol kon vertellen dat als er al een meisje bestond dat sportief was, zich niet ongemakkelijk voelde tussen beroemdheden, in Manhattan woonde, een rijbewijs had, kon zwemmen, gestudeerd had, Frans sprak en honderd procent flexibele werktijden geen probleem vond, ze waarschijnlijk geen kindermeisje wilde worden.

Ze moest mijn gedachten gelezen hebben, want de telefoon ging meteen. Na een snelle berekening stelde ik vast dat Miranda net geland moest zijn op Charles de Gaulle, en een vluchtige blik op het schema waarin haar gangen van seconde tot seconde waren vastgelegd door Emily leerde me dat ze waarschijnlijk in de auto op weg was naar het Ritz.

'Met het kantoor...'

'Emily!' Ze gilde bijna. Ik nam het verstandige besluit dat dit niet het geschikte moment was om haar te corrigeren. 'Emily! De chauffeur heeft me de verkeerde telefoon gegeven, zodat ik geen enkel nummer bij de hand heb. Dit is onaanvaardbaar. Volslagen onaanvaardbaar. Hoe moet ik zakendoen zonder telefoonnummers? Verbind me ogenblikkelijk door met meneer Lagerfeld.'

'Ja, Miranda, een ogenblikje.' Ik drukte op het knopje voor de wachtstand en riep Emily om hulp, al maakte ik meer kans om de hoorn in één keer door te slikken dan om Karl Lagerfeld te vinden voordat Miranda zo geïrriteerd raakte dat ze kwaad de verbinding zou verbreken, om vervolgens terug te bellen met de vraag: 'Waar blijft hij nou? Waarom kun je hem niet vinden? Weet je soms niet hoe een telefoon werkt?'

'Ze wil Karl spreken,' riep ik naar Emily. De naam was genoeg om haar te laten rennen en vliegen en ze begon als een gek door allerlei papieren op haar bureau te bladeren.

'Oké, luister. We hebben twintig tot dertig seconden. Jij probeert Biarritz en de chauffeur, dan bel ik Parijs en zijn assistente,' riep ze, en haar vingers vlogen al over het toetsenbord. Ik dubbelklikte op de contactlijst met meer dan duizend namen op onze gezamenlijke harde schijf en vond vijf nummers die ik zou moeten bellen: Biarritz 1, Biarritz 2, Biarritz studio, Biarritz zwembad en Biarritz chauffeur. Toen ik snel naar de andere nummers van Karl Lagerfeld keek, wist ik dat Emily er in totaal zeven moest afwerken, en dan bleven de nummers in New York en Milaan nog over. We waren bij voorbaat kansloos.

Ik probeerde Biarritz 1 en was net Biarritz 2 aan het intoetsen toen ik zag dat het rode lampje niet meer knipperde. Emily verkondigde dat Miranda had opgehangen, mocht ik dat zelf nog niet gezien hebben. Er waren pas tien of vijftien seconden verstreken – ze was vandaag erg ongeduldig. Natuurlijk ging de telefoon meteen weer, en Emily reageerde op mijn smekende hondenblik door op te nemen. Ze kwam niet verder dan halverwege haar ingeblikte begroeting voordat ze ernstig knikte en probeerde Miranda te sussen. Ik was nog aan het bellen en had wonder boven wonder het zwembad in Biarritz te pakken, waar ik een vrouw aan de lijn kreeg die geen woord – geen lettergreep – Engels sprak. Misschien was Miranda daarom zo geobsedeerd met de Franse taal?

'Ja, ja, Miranda. Andrea en ik zijn aan het bellen. Het duurt hooguit nog een paar seconden. Ja, dat begrijp ik. Ja, ik weet dat het frustrerend is. Als ik je even in de wacht mag zetten, heb ik hem zo aan de lijn. Goed?' Ze drukte op de wachtknop en toetste een nummer in. Ik hoorde haar in gebroken Frans met een in mijn oren vreselijk accent met iemand praten die zo te horen niet wist wie Karl Lagerfeld was. We waren er geweest. Morsdood. Ik wilde net de verbinding met de gestoorde Française die in de hoorn gilde verbreken toen ik het knipperende lampje weer zag uitgaan. Emily was nog druk aan het bellen.

'We zijn haar kwijt!' riep ik als een arts op de eerste hulp die tevergeefs een patiënt probeerde te reanimeren.

'Jouw beurt om op te nemen!' gilde ze terug, nog steeds nummers intoetsend, en jawel hoor: de telefoon ging weer.

Ik nam op en deed niet eens een poging om iets te zeggen, want ik wist dat de stem aan de andere kant van de lijn me meteen zou onderbreken.

'Ahn-dre-ah! Emily! Wie dit ook mag zijn... Waarom heb ik jou aan de lijn in plaats van meneer Lagerfeld? Waarom?'

Mijn eerste instinct was om mijn mond te houden, omdat ik het gevoel had dat het verbale spervuur nog niet voorbij was, maar zoals gewoonlijk liet mijn instinct me in de steek.

'Hal-lo-hoo? Is daar iemand? Is het voor mijn béíde assistentes te ingewikkeld om de ene telefoon met de andere te verbinden?' Het sarcasme en de ergernis dropen van haar stem.

'Nee Miranda, natuurlijk niet. Het spijt me...' Mijn stem beefde een beetje, maar ik kon er niets aan doen. 'We kunnen meneer Lagerfeld niet vinden. We hebben al zeker acht...'

'Niet vinden?' deed ze me na, met een hoge stem die helemaal niet op de mijne leek en niet eens menselijk klonk. 'Hoe bedoel je, "we kunnen hem niet vinden"?'

Welk gedeelte van die eenvoudige zin van vijf woorden begreep ze niet, vroeg ik me af. We. Kunnen. Hem. Niet. Vinden. Mij leek het tamelijk helder: we kunnen hem verdomme niet vinden! Daarom heb jij hem niet aan de lijn. Als jij hem wel kunt vinden, kun je hem ook spreken. Er schoten duizend hatelijke antwoorden door mijn hoofd, maar ik kon alleen maar stamelen, als een kind in de eerste klas dat er door de leraar uitgepikt was terwijl de hele klas had zitten kletsen.

'Eh, Miranda, we hebben al zijn nummers geprobeerd en hij is nergens te bereiken,' wist ik uit te brengen.

'Nee, natuurlijk niet!' Ze schreeuwde nu bijna, en haar zo belangrijke, zorgvuldig bewaakte zelfbeheersing stond op het punt af te brokkelen. Ze haalde overdreven diep adem en zei kalm: 'Ahn-dre-ah, weet je dat deze week de modeshows in Parijs zijn?' Ik voelde me alsof ze me mijn eigen moedertaal wilde leren.

'Natuurlijk, Miranda. Emily heeft alle nummers in...'

'En weet je ook dat meneer Lagerfeld heeft gezegd dat hij in Parijs op zijn mobiele nummer te bereiken zou zijn?' Ieder spiertje in haar keel was nu gespannen om kalm te klinken.

'Nee, we hebben zijn mobiele nummer hier niet, dus wisten we niet eens dat meneer Lagerfeld een mobiele telefoon had. Maar Emily heeft op dit moment zijn assistente aan de lijn en ze heeft dat nummer zo voor je.' Emily stak haar duim naar me op, krabbelde iets op papier en riep een paar keer achter elkaar: 'Merci, o ja, bedankt, ik bedoel merci.'

'Miranda, ik heb het nummer hier. Zal ik je dan nu doorverbinden?' Ik voelde mijn borst opzwellen van zelfvertrouwen en trots. Goed gedaan! Een uitstekende prestatie, geleverd onder enorme druk. Het gaf niet dat er zweetplekken onder de oksels van mijn schattige bloesje zaten, het bloesje waarvoor ik van twee – niet één, twee – modeassistenten een complimentje had gekregen. Wat maakte het uit? Ik was bijna verlost van deze knettergekke internationale beller en daar was ik heel, heel blij om.

'Ahn-dre-ah?' Het klonk als een vraag, maar ik was vooral geconcentreerd op het zoeken naar een patroon in haar verkeerde gebruik van onze namen. Eerst dacht ik dat ze het expres deed, in een poging ons nog meer te kleineren en vernederen, maar toen stelde ik vast dat ze heel tevreden moest zijn over het huidige niveau van kleinering en vernedering, dus waarschijnlijk deed ze het omdat ze zich niet druk kon maken om futiele details als de namen van haar twee assistentes. Toen Emily dat bevestigde door te vertellen dat Miranda haar de helft van de tijd Emily noemde en de andere helft beurtelings Andrea en Allison – de assistente die promotie had gemaakt – voelde ik me al wat beter.

'Ja?' Ik piepte weer. Verdomme! Kon ik dan niet een béétje waardigheid behouden tegenover dat mens?

'Ahn-dre-ah, ik snap niet waarom jullie zo moeilijk doen over het mobiele nummer van meneer Lagerfeld terwijl ik dat hier gewoon heb. Hij heeft het me vijf minuten geleden gegeven, maar de verbinding werd verbroken en ik weet niet hoe dat hier werkt.' Dat laatste zei ze alsof de hele wereld behalve zijzelf schuldig was aan die ergernis en overlast.

'O. Eh, dus je hebt zijn nummer al? En je wist al die tijd dat hij op dat nummer te bereiken is?' Ik zei het alleen omdat Emily het ook moest horen, en het maakte Miranda nog kwader.

'Ben ik soms niet duidelijk? Ik wil dat je me doorverbindt met 03.55.23.56.67.89. Onmiddellijk. Of is dat te moeilijk voor je?'

Emily schudde vol ongeloof langzaam haar hoofd en verfrommelde het telefoonnummer waar we samen zo ons best voor hadden gedaan.

'Nee, Miranda, natuurlijk is het niet te moeilijk. Ik verbind je meteen door. Ogenblikje.' Ik drukte op 'verzamelgesprek', toetste de nummers in, wachtte tot ik een oudere man 'hallo!' hoorde roepen en drukte weer op verzamel. 'Meneer Lagerfeld, Miranda

Priestly, u bent verbonden,' verklaarde ik als een ouderwetse telefoniste uit de tijd van *Het kleine huis op de prairie*. En in plaats van het gesprek stiekem op de speakers over te schakelen, zodat Emily en ik het samen konden afluisteren, hing ik braaf op. We bleven even zwijgend zitten en ik deed mijn best om niet meteen iets hatelijks te zeggen. Ik bette alleen mijn klamme voorhoofd en ademde heel diep in en uit. Emily sprak als eerste.

'Even voor de duidelijkheid: ze had dus al die tijd zijn nummer maar wist gewoon niet hoe ze hem moest bellen?'

'Misschien had ze geen zin om zelf te bellen,' voegde ik er behulpzaam aan toe, altijd blij met een kans om samen te spannen tegen Miranda, vooral omdat Emily me daar zo zelden de gelegenheid voor gaf.

'Ik had het moeten weten,' zei ze hoofdschuddend, alsof ze vreselijk teleurgesteld was in zichzelf. 'Ik had het gewoon moeten weten. Ze belt me altijd om zich te laten doorverbinden met mensen die in de kamer naast haar logeren, of in een hotel twee straten verderop. Ik weet nog dat ik het heel gek vond dat ze van Parijs naar New York belde om zich te laten doorverbinden met iemand in Parijs. Nu vind ik het natuurlijk heel gewoon, maar ik snap niet dat ik het in dit geval niet heb zien aankomen.'

Ik wilde net naar de Dining Room rennen voor de lunch, maar de telefoon ging weer. Met in gedachten de theorie dat de bliksem nooit twee keer achter elkaar inslaat besloot ik sportief te zijn en op te nemen.

'Met het kantoor van Miranda Priestly.'

'Emily! Ik sta in de stromende regen op de Rue de Rivoli en mijn chauffeur is verdwenen. Verdwenen! Hoor je me? Verdwenen! Zoek hem onmiddellijk voor me.' Ze was hysterisch, voor het eerst sinds ik haar kende, en het zou me niet verbazend als het de eerste keer in haar hele leven was.

'Miranda, een ogenblikje. Ik heb zijn nummer hier.' Ik wilde het reisschema pakken dat ik net op mijn bureau had gelegd, maar ik zag alleen maar papieren, oude prikbordvellen en stapels oude nummers van *Runway*. Er waren pas drie of vier seconden verstreken, maar ik had het gevoel alsof ik vlak naast haar stond en toekeek hoe de regen op haar Fendi-bontjas kletterde en de make-up van haar gezicht spoelde. Alsof ze me ieder moment een klap in mijn gezicht kon geven en me kon vertellen dat ik een waardeloze nietsnut zonder enig talent was, zonder vaardigheden, een complete, volledige mislukkeling. Ik had geen tijd om mezelf voor te houden dat ze ook maar een mens was (daar valt inderdaad over te discussiëren), dat ze ervan baalde dat ze in de regen stond en het afreageerde op haar assistente 5700 kilometer verderop. *Ik kan er niks aan doen. Ik kan er niks aan doen.*

'Ahn-dre-ah! Ik kan mijn schoenen wel weggooien! Hoor je me? Luister je eigenlijk wel? Zoek onmiddellijk mijn chauffeur!'

Er dreigde een ongepaste emotie – ik voelde een brok in mijn keel en de spieren achter in mijn nek verkrampten, maar ik kon nog niet zeggen of ik moest lachen of huilen. Wat het ook was, het mocht niet gebeuren. Emily moet het aangevoeld hebben, want ze sprong uit haar stoel en gaf me haar reisschema. Ze had zelfs de telefoonnummers van de chauffeur gemarkeerd, drie in totaal: de autotelefoon, zijn gsm en zijn nummer thuis. Natuurlijk.

'Miranda, ik moet je even in de wacht zetten om hem te kunnen bellen. Mag ik je in de wacht zetten?' Ik wachtte het antwoord niet af, iets waarvan ik wist dat ze er woedend om zou worden, en drukte op 'wacht' voordat ik nogmaals het nummer van Parijs intoetste. Het goede nieuws was dat de chauffeur meteen opnam, na één keer overgaan op het eerste nummer dat ik belde. Het slechte nieuws was dat hij geen Engels sprak. Hoewel ik nooit eerder zelfdestructieve neigingen had gehad, ramde ik nu keihard met mijn voorhoofd op het formica. Nadat ik dat drie keer had gedaan, nam Emily de telefoon op haar bureau op. Ze nam haar toevlucht tot geschreeuw, niet zozeer in een poging de chauffeur haar slechte Frans te laten begrijpen, maar om hem duidelijk te maken hoe dringend de situatie was. Nieuwe chauffeurs moesten altijd nog een beetje afgericht worden, vooral omdat ze zo dom waren om te denken dat het niet erg was als Miranda een keer vijfenveertig seconden tot een minuut zou moeten wachten. Dat was precies de reden waarom Emily nu tegen hem tekeerging.

Een paar minuten later legden we allebei ons hoofd op ons bureau, nadat Emily de chauffeur genoeg had uitgescholden om hem zover te krijgen dat hij met gezwinde spoed terugging naar de plek waar hij Miranda drie of vier minuten eerder had afgezet. Ik had niet echt trek meer in de lunch, een fenomeen waar ik de zenuwen van kreeg. Was niet-eten besmettelijk? Of nam de combinatie van adrenaline en zenuwen de honger weg? Dat was het! De *Runway*-mensen legden zichzelf het uithongeren niet op, het was een fysieke reactie. De voortdurende angst en nimmer aflatende bezorgdheid maakten dat ze nooit honger hadden. Ik nam me voor om me daar eens serieus in te verdiepen. Misschien was Miranda veel slimmer dan iedereen in de gaten had en had ze zich bewust een persoonlijkheid aangemeten die op alle fronten zó kwetsend was dat ze mensen letterlijk zo bang maakte dat ze dun bleven.

'Dames, dames! Haal die hoofden van je bureau! Stel je voor dat Miranda jullie zo zou zien. Daar zou ze niet vrolijk van worden,' riep James zangerig in de deuropening. Hij had zijn haar achterovergekamd met een of andere vettige wax die Bed Head heette ('zo'n lekkere naam, ik moest het wel kopen') en droeg een heel strak sporttruitje met op de voor- en achterkant nummer 69. Het toonbeeld van subtiliteit en ingetogenheid, zoals gewoonlijk.

We keken geen van beiden zelfs maar naar hem op. Het was pas vier uur, maar het voelde als middernacht.

'Oké, laat me raden. Mama belt jullie helemaal suf omdat ze een oorbel heeft verloren tussen het Ritz en Alain Ducasse, en nu moeten jullie hem zien te vinden, ook al zit zij in Parijs en jullie in New York.'

Ik snoof verachtelijk. 'Denk je dat we daar zo op zouden reageren? Dat is ons wérk! Dat doen we dagelijks. Noem eens wat lastigs.'

Zelfs Emily moest lachen. 'Nee James, je kunt beter. Ik kan in minder dan tien minuten een oorbel opsporen in iedere willekeurige stad ter wereld,' zei ze, om een of andere duistere reden opeens een echte teamspeler. 'Het zou pas moeilijk worden als ze er niet bij vertelde in welke stad ze hem was kwijtgeraakt. Maar zelfs dan zou het ons lukken, wedden?'

James liep achteruit het kantoor uit, met een zogenaamd verschrikt gezicht. 'Al goed, dames, nog een fijne dag verder. Jullie zijn gelukkig nog niet voorgoed verknipt geraakt. Ik bedoel, echt, daar ben ik blij om. Jullie zijn allebei nog volkómen normaal. Eerlijk waar. Nou, veel plezier nog.'

'WACHT JIJ EENS EVEN EVEN, MIETJE!' riep iemand heel hard en met een heel hoog stemmetje. 'GA TERUG NAAR BINNEN EN LEG DIE MEISJES UIT HOE JE HET IN JE HOOFD HEBT GEHAALD OM VANMORGEN DAT VOD AAN TE REKKEN!' Nigel pakte James bij zijn linkeroor en sleurde hem naar de open ruimte tussen onze bureaus.

'O, kom op, Nigel,' jammerde James, zogenaamd geërgerd maar duidelijk verrukt omdat Nigel aan hem zat. 'Jij vindt dit een hartstikke mooie trui!'

'MOOIE TRUI? DENK JE NOU ECHT DAT IK VAL VOOR DIE KOSTSCHOOL-HOMOLOOK VAN JE? JAMES, JE BENT NIET GOED BIJ JE HOOFD.'

'Wat is er mis met een strak footballtruitje? Ik vind het gaaf.'

Emily en ik knikten en waren het zwijgend met James eens. Het was misschien niet erg smaakvol, maar hij zag er ontzettend hip uit. Bovendien kon je toch moeilijk modeadvies aannemen van een man in een spijkerbroek met zebraprint, een zwarte trui met v-hals en op de rug een groot, open 'sleutelgat' dat zijn enorme spieren liet zien. Het geheel werd afgemaakt door een strohoed en een dun streepje (heel subtiel, dat moet ik toegeven!) eyeliner.

'JOCHIE, MODE IS NIET BEDOELD OM JE FAVORIETE STANDJE TE VERKONDIGEN. NEE, NEE, MENEERTJE. EEN BEETJE BLOTE HUID? HEEL MOOI! WIL JE DIE STRAKKE, JONGE VORMEN LATEN ZIEN? NOG MOOIER! KLEDING IS NIET BEDOELD OM DE HELE WERELD TE LATEN WETEN DAT JE HET GRAAG OP ZIJN HONDJES DOET, VRIEND. BEGREPEN?'

'Maar, Nigel...' Hij trok zorgvuldig een verslagen gezicht om te verhullen hoe heerlijk hij het vond om het middelpunt van Nigels aandacht te zijn.

'NIKS TE NIGELEN, SCHAT. GA MAAR NAAR JEFFY EN ZEG DAT IK JE HEB GESTUURD. ZEG DAT HIJ JE DIE NIEUWE TANKTOP MOET GEVEN DIE WE BESTELD HEBBEN VOOR DE FOTOSESSIE IN MIAMI, VOOR DAT VERRUKKELIJKE ZWARTE MODEL. OEI OEI, HIJ IS NET ZO SMAKELIJK ALS EEN DIKKE CHOCOLADEMILKSHAKE! VOORUIT, WEGWEZEN, MAAR JE MOET STRAKS WEL TERUGKOMEN OM TE LATEN ZIEN HOE HET STAAT!'

James ging ervandoor als een konijntje dat net gevoerd was en Nigel draaide zich naar ons om. 'IS HAAR KLEDING AL BESTELD?' vroeg hij aan niemand in het bijzonder.

'Nee, ze wil niks bestellen voordat ze de fotoboeken heeft gezien,' antwoordde Emily met een verveeld gezicht. 'Ze begint eraan als ze terug is, zegt ze.'

'LAAT HET ME OP TIJD WETEN, DAN KAN IK MIJN AGENDA VRIJMAKEN VOOR DAT FEEST!' Hij verdween in de richting van de Kast, waarschijnlijk om te proberen een glimp op te vangen van James die zich aan het omkleden was.

Ik had inmiddels één keer meegemaakt dat Miranda een nieuwe garderobe bestelde, en dat was niet fraai geweest. Toen ik pas bij *Runway* werkte, was Miranda naar de prêt-à-porter-shows voor de voorjaarscollectie geweest, waar ze met een schetsboek in de hand van catwalk naar catwalk trok, officieel om eenmaal terug in de Verenigde Staten de beau monde van New York te kunnen vertellen wat ze zouden gaan dragen – en de rest van het land wat ze zouden wíllen dragen. Maar toen wist ik niet dat Miranda extra goed naar de outfits op de catwalk keek omdat het haar eerste kennismaking was met wat ze de komende maanden zelf zou dragen.

Een paar weken na haar terugkeer op kantoor had Miranda Emily een lijst gegeven van ontwerpers wier fotoboeken ze graag wilde bekijken. Terwijl het gebruikelijke kliekje zich haastte om de boeken op tijd af te krijgen – de foto's van de show waren vaak nog niet eens ontwikkeld, laat staan geretoucheerd en ingebonden – werd iedereen bij *Runway* ingeseind dat de boeken onderweg waren. Nigel moest uiteraard klaarstaan om haar te helpen uitzoeken en haar persoonlijke garderobe samen te stellen. Een redacteur die gespecialiseerd was in accessoires moest beschikbaar zijn om tassen en schoenen uit te kiezen, en misschien een extra moderedacteur om na te gaan of alles naar wens was – vooral wanneer de bestelling iets groots als een bontjas of een avondjapon bevatte. Zodra de verschillende modehuizen eindelijk de verschillende kledingstukken waar ze om had verzocht in elkaar geflanst hadden, kwam Miranda's persoonlijke kleermaker een paar dagen naar *Runway* om alles met haar door te passen. Dan maakte Jeffy de Kast helemaal leeg en kon niemand fatsoenlijk werken, want Miranda en haar kleermaker zaten urenlang binnen. Tijdens de eerste pasronde was ik langsgelopen en had ik Nigel horen roepen: 'MIRANDA PRIESTLY, TREK DAT VOD ONMIDDELLIJK UIT. IN DIE JURK ZIE JE ERUIT ALS EEN SLOERIE! EEN ORDINAIRE STOEPHOER!' Ik had met mijn oor tegen de deur staan luisteren – en letterlijk lijf en leden geriskeerd, mocht de deur openzwaaien – en staan wachten tot ze hem op haar eigen, speciale manier de mantel zou uitvegen, maar ik had alleen maar instemmend gemompel gehoord, en het geruis van stof toen ze de jurk uittrok.

Nu ik hier lang genoeg werkte, zag het ernaar uit dat ik de gelukkige was die Miranda's kleding mocht bestellen. Vier keer per jaar, je kon de klok erop gelijkzetten, bladerde ze door de boeken van de ontwerpers alsof het haar eigen, persoonlijke catalogi waren en zocht ze pakjes van Alexander McQueen en rokken van Prada uit alsof het goedkope T-shirts waren. Een geel plakvelletje op deze Fendi-broek, een ander op dat mantelpakje van Chanel en een derde met heel groot 'NEE' over het bijpassende zijden truitje. Blader, plak, blader, plak, en zo ging ze maar door, totdat ze rechtstreeks van de catwalk een complete garderobe voor het nieuwe seizoen had samengesteld; kleding die soms nog niet eens was gemaakt.

Ik had toegekeken hoe Emily Miranda's keuze had doorgefaxt aan de verschillende ontwerpers, zonder de gewenste maat of kleur te vermelden, aangezien iedereen met een beetje verstand wist wat Miranda Priestly het beste zou staan. Natuurlijk was het niet genoeg dat ze exact de juiste maat leverden: zodra de kleding werd bezorgd, moest alles nog eens worden ingenomen en vermaakt tot het bijna maatkleding was. Pas wanneer de complete garderobe besteld, verstuurd, ingenomen en per limousine met chauffeur bij de kast van haar slaapkamer was afgegeven, deed Miranda afstand van haar kleding van het vorige seizoen en werden er hele bergen Yves, Celine en Helmut Lang – in vuilniszakken – teruggebracht naar kantoor. Het meeste was pas vier tot zes maanden oud en één of twee keer gedragen, en in veel gevallen zelfs helemaal niet. Alles was zo ongelooflijk stijlvol, zo belachelijk hip dat het nog niet eens in de winkel te koop was, maar zodra het van het vorige seizoen was, was de kans dat Miranda het zou dragen net zo groot als de kans dat ze zich zou vertonen in een goedkope joggingbroek.

Soms zat er een truitje of iets heel wijds tussen dat ik voor mezelf kon houden, maar verder was het een beetje problematisch dat alles zo ontzettend klein was. Meestal gaven we de kleren aan mensen met dochters van een jaar of negen, de enigen die nog een kansje maakten om erin te passen. Ik stelde me voor hoe meisjes met lijfjes als jongetjes zouden paraderen in kokerrokjes van Prada en strakke Dolce & Gabbana-jurkjes met spaghettibandjes. Als er iets bij zat wat écht geweldig was, en heel duur, dan haalde ik het uit de vuilniszak en verstopte het onder mijn bureau tot ik het veilig naar huis kon smokkelen. Een paar keer klikken op eBay of misschien een bezoekje aan een van die chique tweedehandszaken op Madison Avenue en mijn salaris was opeens niet meer zo deprimerend. Dat was geen diefstal, redeneerde ik, ik maakte gewoon gebruik van de mogelijkheden die me werden geboden.

Miranda belde nog zes keer tussen zes en negen uur 's avonds – bij haar was dat tussen twaalf en drie uur 's nachts – om zich door ons te laten doorverbinden met diverse mensen die net als zij in Parijs zaten. Ik handelde de telefoontjes lusteloos af en verder gebeurde er weinig tot de tijd dat ik mijn spullen ging pakken en de deur uit wilde sluipen voordat de telefoon weer zou gaan. Pas toen ik mijn jas aantrok, viel mijn oog op het briefje dat ik op mijn monitor had geplakt – om te voorkomen dat zou gebeuren wat er nu toch gebeurd was: A BELLEN, 15.30 UUR. Mijn hoofd tolde, mijn contactlenzen waren uren geleden al uitgedroogd en voelden aan als keiharde stukjes glas die mijn ogen bedekten en ik begon hoofdpijn te krijgen. Geen stekende pijn; van die vage, doffe hoofdpijn waar je de precieze plek niet van kunt vaststellen maar die heel langzaam steeds erger wordt, tot je óf flauwvalt óf je hoofd uit elkaar knalt. In de drukte van al die telefoontjes vanaf de andere kant van de oceaan, die zoveel chaos en paniek hadden veroorzaakt, was ik vergeten een half minuutje de tijd te nemen om Alex te bellen, zoals hij had gevraagd. Stomweg vergeten om zoiets eenvoudigs te doen voor iemand die nooit iets van me verlangde.

Ik ging in het inmiddels donkere, stille kantoor zitten en pakte de telefoon; de hoorn was nog klam van de zweethanden die ik tijdens het laatste gesprek met Miranda een paar minuten daarvoor had gehad. Alex' telefoon thuis ging net zo lang over tot ik het antwoordapparaat kreeg, maar zijn mobiele telefoon werd meteen opgenomen.

'Hallo,' zei hij. Hij had al gezien dat ik het was. 'Hoe was het vandaag?'

'Gewoon. Hetzelfde als altijd. Alex, het spijt me zo dat ik je om half vier niet heb gebeld. Ik kan het niet uitleggen, het was hier zo'n gekkenhuis, ze bleef maar bellen en...'

'Laat maar, het maakt niet uit. Het komt nu even niet gelegen, is het goed als ik je morgen terugbel?' Hij klonk afwezig en zijn stem leek van heel ver te komen, alsof hij in een telefooncel op een strand ergens in een dorpje aan de andere kant van de wereld stond.

'Eh... ja. Maar er is toch niks gebeurd? Kun je niet snel even zeggen waar je voor belde? Ik ben al de hele tijd ongerust.'

Hij zweeg even en zei toen: 'Goh, ik krijg niet de indruk dat je zo ongerust bent. Ik vraag je me te bellen op een tijdstip waarop ik te bereiken ben – om maar te zwijgen van het feit dat je bazin niet eens in het land is – en je belt me pas zes uur later. Niet echt een teken van grote ongerustheid, of wel?' Hij zei het zonder een spoortje sarcasme, zonder afkeuring, hij somde gewoon de feiten op.

Ik draaide het snoer van de telefoon om mijn vinger tot de bloedtoevoer compleet werd afgesneden, mijn knokkel uitpuilde en mijn vingertopje spierwit werd. Ik kreeg een metalige smaak in mijn mond en besefte dat ik op de binnenkant van mijn onderlip had zitten bijten.

'Alex, het is niet zo dat ik vergeten ben je te bellen,' loog ik openlijk, en ik deed mijn best om niet te denken aan zijn niet-beschuldigende beschuldiging. 'Ik heb stomweg geen vrije seconde gehad, en omdat het zo ernstig klonk, wilde ik je niet bellen op een moment dat ik misschien meteen weer zou moeten ophangen. Ze heeft me vanmiddag wel vijfentwintig keer gebeld en iedere keer was het weer een absoluut noodgeval. Emily is om vijf uur vertrokken en heeft mij alleen bij de telefoon achtergelaten, en Miranda hield maar niet op. Ze belde en belde en belde, en telkens wanneer ik jou wilde bellen, hing zij weer aan de andere lijn. Ik, eh... snap je?'

Mijn snel afgevuurde lijst smoesjes klonk zelfs in mijn eigen oren armzalig, maar ik kon niet meer ophouden. Hij wist net zo goed als ik dat ik het gewoon vergeten was. Niet omdat het me niet kon schelen of omdat ik niet bezorgd was, maar omdat alle niet-Miranda-zaken op de een of andere manier niet meer belangrijk leken zodra ik op mijn werk was. Ik begreep zelf nog niet precies hoe het werkte en ik kon niet uitleggen – laat staan van een ander verlangen dat hij het begreep – dat de buitenwereld gewoon leek op te lossen en er maar één ding overbleef: *Runway*. En dat fenomeen was vooral moeilijk te verklaren omdat ik zo'n verschrikkelijke hekel aan die wereld had. En toch was het het enige wat telde.

'Sorry, ik moet nu terug naar Joey. Er zijn twee vriendjes bij hem en waarschijnlijk hebben ze intussen het hele huis gesloopt.'

'Joey? Dus je bent in Larchmont? Normaal gesproken ga je toch nooit oppassen op woensdag? Is alles wel goed daar?' Ik hoopte het gesprek af te leiden van het overduidelijke feit dat ik me zes uur lang alleen maar met mijn werk had beziggehouden, en dit leek me de beste manier. Hij zou zeggen dat zijn moeder onverwacht moest overwerken of misschien naar een ouderavond bij Joey op school had gemoeten en dat de vaste oppas had afgebeld. Hij zou natuurlijk niet klagen, dat deed hij nooit, maar hij zou me in ieder geval vertellen wat er aan de hand was.

'Jawel, het gaat goed. Mijn moeder had vanavond onverwacht een klant. Maar ik moet nu echt ophangen. Ik belde je vandaag omdat ik goed nieuws had, maar ja, je hebt dus niet teruggebeld,' zei hij mat.

Ik draaide het telefoonsnoer, dat net losgegaan was, zo strak om mijn wijs- en middelvinger dat ze begonnen te kloppen. 'Het spijt me,' was alles wat ik kon uitbrengen, want ook al wist ik dat hij gelijk had, dat het niet erg begripvol van me was dat ik niet had gebeld, ik was te moe om in de verdediging te gaan. 'Alex, alsjeblieft, straf me nou niet door goed nieuws voor me achter te houden. Weet je hoe lang het geleden is dat iemand me heeft gebeld met goed nieuws? Toe nou, gun me dat dan tenminste.' Ik wist dat mijn rationele reactie het goed zou doen bij Alex.

'Goed, maar zo spannend is het ook weer niet. Ik heb geregeld dat we samen naar de eerste reünie van Brown kunnen.'

'Echt waar? Dus we gaan erheen?' Ik was er een paar keer over begonnen, nonchalant en terloops, dacht ik zelf, maar Alex had er een beetje omheen gedraaid. Dat was niets voor hem, maar hij had niets willen vastleggen. Iedereen wist dat de eerste reünie een enorm feest was, en hoewel hij het nooit zou toegeven, had ik de indruk gekregen dat hij er liever met Max en zijn andere vrienden naartoe ging. Ik had het een paar weken eerder uit mijn hoofd gezet en bedacht dat ik ook gewoon met Lily kon gaan, want we zouden uiteindelijk toch allemaal samen op het feest zijn. Maar Alex had natuurlijk precies doorgehad hoe graag ik met hém wilde gaan, als stel, en had het allemaal geregeld.

'Ja, alles is rond. We hebben een huurauto, een jeep maar liefst, en ik heb een kamer gereserveerd in het Biltmore.'

'Het Biltmore? Dat meen je niet! Gaan we daar slapen? Geweldig!'

'Ja, je hebt zo vaak gezegd dat je daar graag een keer wilt logeren, dus leek het me wel leuk. Ik heb zelfs voor zondag gereserveerd voor de brunch bij Alforno, voor tien personen, dan kunnen we een keer met z'n allen bij elkaar komen.'

'Ongelooflijk. Heb je dat allemaal al rond?'

'Ja. Ik had gedacht dat je uit je dak zou gaan, daarom verheugde ik me er zo op het je te vertellen. Maar kennelijk had je het te druk om me even te bellen.'

'Alex, ik vind het geweldig. Ik kan je niet vertellen hoe leuk ik het vind! Wat goed dat je alles al hebt geregeld. Het spijt me echt, van dat bellen, maar ik kan haast niet wachten tot het oktober is. Het wordt fantastisch, en allemaal dankzij jou.'

We praatten nog even, en toen ik ophing klonk hij niet meer kwaad, maar ik kón niet meer. Het had me mijn laatste beetje energie gekost, de inspanning om hem terug te winnen en de juiste woorden te vinden, niet alleen om hem ervan te overtuigen dat ik hem niet vergeten was, maar ook om hem duidelijk te maken dat ik echt dankbaar en enthousiast was. Ik weet niet meer hoe ik in de auto ben gestapt en hoe de rit naar huis was, en of ik John Fisher-Galliano in de lobby van mijn appartementengebouw heb begroet of niet. Ik herinner me alleen dat ik moe was tot op het bot, zo moe dat de pijn bijna lekker werd, en ik weet nog dat ik opgelucht was toen ik zag dat Lily's deur dicht was en er geen licht onderdoor kwam. Ik overwoog nog wel om iets te eten te bestellen, maar de gedachte dat ik een bestellijst en de telefoon zou moeten pakken was al te veel – er werd vanavond dus niet gegeten.

In plaats daarvan ging ik op het afbrokkelende beton van mijn nieuwe, nog meubelloze balkonnetje op mijn gemak een sigaret zitten roken. Ik had de fut niet om de rook uit de blazen en liet hem gewoon uit mijn mond lopen en in de lucht om me heen hangen. Toen ik op een gegeven moment Lily's deur en haar schuifelende voetstappen op de gang hoorde, deed ik snel het licht uit en bleef ik in de donkere stilte zitten. Ik had vijftien uur onafgebroken gepraat en kon geen woord meer uitbrengen.

13

'Aannemen,' had Miranda bevolen toen ze Annabelle had gesproken, het twaalfde meisje dat bij me had gesolliciteerd en een van de slechts twee die ik geschikt had gevonden om Miranda onder ogen te komen. Annabelle had Frans als moedertaal (ze sprak zelfs zo weinig Engels dat de tweeling voor me had moeten vertalen), was afgestudeerd aan de Sorbonne en had een lang, strak lijf en prachtig bruin haar. Ze had klasse. Ze was niet bang om op naaldhakken te werken en leek zich niets van Miranda's bruuske gedrag aan te trekken. Sterker nog, ze was zelf tamelijk afstandelijk en bruusk en leek nooit oogcontact te maken. Altijd een tikkeltje verveeld, een beetje ongeïnteresseerd en buitengewoon zelfverzekerd. Ik was dolblij dat Miranda haar wilde aannemen, niet alleen omdat het me weken van sollicitIerende kindermeisjes bespaarde, maar ook omdat het wilde zeggen – ergens heel in de verte – dat ik er iets van begon te snappen.

Wat ik precies begon te snappen wist ik niet, maar op dat punt verliep alles zo soepel als ik had mogen hopen. Ik had Miranda's garderobe besteld en slechts een paar merkbare blunders begaan. Ze had niet bepaald een vreugdedansje gemaakt toen ik haar de bestelling van Givenchy had laten zien en die naam per ongeluk verkeerd had uitgesproken. Na een dodelijke blik en een paar snerende opmerkingen had ze me op de hoogte gebracht van de juiste uitspraak en was alles redelijk verlopen totdat ik haar moest vertellen dat de zomerjurken van Roberto Cavalli die ze had besteld nog niet gemaakt waren en pas over drie weken klaar zouden zijn. Maar ik had het afgehandeld: ik had ervoor gezorgd dat haar kleermaker op het juiste moment langskwam om alles met haar te passen in de Kast en ik had bijna alles naar de klerenkast in haar slaapkamer laten brengen, die zo groot was als een gemiddelde zit-slaapkamer.

De organisatie van het verlovingsfeest was doorgegaan tijdens Miranda's afwezigheid en werd op volle kracht voortgezet zodra ze terug was, maar met verrassend weinig paniek – het zag ernaar uit dat alles in orde was en dat het die vrijdag vlot zou verlopen. Chanel had een nauwsluitende rode, enkellange jurk met kraaltjes laten bezorgen toen Miranda in Europa was, en ik had hem onmiddellijk naar de stomerij gestuurd voor een eerste reiniging. Een maand eerder had ik zo'n zelfde Chanel-jurk in het zwart in het tijdschrift *W* zien staan, en toen ik hem Emily aanwees, knikte ze somber.

'Veertigduizend dollar,' zei ze, en ze ging met haar hoofd op en neer, op en neer. Vervolgens klikte ze een zwarte broek aan op style.com, waar ze al maandenlang ideeën opdeed voor haar reis naar Europa met Miranda.

'Veertigduizend wát?'

'Haar jurk. Die rode van Chanel. Als je hem in de winkel zou kopen, zou hij veertigduizend dollar kosten. Miranda betaalt natuurlijk niet het volle pond, maar ze heeft hem deze keer echt niet voor niks gekregen. Wat een geld, hè?'

'Veertigduizend dóllar?' vroeg ik nog een keer, want ik kon niet geloven dat ik een paar uur eerder één enkele jurk in mijn handen had gehad die zoveel geld waard was. Ik kon het niet laten snel te bedenken wat veertigduizend dollar inhield: twee hele jaren collegegeld, de aanbetaling van een eigen huis of het gemiddelde jáársalaris van een Amerikaans gezin met twee kinderen. Of op zijn allerminst een ontzettende hoop Prada-tassen. Maar één jurk? Ik dacht dat het niet gekker kon, maar dat moest ik herzien toen de jurk terugkwam van de couturestomerij, met een gekalligrafeerd envelopje waarop 'Mevr. Miranda Priestly' stond. Er zat een handgeschreven, crèmekleurige rekening in die als volgt luidde:

> Artikel: *avondjapon*. Ontwerper: *Chanel*. Lengte: *enkellang*. Kleur: *rood*. Beschrijving: *mouwloze japon met kraaltjes, met de hand aangebracht, onzichtbare rits aan zijkant, zware zijden voering*. Behandeling: *eerste basisreiniging*. Prijs: *670 dollar*.

Behalve de rekening zat er een briefje bij van de eigenares van de stomerij, een vrouw die ongetwijfeld de huur van haar zaak en haar woonhuis betaalde van het geld dat Elias haar betaalde voor Miranda's zware stomerijverslaving.

> *Het was ons een groot genoegen deze schitterende japon te mogen reinigen en we hopen dat u hem met veel plezier zult dragen tijdens het feest in het Metropolitan Museum of Art. Zoals afgesproken zullen we de japon maandag 24 mei ophalen voor de reiniging achteraf. Mocht u nog extra behandelingen wensen, laat het ons dan alstublieft weten. Met vriendelijke groet, Colette.*

Maar goed, het was pas donderdag en Miranda had een gloednieuwe, pas gereinigde japon in haar kast hangen, waar Emily precies de juiste zilverkleurige Jimmy Choo-sandaaltjes bij had gevonden. De kapper zou vrijdagmiddag om half zes bij Miranda aan huis komen, de visagist om kwart voor zes en precies om kwart over zes stond Uri gepland om Miranda en meneer Tomlinson naar het museum te brengen.

Miranda was al weg vanwege Cassidy's sportdag, en ik hoopte een keer vroeg te kunnen vertrekken om Lily te verrassen. Ze had haar laatste tentamen van dat jaar achter de rug en ik wilde haar mee uit nemen om het te vieren.

'Hé Em, denk je dat ik vandaag om half zeven of zeven uur weg kan? Miranda heeft het boek niet nodig omdat er niets nieuws in staat,' voegde ik er snel aan toe, geërgerd omdat ik mijn gelijke, mijn collega, moest smeken of ik een keertje twaalf uur mocht werken in plaats van de gebruikelijke veertien.

'Eh ja, mij best. Je doet maar. Ik ga nu.' Ze keek op haar computerscherm en zag dat het een paar minuten over vijf was. 'Over een paar uur kun je wel gaan. Ze is vanavond bij de tweeling, dus ik denk niet dat ze vaak zal bellen.' Ze had die avond een afspraakje met de man die ze met oud en nieuw in Los Angeles had leren kennen. Hij was eindelijk naar New York gekomen en had haar – grote verrassing! – nog gebeld ook. Ze gingen iets drinken bij Craftbar, en als hij zich netjes gedroeg, zou ze hem trakteren op Nobu. Ze had vijf weken daarvoor al gereserveerd, toen hij haar had gemaild dat hij naar New York kwam, maar zelfs zo ver van tevoren had ze Miranda's naam moeten gebruiken om een tafel te krijgen op een gunstige tijd.

'Wat doe je dan als je daar aankomt en je duidelijk Miranda Priestly niet bent?' had ik dom gevraagd.

De gebruikelijke combi van ogen-ten-hemel-diepe-zucht was mijn deel geweest. 'Dan zeg ik gewoon dat Miranda onverwacht de stad uit moest, ik geef ze haar visitekaartje en zeg dat ze de reservering aan mij heeft gegeven. Wat maakt dat nou uit?'

Na Emily's vertrek belde Miranda maar één keer, met de mededeling dat ze de volgende dag pas om twaalf uur op kantoor zou zijn, maar dat ze graag een kopie wilde van de restaurantrecensie die ze vandaag 'in de krant' had gelezen. Ik had nog de tegenwoordigheid van geest om te vragen hoe het betreffende restaurant heette en in welke krant ze de recensie had gelezen, maar dat vond ze vreselijk irritant.

'Ahn-dre-ah, ik ben al laat. Ga me nu niet uithoren. Het was een Aziatisch *fusion*-restaurant en het stond vandaag in de krant. Dat was het.' En met die woorden klikte ze haar Motorola V60 dicht. Ik hoopte, zoals altijd wanneer ze midden in een zin de verbinding verbrak, dat haar telefoontje op een dag haar perfect gemanicuurde vingers zou opslokken en vooral de tijd zou nemen om die onberispelijke rode nagels aan flarden te rijten. Ik had het nog niet mogen beleven.

Ik herinnerde mezelf er met een korte notitie in het schrift vol steeds veranderende verzoeken van Miranda aan dat ik de volgende ochtend meteen de restaurantbespreking moest opzoeken en smeerde hem naar de auto. Ik belde Lily met mijn mobiel, en ze nam op toen ik net op het punt stond om uit te stappen en naar de ingang van ons appartementengebouw te lopen, dus zwaaide ik naar John Fisher-Galliano (die zijn haar had laten groeien en een paar kettinkjes aan zijn uniform had gehangen, waardoor hij met de dag meer op de ontwerper ging lijken) maar ik bleef zitten.

'Hé, hoe is het? Met mij.'

'Halloooo!' zei ze enthousiast, opgewekter dan ik haar in weken, misschien wel maanden, had gehoord. 'Ik ben helemaal klaar. Klaar! Geen hertentamens, alleen een klein, onbeduidend opzetje voor een scriptie dat ik later nog tien keer kan veranderen als ik wil.

Dus tot half juli hoef ik niets te doen. Het is toch niet te geloven?' Ze klonk ronduit vrolijk.

'Ik weet het, ik vind het zo fijn voor je! Heb je zin om het te vieren met een etentje? Jij mag kiezen waar, op kosten van *Runway*.'

'Echt? Mag ik overal uit kiezen?'

'Overal uit. Ik sta beneden en ik heb een auto tot mijn beschikking. Kom, dan gaan we iets leuks doen.'

Ze juichte. 'Lachen! Ik wil je al een hele tijd over Freud-type vertellen. Hij is zo mooi! Wacht, even een spijkerbroek aantrekken. Ik kom er zo aan.'

Toen ze vijf minuten later naar buiten kwam huppelen, zag ze er modieuzer en gelukkiger uit dan ik haar in lange tijd had gezien. Ze had een strakke, gebleekte spijkerbroek met halfwijde pijpen aan en een dun, wit bloesje met lange mouwen. Een paar teenslippers die ik nog nooit had gezien – bruin leer met turkooizen kraaltjes – maakten het geheel compleet. Ze had zich zelfs opgemaakt, en haar krullen zagen eruit alsof ze maximaal vierentwintig uur geleden geföhnd waren.

'Wat zie je er goed uit,' zei ik toen ze op de achterbank plofte. 'Wat is je geheim?'

'Freud-type natuurlijk. Hij is geweldig. Ik denk dat ik verliefd ben. Hij krijgt tot nu toe een dikke negen, niet te geloven, hè?'

'Laten we eerst bedenken waar we gaan eten. Ik heb nog nergens gereserveerd, maar ik kan bellen en Miranda's naam gebruiken. Jij mag kiezen waar we heen gaan.'

Ze deed een beetje lipgloss op en bekeek zichzelf in de binnenspiegel. 'Mag ik uit alles kiezen?' vroeg ze afwezig.

'Alles. Misschien Chicama, waar ze die mojito's hebben?' stelde ik voor, want ik wist dat je Lily een restaurant kon aansmeren door reclame te maken voor de drankjes die ze er hadden, niet het eten. 'Anders misschien die heerlijke Cosmo's bij Bungalow. Of wat dacht je van de beste appelmartini ter wereld, in het Hudson Hotel? Misschien kunnen we zelfs wel buiten zitten. Maar als je wijn wilt, wil ik ook heel graag een keer...'

'Andy, zullen we naar Benihana gaan? Dat wil ik al zó lang.' Ze keek me schaapachtig aan.

'Benihana? Wil je naar Benihána? Het ketenrestaurant waar je naast toeristen met jankende kinderen moet zitten en waar werkloze Aziatische acteurs aan tafel je eten klaarmaken? Die Benihana?'

Ze knikte zo enthousiast dat ik geen andere keus had dan te bellen om het precieze adres te vragen.

'Nee, laat maar, ik heb het hier. 56th Street, tussen Fifth en Sixth Avenue, aan de noordelijke kant van de straat,' riep ze naar de chauffeur.

Mijn idioot enthousiaste vriendin leek niet eens te merken dat ik zat te staren. Ze vertelde honderduit over Freud-type, een naam die ze hem had gegeven omdat hij laatstejaars psychologie was. Ze hadden elkaar leren kennen in de studentenlounge in de kelder van de bibliotheek. Ik kreeg een uitgebreid verslag van al zijn kwalificaties: 29 jaar ('een stuk volwassener, maar absoluut niet te oud'), afkomstig uit Montréal ('zo'n lief Frans accent, maar wel helemaal veramerikaniseerd'), vrij lang haar ('maar niet zo'n idiote paardenstaart of zo') en precies het goede stoppelbaardje ('hij lijkt op Antonio Banderas als hij zich drie dagen niet heeft geschoren').

De samurai kok-acteurs deden hun kunstjes: ze sneden, hakten en gooiden met blokjes vlees terwijl Lily lachte en in haar handen klapte als een klein meisje dat voor het eerst in het circus was. Hoewel ik haast niet kon geloven dat Lily een jongen écht leuk vond, leek het de enige logische verklaring voor haar opgetogenheid. Nog moeilijker te geloven was haar bewering dat ze nog niet met hem naar bed was geweest ('We zien elkaar al tweeënhalve week regelmatig op de universiteit en nog niks! Ben je niet trots op me?'). Toen ik vroeg waarom ik hem nog niet bij ons in de flat had gezien, lachte ze trots en zei ze: 'Hij is nog niet uitgenodigd. We doen het rustig aan.' Ze stond me pal voor de deur van het restaurant te vermaken met alle grappige verhalen die hij haar had verteld toen Christian Collinsworth opeens voor me stond.

'Andrea. De lieftallige Andrea. Ik moet zeggen dat ik ervan opkijk dat je Benihana-liefhebber bent... Wat zou Miranda daarvan zeggen?' vroeg hij plagerig, en hij sloeg zijn arm om mijn schouder.

'Ik, eh...' Het gestamel nam me meteen helemaal in beslag. Er was geen ruimte voor woorden, want de gedachten stuiterden aan beide kanten van mijn hoofd en 'ping'-den tussen mijn oren. *Eten bij Benihana. Christian wist het! Miranda bij Benihana! Om op te vreten in zijn leren jack! Hij ruikt de Benihana-lucht natuurlijk aan me. Niet op zijn wang kussen! Kus hem op zijn wang!* 'Nee, ik, eh...'

'We stonden net te overleggen waar we naartoe zouden gaan,' verkondigde Lily kordaat. Ze stak haar hand uit naar Christian, die, zo viel me eindelijk op, alleen was. 'We waren zo druk aan het praten dat we niet eens in de gaten hadden dat we midden op straat stilstonden! Ha ha! Het is me wat, hè, Andy? Ik ben trouwens Lily,' zei ze tegen Christian, die haar de hand schudde en toen een lok uit zijn oog veegde, zoals hij op het feest zo vaak had gedaan. Ik kreeg weer het vreemde gevoel dat ik urenlang, misschien wel dagenlang, in trance zou kunnen toekijken hoe hij die ene, prachtige krul uit zijn volmaakte gezicht veegde.

Ik staarde naar haar en naar hem en het drong langzaam tot me door dat ik iets moest zeggen, maar zo te zien redden ze het samen prima.

'Lily.' Christian proefde de naam op zijn tong. 'Lily. Mooie naam. Bijna net zo mooi als Andrea.' Ik had de tegenwoordigheid van geest om in ieder geval naar hen te kijken, en ik zag dat Lily straalde. Ze dacht bij zichzelf dat deze man niet alleen wat ouder en erg smakelijk was, maar ook nog eens charmant. Ik zag de radertjes knarsen: ze vroeg zich af of ik geïnteresseerd in hem was, of ik daar wat mee zou doen, vanwege Alex, en zo ja, of ze iets kon betekenen om daar een bijdrage aan te leveren. Ze vond Alex een schatje, want wie vond dat nou niet, maar ze begreep absoluut niet hoe twee zulke jonge mensen zo op elkaars lip konden zitten – althans, dat beweerde ze, maar ik wist dat ze gewoon niets van monogamie begreep. Als er ook maar een piepklein kansje was op iets theatraals tussen Christian en mij zou Lily het vuur meteen aanwakkeren.

'Lily, wat leuk je te ontmoeten. Ik ben Christian, een vriend van Andrea. Blijven jullie altijd voor de deur van Benihana staan praten?' Zijn glimlach bezorgde me dolgedraaide vlinders in mijn buik.

Lily zwiepte met de rug van haar hand haar eigen bruine krullen naar achteren en zei: 'Natuurlijk niet, Christian. We hebben bij Town gegeten en waren op zoek naar een leuke tent om iets te drinken. Heb jij misschien een tip?'

Town! Dat was een van de duurste, meest trendy restaurants in de hele stad. Miranda at er. Jessica en haar verloofde aten er. Emily was erdoor geobsedeerd en vertelde constant hoe graag ze er wilde eten. Maar Lily?

'Hè? Dat is raar,' zei Christian, die het verhaal duidelijk geloofde. 'Ik heb net bij Town gegeten met mijn literair agent. Wat gek dat ik jullie niet heb gezien...'

'We zaten helemaal achterin, een beetje verscholen achter de bar,' zei ik snel. Er keerde een greintje zelfbeheersing terug. Gelukkig had ik opgelet toen Emily me een piepklein fototootje van de restaurantbar had laten zien op citysearch.com, omdat ze zich afvroeg of het een goede plek was om met een vriendje naartoe te gaan.

'Hmm.' Hij knikte, een beetje afwezig en knapper dan ooit. 'Dus de dames wilden iets gaan drinken?'

Ik voelde de overweldigende behoefte om de stank van Benihana uit mijn kleding en haar te wassen, maar Lily gaf me de kans niet. Ik vroeg me even af of het voor Christian net zo duidelijk was als voor mij dat ze voor koppelaar speelde, maar het was een meer dan aantrekkelijke man en zij was vastberaden, dus hield ik mijn mond.

'Ja, we stonden net te bespreken waar we heen zouden gaan. Heb jij een voorstel? We zouden het allebei heel leuk vinden als je meeging,' verklaarde Lily met een speels rukje aan zijn arm. 'Zit hier iets in de buurt waar je graag komt?'

'Nou, deze buurt staat niet bepaald bekend om zijn leuke kroegen, maar ik heb met mijn agent afgesproken bij Au Bar, dus als jullie zin hebben om mee te gaan... Au Bar dan maar?'

Lily keek me met een bemoedigende blik aan, een blik die schreeuwde: Hij is prachtig, Andy! Prachtig! Ik mag dan geen flauw idee hebben wie hij is, maar hij wíl je, dat is overduidelijk, dus roep jezelf tot de orde en zeg dat je Au Bar hartstikke leuk vindt!

'Ik vind Au Bar hartstikke leuk,' zei ik best overtuigend, ook al was ik er nooit geweest. 'Een prima idee.'

Lily glimlachte, Christian glimlachte en samen vertrokken we naar Au Bar. Christian Collinsworth en ik gingen samen iets drinken. Gold dat als een afspraakje? Natuurlijk niet, doe niet zo idioot, zei ik tegen mezelf. Alex, Alex, Alex, zong ik geluidloos, vastbesloten om niet te vergeten dat ik een zeer liefhebbende vriend had en tegelijkertijd teleurgesteld in mezelf omdat ik moeite moest doen om dat niet te vergeten.

Ook al was het een gewone woensdagavond, de ingang achter de fluwelen koorden werd zwaar bewaakt. We werden vlot doorgelaten, maar we kregen geen cent korting en moesten twintig dollar per persoon betalen, alleen om binnen te komen.

Maar voordat ik mijn geld kon geven, plukte Christian behendig drie briefjes van twintig van een enorme stapel bankbiljetten die hij uit zijn zak haalde en betaalde zonder een woord te zeggen.

Ik wilde protesteren, maar Christian legde twee vingers op mijn lippen. 'Lieve Andy, breek je mooie hoofdje er niet over.' En voordat ik mijn mond onder zijn aanraking kon wegtrekken, legde hij zijn andere hand op mijn achterhoofd en nam hij mijn gezicht in beide handen. Ergens diep in mijn volledig verwarde hersenen waarschuwden de in lichterlaaie staande synapsen me dat hij me ging kussen. Ik wist het, voelde het, maar ik kon me niet verroeren. Hij vatte mijn aarzeling, die slechts een fractie van een seconde duurde, op als toestemming, leunde naar voren en drukte zijn lippen in mijn hals. Heel snel, hij raakte me maar even aan, misschien ook met zijn tong, vlak onder mijn kaak en bij mijn oor, maar ook stevig in mijn nek, en toen pakte hij mijn hand en trok me mee naar binnen.

'Christian, wacht! Ik eh, moet je iets vertellen,' begon ik, twijfelend of één ongevraagde kus, niet op de lippen en met minimaal gebruik van de tong, eigenlijk wel een uitgebreide verklaring vereiste in de trant van 'ik heb al een vriend en misschien heb ik je de verkeerde signalen gegeven'. Christian vond het blijkbaar niet nodig, want hij nam me mee naar een bank in een donker hoekje en droeg me op te gaan zitten. Hetgeen ik deed.

'Ik haal wat te drinken, oké? Doe niet zo zorgelijk, ik bijt niet.' Hij lachte, maar ik voelde dat ik rood werd. 'En als ik dat wel doe, beloof ik dat je het heel lekker zult vinden.' En hij draaide zich om en liep naar de bar.

Om te voorkomen dat ik zou flauwvallen of zou gaan nadenken over wat er zojuist was gebeurd, speurde ik de donkere, spelonkachtige ruimte af naar Lily. We waren nog geen drie minuten binnen, maar ze was al stevig in gesprek met een lange, zwarte jongen. Ze hing aan zijn lippen en wierp lachend haar hoofd in haar nek. Ik zigzagde door de menigte internationale bezoekers. Hoe wisten ze allemaal dat je hier moest zijn als je geen Amerikaans paspoort had? Ik passeerde een groepje mannen van in de dertig die in het Japans – dacht ik – stonden te schreeuwen, twee vrouwen die druk met hun handen gebaarden en vurig Arabisch spraken en een jong, zo te zien ongelukkig stelletje dat elkaar woedend aankeek en kwaad fluisterde in het Spaans, maar het kon ook Portugees zijn. Lily's metgezel had zijn hand al op haar onderrug gelegd en was duidelijk zwaar onder de indruk. Geen tijd voor beleefdheden, dacht ik. Christian Collinsworth had zojuist mijn hals gemasseerd met zijn mond. Ik negeerde de jongen, pakte Lily's rechterarm stevig beet en sleurde haar mee naar de bank.

'Andy! Hou op,' fluisterde ze kwaad. Ze trok haar arm los, maar vergat niet naar de jongen te blijven lachen. 'Doe niet zo bot. Ik wil je voorstellen aan mijn vriend. William, dit is mijn beste vriendin Andrea, die zich normaal gesproken niet zo gedraagt. Andy, dit is William.' Ze glimlachte poeslief toen we elkaar de hand schudden.

'Zo zo, mag ik vragen waarom je me mijn vriendinnetje wilt afnemen, Ahn-dre-ah?' vroeg William met een zware stem, die nog net niet door de ondergrondse ruimte echode. Op een andere plek, een ander moment of met een andere persoon zou ik misschien zijn warme glimlach opgemerkt hebben, of de galante manier waarop hij meteen toen ik aan kwam lopen was opgestaan en me zijn stoel had aangeboden, maar het enige waarop ik me kon concentreren was zijn Britse accent. Het maakte niet uit dat dit een man was, een grote, zwarte man die op geen enkele manier en in geen enkel opzicht op Miranda Priestly leek. Dat accent, de manier waarop hij mijn naam uitsprak, *precies zoals zij*, was genoeg om mijn hart letterlijk sneller te doen slaan.

'William, het spijt me, het is niet persoonlijk bedoeld. Ik heb een probleempje dat ik graag onder vier ogen met Lily wil bespreken. Ik breng haar zo terug.' En met die woorden pakte ik haar arm nog steviger vast en trok ik haar mee. Het was genoeg geweest, ik had mijn vriendin nodig.

Toen we samen op de bank zaten waar Christian me had neergezet en ik me ervan had verzekerd dat hij nog steeds probeerde de aandacht van de barkeeper te trekken (hetero achter de bar, dat kon wel eens de hele avond gaan duren), zuchtte ik diep.

'Christian heeft me gekust.'

'Wat is het probleem? Kust hij slecht? O, dat is erg, hè? Je kunt de boel niet sneller verpesten dan...'

'Lily! Goed, slecht, wat maakt het uit?'

Haar wenkbrauwen schoten naar haar voorhoofd en ze deed haar mond open om iets te zeggen, maar ik ging door.

'En niet dat het er nu zoveel toe doet, maar hij heeft me in mijn hals gekust. Het gaat er niet om hóé, het gaat erom dat het is gebeurd. Hoe moet dat nou met Alex? Het is niet bepaald mijn gewoonte om zomaar mannen te zoenen, hoor.'

'Vertel mij wat,' mompelde ze zachtjes. Toen zei ze hardop: 'Andy, doe niet zo idioot. Je houdt van Alex en hij houdt van jou, maar het is heel normaal dat je af en toe zin hebt om een andere man te zoenen. Je bent verdorie drieëntwintig, gun jezelf ook eens wat!'

'Maar ik heb hem niet gekust... Hij kuste mij.'

'Laten we eerst even iets heel duidelijk stellen. Toen Monica Bill in de mond nam, noemden onze ouders, de rest van het land en Ken Starr dat meteen seks, weet je nog? Dat was geen seks. Nou, dat is te vergelijken met een man die je waarschijnlijk op de wang wil kussen maar per ongeluk je hals raakt: het geldt niet als kussen.'

'Maar...'

'Hou je mond en laat me uitpraten. Belangrijker dan wat er precies is gebeurd is het feit dat jij het graag wilde. Geef het maar toe,

Andy, jij wilde Christian zoenen, of dat nu "goed", "fout" of "tegen de regels" is. En als je het niet toegeeft, dan lieg je.'

'Lily, serieus, ik vind het niet eerlijk om...'

'Ik ken je al negen jaar, Andy, denk je dat ik niet van je gezicht af kan lezen dat je hem geweldig vindt? Je weet dat het niet mag – hij houdt zich niet bepaald aan jouw regeltjes, hè? Maar daarom vind je hem waarschijnlijk juist zo leuk. Dóé het gewoon, geniet ervan. Als Alex de ware is, zal hij dat altijd blijven. En nu moet je me excuseren, want ik heb iemand gevonden die voor mij de ware is... voor vanavond.' Ze sprong letterlijk van de bank en huppelde terug naar William, die onmiskenbaar blij was haar weer te zien.

Ik voelde me een beetje opgelaten, helemaal alleen op die enorme fluwelen bank, en ik keek om me heen of ik Christian zag. Hij stond niet meer aan de bar. Het was gewoon een kwestie van tijd, besloot ik. Alles zou vanzelf goed komen als ik me niet zo druk maakte. Misschien had Lily gelijk en vond ik Christian inderdaad erg leuk – wat was daar zo verkeerd aan? Hij was intelligent en absoluut verrukkelijk om te zien, en dat zelfverzekerde gedrag was ongelooflijk sexy. Omgaan met iemand die toevallig sexy was stond heus niet gelijk aan vreemdgaan. Alex had in de loop der jaren ook vast wel eens samengewerkt of gestudeerd met een cool, aantrekkelijk meisje, of misschien had hij bepaalde gedachten gehad. Maar maakte dat hem ontrouw? Natuurlijk niet. Met nieuw zelfvertrouwen (en in een inmiddels wanhopige poging om Christian te zien, horen of gewoon in zijn buurt te zijn) liep ik de ruimte door.

Toen ik hem zag, stond hij te praten met een oudere man, waarschijnlijk eind veertig, in een keurig driedelig pak. Christian gebaarde druk met zijn handen en had een blik op zijn gezicht die tussen geamuseerd en zeer geërgerd lag, terwijl de man met het peper-en-zouthaar hem ernstig aankeek. Ik was nog te ver weg om te kunnen horen wat ze bespraken, maar de man moet hebben gevoeld dat ik naar hem staarde, want hij keek me aan en glimlachte. Christian nam een beetje gas terug, volgde zijn blik en zag me kijken.

'Andy, liefje,' zei hij, op een heel andere toon dan waarop hij een paar minuten daarvoor tegen me had gesproken. Het viel me op dat hij weinig moeite had met de overgang van verleider naar vriend-van-je-ouders. 'Kom eens, ik wil je graag voorstellen aan een vriend van me. Dit is Gabriel Brooks, mijn literair agent, manager en grote held. Gabriel, dit is Andrea Sachs, momenteel werkzaam bij *Runway*.'

'Andrea, aangenaam,' zei Gabriel met uitgestoken hand, en hij pakte de mijne irritant voorzichtig vast, alsof hij wilde zeggen: Ik schud je niet de hand zoals ik bij een man zou doen, want dan zou ik al je tere meisjesbotjes breken. 'Christian heeft me veel over je verteld.'

'O ja?' zei ik. Ik kneep een beetje harder, waardoor zijn toch al slappe greep nog meer verslapte. 'Niets dan goeds, hoop ik?'

'Natuurlijk. Hij zei dat je schrijfster wilt worden, net als onze gemeenschappelijke vriend hier.' Hij glimlachte.

Het verbaasde me dat Christian echt iets over me had verteld, aangezien we voor mijn gevoel alleen een oppervlakkig babbeltje hadden gemaakt. 'Ja, nou, ik schrijf heel graag, dus misschien, ooit...'

'Als je half zo goed bent als veel anderen die hij me heeft gestuurd, verheug ik me al op je boek.' Hij graaide in zijn binnenzak en haalde er een leren mapje uit, waar hij een visitekaartje uit trok. 'Ik weet dat je nog niet zover bent, maar als het moment is aangebroken waarop je iets wilt laten lezen, hoop ik dat je aan me zult denken.'

Het kostte me ieder greintje wilskracht om overeind te blijven, om te voorkomen dat mijn mond openviel en mijn knieën het begaven. Ik hoop dat je aan me zult denken? De man die Christian Collinsworth, hét jonge literaire genie, vertegenwoordigde, had mij zojuist gevraagd of ik aan hem wilde denken. Dit was gekkenwerk.

'Goh, dank u wel,' zei ik schor, en ik stopte het kaartje in mijn tas. Ik wist nu al dat ik het centimeter voor centimeter zou bestuderen zodra ik de kans kreeg. Ze glimlachten allebei naar me, en het duurde even voordat ik begreep dat dit het teken was dat ik nu maar moest vertrekken. 'Nou meneer Brooks, eh, Gabriel, het was leuk je te ontmoeten. Ik moet nu naar huis, maar hopelijk kruisen onze paden elkaar binnenkort nog een keer.'

'Dat hoop ik ook, Andrea. En nog gefeliciteerd met je fantastische baan. Meteen na je afstuderen al bij *Runway* werken, indrukwekkend hoor.'

'Ik laat je even uit,' zei Christian. Hij legde zijn hand op mijn elleboog en gebaarde naar Gabriel dat hij zo terugkwam.

We stopten even bij de bar, zodat ik tegen Lily kon zeggen dat ik naar huis ging, en ze vertelde me ten overvloede – tussen het geknuffel met William door – dat ze niet meeging. Onder aan de trap naar de straat kuste Christian me op mijn wang.

'Leuk dat ik je vanavond tegenkwam. En ik heb zo'n gevoel dat ik dadelijk moet aanhoren dat Gabriel je ook erg leuk vindt.' Hij grinnikte.

'We hebben amper twee woorden gewisseld,' zei ik. Waarom was iedereen zo complimenteus?

'Jawel, Andy, maar jij realiseert je blijkbaar niet dat het schrijverswereldje heel klein is. Of je nu misdaadromans, tijdschriften- of krantenartikelen schrijft, iedereen kent iedereen.Gabriel hoeft niet veel over je te weten om te beseffen dat er misschien wel een groot schrijfster in je schuilt: je bent goed genoeg voor een baan bij *Runway*, in gesprekken kom je slim en welbespraakt over en bovendien ben je een vriendin van *míj*. Hij heeft niets te verliezen door je zijn visitekaartje te geven. Wie weet, misschien heeft hij zojuist een nieuwe bestsellerauteur ontdekt. En neem maar van mij aan dat het voor jou heel gunstig is om Gabriel Brooks te kennen.'

'Ja, dat zal ook wel. Hoe dan ook, ik ga nu naar huis, want over een paar uur moet ik al weer op mijn werk zijn. Bedankt voor alles.' Ik kuste hem op zijn wang en verwachtte – en hoopte – min of meer dat hij zijn gezicht naar me toe zou draaien, maar hij glimlachte alleen maar.

'Het was me meer dan een genoegen, Andrea Sachs. Welterusten.' En voordat ik iets gevats kon bedenken, liep hij terug naar Gabriel.

Kwaad op mezelf liep ik naar buiten om een taxi aan te houden. Het regende inmiddels – geen stortregen, gewoon een buitje – dus natuurlijk was er in heel Manhattan geen taxi te krijgen. Ik belde de limousineservice van Elias-Clark, gaf mijn VIP-nummer door en exact zes minuten later stopte de auto met piepende banden langs het trottoir. Alex stond op mijn voicemail. Hij vroeg of ik een leuke dag had gehad en zei dat hij de hele avond thuisbleef om lessen voor te bereiden. Het was veel te lang geleden dat ik hem had verrast! Het werd tijd dat ik eens moeite deed om spontaan te zijn. De chauffeur beloofde zo lang te wachten als ik nodig had, dus rende ik naar boven en sprong ik onder de douche. Ik nam extra de tijd om mijn haar in model te krijgen en pakte een tas in met spullen voor de volgende werkdag. Het was al na elven, dus was het rustig op de weg en kostte het nog geen kwartier om bij Alex' flat in Brooklyn te komen. Hij keek oprecht blij toen hij de deur opendeed en me zag staan, en hij bleef maar zeggen hoe ongelooflijk hij het vond dat ik zo laat nog helemaal naar Brooklyn was gekomen, op een doordeweekse avond, en dat het de mooiste verrassing was die hij had kunnen bedenken. Toen ik met mijn hoofd op mijn lievelingsplekje op zijn borst televisie lag te kijken en naar het ritmische geluid van zijn ademhaling luisterde terwijl hij met mijn haar speelde, dacht ik bijna niet meer aan Christian.

'Eh, hallo, mag ik de culinaire redactie, alstublieft? Niet? Goed, is er dan misschien iemand anders die me iets kan vertellen over een bepaalde restaurantbespreking?' vroeg ik aan de openlijk vijandige telefoniste van de *New York Times*. Bij het opnemen had ze 'Wat?' gesnauwd en nu deed ze alsof – of dat misschien niet eens – we niet dezelfde taal spraken. Maar volharding loonde, want nadat ik drie keer haar naam had gevraagd ('Daar kan ik niet aan beginnen.'), had gedreigd me te beklagen bij haar baas ('Wat? Denk je dat het hem wat interesseert? Ik geef hem meteen even.') en tot slot nogal nadrukkelijk had gezworen dat ik persoonlijk naar het kantoor op Times Square zou komen om er alles aan te doen dat ze ter plekke ontslagen zou worden ('Ach, je meent het. Ik maak me echt niet druk.'), had ze genoeg van me gekregen en me doorverbonden met iemand anders.

'Redactie,' blafte een andere vrouw geërgerd. Ik vroeg me af of ik ook zo klonk als ik Miranda's telefoon opnam – mocht het niet zo zijn, dan moest ik daar verandering in aanbrengen. Het was zo ontmoedigend om iemand aan de lijn te krijgen die zo overduidelijk, onmiskenbaar blij was om met je te praten, dat je bijna meteen zou ophangen.

'Hallo, ik heb even een vraagje.' De woorden buitelden eruit in een wanhopige poging gehoord te worden voordat ze onvermijdelijk de hoorn op de haak zou gooien. 'Hebt u gisteren een artikel geplaatst over een Aziatisch *fusion*-restaurant?'

Ze zuchtte alsof ik haar had gevraagd een van haar ledematen beschikbaar te stellen aan de wetenschap en zuchtte toen nog een keer. 'Heb je al on line gekeken?' Weer een zucht.

'Ja, natuurlijk, maar ik kan het...'

'Want daar zou het moeten staan als het gisteren in de krant heeft gestaan. Ik kan namelijk niet woord voor woord bijhouden wat we hebben geplaatst.'

Ik zuchtte zelf een keer diep en probeerde rustig te blijven. 'Uw charmante receptioniste heeft me met u doorverbonden omdat u het archief bijhoudt. Het lijkt me dus juist uw werk om wél bij te houden wat er is geplaatst.'

'Moet je eens luisteren, als ik iedere vage beschrijving van een beller zou moeten natrekken, zou ik verder nergens aan toe komen. Je zult toch echt on line moeten kijken.' Ze zuchtte nog twee keer en ik begon me zorgen te maken dat ze last had van hyperventilatie.

'Nee, jíj moet eens luisteren,' begon ik, klaar om dit luie mens dat een veel fijner baantje had dan ik eens flink de les te lezen. 'Ik bel namens Miranda Priestly, en toevallig...'

'Sorry, zei je Miranda Priestly?' vroeg ze, en ik voelde door de telefoon hoe ze haar oren spitste. 'Miranda Priestly van *Runway*?'

'De enige echte. Hoezo? Ken je mijn bazin?'

Op dat punt transformeerde ze van zwaar belaagde redactieassistente in dweperig modeslaafje. 'Of ik haar ken? Natuurlijk! Iedereen kent Miranda Priestly toch? Ze is dé vrouw in de modewereld. Wat zocht ze precies, zei je?'

'Een restaurantbespreking. Krant van gisteren. Ik kon hem on line niet vinden, maar misschien heb ik niet goed gekeken.' Dat was een beetje gejokt. Ik had on line gekeken en wist vrijwel zeker dat er de afgelopen week geen bespreking van een Aziatisch *fusion*-restaurant in de *New York Times* had gestaan, maar dat hoefde zij niet te weten. Misschien kon deze schizofrene redactieassistente wel een wonder verrichten.

Ik had de *Times*, de *Post* en de *Daily News* al gebeld, maar zonder succes. Ik had het nummer van Miranda's bedrijfscreditcard ingetoetst in de betaalde archieven van de *Wall Street Journal* en zowaar een stukje gevonden over een nieuw Thais restaurant in de Village, maar ik had het meteen moeten schrappen toen ik zag dat de gemiddelde prijs van een hoofdgerecht slechts zeven dollar was en er bij citysearch.com maar één dollartekentje bij stond.

'Natuurlijk, een ogenblikje. Ik ga meteen even voor je kijken.' En plotseling zat mevrouw 'Ik kan niet woord voor woord bijhouden wat we hebben geplaatst' druk te typen en opgewonden namens ons beiden te neuriën.

Ik had nog hoofdpijn van het debacle van de vorige avond. Het was leuk geweest om Alex te verrassen, en heerlijk ontspannend om zomaar wat te niksen bij hem thuis, maar voor het eerst sinds vele, vele maanden had ik niet kunnen slapen. Ik werd steeds overvallen door schuldgevoel en zag steeds Christian voor me die mijn hals kuste, waarna ik prompt in een auto was gesprongen om naar Alex te gaan, zonder hem er iets over te vertellen. Ook al probeerde ik het uit mijn hoofd te zetten, de beelden kwamen steeds terug, steeds heviger. Toen ik eindelijk in slaap was gevallen, had ik gedroomd dat Alex was aangenomen als Miranda's kindermeisje en bij haar in huis moest gaan wonen – ook al woonde haar kindermeisje in werkelijkheid niet bij haar thuis. Telkens wanneer ik Alex in mijn droom wilde zien, moest ik met Miranda meerijden naar huis en hem in haar appartement bezoeken. Ze bleef me Emily noemen en stuurde me voortdurend op pad voor de meest idiote boodschappen, ook al legde ik steeds uit dat ik alleen maar bij mijn vriendje op bezoek was. Toen het eindelijk ochtend was, was Alex helemaal in de ban van Miranda en begreep hij niet waarom ik haar zo vreselijk vond. En wat nog erger was: Miranda had iets met Christian. Gelukkig kwam er een einde aan die hel toen ik wakker schrok, nadat ik ook nog had gedroomd dat Miranda, Christian en Alex samen iedere zondagochtend in exclusieve ochtendjassen van Frette lachend de *Times* lazen terwijl ik hun ontbijt klaarmaakte en serveerde en na afloop de boel opruimde. De afgelopen nacht was ongeveer even rustgevend geweest als een wandelingetje door Harlem om vier uur 's nachts, helemaal alleen, en door de onvindbare restaurantbespreking vervloog nu al mijn hoop op een rustige vrijdag.

'Hmm, nee, we hebben de laatste tijd geen artikel gehad over een Aziatisch *fusion*-restaurant. Ik zit even te denken, gewoon persoonlijk, zeg maar, of ik nog nieuwe Aziatische zaken ken. Iets waar Miranda graag zou eten, snap je?' Zo te horen had ze er alles voor over om het gesprek te rekken.

Ik deed alsof ik niet merkte dat ze Miranda al bij haar voornaam noemde en probeerde van haar af te komen. 'Oké, dat dacht ik al. Maar evengoed bedankt voor de moeite. Tot ziens.'

'Wacht!' riep ze, en hoewel ik de hoorn al bijna neergelegd had, maakte haar dringende toon dat ik hem weer naar mijn oor bracht. 'Ja?'

'O. Nou... eh... ik wilde alleen zeggen dat als ik nog iets kan doen – of iemand anders hier – dan mag je gerust bellen. We zijn allemaal dol op Miranda en we zouden, eh... heel graag willen helpen. Met alles, wat dan ook.'

Je zou denken dat de vrouw van de president van de Verenigde Staten zojuist aan de schizofrene redactieassistente had gevraagd of ze voor de president een artikel wilde opzoeken dat cruciale informatie bevatte over een ophanden zijnde oorlog, in plaats van een onbekende recensie van een onbekend restaurant in een of andere krant. Het meest trieste van alles was nog wel dat het me niet verbaasde. Ik had van tevoren geweten dat ze zou bijtrekken.

'Goed, ik zal het doorgeven. Bedankt.'

Emily keek op van de zoveelste onkostendeclaratie en zei: 'Weer niks?'

'Nee. Ik heb geen flauw idee wat ze bedoelt, evenmin als de rest van de stad, blijkbaar. Ik heb iedereen bij elke krant uit Manhattan die ze leest aan de lijn gehad, ik heb on line gekeken en archivarissen, culinair redacteurs en koks gesproken. Niemand kan ook maar één Aziatisch *fusion*-restaurant bedenken dat de afgelopen week is geopend, laat staan een waarover de afgelopen vierentwintig uur is geschreven. Ze is kennelijk gek geworden. Wat nu?' Ik leunde achterover in mijn stoel en deed mijn haar in een staartje. Het was nog geen negen uur 's ochtends en de hoofdpijn had zich nu al verspreid naar mijn nek en schouders.

'Ik ben bang,' zei ze langzaam, spijtig, 'dat er niets anders op zit dan haar om opheldering te vragen.'

'O nee! Dat niet! Hoe zal ze reageren?'

Mijn sarcasme was zoals gewoonlijk niet aan Emily besteed. 'Ze komt om twaalf uur. Als ik jou was, zou ik van tevoren goed bedenken wat ik wilde zeggen, want ze zal niet blij zijn dat je die restaurantbespreking nog niet hebt. Vooral niet omdat ze het gisteravond al heeft gevraagd,' voegde ze er met een nauwverholen glimlach aan toe. Ze vond het duidelijk heerlijk dat ik op mijn kop zou krijgen.

Er was weinig anders te doen dan wachten. Ik had het 'geluk' dat Miranda bij de psychiater was voor haar maandelijkse marathonzitting ('Ze heeft geen tijd om iedere week te gaan,' had Emily me uitgelegd toen ik vroeg waarom ze maar liefst drie uur lang ging), het enige aaneengesloten blok van een paar uur, dag of nacht, waarin ze ons niet belde, en natuurlijk de enige keer dat ik háár nodig had. De stapel post die ik de afgelopen twee dagen niet had geopend dreigde van mijn bureau te vallen, en aan mijn voeten lag een berg kleding van twee dagen die naar de stomerij moest. Met een diepe zucht om de wereld te laten weten hoe ongelukkig ik was, belde ik de stomerij.

'Hoi Mario, met mij. Ja, ik weet het, twee hele dagen. Kun je alsjeblieft wat spullen laten ophalen? Heel fijn, dank je wel.' Ik legde de telefoon neer en dwong mezelf om de kleding op mijn schoot te hijsen om alles uit te zoeken en te noteren op de computerlijst waarop ik haar uitgaande kleding bijhield. Wanneer Miranda dan 's morgens om kwart voor tien belde om geërgerd te vragen waar haar Prada-plooirok was, hoefde ik alleen maar het bestand te openen om haar te kunnen vertellen dat hij de vorige dag naar de stomerij was gebracht en de volgende dag weer bezorgd zou worden. Ik voerde de kleding van vandaag in (een Missoni-blouse, twee identieke Alberta Ferretti-broeken, twee Jil Sander-truien, twee witte Hermès-sjaaltjes en een Burberry-trenchcoat), gooide alles in een boodschappentas en belde een koerier om hem naar beneden te laten brengen, waar de stomerij hem zou ophalen.

Het ging lekker! De stomerij was een van mijn meest gehate klusjes, want hoe vaak ik het ook moest doen, ik vond het nog steeds smerig om met blote handen de vuile was van een ander te sorteren. Iedere dag nadat ik de kleding had uitgezocht en in een tas had gepropt moest ik mijn handen wassen: Miranda's geur bleef heel lang hangen en overheerste alles, en ook al bestond hij uit een mengeling van Bulgari-parfum, vochtinbrengende crème en soms een vleugje sigarettenrook van B-DES en was het eigenlijk geen onaangename lucht, ik werd er onpasselijk van. Een Brits accent, Bulgari-parfum en witte zijden sjaals – een paar eenvoudige geneugten van het leven die voor mij voorgoed bedorven waren.

De post bestond zoals altijd voor negenennegentig procent uit rotzooi die Miranda nooit te zien zou krijgen. Alles wat gericht was aan 'de hoofdredacteur' ging rechtstreeks naar de mensen die de brievenrubriek verzorgden, maar veel lezers waren brutaler geworden en richtten hun brieven voortaan rechtstreeks aan Miranda. Het kostte me zo'n vier seconden per brief om vast te stellen dat het om een brief voor de redactie ging en niet om een uitnodiging voor een liefdadigheidsbal of een kattebelletje van een vriendin van vroeger. Brieven voor de redactie legde ik opzij. Vandaag waren dat er een heleboel. Ademloze briefjes van tienermeisjes, huisvrouwen en zelfs een paar homoseksuele mannen (of eerlijk gezegd misschien gewoon erg modebewuste hetero's): 'Miranda Priestly, je bent niet alleen de lieveling van de hele modewereld, je bent ook de koningin van *mijn* wereld!' luidde er een. 'Ik was het helemaal eens met je keuze om een artikel te plaatsen over "rood, het nieuwe zwart" in het aprilnummer – het was pittig, maar geniaal!' riep een andere briefschrijver uit. In een paar brieven werd geklaagd over een te expliciete reclame voor Gucci, waarin twee vrouwen met naaldhakken en jarretels samen op een verkreukeld bed lagen en hun genitaliën tegen elkaar aan drukten, en een paar andere lezers spraken hun afkeer uit over de uitgemergelde, hologige, heroïne-chique fotomodellen die *Runway* had gebruikt voor het artikel 'Gezondheid op de eerste plaats: tips om je lekkerder te voelen'. Er zat een standaard briefkaart van het postkantoor bij, in een krullerig handschrift geadresseerd aan Miranda Priestly, met de eenvoudige tekst: 'Waarom? Waarom maak je zo'n dodelijk saai, stom blad?' Ik lachte hardop en stopte de kaart in mijn tas – mijn verzameling kritische brieven en kaarten werd steeds groter, en binnenkort zou er geen plekje meer vrij zijn op de koelkast. Lily zei dat het ongeluk bracht om de negatieve gedachten en vijandigheid van andere mensen mee naar huis te nemen, en ze had me hoofdschuddend aangekeken toen ik zei dat negatieve gedachten die voor Miranda bedoeld waren mij alleen maar konden opvrolijken.

De laatste brief van de enorme stapel die ik moest afwerken voordat ik zou beginnen aan de vijfentwintig uitnodigingen die Miranda dagelijks kreeg, was geschreven in het meisjesachtige handschrift van een tiener, compleet met hartjes op de i's en lachende gezichtjes naast vrolijke opmerkingen. Ik wilde hem vluchtig bekijken, maar dat lukte niet: hij was te triest en oprecht en de droefenis en de wanhoop dropen van het papier. Toen de gebruikelijke vier seconden waren verstreken, zat ik nog steeds te lezen.

Lieve Miranda,
Mijn naam is Anita, ik ben zeventien jaar en zit in het laatste jaar van Barringer in Newark. Ik schaam me vreselijk voor mijn figuur, ook al zegt iedereen dat ik niet dik ben. Ik wil er net zo uitzien als de fotomodellen in Runway. *Iedere maand wacht ik tot het blad op de mat valt, ook al vindt mijn moeder het stom dat ik al mijn geld uitgeef aan een modetijdschrift. Maar zij begrijpt niet dat ik een droom heb. Jij wel, hè? Ik droom er al van sinds ik klein was, maar het zal wel nooit gebeuren. Waarom niet, zul je nu vragen. Mijn borsten zijn heel plat en ik heb een dikker achterste dan jullie modellen, en daar schaam ik me erg voor. Dan vraag ik me af of ik zo wil leven en het antwoord is NEE! want ik wil veranderen en er beter uitzien en me lekkerder voelen en nu vraag ik jou om hulp. Ik wil iets positiefs doen. Als ik in de spiegel kijk, wil ik trots zijn op mijn borsten en billen, omdat ze er net zo uitzien als die van de modellen in het beste blad van de hele wereld!!!*
Miranda, ik weet dat je een fijne vrouw en een goede moderedactrice bent en dat jij een ander mens van me zou kunnen maken. Echt, ik zou je eeuwig dankbaar zijn. Maar als je me niet kunt veranderen, zou je dan een heel, heel mooie jurk voor het eindfeest op school voor me kunnen regelen? Ik heb geen afspraakje voor het feest, maar mijn moeder zegt dat het niet erg is als een meisje alleen gaat, dus dat doe ik. Ik heb één oude jurk, maar die is niet van een bekende ontwerper of zo. Mijn lievelingsmerken zijn Prada (nr. 1), Versace (nr. 2) en John Paul Gotier (nr. 3). Ik heb nog meer favorieten, maar dat zijn de drie besten. Ik heb hun kleren nog nooit in een winkel gezien (misschien zijn ze hier in Newark niet te koop. Als dat wel zo is, waar moet ik dan zijn? Dan kan ik ze eens van dichtbij bekijken) maar ik zie ze in Runway *en ik vind ze zóóó mooi.*
Ik zal je niet langer vervelen, maar je moet weten dat ik altijd een fan van je zal blijven, ook al gooi je deze brief weg, want ik vind de

modellen in je blad prachtig, en de kleren en alles, en jou natuurlijk ook.

Veel liefs,
Anita Alvarez

P.S.: Mijn telefoonnummer is 555-555-3948. Je kunt me schrijven of bellen, maar alsjeblieft vóór de week van 4 juli, want dan heb ik de jurk nodig. I LOVE YOU!!! *Dank je wel!!!!!*

De brief rook naar Jean Nate, de zurige eau de toilette waar tienermeisjes in het hele land zo dol op waren. Maar daar kwam het benauwde gevoel in mijn borst en keel niet vandaan. Hoeveel van deze Anita's liepen er niet rond? Jonge meisjes die zo weinig hadden in hun leven dat ze hun gevoel van eigenwaarde, hun zelfvertrouwen, hun hele bestaan ophingen aan de kleding en de modellen die ze in *Runway* zagen. Hoeveel waren erbij die onvoorwaardelijk hielden van de vrouw die het blad iedere maand maakte, de samensteller van die verleidelijke fantasie, ook al was ze geen seconde van hun aanbidding waard? Hoeveel meisjes liepen er rond die geen flauw idee hadden dat het onderwerp van hun adoratie een eenzaam, doodongelukkig en vaak wreed mens was dat hun onschuldige affectie en aandacht niet verdiende?

Ik kon wel janken, om Anita en al haar vriendinnen die zoveel energie staken in hun pogingen van zichzelf een Shalom, Stella of Carmen te maken en indruk te maken op de vrouw die bij het lezen van hun brieven getergd en geërgerd zou kijken, haar schouders zou ophalen of ze zou weggooien zonder ook maar even stil te staan bij het meisje dat er een stukje van zichzelf in had gestoken. Ik borg de brief op in de bovenste la van mijn bureau en nam me plechtig voor om het meisje op de een of andere manier te helpen. Ze klonk nog wanhopiger dan de meeste anderen, en op de redactie slingerde zoveel overbodige kleding rond dat ik best iets moois voor haar feest kon regelen.

'Hé Em, ik ga even beneden kijken of de *Women's Wear* er al is. Raar dat hij vandaag zo laat is, hè? Kan ik iets voor je meebrengen?'

'Graag, een cola light,' zei ze.

'Oké. Ik ben zo terug.' Ik liep snel tussen de rekken door het kantoor uit, langs de dienstlift waar Jessica en James stonden te roken en bespraken wie er die avond op Miranda's feest in het Metropolitan zouden komen. Achmed had eindelijk een *Women's Wear Daily* voor me, een hele opluchting, en ik pakte een blikje cola light voor

Emily en Pepsi voor mezelf. Bij nader inzien nam ik voor mezelf ook maar een cola light, want het verschil in smaak was de afkeurende blikken en/of opmerkingen die ik ongetwijfeld zou krijgen tussen de receptie en mijn bureau niet waard.

Ik stond zo druk naar de omslagfoto van Tommy Hilfiger te kijken dat ik niet zag dat een van de liften opengegaan was. In mijn ooghoek verscheen iets groens, een zeer uitgesproken kleur groen. Dat was vooral opmerkelijk omdat Miranda een Chanel-pakje in precies die tint groene tweed had, een kleur die ik nooit eerder had gezien maar die ik ontzettend mooi vond. En hoewel mijn hersenen beter wisten, kon ik mezelf er niet van weerhouden op te kijken, de lift in, waar ze niet eens verbaasd waren om Miranda aan te treffen. Ze stond kaarsrecht, haar haar streng opgestoken zoals altijd, en ze staarde strak naar mijn ongetwijfeld geschrokken gezicht. Ik had geen enkele andere keuze dan bij haar in de lift stappen.

'Eh, goedemorgen, Miranda,' zei ik, maar het kwam eruit als gefluister. De deuren gingen achter ons dicht. We zouden de hele tocht naar de zeventiende verdieping alleen zijn. Ze zei niets tegen me, haalde haar leren agenda tevoorschijn en begon erin te bladeren. We stonden naast elkaar, en iedere seconde waarin ze niet reageerde werd de stilte vertienvoudigd. Herkende ze me eigenlijk wel? Was het mogelijk dat ze zich er totaal niet van bewust was dat ik al zeven maanden haar assistente was? Of had ik misschien zo zachtjes gefluisterd dat ze me niet had gehoord? Ik vroeg me af waarom ze niet meteen naar de restaurantbespreking vroeg of informeerde of ik haar opdracht om nieuw serviesgoed te bestellen had ontvangen, waarom ze niet vroeg of alles in orde was voor het feest van die avond. Maar ze gedroeg zich alsof ze helemaal alleen in de lift stond, alsof er niemand anders – niemand die de moeite waard was – in die kleine ruimte was.

Pas bijna een volle minuut later merkte ik dat we niet omhooggingen. O mijn god! Ze had me wel degelijk gezien, want ze was ervan uitgegaan dat ik op het knopje zou drukken – maar ik stond als aan de grond genageld. Ik stak langzaam en bang mijn hand uit, drukte op '11' en wachtte instinctief tot er iets zou ontploffen. Maar we schoten meteen naar boven, en ik wist niet of ze er iets van had gemerkt dat we al die tijd stilgestaan hadden.

Vijf, zes, zeven... Het leek wel of iedere verdieping tien minuten duurde. De stilte gonsde in mijn oren. Toen ik genoeg moed had verzameld om steels in Miranda's richting te kijken, zag ik dat ze me van top tot teen bekeek. Haar blik ging ongegeneerd van mijn schoenen naar mijn broek, mijn blouse en toen mijn gezicht en haar, waarbij ze me bewust niet aankeek. Haar gezichtsuitdrukking was er een van passieve afkeer, zoals de gevoelloos geworden rechercheurs in *Law & Order* naar het zoveelste in elkaar geslagen, bloederige lijk kijken. Ik ging in gedachten vluchtig na hoe ik eruitzag en vroeg me af wat haar reactie had uitgelokt. Een bloesje met korte mouwen in militaire stijl, een gloednieuwe spijkerbroek die de pr-afdeling van Seven me gratis had toegestuurd, eenvoudigweg omdat ik bij *Runway* werkte, en een paar relatief platte (hakken van vijf centimeter) zwarte sandaaltjes; de enige niet-laarzen, niet-gympen waarop ik minstens vier keer per dag naar Starbucks kon lopen zonder mijn voeten aan gort te helpen. Ik trok zo vaak mogelijk de Jimmy Choo's aan die Jeffy me had gegeven, maar ik had iedere week een dag nodig om van de pijn in mijn wreven af te komen. Mijn haar was schoon en opgestoken in net zo'n expres rommelige knot als Emily zonder commentaar droeg, en mijn nagels – hoewel ongelakt – waren lang en best mooi gevijld. Ik had ergens in de afgelopen vierentwintig uur mijn oksels geschoren, en de laatste keer dat ik in de spiegel had gekeken had ik geen grote pukkels in mijn gezicht. Mijn Fossil-horloge was met de wijzerplaat naar binnen gedraaid voor het geval iemand zou proberen naar het merk te kijken, en een snelle controle met mijn rechterhand bevestigde dat er geen behabandjes zichtbaar waren. Wat was er dan? Waarom kéék ze zo naar me?

Twaalf, dertien, veertien... De lift stopte, ging open en daar was de zoveelste spierwitte ontvangstruimte. Een vrouw van een jaar of vijfendertig wilde instappen, maar stopte een halve meter van de deur toen ze zag dat Miranda in de lift stond.

'O, ik, eh...' stamelde ze, en ze keek verwoed om zich heen, op zoek naar een excuus om onze persoonlijke hel niet te hoeven betreden. En hoewel het voor mij fijner zou zijn geweest als ze was ingestapt, duimde ik stilletjes voor haar dat ze zou ontsnappen. 'Ik, eh... O! Ik heb de foto's vergeten die ik nodig heb voor de vergadering,' wist ze eindelijk uit te brengen, en ze draaide zich om op een behoorlijk wankele Manolo en maakte dat ze wegkwam. Miranda had er zo te zien niets van gemerkt, en de liftdeuren gingen weer dicht.

Vijftien, zestien en eindelijk – eindelijk! – zeventien, waar een groepje modeassistenten van *Runway* achter de deur stond, op weg om sigaretten, cola light en de blaadjes sla die ze hun lunch noemden te gaan halen. Het ene jonge, mooie gezicht reageerde nog paniekeriger dan het andere, en ze vertrapten elkaar bijna om bij Miranda vandaan te komen. Het groepje splitste zich op, drie naar de ene kant en twee naar de andere, en ze verwaardigde zich om langs hen te lopen. Ze staarden haar allemaal na, zwijgend, toen ze de receptie door liep, en ik kon niets anders doen dan haar volgen. Dat mens ziet echt niks, dacht ik. We hadden voor mijn gevoel een ondraaglijke week lang samen in een hok van een bij anderhalve meter gestaan en ze had niet laten merken dat ze zich van mijn aanwezigheid bewust was. Maar zodra ik uit de lift stapte, draaide ze zich om.

'Ahn-dre-ah?' vroeg ze. Haar stem sneed door de stilte die de hele verdieping leek te vullen. Ik reageerde niet, omdat ik aannam dat het retorisch bedoeld was, maar ze wachtte.

'Ahn-dre-ah?'

'Ja, Miranda?'

'Van wie zijn die schoenen die je aanhebt?' Ze zette losjes een hand op haar in tweed gestoken heup en keek met half dichtgeknepen ogen naar me. De lift was inmiddels vertrokken zonder de modeassistenten, die het veel te interessant vonden om Miranda Priestly een keer in het echt te zien – en te horen! Ik voelde zes paar ogen op mijn voeten, die, hoewel ze een paar seconden daarvoor nog prima aangevoeld hadden, nu begonnen te branden en jeuken onder de kritische blikken van vijf modeassistenten en een modegoeroe.

Ik raakte helemaal in de war door de spanning van het onverwachte gezamenlijke tochtje in de lift (voor het eerst) en de indringende blikken van al deze mensen, dus toen Miranda vroeg van wie mijn schoenen waren, dacht ik dat zij dacht dat ze niet van mezelf waren.

'Eh, van mij?' zei ik, en pas toen ik het had gezegd, besefte ik dat het niet alleen respectloos maar zelfs ronduit onhebbelijk klonk. De vlucht modeminnaars begon te snateren, totdat Miranda haar toorn op hen richtte.

'Ik vraag me af waarom de meerderheid van mijn modeassistenten kennelijk niets beters te doen heeft dan roddelen als een stelletje pubers.' Ze wees hen een voor een aan, aangezien ze hun namen nog niet had kunnen noemen als iemand een pistool tegen haar hoofd gezet zou hebben.

'Jij daar!' zei ze scherp tegen het dartele jonge meisje dat Miranda waarschijnlijk voor het eerst zag. 'Hebben we jou híérvoor aangenomen of om kleding voor de modereportage te bestellen?' Het meisje liet haar hoofd hangen en wilde zich verontschuldigen, maar Miranda was nog niet klaar.

'En jij!' Ze ging vlak voor de neus van Vanessa staan, die het hoogst in de rangorde stond en zeer geliefd was bij de hele redactie. 'Denk je dat er niet een miljoen meisjes rondlopen die jouw baan zouden willen en die net zoveel verstand hebben van couture als jij?' Ze deed een stap terug, liet haar blik langzaam over hun figuur gaan en bleef af en toe lang genoeg naar één punt kijken om ze stuk voor stuk het gevoel te geven dat ze dik, lelijk en verkeerd gekleed waren, en beval ze toen om terug te gaan naar hun bureaus. Ze knikten heftig maar hielden hun hoofd gebogen. Een paar van hen excuseerden zich oprecht, heel zachtjes, terwijl ze terugliepen naar de modeafdeling. Pas toen ze allemaal weg waren, besefte ik dat we alleen waren. Alweer.

'Ahn-dre-ah? Ik accepteer die toon niet van mijn assistente,' verklaarde ze, en ze liep naar de tussendeur. Ik wist niet of ik mee moest lopen, en in een flits hoopte ik dat Eduardo, Sophy of een van de modeassistenten Emily had gewaarschuwd dat Miranda eraan kwam.

'Miranda, ik...'

'Genoeg.' Ze bleef even bij de deur staan en keek me aan. 'Van wie zijn die schoenen?' vroeg ze nog een keer, en haar stem klonk niet al te vrolijk.

Ik keek nog eens naar mijn zwarte sandaaltjes en vroeg me af hoe ik de stijlvolste vrouw van het westelijk halfrond moest vertellen dat ik mijn schoenen had gekocht bij Ann Taylor Loft. Ik keek nog een keer naar haar gezicht en wist dat ik dat niet kon.

'Ik heb ze in Spanje gekocht,' zei ik snel, terwijl ik mijn blik afwendde. 'In een schattig zaakje vlak bij de Ramblas, waar ze schoenen van een nieuwe ontwerper verkochten.' Waar haalde ik dat zo snel vandaan?

Ze balde haar vuist, hield hem voor haar mond en boog haar hoofd. Ik zag James aan de andere kant van de glazen deur aan komen lopen, maar zodra hij Miranda zag, draaide hij zich om en vluchtte. 'Ahn-dre-ah, ze zijn onaanvaardbaar. Mijn meisjes moeten *Runway* vertegenwoordigen, en die schoenen dragen niet de boodschap uit die ik wil uitdragen. Ga een paar Jimmy Choo's halen in de Kast. En ik wil koffie.' Ze keek eerst naar mij en toen naar de deur, en ik begreep dat ik hem voor haar open moest houden. Dus dat deed ik. Ze liep zonder me te bedanken naar haar kantoor. Ik moest eigenlijk eerst geld en mijn sigaretten halen voordat ik naar Starbucks ging, maar ik had het er niet voor over om als een geslagen maar trouwe hond achter haar aan te lopen, dus ging ik terug naar de lift. Eduardo kon me wel vijf dollar lenen voor de koffie verkeerd, en Achmed zou het pakje sigaretten dat ik bij hem haalde gewoon op de rekening van *Runway* zetten, zoals hij al maanden deed. Ik had er niet op gerekend dat ze iets van mijn vertrek zou merken, en haar stem kwam aan als een klap met een schop op mijn achterhoofd.

'Ahn-dre-ah!'

'Ja, Miranda?' Ik bleef abrupt staan en draaide me naar haar om.

'Ik neem aan dat die restaurantbespreking waar ik om heb gevraagd op mijn bureau ligt?'

'Eh, nou... ik kan hem eigenlijk niet zo goed vinden. Ik heb alle kranten gebeld en ze hebben de afgelopen dagen blijkbaar geen van alle een recensie geplaatst over een Aziatisch *fusion*-restaurant. Weet je, eh, toevallig nog hoe het heette?' Ongemerkt hield ik mijn adem in en zette ik me schrap voor de tirade.

Mijn uitleg deed haar kennelijk bijzonder weinig, want ze liep al door naar haar kantoor. 'Ahn-dre-ah, ik heb je gezegd dat die bespreking in de *Post* stond – is het nou echt zo moeilijk om hem even op te sporen?' En weg was ze. De *Post*? Ik had vanochtend hun restaurantrecensent nog gesproken en hij had me op het hart gedrukt dat er geen bespreking in had gestaan die aan mijn beschrijving voldeed – er was die week niets geopend wat de moeite waard was. Miranda zat er behoorlijk naast, dat was duidelijk, en nu kreeg ik de schuld.

Koffie halen kostte me maar een paar minuten, zo midden op de dag, dus nam ik even de tijd om Alex te bellen, die precies om half één lunchpauze had. Gelukkig nam hij zijn mobiele telefoon meteen op, zodat ik niet weer een van de andere docenten aan de telefoon kreeg.

'Hallo lieverd, hoe gaat het vandaag?' Hij klonk bijna overdreven opgewekt, en ik moest mijn uiterste best doen niet geërgerd te gaan doen.

'Te gek, tot nu toe. Ik vind het hier echt heerlijk. De afgelopen vijf uur ben ik op zoek geweest naar een denkbeeldig krantenartikel dat alleen bestaat in de fantasie van een vrouw met waanideeën die nog liever de hand aan zichzelf zou slaan dan dat ze zou toegeven dat ze zich vergist. En hoe is het bij jou?'

'Ik heb echt een heel fijne dag. Weet je nog dat ik je over Shauna heb verteld?' Ik knikte in de telefoon, ook al kon hij me niet zien. Shauna was een klein meisje dat nog nooit één woord had gezegd in de klas, en of Alex nu dreigde of intensief met haar aan het werk ging, hij kreeg haar niet aan het praten. Hij was bijna hysterisch geworden toen ze pas bij hem in de klas zat, geplaatst door een sociaal werker die had ontdekt dat ze nog nooit een school vanbinnen had gezien, ook al was ze al negen jaar. Sindsdien wilde hij haar koste wat het kost helpen.

'Ze is niet meer stil te krijgen! Zingen bleek de oplossing te zijn. Ik heb vandaag een folkzanger laten komen om gitaar te spelen voor de klas, en Shauna begon te zingen. Toen het ijs eenmaal gebroken was, begon ze met iedereen te babbelen. Ze spreekt Engels. Haar vocabulaire is toereikend voor een kind van die leeftijd. Ze is volkomen normaal!' Ik glimlachte om zijn opgetogen woorden, en plotseling miste ik Alex verschrikkelijk. Missen zoals je iemand mist die je wel regelmatig ziet, maar met wie je niet echt een band meer hebt. Het was leuk geweest om hem de vorige avond te verrassen, maar zoals gewoonlijk was ik te uitgeput geweest om een beetje aangenaam gezelschap te zijn. We begrepen allebei heel goed dat we puur mijn tijd uitzaten en moesten wachten tot mijn jaar dwangarbeid erop zat en alles weer zou worden als vroeger. Maar toch miste ik hem. En ik voelde me nog steeds schuldig over de hele toestand met Christian, en niet zo'n beetje ook.

'Goh, gefeliciteerd! Niet dat je nog een bewijs nodig had om aan te tonen dat je een geweldige onderwijzer bent, maar dat heb je nu toch gekregen! Je zult wel dolblij zijn.'

'Ja, het is prachtig.' Ik hoorde op de achtergrond de schoolbel gaan.

'Geldt dat aanbod voor vanavond nog, jij en ik samen, niemand erbij?' vroeg ik, in de hoop dat hij nog geen andere plannen had gemaakt, al rekende ik nergens op. Toen ik mezelf die ochtend zijn bed uit had gesleept en met mijn uitgeputte lijf onder de douche was gaan staan, had hij naar me geroepen dat hij graag een film wilde huren en iets te eten wilde bestellen. Een avondje niksdoen. Ik had iets onnodig sarcastisch gemompeld dat het zonde van de tijd was, omdat ik toch laat thuis zou zijn en meteen in slaap zou vallen, en dat in ieder geval één van ons van zijn vrijdagavond moest genieten. Nu wilde ik hem vertellen dat ik kwaad was op Miranda, op *Runway*, op mezelf, maar niet op hem, en dat ik niets liever zou willen dan samen op de bank kruipen en vijftien uur lang tegen hem aan liggen.

'Ja, prima.' Hij klonk verbaasd maar blij. 'Zal ik bij jou thuis op je wachten? Dan zien we wel wat we doen. Ik vermaak me wel met Lily tot jij er bent.'

'Een heel goed idee. Dan kun je alles horen over Freud-type.'

'Wie?'

'Laat maar. Ik moet nu echt ophangen, want Hare Majesteit wacht niet langer op haar koffie. Tot vanavond. Ik verheug me er al op.'

Eduardo liet me al doorlopen na twee refreinen van – mijn keuze – *We Didn't Start the Fire* en Miranda zat druk te praten toen ik haar koffie met toebehoren op de linkerhoek van haar bureau zette. De rest van de middag maakte ik ruzie met iedere assistent en redacteur die ik te pakken kreeg bij de *New York Post:* ik hield vol dat ik hun krant beter kende dan zij en dat ik graag de bespreking wilde van het Aziatische *fusion*-restaurant van de vorige dag.

'Mevrouw, ik heb het al tien keer gezegd en ik zal het nog eens herhalen: *een dergelijk restaurant hebben we niet besproken.* Ik weet dat mevrouw Priestly gek is en ik geloof best dat ze uw leven tot een hel maakt, maar ik kan niet met een artikel op de proppen komen dat niet bestaat. Begrijpt u?' Dat waren de slotwoorden geweest van een medewerker die eigenlijk bij de rubriek *Page Six* werkte, maar die de taak had gekregen mij te helpen, zodat ik eindelijk zou ophouden met zeuren. Hij was geduldig en bereidwillig geweest, maar ook aan zíjn liefdadigheidswerk was een einde gekomen. Emily had een freelance culinair redacteur aan de andere lijn en ik had James gedwongen om een van zijn ex-vriendjes op de advertentieafdeling van de *Post* te bellen om te vragen of hij ook maar iets – wat dan ook – voor ons kon doen. Het was al drie uur, de dag ná Miranda's verzoek, en dit was de eerste keer dat het me niet meteen gelukt was.

'Emily!' riep Miranda vanuit haar bedrieglijk lichte kantoor.

'Ja, Miranda?' antwoordden we allebei, en we sprongen op om te kijken wie van ons ze wenkte.

'Emily, hoorde ik je net met iemand van de *Post* praten?' vroeg ze, en haar aandacht was op mij gericht. De echte Emily ging opgelucht weer zitten.

'Ja Miranda, ik heb net opgehangen. Ik heb drie verschillende mensen gesproken en ze houden allemaal vol dat ze de afgelopen week geen enkel Aziatisch *fusion*-restaurant in Manhattan hebben besproken. Is het misschien langer geleden?' Ik stond met gebogen hoofd voor haar bureau en keek wiebelend naar de zwarte Jimmy Choo-sandaaltjes met hakken van tien centimeter die Jeffy me met een zelfvoldaan gezicht had gegeven.

'Manhattan?' Ze keek tegelijkertijd verbaasd, geërgerd en woedend. 'Wie heeft het hier over Manhattan?'

Nu was het mijn beurt om verbaasd te kijken.

'Ahn-dre-ah, ik heb al minstens vijf keer gezegd dat het een recensie was van een nieuw restaurant in Wáshington. Aangezien ik daar volgende week ben, moet jij een tafel voor me reserveren.' Ze hield haar hoofd schuin en vertrok haar lippen tot wat ik niet anders dan een kwaadaardig lachje kan noemen. 'Wat vind je nu eigenlijk zo moeilijk aan dit project?'

Washington? Had ze me vijf keer gezegd dat het om een restaurant in Washington ging? Ik dacht het niet. Ze was bezig gek te worden, of ze schepte er een sadistisch genoegen in dat ík gek werd. Maar ik was precies de idioot voor wie ze me hield, en wéér deed ik mijn mond open zonder eerst na te denken.

'O, Miranda, ik weet vrijwel zeker dat de *New York Post* geen restaurants in Washington bespreekt. De recensent bezoekt alleen nieuwe zaken in New York.'

'Denk je dat je leuk bent, Ahn-dre-ah? Is dat jouw gevoel voor humor?' Haar glimlach was verdwenen en ze leunde naar voren in haar stoel, als een hongerige gier die ongeduldig om zijn prooi heen cirkelt.

'Eh, nee, Miranda, ik dacht alleen...'

'Ahn-dre-ah, ik heb al tien keer gezegd dat de recensie die ik zoek in de *Washington Post* staat. Dat krantje ken je toch wel, hè? Net zoals New York de *New York Times* heeft, heeft Washington D.C. ook een eigen krant. Snap je hoe dat werkt?' Haar toon was niet meer gewoon spottend: ze deed zo ongelooflijk neerbuigend dat het maar een haartje scheelde of ze begon in een babytaaltje tegen me te brabbelen.

'Ik ga er meteen achteraan,' zei ik zo kalm als ik kon, en ik liep zwijgend weg.

'O, Ahn-dre-ah?' Mijn hart maakte een sprong en mijn maag vroeg zich af of hij nog een 'verrassing' aan zou kunnen. 'Ik verwacht dat je vanavond op het feest bent om de gasten te begroeten. Dat was het.'

Ik keek naar Emily, die verbijsterd terugkeek en er, aan haar gefronste voorhoofd te zien, net zo van opkeek als ik. 'Hoorde ik dat nou goed?' fluisterde ik. Ze kon alleen maar knikken en me wenken.

'Ik was hier al bang voor,' fluisterde ze gewichtig, als een chirurg die de familie van een patiënt moest vertellen dat hij iets vreselijks in de borstholte had aangetroffen.

'Dat kan ze niet menen. Het is vrijdagmiddag vier uur. Het feest begint om zeven uur. Het is verdomme een galafeest – dat kan ze niet van me verwachten.' Ik keek nog een keer vol ongeloof op mijn horloge en probeerde me haar precieze bewoordingen te herinneren.

'O jawel, ze meent het wel degelijk,' zei Emily, en ze pakte de telefoon. 'Ik help je wel, oké? Ga jij die recensie uit de *Washington Post* zoeken en geef haar een kopie voordat ze vertrekt. Uri komt haar over een kwartier halen om haar naar huis te brengen voor haar haar en make-up. Ik regel wel een jurk en dergelijke voor je voor vanavond. Maak je geen zorgen, we komen er wel uit.' Ze begon druk telefoonnummers in te toetsen en dringende instructies te fluisteren. Ik bleef staan staren, maar ze wuifde me weg zonder op te kijken en ik keerde met een schok terug in de werkelijkheid.

'Ga nu maar,' fluisterde ze, en ze keek me aan met een zeldzaam vleugje medeleven. Ik ging.

14

'Je kunt daar niet met een taxi aankomen,' zei Lily, terwijl ik hulpeloos in mijn ogen prikte met mijn gloednieuwe Maybelline Great Lash-mascara. 'Het is een galafeest. Bel verdorie een auto met chauffeur.' Ze keek het nog een minuutje aan, pakte toen de roller vol klonten mascara uit mijn handen en drukte mijn oogleden dicht.

'Ach ja, je hebt gelijk,' zei ik met een zucht. Ik weigerde nog steeds te aanvaarden dat ik mijn vrijdagavond moest doorbrengen in een avondjapon in het Metropolitan, waar ik conservatieve lomperiken uit Georgia en North en South Carolina – nieuw geld maar zelf oud – moest begroeten met een op mijn amateuristisch opgemaakte gezicht gebeitelde glimlach. Na Miranda's mededeling had ik maar liefst drie uur de tijd gehad om een jurk te vinden, make-up te kopen, me klaar te maken en mijn plannen voor het weekend om te gooien, en door al die drukte was ik vergeten vervoer te regelen.

Gelukkig had mijn baan bij een van de grootste modetijdschriften van Amerika (waar miljoenen meisjes een moord voor zouden doen!) zo zijn voordelen, en om tien over half vijf die middag was ik de trotse lener van een bloedmooie, enkellange, zwarte jurk van Oscar de la Renta, beschikbaar gesteld door Jeffy, Kast-goeroe en liefhebber van alles wat maar vrouwelijk was. ('Kind, als je in een galajurk gaat, neem je er een van Oscar, punt uit. Kom op, niet zo schuchter, trek die broek uit en pas deze eens voor Jeffy.' Toen ik mijn broek losknoopte, huiverde hij. Ik vroeg of hij mijn halfnaakte lichaam echt zo afstotelijk vond, en hij zei: 'Natuurlijk niet! Alleen je bikinilijn.') De modeassistenten hadden al een paar zilveren Manolo's in mijn maat laten komen, en Samantha van de accessoires had een opzichtige zilveren tas van Judith Leiber uitgekozen, aan een lange, rinkelende ketting. Ik had belangstelling getoond voor een bescheiden tasje van Calvin Klein, maar ze had alleen maar verachtelijk gesnoven en me het Judith-geval overhandigd. Stef stond te dubben of ik een choker of een hangertje om moest en Allison, de gepromoveerde nieuwe beautyredactrice, belde haar manicure, die indien nodig ook op de redactie langskwam.

'Ze is om kwart voor vijf in de vergaderruimte,' zei Allison. 'Je gaat in het zwart, hè? Zeg dan dat ze Ruby Red van Chanel moet gebruiken. En de rekening kan gewoon naar *Runway*.'

Het hele kantoor was bijna hysterisch in de weer om mij het gepaste uiterlijk te bezorgen voor het galafeest van die avond. En heus niet omdat ze allemaal zo gek op me waren en niets liever wilden dan me helpen; ze wisten dat Miranda erom had verzocht en wilden haar allemaal laten zien hoeveel smaak en klasse ze hadden.

Lily was klaar met haar gratis make-uples en ik vroeg me even af of ik er niet belachelijk uitzag in mijn enkellange avondjapon van Oscar de la Renta met goedkope lippenstift op. Waarschijnlijk wel, maar ik had het aanbod om een visagist aan huis te ontvangen meerdere malen afgeslagen. Iedereen op de redactie had erop gestaan – niet al te subtiel – maar ik had stug geweigerd. Zelfs ik had mijn grenzen.

Ik hobbelde de slaapkamer in op mijn Manolo's met hakken van tien centimeter en kuste Alex op zijn voorhoofd. Hij deed even zijn ogen open, glimlachte naar me en rolde op zijn buik.

'Ik ben absoluut om elf uur thuis, dan kunnen we nog ergens gaan eten of iets drinken, oké? Sorry dat dit moet, maar het kan echt niet anders. Als je toch met je vrienden op stap wilt, bel dan even, dan kom ik daarheen, goed?' Hij was, zoals beloofd, regelrecht uit school naar mij toe gekomen voor ons avondje samen en was niet bepaald blij geweest met het nieuws dat hij wel een rustig avondje thuis zou krijgen, maar zonder mij. Toen ik thuiskwam, zat hij op het balkon van mijn slaapkamer in een oude *Vanity Fair* te bladeren, met een van de blikjes bier die Lily altijd in de koelkast had staan voor gasten. Pas nadat ik hem had verteld dat ik moest werken, was me opgevallen dat Lily er niet was.

'Waar is ze?' vroeg ik. 'Ze heeft geen college en ik weet dat ze de hele zomer niet op vrijdag hoeft te werken.'

Alex nam een slok Pale Ale en haalde zijn schouders op. 'Ik denk dat ze er wel is. Haar deur is dicht, maar ik heb daarstraks een vent zien lopen.'

'Een vent? Kun je een beetje duidelijker zijn? Wat voor vent?' Misschien was er wel ingebroken! Of zou ze eindelijk Freud-type uitgenodigd hebben?

'Ik weet het niet, maar het was een engerd. Tatoeages, piercing, ordinair hemdje, alles erop en eraan. Ik snap niet waar ze hem heeft opgeduikeld.' Hij nam nonchalant nog een slok bier.

Ik kon me ook niet voorstellen waar ze hem vandaan had, want toen ik de vorige avond om elf uur vertrok, had ze nog gezelschap gehad van een heel beleefde jongen die William heette, en hij leek me niet het type voor een ordinair hemd en tatoeages.

'Alex! Even serieus! Wou je me vertellen dat er een of andere kerel in de flat rondloopt, misschien wel een misdadiger die niet eens uitgenodigd is, en dat het je niets kan schelen? Dat slaat nergens op! We moeten iets doen,' zei ik, en toen ik opstond, was ik zoals altijd bang dat het balkon naar beneden zou storten.

'Andy, rustig maar. Het was echt geen misdadiger.' Hij sloeg een bladzijde om. 'Misschien een punk- en grungefreak, maar geen misdadiger.'

'Geweldig, dat is verdomme fraai. Kom je nog van je luie reet om te kijken wat er aan de hand is of blijf je daar de hele avond zitten?'

Hij keek me nog steeds niet aan, en het drong eindelijk tot me door dat hij kwaad was om ons avondje. Begrijpelijk, volkomen begrijpelijk, maar ik vond het ook vervelend dat ik moest werken en ik kon er geen donder aan veranderen. 'Roep maar als je me nodig hebt.'

'Mij best,' zei ik verontwaardigd, en ik stormde met veel misbaar naar binnen. 'Voel je vooral niet schuldig als ik straks in stukken gesneden in de badkamer word gevonden. Geeft niks, joh...'

Ik beende een tijdje de flat door, op zoek naar bewijs van de aanwezigheid van deze kerel. Het enige wat anders dan anders was, was een lege Ketel One-fles in de gootsteen. Had ze echt in haar eentje een fles wodka gekocht, opengemaakt en leeggedronken na gisteravond twaalf uur? Ik klopte op haar deur. Geen antwoord. Ik klopte wat harder en hoorde een mannenstem heel scherp opmerken dat er werd geklopt. Toen er nog niet opengedaan werd, deed ik de deur op een kier.

'Hallo? Is daar iemand?' riep ik, en ik probeerde om niet naar binnen te kijken, maar dat hield ik niet langer dan vijf seconden vol. Mijn blik gleed over de twee spijkerbroeken die op een hoopje op de grond lagen, de beha die aan de bureaustoel hing en de overvolle asbak die maakte dat de kamer stonk als een studentenhuis. Ik keek naar het bed, waar mijn beste vriendin op haar zij lag, met haar rug naar me toe, spiernaakt. Een ongezond bleke vent met zweet op zijn bovenlip en vet haar vormde bijna één geheel met haar beddengoed: de tientallen tatoeages van kronkelende, griezelige slangen werden perfect gecamoufleerd door haar groen-met-blauw geruite dekbedovertrek. Hij had een gouden ring door zijn wenkbrauw, een hoop glimmend metaal in beide oren en twee kleine, afgeronde pinnen in zijn kin. Godzijdank droeg hij een boxershort, maar die zag er zo smerig en afgedragen uit dat ik bijna wenste – bijna – dat hij hem niet aan had gehad. Hij nam een trek van zijn sigaret, blies langzaam en veelbetekenend de rook uit en knikte in mijn richting.

'*Yo*,' zei hij, en hij zwaaide met de sigaret. 'Kun je de deur even dichtdoen, *m'friend*?'

Wat? *M'friend*? Lag deze groezelige Australiër echt crack te roken in het bed van mijn vriendin, of gedroeg hij zich altijd zo? Ik vroeg het hem.

'Rook je nou cráck?' vroeg ik, zonder me nog langer druk te maken om mijn manieren. Ik was absoluut niet meer bang. Hij was kleiner dan ik en woog hooguit zestig kilo – het ergste wat hij me op dat moment had kunnen aandoen, was me aanraken. Ik huiverde bij de gedachte aan de vele manieren waarop hij Lily hoogstwaarschijnlijk had aangeraakt, Lily die nog steeds in diepe slaap naast hem lag. 'Wie denk je wel dat je bent? Dit is míjn flat en ik wil dat je weggaat. Nu meteen!' voegde ik eraan toe, extra moedig door de tijdsdruk: ik had nog precies een uur om te zorgen dat ik er prachtig uitzag voor de meest stressvolle avond van mijn hele loopbaan, en deze stonede mafkees paste niet in mijn strijdplan.

'*Dude, chill out*,' zei hij, en hij nam nog een trek. 'Zo te zien wil je vriendin helemaal niet dat ik wegga.'

'Dat zou ze wel willen als ze BIJ BEWUSTZIJN WAS, EIKEL!' schreeuwde ik, vol afgrijzen bij de gedachte dat Lily – hoogstwaarschijnlijk – met hem naar bed was geweest. 'Ik verzeker je dat ik namens ons allebei spreek als ik zeg: SODEMIETER OP, ONZE FLAT UIT!'

Ik voelde een hand op mijn schouder, en toen ik me met een ruk omdraaide, stond Alex bezorgd naast me om de situatie in ogenschouw te nemen. 'Andy, ga jij maar douchen, dan handel ik dit af, oké?' Hoewel je hem niet bepaald breed of fors kon noemen, zag hij eruit als een worstelaar vergeleken met het uitgemergelde hoopje dat op dat moment zijn gezichtsmetaal tegen de blote rug van mijn beste vriendin drukte.

'IK. WIL. DAT. HIJ...' Hier wees ik op hem, voor alle duidelijkheid. '... UIT. MIJN. FLAT. VERDWIJNT.'

'Dat weet ik, en ik denk dat hij zo gaat, nietwaar, vriend?' vroeg Alex met de sussende stem die je gebruikt voor een dolle hond die je niet kwaad wilt maken.

'*Dude*, niks aan de hand. Ik maak gewoon een beetje pret met Lily. Ze liet me gisteravond niet met rust bij Au Bar – ga het maar vragen, iedereen heeft het gezien. Ze smeekte me verdomme om met haar mee naar huis te gaan.'

'Dat geloof ik best,' zei Alex op geruststellende toon. 'Ze kan een heel aardige meid zijn, maar soms wordt ze zo dronken dat ze niet meer weet wat ze doet. Dus als vriend van haar moet ik je nu vragen te vertrekken.'

De griezel maakte zijn sigaret uit en stak met veel vertoon zijn handen in de lucht, alsof hij zich gewonnen gaf. '*Dude*, mij best. Ik spring even onder de douche en neem fatsoenlijk afscheid van de kleine Lily hier, en dan ben ik weg.' Hij zwaaide zijn benen over de rand van het bed en pakte de handdoek die naast het bureau hing.

Alex deed een stap naar voren, trok de handdoek uit zijn handen en keek hem recht in de ogen. 'Nee, ik denk dat het beter is als je nu vertrekt. Nu meteen.' En op een manier zoals ik hem nog nooit had zien doen in de bijna drie jaar dat ik hem kende ging hij breeduit voor Griezel staan en liet hij zijn lengte de dreiging uitstralen waar hij duidelijk op zinspeelde.

'*Dude*, maak je niet druk. Ik ben al weg,' zei Griezel poeslief, nadat hij een blik op Alex had geworpen en besefte dat hij zijn hals moest uitstrekken om zijn gezicht te kunnen zien. 'Ik kleed me aan en ben weg.' Hij raapte zijn spijkerbroek van de grond en zocht naar zijn T-shirt, dat onder Lily's nog altijd naakte lichaam bleek te liggen. Ze verroerde zich toen hij het onder haar vandaan trok, en een paar seconden later deed ze haar ogen open.

'Leg iets over haar heen!' commandeerde Alex nors. Hij genoot nu zichtbaar van zijn nieuwe rol als de dreigende man die de touwtjes in handen had. En Griezel trok zonder commentaar het dekbed over Lily's schouders, tot alleen haar zwarte krullen nog zichtbaar waren.

'Wat is er?' vroeg Lily schor, en ze deed haar best om haar ogen open te houden. Toen ze zich omdraaide, zag ze me trillend van woede in de deuropening staan, terwijl Alex zich breed maakte en mannelijke poses aannam en Griezel zo snel mogelijk de veters van zijn blauw-met-kanariegele gympen strikte, om te maken dat hij wegkwam voordat het echt fout zou lopen. Haar blik bleef rusten op Griezel.

'Wie ben jij in godsnaam?' vroeg ze, en ze ging met een ruk rechtop zitten, zonder zich te realiseren dat ze spiernaakt was. Alex en ik wendden instinctief onze blikken af toen ze met een geschrokken gezicht het dekbed optrok, maar Griezel grinnikte wellustig en gluurde naar haar borsten.

'Schatje, wou je zeggen dat je niet meer weet wie ik ben?' vroeg hij. Zijn zwaar Australische accent werd met de seconde minder aantrekkelijk. 'Gisteravond wist je anders maar al te goed wie ik was.' Hij liep naar haar toe en het leek erop dat hij op het bed ging zitten, maar Alex pakte zijn arm en trok hem overeind.

'Eruit. Nu. Anders zet ik je persoonlijk buiten,' commandeerde hij, en hij zag er stoer, om op te vreten en behoorlijk trots uit.

Griezel stak zijn handen weer in de lucht en klakte met zijn tong. 'Ik ben al weg. Bel me maar een keer, Lily. Je was te gek vannacht.' Hij liep snel naar de huiskamer, gevolgd door Alex. 'Man, dat is me een pittig ding,' hoorde ik hem nog zeggen voordat de voordeur met een klap dichtviel, maar ik geloof niet dat Lily het hoorde. Ze had een T-shirt aangetrokken en was met veel moeite opgestaan.

'Lily, wie was dat in godsnaam? Zo'n eikel heb ik nog nooit meegemaakt, en hij was walgelijk.'

Ze schudde langzaam haar hoofd en deed zo te zien erg haar best om zich te concentreren en zich te herinneren hoe hij in haar leven was gekomen. 'Walgelijk, inderdaad, hij was walgelijk, en ik heb geen idee wat er is gebeurd. Ik weet nog dat jullie gisteravond weggingen en dat ik met een heel leuke jongen in een net pak zat te praten – om de een of andere reden dronken we Jägermeister – en dan houdt het op.'

'Lily, je moet wel heel dronken zijn geweest om niet alleen naar bed te gaan met iemand die er zo uitziet, maar hem ook nog eens mee te brengen naar onze flat!' Ik dacht dat ik iets overbodigs zei, maar ze zette grote, verschrikte ogen op toen het tot haar doordrong.

'Denk je dat ik met hem naar bed ben geweest?' vroeg ze zachtjes. Ze weigerde het te geloven, ook al was het overduidelijk.

Ik dacht terug aan Alex' woorden van een paar maanden geleden: Lily dronk abnormaal veel, alles wees erop. Ze miste regelmatig colleges, was al een keer gearresteerd en kwam nu thuis met de engste mutant die ik ooit had gezien. Ik herinnerde me ook het bericht dat een van haar professoren vlak na de laatste tentamens op haar antwoordapparaat had ingesproken: haar scriptie was uitstekend, maar ze had te veel colleges overgeslagen en haar werk te laat ingeleverd om de negen te krijgen die ze eigenlijk verdiende. Ik besloot het voorzichtig aan te pakken. 'Lil, lieverd, ik denk dat die jongen het probleem niet is. Ik denk dat het door de drank komt.'

Ze zat haar haar te borstelen, en het drong nu pas goed tot me door dat ze net uit bed kwam terwijl het vrijdagavond zes uur was. Ze protesteerde niet, dus ging ik door.

'Niet dat ik iets tegen drank heb,' zei ik, in een poging het gesprek vreedzaam te houden. 'Helemaal niet, dat weet je. Ik vraag me alleen af of het de laatste tijd niet een beetje uit de hand is gelopen. Gaat het wel goed met je studie?'

Ze deed haar mond open om iets te zeggen, maar Alex keek om het hoekje en gaf me mijn rinkelende gsm. Aaargh! Dat mens wist echt precies hoe ze mijn leven moest verwoesten.

'Sorry,' zei ik tegen Lily, en ik keek somber naar het venstertje van de telefoon, waar steeds weer MP GSM op verscheen. 'Meestal heeft ze maar een paar seconden nodig om me te vernederen en me op mijn kop te geven, dus ik ben zo klaar.' Lily legde haar borstel weg en keek toe toen ik opnam.

'Met het kan...' Had ik weer bijna opgenomen alsof het háár telefoon was. 'Met Andrea,' herstelde ik me, en ik zette me schrap.

'Andrea, je weet dat je vanavond om half zeven daar moet zijn, hè?' blafte ze in de telefoon, zonder begroeting of te melden wie ze was.

'O, eh, je zei vanmiddag zeven uur. Ik moet me nog...'

'Ik heb half zeven gezegd en nu zeg ik het nog een keer. Half zeeeeeven. Begrepen?' Klik. Opgehangen. Ik keek op mijn horloge: vijf over zes. Dit werd een probleem.

'Ik moet er over vijfentwintig minuten zijn,' verklaarde ik hardop, tegen niemand in het bijzonder.

Lily leek blij met de afleiding. 'Dan zullen we maar opschieten, hè?'

'We waren in gesprek, dit is belangrijk. Wat wilde je zeggen?' De woorden klopten wel, maar het was duidelijk dat we allebei in gedachten al duizenden kilometers verderop waren. Ik had snel vastgesteld dat ik geen tijd meer had om te douchen, want ik had nog een kwartier om mezelf in mijn galajurk te hijsen en in een auto te springen.

'Kom op, Andy, je moet opschieten. Kleed je om, dit komt later wel.'

En weer had ik geen andere keus dan snel, met bonzend hart, mijn chique japon aan te trekken, een borstel door mijn haar te halen en te kijken welke namen bij de foto's van de gasten van vanavond hoorden, die Emily heel behulpzaam voor me had uitgeprint. Lily bekeek het hele tafereel enigszins geamuseerd, maar ik wist dat ze piekerde over het voorval met Griezel en voelde me heel schuldig omdat ik er niets aan kon doen. Alex had zijn broertje aan de telefoon en probeerde hem duidelijk te maken dat hij echt te jong was om naar de film van negen uur te gaan, en dat het niet gemeen van hun moeder was dat hij dat niet mocht.

Ik kuste hem op zijn wang, en hij floot goedkeurend en zei dat hij waarschijnlijk met een groepje uit eten ging en dat ik maar moest bellen als ik ergens wilde afspreken. Zo goed als dat gaat op stelten rende ik terug naar de huiskamer, waar Lily een schitterende lap zwarte stof in haar handen hield. Ik keek haar vragend aan.

'Een stola, voor je belangrijke avond,' zong ze, en ze schudde hem uit als een laken. 'Ik wil dat mijn Andy er net zo chic uitziet als al die botteriken uit Carolina die ze vanavond als een ordinaire serveerster moet bedienen. Ik heb hem jaren geleden van mijn oma gekregen, voor de bruiloft van Eric. Ik weet niet of ik hem prachtig of afschuwelijk vind, maar hij is gala-achtig genoeg én van Chanel, dus dat moet goed zijn.'

Ik sloeg mijn armen om haar heen. 'Beloof me één ding: als Miranda me vermoordt omdat ik iets verkeerds zeg, moet je deze jurk verbranden en ervoor zorgen dat ik word begraven in mijn bruine joggingbroek. Beloven!'

'Je ziet er goed uit, Andy, echt waar. Ik had nooit gedacht dat ik je nog eens in een jurk van Oscar naar een feest van Miranda Priestly zou zien gaan, maar je ziet er in ieder geval prachtig uit. En nu wegwezen.'

Ze gaf me de rinkelende, rammelende, belachelijk opzichtige tas van Judith Leiber en hield de deur voor me open. 'Veel plezier!'

Beneden stond de auto al te wachten, en John – die zich begon te ontpoppen als een echte viezerik – floot toen de chauffeur het portier voor me openhield.

'Laat ze maar eens wat zien, lekker ding!' riep hij me met een vette knipoog na. 'Tot straks. Het zal wel laat worden.' Hij had uiteraard geen flauw idee waar ik naartoe ging, maar het was een hele geruststelling dat hij er in ieder geval van uitging dat ik nog terugkwam. Misschien zou het wel meevallen, dacht ik toen ik me op de zachte achterbank van de auto met chauffeur liet zakken. Maar toen schoof mijn jurk omhoog over mijn knieën en raakte de achterkant van mijn benen het ijskoude leer, waardoor mijn net geschoren haartjes rechtovereind gingen staan. Misschien zou het ook wel precies zo vreselijk worden als ik vermoedde.

De chauffeur sprong uit de auto en snelde naar de andere kant om het portier voor me open te houden, maar tegen de tijd dat hij bij me was, stond ik al op de stoep. Ik was één keer in het Metropolitan geweest, toen ik met mijn moeder en Jill een dagje naar New York was geweest om een aantal toeristenattracties te bezoeken. Ik wist niet meer wat voor tentoonstelling we die dag hadden gezien – alleen dat ik zulke zere voeten had gehad in mijn nieuwe schoenen – maar ik herinnerde me heel goed de oneindige trap buiten, en het gevoel dat ik hem eeuwig zou kunnen beklimmen.

De trap bevond zich op dezelfde plek als in mijn herinnering, maar in de schemer zag hij er anders uit. Ik was nog gewend aan de korte, sombere winterdagen en vond het gek dat het nu pas donker werd, terwijl het al half zeven was. Die avond zag de trap er absoluut vorstelijk uit, mooier dan de Spaanse Trappen of de trap van de Columbia-bibliotheek, of zelfs dat ontzagwekkende exemplaar van het Capitool in Washington D.C. Pas toen ik zo'n beetje op de tiende prachtig witte trede was, besefte ik dat ze ook erg gehaat moesten zijn. Welke wrede, wrede sadist liet een vrouw in een superstrakke, enkellange avondjapon op naaldhakken zo'n helse heuvel beklimmen? Omdat ik moeilijk een hekel kon krijgen aan de architect of zelfs maar aan de museumbaas die opdracht had gegeven om de trap te bouwen, moest ik Miranda wel haten, die ik meestal wel direct of indirect van alle ellende in mijn leven kon beschuldigen.

De bovenste trede leek nog kilometers ver weg, en ik dacht aan mijn spinninglessen in de periode dat ik nog tijd had om naar de sportschool te gaan. Daar zat altijd zo'n superwrede instructrice op haar fietsje in militair staccato bevelen te roepen: 'Trappen, trappen, en doorademen! Klimmen mensen, die berg op. Jullie zijn bijna boven, geef het nu niet op. Klim alsof je leven ervan afhangt!' Ik deed mijn ogen dicht en probeerde me voor te stellen dat ik fietste, de wind in mijn haar, over de instructrice heen, maar wel bergopwaarts, omhoog, omhoog. Alles om de pijn te vergeten die van mijn kleine teen naar mijn hak en weer terug ging. Nog tien treden, dat was alles, tien maar, o god, dat vocht in mijn schoenen, was dat bloed? Zou ik in een bezwete Oscar de la Renta-japon op bebloede voeten voor Miranda moeten paraderen? *Alsjeblieft, alsjeblieft, zeg dat ik er bijna ben... ja!* Boven. Het triomfantelijke gevoel deed niet onder voor dat van een topsprintster die zojuist haar eerste gouden medaille had gehaald. Ik haalde heel diep adem, balde mijn vuisten om de behoefte aan een overwinningssigaret te onderdrukken en deed nog wat gloednieuwe, goedkope lippenstift op. Tijd om een dame te zijn.

De bewaker deed de deur voor me open, maakte een buiginkje en glimlachte. Waarschijnlijk dacht hij dat ik een gast was.

'Hallo, jij moet Andrea zijn. Ga daar maar even zitten, zegt Ilana, dan komt ze zo bij je.' Hij wendde zijn hoofd af, zei discreet iets in een microfoontje op zijn mouw en knikte toen hij door zijn oortje het antwoord hoorde. 'Ja, daar,' zei hij tegen mij. 'Ze komt zo snel mogelijk.'

Ik keek om me heen in de enorme hal, maar ik had geen zin om mijn jurk helemaal zó te herschikken dat ik zou kunnen zitten. Bovendien, wanneer kreeg je nou de kans om na sluitingstijd in het Metropolitan Museum of Art te komen terwijl er verder helemaal niemand was? De loketten waren onbemand en de galerijen op de begane grond donker, maar ik kreeg een ontzagwekkend gevoel van geschiedenis en cultuur. De stilte was oorverdovend.

Nadat ik bijna een kwartier had rondgegluurd – maar wel in de buurt van de geheime-dienstagent in spe was gebleven – kwam er door de enorme hal een heel gewoon meisje in een lange, donkerblauwe jurk naar me toe gelopen. Het verbaasde me dat iemand met zo'n flitsende baan (op de afdeling Bijzondere Evenementen in het museum) er zo gewoontjes uitzag, en zelf voelde ik me meteen belachelijk, als een kind uit een of ander gehucht dat zich had verkleed voor een galafeest in de grote stad – en ironisch genoeg wás ik dat ook. Ilana zag eruit alsof ze niet eens de moeite had genomen zich na haar werk te verkleden, en later hoorde ik dat ze dat inderdaad niet had gedaan.

'Waarom zou ik?' zei ze lachend. 'Die mensen komen heus niet hierheen om naar mij te kijken.' Haar bruine haar was schoon en steil maar het was geen kápsel, en haar platte bruine schoenen waren akelig onmodieus. Maar ze had heldere, vriendelijke blauwe ogen en ik wist meteen dat ik haar mocht.

'Jij moet Ilana zijn,' zei ik. Ik voelde dat ik op de een of andere manier de leiding moest nemen. 'Ik ben Andrea, de assistente van Miranda, en ik wil je zoveel mogelijk helpen.'

Ze trok zo'n opgelucht gezicht dat ik me meteen afvroeg wat Miranda tegen haar had gezegd. De mogelijkheden waren eindeloos, maar ik stelde me zo voor dat het iets te maken had met Ilana's degelijke kleding. Ik bedacht huiverend wat voor vreselijke dingen ze waarschijnlijk tegen dat lieve meisje had gezegd en ik hoopte maar dat ze niet zou gaan huilen. Maar nee, ze keek me aan met die grote, onschuldige ogen, boog zich naar me toe en verklaarde niet al te zachtjes: 'Je bazin is een eersteklas *bitch*.'

Heel even staarde ik haar geschokt aan, maar ik herstelde me snel. 'Ja, hè?' zei ik, en we lachten allebei. 'Wat kan ik doen? Miranda voelt binnen tien seconden dat ik er ben, dus ik moet eruitzien alsof ik druk bezig ben.'

'Hier, ik zal je de tafel wijzen,' zei ze, en ze liep door een donkere gang naar de Egyptische zaal. 'Hij is prachtig.'

We kwamen in een kleinere ruimte, ongeveer zo groot als een tennisbaan, met in het midden een rechthoekige tafel met vierentwintig stoelen. Robert Isabell was zijn honorarium wel waard, zag ik. Hij was dé feestorganisator van New York, de enige die precies de juiste toon wist te treffen, met onvoorstelbaar veel oog voor detail: modieus maar niet trendy, luxe maar niet poenerig, uniek zonder overdreven gedoe. Miranda liet Robert altijd alles doen ('hij is altijd vreselijk druk en kan bot uit de hoek komen, maar hij is de allerbeste'), maar ik had zijn werk pas één keer gezien, op het verjaardagsfeestje van Cassidy en Caroline. Ik wist dat hij van Miranda's in koloniale stijl ingerichte huiskamer een chique stadslounge voor kinderen van tien kon maken (compleet met limonadebar, in martiniglazen uiteraard, suède muurbanken en een dansvloer in een verwarmde tent, ingericht in Marokkaanse stijl), maar dit was echt spectaculair.

Alles was stralend wit. Licht wit, glad wit, helder wit, geweven wit en warm wit. Bossen melkwitte pioenrozen zagen eruit alsof ze uit de tafel groeiden, verrukkelijk weelderig, maar niet zo hoog dat de gasten niet meer met elkaar konden praten. Op een spierwit tafelkleed stond ivoorwit porselein (met een witgeruit patroon) en de witte eiken stoelen met hoge rugleuning waren bekleed met weelderig wit suède (hoe gevaarlijk!). Dat alles stond op hoogpolige witte vloerbedekking, die speciaal voor vanavond was gelegd. Witte votiefkaarsen in eenvoudige, witte porseleinen houders gaven zacht wit licht en beschenen de pioenrozen van onderen (op de een of andere manier zonder ze te verbranden!) en verspreidden een subtiel schijnsel over de tafel. De enige kleur in de hele zaal was afkomstig van de zeer kleurrijke schilderijen aan de muren rondom de tafel, waarop het leven in het oude Egypte was afgebeeld in felblauw, groen en goudtinten. De witte tafel als uitgesproken contrast met de kostbare, gedetailleerde schilderijen was schitterend.

Toen ik mijn hoofd draaide om het prachtige contrast nog eens goed te bekijken ('die Robert is echt geniaal!') viel mijn oog op een helderrode gestalte. In de hoek, pal onder een schilderij, stond Miranda, in de rode Chanel-jurk met kraaltjes die speciaal voor vanavond was besteld, gemaakt, ingenomen en gereinigd. En hoewel het erg ver zou gaan om te zeggen dat hij iedere cent waard was (dat ding had duizenden dollars gekost), zag ze er adembenemend uit. Ze was zelf een *objet d'art*, met haar vooruitgestoken kin en strak gespannen spieren; een neoklassiek reliëf in zijden Chanel met kraaltjes. Ze was niet echt mooi – ze had kraaloogjes, een te streng kapsel en een te hard gezicht – maar ze maakte een verpletterende indruk, op een manier die ik niet helemaal kon bevatten. Hoezeer ik ook mijn best deed om te doen alsof ik alleen de zaal bewonderde en haar verschijning me niets deed, ik kon mijn ogen niet van haar afhouden.

Zoals gewoonlijk werd mijn gepeins onderbroken door haar stem. 'Ahn-dre-ah, je kent toch wel de namen en gezichten van onze gasten, hè? Ik neem aan dat je hun portretten goed bestudeerd hebt. Ik verwacht dat je me vanavond niet voor gek zet door iemand niet bij naam te begroeten,' verkondigde ze tegen niemand in het bijzonder. Mijn naam was de enige indicatie dat haar woorden wel eens tot mij gericht konden zijn.

'Eh ja, ik ken ze allemaal,' antwoordde ik, en ik onderdrukte de neiging om te salueren, terwijl ik me ervan bewust was dat ik nog steeds naar haar staarde. 'Ik neem er nog een paar minuten de tijd voor, voor alle zekerheid.' Ze keek me aan alsof ze wilde zeggen: 'Dat zou ik maar doen, idioot,' en ik dwong mezelf om mijn blik af te wenden en het zaaltje uit te lopen. Ilana volgde me op de voet.

'Waar heeft ze het over?' fluisterde ze. 'Portretten? Is ze gek geworden?'

We gingen op een ongemakkelijke houten bank in een donkere gang zitten; kennelijk hadden we allebei grote behoefte om ons te verstoppen. 'O, dat. Normaal gesproken zou ik de afgelopen week foto's van al mijn gasten opgespoord hebben en hun namen van buiten hebben geleerd om iedereen te kunnen begroeten met zijn of haar eigen naam,' legde ik een verbijsterde Ilana uit. Ze staarde me ongelovig aan. 'Maar omdat ik pas vandaag te horen heb gekregen dat ik vanavond moest komen, heb ik maar een paar minuten de tijd gehad om de portretten van de gasten te bekijken, in de auto.' Toen ik haar gezicht zag, zei ik: 'Wat, vind je dit al gek? Voor Miranda is het de normaalste zaak van de wereld.'

'Ik dacht dat er vanavond geen beroemde mensen kwamen,' zei ze, verwijzend naar Miranda's eerdere feesten in het Metropolitan. Omdat ze zulke enorme bedragen doneerde, had Miranda het speciale voorrecht om regelmatig, jawel, HET METROPOLITAN MUSEUM OF ART te huren voor privé-feestjes en cocktails. Meneer Tomlinson had het maar één keer hoeven vragen en Miranda had alles in het werk gesteld om van het feestje van haar zwager het beste feest te maken dat ooit in het Metropolitan was gehouden. Ze dacht dat de rijke zuiderlingen en de vrouwen met wie ze pronkten er wel van onder de indruk zouden zijn. En dat waren ze ook.

'Nee, er komt niemand die je meteen zou herkennen, alleen een stelletje miljardairs met huizen in het Zuiden. Normaal gesproken wanneer ik de gezichten van gasten moet onthouden, kan ik ze wel vinden op internet of in de *Women's Wear Daily* of zo. Een foto van koningin Noor, Michael Bloomberg of Yohji Yamamoto is meestal zo gevonden, maar probeer de heer en mevrouw Packard uit een of andere buitenwijk van San Francisco of waar ze ook mogen wonen maar eens op te sporen. Miranda's andere assistente heeft de foto's voor me opgezocht terwijl de anderen op kantoor mijn kleding en dergelijke regelden, en uiteindelijk heeft ze de meeste gasten gevonden op de societypagina's van de plaatselijke kranten, on line, maar het was een hele klus.'

Ilana bleef maar staren. Ik geloof dat ik ergens wel besefte dat ik klonk als een robot, maar ik kon niet meer ophouden. Door haar geschokte blik voelde ik me nog ellendiger.

'Er is maar één stel bij van wie ik geen foto heb, maar die herken ik juist daarom wel weer,' zei ik.

'Tjonge jonge, hoe krijg je het voor elkaar. Ik vind het al vervelend dat ik hier op vrijdagavond moet zijn, ik kan me niet voorstellen hoe het is om jouw baan te hebben. Hoe hou je het vol? Hoe hou je het vol om zo aangesproken en behandeld te worden?'

Het duurde even voordat ik besefte dat de vraag me van mijn stuk bracht. Niemand had ooit uit zichzelf iets negatiefs gezegd over mijn werk. Ik had altijd gedacht dat ik de enige was die mijn situatie verontrustend vond – er waren immers miljoenen denkbeeldige meisjes die een moord voor mijn baan zouden doen. De geschrokken blik in haar ogen was nog afschuwelijker dan de honderden belachelijke dingen die ik dagelijks op mijn werk meemaakte; haar pure, onvervalste medelijden maakte iets in me los. Ik deed iets wat ik in al die maanden waarin ik onder nauwelijks menselijke omstandigheden voor een niet-menselijke bazin had gewerkt niet één keer had gedaan, iets wat ik altijd had weten uit te stellen tot een geschikter moment. Ik begon te huilen.

Ilana keek me nu nog veel geschokter aan. 'O, lieverd, kom eens hier! Sorry! Ik bedoelde er niets mee. Je bent juist een engel dat je het volhoudt met die heks, hoor je me? Kom eens mee.' Ze pakte mijn hand en nam me door een andere donkere gang mee naar een kantoortje ergens achteraf. 'Hier, ga even zitten en zet de foto's van al die stomme mensen uit je hoofd.'

Ik snufte en voelde me idioot.

'En je hoeft je niet te schamen, hoor je me? Ik heb het gevoel dat je dit heel lang opgekropt hebt, en je moet af en toe eens lekker uithuilen.'

Ze rommelde in haar bureau terwijl ik probeerde de mascara van mijn wangen te vegen. 'Hier,' zei ze trots. 'Deze vernietig ik dadelijk meteen als je hem hebt gezien, en als je het waagt om er ook maar iemand over te vertellen, maak ik je het leven heel zuur. Maar moet je kijken, hij is geweldig.' Ze gaf me lachend een bruine envelop die was verzegeld met een sticker waar 'vertrouwelijk' op stond.

Ik scheurde de sticker los en haalde er een groene map uit. Er zat een foto in – of eigenlijk een kleurenkopie – van Miranda die languit op een bank in een restaurant lag. Ik herkende de foto meteen: hij was nog niet zo lang geleden genomen door een beroemde societyfotograaf, op de verjaardag van Donna Karan in Parijs. Hij had al in het blad *New York* gestaan en dook regelmatig op. Op de foto droeg ze haar bekende trenchcoat met een bruin-met-witte slangenprint, de jas waarin ze eruitzag als een slang, vond ik altijd.

Nou, blijkbaar was ik niet de enige, want op deze versie had iemand heel subtiel – en vakkundig – een op schaal uitvergrote ratel van een ratelslang geplakt, op de plek waar haar benen hadden moeten zitten. Het effect was een prachtige weergave van Miranda als slang: ze steunde op haar elleboog op de bank, met haar spitse kin in haar hand, en lag languit op het leer terwijl haar ratel in een krul over de rand van de bank hing. Perfect.

'Mooi, hè?' vroeg Ilana, die over mijn schouder meekeek. 'Linda kwam er op een dag mee aan op mijn kantoor. Ze had de hele dag met Miranda aan de telefoon gezeten om het zaaltje voor het diner uit te zoeken. Linda wilde een bepaalde zaal gebruiken, want die is precies groot genoeg en het mooist, maar Miranda eiste een andere zaal, dichter bij de museumwinkel. Zo hebben ze een tijdje onderhandeld, totdat Linda eindelijk – dagen later – toestemming van het bestuur kreeg om de zaal te gebruiken die Miranda had uitgekozen. Ze belde helemaal enthousiast op om het door te geven, en wat denk je...'

'Ze wilde hem niet meer,' zei ik zachtjes. Ik wist precies hoe ze zich voelde. 'Ze was allang van plan om precies te doen wat Linda had voorgesteld, maar ze wilde er eerst voor zorgen dat iedereen naar haar pijpen danste.'

'Inderdaad. Ik heb me rot geërgerd. Ik had nooit eerder meegemaakt dat het hele museum voor iemand op zijn kop werd gezet – ik bedoel, jezus, de president van de Verenigde Staten zou hier niet eens een belangrijk diner mogen geven! En dan denkt die bazin van jou dat ze zomaar kan binnenwalsen en ons dagen aan één stuk het leven zuur kan maken. Dus toen heb ik de foto een beetje bijgewerkt om Linda op te beuren. Weet je wat ze ermee heeft gedaan? Ze heeft hem verkleind en bewaart hem nu in haar portemonnee! Ik dacht dat jij er ook wel een kick van zou krijgen. Al was het alleen maar om je eraan te herinneren dat je er niet alleen voor staat. Jij bent beslist het slechtst af van iedereen, maar je staat er niet alleen voor.'

Ik deed de foto weer in de envelop en gaf hem terug aan Ilana. 'Je bent een schat,' zei ik, en ik raakte even haar schouder aan. 'Ik vind het echt te gek van je. Als ik je beloof dat ik nooit, nooit iemand zal vertellen hoe ik hieraan kom, wil je me er dan alsjeblieft een sturen? Heel alsjeblieft?'

Ze gebaarde glimlachend dat ik mijn adres moest opschrijven, en we liepen samen (ik hobbelde) terug naar de hal van het museum. Het was net zeven uur en de gasten konden ieder moment komen. Miranda en B-DES stonden met zijn broer te praten, de eregast en aanstaande bruidegom, die eruitzag alsof hij op zijn exclusieve school in het Zuiden in het voetbal-, lacrosse- en rugbyteam had gezeten en altijd omringd was geweest door kirrende blondjes. Het kirrende blondje van zesentwintig dat zijn bruid zou worden stond stilletjes aan zijn zijde en keek vol aanbidding naar hem op. Ze had een gevuld cognacglas in haar handen en lachte luidruchtig om zijn grappen.

Miranda hing bij B-DEs aan de arm, met een zeer krampachtige glimlach op haar gezicht. Ik hoefde niet te horen wat er werd gezegd om te weten dat ze met moeite op de juiste momenten wat terugzei. Sociaal gedrag was niet haar sterkste kant en ze kon niet tegen mensen die over koetjes en kalfjes praatten, maar ik wist dat ze vanavond braaf tegen iedereen zou slijmen. Ik had inmiddels door dat haar 'vrienden' in twee categorieën te verdelen waren. In de eerste vielen de mensen die naar haar idee 'boven haar' stonden en op wie ze indruk moest maken. Die lijst was kort en omvatte in grote lijnen Irv Ravitz, Oscar de la Renta, Hillary Clinton en de allerbelangrijkste filmsterren. Dan waren er de mensen die 'minder' waren dan zij, tegen wie ze neerbuigend deed, zodat ze hun plaats kenden, en daar vielen zo'n beetje alle anderen in: het voltallige personeel van *Runway*, haar familie, alle ouders van de vriendjes van haar kinderen – tenzij ze toevallig in categorie één vielen – bijna alle ontwerpers, redacteuren van andere tijdschriften en absoluut iedereen in de dienstverlenende sector, hier en in het buitenland. Ik had altijd genoten van de weinige keren dat ik had mogen meemaken hoe Miranda haar best deed om indruk op anderen te maken, vooral omdat ze niet bepaald natuurlijke charme had.

Ik voelde de eerste gasten al aankomen voordat ik ze zag. De spanning in het museum was tastbaar. Ik prentte me de kleurenprints in mijn hoofd, haastte me naar het eerste echtpaar toe en nam de bontstola van de vrouw aan. 'Meneer en mevrouw Wilkinson, wat fijn dat u er bent. Geeft u die maar aan mij. Ilana zal u voorgaan naar het atrium, waar de cocktails geserveerd worden.' Ik hoopte dat ik mijn monoloogje had afgestoken zonder te staren, want het spektakel was waanzinnig. Ik had op Miranda's feestjes vrouwen gezien die gekleed waren als hoeren, mannen die gekleed waren als vrouwen en fotomodellen die helemaal niet gekleed waren, maar ik had nog nooit mensen gezien die er zó bij liepen. Ik wist dat het geen trendy New Yorkers waren, maar ik had verwacht dat ze er een beetje *Dallas*-achtig uit zouden zien, en niet als een iets opgeprikte versie van de cast van *Deliverance*.

De broer van meneer Tomlinson, die er op zich heel gedistingeerd uitzag met zijn zilvergrijze haar, had de vreselijke fout gemaakt een wit jacquet aan te trekken – en dat in mei! – met een geruite pochet en een wandelstok. Zijn verloofde droeg een nachtmerrie van smaragdgroene tafzijde. Het geval zat vol ruches, had pofmouwen, was heel strak getailleerd en duwde haar enorme boezem zo ver omhoog dat het leek alsof ze zou stikken in haar eigen siliconenborsten. Ze had diamanten zo groot als eieren in haar oren en aan haar linkerhand schitterde nog een veel groter exemplaar. Haar haar was spierwit gebleekt met waterstofperoxide, net als haar tanden, en ze droeg zulke hoge, dunne hakken dat ze liep alsof ze twaalf jaar verdediger in een footballteam was geweest.

'*Dah-lings*, ik ben zo blij dat jullie allemaal op onze *pah-ty* konden komen. Iedereen is dol op feest, nietwaar?' zei Miranda met een veel te hoog stemmetje. De aanstaande mevrouw Tomlinson stond erbij alsof ze ieder moment kon flauwvallen. Daar pal voor haar neus stond de enige echte Miranda Priestly! Haar vreugde was gênant voor ons allemaal, en het voltallige beklagenswaardige gezelschap liep achter Miranda aan naar het atrium.

De rest van de avond verliep ongeveer hetzelfde als het begin. Ik wist de namen van alle gasten en zei niets al te beschamends. De parade witte smokings, chiffon, getoupeerde kapsels, enorme sieraden en vrouwen die maar net uit de puberteit waren werd minder vermakelijk naarmate de tijd verstreek, maar ik kreeg er geen genoeg van om naar Miranda te kijken. Zij was de echte dame van het feest, degene op wie alle vrouwen in het museum die avond jaloers waren. En al zagen ze wel in dat ze met al het geld van de wereld haar klasse en elegantie niet zouden kunnen kopen, ze wilden toch niets liever.

Mijn glimlach werd oprecht toen ze me halverwege het diner wegstuurde, zoals gewoonlijk zonder me te bedanken of een fijne avond te wensen. ('Ahn-dre-ah, we hebben je niet meer nodig. Je kunt gaan.') Ik zocht nog naar Ilana, maar die was al weggeslopen. De auto was er binnen tien minuten – ik had heel even overwogen om de metro te nemen, maar ik betwijfelde of de Oscar-jurk en mijn voeten dat zouden overleven – en ik liet me doodmoe maar kalm op de achterbank zakken.

Toen ik John passeerde op weg naar de lift, haalde hij een bruine envelop onder zijn tafeltje tevoorschijn. 'Deze is een paar minuten geleden bezorgd. "Dringend", staat erop.' Ik bedankte hem en ging in een hoekje van de lobby zitten. Wie liet er nu zoiets bij mij thuis bezorgen, op vrijdagavond om tien uur? Ik scheurde hem open en haalde er een briefje uit:

Beste Andrea,
Ik vond het zo leuk om je te ontmoeten! Heb je zin om volgende week een keer sushi te gaan eten of zo? Ik geef deze even af op weg naar huis, want na een avond als deze kun je vast wel een oppepper gebruiken. Veel plezier ermee,

xxx, Ilana.

In de envelop zat de foto van Miranda als slang, en Ilana had hem flink uitvergoot. Ik keek er een paar minuten aandachtig naar terwijl ik mijn voeten masseerde, die ik eindelijk verlost had van de Manolo's. Miranda's blik was intimiderend en gemeen: het kreng dat ik iedere dag in de ogen keek. Maar vanavond had ze er ook triest en behoorlijk eenzaam uitgezien. Ik kon de foto op onze koelkast hangen en haar uitlachen met Lily en Alex, maar daar zouden mijn voeten niet minder pijn van gaan doen en ik kreeg er mijn vrijdagavond niet mee terug. Ik scheurde de foto kapot en strompelde naar boven.

15

'Andrea, met Emily,' klonk een schorre stem door de telefoon. 'Hoor je me wel?' Het was maanden geleden dat Emily me midden in de nacht thuis had gebeld, dus ik wist dat er echt iets aan de hand moest zijn.

'Hoi. Ja, hoor. Je klinkt beroerd,' zei ik, en ik zat meteen rechtop in bed en vroeg me af of Miranda haar dit had aangedaan. De laatste keer dat ik Emily zo laat aan de telefoon had gehad, was toen Miranda haar op zaterdagavond om elf uur vanuit Miami had gebeld om te eisen dat ze een privé-vliegtuig regelde dat haar en meneer Tomlinson naar huis kon vliegen, omdat hun vlucht was geannuleerd vanwege het slechte weer. Emily wilde net de deur uit gaan voor haar eigen verjaardagsfeestje toen het telefoontje kwam, en ze had mij meteen gebeld om me te smeken of ik het wilde afhandelen. Ik had het bericht pas de volgende dag gehoord, maar toen ik haar belde, was ze nog steeds in tranen geweest.

'Ik heb mijn eigen feest gemist, Andrea,' had ze gejammerd zodra ze opnam. 'Ik heb mijn eigen feestje gemist omdat ik een vliegtuig moest regelen!'

'Konden ze niet voor één nacht een hotel nemen en de volgende dag terugvliegen, als normale mensen?' had mijn logische vraag geluid.

'Denk je dat ik daar niet aan heb gedacht? Ik heb binnen zeven minuten na het eerste telefoontje penthousesuites voor hen gereserveerd in de Shore Club, het Albion en het Delano, want ik kon me niet voorstellen dat Miranda serieus een vliegtuig wilde charteren. Ik bedoel, het was zaterdagavond! Hoe charter je op zaterdagavond een vliegtuig?'

'Maar dat vond ze geen goed idee?' had ik op kalmerende toon gevraagd, met een groot schuldgevoel omdat ik haar niet had kunnen helpen, maar tegelijkertijd dolblij dat ik alle ellende had gemist.

'Nee, helemaal geen goed idee. Ze belde om de tien minuten om te vragen waarom ik nog niets had gevonden, en ik moest steeds iedereen in de wacht zetten om haar te woord te staan. Als ze dan ophing, had die ander ook opgehangen.' Ze hapte naar lucht. 'Het was een nachtmerrie.'

'Hoe is het afgelopen? Ik durf het bijna niet te vragen.'

'Hoe het afgelopen is? Níét. Ik heb iedere particuliere vliegtuigverhuurder in heel Florida gebeld, maar het zal je niet verbazen dat die op zaterdag midden in de nacht de telefoon niet opnamen. Ik heb piloten opgepiept, luchtvaartmaatschappijen gebeld om te vragen of zij iets wisten en zelfs een of andere hoge pief van het vliegveld in Miami te spreken gekregen. Ik zei dat ik binnen een halfuur een vliegtuig nodig had om twee personen naar New York te brengen, en weet je wat hij deed?'

'Nou?'

'Hij begon te lachen. Keihard. Hij beschuldigde me van terrorisme, drugssmokkel en weet ik wat nog meer. Zei dat de kans groter was dat ik precies twintig keer werd getroffen door de bliksem dan dat ik op dat tijdstip een vliegtuig en een piloot zou kunnen regelen, wat ik ook bereid was te betalen. En als ik nog een keer zou bellen, was hij gedwongen mijn verzoek door te geven aan de FBI. Dat geloof je toch niet?' Ze schreeuwde nu. 'Zoiets geloof je toch godverdomme niet? De FBI!'

'En ik neem aan dat Miranda daar niet blij mee was?'

'O jawel, ze was dolgelukkig. Twintig minuten lang weigerde ze te geloven dat er geen enkel vliegtuig te krijgen was. Ik verzekerde haar dat ze niet bezet waren, maar dat het gewoon een lastig tijdstip was om een vliegtuig te charteren.'

'En toen?' Ik voorzag geen goede afloop.

'Om een uur of half twee 's nachts zag ze eindelijk in dat ze niet meer naar huis zou vliegen. Niet dat het wat uitmaakte, want de tweeling had oppas en Annabelle zou er zondag de hele dag zijn. Ik moest uiteindelijk een ticket kopen voor de eerste vlucht van de volgende ochtend.'

Dat begreep ik niet. Als haar vlucht geannuleerd was, zou ze toch wel door de luchtvaartmaatschappij op de eerstvolgende vlucht zijn gezet, vooral gezien haar miljarden airmiles, haar driedubbele VIP-status en de kosten van haar oorspronkelijke first class-ticket. Dat zei ik dus ook.

'Ja, Continental had hen op de eerste vlucht gezet, die van tien voor zeven 's morgens. Maar toen Miranda hoorde dat er iemand was die een kwartier eerder met Delta Airlines naar New York zou vliegen, flipte ze helemaal. Ze noemde me een incompetente idioot en vroeg keer op keer wat ze aan een assistente had als die niet eens een eenvoudig klusje als het charteren van een vliegtuig aankon.' Ze snufte en ik hoorde haar iets drinken. Waarschijnlijk koffie.

'Nee, toch? Ik weet al wat je gaat zeggen. Je hebt toch niet...?'

'Jawel.'

'Dat meen je niet. Voor dat kwartier?'

'Inderdaad! Wat moest ik anders? Ze was heel ontevreden over me, en op die manier leek het tenminste nog alsof ik iets dééd. Het kostte een paar duizend dollar extra, dus dat viel wel mee. Ze was bijna blíj toen we ophingen, wat wil je nog meer?'

We moesten nu allebei lachen. Ik wist zonder dat Emily het me hoefde te vertellen – en zij wist dat ik het wist – dat ze twee extra business class-tickets had gekocht voor de vlucht met Delta, alleen om Miranda koest te houden en ervoor te zorgen dat er eindelijk, verrukkelijk, een einde zou komen aan de onophoudelijke stroom eisen en beledigingen.

Ik kwam niet meer bij. 'Wacht even. Tegen de tijd dat je een auto had gebeld om haar naar het Delano te brengen...'

'... was het bijna drie uur 's nachts, en ze had me sinds elf uur precies tweeëntwintig keer gebeld. De chauffeur heeft gewacht terwijl ze in hun penthousesuite een douche namen en zich omkleedden, en toen zijn ze meteen teruggereden naar het vliegveld voor die "vroegere" vlucht.'

'Hou op! O, hou op,' zei ik, met steken in mijn zij van het lachen om deze charmante gebeurtenissen. 'Dit kan niet waar zijn.'

Emily hield op met lachen en deed alsof ze bloedserieus was. 'Vind je dit al leuk? Je hebt het mooiste nog niet gehoord.'

'O, vertel op. Vertel!' Ik was helemaal enthousiast omdat Emily en ik eindelijk een keer tegelijkertijd iets grappig vonden. Het was een lekker gevoel om een team te vormen; samen voerden we de strijd tegen onze onderdrukker. Het drong voor het eerst tot me door hoe anders dat jaar eruit had kunnen zien als Emily en ik echte vriendinnen waren geweest, als we elkaar de hand boven het hoofd hadden gehouden, elkaar hadden beschermd en genoeg hadden vertrouwd om Miranda als één front het hoofd te bieden. Waarschijnlijk was het werk dan een stuk minder ondraaglijk geweest, maar behalve op zeldzame momenten als dit waren we het zelden ergens over eens.

'Weet je wat het allermooiste was?' Ze zweeg even om onze gedeelde vreugde te rekken. 'Ze heeft het zelf natuurlijk niet in de gaten gehad, maar ook al vertrok Delta eerder, dat toestel landde volgens schema acht minuten later dan haar eigen vlucht met Continental!'

'Hou op!' brulde ik, helemaal blij met deze verrukkelijke nieuwe informatie. 'Dat meen je niet.'

Toen we eindelijk opgehangen hadden, had ik tot mijn verbazing gezien dat we ruim een uur aan de telefoon hadden gezeten, als echte vriendinnen. Natuurlijk deden we 's maandags op kantoor weer gewoon min of meer openlijk vijandig tegen elkaar, maar sinds dat weekend was ik Emily toch een beetje aardiger gaan vinden. Tot nu dan, natuurlijk. Ik mocht haar echt niet zo graag dat ik zat te wachten op de ongetwijfeld irritante boodschap of lastige klus die ze voor me had.

'Echt, je klink vreselijk. Ben je ziek?' Ik deed dapper mijn best om mijn stem een vleugje sympathie mee te geven, maar de vraag kwam er agressief en beschuldigend uit.

'Ja,' zei ze schor, waarna ze vreselijk begon te hoesten. 'Heel ziek.'

Ik geloofde het nooit als iemand zei dat hij heel ziek was: zonder de diagnose van iets erg officieels en potentieel levensbedreigends kon je bij *Runway* best komen werken. Dus toen Emily uitgehoest was en herhaalde dat ze heel ziek was, dacht ik nog niet eens aan de mogelijkheid dat ze die maandag niet zou komen werken. Per slot van rekening zouden Miranda en zij 18 oktober naar Parijs vliegen, en dat was al over vier dagen. Bovendien had ik zelf een paar keelontstekingen, bronchitisaanvallen, een afschuwelijke voedselvergiftiging, een hardnekkig rokershoestje en een flinke verkoudheid doorstaan zonder me één dag ziek te melden.

Ik was een keer snel naar de dokter gegaan om antibiotica te halen tegen een keelontsteking (ik was de wachtkamer in geglipt en had geëist dat de assistente me meteen door liet lopen, op een moment dat Miranda en Emily dachten dat ik op zoek was naar een nieuwe auto voor meneer Tomlinson), maar er was nooit genoeg tijd voor preventieve maatregelen. Mijn haar was twaalf keer geverfd door Marshall, ik was een paar keer gratis gemasseerd in een schoonheidssalon waar ze het een eer vonden om de assistente van Miranda te verwelkomen en ik had talloze manicures, pedicures en complete metamorfoses ondergaan, maar ik was al een jaar lang niet bij de tandarts of gynaecoloog geweest.

'Kan ik soms iets doen?' vroeg ik quasi-nonchalant aan Emily, terwijl ik me suf piekerde over de vraag waarom ze mij belde om te zeggen dat ze zich niet goed voelde. Dat deed er immers totaal niet toe, voor haar niet en voor mij niet. Ze zou maandag gewoon komen werken, of ze zich nu beroerd voelde of niet.

Ze hoestte hard en ik hoorde het slijm in haar keel rochelen. 'Eh ja, eigenlijk wel. Jezus, waarom moet mij dit nou overkomen!'

'Wat? Wat is er dan?'

'Ik kan niet met Miranda naar Europa. Ik heb de ziekte van Pfeiffer.'

'Wat?'

'Je hoort het goed, ik kan niet mee. De dokter heeft vandaag gebeld met de uitslag, en ik mag de komende drie weken de deur niet uit.'

Drie weken! Dat kon niet waar zijn. Ik had geen tijd om het rot voor haar te vinden: ze had me zojuist medegedeeld dat ze niet naar Europa zou gaan, en die gedachte, het idee dat Miranda en Emily allebei twee hele weken uit mijn leven zouden verdwijnen, had me de afgelopen maanden op de been gehouden.

'Em, ze vermoordt je! Je moet mee! Weet ze het al?'

Aan de andere kant van de lijn viel een onheilspellende stilte. 'Eh, ja, ze weet het al.'

'Heb je haar gebeld?'

'Ik heb mijn huisarts laten bellen, want ze vond de ziekte van Pfeiffer niet ernstig genoeg, dus heeft hij haar verteld dat ik haar en iedereen om me heen kan besmetten, maar wat ik eigenlijk...' Haar stem ebde weg en haar toon verried iets veel, veel ergers.

'Wát? Wat wil je nou zeggen?' Mijn instinctieve neiging tot zelfbehoud maakte meteen overuren.

'Wat ik eigenlijk wilde zeggen, is dat ze nu wil dat jij meegaat.'

'Ze wil dat ik meega naar Parijs, zei je? Heel leuk. Wat heeft ze écht gezegd? Ze heeft gedreigd je te ontslaan omdat je ziek bent, hè?'

'Andrea, ik...' Er klonk hard, slijmerig gehoest en even dacht ik dat ze ter plekke zou sterven, met de telefoon in haar hand. 'Ik meen het. Helemaal, absoluut. Ze zei iets over de assistenten in het buitenland die allemaal achterlijk zijn en dat ze dan nog liever jou meenam.'

'O, als je het zo formuleert, wil ik niets liever! Niets werkt zo goed om me over te halen als vleierij. Goh, dat had ze nou niet moeten zeggen. Ik bloos ervan!' Ik wist niet of ik me kwaad moest maken omdat Miranda wilde dat ik met haar meeging naar Parijs of omdat ze dat alleen maar wilde omdat ze mij net iets minder hersendood inschatte dan die anorectische Franse klonen van... mezelf.

'Ach, hou toch eens op,' zei ze schor tussen twee inmiddels erg irritante hoestbuien door. 'Je hebt ongelooflijke mazzel. Ik heb twee jaar op dit reisje gewacht, ruim twee jaar, en nu kan ik niet weg. Dat is pijnlijk ironisch, besef je dat wel?'

'Natuurlijk! Het is één groot cliché: jouw hele bestaan draait om deze reis en voor mij is het een nagel aan mijn doodskist, en toch moet ik mee en blijf jij thuis. Grappig eigenlijk, hè? Ik kom niet meer bij van het lachen,' zei ik met een stalen gezicht, en het klonk verre van vrolijk.

'Nou, ik vind het ook verschrikkelijk, maar wat doe je eraan? Ik heb Jeffy al gebeld om te zeggen dat hij kleding voor je moet bestellen. Je neemt een hele hoop mee, want je trekt bij iedere show iets anders aan, en er zijn dineetjes en natuurlijk Miranda's feest in hotel Costes. Allison helpt je met de make-up. Ga maar naar Stef van Accessoires om tassen, schoenen en sieraden te bespreken. Je hebt maar vier dagen, dus begin er morgenvroeg meteen mee, oké?'

'Ik kan nog steeds niet geloven dat ze dit echt van me verwacht.'

'Geloof het toch maar, het was echt geen grapje. En omdat ik deze week niet op kantoor ben, zul je ook...'

'Wat? Kom je niet eens naar kantóór?' Ik mocht dan zelf nooit een dag vrij genomen of me ziek gemeld hebben, voor Emily gold hetzelfde. Eén keer had het weinig gescheeld, toen haar overgrootvader was gestorven, maar het was haar gelukt om naar Philadelphia te gaan en de begrafenis bij te wonen zonder één minuut werk te missen. Zo deed je dat. Punt uit. Afgezien van sterfgevallen (alleen directe familie), zware, bloederige ongelukken (van jezelf) of een kernoorlog (alleen officieel bevestigd door de Amerikaanse overheid en alleen indien Manhattan er rechtstreeks bij betrokken was) was er geen reden om niet aanwezig te zijn. Dit werd een keerpunt in het regime Priestly.

'Andrea, ik heb de ziekte van Pfeiffer. Dat is zeer besmettelijk. Het is echt ernstig. Ik mag mijn flat niet eens uit voor een kop koffie, laat staan om te gaan werken. Miranda begrijpt het, dus zul jij het moeten overnemen. Er is nog een hoop werk te verrichten voordat jullie samen naar Parijs kunnen.'

'Miranda begrijpt het? Hou toch op! Wat zei ze?' Ik weigerde te geloven dat ze zoiets prozaïsch als de ziekte van Pfeiffer aanvaardde als een reden om niet te komen werken. 'Gun me dat pleziertje nou. Mijn leven wordt de komende weken een hel.'

Emily zuchtte, en ik kon haar geërgerde blik door de telefoon horen. 'Goed, ze was er niet blij mee. Ik heb haar zelf niet gesproken, maar volgens mijn huisarts bleef ze maar vragen of Pfeiffer wel een echte ziekte is. Maar toen hij haar verzekerde dat dat het geval is, was ze heel begripvol.'

Ik lachte hardop. 'Natuurlijk, Emily, natuurlijk. Maak je maar geen zorgen, oké? Zorg jij maar dat je beter wordt, dan doe ik de rest.'

'Ik mail je een lijstje, zodat je niets vergeet.'

'Ik vergeet niks. Ze is dit jaar al vier keer naar Europa geweest, ik weet hoe het gaat. Ik haal beneden bij de bank contant geld, wissel een paar duizend dollar in francs, koop voor nog eens een paar duizend dollar traveller's cheques en bevestig ter plekke drie keer al haar afspraken voor de kapper en de make-up. En verder? O ja, ik zal ervoor zorgen dat het Ritz haar deze keer de goede telefoon meegeeft en ik maak de chauffeurs van tevoren duidelijk dat ze haar nooit mogen laten wachten. Ik ben nu al aan het bedenken wie er allemaal een kopie van haar reis- en werkschema nodig hebben. Dat typ ik wel uit, trouwens, geen probleem, en ik zorg ervoor dat het wordt uitgedeeld. Natuurlijk moet er ook een uitgebreid schema komen voor de lessen, repetities en speelafspraakjes van de kinderen en werkschema's voor het personeel bij haar thuis. Zie je wel! Je hoeft je geen zorgen te maken, ik heb alles onder controle.'

'Vergeet het fluweel niet,' zei ze streng. De laatste woorden kwamen er bijna volautomatisch uit. 'Of de sjaals!'

'Natuurlijk niet. Het staat allemaal al op mijn lijstje.' Voordat Miranda haar spullen inpakte – of eigenlijk voordat ze haar huishoudster haar spullen liet inpakken – moest Emily of ik enorme rollen fluweel kopen bij een stoffenwinkel en die naar Miranda's appartement brengen. Daar knipten we de stof samen met de huishoudster in precies dezelfde vorm en maat als ieder kledingstuk dat ze wilde meenemen en werd alles keurig in fluweel verpakt. Die pakketjes verdwenen in tientallen Louis Vuitton-koffers, met vele stukken reservefluweel die ze kon gebruiken nadat ze de eerste lading steevast had weggegooid bij het uitpakken in Parijs. Daarnaast vulden we meestal een halve koffer met oranje Hermès-dozen, met in iedere doos één witte sjaal, die ze zou verliezen, vergeten, kwijtraken of gewoonweg ergens achterlaten.

Ik hing op na het gesprek met Emily, nadat ik mijn uiterste best had gedaan om mijn stem oprecht medelevend te laten klinken. Lily lag languit op de bank een sigaret te roken en aan een cocktailglas te nippen, waar een heldere vloeistof in zat die duidelijk niet uit de kraan kwam.

'Ik dacht dat we hier niet mochten roken,' zei ik. Ik plofte naast haar neer en legde meteen mijn voeten op de versleten houten salontafel, een afdankertje van mijn ouders. 'Niet dat het me wat kan schelen, maar het was jóúw regel.' Lily was niet zo'n fanatieke fulltime roker als ondergetekende; ze rookte meestal alleen als ze dronk en kocht zelfs nooit een pakje sigaretten. Nu piepte er een gloednieuw doosje Camel Special Lights uit het borstzakje van haar veel te grote mannenoverhemd. Ik gaf met mijn pantoffel een duwtje tegen haar bovenbeen en knikte naar de sigaretten. Ze gaf me er een, en een aansteker.

'Ik wist dat jij het niet erg zou vinden,' zei ze, waarna ze traag een lange trek nam. 'Ik ben iets aan het uitstellen en als ik rook kan ik me beter concentreren.'

'Wat stel je uit?' Ik stak mijn sigaret aan en gooide de aansteker terug. Ze wilde dit semester zeventien studiepunten halen, om het debacle van afgelopen voorjaar goed te maken. Ik keek toe hoe ze nog een trek nam, gevolgd door een flinke slok van haar niet-water. Ik kreeg niet de indruk dat ze op het goede spoor zat.

Ze zuchtte diep en veelbetekenend en liet de sigaret in haar mondhoek hangen terwijl ze begon te praten. Hij wipte op en neer en dreigde ieder moment op de grond te vallen. Door de combinatie van die sigaret, haar wilde, ongewassen haar en haar uitgelopen oogmake-up zag ze eruit – even maar – als een gedaagde bij Judge Judy (of misschien de eisende partij, want ze zagen er allemaal hetzelfde uit: geen tanden, vet haar, doffe ogen en moeite met grammatica). 'Een artikel voor een of ander willekeurig, vaag academisch blaadje dat niemand ooit zal lezen, maar ik moet kunnen zeggen dat ik iets gepubliceerd heb.'

'Vervelend. Wanneer moet het af zijn?'

'Morgen.' Volkomen nonchalant. Ze leek er totaal niet mee te zitten.

'Morgen? Echt?'

Ze wierp me een waarschuwende blik toe om me eraan te herinneren dat ik aan haar kant diende te staan. 'Ja, morgen. Ontzettend vervelend, vooral omdat Freud-type het moet redigeren. Het doet er blijkbaar niet toe dat hij psychologie studeert in plaats van Russische literatuur. Ze komen mensen tekort, dus heb ik hem toegewezen gekregen. Ik krijg het onmogelijk op tijd af. Hij kan doodvallen.' Ze goot nog wat drank in haar keel, duidelijk met de bedoeling er niets van te proeven, en trok een vies gezicht.

'Lil, wat is er gebeurd? De laatste keer dat ik je sprak, deden jullie het rustig aan en was er niets op hem aan te merken. Dat was natuurlijk wel voordat je met dat... geval thuiskwam, maar...'

Weer een waarschuwende blik, deze keer gevolgd door een woedend gezicht. Ik had geprobeerd om met haar over het Griezel-incident te praten, maar het leek wel of we nooit echt alleen waren en we hadden geen van beiden veel tijd voor een openhartig gesprek. De paar keer dat ik erover was begonnen, had ze meteen het gesprek een andere wending gegeven. Ik merkte wel dat ze zich vooral vreselijk opgelaten voelde. Ze had wel toegegeven dat het een walgelijke vent was, maar ze wilde geen discussie aangaan over de vraag of het voorval misschien te wijten was aan haar overmatige drankgebruik.

'Ja, kennelijk heb ik Freud-type die avond in Au Bar gebeld en hem gesmeekt daarheen te komen,' zei ze, met haar blik angstvallig afgewend, zogenaamd geconcentreerd op de afstandsbediening, waarmee ze de klaaglijke Jeff Buckley-cd bediende die de laatste tijd zo'n beetje altijd op 'repeat' stond in onze flat.

'En? Toen hij kwam, stond je natuurlijk met eh... iemand anders te praten?' Ik wilde de afstand tussen ons niet nog verder vergroten door haar te bekritiseren. Er ging duidelijk een hoop in haar om: de problemen met haar studie, haar drankgebruik en de eindeloze reeks vriendjes. Ik wilde dat ze haar hart een keer zou luchten. Ze had nooit eerder iets voor me verzwegen, al was het maar omdat ik de enige was die ze had, maar de laatste tijd vertelde ze me niet veel meer.

'Nou, nee,' zei ze verbitterd. 'Hij is helemaal uit Morningside Heights daarheen gekomen, maar ik was al weg. Blijkbaar heeft hij me toen op mijn gsm gebeld, maar Kenny nam op en deed niet al te vriendelijk.'

'Kenny?'

'Dat *geval* dat ik mee naar huis heb genomen, weet je nog wel?' Ze zei het sarcastisch, maar deze keer lachte ze erbij.

'Aha. En dat vond Freud-type niet zo leuk?'

'Niet echt. Maar wat geeft het? Ik heb zo weer een ander.' Ze liep met haar lege glas naar de keuken en ik zag haar een halflege fles wodka pakken. Een piepklein scheutje mineraalwater erbij en ze zat weer op de bank.

Ik wilde net heel voorzichtig informeren waarom ze wodka zat te hijsen terwijl ze de volgende dag een artikel moest inleveren, toen de zoemer van beneden ging.

'Wie is daar?' vroeg ik aan John toen ik het knopje indrukte.

'Meneer Fineman voor mevrouw Sachs,' zei hij formeel, heel zakelijk nu er andere mensen bij waren.

'Echt waar? Eh... leuk, stuur hem maar naar boven.'

Lily keek me met opgetrokken wenkbrauwen aan, en ik besefte dat dit gesprek weer eens niet zou plaatsvinden. 'Wat kijk je blij,' zei ze, duidelijk sarcastisch. 'Ben je niet dolgelukkig dat je vriend je komt verrassen?'

'Natuurlijk wel,' zei ik verdedigend, en we wisten allebei dat ik loog. De relatie met Alex verliep de laatste weken nogal moeizaam. Erg moeizaam. We deden er alles aan om een stel te blijven vormen, en het lukte ons aardig: na bijna drie jaar wisten we precies wat de ander wilde horen of doen. Maar hij had mijn drukke werktijden gecompenseerd door op school nóg meer de ideale collega uit te hangen – hij gaf vrijwillig bijles en had de leiding over zo'n beetje iedere denkbare activiteit op zich genomen – en áls we een keer samen waren, hadden we het net zo spannend en opwindend als een stel dat al dertig jaar bij elkaar was. We hadden de onuitgesproken afspraak dat we zouden wachten tot mijn slavernij erop zat, maar ik durfde er niet aan te denken hoe onze relatie daarna zou verlopen.

Maar toch. Lily was al de tweede belangrijke persoon in mijn leven – na Jill (die me de vorige avond had uitgehoord aan de telefoon) – die erop wees dat Alex en ik de laatste tijd niet bepaald een schattig stelletje vormden, en ik moest toegeven dat Lily in haar benevelde staat erg goed had opgemerkt dat ik niet al te blij was met Alex' komst. Ik zag er verschrikkelijk tegen op om hem te vertellen dat ik naar Parijs moest, en tegen de onvermijdelijke ruzie die erop zou volgen en die ik graag nog een paar dagen had uitgesteld. Het liefst tot ik goed en wel in Parijs zat. Maar helaas, hij stond op mijn deur te kloppen.

'Hé!' zei ik een tikkeltje te enthousiast toen ik de deur openrukte en mijn armen om zijn hals sloeg. 'Wat een verrassing!'

'Je vindt het toch niet erg dat ik zomaar langskom? Ik heb met Max hier om de hoek iets gedronken, dus ik dacht...'

'Natuurlijk vind ik dat niet erg, gek! Ik vind het hartstikke leuk. Kom binnen, kom binnen.' Ik wist dat ik compleet manisch klonk, maar de eerste de beste goedkope psychiater zou kunnen uitleggen dat mijn ogenschijnlijke enthousiasme bedoeld was om het gebrek daaraan diep in mijn hart te compenseren.

Hij pakte een biertje, gaf Lily een zoen op haar wang en ging in de knaloranje fauteuil zitten die mijn ouders hadden bewaard sinds de jaren zeventig, in de wetenschap dat ze hem ooit trots aan hun kroost konden geven. 'Wat is hier aan de hand?' zei hij met een knikje naar de stereo, waar een zeer hartverscheurende versie van *Hallelujah* uit schalde.

Lily haalde haar schouders op. 'Ik schuif mijn werk voor me uit. Zoals altijd.'

'Jongens, ik heb nieuws,' zei ik. Ik probeerde het enthousiast te brengen, om Alex en mezelf ervan te overtuigen dat dit een positieve ontwikkeling was. Hij was zo enthousiast geweest over de plannen voor onze reünie – waar ik zo op had aangedrongen – dat het me ronduit wreed voorkwam om amper een week van tevoren te zeggen dat ik niet mee kon. We hadden een hele avond zitten bedenken met wie we 's zondags wilden brunchen en we wisten zelfs precies waar en met wie we zaterdagavond voor de wedstrijd tussen Brown en Cornell zouden picknicken.

Ze keken me allebei aan, meteen op hun hoede, totdat Alex eindelijk uit wist te brengen: 'Ja wat is er?'

'Ja! Ik kreeg net een telefoontje. Ik ga twee weken naar Parijs!' Ik zei het jubelend, alsof ik een onvruchtbaar stel mededeelde dat ze een tweeling kregen.

'Waar ga je naartoe?' vroeg Lily, verbaasd en een beetje afwezig, niet echt geïnteresseerd.

'Waaróm?' vroeg Alex op exact hetzelfde moment, en hij keek erbij alsof ik hem zojuist had verteld dat ik syfilis bleek te hebben.

'Emily heeft pas te horen gekregen dat ze Pfeiffer heeft, en nu wil Miranda dat ik met haar meega voor de modeshows. Ongelooflijk, hè?' zei ik met een opgewekte glimlach. Dit was dodelijk vermoeiend. Ik zag er zelf al vreselijk tegen op, maar het was nog tien keer erger om hen ervan te moeten overtuigen dat ik het als een buitenkansje zag.

'Ik snap het niet. Ze gaat toch een keer of acht per jaar naar die shows?' vroeg Alex. Ik knikte. 'Waarom moet jij nu dan opeens met haar mee?'

Lily luisterde al niet meer. Ze leek helemaal verdiept in een oud exemplaar van *The New Yorker.* Ik had de afgelopen vijf jaar alle nummers bewaard, maar zodra ik mijn baan bij *Runway* had gekregen, had ik mezelf gedwongen zelfs de operarecensies en de financiële pagina te lezen. Ieder woord.

'Tijdens de lenteshows geeft ze een enorm feest, en dan heeft ze graag een van haar Amerikaanse assistentes bij zich. Om toezicht te houden, zeg maar.'

'En die Amerikaanse assistente ben jij, waardoor je de reünie mist,' zei hij toonloos.

'Nou, normaal gesproken niet. Het wordt beschouwd als een enorm voorrecht en eigenlijk mag alleen de eerste assistente mee, maar omdat Emily ziek is, ga ik. Ik vertrek dinsdag, dus kan ik dat weekend niet naar Providence. Het spijt me heel, heel erg.' Ik stond op van mijn stoel en ging naast hem op de bank zitten, maar hij verstijfde meteen.

'Dus zo gemakkelijk gaat dat? Ik heb de hotelkamer al betaald. En vergeet niet dat ik míjn plannen heb verzet om dat weekend met je naar de reünie te kunnen. Ik heb tegen mijn moeder gezegd dat ze een oppas moet zoeken omdat jíj er per se heen wilde. Maar er is niks aan de hand, hoor. Gewoon de zoveelste verplichte klus voor *Runway*.' In al onze jaren samen had ik hem nog nooit kwaad gezien. Zelfs Lily keek lang genoeg op van haar tijdschrift om zich te verontschuldigen en zich uit de voeten te maken voordat dit echt op oorlog uitliep.

Ik probeerde bij hem op schoot te kruipen, maar hij sloeg zijn benen over elkaar en wapperde met zijn hand. 'Serieus, Andrea...' Hij noemde me alleen Andrea als hij geïrriteerd was. 'Is dit het echt allemaal waard? Wees nou eens één keer eerlijk. Is dit het je waard?'

'Is dit wát waard? Dat ik een reünie mis die ieder jaar wordt gehouden om iets te doen wat nu eenmaal bij mijn baan hoort? Een baan die deuren opent die anders altijd gesloten zouden blijven, en ook nog eens veel eerder dan ik had durven hopen? Ja, dat is het waard!'

Zijn kin zakte op zijn borst en even dacht ik dat hij huilde, maar toen hij weer opkeek, zag ik alleen maar woede op zijn gezicht.

'Denk je dat ik niet liever met jou zou meegaan dan een week lang vierentwintig uur per dag iemands slaafje te moeten zijn?' schreeuwde ik, zonder eraan te denken dat Lily nog ergens in de flat was. 'Kun je er niet eens één seconde aan denken dat ik misschien ook helemaal geen zin heb om naar Parijs te gaan, maar dat ik niks te kiezen heb?'

'Niks te kiezen? Je hebt zoveel te kiezen! Andy, deze baan is allang niet meer zomaar een baan voor je, mocht je het zelf nog niet gemerkt hebben. Je werk neemt je hele leven in beslag!' Hij schreeuwde nu ook, en de rode kleur van zijn gezicht had zich uitgebreid naar zijn hals en oren. Normaal gesproken vond ik dat heel lief staan, sexy zelfs, maar nu wilde ik alleen maar slapen.

'Alex, luister nou, ik...'

'Nee, jíj moet luisteren! Denk even niet aan mij – dat zal niet zo moeilijk zijn. Vergeet dat wij elkaar nooit meer zien omdat je altijd moet werken en er altijd noodgevallen zijn. Maar denk eens aan je ouders! Wanneer heb je hen voor het laatst gezien? En je zus? Je beseft toch wel dat ze pas haar eerste kind heeft gekregen en dat je je eigen neefje nog niet hebt gezien, hè? Doet dat je dan niets?' Hij ging nu zachter praten en leunde naar me toe. Ik dacht dat hij misschien zijn excuses wilde aanbieden, maar hij zei: 'En Lily? Is het je opgevallen dat je beste vriendin zwaar alcoholiste is geworden?' Ik moet hem totaal geschokt aangekeken hebben, want hij ging in volle vaart verder: 'Je gaat toch niet beweren dat je dat niet doorhad, Andy. Het ligt er duimendik bovenop.'

'Ja, natuurlijk drinkt ze. Net als jij en ik en iedereen die we kennen. Lily studeert; zo zíjn studenten, Alex. Wat is daar zo gek aan?' Het klonk nog zieliger toen ik het hardop zei, en hij schudde alleen maar zijn hoofd. We waren allebei een paar minuten stil.

'Je begrijpt het niet, Andy. Ik weet niet precies waar het misgelopen is, maar ik heb het gevoel dat ik je niet meer ken. Ik denk dat we even afstand moeten nemen.'

'Wat? Wat wil je nou zeggen? Wil je het uitmaken?' vroeg ik, want het drong véél te laat tot me door dat het menens was. Alex was zo begripvol, zo lief en zo... beschikbaar dat ik het vanzelfsprekend was gaan vinden dat hij er altijd zou zijn om naar me te luisteren of me te kalmeren na een lange, lange dag, of om me op te vrolijken als iedereen weer eens vrijelijk van me had geprofiteerd. Het enige probleem was dat ik me zelf niet bepaald aan de afspraak had gehouden.

'Nee, helemaal niet. Gewoon even afstand nemen. Ik denk dat we er allebei bij gebaat zijn als we eens goed nadenken over wat we samen nog hebben. Ik krijg niet de indruk dat jij de laatste tijd blij met mij bent, en ik kan niet zeggen dat ik nou zo blij met jóú ben. Misschien is een kleine pauze wel goed voor ons.'

'Goed voor ons? Denk je nou echt dat we daar wat aan hebben?' Ik had wel kunnen gillen om zijn afgezaagde woorden, om het idee dat 'een beetje afstand nemen' ons dichter bij elkaar zou brengen. Ik vond het egoïstisch van hem om er nu mee te komen, net nu (hopelijk) de laatste periode van mijn strafjaar bij *Runway* inging, en een paar dagen voordat ik aan de grootste uitdaging van mijn hele carrière begon. Mijn triestheid en bezorgdheid van een paar minuten geleden maakten onmiddellijk plaats voor ergernis en kwaadheid. 'Mij best, we nemen een beetje afstand,' zei ik sarcastisch, en ik voegde er vals aan toe: 'Een adempauze. Lijkt me een heel goed idee.'

Hij staarde me aan met die grote bruine ogen van hem, ontzettend verbaasd en gekwetst, en kneep ze toen stijf dicht, duidelijk met de bedoeling om mijn gezicht uit zijn gedachten te bannen. 'Oké Andy, ik zal je uit je overduidelijke lijden verlossen. Ik ben al weg. Ik hoop dat je het heel leuk zult hebben in Parijs, echt waar. Ik spreek je binnenkort wel.' En voordat ik besefte wat er gebeurde, had hij me op mijn wang gekust zoals hij bij Lily of mijn moeder zou doen en liep hij naar de deur.

'Alex, vind je niet dat we hierover moeten praten?' zei ik zo rustig mogelijk. Hij zou toch niet echt weglopen?

Hij draaide zich om, glimlachte droevig en zei: 'Ik wil vanavond niet meer praten, Andy. We hadden de afgelopen maanden moeten praten, het afgelopen jáár, dat prop je niet in één avond. Denk er maar over na, oké? Ik bel je over een paar weken, als je terug bent en alles weer normaal is. Succes in Parijs – ik weet dat je het hartstikke goed zult doen.' Hij deed de deur open, liep de hal in en trok de deur zachtjes achter zich dicht.

Ik holde naar Lily's kamer om van haar te horen dat hij overdreef, dat ik naar Parijs moest omdat dat het beste was voor mijn toekomst, dat ze helemaal geen drankprobleem had en dat ik heus geen slechte zus voor Jill was, alleen omdat ik het land uit ging vlak nadat ze haar eerste kind had gekregen. Maar Lily lag knock-out op haar dekbed, nog helemaal aangekleed, en het lege cocktailglas stond op haar nachtkastje. Haar Toshiba-laptop stond open naast haar bed, en ik vroeg me af of ze ook maar één woord had geschreven. Ik keek ernaar. Bravo! Ze had de kop getypt, compleet met haar naam, studentennummer, de naam van de docent en de hoogstwaarschijnlijk tijdelijke titel van het artikel: 'De psychologische gevolgen van verliefd worden op degene die je werk nakijkt.' Ik lachte hardop, maar ze verroerde zich niet, dus zette ik de laptop op haar bureau, stelde de wekker in op zeven uur en deed het licht uit.

Zodra ik mijn slaapkamer in kwam, ging mijn mobiele telefoon. Na de eerste vijf seconden van hartkloppingen die ik altijd had uit angst dat Zij het zou zijn, klapte ik hem snel open. Ik wist zeker dat het Alex was. Ik wist dat hij het hier niet bij zou kunnen laten. Dit was dezelfde Alex die niet kon slapen zonder een nachtzoen en 'welterusten'; hij zou nooit zomaar de deur uit lopen met de bedoeling elkaar een paar weken niet te spreken.

'Hallo, schat,' zei ik ademloos. Ik miste hem nu al, maar toch was ik blij dat ik hem aan de telefoon zou krijgen en hem even niet onder ogen hoefde te komen. Ik had hoofdpijn en mijn schouders voelden alsof ze vastgelijmd zaten aan mijn oren, en ik wilde hem alleen maar horen zeggen dat het allemaal een vergissing was geweest en hij me de volgende dag zou bellen. 'Ik ben zo blij dat je belt!'

'Schat? Wauw, we boeken vooruitgang. Pas maar op, anders ga ik nog denken dat je naar me verlangt,' zei Christian gladjes, met een grijns die ik door de telefoon heen kon horen. 'Ik ben zelf ook blij dat ik heb gebeld.'

'O. Ben jij het.'

'Goh, dat is niet de warmste begroeting die me ooit ten deel is gevallen. Wat is er, Andy? Je hebt de laatste tijd expres niet opgenomen als ik belde, hè?'

'Wat een onzin,' loog ik. 'Ik heb gewoon een rotdag gehad. Zoals gewoonlijk. Wat is er?'

Hij lachte. 'Andy, Andy, Andy, kom op nou. Je hebt geen enkele reden om zo ontevreden te zijn, er liggen allerlei geweldige dingen in het verschiet. Over geweldige dingen gesproken: ik bel om te vragen of je zin hebt om morgen mee te gaan naar een etentje van PEN in het James Beard House. Er komen een hoop interessante mensen en ik heb je al een tijdje niet gezien. Puur professioneel, uiteraard.'

Nadat ik jarenlang veel te vaak artikelen als 'Hoe weet je of hij toe is aan een relatie?' had gelezen in de *Cosmo*, zou je toch denken dat er bij deze vraag alarmbelletjes gingen rinkelen. En dat gebeurde ook, alleen negeerde ik ze. Het was een lange dag geweest, dus stond ik mezelf toe om te denken – een paar minuutjes maar – dat zijn bedoelingen misschien, heel misschien, oprecht waren. Iedereen kon doodvallen. Het was gewoon fijn om even met een niet-kritische man te praten, ook al weigerde hij te aanvaarden dat ik bezet was. Ik wist dat ik niet echt op zijn uitnodiging zou ingaan, maar een paar minuutjes onschuldig telefoongeflirt kon geen kwaad.

'O ja?' zei ik gemaakt schuchter. 'Vertel op.'

'Ik ga alle redenen opsommen waarom je mee moet gaan, Andy, en de eerste is het eenvoudigst: ik weet dat ik goed voor jou ben. Punt uit.' God, wat was hij arrogant. Waarom vond ik dat nou zo leuk?

Daar gingen we. We waren flink op dreef, en binnen een paar minuten verdwenen de reis naar Parijs, Lily's wodkaverslaving en de droevige ogen van Alex naar de achtergrond, dankzij een inderdaad-ongezond-en-emotioneel-gevaarlijk-maar-o-zo-sexy-en-grappig gesprek met Christian.

16

Miranda zou al een week in Europa zijn voordat ik erheen ging. Ze had zich erbij neergelegd dat ze voor de shows in Milaan genoegen zou moeten nemen met een plaatselijke assistente, en we zouden op dezelfde ochtend in Parijs aankomen, zodat we de details van haar feest samen konden afronden, als oude vriendinnen. Ha ha. Delta Airlines weigerde om Emily's ticket zonder meer op mijn naam te zetten, dus om nog meer frustratie en gedoe te voorkomen kocht ik gewoon een nieuw ticket. Ik aarzelde één belachelijke minuut lang voordat ik het nummer van de bedrijfscreditcard doorgaf, maar toen dacht ik: Wat kan mij het ook schelen? Miranda geeft dat bedrag in een week uit aan kappers en make-up.

Als tweede assistente van Miranda stond ik helemaal onder aan de ladder bij *Runway*. Toch had bijna niemand in de modewereld zoveel macht als Emily en ik: wij bepaalden wie een afspraak met

Miranda kreeg, en wanneer (het liefst vroeg in de ochtend, dan was de make-up nog vers en de kleding nog niet verkreukeld), en wiens boodschap werd doorgegeven (als je naam niet voorkwam op het prikbord bestond je niet).

Dus als een van ons hulp nodig had, moest de rest van het personeel wel over de brug komen. Ja, natuurlijk had het iets verontrustends dat dezelfde mensen gewoon in hun auto met chauffeur over ons heen zouden rijden als we niet voor Miranda Priestly hadden gewerkt, maar aangezien dat wél het geval was, reageerden ze als brave, goed afgerichte hondjes zodra ze door ons werden opgetrommeld.

Het werk aan het nieuwe nummer werd drie dagen stilgelegd, zodat iedereen met vereende krachten aan mijn vertrek naar Parijs kon werken. Drie slaafjes van de modeafdeling stelden haastig een garderobe samen die ieder denkbaar kledingstuk bevatte dat ik nodig zou kunnen hebben voor iedere denkbare gelegenheid waar Miranda mijn aanwezigheid bij wenste. Lucia, het hoofd van de modeafdeling, beloofde me dat ik bij mijn vertrek niet alleen kleding voor iedere voorziene of onvoorziene gebeurtenis in mijn bagage zou hebben, maar ook een compleet schetsboek – met professioneel vervaardigde houtskoolschetsen – waarin iedere mogelijke combinatie van voornoemde kleding was afgebeeld, voor een optimaal effect met minimale blunders. Met andere woorden: zolang ik maar niets aan mijn eigen smaak of combinatietalent overliet, maakte ik een kans – een klein kansje – om er toonbaar uit te zien.

Mocht ik Miranda moeten vergezellen naar een bistro, waar ik als een mummie in een hoekje zou staan terwijl zij aan een glas bordeaux nipte, dan hadden we daarvoor een donkergrijze broek met omslagen van Theory met een zwarte coltrui van Celine. Naar de tennisclub, waar zij privé-les kreeg en ik water mocht halen en, indien nodig, witte sjaaltjes tegen het zweet? Van top tot teen in een sportieve outfit, compleet met nette joggingbroek, vestje met rits en capuchon (kort genoeg om mijn buik te laten zien, *naturellement*) en een hemdje van 185 dollar eronder, en suède gympen – alles van Prada. En wat te doen als ik misschien – heel misschien – op de eerste rij zou zitten bij een van de shows, zoals iedereen beweerde? Dan waren de mogelijkheden eindeloos. Mijn favoriet tot dusver (en het was pas maandag, eind van de middag) was een schoolmeisjesachtige geruite rok van Anna Sui met een heel dun wit bloesje van Miu Miu met veel kantjes, en een paar bijzonder ondeugende halfhoge laarzen van Christian Laboutin, met een leren blazer van

Katayone Adeli, die zo getailleerd was dat het effect aan het obscene grensde. Mijn spijkerbroeken van Express en mijn gemakkelijke schoenen van Franco Sarto lagen inmiddels maanden onder een laag stof in mijn kast, en ik moest toegeven dat ik ze niet miste.

Ik kwam tot de ontdekking dat Allison, de moderedactrice, haar titel dubbel en dwars verdiende omdat ze eigenlijk gewoon de mode-industrie wás. Binnen vijf uur nadat ze was ingeseind dat ik make-up en meer dan een klein beetje advies nodig had, had ze de ultieme beautycase voor me samengesteld. In het enorme Burberry-geval (een soort koffer op wielen, een maatje groter dan de trolleys die je als handbagage mag meenemen in het vliegtuig) zat iedere soort oogschaduw, lotion, gloss, crème, eyeliner en foundation die je maar kon bedenken. Elke kleur lippenstift was er in mat, hoogglans of transparant. Zes tinten mascara, van lichtblauw tot 'volumevergrotend zwart', gingen vergezeld van een wimperkruller en twee wimperkammetjes voor het geval er klontjes (help!) zouden verschijnen.

De poedertjes, waar de helft van alle producten onder bleek te vallen – om de oogleden, huidtint en wangen te fixeren/accentueren/verdoezelen – waren er in complexere en subtielere kleurschakeringen dan je op menig schilderspalet ziet: sommige waren bedoeld om te 'bronzen', andere om op te lichten en weer andere om voller, ronder of bleker te maken. Ik kon kiezen of ik mijn gezicht een gezonde blos wilde geven met een vloeibare of vaste rouge of een combinatie daarvan. De foundation was het indrukwekkendst van allemaal: het was alsof iemand een stukje van mijn huid had weggenomen om een halve liter make-up in exact dezelfde kleur te mengen. Of het nu 'glans gaf' of 'oneffenheden verdoezelde', ieder potje en flesje paste nog beter bij mijn huidtint dan... nou ja, mijn eigen huid. In een iets kleinere geruite koffer zaten de bijbehorende benodigdheden: wattenbolletjes, wattenschijfjes, wattenstaafjes, sponsjes, een stuk of vijfentwintig kwasten in verschillende maten, washandjes, twee verschillende soorten oogmake-upremover (vochtinbrengend en vetvrij) en niet minder dan twaalf – TWAALF – soorten crème (dagcrème, bodylotion, extra verzorgend, met factor 15, glanzend, gekleurd, met een geurtje, geurloos, hypoallergeen, met alfahydroxy, antibacterieel en – voor het geval ik zou verbranden in die felle oktoberzon in Parijs – met aloë vera).

In een zijvak van de kleinste koffer zaten vellen papier met voorgedrukte gezichten erop, paginagroot. Het was erg indrukwekkend: Allison had de make-up uit de koffer letterlijk aangebracht op de papieren gezichten. Een ervan had de angstaanjagende titel 'avondglamour', maar er was met dikke viltstift een waarschuwing onder geschreven: NIET VOOR GALAGELEGENHEDEN!!! TE GEWOONTJES!!! Het niet-formele gezicht droeg een dun laagje matte foundation met een vleugje bronspoeder, een klein beetje vloeibare rouge of crèmeblush, erg sexy, donkere oogschaduw en donkere eyeliner, geaccentueerd met pikzwarte mascara en een ogenschijnlijk snel en nonchalant aangebracht vleugje zeer glanzende lipgloss. Toen ik tegen Allison mompelde dat ik dit zelf nooit voor elkaar zou krijgen, keek ze me zeer geërgerd aan.

'Laten we hopen dat dat ook niet nodig is,' zei ze, en haar stem klonk zo gekweld dat ik bang was dat ze zou bezwijken onder het gewicht van mijn onwetendheid.

'Niet? Waarom gaan er dan een stuk of vijfentwintig "gezichten" mee als voorbeeld om al dit spul te gebruiken?'

Miranda zou trots geweest zijn op haar vernietigende blik.

'Andrea, even serieus. Dit is alleen voor noodgevallen, voor het geval Miranda je onverwacht ergens mee naartoe wil nemen of je haar- en make-upman niet kan. O ja, ik moet je de spullen nog laten zien die ik voor je haar heb ingepakt.'

Terwijl Allison demonstreerde hoe ik de vier verschillende ronde borstels moest gebruiken om mijn haar steil te föhnen, probeerde ik de vorige mededeling te verwerken. Kreeg ik een eigen kapper en visagist? Die had ik niet geboekt toen ik Miranda's mensen regelde, dus wie had dat dan wél gedaan? Ik moest het vragen.

'De redactie in Parijs,' antwoordde Allison met een zucht. 'Jij vertegenwoordigt *Runway*, en dat is voor Miranda heel belangrijk. Je woont een van de meest *glamourous* evenementen ter wereld bij aan de zijde van Miranda Priestly, en je denkt toch niet dat je er zélf voor kunt zorgen dat je dan fatsoenlijk voor de dag komt, hè?'

'Nee, natuurlijk niet. Het is maar beter dat ik daar professionele hulp bij krijg. Dank je wel.'

Nadat Allison me nog twee uur beziggehouden had (tot ze ervan overtuigd was dat ik, mocht een van de veertien bezoekjes van mijn kapper en visagist in de loop van de week niet doorgaan, mijn bazin niet voor schut zou zetten door mascara op mijn lippen te smeren of de zijkanten van mijn hoofd kaal te scheren en met de rest van mijn haar een hanenkam te maken), dacht ik dat ik eindelijk naar de Dining Room kon hollen om een beker extra calorierijke soep mee te grissen, maar Allison pakte Emily's telefoon – vroeger háár telefoon – en belde Stef van de accessoires.

'Hallo. Ik ben met haar klaar en ze is nu hier. Kom je deze kant op?'

'Wacht! Ik wil iets te eten halen voordat Miranda terugkomt!' zei ik snel.

Allison sloeg haar ogen ten hemel, precies zoals Emily altijd deed. Ik vroeg me af of deze uiting van grote ergernis misschien bij de functie van eerste assistente hoorde. 'Prima. Nee, dat was Andrea,' zei ze in de telefoon, terwijl ze haar wenkbrauwen naar me optrok – inderdaad, precies zo als Emily altijd deed. 'Ze schijnt hónger te hebben. Ja, ik weet het. Dat zei ik ook, maar ze wil kennelijk... éten.'

Ik liep het kantoor uit en haalde een grote beker broccoli-roomsoep met cheddar. Toen ik drie minuten later terugkwam, zat Miranda aan haar bureau. Ze had de telefoon in haar hand en hield de hoorn ver van zich af, alsof hij vol bloedzuigers zat.

'De telefoon gaat, Andrea, maar zodra ik hem opneem – omdat jij daar blijkbaar geen zin in hebt – is er niemand aan de andere kant. Kun jij dat fenomeen verklaren?' vroeg ze.

Natuurlijk kon ik dat verklaren, maar niet aan haar. De zeldzame keren dat Miranda alleen op kantoor was, nam ze de telefoon wel eens op. Natuurlijk schrokken de bellers dan zo van haar stem dat ze prompt ophingen. Niemand was erop voorbereid zomaar met haar te práten, want de kans dat je als beller met haar werd doorverbonden was nihil. Ik had al tientallen mailtjes gekregen van redacteuren en assistenten die me lieten weten – alsof ik dat zelf niet wist – dat Miranda de telefoon weer opnam. 'Waar zitten jullie???' luidden de paniekerige berichten stuk voor stuk. 'Ze neemt zelf de telefoon op!!!'

Ik mompelde vaag dat ik ook wel eens meemaakte dat mensen ophingen, maar Miranda luisterde al niet meer. Ze tuurde naar mijn beker soep. Er droop een beetje romige groene drab langs de zijkant. Er verscheen een uitdrukking van pure walging op haar gezicht toen het tot haar doordrong dat ik niet alleen iets eetbaars in mijn handen had, maar dat ik ook nog eens van plan was het daadwerkelijk te consumeren.

'Gooi dat onmiddellijk weg!' blafte ze van vijf meter afstand. 'Ik word misselijk van de lucht alleen al!'

Ik gooide de aanstootgevende soep in de prullenbak en keek de verloren voedingsstoffen smachtend na tot ik met een ruk in de werkelijkheid terugkeerde door haar stem.

'Ik ben klaar voor de kledingselectie!' zei ze, achterovergeleund in haar stoel, iets minder gespannen nu het voedsel dat ze binnen de muren van *Runway* had gezien verdwenen was. 'En bel de reportageafdeling zodra we hier klaar zijn.'

Ieder woord leverde een nieuwe stoot adrenaline op; omdat ik nooit precies begreep wat haar verzoeken inhielden, wist ik ook niet of ik ze zou kunnen uitvoeren. Omdat het Emily's taak was om de kledingselectie en de wekelijkse besprekingen op de agenda te zetten, moest ik naar haar bureau rennen en in het afsprakenboek kijken. Bij 15.00 uur had ze gekrabbeld: *kledingselectie fotoshoot Sedona, Lucia/Helen.* Ik belde Lucia en begon te praten voordat er werd opgenomen.

'Ze is zover,' kondigde ik aan, als een bevelhebber in het leger. Helen, de assistente van Lucia, hing op zonder een woord te zeggen, en ik wist dat Lucia en zij al halverwege ons kantoor waren. Als ze er niet binnen twintig tot vijfentwintig seconden waren, zou ik weggestuurd worden om ze op te sporen en ze er persoonlijk aan te herinneren – voor het geval ze het misschien vergeten waren – dat ik dertig seconden geleden, toen ik zei dat Miranda klaar was en dat ze verwacht werden, had bedoeld dat ze meteéén moesten komen. Dat was op zich al erg vervelend, maar het schoeisel dat ik noodgedwongen droeg – enorme naaldhakken – maakte het leven nog ellendiger. De redactieruimte door rennen, op zoek naar iemand die zich hoogstwaarschijnlijk verstopte voor Miranda, was nooit leuk, maar het werd pas echt erg als die persoon toevallig op de wc zat. Maar datgene wat men op het heren- of damestoilet doet is geen geldig excuus om niet op het gewenste moment beschikbaar te zijn, dus moest ik wel binnenstormen – en soms onder de deuren door kijken of ik schoenen zag die ik herkende – om beleefd en zo vernederend als ik maar kon opbrengen te vragen de zaak af te ronden en naar Miranda's kantoor te komen. Onmiddellijk.

Gelukkig voor alle betrokkenen was Helen er binnen een paar seconden. Ze duwde één uitpuilend, niet al te nieuw rek op wielen voor zich uit en trok een soortgelijk rek achter zich aan. Voor de klapdeurtjes van Miranda's kantoor aarzelde ze even en wachtte ze op het bijna onzichtbare knikje, waarna ze de rekken over de dikke vloerbedekking sleepte.

'Is dat alles? Twee rekken?' vroeg Miranda, die nauwelijks opkeek van de kopij die ze aan het lezen was.

Helen was duidelijk verbaasd dat ze werd aangesproken, want Miranda sprak nooit tegen assistenten. Maar Lucia was er nog niet met de andere rekken, dus ze had weinig keuze.

'Eh, nee. Lucia komt zo. Zij heeft de andere twee. Zal ik, eh, vast wat laten zien?' vroeg Helen zenuwachtig, en ze trok haar truitje naar beneden over haar prairierokje.

'Nee.'

En toen: 'Ahn-dre-ah! Ga Lucy zoeken. Op mijn horloge is het drie uur. Als ze niet klaar is, heb ik wel betere dingen te doen dan op haar te zitten wachten.' Dat was niet helemaal waar, want ze zat nog steeds kopij te lezen en het was pas vijfendertig seconden geleden dat ze me naar Lucia had laten bellen. Maar dat zei ik natuurlijk niet.

'Niet nodig, Miranda, ik ben er al,' zong Lucia buiten adem, en ze trok zelf ook twee rekken langs me heen, net toen ik was opgestaan om haar te gaan zoeken. 'Sorry, hoor. We hebben even gewacht op de laatste jas die van YSL moest komen.'

Ze zette de rekken, die waren ingedeeld op kledingsoort (blouses, bovenkleding, rokken/broeken en jurken) in een halve cirkel voor het bureau van Miranda en gaf Helen een teken dat ze kon vertrekken. Miranda en Lucia namen de kledingstukken een voor een door en kibbelden over de plaats ervan – of juist niet – in de aankomende fotosessie in Sedona in Arizona. Lucia wilde 'cowgirl chic met een stads tintje', een *look* die haar uitermate geschikt leek tegen de achtergrond van het rode rotsgesteente, maar Miranda hield snerend vol dat ze liever 'gewoon chic' had, aangezien 'cowgirl chic' duidelijk een tegenstelling inhield. Misschien had ze haar buik vol van cowgirl chic sinds het verlovingsfeest van de broer van B-DES. Het lukte me om niet meer naar hen te luisteren totdat Miranda me riep, deze keer om me op te dragen de mensen van de accessoires-afdeling op te trommelen voor de selectie.

Ik keek meteen weer in het boek van Emily, maar mijn vermoeden klopte: er was geen accessoiresselectie gepland. In de vurige hoop dat Emily had vergeten de afspraak in het boek te noteren, belde ik Stef om te zeggen dat Miranda klaarzat om de accessoires voor Sedona uit te kiezen.

Helaas. De selectie stond pas laat de volgende middag gepland en minstens een kwart van de spullen die ze nodig hadden was nog niet geleverd door de pr-afdelingen van de betreffende merken.

'Onmogelijk. Dat gaat nu niet,' verkondigde Stef, die een stuk minder zelfverzekerd klonk dan haar woorden deden vermoeden.

'Wat moet ik in godsnaam tegen haar zeggen?' fluisterde ik terug.

'De waarheid: dat de selectie pas morgen gepland staat en dat een hoop spullen nog niet binnen zijn. Kom op, zeg! We wachten nog op een schoudertas, een enveloptasje, drie verschillende tassen met franjes, vier paar schoenen, twee kettingen, drie...'

'Ja, ja, ik zal het doorgeven. Maar blijf bij de telefoon en neem op als ik terugbel. Ik zou me maar voorbereiden als ik jou was, want ik durf te wedden dat het haar niet uitmaakt voor wanneer het gepland staat.'

Stef hing op zonder nog een woord te zeggen en ik liep naar Miranda's deuropening en wachtte geduldig tot ze knikte. Toen ze afwachtend mijn kant op keek, zei ik: 'Miranda, ik heb Stef net gesproken en zij zegt dat de selectie pas voor morgen gepland is. Ze wachten nog op een paar spullen. Maar die zijn binnen als...'

'Ahn-dre-ah, ik kan me geen beeld vormen van de modellen in deze kleren als ik geen schoenen en tassen heb. Zeg tegen Stef dat ik aan de selectie wil beginnen met wat ze wél heeft en dat ik foto's wil zien van de rest!' Ze wendde zich weer tot Lucia en samen gingen ze verder met de rekken.

Het doorgeven van deze boodschap aan Stef was een typisch geval van: 'Ho wacht, ik kan er niks aan doen, ik geef het alleen maar door!' Ze ging helemaal uit haar dak.

'Ik kan verdomme niet binnen een halve minuut een selectie samenstellen, oké? Dat is godsonmogelijk! Vier of vijf van mijn assistenten zijn er vandaag niet en de enige die er wél is, is zo stom als het achtereind van een varken. Andrea, wat moet ik verdomme doen?' Ze was hysterisch, maar er viel weinig te onderhandelen.

'Goed, heel fijn,' zei ik poeslief, met een blik op Miranda, die altijd alles hoorde. 'Ik zal tegen Miranda zeggen dat je eraan komt.' Ik hing gauw op voordat ze in snikken uitbarstte.

Ik keek er niet van op dat Stef tweeënhalve minuut later binnenkwam met haar achtereind-van-een-varken, een geleende modeassistente en James, die ze ook had geleend. Ze keken allemaal doodsbenauwd en hadden grote rieten manden bij zich. Ze hielden zich gedeisd bij mijn bureau totdat Miranda weer onzichtbaar knikte, waarna ze allemaal naar voren schuifelden om zich aan haar te onderwerpen. Aangezien iedereen wist dat Miranda – altijd – weigerde haar kantoor te verlaten, moesten alle overvolle kledingrekken, karren vol schoenen en propvolle manden met accessoires naar haar toe worden gesleept.

Toen de mensen van de accessoiresafdeling eindelijk al hun waren in keurige rijen op haar vloerbedekking hadden uitgestald, veranderde het kantoor van Miranda in een bedoeïenenbazaar – maar wel een die je eerder op Madison Avenue dan in Sharm-el-Sheikh zou verwachten. De ene redacteur liet haar slangenleren riemen van tweeduizend dollar zien terwijl de andere haar een grote Kelly-tas probeerde te verkopen. Een derde wilde een cocktailjurkje van Fendi aan de man brengen terwijl nummer vier probeerde haar over de streep te trekken door de voordelen van chiffon op te sommen. Het was Stef gelukt een vrijwel volmaakte selectieronde te houden terwijl ze pas een halve minuut van tevoren was ingelicht en er een hoop spullen ontbraken. Ik zag dat ze voor de ontbrekende accessoires dingen van vorige fotosessies had neergelegd, en ze legde aan Miranda uit dat de nieuwe spullen vergelijkbaar maar nog mooier waren. Ze deden het allemaal fantastisch, maar Miranda spande de kroon. Ze was de eeuwig afstandelijke klant die koeltjes van het ene schitterende stalletje naar het andere ging en geen moment ook maar enige belangstelling toonde. Wanneer ze eindelijk – gelukkig – haar besluit nam, wees ze streng (zoals de jury bij een hondententoonstelling: 'Bob, ze kiest de border collie...') en knikte iedereen gedienstig: 'Ja, een prima keuze,' en 'O ja, uitstekend.' En ze pakten hun waren in en schuifelden allemaal terug naar hun eigen afdeling, voordat Miranda zoals gewoonlijk weer van gedachten zou veranderen.

Deze helse beproeving duurde in totaal maar een paar minuten, maar na afloop waren we allemaal doodop van de spanning. Ze had eerder die dag al verkondigd dat ze vroeg weg zou gaan, rond vier uur, omdat ze nog wat tijd met haar dochters wilde doorbrengen voordat ze zo lang van huis ging, dus belde ik de bespreking met de reportageafdeling af. Iedereen was opgelucht. Om precies twee minuten voor vier pakte ze haar tas in om te vertrekken; dat was niet al te veel werk, want alles wat zwaar of belangrijk was zou ik later die avond meenemen als ik haar het Boek bracht. Het kwam er op neer dat ze haar Gucci-portemonnee en haar Motorola-telefoontje in de Fendi-tas stopte die ze nog altijd misbruikte. De afgelopen weken had Cassidy dat prachtexemplaar van tienduizend dollar als schooltas gebruikt, en nu was niet alleen het hengsel los, maar ook een heleboel kraaltjes. Miranda had hem op een dag op mijn bureau gegooid en me opgedragen hem te laten repareren; als dat niet meer kon, moest ik hem maar weggooien. Ik was er heel trots op dat ik de verleiding had weerstaan om te zeggen dat hij niet meer gemaakt kon worden en hem zelf te houden. In plaats daarvan had ik hem bij een schoenmaker voor slechts vijfentwintig dollar laten doorstikken.

Toen ze eindelijk de deur uit liep, pakte ik automatisch de telefoon om Alex te bellen en te klagen over mijn rotdag. Pas toen ik de helft van zijn nummer had ingetoetst, herinnerde ik me dat we tijdelijk uit elkaar waren. Ik besefte dat dit de eerste dag in bijna drie jaar was dat ik niet met hem zou praten. Met de telefoon in mijn hand staarde ik naar een mailtje dat hij de vorige dag had gestuurd, ondertekend met 'veel liefs', en ik vroeg me af of ik niet een vreselijke fout had gemaakt door in te stemmen met deze zogenaamde adempauze. Ik toetste het nummer nog een keer in, deze keer om te zeggen dat we erover moesten praten, kijken waar het fout was gegaan, en dan zou ik toegeven dat het grotendeels mijn schuld was dat onze relatie langzaam was doodgebloed. Maar voordat de telefoon overging, stond Stef naast mijn bureau met het Grote Accessoire Strijdplan voor mijn reis naar Parijs, nog vol adrenaline van haar bespreking met Miranda. We moesten schoenen, tassen, riemen, sieraden, ondergoed en zonnebrillen bekijken, dus hing ik op en probeerde ik me op haar instructies te concentreren.

Normaal gesproken zou je verwachten dat het rampzalig is om zeven uur in een vliegtuig te zitten in een superstrakke leren broek, sandaaltjes met open tenen en een topje met een blazer erover, maar nee. Ik had me in geen tijden zo ontspannen gevoeld als tijdens die zeven uur. Omdat Miranda en ik allebei tegelijk vlogen, maar met verschillende toestellen – zij kwam uit Milaan en ik uit New York – was ik terechtgekomen in de enige situatie waarin ze me zeven uur lang niet kon bellen. Eén verrukkelijke dag lang kon ik er helemaal niets aan doen dat ik onbereikbaar was.

Om volslagen onduidelijke redenen waren mijn ouders lang niet zo enthousiast geweest als ik had gedacht toen ik vertelde dat ik naar Parijs ging.

'O, ja?' vroeg mijn moeder op die speciale toon van haar, waarmee ze zoveel meer zei dan die twee korte woordjes. 'Ga je nú naar Parijs?'

'Hoe bedoel je "nu"?'

'Nou ja, dit lijkt me gewoon niet het meest geschikte moment om naar Europa te vertrekken,' zei ze vaag, en ik voelde al een hele lawine van schuldgevoel op me afkomen, dankzij mijn typisch joodse mama.

'Hoe bedoel je? Wanneer zou het dan wel een geschikt moment zijn?'

'Niet boos worden, Andy, maar wij hebben je al maanden niet

gezien. Niet dat we klagen, hoor, je vader en ik weten hoe zwaar je baan is, maar wil je je nieuwe neefje dan niet zien? Hij is al bijna een maand oud en je bent er nog helemaal niet geweest!'

'Mam! Praat me nou geen schuldgevoel aan. Ik wil Isaac hartstikke graag zien, maar je weet dat ik niet zomaar...'

'Je weet dat je vader en ik je ticket naar Houston betalen, hè?'

'Ja! Dat heb je al vierhonderd keer gezegd. Ik weet het en ik vind het heel lief, maar het gaat niet om het geld. Ik kan geen vrije dagen opnemen en nu Emily er niet is, kan ik zelfs in het weekend niet weg. Vind jij het zinvol om naar de andere kant van het land te vliegen en dan terug te moeten zodra Miranda me op zaterdagochtend belt om haar kleren op te halen bij de stomerij? Nou?'

'Natuurlijk niet, Andy, ik dacht alleen – *wij* dachten – dat je de komende weken wel een keer zou kunnen gaan, omdat Miranda er dan niet is en zo, en dan zouden papa en ik ook naar Houston zijn gekomen. Maar nu ga je dus naar Parijs.'

Uit de manier waarop ze het zei, kon ik opmaken wat ze eigenlijk bedoelde: 'nu ga je dus naar Parijs' stond voor 'je wipt lekker even over naar Parijs en laat je familie stikken'.

'Mam, laat me één ding even heel duidelijk maken. Ik ga niet op vakantie. Ik kies er niet zelf voor om naar Parijs te gaan in plaats van naar mijn nieuwe neefje. Het is niet mijn beslissing, zoals je vast wel weet maar weigert te aanvaarden. Het is echt heel simpel: ik ga over drie dagen een week naar Parijs met Miranda, anders word ik ontslagen. Valt er iets te kiezen? Want als jij een keuzemogelijkheid ziet, wil ik die graag horen.'

Ze zweeg even voordat ze zei: 'Nee, natuurlijk niet, lieverd. Je weet dat we het begrijpen. Ik hoop alleen... nou ja, ik hoop dat je er zelf gelukkig mee bent.'

'Waar slaat dat nou weer op?' vroeg ik vals.

'Niks, laat maar,' haastte ze zich te zeggen. 'Ik bedoel er niks mee. Je vader en ik willen alleen maar dat jij gelukkig bent, en we hebben de indruk dat je de laatste tijd nogal... veel van jezelf hebt gevergd. Gaat het wel goed met je?'

Ik ontdooide een beetje, omdat ze duidelijk enorm haar best deed. 'Ja mam, het gaat prima. Ik vind het alleen niet leuk dat ik naar Parijs moet, dat je dat even weet. Het wordt een hel, twee weken lang, vierentwintig uur per dag. Maar mijn jaar is bijna om, en dan kan ik dit leven achter me laten.'

'Ik weet het, lieverd, ik weet dat je een zwaar jaar hebt gehad. Ik hoop alleen dat dit het allemaal waard is, dat is alles.'

'Dat weet ik. Ik ook.'

Toen we ophingen, waren we geen van beiden nog kwaad, maar ik had sterk het gevoel dat mijn eigen ouders teleurgesteld in me waren.

De bagageband op Charles de Gaulle was een ramp, maar er stond een elegant geklede chauffeur klaar met een bordje met mijn naam erop, meteen toen ik door de douane kwam, en ik zat nog niet in de auto of hij gaf me een mobiele telefoon.

'Mevrouw Priestly heeft gevraagd of u haar meteen na aankomst wilde bellen. Ik ben zo vrij geweest het nummer van het hotel in te programmeren. Ze logeert in de Coco Chanel-suite.'

'Eh, o... oké. Bedankt. Dan bel ik maar meteen,' zei ik nogal ten overvloede.

Maar voordat ik het sterretje en de '1' kon intoetsen, begon de telefoon te blèren en angstaanjagend rood te knipperen. Als de chauffeur me niet zo verwachtingsvol had aangekeken, zou ik het geluid uitgeschakeld hebben en hebben gedaan alsof ik niets merkte, maar ik kreeg sterk de indruk dat hij opdracht had gekregen om me goed in de gaten te houden. Iets in zijn blik zei me dat het niet goed voor me was om nu niet op te nemen.

'Hallo, met Andrea Sachs,' zei ik zo professioneel mogelijk, en ik sloot al een weddenschap met mezelf over de kans dat het iemand anders was dan Miranda.

'Ahn-dre-ah! Hoe laat is het op jouw horloge?'

Was dat een strikvraag? Ging ze me nu voor de voeten gooien dat ik te laat was?

'Eh, eens kijken. Het staat op kwart over vijf 's morgens, maar ik heb het nog niet goedgezet. Hier in Parijs is het kwart over elf,' zei ik opgewekt, in de hoop ons eerste gesprek van deze onontkoombare reis goed te beginnen.

'Bedankt voor dat oeverloze verhaal, Ahn-dre-ah. Mag ik je dan nu vragen wat je de afgelopen vijfendertig minuten hebt uitgevoerd?'

'Nou Miranda, het vliegtuig is een paar minuten te laat geland en ik moest nog door de...'

'Want volgens het schema dat jíj voor me hebt opgesteld is je vliegtuig vanochtend om vijf over half elf geland.'

'Ja, dat was de officiële aankomsttijd, maar je weet toch...'

'Jij gaat mij niet vertellen wat ik moet weten, Ahn-dre-ah. Dat gedrag is de komende week onaanvaardbaar, begrepen?'

'Ja, natuurlijk, het spijt me.' Mijn hart maakte naar mijn gevoel wel duizend slagen per minuut en ik voelde mijn gezicht gloeien van vernedering. Vernedering omdat ze me zo toesprak, maar vooral omdat ik me schaamde voor mijn eigen reactie. Ik had me zojuist verontschuldigd – welgemeend – omdat ik niet in staat was geweest ervoor te zorgen dat mijn intercontinentale vlucht op tijd was geland en omdat ik vervolgens niet gewiekst genoeg was geweest om de Franse douane te omzeilen.

Ik drukte niet al te charmant mijn gezicht tegen het raampje en keek hoe de limousine zich een weg baande door de krioelende straten van Parijs. De vrouwen leken hier zoveel langer, de mannen veel eleganter, en vrijwel iedereen was prachtig gekleed en slank, en ze liepen allemaal kaarsrecht. Ik was één keer in Parijs geweest, maar met een rugzak rondhangen in een jeugdherberg in het verkeerde deel van de stad voelde toch net even anders dan op de achterbank van een limousine naar al die chique boetiekjes en gezellige terrasjes kijken. Dit is wel wat voor mij, dacht ik toen de chauffeur zich omdraaide om me aan te wijzen waar ik een flesje water kon vinden als ik daar soms trek in mocht hebben.

Toen de auto voor het hotel stopte, werd het portier voor me opengehouden door een gedistingeerde heer in wat volgens mij een maatpak moest zijn.

'Mademoiselle Sachs, het is me een genoegen u eindelijk te ontmoeten. Ik ben Gerard Renaud.' Zijn stem klonk vriendelijk en zelfverzekerd, en zijn zilverkleurige haar en zeer rimpelige gezicht verrieden dat de conciërge veel ouder was dan ik me had voorgesteld toen ik hem aan de telefoon had.

'Monsieur Renaud, wat leuk u nu eens te zien!' Opeens wilde ik alleen nog maar in een lekker zacht bed kruipen en mijn jetlag uitslapen, maar Renaud boorde die hoop meteen de grond in.

'Mademoiselle Andrea, Madame Priestly wil u graag onmiddellijk spreken op haar kamer. Nog voordat u uw eigen kamer hebt gezien, vrees ik.' Hij keek me verontschuldigend aan, en even vond ik het nog vervelender voor hem dan voor mezelf. Hij vond het duidelijk niet prettig om dit nieuws te moeten doorgeven.

'Dat is verdomme lekker,' had ik al gemompeld voordat ik zag hoe ontredderd Monsieur Renaud keek. Ik plooide mijn gezicht in een innemende glimlach en begon opnieuw. 'Neemt u me niet kwalijk, het was een vreselijk lange vlucht. Kan iemand me alstublieft vertellen waar ik Miranda kan vinden?'

'Natuurlijk, Mademoiselle. Ze is in haar suite, en ik heb begrepen dat ze haast niet kan wachten tot ze u te spreken krijgt.' Toen ik naar Monsieur Renaud keek, meende ik hem even met zijn ogen te zien rollen, en hoewel ik hem aan de telefoon altijd zeer correct had gevonden, ging ik hem nu anders bekijken. Hij was veel te professioneel om er iets van te laten merken, laat staan er iets over te zeggen, maar misschien had hij wel net zo de pest aan Miranda als ik. Niet dat ook maar iets er rechtstreeks op duidde, maar ik kon me niet voorstellen dat iemand géén hekel aan haar zou hebben.

De liftdeur ging open en Monsieur Renaud hielp me glimlachend naar binnen. Hij zei iets in het Frans tegen de piccolo, die me voorging naar Miranda's suite, op de deur klopte en er snel vandoor ging, zodat ik haar alleen het hoofd zou moeten bieden.

Even vroeg ik me af of ze zelf haar deur zou opendoen, maar dat kon ik me echt niet voorstellen. In de elf maanden dat ik mezelf had binnengelaten in haar appartement had ik haar nog nooit iets zien doen wat zelfs maar op werk leek, ook geen alledaagse dingen als de telefoon opnemen, een jas uit de kast pakken of een glas water inschenken. Het leek alsof het voor haar iedere dag sabbat was, waarbij zij de regels keurig in acht nam en ik haar *shabbes goy* was.

Een mooi kamermeisje in uniform deed de deur open en leidde me naar binnen, haar droevige, vochtige ogen strak op de grond gericht.

'Ahn-dre-ah!' hoorde ik Miranda zeggen, ergens ver weg in de schitterendste kamer die ik ooit had gezien. 'Ahn-dre-ah, mijn Chanel-pakje moet geperst worden voor vanavond; het is na de vlucht haast niet meer te dragen van de kreukels. Je zou toch denken dat ze bij zo'n dure luchtvaartmaatschappij weten hoe ze met bagage moeten omgaan, maar mijn kleding ziet er niet uit. En bel Horace Mann om je ervan te verzekeren dat de meisjes op school zitten. Dat doe je vanaf nu iedere dag, want ik vertrouw die Annabelle niet. Zorg ervoor dat je iedere avond Caroline én Cassidy te spreken krijgt en maak een lijst van hun huiswerk en komende proefwerken. Ik verwacht 's ochtends een schriftelijk verslag, voor het ontbijt. O ja, bel onmiddellijk senator Schumer voor me. Het is dringend. Tot slot neem je contact op met die idioot van een Renaud en zeg je dat ik gedurende mijn verblijf competente mensen om me heen verwacht. Als dat te veel gevraagd is, wil de *general manager* me vast wel helpen. Dat domme kind dat hij me heeft gestuurd is zwakbegaafd.'

Mijn blik ging snel naar het arme meisje dat in de hal stond, bang als een in het nauw gedreven hamster, trillend en nog net niet in tranen. Ik moest ervan uitgaan dat ze Engels verstond en wierp haar mijn meest medelevende blik toe, maar ze bleef alleen maar staan bibberen. Terwijl ik om me heen keek in de kamer, deed ik mijn uiterste best om te onthouden wat Miranda zojuist allemaal had opgesomd.

'Komt voor elkaar,' riep ik zo'n beetje in de richting van haar stem, ergens voorbij de kleine vleugel en de zeventien bloemstukken die liefdevol in de hele suite – die zo groot was als een huis – waren geplaatst. 'Ik ben zo terug met alles waar je om hebt gevraagd.' Ik keek nog één keer om me heen in de schitterende suite. Het was zonder enige twijfel de meest chique, luxueuze kamer die ik ooit had gezien, met brokaten gordijnen, hoogpolige, crèmekleurige vloerbedekking, een prachtige damasten sprei op het enorme bed en discreet geplaatste beeldjes met bladgoud op de mahoniehouten planken en tafels. Alleen de flatscreen-tv en de gestroomlijnde stereoset verrieden dat de suite niet in de vorige eeuw was ontworpen en ingericht door zeer vakkundige, nijvere ambachtslieden.

Ik dook langs het bibberende meisje de gang in. De doodsbenauwde piccolo was er weer.

'Zou jij me mijn kamer kunnen wijzen?' vroeg ik zo vriendelijk mogelijk, maar hij dacht duidelijk dat ik ook tegen hem zou uitvallen, dus schuifelde hij voor me uit.

'Alstublieft, Mademoiselle, ik hoop dat dit acceptabel is.'

Een meter of twintig verderop in de gang was een deur waar geen nummer op stond. Er bleek een minisuite achter te liggen, bijna een exacte replica van de suite van Miranda, maar met een kleinere huiskamer en een iets minder groot bed. Op de plaats van de vleugel stond een groot, mahoniehouten bureau met een professionele telefoon met meerdere lijnen, een gestroomlijnde laptop, een laserprinter, scanner en fax, maar verder leken de kamers opvallend veel op elkaar: weelderig en uiterst comfortabel.

'Mademoiselle, deze deur komt uit op het gangetje dat uw kamer verbindt met die van mevrouw Priestly,' legde hij uit, en hij wilde de deur al openmaken.

'Nee! Dat hoeft niet. Ik hoef het niet te zien. Ik weet dat het er is, dat is genoeg.' Ik keek naar het gegraveerde naamplaatje dat hij discreet op het borstzakje van zijn keurig gestreken uniform droeg. 'Bedankt, eh, Stephan.' Ik rommelde in mijn tas op zoek naar een fooi, maar toen besefte ik dat ik nog geen dollars had gewisseld en ook nog niet naar de geldautomaat was geweest. 'O, sorry, ik, eh, heb alleen dollars. Is dat ook goed?'

Hij werd vuurrood en putte zich uit in verontschuldigingen. 'O, nee, Mademoiselle, maakt u zich daar geen zorgen om. Mevrouw Priestly zorgt bij haar vertrek voor die dingen. Maar u zult plaatselijke valuta nodig hebben wanneer u het hotel verlaat, dus dit ligt voor u klaar.' Hij liep naar het gigantische bureau, deed de bovenste lade open en overhandigde me een envelop met het logo van de Franse *Runway* erop. Er zat een stapel francs in ter waarde van zo'n vierduizend dollar. Het begeleidende briefje was van Briget Jardin, de Parijse hoofdredacteur, die het erg druk had gehad met het plannen van dit bezoek aan Parijs en Miranda's feest.

> *Lieve Andrea, wat ontzettend leuk dat je er bent! Bijgesloten vind je 33.210 franc voor je verblijf in Parijs. Ik heb Monsieur Renaud gesproken en Miranda kan vierentwintig uur per dag van zijn diensten gebruikmaken. In de envelop vind je zijn telefoonnummers op het werk en privé, en de nummers van de kok van het hotel, de fitnesstrainer, het hoofd van de limousineservice en natuurlijk de* general manager. *Ze hebben Miranda vaak te gast gehad gedurende de shows en ik verwacht geen problemen. Natuurlijk kun je mij altijd bereiken op mijn werk, thuis, via de fax of mijn pieper als een van jullie iets nodig heeft, wat dan ook. Mocht ik je voor die tijd niet zien, dan kijk ik uit naar onze ontmoeting zaterdag op het grote feest. Veel liefs, Briget.*

Onder het geld zat een vel *Runway*-papier met een lijst van bijna honderd telefoonnummers van iedereen die je maar nodig zou kunnen hebben in Parijs, van een chique bloemist tot een chirurg voor noodgevallen. Deze nummers stonden ook op de laatste bladzijde van het gedetailleerde reis- en werkschema dat ik voor Miranda had opgesteld aan de hand van de informatie die Briget dagelijks had geactualiseerd en doorgefaxt, dus op dat moment zag het ernaar uit dat geen enkele onvoorziene gebeurtenis – afgezien van een wereldoorlog – kon verhinderen dat Miranda Priestly de voorjaarscollectie met een minimum aan stress en kopzorgen zou bekijken.

'Hartelijk bedankt, Stephan, hier ben ik erg mee geholpen.' Ik trok toch een paar bankbiljetten van de stapel, maar hij was zo beleefd om te doen alsof hij het niet zag en dook de gang in. Ik was blij om te zien dat hij aanzienlijk minder bang leek dan een paar minuten eerder.

Op de een of andere manier lukte het me om de mensen te vinden om wie Miranda had gevraagd, en ik dacht dat ik mijn hoofd wel even te rusten kon leggen op de kussensloop van superieure katoen, maar ik had mijn ogen nog niet dichtgedaan of de telefoon ging.

'Ahn-dre-ah, kom onmiddellijk naar mijn kamer,' blafte ze voordat ze de haak erop smeet.

'Ja, natuurlijk Miranda, omdat je het zo vriendelijk vraagt. Met alle plezier,' zei ik tegen helemaal niemand. Ik sleepte mijn door jetlag geteisterde lijf van het bed en moest grote moeite doen om in het gangetje tussen onze suites niet met mijn hakken in de hoogpolige vloerbedekking te blijven hangen. Toen ik klopte, werd er weer opengedaan door een kamermeisje.

'Ahn-dre-ah! Ik werd zojuist gebeld door een assistente van Briget met de vraag hoe lang mijn toespraak voor de brunch van vandaag is,' verkondigde ze. Ze bladerde in een kopie van *Women's Wear Daily* die iemand van kantoor – waarschijnlijk Allison, die zelf voor Miranda had gewerkt en wist hoe het hoorde – had gefaxt, en twee mooie mannen werkten aan haar haar en make-up. Op het antieke tafeltje naast haar stond een gevuld kaasplankje.

Toespraak? Welke toespraak? Het enige wat er voor vandaag behalve modeshows op het programma stond was een lunch waar een of andere onderscheiding werd uitgereikt en waar Miranda zoals gewoonlijk binnen een kwartier weer zou verdwijnen uit pure verveling.

'Pardon, zei je toespraak?'

'Inderdaad.' Ze deed het gekopieerde tijdschrift dicht, vouwde het kalm dubbel en gooide het kwaad op de grond, waarbij ze op een haar na een van de mannen miste, die geknield voor haar zat. 'Waarom heeft niemand me verdomme laten weten dat ik vandaag een of andere onderscheiding zou krijgen?' zei ze kwaad, met een hatelijke uitdrukking die ik nog nooit bij haar had gezien. Afkeuring? Dat wel. Ontevredenheid? Voortdurend. Ergernis, frustratie, algemene onvrede? Natuurlijk, iedere minuut van iedere dag. Maar ik had haar nog nooit zo pissig gezien.

'Eh, Miranda, het spijt me, maar Brigets medewerkers hebben die uitnodiging aangenomen en ze hebben mij niet...'

'Zwijg. Zwijg onmiddellijk! Het enige wat jij te bieden hebt, zijn smoesjes. Altijd maar smoesjes! Jíj bent mijn assistente, degene die ik heb aangewezen om ervoor te zorgen dat alles goed verloopt in Parijs, en jíj hoort me van dat soort zaken op de hoogte te houden.' Ze schreeuwde nu bijna. Een van de mannen vroeg zachtjes in het Engels of ze ons even alleen moesten laten, maar Miranda negeerde hem volkomen. 'Het is nu twaalf uur en we moeten over drie kwartier weg. Ik verwacht dat er dan een korte, bondige, goed geformuleerde en leesbaar uitgetypte toespraak klaarligt in mijn kamer. Als je daar niet voor kunt zorgen, kun je vertrekken. Voorgoed. Dat was het.'

Ik vluchtte het gangetje in en rende sneller dan ik ooit op hoge hakken had gerend naar mijn kamer, en nog voor ik daar was, klapte ik mijn internationale mobiele telefoon open. Ik kreeg het nummer van Briget bijna niet ingetoetst, zo erg trilden mijn handen, maar op de een of andere manier lukte het me. Een van haar assistentes nam op.

'Ik moet Briget spreken!' gilde ik, en mijn stem sloeg over toen ik haar naam uitsprak. 'Waar is ze? *Waar is ze?* Ik moet haar spreken. Nu meteen!'

Het meisje zweeg even geschokt. 'Andrea? Ben jij dat?'

'Ja, ik ben het en ik moet Briget spreken. Het is een noodgeval. Waar is ze verdomme?'

'Bij een show, maar maak je geen zorgen, haar gsm staat altijd aan. Ben je in het hotel? Dan laat ik haar zo terugbellen.'

De telefoon op het bureau ging luttele seconden later, maar het leek wel een week. 'Andrea,' zei ze met dat mooie, zangerige Franse accent. 'Wat is er, lieverd? Monique zei dat je hysterisch was.'

'Hysterisch? En of ik hysterisch ben! Briget, hoe kon je me dit aandoen? Jullie hebben geregeld dat ze naar die klotelunch gaat en niemand heeft de moeite genomen om haar – of mij – te vertellen dat ze niet alleen een onderscheiding krijgt, maar ook nog eens een toespraak moet houden!'

'Andrea, rustig. Ik weet zeker dat we hebben gezegd...'

'En die moet ík nu schrijven! Luister je eigenlijk wel? Ik heb verdomme drie kwartier de tijd om een dankwoord te schrijven voor een onderscheiding waar ik geen donder van af weet, in een taal die ik niet beheers. Anders ontslaat ze me. Wat moet ik nou?'

'Oké, rustig maar, ik loods je er wel doorheen. Om te beginnen: de uitreiking is daar, in het Ritz, in een van de salons.'

'Wat? In een salon?' Ik had het hotel nog niet bekeken, maar ik kon me niet voorstellen dat er een kapsalon was waar je een onderscheiding kon uitreiken.

'Dat is Frans voor... Hoe zeggen jullie dat? Zaaltje. Ze hoeft dus alleen maar de trap af. Het is een bijeenkomst van de Franse Moderaad, een organisatie hier in Parijs die de onderscheidingen altijd uitreikt tijdens de shows, omdat iedereen dan in de stad is. *Runway* krijgt een onderscheiding voor het beste modetijdschrift. Het stelt niet zoveel voor; het is eigenlijk een formaliteit.'

'Mooi, dan weet ik in ieder geval waar we het over hebben. Wat moet ik schrijven? We doen het in het Engels, dan laat ik het door Monsieur Renaud vertalen, is dat goed? Oké, begin jij maar. Ik ben er klaar voor.' Mijn stem klonk weer een beetje zelfverzekerd, maar ik kon de pen nog steeds amper vasthouden.

'Andrea, je hebt wéér geluk.'

'O ja? Ik voel me anders niet echt een geluksvogel, Briget.'

'De uitreiking wordt altijd in het Engels gedaan, dus er hoeft niets vertaald te worden. Laten we maar beginnen. Heb je een pen bij de hand?'

Ze begon snel te praten en ik moest mijn best doen om haar bij te houden en de verrassend goed geformuleerde zinnen die moeiteloos uit haar mond leken te rollen op te schrijven. Toen ik ophing en de tekst met zestig woorden per minuut uittypte – typen was het enige nuttige vak dat ik had geleerd – besefte ik dat de hele toespraak misschien twee of drie minuten duurde.

Ik had nog net tijd om een flinke slok San Pellegrino te nemen en een paar aardbeien te eten, die iemand heel attent in mijn minibar had gezet. Had er maar een cheeseburger in gelegd, dacht ik. Ik herinnerde me dat ik nog een Twix in mijn bagage had, die keurig in een hoek stond opgestapeld, maar ik had geen tijd om hem te zoeken. Er waren precies veertig minuten verstreken sinds ik het bevel 'ingerukt' had gekregen. Tijd om te kijken of ik geslaagd was.

Een ander – maar net zo doodsbang – meisje deed Miranda's deur open en ging me voor naar de woonkamer. Het was uiteraard de bedoeling dat ik bleef staan, maar ik had het gevoel dat de leren broek die ik al sinds de vorige dag aanhad permanent aan mijn benen vastgeplakt zat, en de sandaaltjes waarvan ik in het vliegtuig zo weinig last had gehad voelden inmiddels aan als lange, buigzame scheermesjes die aan mijn hielen en tenen bevestigd waren. Ik besloot dus op de luxueus gestoffeerde bank te gaan zitten, maar zodra ik mijn knieën boog en met mijn achterste het kussen raakte, vloog de slaapkamerdeur open en sprong ik instinctief overeind.

'Waar is mijn toespraak?' vroeg Miranda automatisch, terwijl weer een ander meisje achter haar aan liep met een oorbel die ze had vergeten in te doen. 'Je hebt toch wel iets geschreven?' Ze droeg een van haar klassieke Chanel-pakjes – ronde kraag met een randje bont – en een snoer buitensporig grote parels.

'Natuurlijk, Miranda,' zei ik trots. 'Dit lijkt me wel geschikt.' Ik liep naar haar toe omdat ze zelf niets ondernam om het papier van me aan te nemen, maar voordat ik het haar kon geven, griste ze het uit mijn hand. Pas toen haar ogen niet meer over de bladzijden vlogen, besefte ik dat ik al die tijd mijn adem had ingehouden.

'Goed genoeg, het is goed genoeg. Niet baanbrekend, maar goed genoeg. We gaan.' Ze pakte een bijpassend doorgestikt Chanel-tasje met ketting en hing het over haar schouder.

'Pardon?'

'Ik zei: We gaan. Die uitreiking begint over een kwartier, en met een beetje geluk zijn we daar over twintig minuten weer weg. Ik heb zo'n hekel aan die onzin.'

Ik kon er niet omheen dat ik haar 'we' had horen zeggen: er werd duidelijk van me verwacht dat ik meeging. Ik keek naar mijn leren broek en getailleerde blazer en besloot dat als Miranda er niets op tegen had – en in dat geval had ik het beslist te horen gekregen – het me eigenlijk niet uitmaakte. Er zouden waarschijnlijk hele hordes assistentes rondlopen om het hun bazen naar de zin te maken, en niemand zou zich druk maken om wat we aanhadden.

De 'salon' was inderdaad een zaaltje, zoals Briget had gezegd: zo'n typisch congreszaaltje in een hotel, compleet met een stuk of tien ronde tafels en een verhoogd spreekgedeelte met een soort lessenaar. Ik ging tegen de achterwand staan en keek met een paar andere personeelsleden – van alles wat – naar het ongelooflijk on-leuke, oninteressante, totaal ongeïnspireerde filmpje over de invloed van mode op het dagelijks leven dat de voorzitter van de Moderaad vertoonde. Het volgende halfuur werd de microfoon door diverse mensen opgeëist en daarna, voordat er ook maar één onderscheiding was uitgereikt, kwam er een schare obers binnen met salades en wijn. Ik keek voorzichtig naar Miranda, die er vreselijk verveeld en geïrriteerd uitzag, en ik probeerde me onzichtbaar te maken achter de boom in een grote pot waar ik tegenaan leunde om niet om te vallen. Ik weet niet hoe lang ik mijn ogen dichtgehouden heb, maar op het moment dat ik de controle over mijn nekspieren begon te verliezen en mijn hoofd naar voren dreigde te knakken, hoorde ik haar stem.

'Ahn-dre-ah! Ik heb geen tijd voor deze flauwekul,' fluisterde ze, zo hard dat een paar modeminnaars aan een naburig tafeltje omkeken. 'Niemand heeft me verteld dat ik een onderscheiding zou krijgen en ik heb me er niet op voorbereid. Ik ga.' En ze draaide zich om en beende naar de deur.

Ik hobbelde achter haar aan en het had niet veel gescheeld of ik had haar bij haar schouder gepakt. 'Miranda? Miranda?' Ze deed alsof ze me niet hoorde. 'Miranda? Wie wil je de onderscheiding namens *Runway* in ontvangst laten nemen?' fluisterde ik zo zacht als ik kon, net hard genoeg om me nog verstaanbaar te maken.

Ze draaide zich met een ruk om en keek me recht in de ogen. 'Denk je dat dat me iets interesseert? Neem hem zelf maar in ontvangst.' En voordat ik nog wat kon zeggen, was ze weg.

O mijn god. Dit kon niet waar zijn. Natuurlijk, dadelijk werd ik wakker in mijn eigen, niet-chique bed met goedkope katoenen kussens en dan ontdekte ik dat die hele dag – nee, meteen maar dat hele jaar! – een akelige droom was geweest. Dat mens kon toch niet echt van mij, haar twéédé assistente, verwachten dat ik namens *Runway* een onderscheiding voor 'beste modetijdschrift' in ontvangst nam? Ik keek om me heen en zocht verwoed naar een andere medewerker van *Runway*. Helaas. Ik plofte in een vrije stoel en overwoog of ik Emily of Briget moest bellen om advies te vragen of dat ik misschien zelf ook zou vertrekken, aangezien de onderscheiding Miranda blijkbaar niet interesseerde. Ik had net het nummer van Brigets kantoor ingetoetst (in de hoop dat ze op tijd in het hotel kon zijn om die stomme onderscheiding zelf in ontvangst te nemen) toen ik iemand hoorde verkondigen: '... onze grote waardering voor de Amerikaanse *Runway*, vanwege de accurate, amusante en altijd informatieve modebijlage. Graag een hartelijk applaus voor de wereldberoemde hoofdredacteur, de levende modelegende in hoogsteigen persoon: Miranda Priestly!'

Het applaus barstte los op precies hetzelfde moment dat mijn hart ophield met kloppen.

Ik kreeg niet de tijd om na te denken, om Briget te vervloeken omdat ze dit had laten gebeuren, om Miranda te vervloeken omdat ze was vertrokken en de speech had meegenomen, of om mezelf eens en voor altijd te vervloeken omdat ik zo stom was geweest deze ellendige baan aan te nemen. Mijn benen bewogen vanzelf, links-rechts, links-rechts, en beklommen zonder enig protest de drie treden van het podium. Als ik niet zo compleet in shock was geweest, zou het me misschien opgevallen zijn dat het enthousiaste applaus plaatsgemaakt had voor een onheilspellende stilte, omdat iedereen zich afvroeg wie ik was. Maar ik merkte het niet eens. Een hogere macht maakte dat ik glimlachend de plaquette aannam van de ernstige voorzitter en hem rustig op het lessenaartje voor me zette. Pas toen ik opkeek en de honderden starende blikken zag – nieuwsgierig, onderzoekend en niet-begrijpend, allemaal – wist ik zeker dat ik ter plekke zou ophouden met ademen en zou sterven.

Ik kan me voorstellen dat ik daar hooguit vijftien seconden zo heb gestaan, maar de stilte was zo overweldigend en allesoverheersend dat ik me afvroeg of ik misschien al gestorven was. Niemand zei een woord. Geen zilveren bestek dat over borden schraapte, geen getinkel van glazen en zelfs geen gefluister tegen buurman of buurvrouw over degene die daar stond in plaats van Miranda Priestly. Ze keken alleen maar, seconde na seconde, en ik moest wel wat zeggen. De toespraak die Briget me een uur eerder had gedicteerd was me volledig ontschoten, dus moest ik zelf iets bedenken.

'Hallo,' begon ik, en ik hoorde mijn eigen stem galmen. Ik wist niet of het door de microfoon kwam of door het bloed dat door mijn hoofd gonsde, maar het deed er niet toe. Het enige wat ik zeker wist, was dat mijn stem beverig klonk. Erg beverig. 'Ik ben Andrea Sachs, Miranda's... Ik werk bij *Runway*. Helaas moest Miranda, eh, mevrouw Priestly even weg, maar ik neem de onderscheiding graag namens haar in ontvangst. Namens iedereen bij *Runway*, uiteraard. Dank u wel, eh...' Ik kon me de naam van de voorzitter of de directeur of wat zijn functie ook was niet meer herinneren. 'Dank u wel allemaal, voor deze, eh, grote eer. Ik weet dat ik namens iedereen spreek als ik zeg dat het een grote eer is.' Idioot! Ik stond te stotteren en te stamelen en te trillen, maar ik was inmiddels genoeg bij mijn positieven om te merken dat het publiek erg rumoerig was geworden. Zonder nog een woord te zeggen liep ik zo waardig mogelijk het podium af, en pas bij de deur helemaal achterin kwam ik tot de ontdekking dat ik de plaquette had laten staan. Iemand van het personeel bracht me hem achterna naar de lobby, waar ik doodmoe en zwaar beschaamd in een stoel plofte. Ik wachtte tot ze weg was en vroeg toen aan een van de conciërges of hij het ding wilde weggooien. Hij deed het schouderophalend.

De trut! dacht ik, te kwaad en te moe om een origineler scheldwoord te bedenken, of een mooie manier om haar leven te beëindigen. Mijn telefoon ging, maar ik wist dat zij het was en zette het geluid uit. Daarna bestelde ik bij een receptioniste aan de balie een gin-tonic. 'Alsjeblieft. Laat hem alsjeblieft brengen. Alsjeblieft.' De vrouw wierp één blik op me en knikte. Ik goot de drank in twee slokken naar binnen en ging naar boven om te kijken wat ze van me wilde. Het was pas twee uur 's middags op mijn eerste dag in Parijs en ik wilde al dood. Maar de dood was nu geen optie.

17

'Met de kamer van Miranda Priestly,' beantwoordde ik de telefoon in mijn nieuwe Parijse kantoor. De vier verrukkelijke uren waaruit mijn complete nachtrust had bestaan waren om zes uur 's morgens ruw verstoord door een van de assistenten van Karl Lagerfeld, en ik had ontdekt dat al Miranda's telefoontjes rechtstreeks werden doorgeschakeld naar mijn kamer. Het leek wel of de hele stad en de wijde omtrek wisten dat Miranda in de buurt was, dus had mijn telefoon niet stilgestaan vanaf het moment dat ik binnen was. En dan zwijg ik nog maar over de vijfentwintig berichten op mijn voicemail.

'Hallo, met mij. Hoe is het met Miranda? Gaat alles goed? Is er al iets misgegaan? Waar is ze, en waarom ben je niet bij haar?'

'Hé, Em! Bedankt voor je belangstelling. Hoe is het eigenlijk met je?'

'Wat? O, goed. Ik voel me een beetje slap, maar het gaat al beter.

Maar dat doet er niet toe, hoe is het met háár?'

'Ja hoor, met mij gaat het ook goed, lief dat je het vraagt. Ja, het was een lange vlucht en ik heb hooguit twintig minuten onafgebroken kunnen slapen, want de telefoon staat roodgloeiend en ik denk niet dat dat nog ooit ophoudt. O ja! Ik heb onvoorbereid een toespraak gehouden, nadat ik eerst onvoorbereid een toespraak had geschréven, voor een groep mensen die Miranda wilden zien, maar die zij kennelijk niet interessant genoeg vond. Ik stond compleet voor schut en kreeg bijna een hartaanval, maar verder gaat het prima.'

'Andrea, even serieus! Ik heb me echt zorgen gemaakt. We hebben weinig tijd gehad om dit voor te bereiden, en je weet dat ik de schuld krijg als het daar fout loopt.'

'Emily, vat het alsjeblieft niet persoonlijk op, maar ik kan nu niet met je praten. Echt, ik kan het gewoon niet.'

'Hoezo niet? Is er iets? Hoe is de bespreking gisteren verlopen? Was ze er op tijd? Heb je alles wat je nodig hebt? Je trekt toch wel de juiste kleren aan? Denk erom, je vertegenwoordigt *Runway* daar, dus je moet er altijd tiptop uitzien.'

'Emily, ik moet nu ophangen.'

'Andrea! Ik maak me zorgen. Vertel me wat je tot nu toe hebt gedaan.'

'Eens kijken. In alle vrije tijd die ik heb gehad, heb ik vijf massages, twee gezichtsbehandelingen en een paar manicures gehad. Miranda en ik hebben echt een band gekregen door al dat schoonheidsgedoe, we lachen ons rot. Ze doet enorm haar best om niet al te veeleisend te zijn, want ze wil graag dat ik van Parijs geniet. Het is immers zo'n mooie stad en ik bof maar dat ik hier ben. Dus we maken een hoop pret samen. Heerlijke wijn, lekker winkelen, je kent dat wel.'

'Andrea! Ik kan hier niet om lachen. Vertel me verdorie eens hoe het gaat.' En met haar toenemende ergernis werd mijn humeur steeds een tikkeltje beter.

'Emily, wat zal ik zeggen? Wat wil je horen? Hoe het tot nu toe was? Eens kijken, ik heb me vooral beziggehouden met de vraag hoe ik kan slapen met een onophoudelijk rinkelende telefoon op de achtergrond, terwijl ik tegelijkertijd tussen twee uur 's nachts en zes uur 's morgens genoeg eten naar binnen moet proppen om twintig uur op de been te blijven. Het lijkt hier verdomme wel ramadan, Em: geen eten en drinken tussen zonsopkomst en zonsondergang. Ja, je mag het gerust jammer vinden dat je dit moet missen.'

De andere lijn knipperde en ik zette Emily in de wacht. Telkens wanneer de telefoon ging, dacht ik even aan Alex, ik kon er niets aan doen. Zou hij bellen om te zeggen dat het allemaal wel goed zou komen? Ik had hem sinds mijn aankomst twee keer gebeld en hij had beide keren opgenomen, maar ik was nog net zo goed in telefoonterreur als op de middelbare school en had opgehangen zodra ik zijn stem hoorde. We hadden nog nooit zo lang niet met elkaar gepraat en ik wilde weten hoe het met hem ging, maar als ik heel eerlijk was, was het leven er een stuk gemakkelijker op geworden sinds we niet meer kibbelden en ik me niet meer voortdurend schuldig voelde. Toch hield ik mijn adem in tot ik aan de andere kant van de lijn Miranda hoorde krijsen.

'Ahn-dre-ah, wanneer komt Lucia?'

'O, hallo Miranda. Ik zal even op haar schema kijken. Hier heb ik het. Eens kijken, hier staat dat ze vandaag rechtstreeks uit Stockholm naar Parijs is gevlogen na die fotosessie. Als het goed is, is ze in het hotel.'

'Verbind me door.'

'Jazeker, Miranda. Een ogenblikje, alsjeblieft.'

Ik zette haar in de wacht en zei snel tegen Emily: 'Zíj was het, ik moet ophangen. Beterschap. Dag! Miranda? Ik heb hier Lucia's nummer, ik verbind je door.'

'Wacht even, Ahn-dre-ah. Over twintig minuten vertrek ik voor de rest van de dag. Als ik terugkom, moeten er sjaaltjes klaarliggen, en ik heb een nieuwe kok nodig. Minimaal tien jaar ervaring in voornamelijk Franse restaurants, vier keer per week beschikbaar voor etentjes met het gezin bij mij thuis en twee keer per maand voor een diner met gasten. Geef me nu Lucia maar.'

Ik weet dat ik me druk zou moeten maken om het feit dat Miranda wilde dat ik vanuit Parijs een kok in New York voor haar zocht, maar ik kon er alleen maar aan denken dat ze het hotel zou verlaten – zonder mij, de hele dag. Ik schakelde terug naar Emily en zei dat Miranda een nieuwe kok nodig had.

'Ik begin er wel aan, Andy,' zei ze hoestend. 'Ik doe de eerste selectie, dan kun jij met een paar eindkandidaten gaan praten. Zoek even uit of Miranda wil wachten tot ze terug is of dat ze liever heeft dat je er een paar laat overvliegen, oké?'

'Dat meen je niet.'

'Natuurlijk meen ik dat wel. Miranda heeft Erika vorig jaar aangenomen toen ze in Marbella zat. Hun vorige kindermeisje had ontslag genomen en ik moest de laatste drie kandidaten naar haar toe sturen, zodat ze meteen iemand kon kiezen. Ga het even na, ja?'

'Goed,' mompelde ik. 'En bedankt.'

De massages waarover ik was begonnen klonken zo goed dat ik besloot er een voor mezelf te boeken. Er was pas vroeg in de avond plaats, dus belde ik roomservice om een flink ontbijt te bestellen. Toen de butler het kwam brengen, had ik net de dikke badjas met bijhorende slippers aangetrokken en zat ik me te verheugen op mijn omelet, croissants, koffiebroodjes, muffins, aardappelen, cornflakes en crêpes. Het rook verrukkelijk. Toen ik alles naar binnen had gewerkt, met twee kopjes espresso, waggelde ik terug naar het bed waarin ik de vorige nacht nauwelijks had geslapen en viel ik zo snel in slaap dat ik me afvroeg of iemand misschien iets in mijn jus d'orange had gedaan.

De massage was de ideale afsluiting van een verrukkelijk ontspannen dagje. Anderen deden mijn werk voor me en Miranda had me maar één – één! – keer wakker gebeld om te melden dat ik een tafel voor haar moest reserveren voor de lunch van de volgende dag. Dit valt best mee, dacht ik toen de sterke handen van de vrouw mijn vastzittende, pijnlijke nekspieren kneedden. Helemaal niet slecht. Maar net toen ik weer wegdoezelde, begon de mobiele telefoon die ik met tegenzin had meegenomen weer hardnekkig te rinkelen.

'Hallo?' zei ik opgewekt, alsof ik niet halfnaakt en half slapend op een tafel lag, van onder tot boven ingesmeerd met olie.

'Ahn-dre-ah, vervroeg mijn afspraak met de kapper en de visagist en zeg tegen de mensen van Ungaro dat ik vanavond niet kan komen. Ik ga naar een besloten cocktailparty en ik verwacht dat je met me meegaat. Zorg dat je over een uur klaarstaat.'

'Eh, ja, natuurlijk,' stamelde ik, en ik hing op. Ik moest nog even verwerken dat ze wilde dat ik met haar meeging. De herinnering aan de vorige dag – de laatste keer dat ik op het allerlaatste moment te horen had gekregen dat ik ergens naartoe moest – schoot door mijn hoofd en ik was bang dat ik zou gaan hyperventileren. Ik bedankte de vrouw en liet de massage bijschrijven op mijn kamernummer, ook al waren we niet verder gekomen dan tien minuten. Daarna rende ik naar boven om te bekijken hoe ik om de volgende hindernis heen kon manoeuvreren. Het begon vervelend te worden. In razend tempo.

Het kostte me maar een paar minuten om Miranda's kapper en visagist te pakken te krijgen (het waren overigens anderen dan die van mij: ik was opgelapt door een chagrijnige vrouw wier wanhopige blik toen ze me voor het eerst zag ik nooit zal vergeten, terwijl

Miranda twee homo's had die rechtstreeks uit *Maxim* leken te komen) en haar afspraak te verzetten.

'Geen enkel probleem,' kirde Julien met zijn zware Franse accent. 'We kunnen altijd. We zijn erg... hoe zeggen jullie dat? Buigzaam? Flexibel! We hebben de hele week vrijgehouden voor het geval Madame Priestly ons op een ander moment nodig mocht hebben!'

Ik belde Briget nog een keer en liet haar Ungaro afbellen. Tijd om de kledingkast in te duiken. Het schetsboek met al mijn verschillende 'looks' lag prominent op het nachtkastje, klaar om een hopeloos modegeval als ik spirituele hulp te bieden. Ik bladerde door de koppen en subkoppen en probeerde er iets van te begrijpen.

Shows:
- 1. overdag
- 2. 's avonds

Eten:
- a. ontbijt
- b. lunch
  - 1. informeel (hotel of bistro)
  - 2. formeel (Espadon in het Ritz)
- c. diner
  - 1. informeel (bistro, roomservice)
  - 2. tussenin (goed restaurant, informeel dineetje bij mensen thuis)
  - 3. formeel (Le Grand Vefour, formeel diner)

Feesten:
- a. informeel (champagneontbijt, *afternoon tea*)
- b. gekleed (cocktailparty's bij minder belangrijke mensen, presentaties, borrels)
- c. chic (cocktailparty's bij belangrijke mensen, alles in museum of galerie, feest na show)

Diversen:
- a. van en naar vliegveld
- b. sport (les, wedstrijden, etc.)
- c. winkelen
- d. klusjes voor Miranda
  - 1. naar couturesalons
  - 2. naar de betere winkels/boutiques
  - 3. inkopen van eten en/of schoonheidsproducten

Er stond niet bij wat ik aan moest trekken wanneer ik niet kon weten hoe belangrijk of 'minder belangrijk' de gastheer of gastvrouw was. Er was duidelijk een kans dat ik hier flink de mist in zou gaan: ik kon dit uitstapje in de categorie 'feesten' plaatsen, hetgeen een goede eerste stap leek, maar daarna werd het een grijs gebied. Was dit feestje een eenvoudige 'b' en moest ik dus iets gekleeds uit de kast halen, of was het echt een 'c', zodat ik zorgvuldig iets chics moest kiezen? Er waren geen instructies bij voor 'grijs gebied' of 'onzeker', maar iemand was zo behulpzaam geweest om met de hand iets onder het lijstje te krabbelen. *In geval van twijfel (dat zou niet mogen voorkomen) kun je beter 'underdressed' zijn in iets prachtigs dan 'overdressed' in iets prachtigs.* Nou, goed dan, het zag ernaar uit dat ik nu ronduit in de categorie 'feest', subcategorie 'gekleed' moest zijn. Ik bekeek de zes 'looks' die Jocelyn voor die categorie had getekend en probeerde in te schatten in welk setje ik er het minst belachelijk uit zou zien.

Na een behoorlijk gênante worsteling met een topje met veren en een paar superhoge (jawel, tot boven de knie) laarzen van lakleer koos ik uiteindelijk voor de outfit op bladzijde 33: een dunne, wijde patchwork rok van Roberto Cavalli met een kort, strak T-shirtje van Chole en een paar chique 'motor'-laarzen van D & G. Flitsend, sexy en gekleed maar niet te chic; het eerste setje waarin ik er niet uitzag als een struisvogel, een hoer of iemand die naar een jaren-tachtig-feest ging. Wat wilde ik nog meer? Net toen ik een bruikbare tas aan het uitzoeken was, kwam de visagiste binnen. Met veel gefrons en afkeurende blikken probeerde ze me een stuk minder afstotelijk te maken dan ze me overduidelijk vond toen ze begon.

'Eh, mag dat spul onder mijn ogen een beetje lichter?' vroeg ik voorzichtig, als de dood om haar te beledigen. Waarschijnlijk was het beter geweest als ik zelf met de make-up in de weer was gegaan – vooral omdat ik meer materiaal en instructies bij me had dan ruimtevaartingenieurs die een spaceshuttle moeten bouwen – maar de make-upgestapo kwam consequent keurig op tijd aanzetten, of ik het nu leuk vond of niet.

'Nee!' blafte ze. Het was wel duidelijk dat ze minder bang was om mij te krenken dan andersom. 'Dit is mooier.'

Ze smeerde het laatste beetje van de dikke laag zwart onder mijn ogen en verdween net zo snel als ze was gekomen. Ik pakte mijn tas (bowlingmodel van Gucci, krokodillenleer) en ging een kwartier te vroeg naar de lobby, zodat ik de tijd had om te kijken of de chauffeur wel klaarstond. Toen ik met Renaud stond te bespreken of Miranda misschien liever in een eigen, aparte auto zou gaan – zodat ze niet met mij hoefde te praten en niet het risico liep iets op te lopen door zomaar naast me op de achterbank te zitten – kwam ze aangelopen. Ze nam me heel langzaam van top tot teen op en haar gezicht bleef volkomen uitdrukkingsloos en onverschillig. Ik was geslaagd! Dit was de eerste keer sinds ik voor haar werkte dat ze me niet vol afkeer had bekeken of op zijn allerminst een rotopmerking had gemaakt, en het enige wat ervoor nodig was geweest, was een goed gedrild team van moderedacteuren uit New York, een Parijse kapper en visagiste en een kast vol met de mooiste en duurste kleding ter wereld.

'Staat de auto klaar, Ahn-dre-ah?' Ze zag er schitterend uit in haar korte fluwelen cocktailjurkje.

'Ja, mevrouw Priestly, deze kant op,' kwam Monsieur Renaud er soepeltjes tussen, en hij leidde ons langs een groepje dat overduidelijk bestond uit andere Amerikanen uit de modewereld die in Parijs waren voor de shows. Er viel een eerbiedige stilte onder de superhippe über-modeminnaars toen we langsliepen, Miranda twee passen voor mij. Ze zag er heel dun, heel mooi en heel, heel ongelukkig uit. Ik moest bijna hollen om haar bij te houden, ook al was ze vijftien centimeter kleiner dan ik, en ik wachtte tot ze me aankeek met een blik van 'Nou? Waar wacht je op?' voordat ik na haar op de achterbank van de limousine ging zitten.

Gelukkig wist de chauffeur blijkbaar waar we naartoe moesten, want ik was al een uur bang dat ze aan mij zou vragen waar de onbekende cocktailparty werd gehouden. Ze keek me wel aan, maar ze zei niets. Ze ging met B-DES zitten kletsen in haar mobiele telefoon en herhaalde keer op keer dat hij zaterdag ruim op tijd moest komen, zodat hij zich kon omkleden en ze nog iets konden drinken vóór het grote feest. Hij zou overkomen met het privé-vliegtuig van zijn bedrijf en nu bespraken ze of hij Caroline en Cassidy wel mee moest brengen, want hij vloog pas maandag terug en Miranda wilde niet dat ze een dag school zouden missen. Pas toen we stopten voor een enorm herenhuis in een laan met bomen in de Marais vroeg ik me af wat ik eigenlijk de hele avond zou moeten doen. Miranda was er altijd vrij goed in geweest om Emily en mij in het openbaar niet als oud vuil te behandelen, hetgeen erop duidde dat ze – althans tot op zekere hoogte – zich er wel degelijk van bewust was dat ze dat normaal gesproken wel deed. Maar als ze me niet kon opdragen drankjes voor haar te halen, mensen voor haar te bellen of iets naar de stomerij te brengen, wat moest ik daar dan dóén?

'Ahn-dre-ah, dit feestje wordt gegeven door vrienden van me uit de tijd dat we in Parijs woonden. Ze hebben gevraagd of ik een assistente wilde meebrengen om hun zoon bezig te houden, die dit soort gelegenheden meestal nogal saai vindt. Jullie kunnen het vast goed met elkaar vinden.' Ze wachtte tot de chauffeur haar portier openhield en stapte bevallig uit op haar perfecte Jimmy Choopumps. Voordat ik mijn eigen portier kon openmaken, stond ze al boven aan de drie treden naar de voordeur en gaf ze haar jas aan de butler, die duidelijk op haar had staan wachten. Ik liet me nog heel even terugvallen in het zachte leer en probeerde de informatie te verwerken die ze me zojuist koeltjes had verstrekt. Waren de kapper, de visagist, de afgebelde afspraken, het paniekerige gedoe met het schetsboek en mijn chique motorlaarzen alleen maar bedoeld om op het zoontje van haar rijke vrienden te passen, ongetwijfeld een ontzettende snotneus? En nog wel een Franse snotneus...

Ik herinnerde mezelf er drie volle minuten aan dat *The New Yorker* heel dichtbij was, dat mijn slavenarbeid eindelijk vruchten zou gaan afwerpen en dat er best nog een saaie avond bij kon om mijn droombaan te bereiken. Het hielp niet. Ik wilde plotseling niets liever dan op de bank kruipen bij mijn ouders thuis, waar mijn moeder een kop thee voor me zou opwarmen in de magnetron terwijl mijn vader het Scrabble-bord klaarzette. Jill en zelfs Kyle zouden er ook zijn, en Isaac de baby zou kraaien en lachen zodra hij me zag en Alex zou bellen om te zeggen dat hij van me hield. Het zou niemand wat kunnen schelen dat ik vlekken in mijn joggingbroek had, dat mijn tenen akelig onverzorgd en ongelakt waren en dat ik een dikke, vette chocoladesoes at. Geen mens zou zelfs maar weten dat er aan de andere kant van de oceaan modeshows werden gehouden en het zou ze al helemáál niet interesseren. Maar dat alles leek vreselijk ver weg, een ander leven, en nu moest ik me tevreden stellen met een kliek mensen voor wie de catwalk hun hele leven was. Plus een krijsend, verwend jochie dat onverstaanbaar Frans brabbelde.

Toen ik eindelijk mijn schaars maar chic geklede achterste uit de limousine hees, stond de butler er niet meer. Binnen speelde een band en buiten rook het naar dennenappels. Ik haalde diep adem en wilde kloppen, maar de deur zwaaide al open. Ik kan met een gerust hart zeggen dat ik nooit eerder in mijn jonge leven zo verbaasd was geweest als die avond: Christian stond in de deuropening naar me te lachen.

'Andy, liefje, wat leuk dat je er bent,' zei hij, en hij kuste me vol op mijn mond – nogal een intiem gebaar omdat die openhing van verbazing.

'Wat doe jij hier?'

Hij veegde grinnikend de bekende krul van zijn voorhoofd. 'Kan ik jou niet hetzelfde vragen? Het lijkt wel of je me overal achtervolgt. Ik begin echt te geloven dat je met me naar bed wilt.'

Ik bloosde en snoof verachtelijk, damesachtig als altijd. 'Ja, zoiets ja. Maar ik kom hier niet als gast, ik ben niet meer dan een goedgeklede oppas. Miranda vroeg of ik meeging en vertelde pas op het laatste moment dat ik op het vervelende zoontje van de gastheer en gastvrouw moet passen. Dus neem me niet kwalijk, ik moet naar de melk en de kleurkrijtjes.'

'O, dat is niet nodig. Het enige waar je het zoontje blij mee maakt, is nog een kus van de oppas.' En hij nam mijn gezicht in zijn handen en kuste me nog een keer. Ik deed mijn mond open om te protesteren en hem te vragen waar dit op sloeg, maar hij vatte het op als enthousiasme en liet zijn tong mijn mond in glijden.

'Christian!' zei ik verontwaardigd, terwijl ik me afvroeg hoe snel Miranda me zou ontslaan als ze me betrapte met de eerste de beste kerel op een van haar eigen feestjes. 'Wat doe je nou? Laat los!' Ik wurmde me los, maar hij bleef me aankijken met die irritant aantrekkelijke glimlach.

'Andy, je bent blijkbaar een beetje traag van begrip. Dit is míjn huis. Mijn ouders geven dit feest, en ik ben zo slim geweest om aan je bazin te vragen of ze jou wilde meebrengen. Heeft ze echt gezegd dat ik een jochie van tien was of heb je dat er zelf van gemaakt?'

'Je maakt een grapje. Zeg alsjeblieft dat je een grapje maakt!'

'Nee. Leuk, hè? Ik krijg je op geen enkele andere manier te pakken, en dit leek me wel wat. Mijn stiefmoeder was bevriend met Miranda toen ze voor de Franse *Runway* werkte – ze is fotografe en doet veel fotosessies –, dus heb ik haar tegen Miranda laten zeggen dat haar eenzame zoon wel gezelschap van een aantrekkelijke assistente kon gebruiken. Dat werkte prima. Kom, dan halen we iets te drinken voor je.' Hij legde zijn hand vlak boven mijn billen en duwde me zachtjes naar de enorme eiken bar in de huiskamer, waar drie barkeepers in uniform martini, whisky en elegante glazen champagne uitdeelden.

'Wacht, even voor de duidelijkheid: ik hoef dus niet te babysitten vanavond? Je hebt toch geen broertje of zo, hè?' Ik kon niet bevatten dat ik met Miranda Priestly naar een feestje was gekomen en de hele avond geen enkele andere taak had dan een beetje rondhangen met Aantrekkelijke Slimme Schrijver. Misschien hadden ze me uitgenodigd om voor de gasten te dansen of te zingen, of was er een serveerster te weinig en hadden ze bedacht dat ik wel kon invallen. Of waren we soms op weg naar de garderobe en moest ik dat verveeld en vermoeid kijkende meisje dat er nu zat aflossen? Mijn hoofd weigerde Christians verhaal te geloven.

'Ik zeg niet dat je helemaal niet hoeft te babysitten, want ik ben van plan heel veel aandacht te vragen. Maar ik denk dat het een leukere avond wordt dan je had verwacht. Wacht hier op me.' Hij kuste me op mijn wang en verdween tussen de feestvierders, voornamelijk gedistingeerde heren en een beetje artistiekerige, modieuze vrouwen van in de veertig en vijftig, zo te zien een mengeling van bankiers en tijdschriftenmensen, met de juiste hoeveelheid ontwerpers, fotografen en modellen ertussen. Aan de achterkant van het herenhuis was een kleine, elegante, stenen binnenplaats, waar witte kaarsen stonden en een violist zachtjes speelde. Toen ik naar buiten keek, herkende ik meteen Anna Wintour, die er adembenemend uitzag in een crèmekleurig jurkje en Manolo's met glittertjes. Ze stond geanimeerd te praten met een man van wie ik aannam dat het haar vriend was, maar door haar enorme Chanel-zonnebril kon ik niet zien of ze geamuseerd of onverschillig keek. Misschien huilde ze wel hartverscheurend. De pers deed niets liever dan de grillen en kuren van Anna met die van Miranda vergelijken, maar ik kon me niet voorstellen dat er nóg iemand zo onuitstaanbaar was als mijn bazin.

Achter haar stonden een paar mensen die waarschijnlijk bij *Vogue* werkten net zo angstvallig en vermoeid naar Anna te kijken als onze eigen modeslaafjes naar Miranda keken, en naast hen stond een luidruchtige Donatella Versace. Door haar dikke laag make-up en haar overdreven strakke kleren zag ze eruit als een karikatuur van zichzelf. Toen ik voor het eerst in Zwitserland kwam, vond ik het land zo ongelooflijk veel op het quasi-Zwitserse dorp in Disneys EPCOT lijken, en zo ging het nu met Donatella: ze leek nog meer op de vrouw die haar nadeed in *Saturday Night Live* dan op zichzelf.

Ik nam een slokje champagne (en ik had nog wel gedacht dat dat er niet in zou zitten!) en praatte wat met een Italiaan – de eerste lelijke Italiaan die ik ooit had gezien – die in bloemrijke taal zijn bewondering voor het vrouwelijk lichaam uitte, totdat Christian terugkwam.

'Hé, kom eens even mee,' zei hij, en weer loodste hij me soepeltjes door de mensenmenigte. Hij droeg zijn gebruikelijke uniform: een precies op de juiste plekken gebleekte Diesel, wit T-shirt, donker colbertje en Gucci-loafers, waarmee hij naadloos aansloot bij de modieuze gasten.

'Wat gaan we doen?' vroeg ik, nog steeds op zoek naar Miranda. Christian kon me nog meer vertellen; waarschijnlijk verwachtte ze dat ik ergens in een hoekje zat te faxen of het schema bijwerkte.

'Eerst halen we nog een drankje voor je, en misschien ook nog wel een voor mij. En daarna ga ik je leren dansen.'

'Hoe kom je erbij dat ik niet zou kunnen dansen? Toevallig doe ik het erg leuk op de dansvloer.'

Hij overhandigde me een glas champagne, dat uit het niets leek op te duiken, en ging me voor naar de huiskamer van zijn ouders, die gestoffeerd was in schitterende tinten kastanjebruin. Een zeskoppige band speelde hippe muziek, uiteraard, en de enkele tientallen gasten van onder de vijfendertig waren hier bijeengekomen. Alsof het zo was afgesproken begon de band *Let's Get it On* van Marvin Gaye te spelen en trok Christian me tegen zich aan. Hij rook naar mannelijke, sportieve aftershave, iets van de oude stempel, Polo Sport of zo. Zijn heupen bewogen heel natuurlijk op de muziek, zonder dat hij erbij na hoefde te denken. We gleden samen over de provisorische dansvloer en hij zong zachtjes in mijn oor. De rest van de kamer werd wazig – ik was me er vaag van bewust dat er nog meer mensen dansten en dat er ergens iemand op iets proostte, maar Christian was op dat moment de enige die ik scherp in beeld had. Ergens diep in mijn achterhoofd besefte ik wel dat dit lichaam tegen het mijne niet dat van Alex was, maar het deed er niet toe. Vanavond niet.

Pas na enen herinnerde ik me weer dat ik daar met Miranda was; ik had haar al uren niet meer gezien en ik was ervan overtuigd dat ze me helemaal vergeten was en allang weer in het hotel zat. Maar toen ik eindelijk opstond van de bank in de werkkamer van Christians vader, zag ik dat ze opgewekt stond te praten met Karl Lagerfeld en Gwyneth Paltrow, en ze waren zich er schijnbaar geen van drieën van bewust dat ze over een paar uur al weer op moesten voor de show van Christian Dior. Ik stond te dubben of ik naar haar toe zou gaan, maar ze zag me al.

'Ahn-dre-ah! Kom eens hier,' riep ze, en haar stem klonk bijna vrolijk in het rumoer van het feest, dat de laatste uren een stuk minder feestelijk was geworden. Iemand had de lichten gedimd en het was overduidelijk dat de laatste gasten rijkelijk bediend waren door de glimlachende obers. De irritante manier waarop Miranda mijn naam uitsprak stoorde me niet eens, dankzij de heerlijke champagneroes. En hoewel ik had gedacht dat de avond niet mooier kon worden, wilde ze me nu voorstellen aan haar beroemde vrienden.

'Ja, Miranda?' zei ik op mijn innemendste bedankt-dat-je-me-hebt-meegenomen-naar-dit-heerlijke-feestjetoon. Ze kéék niet eens naar me.

'Haal een San Pellegrino voor me en zorg dat de chauffeur klaarstaat. Ik ben zover, we vertrekken.' De twee vrouwen en de man naast haar lachten hinnikend en ik werd knalrood.

'Natuurlijk. Ik ben zo terug.' Ik haalde haar water, dat ze zonder een woord van dank aannam, en liep door de flink uitgedunde groep gasten naar de auto. Even overwoog ik om de ouders van Christian te zoeken om hen te bedanken, maar ik bedacht me en liep rechtstreeks naar de deur, waar Christian met een tevreden grijns tegenaan leunde.

'Zo, Andrea'tje, heb je het naar je zin gehad?' zei hij met ietwat dubbele tong, en op dat moment kon ik niks aantrekkelijkers bedenken.

'Ja, best wel.'

'Best wel? Zo te horen had je liever gehad dat ik je mee naar boven had genomen, hè? Alles op zijn tijd, meisje, alles op zijn tijd.'

Ik gaf speels een mep op zijn onderarm. 'Schat jezelf niet te hoog in, Christian. Wil je je ouders namens mij bedanken?' En deze keer was ik de eerste die zich naar hem toe boog en hem op zijn wang kuste voordat hij iets kon doen. 'Trusten.'

'Kun je wel!' zei hij, nu echt met dubbele tong. 'Mij een beetje opwinden, hè? Doe je dat bij je vriendje ook?' Hij glimlachte nu, maar niet gemeen of wreed; voor hem hoorde het allemaal bij het flirterige spelletje, maar de verwijzing naar Alex maakte dat ik me even helemaal nuchter voelde. Lang genoeg om te beseffen dat ik in jaren niet zo'n leuke avond had gehad. De drank, het dansen en zijn handen op mijn rug toen hij me tegen zich aan trok hadden me weer het gevoel gegeven dat ik leefde, na al die maanden bij *Runway*, maanden met niets dan frustratie, vernedering en zo'n enorme vermoeidheid dat ik mijn eigen lijf niet meer voelde. Misschien deed Lily het daarom, dacht ik. Al die mannen, feesten, puur genieten van het gevoel dat je jong was en leefde. Ik kon niet wachten om haar te bellen en alles te vertellen.

Na vijf minuten kwam Miranda naast me op de achterbank van de limousine zitten, en het leek zowaar of ze een beetje vrolijk was. Ik vroeg me af of ze te veel had gedronken, maar die mogelijkheid verwierp ik meteen. Ik had haar nooit meer zien drinken dan een slokje hier en een nipje daar, en dan alleen omdat de sociale omstandigheden dat vereisten. Ze had liever Perrier of San Pellegrino dan champagne, en zeker liever een milkshake of koffie verkeerd dan een cosmopolitan, dus de kans dat ze nu dronken was, was uiterst klein.

Nadat ze me de eerste vijf minuten had doorgezaagd over het werkschema van de volgende dag (gelukkig had ik eraan gedacht het in mijn tas te stoppen) keek ze me voor de allereerste keer die avond echt aan.

'Emily, eh... Ahn-dre-ah, hoe lang werk je nu voor me?'

De vraag kwam totaal onverwacht, en mijn hersenen werkten niet snel genoeg om de achterliggende bedoeling ervan te bedenken. Het was een vreemd gevoel dat ze me iets over mezelf vroeg en niet expliciet informeerde naar de reden waarom ik zo'n stomme idioot was die iets niet snel genoeg had opgespoord, gehaald of doorgefaxt. Ze had nog nooit naar mijn leven geïnformeerd. Tenzij ze zich nog iets herinnerde van ons sollicitatiegesprek – en dat leek me onwaarschijnlijk, want op mijn eerste werkdag had ze me al volkomen uitdrukkingsloos aangekeken – had ze geen idee waar (en óf) ik had gestudeerd, of ik in Manhattan woonde, en zo ja waar, en wat ik deed (als ik al iets deed) in die paar uur per dag dat ik me niet voor haar de benen uit mijn lijf rende. En hoewel de vraag beslist een Miranda-element bevatte, zei mijn intuïtie me dat dit misschien, heel misschien, wel eens gewoon een gesprekje over mij zou kunnen zijn.

'Aan het eind van deze maand een jaar, Miranda.'

'En heb je het gevoel dat je dingen hebt geleerd waaraan je in de toekomst iets zult hebben?' Ze keek me met halfdichtgeknepen ogen aan en ik onderdrukte meteen de neiging om alles op te sommen wat ik had 'geleerd': een winkel opsporen, god-weet-waar in de stad; met een keuze uit minstens tien kranten een recensie zien te vinden zonder verdere aanwijzingen; slijmen tegen kinderen die nog niet eens de tienerleeftijd hadden bereikt en al meer hadden meegemaakt dan mijn beide ouders samen; smeken, schreeuwen, zeuren of mensen onder druk zetten, van de allochtone bezorger van het afhaalrestaurant tot de hoofdredacteur van een grote uitgeverij, om precies te krijgen wat ik wilde en wannéér ik het wilde; en natuurlijk zo'n beetje iedere lastige klus binnen een uur klaren, omdat 'ik zou niet weten hoe' of 'dat is onmogelijk' eenvoudigweg geen optie was. Het was in ieder geval een leerzaam jaar geweest.

'O ja, natuurlijk,' zei ik enthousiast. 'In het jaar dat ik voor jou heb gewerkt, heb ik meer geleerd dan ik in welke andere baan ook had kunnen leren. Ik vond het fascinerend, echt waar, om te zien hoe een belangrijk – het allerbelangrijkste – tijdschrift wordt gemaakt, hoe de productiecyclus verloopt en de verschillende taken zijn verdeeld. En natuurlijk heb ik kunnen observeren hoe jij het geheel leidt; alle beslissingen die je neemt. Het was een heel bijzonder jaar. Ik ben je zo dankbaar, Miranda!' Zo dankbaar dat ik al maanden kiespijn had omdat ik nooit onder werktijd naar de tandarts kon, maar wat maakte het uit? Mijn pas verworven grondige kennis van het handwerk van Jimmy Choo was de pijn wel waard.

Was het ook maar in de verste verte mogelijk dat dit geloofwaardig klonk? Ik keek schuin naar haar en ze leek het te geloven, want ze knikte ernstig. 'Je weet het, Ahn-dre-ah, als mijn meisjes een jaar lang goed werk hebben geleverd, zijn ze wat mij betreft aan promotie toe.'

Mijn hart sloeg over. Was het eindelijk zover? Ging ze me nu vertellen dat ze zo vrij was geweest om alvast een baan voor me te reserveren bij *The New Yorker*? Het deed er nu even niet toe dat ze geen flauw benul had dat ik daar een moord voor zou doen; misschien had ze het pas ontdekt, omdat het haar oprecht interesseerde.

'Ik heb uiteraard mijn twijfels over je. Denk maar niet dat je gebrek aan enthousiasme me niet is opgevallen, of je gezucht en de gezichten die je trekt als ik iets van je vraag waar je kennelijk geen zin in hebt. Ik hoop dat dat niets anders is dan een teken van je onvolwassenheid, want op andere gebieden lijk je me redelijk bekwaam. Waar gaat je belangstelling precies naar uit?'

Redelijk bekwaam! Ze had net zo goed kunnen verkondigen dat ik de meest intelligente, wereldwijze, bloedmooie en capabele vrouw was die ze ooit had mogen ontmoeten. Miranda Priestly had zojuist tegen me gezegd dat ik redelijk bekwaam was!

'Nou... ik wil niet zeggen dat ik niet van mode houd, want natuurlijk ben ik dol op mode. Wie niet?' haastte ik me te zeggen, waarbij ik angstvallig haar gezicht in de gaten hield, dat zoals gewoonlijk vrijwel uitdrukkingsloos bleef. 'Maar ik heb er altijd van gedroomd om schrijfster te worden, dus ik hoopte eigenlijk dat ik op dat gebied... eens verder zou kunnen kijken.'

Ze legde haar handen gevouwen in haar schoot en keek uit het raampje. Het was duidelijk dat dit gesprekje van vijfenveertig seconden haar nu al niet meer boeide, dus zou ik snel moeten toeslaan. 'Ik heb natuurlijk geen idee of je überhaupt kunt schrijven,' zei ze, 'maar ik heb er niets op tegen om je een paar korte stukjes te laten inleveren om het uit te testen. Misschien een theaterrecensie of een artikeltje voor de rubriek Agenda. Uiteraard alleen als het je werk voor mij niet beïnvloedt, en alleen in je eigen tijd.'

'Natuurlijk, natuurlijk. Dat zou fantastisch zijn!' We prááten met elkaar, we communiceerden, en de woorden 'ontbijt' en 'stomerij' waren nog niet gevallen. Dit ging zo goed, het zou jammer zijn om mijn kans te laten liggen, dus zei ik: 'Het is mijn droom om ooit bij *The New Yorker* te werken.'

Dat leek haar inmiddels afdwalende aandacht te trekken, en ze keek me nog een keer met halfdichtgeknepen ogen aan. 'Waarom in vredesnaam? Totaal geen glamour, alleen maar droge feiten.' Ik wist niet of het een retorische vraag was, maar ik hield voor de zekerheid mijn mond.

Ik had nog een seconde of twintig, want we waren bijna bij het hotel en haar belangstelling was vrijwel verdwenen. Ze bekeek de gemiste oproepen op haar telefoon, maar zei tussen neus en lippen door, volkomen terloops: 'Hmm, *The New Yorker*. Conde Nast.' Ik knikte als een bezetene om haar aan te moedigen, maar ze keek niet eens. 'Natuurlijk ken ik daar een heleboel mensen. We zullen kijken hoe de rest van deze week verloopt, en misschien bel ik ze wel als we terug zijn.'

De auto stopte voor de ingang, waar een zo te zien uitgeputte Monsieur Renaud de piccolo die Miranda's portier wilde openhouden voorbijrende om het zelf te doen.

'Dames! Ik hoop dat u een fijne avond hebt gehad,' zei hij omfloerst, en hij deed zijn best om ondanks zijn vermoeidheid te glimlachen.

'We hebben morgenvroeg om negen uur weer een auto nodig om naar de show van Christian Dior te gaan. Ik heb om half negen een ontbijtbespreking in de lobby. Zorg ervoor dat ik niet gestoord word,' blafte ze, en ieder spoor van haar menselijkheid was verdwenen als een druppel water op een gloeiend heet trottoir. En voordat ik kon bedenken hoe ik het gesprek moest beëindigen of haar er op zijn minst kruiperig voor kon bedanken, liep ze naar de lift en verdween ze. Ik wierp Monsieur Renaud een vermoeide, begrijpende blik toe en stapte zelf ook in een van de liften.

De smaakvol gerangschikte chocolaatjes op een zilveren schaaltje op mijn nachtkastje konden de volmaakte avond alleen nog maar bekronen. Op één willekeurige, onverwachte avond had ik me een fotomodel gevoeld, gezelschap gehad van een van de aantrekkelijkste mannen die ik ooit in levenden lijve had ontmoet en van Miranda Priestly te horen gekregen dat ik redelijk bekwaam was. Het was alsof alles eindelijk op zijn plaats viel, alsof het jaar van opoffering eindelijk tekenen begon te vertonen die erop duidden dat het misschien de moeite waard was geweest. Ik plofte op het dekbed, nog helemaal aangekleed, en staarde naar het plafond. Ik kon nauwelijks geloven dat ik ronduit tegen Miranda had gezegd dat ik bij *The New Yorker* wilde werken en dat ze niet eens in lachen was uitgebarsten. Of had gegild. Of op wat voor manier dan ook uit haar dak was gegaan. Ze had me niet eens belachelijk gemaakt of gezegd dat het idioot was dat ik niet binnen *Runway* promotie wilde maken. Het leek bijna wel – maar misschien ging ik nu erg ver – alsof ze naar me had geluisterd en me had begrepen. Ze had me begrepen en was het met me eens geweest. Het was bijna niet te bevatten.

Ik kleedde me langzaam uit en genoot na van iedere minuut van de avond: de manier waarop Christian me had meegenomen van de ene naar de andere kamer en daarna naar de dansvloer, de manier waarop hij door geloken oogleden naar me had gekeken, met die hardnekkige lok voor zijn ogen, en Miranda die bijna, onmerkbaar, had geknikt toen ik zei dat ik het allerliefst wilde schrijven. Een glorieuze avond, moest ik zeggen, een van de mooiste in de recente geschiedenis. Het was al half vier in Parijs, dus in New York was het half tien 's avonds, de ideale tijd om Lily te bellen voordat ze op stap ging. Ik had natuurlijk gewoon het nummer moeten intoetsen zonder acht te slaan op het knipperende lichtje dat aangaf – goh, daar keek ik van op – dat er berichten voor me waren, maar ik pakte opgewekt het Ritz-schrijfblokje en ging klaarzitten om alles te noteren. Ongetwijfeld een hoop uitgebreide, irritante verzoeken van irritante mensen, maar ik liet me mijn Assepoester-gevoel niet afnemen.

De eerste drie berichten waren van Monsieur Renaud en zijn assistenten, om de diverse chauffeurs en afspraken van de volgende dag te bevestigen, en zoals altijd vergaten ze niet om me goedenacht te wensen, alsof ik een persóón was in plaats van een slaafje, hetgeen ik erg op prijs stelde. Tussen de derde en de vierde boodschap betrapte ik mezelf erop dat ik tegelijkertijd wel en niet wenste dat er ook een berichtje van Alex bij was, dus toen de vierde boodschap van hem bleek te zijn, was ik dolblij... maar ook weer niet.

'Hoi Andy, met mij. Sorry dat ik je daarginds moet storen, je hebt het vast ongelooflijk druk, maar ik moet je spreken. Bel me alsjeblieft op mijn mobiele telefoon zodra je dit hoort. Het maakt niet uit hoe laat het is, als je maar belt, oké? Eh... goed. Dag.'

Het was een vreemde gewaarwording dat hij niet zei dat hij van me hield, me miste en niet kon wachten tot ik terugkwam, maar ik nam aan dat al die dingen in de categorie 'ongepast' vielen voor twee mensen die midden in een 'adempauze' zaten. Ik wiste het bericht en besloot, nogal lukraak, dat zijn stem niet erg dringend had geklonken en het dus vast wel tot de volgende dag kon wachten – ik kon nu, om half vier 's nachts, geen lang gesprek over onze relatie aan. Niet na deze heerlijke avond.

De laatste boodschap was van mijn moeder, en ook die was vreemd en onduidelijk.

'Hallo lieverd, met mama. Het is bij ons een uur of acht, en ik weet niet precies hoe laat het bij jou is. Luister, het is geen noodgeval, alles gaat prima, maar het zou fijn zijn als je meteen kon terugbellen. Papa en ik zijn nog wel een tijdje op, dus het maakt niet uit hoe laat je belt, maar beslist liever vandaag dan morgen. We hopen allebei dat je het daar heel leuk hebt, en tot gauw. Dag, lieverd!'

Dit was echt gek. Alex en mijn moeder hadden me allebei gebeld in Parijs, nog voordat ik de kans had gekregen om hen zelf te bellen, en ze vroegen allebei of ik terug wilde bellen, desnoods heel laat. Aangezien mijn ouders het begin van David Letterman op tv al laat vonden, wist ik dat er iets aan de hand moest zijn. Maar tegelijkertijd hadden Alex en mijn moeder geen van beiden paniekerig geklonken; niet eens een beetje. Misschien moest ik eerst maar eens uitgebreid in bad gaan, met het schuim van het Ritz, en langzaam de energie opbouwen om terug te bellen; de avond was te mooi geweest om hem te verpesten door met mijn moeder over haar onbenullige bezorgdheid te praten, of met Alex over 'de stand van zaken' in onze relatie.

Het bad was precies zo lekker warm en luxueus als je mocht verwachten in de juniorsuite die grensde aan de Coco Chanel-suite in het Ritz in Parijs, en ik nam een paar minuten extra de tijd om mijn hele lichaam in te smeren met de zacht geurende bodylotion die op de kaptafel stond. En toen, gehuld in een dikke, zachte badjas, ging ik zitten om te bellen. Zonder erbij na te denken belde ik eerst mijn moeder. Misschien had ik dat niet moeten doen, want zelfs haar 'hallo' klonk vreselijk gespannen.

'Mam, met mij. Is alles goed daar? Ik had jullie morgen willen bellen; het is hier vreselijk hectisch. Maar vanavond heb ik het zo leuk gehad!' Ik wist al dat ik niets over Christian zou vertellen, want ik had nog geen zin gehad om het hele Alex-verhaal aan mijn ouders uit te leggen, maar ze zouden het geweldig vinden om te horen hoe Miranda had gereageerd toen ik over *The New Yorker* was begonnen.

'Liefje, sorry dat ik je in de rede val, maar er is iets gebeurd. We kregen vandaag een telefoontje uit het ziekenhuis van Lenox Hill, dat is geloof ik op 77th Street, en ze vertelden ons dat Lily een ongeluk heeft gehad.'

En hoewel het best eens de meest afgezaagde uitdrukking kan zijn die er bestaat, stond mijn hart echt stil van schrik. 'Wat? Wat zeg je? Wat voor ongeluk?'

Ze was al overgeschakeld op de bezorgde-moederstand en deed hoorbaar haar best om haar stem kalm en haar woorden rationeel te laten klinken, ongetwijfeld op aanraden van mijn vader, om me op mijn gemak te stellen. 'Een auto-ongeluk, lieverd. Behoorlijk ernstig, ben ik bang. Lily zat achter het stuur – er zat ook een jongen in de auto, iemand van school, geloof ik – en ze reed vanaf de verkeerde kant een eenrichtingsweg in. Blijkbaar is ze frontaal op een taxi gebotst terwijl ze bijna tachtig reed, in het centrum. Volgens de agent die ik heb gesproken is het een wonder dat ze nog leeft.'

'Ik begrijp het niet. Wanneer is dat gebeurd? Komt het wel goed?' Ik was inmiddels in huilen uitgebarsten, want hoe rustig mijn moeder ook probeerde te blijven, ik hoorde dwars door haar zorgvuldig gekozen woorden heen hoe ernstig de situatie was. 'Mam, waar is Lily nu, en komt het wel goed?'

Pas op dat moment hoorde ik dat mijn moeder ook huilde, heel zachtjes. 'Andy, ik geef papa even. Hij heeft de artsen pas nog gesproken. Ik hou van je, lieverd.' Dat laatste kwam er bijna piepend uit.

'Hallo meisje, hoe gaat het? Sorry dat we je moesten bellen met zulk slecht nieuws.' De stem van mijn vader klonk zwaar en geruststellend, en heel even dacht ik dat het allemaal wel goed zou komen. Hij zou zeggen dat Lily haar been had gebroken, misschien een paar ribben, en dat er een goede plastisch chirurg was opgetrommeld om de schrammen in haar gezicht netjes weg te werken, maar dat het verder allemaal goed af zou lopen.

'Pap, vertel me alsjeblieft wat er is gebeurd. Mama zegt dat Lily achter het stuur zat en met hoge snelheid een taxi heeft geramd. Dat snap ik niet, ik snap er niks van. Lily heeft helemaal geen auto en ze heeft de pest aan autorijden. Ze zou nooit door Manhattan racen. Wie heeft jullie dat verteld? Wie belde er? En wat heeft ze precies?' Ik was nu weer bijna hysterisch, maar zijn stem klonk dwingend en toch geruststellend.

'Haal even diep adem, dan vertel ik je precies wat ik weet. Het ongeluk is gisteren gebeurd, maar we hebben het vandaag pas gehoord.'

'Gisteren! Hoe kan dat nou, niemand heeft me gebeld! Gisteren?'

'Lieverd, ze hebben je wél gebeld. Volgens de dokter had Lily in haar agenda jouw naam en nummer ingevuld achter "bij ongevallen waarschuwen", omdat het niet zo goed gaat met haar oma. Waarschijnlijk heeft het ziekenhuis jou thuis en mobiel gebeld, maar je hebt je berichten natuurlijk niet afgeluisterd. Toen er na vierentwintig uur nog niemand had teruggebeld of was langsgekomen, hebben ze verdergekeken in haar agenda en gezien dat wij dezelfde achternaam hadden als jij, dus belden ze hierheen om te vragen of wij wisten hoe ze jou konden bereiken. Mama en ik herinnerden ons niet meer precies waar je logeerde, dus hebben we Alex gebeld om de naam van het hotel te vragen.'

'O mijn god, het is al een dag geleden. Is ze al die tijd helemaal alleen? Ligt ze nog in het ziekenhuis?' Ik kon de vragen niet snel genoeg stellen, en toch had ik het idee dat ik geen enkel antwoord kreeg. Het enige wat ik zeker wist, was dat Lily mij had beschouwd als de belangrijkste persoon in haar hele leven, degene die gebeld moest worden in noodgevallen, ingevuld op zo'n lijstje dat je nooit serieus nam. En nu had ze me een keer écht nodig gehad – ze had niemand anders – en was ik nergens te vinden geweest. Ik snikte niet meer, maar de warme tranen bleven kwaad over mijn wangen stromen en mijn keel voelde alsof hij vanbinnen met schuurpapier was bewerkt.

'Ja, ze ligt in het ziekenhuis. Ik zal heel eerlijk tegen je zijn, Andy: we weten niet of het wel goed afloopt.'

'Wat? Hoe bedoel je? Wil iemand me alsjeblieft iets concreets vertellen?'

'Lieverd, ik heb de dokter een keer of vijf gesproken en ik heb er alle vertrouwen in dat ze de beste zorg krijgt die je mag verwachten. Maar Lily ligt in coma, schat. De dokter heeft me verzekerd dat...'

'In coma? Ligt Lily in coma?' Ik kon het allemaal niet bevatten, de woorden bleven niet hangen.

'Probeer een beetje rustig te blijven. Ik weet dat dit een enorme schok voor je is en ik vind het vreselijk dat het allemaal door de telefoon moet. We hebben overwogen om het je pas te vertellen als je terug was, maar aangezien dat nog anderhalve week duurt, vonden we dat je het recht had het nu te weten. Maar je moet niet vergeten dat je moeder en ik alles doen om ervoor te zorgen dat Lily de beste hulp krijgt. Ze is altijd als een dochter voor ons geweest, dat weet je, dus ze is niet alleen.'

'O mijn god, ik moet naar huis. Pap, ik moet naar huis! Ze heeft niemand, alleen mij, en ik zit aan de andere kant van de oceaan. O, maar dat klotefeest is pas overmorgen en daar heeft Miranda me speciaal voor meegenomen. Ze ontslaat me als ik er niet bij ben, zeker weten. Nadenken, shit, ik moet nadenken!'

'Andy, het is daar al laat. Ik denk dat je het beste kunt gaan slapen. Denk er even over na. Natuurlijk wist ik dat je meteen naar huis zou willen, zo ben je, maar vergeet niet dat Lily op dit moment buiten bewustzijn is. Haar artsen hebben me verzekerd dat er grote kans is dat ze de komende vierentwintig tot tweeënzeventig uur zal bijkomen. Haar lichaam gebruikt dit als een lange, diepe slaap om te genezen. Maar er is niets zeker,' voegde hij er zacht aan toe.

'En als ze bijkomt? Ik neem aan dat ze wel een hersenbeschadiging of een afschuwelijke verlamming of iets dergelijks kan hebben? O god, ik moet er niet aan denken.'

'Ze weten het nog niet. Lily reageert wel op prikkels in haar voeten en benen, en dat zou erop kunnen duiden dat ze niet verlamd is. Maar haar hoofd zit vol zwellingen en ze kunnen er pas iets van zeggen als ze bijkomt. We moeten afwachten.'

We praatten nog even verder, voordat ik abrupt ophing en Alex op zijn gsm belde.

'Hallo, met mij. Ben je al bij haar geweest?' vroeg ik zonder zelfs maar hallo te zeggen. Ik was een mini-Miranda geworden.

'Andy, hoi. Dus je weet het?'

'Ja, ik heb net mijn vader aan de lijn gehad. Heb je haar gezien?'

'Ja, ik ben nu in het ziekenhuis. Ik mag niet bij haar, want het is geen bezoekuur en ik ben geen familie, maar ik wilde hier zijn voor het geval ze bijkomt.' Hij klonk heel, heel ver weg, volledig in gedachten verzonken.

'Wat is er gebeurd? Mijn moeder zei dat ze achter het stuur zat en een taxi heeft geramd of zoiets. Ik snap er helemaal niks van.'

'Hou maar op, het is een nachtmerrie,' zei hij met een zucht, en ik hoorde dat hij ervan baalde dat niemand me het hele verhaal had verteld. 'Ik weet niet of ik het helemaal goed heb, maar ik heb die jongen gesproken die erbij was. Ken je Benjamin nog, die vriend van haar van vroeger die ze heeft betrapt met twee meisjes?'

'Ja, natuurlijk, die werkt nu bij mij in het gebouw. Ik zie hem wel eens. Wat moest ze in godsnaam met hém? Lily kan hem wel schieten, ze is er nooit overheen gekomen.'

'Ik weet het, dat dacht ik ook, maar blijkbaar ging ze de laatste tijd veel met hem om; ze waren samen toen het gebeurde. Hij zegt dat ze kaartjes hadden voor Phish in het Nassau Colisseum, en daar naartoe waren geweest. Hij zal wel te veel gerookt hebben om nog te kunnen rijden, dus bood Lily zich aan. Ze kwamen zonder problemen terug in de stad, totdat Lily door rood reed en vanaf de verkeerde kant Madison op reed, recht op het tegemoetkomende verkeer af. Ze raakten frontaal een taxi, aan de chauffeurskant, en... nou ja, de rest weet je.' Op dat punt begon hij hard te huilen, en ik besefte dat het veel erger moest zijn dan mijn ouders hadden laten blijken.

Ik had het laatste halfuur alleen maar vragen gesteld – aan mijn moeder, mijn vader en nu aan Alex – maar ik kon mezelf er niet toe brengen de meest voor de hand liggende vraag te stellen: waarom was Lily door rood gereden en daarna vanaf de verkeerde kant een eenrichtingsweg in geslagen? Maar ik hoefde het niet te vragen, want Alex wist zoals altijd precies wat ik dacht.

'Andy, haar alcoholpromillage was bijna twee keer zo hoog als toegestaan.' Hij zei het heel zakelijk en deed zijn best om de woorden niet in te slikken, zodat ik hem niet hoefde te vragen ze te herhalen.

'O, mijn god.'

'Als – áls – ze bijkomt, heeft ze meer problemen dan alleen haar gezondheid. Ze zit zwaar in de nesten. Gelukkig had de taxichauffeur niks, alleen een paar schrammen en blauwe plekken, en Benjamins linkerbeen zit compleet in de kreukels, maar dat komt wel weer goed. Het wachten is nu op Lily. Wanneer kom je naar huis?'

'Wat?' Ik probeerde nog tot me door te laten dringen dat Lily kennelijk iets had met iemand van wie ik dacht dat ze de pest aan hem had en dat ze nu in coma lag omdat ze in zijn gezelschap stomdronken was geworden.

'Ik vroeg wanneer je naar huis komt.' Toen ik niet meteen iets zei, ging hij verder. 'Je komt toch wel terug? Je bent toch niet serieus van plan om daar te blijven terwijl je beste vriendin in het ziekenhuis ligt, hè?'

'Wat wil je nou eigenlijk zeggen, Alex? Wou je suggereren dat dit allemaal mijn schuld is omdat ik het niet heb zien aankomen? Dat ze in het ziekenhuis ligt omdat ik in Parijs ben? Dat dit allemaal niet gebeurd zou zijn als ik had geweten dat ze weer met die Benjamin omging? Nou? Wat wil je nou eigenlijk zeggen?' krijste ik, en alle verwarrende emoties van die avond kookten over en mondden uit in de dringende, eenvoudige behoefte om tegen iemand anders tekeer te gaan.

'Nee, dat zeg ik niet. Dat zeg jij. Ik nam alleen maar als vanzelfsprekend aan dat je naar huis zou komen om zo snel mogelijk bij haar te kunnen zijn. Ik veroordeel je niet, Andy, dat weet je best. En ik weet dat het daar al heel laat is en dat je de komende uren niets kunt doen, dus probeer een paar uur te slapen en bel me zodra je weet welke vlucht je neemt. Ik haal je wel van het vliegveld, dan gaan we meteen naar het ziekenhuis.'

'Goed. En bedankt dat je bij haar blijft, ik weet zeker dat Lily dat ook heel erg op prijs stelt. Ik bel je zodra ik weet wat ik doe.'

'Oké, Andy. Ik mis je. En ik weet dat je de juiste beslissing zult nemen.' De verbinding werd verbroken voordat ik daar iets op kon zeggen.

De juiste beslissing nemen? De juiste beslissing? Waar sloeg dat in 's hemelsnaam op? Ik kon het niet uitstaan dat hij zomaar aannam dat ik in het eerste het beste vliegtuig zou stappen, alleen omdat hij dat wilde. Dat aanmatigende, prekerige toontje van hem, waardoor ik meteen het gevoel kreeg alsof ik een van zijn tweedeklassertjes was en een standje kreeg omdat ik in de klas zat te kletsen. Ik kon het niet uitstaan dat hij nu bij Lily was, ook al was ze *míjn* vriendin, dat hij optrad als contactpersoon tussen mij en mijn eigen ouders, dat hij weer eens zo beschuldigend deed en de lakens uitdeelde. Het was niet meer zoals vroeger; toen zou ik me getroost hebben gevoeld door zijn aanwezigheid, door de gedachte dat we dit probleem *sámen* hadden en we ons er samen wel doorheen zouden slaan – nu waren er alleen maar wrijvingen. Wanneer was het allemaal veranderd?

Ik had geen fut meer gehad om hem te wijzen op wat hij zelf toch ook wel moest snappen, namelijk dat ik op staande voet ontslagen zou worden als ik nu naar huis ging en dat mijn hele jaar als Miranda's slaafje dan voor niets zou zijn geweest. Die afschuwelijke gedachte had ik de kop in weten te drukken: het maakte voor Lily geen enkel verschil of ik er wel of niet was, want ze lag bewusteloos in een ziekenhuisbed. De mogelijkheden tolden door mijn hoofd. Misschien kon ik lang genoeg blijven om mee te helpen met het feest en dan proberen om Miranda uit te leggen wat er aan de hand was en haar smeken me niet te ontslaan. En mocht Lily bijkomen, dan kon iemand haar misschien vertellen dat ik zo snel mogelijk zou komen, waarschijnlijk over een paar dagen. En ook al klonk dat allemaal best redelijk in de donkere uurtjes van de vroege morgen, na een lange avond dansen en te veel bubbels drinken, na een telefoontje dat mijn beste vriendin in coma lag omdat ze met haar dronken hoofd een ongeluk had veroorzaakt, ergens diep in mijn achterhoofd wist ik – maar al te goed – dat het helemaal niet redelijk was.

'Ahn-dre-ah, laat Horace Mann weten dat de meisjes maandag niet naar school komen omdat ze dan bij mij zijn, in Parijs, en zorg dat er een lijst wordt gemaakt van het huiswerk dat ze moeten inhalen. Verzet het eten van vanavond naar half negen, en als ze daar niet mee akkoord gaan, zeg je het maar af. Heb je dat boek al waar ik je gisteren om heb gevraagd? Ik wil er vier, twee in het Frans en twee in het Engels, voordat ik naar het restaurant ga. O ja, ik wil de definitieve versie van het menu voor morgen, om de veranderingen die ik heb aangebracht nog eens te bekijken. En zorg ervoor dat er absoluut geen sushi wordt geserveerd, begrepen?'

'Ja, Miranda,' zei ik, en ik krabbelde alles zo snel mogelijk in het notitieboek van Smythson dat de accessoiresafdeling heel attent aan mijn voorraad tassen, schoenen, riemen en sieraden had toegevoegd. We zaten in de auto op weg naar de show van Dior – mijn eerste – en Miranda vuurde in hoog tempo instructies op me af zonder er rekening mee te houden dat ik nog geen twee uur had geslapen. Om kwart voor acht had een van de hulpconciërges van Monsieur Renaud op mijn deur geklopt. Hij had de opdracht gekregen me persoonlijk te wekken en erop toe te zien dat ik op tijd aangekleed was om naar de show te gaan met Miranda, die zes minuten eerder had besloten dat ze mijn assistentie daarbij wenste. Hij had beleefd net gedaan of hij niet zag dat ik overduidelijk in slaap was gevallen op het nog opgemaakte bed en niet eens het licht had uitgedaan. Ik had vijfentwintig minuten om te douchen, het schetsboek te raadplegen, me aan te kleden en me eigenhandig op te maken, want mijn visagiste stond op dit vroege uur nog niet geboekt.

Ik was wakker geworden met een lichte champagnehoofdpijn, maar de echte pijn kwam toen ik me de telefoontjes van de afgelopen nacht herinnerde. Lily! Ik moest Alex of mijn ouders bellen om te vragen of er nog iets was gebeurd de afgelopen uren – het leek wel een week geleden – maar daar had ik nu geen tijd voor.

Tegen de tijd dat ik met de lift beneden aankwam, had ik besloten nog twee dagen te blijven, twee daagjes maar, tot na het feest, en dan naar huis te gaan, naar Lily. Misschien kon ik zelfs een tijdje vrij nemen als Emily terug was, om Lily te helpen bij haar herstel en de onvermijdelijke gevolgen van het ongeluk. Mijn ouders en Alex zouden de boel thuis waarnemen tot ik terug was – ze was dus niet alleen. En dit was mijn hele leven. Mijn carrière, mijn toekomst, alles stond op het spel, en ik zag niet in wat twee dagen voor verschil maakten voor iemand die toch nog niet bij bewustzijn was. Maar voor mij, en zeker voor Miranda, maakten ze alle verschil van de wereld.

Het lukte me om eerder in de limousine te zitten dan Miranda, en hoewel haar blik op dat moment was gericht op mijn leren broek had ze nog geen commentaar geleverd op mijn outfit. Ik had net het Smythson-notitieboek weggestopt in mijn Bottega Veneta-tas toen mijn nieuwe, internationale mobiele telefoon ging. Dat was nooit eerder gebeurd in Miranda's bijzijn, besefte ik, en ik wilde hem snel uitzetten, maar ze beval me om op te nemen.

'Ja, hallo?' Ik hield met een half oog Miranda in de gaten, die het werkschema van die dag bekeek en net deed of ze niet meeluisterde.

'Andy, lieverd.' Mijn vader. 'Ik wilde je even snel op de hoogte houden.'

'Oké.' Ik probeerde zo weinig mogelijk te zeggen, want het voelde ongelooflijk raar om te telefoneren waar Miranda bij was.

'De dokter heeft net gebeld en er zijn tekenen die erop wijzen dat Lily wel eens snel zou kunnen bijkomen. Is dat niet fantastisch? Ik dacht dat je dat wel zou willen weten.'

'Dat is heel fijn. Heel fijn.'

'Heb je al besloten of je naar huis komt?'

'Eh nee, nog niet. Miranda geeft morgen een feest en ze heeft beslist mijn hulp nodig, dus... Pap, het spijt me, maar het komt erg ongelegen. Kan ik je terugbellen?'

'Ja, natuurlijk. Altijd.' Hij deed zijn best om het neutraal te laten klinken, maar ik hoorde de teleurstelling in zijn stem.

'Fijn. Bedankt voor het bellen. Dag.'

'Wie was dat?' vroeg Miranda, die nog steeds naar het werkschema zat te turen. Het was net gaan regenen en ze kwam bijna niet boven de kletterende druppels op de limousine uit.

'Hmm? O, dat was mijn vader. Vanuit Amerika.' Waar sloeg dat nou weer op? Vanuit Amérika!

'En wat wilde hij van je dat samenviel met het feest van morgen?'

Ik bedacht in twee tellen duizend potentiële leugens, maar ik had geen tijd om de bijzonderheden uit te werken. Vooral niet omdat haar aandacht nu volledig op mij was gericht. Ik had geen keus, ik moest haar de waarheid wel vertellen.

'O, niets. Een vriendin van me heeft een ongeluk gehad. Ze ligt in het ziekenhuis. In coma, om precies te zijn. Mijn vader belde om door te geven hoe het met haar ging en om te vragen of ik naar huis kwam.'

Daar dacht ze even over na, met een knikje, en toen pakte ze de *International Herald Tribune* die de chauffeur voor haar had klaargelegd. 'Op die manier.' Niks 'wat erg voor je' of 'hoe gaat het met je vriendin?', alleen een ijzige, vage opmerking en een getergde blik.

'Maar ik ga niet, hoor, ik ga absoluut niet naar huis. Ik begrijp hoe belangrijk het is dat ik morgen op het feest ben, dus ik zal er zijn. Ik heb er lang over nagedacht, en je moet weten dat ik me houd aan mijn afspraak om een jaar voor je te werken en je hier te helpen, dus ik blijf.'

Eerst zweeg Miranda. Toen zei ze met een lachje: 'Ahn-dre-ah, je besluit doet me deugd. Het is absoluut de juiste beslissing en ik stel het op prijs dat je dat inziet. Ahn-dre-ah, ik moet zeggen dat ik vanaf het begin mijn twijfels over je heb gehad. Je weet duidelijk helemaal niets van mode, en erger nog, het interesseert je kennelijk niet. En denk maar niet dat ik niet heb gezien op wat voor uiteenlopende, gevarieerde manieren je je ongenoegen uit wanneer ik je iets vraag waar je geen zin in hebt. Je hebt je werk adequaat gedaan, maar je houding was in het gunstigste geval beneden de maat.'

'Maar Miranda, laat me alsjeblieft...'

'Ik ben aan het woord! Ik wilde zeggen dat ik beslist eerder bereid ben je te helpen bereiken wat je wilt bereiken nu je me je toewijding hebt getoond. Je kunt trots op jezelf zijn, Ahn-dre-ah.' Net toen ik dacht dat ik zou flauwvallen als gevolg van de lengte, diepte en inhoud van haar alleenspraak – van vreugde of verdriet, dat wist ik zelf niet – ging ze nog een stapje verder. In een gebaar dat op alle fronten volledig indruiste tegen het karakter van deze vrouw legde ze haar hand op de mijne, die op de achterbank tussen ons in lag, en zei: 'Je doet me denken aan mezelf op jouw leeftijd.' En voordat ik ook maar één lettergreep kon bedenken als reactie, stopte de chauffeur met een ruk voor het Carrousel du Louvre en sprong hij de limousine uit om de portieren open te houden. Ik pakte snel mijn eigen tas en die van Miranda en vroeg me af of dit het meest trotse of het meest vernederende moment uit mijn hele leven was.

Mijn eerste modeshow in Parijs ging in een roes voorbij. Het was donker, dat weet ik nog, en de muziek leek me veel te hard voor die onderkoelde elegantie, maar wat ik me vooral herinner van dat twee uur durende venster op bizarriteit was dat ik zelf ongelooflijk moest afzien. De Chanel-laarzen die Jocelyn zo liefdevol had uitgekozen bij mijn outfit – een strakke kasjmier stretchtrui van Malo op een chiffon rokje – behandelden mijn voeten alsof het vertrouwelijke documenten waren die in een papierversnipperaar werden gestopt. Ik had hoofdpijn door de combinatie van een kater en mijn ongerustheid, waardoor mijn lege maag protesteerde met dreigende golven misselijkheid. Ik stond helemaal achteraan, tussen de derderangs verslaggevers en anderen die niet belangrijk genoeg waren om te mogen zitten, en ik hield met één oog Miranda in de gaten terwijl ik om me heen naar het minst gênante plekje zocht om over te geven, mocht het nodig zijn. *Je doet me denken aan mezelf op jouw leeftijd. Je doet me denken aan mezelf op jouw leeftijd. Je doet me denken aan mezelf op jouw leeftijd.* De woorden bleven door mijn gedachten galmen, op de maat van het hardnekkige gebonk van mijn voorhoofd.

Miranda sprak me zowaar bijna een uur niet aan, maar daarna was ze weer flink op dreef. Hoewel ik me in dezelfde ruimte bevond als zij, belde ze me mobiel op om een glas San Pellegrino te eisen. Vanaf dat moment rinkelde de telefoon met tussenpozen van tien tot twaalf minuten, en bij ieder verzoek gingen de pijnscheuten rechtstreeks naar mijn hoofd. Rrring. 'Bel meneer Tomlinson in de privé-jet.' (B-DES nam zestien keer achter elkaar niet op in het vliegtuig.) Rrring. 'Wijs alle redacteurs van *Runway* die nu in Parijs zitten erop dat hun verblijf hier nog niet wil zeggen dat ze hun taken thuis kunnen laten liggen. Ik wil dat iedereen zich aan de oorspronkelijke deadline houdt!' (De paar redacteuren die ik in hun verschillende hotels te pakken kreeg, lachten me gewoon uit en hingen op.) Rrring. 'Haal onmiddellijk een gewone, Amerikaanse kalkoensandwich voor me. Ik ben al die ham beu.' (Ik liep bijna vier kilometer op mijn pijnlijke laarzen en met mijn maagstoornis, maar er was nergens kalkoen te krijgen. Ik was ervan overtuigd dat ze dat wist, want in Amerika had ze nog nooit om kalkoen gevraagd, ook al was het – uiteraard – op iedere straathoek te koop.) Rrring. 'Ik verwacht dat de dossiers van de drie beste koks die je tot nu toe hebt gevonden klaarliggen in mijn suite zodra we terugkomen van deze show.' (Emily protesteerde, jammerde en katte me af, maar ze beloofde dat ze alle informatie die ze over de kandidaten had zou doorfaxen, zodat ik er 'dossiers' van kon maken.) Rrring! Rrring! Rrring! *Je doet me denken aan mezelf op jouw leeftijd.*

Te misselijk en kreupel om naar de parade anorexiamodellen te kijken, sloop ik stiekem naar buiten om snel een sigaretje te roken. Natuurlijk ging de telefoon weer zodra ik mijn aansteker aanknipte. 'Ahn-dre-ah, Ahn-dre-ah, waar zit je? Waar hang je in vredesnaam uit?'

Ik gooide mijn nog niet eens aangestoken sigaret weg en rende weer naar binnen, en mijn maag draaide zich nu zo hevig om dat ik wist dat ik zou gaan overgeven – het was slechts een kwestie van plaats en tijd.

'Ik sta helemaal achteraan, Miranda,' zei ik, terwijl ik snel naar binnen glipte en met mijn rug tegen de muur ging staan. 'Links van de deur, zie je wel?'

Ik zag hoe haar hoofd met een ruk naar links en naar rechts ging, tot haar blik uiteindelijk op de mijne bleef rusten. Ik wilde al ophangen, maar ze bleef hard in haar telefoon fluisteren. 'Verroer je niet, hoor je me? Blijf waar je bent! Je zou toch verwachten dat mijn assistente begreep dat ze hier is om mij te assistéren en niet om buiten te lopen lanterfanten wanneer ik haar nodig heb. Dit is onaanvaardbaar, Ahn-dre-ah!' Tegen de tijd dat ze naar achteren was gelopen en voor me was komen staan, liep een vrouw in een lange, glinsterende zilveren avondjapon met ingesnoerde taille en een enigszins wijd uitlopende rok heupwiegend langs het eerbiedige publiek, en het bizarre gregoriaanse gezang maakte plaats voor pure heavy metal. Het gebons in mijn hoofd volgde ongeveer de verandering in de maat van de muziek. Ze hield niet op met haar kwade gefluister nu ze dichterbij was, maar ze klapte wel eindelijk haar telefoontje dicht. Ik deed hetzelfde.

'Ahn-dre-ah, we hebben een ernstig probleem. Jíj hebt een ernstig probleem. Ik kreeg zojuist een telefoontje van meneer Tomlinson. Schijnbaar heeft Annabelle hem erop gewezen dat de paspoorten van de tweeling vorige week verlopen zijn.' Ze staarde me aan, maar ik had al mijn aandacht nodig om niet over te geven.

'O, ja?' was het enige wat ik uit wist te brengen, maar dat was duidelijk niet het gewenste antwoord. Ze verstevigde haar greep op haar handtas en haar ogen puilden uit van woede.

'O ja?' deed ze me na, met een hyena-achtige kreet. Er begonnen nu mensen naar ons te staren. 'O ja? Is dat alles wat je te zeggen hebt, "o ja"?'

'Eh, nee, natuurlijk niet, Miranda. Zo bedoelde ik het niet. Kan ik soms iets doen?'

'Kan ik soms iets doen?' deed ze me weer na, deze keer met een jengelend kinderstemmetje. Als ze een willekeurige andere persoon was geweest, zou ik haar een klap in haar gezicht hebben gegeven. 'Dat zou ik maar doen, ja, Ahn-dre-ah. Aangezien het verdomme duidelijk is dat jij dit soort dingen niet kunt voorkomen, zul je nu een manier moeten bedenken om ervoor te zorgen dat de paspoorten vóór hun vlucht van vanavond verlengd worden. Ik laat het niet gebeuren dat mijn eigen dochters het feest van morgenavond missen, begrepen?'

Of ik dat begrepen had? Hmm, goede vraag. Een heel goede vraag zelfs. Ik begreep absoluut niet waarom het mijn schuld was dat haar kinderen van tien verlopen paspoorten hadden terwijl ze, in theorie, twee ouders hadden, en een stiefvader en een fulltime kindermeisje dat dergelijke dingen moest bijhouden. Maar ik begreep dat dat niet uitmaakte. Als zij vond dat het mijn schuld was, dan was het mijn schuld. Ik begreep dat zíj míj nooit zou begrijpen wanneer ik zou zeggen dat die kinderen vanavond niet naar Parijs zouden vliegen. Er was praktisch niets wat ik niet kon vinden, oplossen of regelen, maar in minder dan drie uur tijd douanepapieren verzorgen vanuit een ander land zat er niet in. Punt uit. Ze had eindelijk, voor het eerst in bijna een jaar, een verzoek ingediend waaraan ik niet kon voldoen, hoezeer ze ook snauwde, eiste of intimideerde. Dit ging niet door. *Je doet me denken aan mezelf op jouw leeftijd.*

Ze kon doodvallen. Parijs kon doodvallen, en alle modeshows en die oneindige spelletjes van 'O, ik ben zo dik'. Iedereen die Miranda's gedrag gerechtvaardigd vond omdat ze een goede fotograaf de juiste kleren liet fotograferen en er een leuk blaadje van maakte kon doodvallen. Hoe durfde dat kreng zelfs maar te denken dat ik op haar leek? En het allerergste was dat ze gelijk had. Waarom stond ik hier in godsnaam nog en liet ik me uitschelden, kleineren en vernederen door deze vreugdeloze vrouwelijke versie van de duivel? Oké, misschien, heel misschien, zat ik over dertig jaar bij een soortgelijke modeshow met niemand anders om me heen dan een assistente die me haatte en een hele meute mensen die deden alsof ze me aardig vonden, omdat ze niet anders konden.

Ik haalde mijn telefoon uit mijn zak, toetste een nummer in en zag dat Miranda zich steeds drukker maakte.

'Ahn-dre-ah!' fluisterde ze, te chic om een scène te maken. 'Wat moet dat voorstellen? Ik zeg dat mijn dochters onmiddellijk een paspoort nodig hebben en jij besluit gezellig te gaan telefoneren? Verkeer je soms in de onjuiste veronderstelling dat ik je daarvoor heb meegenomen naar Parijs?'

Mijn vader nam in zijn spreekkamer na drie keer rinkelen op, maar ik zei niet eens hallo.

'Pap, ik neem het eerste vliegtuig dat ik kan krijgen. Ik bel je zodra ik op het vliegveld in New York ben. Ik kom naar huis.' Ik klapte de telefoon dicht voordat hij iets terug kon zeggen en keek Miranda aan, die oprecht verbaasd leek. Er brak een glimlach door de hoofdpijn en misselijkheid toen ik besefte dat ze heel even sprakeloos was, dankzij mij. Helaas herstelde ze zich snel. Er bestaat een kansje dat ik niet ontslagen zou zijn als ik onmiddellijk had gesmeekt, alles had uitgelegd en niet zo opstandig had gedaan, maar ik kon geen greintje zelfbeheersing meer opbrengen.

'Ahn-dre-ah, je snapt toch wel waar je mee bezig bent, hè? Je weet dat als je nu vertrekt, ik gedwongen zal zijn...'

'*Fuck you*, Miranda. *Fuck you*!'

Ze hapte hoorbaar naar adem en sloeg geschrokken haar hand voor haar mond, en ik voelde hoe een flink aantal modeminnaars zich omdraaide om te kijken waar die commotie vandaan kwam. Ze begonnen te wijzen en te fluisteren, net zo geschokt als Miranda dat een of andere onbeduidende assistente zoiets durfde te zeggen – en niet erg zachtjes – tegen een van de grootste levende legenden in de modewereld.

'Ahn-dre-ah!' Ze pakte me met haar klauwachtige hand bij mijn bovenarm, maar ik rukte hem los en zette een enorme glimlach op. Dit leek me bovendien een geschikt moment om op te houden met fluisteren en ons geheimpje met de anderen te delen.

'Het spijt me, Miranda,' zei ik met mijn gewone stem, die voor het eerst sinds ik in Parijs was niet vreselijk onvast klonk. 'Ik kan morgen helaas niet op je feestje komen. Dat begrijp je toch wel, hè? Het wordt vast enig, dus geniet er alsjeblieft van. Dat was het.' En voordat ze kon reageren, hees ik mijn tas wat hoger op mijn schouder en liep ik zonder me iets aan te trekken van de pijn die van mijn hielen tot mijn tenen door mijn voeten trok naar buiten om een taxi aan te houden. Ik kon me niet herinneren dat ik me ooit lekkerder had gevoeld. Ik ging naar huis.

18

'Jill, je moet je zus niet de hele tijd roepen!' schreeuwde mijn moeder weinig behulpzaam. 'Ik denk dat ze nog slaapt.' En ze riep nog harder onder aan de trap: 'Andy, slaap je nog?'

Ik deed met moeite één oog open en keek op de klok. Kwart over acht 's morgens. Goeie god, waren die lui wel goed bij hun hoofd?

Ik moest een paar keer van mijn ene op mijn andere zij rollen voordat ik de kracht kon opbrengen om mezelf overeind te slepen, en toen ik eindelijk rechtop zat, smeekte mijn hele lijf om slaap, nog een klein beetje slaap.

'Goedemorgen,' zei Lily met een glimlach, en haar gezicht kwam tot een paar centimeter van het mijne toen ze zich naar me omdraaide. 'Ze staan hier wel vroeg op, zeg.' Omdat Jill en Kyle en de baby thuis waren vanwege Thanksgiving had Lily moeten verhuizen van Jills oude slaapkamer naar mijn onderschuifbed, dat we uitgetrokken hadden en dat nu bijna op gelijke hoogte lag met mijn eigen eenpersoonsbedje.

'Wat klaag je nou? Zo te zien ben je juist blij dat je wakker bent, al snap ik niet waarom.' Ze lag de krant te lezen, steunend op één elleboog, en had een kop koffie op de grond naast het bed staan.

'Ik lig al de hele ochtend naar het gehuil van Isaac te luisteren.'

'Heeft hij gehuild? Echt waar?'

'Dat jij dat niet hebt gehoord! Onafgebroken, vanaf half zeven. Het is een leuk kind, Andy, maar het moet afgelopen zijn met dat gedoe 's ochtends.'

'Meisjes!' schreeuwde mijn moeder. 'Is er al iemand wakker? Hallo! Ik vind het niet erg als jullie nog slapen, maar geef me even een seintje, dan weet ik hoeveel wafels ik moet ontdooien!'

'Geef even een seintje? Ik vermoord haar, Lil.' En ik riep tegen de nog altijd gesloten deur: 'We slapen nog, is dat niet duidelijk? Heel vast, waarschijnlijk nog urenlang. We horen jou of de baby helemaal niet schreeuwen, we horen helemaal niks!' Ik liet me terug in bed vallen en Lily lachte.

'Rustig maar,' zei ze, heel on-Lily-achtig. 'Ze zijn gewoon blij dat je er bent, en ik ben persoonlijk óók blij dat ik hier ben. Bovendien is het maar voor een paar maanden, en we hebben elkaar toch? Zo erg is het niet.'

'Een paar maanden? We zijn hier pas een maand en ik ben al in staat om een kogel door mijn kop te jagen.' Ik trok mijn nachthemd over mijn hoofd – een oud sportshirt van Alex – en deed een sweater aan. De spijkerbroek die ik al een paar weken lang iedere dag aanhad lag opgefrommeld bij de kast; toen ik hem over mijn heupen trok, viel me op dat hij best strak zat. Nu ik niet langer mijn toevlucht hoefde te zoeken tot een snelle beker soep of alleen sigaretten en Starbucks-koffie, had mijn lichaam zich aangepast en zaten de vijf kilo die ik bij *Runway* was afgevallen er weer aan. En ik vond het niet eens erg; ik gelóófde Lily en mijn ouders wanneer ze zeiden dat ik er gezond uitzag en niet dik was.

Lily trok een joggingbroek aan over de boxershort waarin ze had geslapen en bond een bandana om haar pluizige bos krullen. Als ze haar haar uit haar gezicht droeg, kon je de felrode plekken op haar voorhoofd beter zien, waar ze het glas van de voorruit in haar gezicht had gekregen, maar de hechtingen waren er al uit en de dokter had haar verzekerd dat ze er weinig of geen littekens aan zou overhouden. 'Kom op,' zei ze, en ze pakte de krukken die overal waar ze kwam tegen de muur stonden. 'Ze gaan vandaag allemaal weg, dus misschien kunnen we vannacht een keer fatsoenlijk slapen.'

'Ze houdt toch niet op met roepen tot we naar beneden komen,' mompelde ik, en ik hielp haar aan haar elleboog overeind. Het gips om haar rechterenkel stond vol handtekeningen van mijn hele familie, en Kyle had er zelfs irritante beterschapswensen namens Isaac op geschreven.

'Nee, dat kun je wel vergeten.'

Mijn zus verscheen in de deuropening met de baby in haar armen. Het kwijl droop tot halverwege zijn kin, maar hij kraaide tevreden. 'Kijk eens wie we hier hebben,' kirde ze in haar babytaaltje, en ze liet hem op en neer wippen in haar armen. 'Isaac, zeg eens tegen tante Andy dat ze niet zo oervervelend moet doen en dat we allemaal heel gauw vertrekken. Wil je dat voor mammie doen, schatje? Ja?'

Isaac reageerde met een schattig babyniesje, waarop Jill reageerde alsof hij zojuist als een volwassen man uit haar armen was opgestaan en een paar sonnetten van Shakespeare had voorgedragen. 'Zag je dat, Andy, hoorde je dat? O, wat is mijn mannetje toch schattig!'

'Goedemorgen,' zei ik, met een kus op haar wang. 'Je weet toch dat ik helemaal niet wil dat je weggaat, hè? En Isaac mag ook blijven, als hij maar leert om van twaalf uur 's nachts tot tien uur 's morgens te slapen. Voor mijn part blijft Kyle zelfs hier, als hij belooft zijn mond te houden. Nou, zie je wel, ik ben hartstikke makkelijk.'

Lily hobbelde moeizaam de trap af en begroette mijn ouders, die allebei op het punt stonden om te gaan werken en net afscheid namen van Kyle.

Ik maakte mijn bed op, schoof dat van Lily eronder en schudde haar kussen flink op voordat ik het voor de rest van de dag in de kast legde. Ze was nog voordat ik uit het vliegtuig uit Parijs stapte bijgekomen uit haar coma, en na Alex was ik de eerste geweest die haar wakker zag. Er waren ontelbare onderzoeken gedaan op ieder denkbaar lichaamsdeel, maar ze was kerngezond en had alleen een paar hechtingen in haar gezicht en hals en een gebroken enkel. Ze zag er natuurlijk vreselijk uit – precies zoals je zou verwachten van iemand die nader kennis heeft gemaakt met een tegemoetkomende auto – maar ze was weer op de been en ik vond haar zelfs irritant opgewekt voor iemand die had doorgemaakt wat zij had doorgemaakt.

Het was mijn vaders idee geweest om onze flat een paar maanden onder te verhuren en bij mijn ouders te gaan wonen. Hoewel ik het niet bepaald een aantrekkelijk vooruitzicht vond, liet mijn niet-bestaande salaris me geen keus. Bovendien was Lily blij met de kans om een tijdje de stad uit te gaan, weg van alle vragen en het geroddel dat zeker zou volgen zodra ze weer bekenden tegenkwam. We hadden de flat op internet aangeprezen als 'ideale uitvalsbasis voor een bezoek aan New York tijdens de feestdagen', en tot onze schrik en verbazing had een ouder Zweeds echtpaar van wie alle kinderen in de stad woonden de volle vraagprijs betaald: zeshonderd dollar per maand meer dan we zelf betaalden. Driehonderd dollar per persoon per maand was ruim voldoende om van te leven, vooral omdat mijn ouders het eten betaalden en we hun oude, gedeukte Chevrolet Camry mochten gebruiken. De Zweden zouden de week na nieuwjaar vertrekken, zodat Lily op tijd kon beginnen aan haar semester en ik met... iets.

Emily was degene die me officieel had ontslagen. Niet dat ik na mijn grofgebekte woedeaanval nog enige twijfels had gehad over mijn arbeidsstatus, maar Miranda was zo woest geweest dat ze me nog een trap na had gegeven. Het geheel had niet langer dan drie of vier minuten geduurd en had zich voltrokken met die meedogenloze *Runway*-efficiëntie waar ik zo dol op was.

Ik had net genoeg tijd gehad om een taxi aan te houden en mijn linkerlaars van mijn kloppende voet te trekken toen de telefoon ging. Natuurlijk maakte mijn hart instinctief een enorme sprong, maar toen ik me herinnerde wat ik zojuist tegen Miranda had gezegd, wat ze met haar *Je doet me denken aan mezelf op jouw leeftijd* kon doen, wist ik dat zij het niet kon zijn. Toen ik snel uitrekende hoeveel minuten er ongeveer waren verstreken (één waarin Miranda haar opengevallen mond dichtdeed en zich herstelde omdat al die modeminnaars van kantoor stonden te kijken, één om haar telefoon te pakken en Emily te bellen, een derde om de smerige details van mijn ongekende uitbarsting over te brengen en een laatste waarin Emily Miranda verzekerde dat ze er persoonlijk voor zou zorgen 'dat het afgewerkt werd'), twijfelde ik er geen moment aan, hoewel er op mijn schermpje slechts 'internationaal' stond, wie de beller was.

'Hoi Em, alles goed?' zei ik overdreven opgewekt, terwijl ik mijn blote voeten over elkaar wreef en probeerde om daarbij de smerige vloer van de taxi niet te raken.

Ze leek een beetje van haar stuk gebracht door mijn blije toon. 'Andrea?'

'Ja, met mij, ik ben het. Wat is er? Ik heb een beetje haast, dus...'

Ik dacht erover om haar op de man af te vragen of ze me moest ontslaan, maar ik besloot het haar een keer niet al te moeilijk te maken. Ik zette me schrap voor de tirade die ongetwijfeld zou volgen – hoe kon je haar zo laten barsten/ mij laten barsten/ *Runway* laten barsten/ de complete modewereld laten barsten, bla bla bla – maar die kwam niet.

'O ja, natuurlijk. Ik heb zojuist Miranda gesproken...' Haar stem ebde weg, alsof ze hoopte dat ik de zin zou afmaken en zou uitleggen dat het allemaal een misverstand was, dat ze zich geen zorgen hoefde te maken en dat ik het in de afgelopen vier minuten weer goedgemaakt had.

'En je hebt gehoord wat er is gebeurd, neem ik aan?'

'Eh, ja! Andy, hoe staat het ervoor?'

'Dat zou ik jou moeten vragen.'

Stilte.

'Moet je horen, Em, ik heb zo'n gevoel dat je belt om me te ontslaan. Dat geeft niet, ik weet dat het niet jouw beslissing is. Heeft ze gezegd dat je me moet dumpen?' Ook al voelde ik me lichter dan ik me in maanden had gevoeld, ik betrapte mezelf erop dat ik mijn adem inhield. Misschien vroeg ik me af of het mogelijk was dat Miranda, door stom geluk – of ongeluk – respect in plaats van afkeer voor me had gevoeld toen ik *fuck you* tegen haar had gezegd.

'Ja. Ze heeft me gevraagd je te laten weten dat je ontslagen bent, met onmiddellijke ingang, en ze wil dat je weg bent uit het Ritz als ze terugkomt van de show.' Ze zei het zachtjes en met iets van spijt in haar stem. Misschien kwam het doordat het haar vele uren, dagen en weken zou kosten om iemand anders te vinden en in te werken, maar het klonk alsof er meer achter zat.

'Je zult me missen, hè Em? Kom op, zeg het dan, ik zal het niet doorvertellen. Wat mij betreft heeft dit gesprek nooit plaatsgehad. Jij wilt niet dat ik wegga, hè?'

Wonder boven wonder begon ze te lachen. 'Wat heb je tegen haar gezegd? Ze wilde alleen maar loslaten dat je onbeschoft en ongemanierd was geweest, en dat bleef ze maar herhalen. Meer kreeg ik niet uit haar.'

'O, dat komt waarschijnlijk doordat ik *fuck you* tegen haar heb gezegd.'

'Dat meen je niet!'

'Je belt om me te ontslaan, dus geloof me maar.'

'O, god.'

'Ach, ja. Ik zou liegen als ik zou zeggen dat ik ooit eerder in mijn armzalige leventje zo'n voldaan gevoel heb gehad. Al ben ik nu natuurlijk wel ontslagen door de machtigste vrouw in de tijdschriftenwereld. Ik zie absoluut geen kans om nog ooit mijn torenhoge MasterCard-schulden af te betalen, en dat niet alleen: ik denk dat ik een baan bij een ander blad ook wel kan vergeten. Misschien moet ik het bij een van haar vijanden proberen. Die zouden me graag aannemen, denk je niet?'

'Nou en of. Stuur je cv naar Anna Wintour – ze hebben elkaar nooit erg gemogen.'

'Hmm, ik zal erover nadenken. Luister Em, wat er ook gebeurd is, even goede vrienden, oké?' We wisten allebei dat we absoluut, helemaal, totaal niets gemeen hadden, behalve Miranda Priestly, maar nu het zo goed ging tussen ons, moest ik maar even meespelen.

'Natuurlijk,' loog ze onhandig. Ze wist dat ik weldra de allerhoogste regionen van het sociale-verstotelingendom zou betreden. Het was uitgesloten dat Emily ooit zou toegeven dat ze me zelfs maar had gekend, maar dat gaf niet. Misschien zouden we er over tien jaar samen om kunnen lachen, wanneer zij pontificaal op de voorste rij zat bij de show van Marc Jacobs en ik mijn kleren nog steeds in de koopjeskelder kocht en bij Benihana ging eten. Maar waarschijnlijk niet.

'Ik zou graag nog wat langer kletsen, maar ik zit een beetje in de stress en ik weet niet wat ik moet doen. Ik moet een manier bedenken om zo snel mogelijk thuis te komen. Denk je dat ik mijn retourticket nog kan gebruiken? Ze kan me toch niet zomaar in een vreemd land ontslaan en me aan mijn lot overlaten?'

'Natuurlijk heeft ze daar het volste recht toe, Andrea,' zei ze. Aha! Dat moest ze toch even kwijt. Het was een geruststellend idee dat sommige dingen blijkbaar nooit veranderden. 'Per slot van rekening ben jij degene die het bedrijf de rug toekeert – je hebt haar gedwongen je te ontslaan. Maar ik denk niet dat ze haatdragend is. Boek je ticket maar om op onze kosten, dan bedenk ik wel iets om ze vergoed te krijgen.'

'Bedankt, Em. Dat stel ik echt op prijs.'

'Succes, Andrea. En ik hoop dat je vriendin weer helemaal opknapt.'

'Dank je. En jij ook succes. Je wordt nog eens een fantastische redacteur.'

'Echt? Denk je dat?' vroeg ze gretig en blij. Ik heb geen idee waarom mijn mening er iets toe deed – ik was de grootste mislukkeling die de modewereld ooit had gekend – maar zo te horen was ze er heel, heel blij mee.

'Zeker weten. Zonder enige twijfel.'

Meteen toen ik ophing, belde Christian. Het verbaasde me niet dat hij al had gehoord wat er was gebeurd. Niet te geloven. Maar hij genoot zo van de pikante details en kwam met zoveel beloften en uitnodigingen dat ik weer misselijk werd. Ik zei zo rustig mogelijk dat ik een hoop moest regelen, dat ik liever niet had dat hij me belde en dat ik wel contact met hem zou opnemen als ik daar zin in had.

Omdat ze nog niet konden weten dat ik me had laten ontslaan, sloofden Monsieur Renaud en zijn gevolg zich vreselijk voor me uit toen ze hoorden dat ik door omstandigheden onmiddellijk naar huis moest. Het kostte het legertje hotelmedewerkers niet meer dan een halfuur om een plaats te reserveren voor de eerstvolgende vlucht naar New York, mijn koffers in te pakken en me op de achterbank van een limousine met goedgevulde bar te zetten, op weg naar Charles de Gaulle. De chauffeur was in een praatgrage bui, maar ik ging er niet echt op in: ik wilde genieten van mijn laatste momenten als de slechtst betaalde assistente met de beste secundaire arbeidsvoorwaarden in de vrije wereld. Ik schonk nog een laatste glas verrukkelijk droge champagne in en nam langzaam een grote slok. Het had me elf maanden, vierenveertig weken en ongeveer 3080 arbeidsuren gekost om erachter te komen – eens en voor altijd – dat het toch niet zo'n goed idee was om het evenbeeld van Miranda Priestly te worden.

Op het vliegveld in New York stond nu eens geen geüniformeerde chauffeur op me te wachten toen ik door de douane kwam, maar mijn vader, die vreselijk blij was om me te zien. We omhelsden elkaar, en toen hij over de eerste schrik vanwege mijn kleding heen was (een superstrakke, zeer gebleekte spijkerbroek van D & G met pumps en een volkomen doorschijnend bloesje – ja, sorry hoor, het stond bij de categorie 'diversen', subcategorie 'van en naar vliegveld' en het was veruit het vliegtuigvriendelijkste dat ze voor me hadden ingepakt), had hij heel goed nieuws voor me: Lily was bijgekomen. We gingen meteen door naar het ziekenhuis, waar ze zowaar een cynische opmerking over mijn kleding maakte zodra ik binnenkwam.

Natuurlijk had ze nog met de juridische kant van de zaak te kampen; ze was immers stomdronken met hoge snelheid tegen het verkeer in gereden. Maar omdat er verder niemand ernstig gewond was geraakt, was de rechter onvoorstelbaar coulant geweest en had ze – naast een strafblad wegens rijden onder invloed – alleen een verplichte anti-alcoholcursus en een enorme taakstraf opgelegd gekregen. We hadden er niet veel over gepraat – ze had er nog steeds moeite mee om hardop toe te geven dat ze een drankprobleem had – maar ik had haar naar de eerste groepsbijeenkomst gebracht en ze had na afloop toegegeven dat het niet al te 'soft en zweverig' was geweest. 'Maar wel verdomd irritant,' had ze gezegd, maar toen ik haar met opgetrokken wenkbrauwen een speciale vernietigende blik toegeworpen had (à la Emily) had ze gezegd dat er wel heel leuke jongens bij zaten en dat het geen kwaad zou kunnen om eens op stap te gaan met iemand die nuchter was. Daar zat wat in. Mijn ouders hadden haar overgehaald om het hele verhaal eerlijk te vertellen aan de decaan op Columbia. Dat leek in eerste instantie een nachtmerrie, maar het was heel goed afgelopen, net als in de film. Hij had het niet alleen goedgevonden dat Lily halverwege het semester tijdelijk stopte, maar ook nog een formulier ondertekend om ervoor te zorgen dat haar studiebeurs werd opgeschort tot het voorjaar.

Het zag ernaar uit dat Lily's leven weer op de rails stond, net als onze vriendschap. Met Alex lag het anders. Hij zat aan haar ziekenhuisbed toen ik die eerste keer binnenkwam, en zodra ik hem zag, wenste ik dat mijn vader niet zo diplomatiek was geweest om in de kantine te wachten. We begroetten elkaar opgelaten en praatten heel druk over Lily, maar toen hij een halfuur later zijn jas aantrok en ik hem uitzwaaide, hadden we eigenlijk nog niet écht iets tegen elkaar gezegd. Ik belde hem toen ik thuis was, maar hij schakelde de voicemail in. Na nog een paar keer te hebben gebeld en opgehangen, als een echte stalker, probeerde ik het nog één keer voordat ik naar bed ging. Hij nam op, maar hij hield zich op de vlakte.

'Hoi!' zei ik, zo aanbiddelijk en aangepast mogelijk.

'Hé.' Hij viel duidelijk niet voor mijn aanbiddelijkheid.

'Ik weet dat ze ook jouw vriendin is en dat je dit voor iedereen gedaan zou hebben, maar ik kan je niet genoeg bedanken voor alles wat je voor Lily hebt gedaan. Je hebt mij opgespoord, mijn ouders geholpen en uren aan haar bed gezeten. Echt heel fijn.'

'Geen probleem, iedereen zou hetzelfde doen als iemand die hij kent gewond in het ziekenhuis ligt. Het stelt echt niks voor.' Waarmee hij natuurlijk suggereerde dat iedereen het zou doen behalve iemand die ongelooflijk egoïstisch bezig is met belachelijke andere dingen, zoals ondergetekende.

'Alex, kunnen we hier alsjeblieft als...'

'Nee. Ik wil er nu niet over praten. Ik heb een jaar lang geprobeerd met je te praten – soms zelfs gesmeekt – en je had geen belangstelling. Ergens in dat jaar ben ik de Andy kwijtgeraakt op wie ik verliefd ben geworden. Ik weet niet hoe en ook niet precies wanneer, maar je bent beslist niet meer dezelfde als vóór je die baan kreeg. Mijn Andy zou niet eens overwogen hebben om een modeshow of een feestje of wat dan ook voorrang te geven boven een vriendin die haar heel hard nodig had. Héél hard. Ik ben blij dat je uiteindelijk hebt besloten om naar huis te komen, dat je hebt ingezien dat dat de juiste beslissing was, maar nu heb ik tijd nodig om na te denken over wat ik wil, met jou, met ons. Dit is niks nieuws, Andy, voor mij niet. Het is al een hele tijd aan de gang, alleen had jij het te druk om het te merken.'

'Alex, je hebt me nog geen seconde de tijd gegund om je onder vier ogen uit te leggen wat er allemaal is gebeurd. Misschien heb je gelijk en ben ik compleet veranderd, maar dat geloof ik niet. En ook al ben ik veranderd, dan ben ik er niet alleen maar slechter op geworden. Zijn we echt zo vreselijk uit elkaar gegroeid?'

Hij was mijn beste vriend, zelfs nog meer dan Lily, dat wist ik heel zeker, maar hij was al maandenlang mijn vriendje niet meer. Ik besefte dat hij gelijk had, en het werd tijd om hem dat te vertellen.

Ik haalde diep adem en zei wat ik moest zeggen, ook al voelde het niet bepaald goed op dat moment. 'Je hebt gelijk.'

'Echt? Dus je bent het met me eens?'

'Ja. Ik ben ontzettend egoïstisch geweest en heb je niet eerlijk behandeld.'

'Dus wat nu?' vroeg hij. Het klonk eerder berustend dan diepbedroefd.

'Ik weet het niet. Wat nu? Praten we vanaf nu niet meer met elkaar? Zien we elkaar niet meer? Ik heb geen idee hoe die dingen gaan. Ik wil dat je deel blijft uitmaken van mijn leven en ik kan me niet voorstellen dat ik geen deel zou uitmaken van jóúw leven.'

'Ik ook niet. Maar ik denk dat het nog heel lang zal duren voordat dat lukt. We waren geen vrienden voordat we verkering kregen, en ik kan me heel moeilijk voorstellen hoe dat zou zijn. Maar wie weet, misschien als we allebei genoeg tijd hebben gehad om alles op een rijtje te zetten...'

Het was de eerste avond dat ik terug was, en toen ik ophing moest ik huilen. Niet alleen om Alex, maar ook om alles wat er het afgelopen jaar was veranderd. Ik was bij Elias-Clark binnengelopen als een naïef, slecht gekleed meisje en was wankelend naar buiten gekomen als een enigszins geharde, slecht geklede, min of meer volwassen vrouw (die nu wel wíst hoe slecht gekleed ze was). Maar in de tussenliggende periode had ik genoeg ervaring opgedaan voor minstens honderd 'eerste baantjes'. En misschien was het wel de moeite waard geweest, ook al stond er met grote letters ONTSLAGEN in mijn cv, ook al had mijn vriend het zojuist uitgemaakt en had ik niets tastbaarders dan een koffer (oké, vier koffers van Louis Vuitton) vol schitterende designerkleding.

Ik zette de telefoon af, pakte een oud schoolschrift uit de onderste lade van mijn bureau en begon te schrijven.

Mijn vader was al naar zijn spreekkamer gevlucht en mijn moeder was op weg naar de garage toen ik beneden kwam.

'Goedemorgen, lieverd! Ik wist niet dat je al wakker was! Ik moet meteen weg, want ik heb om negen uur een student. Jills vlucht vertrekt om twaalf uur en je kunt maar beter op tijd vertrekken, want het wordt druk op de weg. Mijn telefoon staat aan, mocht er iets gebeuren. O, eten Lily en jij vanavond thuis?'

'Ik weet het nog niet. Ik ben net wakker en heb nog niet eens een kop koffie gedronken. Mag ik dat straks beslissen?'

Maar ze was niet eens blijven staan om naar mijn verwende, verwaande antwoord te luisteren; ze was al bijna de deur uit voordat ik mijn mond opendeed. Lily, Jill, Kyle en de baby zaten zwijgend aan de keukentafel verschillende stukken van de *Times* te lezen. Er stond een schaal kleffe, onappetijtelijke wafels in het midden, met een fles stroop ernaast en een pakje boter dat regelrecht uit de koelkast kwam. Het enige wat werd aangeraakt was de koffie, die mijn vader had meegebracht van zijn bezoek aan de donutzaak – een traditie die voortkwam uit zijn begrijpelijke onwil om iets te eten wat mijn moeder zelf had klaargemaakt. Ik prikte met mijn vork een wafel op een papieren bordje en wilde er een stuk af snijden, maar hij viel meteen uit elkaar en er bleef een papperig hoopje deeg over.

'Dit is niet te eten. Heeft papa vandaag nog donuts gehaald?'

'Ja, hij heeft ze verstopt in de kast naast zijn spreekkamer,' zei Kyle met zijn lijzige stem. 'Hij wilde niet dat je moeder het zou zien. Breng je de doos mee?'

De telefoon ging toen ik op weg was naar de verborgen buit.

'Hallo?' zei ik zo geërgerd mogelijk. Ik had eindelijk afgeleerd om de telefoon op te nemen met 'Met het kantoor van Miranda Priestly'.

'Hallo, is Andrea Sachs aanwezig?'

'Dat ben ik. Met wie spreek ik?'

'Andrea, hallo, met Loretta Andriano van *Seventeen*.'

Mijn hart sloeg over. Ik had een 'fictief' artikel van tweeduizend woorden opgestuurd over een tiener die zo opging in haar studie dat ze haar vrienden en familie totaal verwaarloosde. Ik had het stomme stukje in twee uur geschreven, maar waarschijnlijk had ik precies de juiste toon aangeslagen: grappig en toch aandoenlijk.

'Hee, hallo.'

'Ik heb je verhaal gekregen en ik moet je zeggen dat ik het erg leuk vind. Er moet natuurlijk nog wat aan geschaafd worden en het taalgebruik mag wel wat minder heftig – onze lezers zijn nog vrij jong – maar ik zou het graag willen plaatsen in het februarinummer.'

'Echt waar?' Ik kon het haast niet geloven. Ik had het verhaal naar een stuk of tien tienertijdschriften gestuurd, en een iets volwassener versie naar wel vijfentwintig vrouwenbladen, maar ik had nog helemaal niets gehoord.

'Jazeker. We betalen 1,50 dollar per woord, en je zult wat formulieren moeten invullen. Je hebt wel vaker als freelancer gepubliceerd, toch?'

'Nee, eigenlijk niet, maar ik heb wel bij *Runway* gewerkt.' Ik zou niet weten wat ik dáár nou aan moest hebben – vooral niet omdat ik er nooit wat anders had geschreven dan nepmemo's van Miranda om mensen te intimideren – maar het gapende gat in mijn logica leek Loretta te ontgaan.

'O ja? Mijn eerste baan na mijn afstuderen was als modeassistente bij *Runway*. Ik heb daar in een jaar tijd meer geleerd dan in de volgende vijf jaar bij elkaar.'

'Het was inderdaad een hele ervaring. Ik heb geluk gehad.'

'Wat deed je daar precies?'

'Ik was de assistente van Miranda Priestly.'

'Dat meen je niet! Arm kind, daar wist ik niets van. Wacht eens even... Ben jij degene die in Parijs ontslagen is?'

Ik besefte te laat dat ik een grote fout had gemaakt. Er had een paar dagen na mijn thuiskomst een flink stuk over de hele toestand in de rubriek *Page Six* gestaan, waarschijnlijk afkomstig van een van de modeminnaars van kantoor die getuige waren geweest van mijn vreselijk slechte manieren. Het kon haast niet anders, want ik was er letterlijk in geciteerd. Hoe kon ik nu zomaar vergeten dat anderen dat misschien ook hadden gelezen? Ik had zo'n gevoel dat Loretta een stuk minder enthousiast zou zijn over mijn artikel dan drie minuten daarvoor, maar er was nu geen ontsnapping meer mogelijk.

'Eh, ja. Het was niet zo erg als het leek, hoor, echt niet. In dat artikel in *Page Six* is het hele verhaal vreselijk opgeblazen.'

'Nou, ik hoop anders van niet! Het werd tijd dat iemand eens *fuck you* tegen dat mens zei, en als jij diegene bent geweest: petje af! Ze heeft mijn leven een jaar lang tot een hel gemaakt toen ik daar werkte, en ik hoefde niet eens een woord met haar te wisselen. Luister eens, ik heb dadelijk een perslunch, maar zullen we iets afspreken? Je moet toch langskomen om de formulieren in te vullen en het lijkt me leuk om je te ontmoeten. Breng gerust wat meer artikelen mee die je geschikt lijken voor *Seventeen*.'

'Graag. Goh, dat klinkt goed.' We spraken af voor vrijdag drie uur, en toen ik ophing, kon ik nog steeds niet geloven wat me was overkomen. Kyle en Jill hadden de baby bij Lily achtergelaten en waren zich aan het aankleden en hun spullen aan het inpakken, en Isaac was net begonnen aan een soort huil-gejammer dat klonk alsof hij binnen twee seconden volslagen hysterisch kon worden. Ik pakte hem op, legde hem over mijn schouder en wreef door zijn badstoffen trappelpakje heen over zijn ruggetje, en tot mijn verbazing hield hij zijn mond.

'Je raadt nooit wie dat was!' jubelde ik, terwijl ik de kamer rond danste met Isaac. 'Dat was een bureauredacteur van *Seventeen*. Ze gaan een verhaal van me publiceren!'

'Ga weg! Laat je je levensverhaal plaatsen?'

'Niet míjn levensverhaal, dat van "Jennifer". Het zijn maar tweeduizend woorden, dus het is geen gigantische opdracht, maar het is een begin.'

'Ja, hoor, jij zegt het. Jonge meid is zo druk bezig iets te bereiken dat ze alle belangrijke mensen in haar leven verwaarloost. Het verhaal van "Jennifer", natúúrlijk.' Lily sloeg grinnikend haar ogen ten hemel.

'Ach, dat zijn maar details. Het gaat erom dat ze het in het februarinummer plaatsen en dat ik er drieduizend dollar voor krijg. Idioot, hè?'

'Gefeliciteerd, Andy. Echt, dat is geweldig. En straks kun je het weer in je knipselmap stoppen om nieuwe opdrachten binnen te halen.'

'Precies. Het is niet bepaald *The New Yorker*, maar het is best een goede eerste stap. Als ik zo nog een paar verhalen kan slijten, misschien aan verschillende bladen, dan kan ik best iets bereiken. Ik heb vrijdag een afspraak met haar en ze heeft gezegd dat ik nog meer werk mag meebrengen. Ze vroeg niet eens of ik Frans spreek en ze kan Miranda wel schieten. Met zo iemand kan ik wel samenwerken.'

Ik bracht de hele ploeg uit Texas naar het vliegveld, haalde voor Lily en mij een lekker vette lunch bij Burger King om de donuts van het ontbijt mee weg te spoelen en werkte de rest van de dag – en de volgende dag en de dag daarna – aan een paar artikelen om aan de Miranda-hatende Loretta te laten zien.

19

'Een grote vanillecappuccino, graag,' deed ik mijn bestelling bij een medewerkster van Starbucks aan 57th Street die ik nog nooit had gezien. Het was maanden geleden dat ik hier was geweest en me met een blad vol koffie en muffins terug naar Miranda had gehaast, voordat ze me ontsloeg omdat ik verkeerd ademhaalde. Nu ik er zo eens over nadacht, was het toch een stuk beter dat ik ontslagen was omdat ik *fuck you* had geschreeuwd dan dat ze me op straat gezet zou hebben omdat ik zoetjes voor haar had meegebracht in plaats van rietsuiker. Zelfde resultaat, maar toch een heel ander verhaal.

Goh, wat een verloop onder het personeel bij Starbucks. Er werkte niemand meer die me ook maar vaag bekend voorkwam, waardoor het nog langer geleden leek dat ik hier zoveel tijd had doorgebracht. Ik streek mijn zwarte broek glad (mooi model maar geen bekende ontwerper) en keek of er geen stadse modder aan de omslagen zat. Ik besefte dat een compleet personeelsbestand van modefreaks het hoofdschuddend níét met me eens zou zijn, maar ik vond dat ik er verdomd goed uitzag voor mijn tweede sollicitatiegesprek. Ik wist nu niet alleen dat niemand bij een tijdschrift een pak draagt, maar op de een of andere manier was er door mijn jaar tussen de haute couture waarschijnlijk ook wel wat gevoel voor kleding bij me blijven hangen.

De cappuccino was bijna té warm, maar hij smaakte heerlijk op die kille, natte dag waarop de donkere, late middaglucht de hele stad grijs kleurde. Normaal gesproken zou ik er somber van geworden zijn. Het was per slot van rekening deprimerend weer in een van de deprimerendste maanden van het jaar (februari), zo'n dag waarop zelfs de grootste optimisten liever onder de dekens zouden kruipen en de pessimisten geen schijn van kans maakten om op de been te blijven zonder een handvol antidepressiva. Maar Starbucks was sfeervol verlicht en gezellig druk, en ik kroop in een van de grote groene fauteuils en probeerde niet te denken aan het vette haar van degenen die er vóór me op hadden gezeten.

De afgelopen drie maanden was Loretta mijn mentor, heldin en redder in nood geweest. Het had meteen geklikt bij die eerste ontmoeting, en daarna was ze steeds even fantastisch voor me geweest. Zodra ik haar ruime maar rommelige kantoor was binnengekomen en had gezien dat ze – ooo! – dik was, had ik het gevoel gekregen dat ik haar wel eens heel leuk zou kunnen vinden. Ze had me een stoel aangeboden en ieder woord gelezen van de artikelen waaraan ik de hele week had gewerkt: stukken met een stevige knipoog over modeshows, een gelikt verhaal over het werk als assistente van een beroemdheid en een hopelijk gevoelig artikel over het doodbloeden van een relatie van drie jaar met iemand van wie je houdt maar met wie je niet meer kunt leven. Het was fantastisch, bijna misselijkmakend, zo goed als Loretta en ik met elkaar konden opschieten. We hadden dezelfde nachtmerries over *Runway* (ik had pas nog afschuwelijk gedroomd: mijn ouders waren door de Parijse modepolitie doodgeschoten omdat ze in korte broek over straat liepen, en op de een of andere manier was het Miranda gelukt me officieel te adopteren) en we kwamen al snel tot de conclusie dat we precies hetzelfde waren, alleen met een leeftijdsverschil van zeven jaar.

Ik had pasgeleden de briljante ingeving gekregen om al mijn *Runway*-kleding te verkopen aan zo'n tweedehandswinkel voor snobs op Madison Avenue, en nu was ik een rijke vrouw – ik kon het me veroorloven om voor weinig geld te schrijven, zolang mijn naam maar werd vermeld. Ik had al die tijd gewacht tot Emily of Jocelyn me zou bellen dat er een koerier onderweg was om de kleren op te halen, maar dat gebeurde niet. Ze waren dus allemaal van mij. Alleen de wikkeljurk van Diane von Furstenberg had ik apart gehouden. Toen ik de inhoud van mijn bureauladen – door Emily in dozen gedaan en opgestuurd – had doorgespit, was ik de brief van Anita Alvarez tegengekomen, waarin ze haar grenzeloze bewondering uitsprak voor alles wat met *Runway* te maken had. Ik was steeds van plan geweest haar een heel mooie jurk te sturen, maar ik had er nooit tijd voor gehad. Nu wikkelde ik de jurk met de grafische patronen in vloeipapier, deed er een paar Manolo's bij en vervalste een briefje van Miranda; een talent dat ik helaas nog steeds bleek te hebben. Dat meisje moest weten, voor één keer, hoe het voelde om iets heel moois te bezitten. En wat nog belangrijker was: ze moest denken dat er iemand was die aan haar dacht en zich iets van haar aantrok. Ik postte het pakketje zodra ik weer in de stad was, zodat ze niet zou vermoeden dat het niet echt afkomstig was van *Runway*.

Behalve de jurk, de strakke en zeer sexy D & G-spijkerbroek en het klassieke doorgestikte handtasje-met-ketting van Chanel dat ik aan mijn moeder had gegeven ('O, schat, heel mooi. Welk merk was het ook alweer?') verkocht ik alles: dunne bloesjes, leren broek, laarzen met naaldhakken en open sandaaltjes. De vrouw achter de toonbank van de tweedehandszaak belde de eigenares en samen besloten ze dat het het beste was om de winkel een paar uur te sluiten om mijn spullen te bekijken en de waarde te bepalen. Alleen al de bagage van Louis Vuitton – twee grote koffers, een middelgrote tas en een enorme hutkoffer – leverde me zesduizend dollar op, en toen ze eindelijk stopten met fluisteren, bestuderen en giechelen, liep ik de deur uit met een cheque van iets meer dan 38.000 dollar. Waarmee ik volgens mijn berekeningen een jaar lang de huur en zelfs mijn eten kon betalen terwijl ik een schrijfcarrière probeerde op te zetten. En toen was Loretta in mijn leven verschenen en was het meteen een stuk leuker geworden.

Ze wilde al vier stukken van me plaatsen: één heel kort, net iets langer dan een uitgebreide quote, twee van vijfhonderd woorden en het oorspronkelijke artikel van tweeduizend woorden. Maar wat nog veel mooier was, was dat ze bizar genoeg niets liever wilde dan me aan contacten helpen. Ze stelde me voor aan mensen bij andere tijdschriften die misschien geïnteresseerd zouden zijn in werk van freelancers, en zo kwam ik op die sombere, bewolkte winterdag terecht bij die Starbucks uit mijn verleden: ik ging weer naar Elias-

Clark. Het had haar heel wat overredingskracht gekost om me ervan te overtuigen dat Miranda me niet zou aanvliegen zodra ik het gebouw binnenkwam, maar ik was toch nerveus. Niet verstijfd van angst, zoals in de tijd dat een rinkelende telefoon mijn hart al deed bonzen, maar toch tamelijk schichtig bij de gedachte – ergens diep in mijn achterhoofd – dat ik een glimp van haar zou opvangen. Of van Emily. Of wie dan ook, eigenlijk, behalve James, die er ook nog steeds werkte.

Op de een of andere manier, om een of andere onverklaarbare reden, had Loretta een oude huisgenote van haar gebeld die op de afdeling Stadsnieuws van *The Buzz* werkte en gezegd dat ze een nieuwe schrijfster had ontdekt die het helemaal ging maken. En dat moest ik dan zijn. Ze had een gesprek voor me geregeld en er zelfs bij gezegd dat Miranda me de laan uit had gestuurd, maar de vrouw had alleen maar gelachen en gezegd dat ze als ze iedereen moesten weigeren die ooit was ontslagen door Miranda, geen schrijvers meer zouden overhouden.

Ik dronk mijn cappuccino op, pakte met hernieuwde energie mijn map met artikelen en liep – deze keer heel rustig, zonder onophoudelijk rinkelende telefoon of mijn handen vol bekers koffie – naar het gebouw van Elias-Clark. Een korte verkenning vanaf het trottoir overtuigde me ervan dat er geen *Runway*-slaafjes in de lobby waren, en ik duwde met mijn hele gewicht tegen de draaideur. Er was niets veranderd in de maanden dat ik hier niet was geweest: Achmed stond achter de kassa in de kiosk en er hing een enorme, glanzende poster voor een feest van *Chic* die maand bij Spa. Hoewel ik me officieel had moeten aanmelden, liep ik instinctief meteen door naar de draaihekjes. Ik hoorde onmiddellijk een bekende stem zingen. *American Pie*! Wat een schatje, dacht ik, dit was het afscheidslied dat ik nooit had kunnen zingen. Toen ik me omdraaide stond Eduardo daar, kolossaal en bezweet als altijd, te grijnzen. Maar niet naar mij. Voor het draaihekje het dichtst bij hem stond een heel lang, dun meisje met pikzwart haar en groene ogen, in een bloedmooie strakke krijtstreepbroek met een kort naveltruitje. Ze sleepte een houdertje met Starbucks-koffie, een overvolle tas met kranten en tijdschriften, drie hangers met complete outfits eraan en een tas met de initialen MP met zich mee. Net toen ik besefte wie ze moest zijn, begon haar mobiele telefoon te rinkelen, en ze keek zo paniekerig dat ik dacht dat ze ter plekke in tranen zou uitbarsten. Maar toen het hekje na herhaaldelijk duwen nog niet openging, zuchtte ze: '*Bye, bye, Miss American Pie.*' Toen ik weer naar Eduardo keek, lachte hij snel even naar me en gaf hij me een knipoog. En toen, terwijl het mooie meisje met het zwarte haar haar couplet afmaakte, deed hij het hekje voor me open alsof ik iemand was die meetelde.